URLAUB
IN DER
APOKALYPSE

von Stefan Krell

v. 050915

Inhalt

Teil 1: Pest oder Cholera

Teil 2: Obdachlos

Teil 3: Déjà-vu

Prolog

Bling. Das Anschnallzeichen ertönte. Das Flugzeug, in d wir saßen, befand sich im Anflug auf den Flughafen *Palm de Mallorca*. Der Anschlussflug, der in Düsseldorf gestarte war, war besetzt bis zum letzten Platz und beherbergte Passagiere aus diversen Ländern. Ich hörte Französisch, Russisch, Englisch und Deutsch in zum Teil grauenhaften Dialekten.

Ich klebte mit der Nase am Fenster, während Juliane, meine bessere Hälfte, höchst interessiert in einem Frauenmagazin blätterte, das sie am Flughafen erstanden hatte. Die letzte halbe Stunde waren wir ausschließlich über Wasser hinweg geflogen, das Mittelmeer. Jetzt kam Land in Sicht. Ich sah fantastisch anmutende Strände und Hotels, die wie Perlen an einer Kette aufgereiht waren. Dahinter typisches mallorquinisches Festland. Windmühlenartige Gebilde, Felder, kleine geduckte Häuser und Berge. Tupfer von Grün auf dominierenden Ockertönen. Das Flugzeug flog eine Schleife über der Insel und ging merklich tiefer. Das Fliegen faszinierte mich. Ich bestand immer auf einem Fensterplatz. Ich konnte die anderen Passagiere, die in sinnlosen Zeitungen blätterten, auf ihren in den Flugmodus geschalteten Smartphones herumspielten oder einfach pennten, nicht verstehen. Für mich war jeder Start und jede Landung ein Ereignis. Es war immer wieder fesselnd. Ich saugte jedes Detail in mich auf.

Jetzt war er da, der Moment, in dem die Reifen Kontakt mit dem Boden bekamen. Es folgte die obligatorische Vollbremsung. Ungeheure Kräfte wirkten hier und zogen mich in ihren Bann. Ich hätte einen ganzen Tag nur Starten

und Landen können, ohne mich zu langweilen. Auf die Ein- und Aussteigerei könnte ich allerdings locker verzichten. Jeder einzelne der urlaubsgeilen Egoisten um mich herum wollte der erste sein, inklusive Juliane. Ich war eher der entspannte Typ. Erst die anderen ihr affiges Drängelballett beenden lassen, dann ganz gemütlich den Flieger verlassen. An der Gepäckausgabe würden wir uns eh alle wiedertreffen. Auf dem Weg dorthin drückte mir eine schicke Spanierin eine Gratis-Landkarte von Mallorca in die Hand. *Mallorca Free Map* prangte in großen Lettern auf rotem Grund. Ich ließ ein in Sachen Aussprache vermutlich suboptimales »Gracias« hören und verstaute die gefaltete Karte in der Gesäßtasche meiner Bügelfaltenhose. Etwas Stil musste schon sein.

Für Landkarten hatte ich etwas übrig, genau wie für Flugzeuglandungen. Ich war zwar ein Orientierungsdepp, Karten als solche fand ich dennoch irgendwie spannend. Ich hatte keine Ahnung warum.

Unser Zielort hieß *El Molinar*. Das war ein kleiner Vorort von Palma, der direkt am Meer lag und nicht von Touristen überflutet war. Hotels gab es dort nicht. *El Molinar* war einer der wenigen Küstenorte, die ihren originalen Charme in großen Teilen hatten retten können. Die meisten Häuser dort waren niedrig. Sie hatten zwei bis drei Geschosse und meistens eine Dachterrasse. Zumindest die Gebäude, die sich in Küstennähe befanden. Weiter hinten waren die Häuser zwar höher gebaut, passten aber trotzdem optisch zum Gesamtbild. Pastellfarben, Satellitenschüsseln, kein Protz, kein Prunk.

Stinkende riesige Müllcontainer, bröckelnder Putz und das eine oder andere baufällige Gebäude gehörten natürlich auch dazu. Genau wie der kleine originalbelassene Hafen mit

kleineren überwiegend älteren Booten. Klassisch waren auch die zahlreichen Restaurants, die die Küste des Ortes säumten und in denen überwiegend Fischgerichte und Meeresfrüchte serviert wurden. Am Strand entlang zog sich eine Promenade, die mit Bänken gespickt war und zum Flanieren einlud. Daneben verliefen eine Straße und ein schmaler Fahrradweg, der auch von attraktiven Rollerbladerinnen gern und ausgiebig frequentiert wurde.
Alles in allem mochte ich diesen Ort. Juliane und ich fuhren seit längerem jedes Jahr dorthin. Der gerade beginnende Urlaub war unser fünfter in *El Molinar*. Das hatte zugegebenermaßen auch pragmatische Gründe.
Juliane hatte einen gut betuchten väterlichen Freund namens Hans Jürgen, den sie über ihre Arbeit kennengelernt hatte. Bei ihm hatte sie definitiv einen Stein im Brett, da sie ihn mit ihrer Freundin Sibylle verkuppelt hatte. Hans Jürgen ging auf die sechzig zu, mochte Musik und Wein und stand auf Frauen, die nur halb so alt waren, wie er selbst. Das konnte ich gut nachvollziehen. Wenn ich einmal sechzig werden würde, in genau zweiundzwanzig Jahren, wollte ich auch keine Schabracke im gleichen Alter, die propellerartig um mich herumschwirrte. Allerdings würde ich es schwerer haben als Hans Jürgen – seine Freunde nannten ihn Hajü – bei jüngeren Frauen zu landen. Hajü hatte nicht nur Asche – im Gegensatz zu mir – er konnte sich auch mir nichts, dir nichts ans Klavier setzen und mit tiefer Stimme eine ganze Palette schlüpfriger Schlager schmettern. Das war natürlich etwas, was die Damenwelt entsprechend honorierte. Nun ja, ich hatte ja noch etwas Zeit zum Üben.
Hajü war einer der coolsten Knochen, die ich kannte. Mich selbst fand ich auch ganz okay, aber ich war nicht halb so gesellig wie er. Ich war eher der Typ, der cool tuend am

Rand herumstand, während die anderen tanzten. Nicht, weil ich wirklich cool war, sondern weil ich mich nicht getraute und meine Feigheit und Gehemmtheit hinter einer Fassade versteckte.
Das mit Hajü und Sibylle ging nun schon eine ganze Weile. Sieben Jahre, um genau zu sein. Ehrlich gesagt wunderte mich das. Sibylle war in meinen Augen wenig spektakulär, aber Geschmäcker waren zum Glück verschieden. Vielleicht hatte sie auch verborgene Qualitäten, mit denen sie Hajü vollends überzeugte.
Hajü hatte in *El Molinar* dauerhaft ein kleines Domizil gemietet. Eine kleine mallorquinische Wohnung mit vielleicht fünfzig Quadratmetern auf zwei Etagen. Selbstverständlich mit Dachterrasse. Hier hielt er sich des Öfteren auf, sowohl mit Sibylle, als auch ohne. Er war bestimmt fünf bis sechs Mal im Jahr für ein oder zwei Wochen hier. Wenn er sich selbst nicht hier aufhielt, ließ er gute Freunde in seinem Domizil Urlaub machen. So wie uns jetzt. Zur Hochsaison. Ein nobler Zug von Hajü.

*

Wir hatten die Gepäckprozedur mittlerweile hinter uns gebracht, waren mit dem Taxi vom Flughafen die paar Kilometer bis nach *El Molinar* gefahren und standen nun vor der Tür von Hajüs Entspannungsoase. Juliane schob den Schlüssel ins Schloss. Hinter der Tür lag eine Treppe, die Bestandteil der Wohnung war. Ich wuchtete die Taschen hoch. Der Urlaub konnte beginnen.
Meine Vorstellung von einem würdigen Start in den Urlaub wäre es gewesen, Juliane zu entblättern und ein kleines Willkommensnümmerchen zu schieben. Für Juliane waren

wie immer andere Dinge wichtiger. Gerade fühlte sie sich dazu berufen, sicherzustellen, dass eine Bratpfanne vor Ort war. Natürlich war das nicht der Fall. Kochen war Julianes Welt. Am besten immer frisch. Eingepacktes Zeug, wie eingeschweißte Wurst oder Käse, kaufte sie prinzipiell nie. Konserven, die irgendwelche Geschmacksverstärker oder ähnlichen Klimbim beinhalteten, waren ebenfalls absolut tabu. Juliane vertrug nicht alles und wurde nicht müde, das wieder und wieder zu betonen. Auf Mallorca sollte es daher auch dieses Jahr im Wesentlichen frischen Fisch in allen Variationen geben. Lachs mit Kartoffelecken, Dorade mit frischem Tomaten-Mozzarella-Salat und so weiter.

Sie legte sich beim Kochen im Gegensatz zum Sex richtig ins Zeug. Eine Bratpfanne war also von elementarer Wichtigkeit. Leider machte sich selbige gerade rar, was meine bessere Hälfte ungemein stresste, und mich mit. Meine Lust auf ein Stelldichein war genauso schnell verflogen, wie Julianes gute Laune. Im Moment telefonierte sie mit Sibylle in Deutschland, um diese Bratpfanne ausfindig zu machen. Sibylle versicherte ihr, dass die Bratpfanne an Ort und Stelle sein müsste. War sie aber nicht. Juliane zog es daraufhin in Betracht, eine Pfanne zu kaufen. Da es Pfannen aber nicht im Supermarkt in der Nähe gab, und die nächste Einkaufsmöglichkeit, von der wir sicher wussten, dass sie Bratpfannen im Sortiment hatte, eine halbstündige Busfahrt erforderte, war ich jetzt auch bedient. Auf eine Busfahrt ins Einkaufszentrum von *Coll d‘ en Rabassa* hatte ich nun wirklich keinen Bock. Wir hatten unseren ersten Urlaubsstreit, eine gute halbe Stunde nach unserer Ankunft.

Schließlich räumte meine Herzdame ein, dass sie heute den Fisch, den wir vorher noch aus der Fischtheke des fünfzehn

Laufminuten entfernten Supermarktes angeln mussten, auch im Backofen zubereiten konnte. Weiber! Man konnte nicht mit ihnen leben, aber auch nicht ohne sie.
Kaum hatte sich die Lage einigermaßen entspannt, gab es auch schon den nächsten Dämpfer. Während des Auspackens musste ich feststellen, dass eine von Juliane eigens ausgesuchte Gewürzmischung im Glas in meiner Tasche geborsten war. Im allgemeinen Packtrubel hatte ich das Glas wohl einfach in meine Reisetasche geworfen, ohne es ausreichend mit Klamotten zu polstern. Das Malheur war also meine Schuld, woran auch Juliane keinen Zweifel ließ. Ich versuchte, es mit Humor zu nehmen. Meine Klamotten und auch das Buch, das ich mir extra für den Urlaub gekauft hatte, waren voller Gewürze. Wenigstens gab es in Hajüs Lusthöhle, die für mich gerade eher eine Frusthölle war, eine Waschmaschine.

*

Ich wollte jetzt erst einmal drei Minuten für mich sein und meine von mir innig geliebte Dachterrasse inspizieren. Ich stieg den zweiten in der Wohnung befindlichen Treppenabschnitt hinauf und öffnete die Terrassentür. Die Terrasse der Nachbarwohnung, die direkt an unsere angrenzte und nur durch ein hüfthohes Mäuerchen abgegrenzt war, war leider belegt. Ein attraktives Pärchen fuhr wie von der Tarantel gestochen hoch, als ich meine Terrassentür mit einem deutlichen Klicken öffnete. Schätzungsweise hatte ich hier gerade empfindlich gestört. Ich verursachte zwar keinen Coitus Interruptus – beide hatten ihre Höschen noch an – aber es war wohl irgendwo kurz davor gewesen. Die Beule in seiner Hose sprach Bände.

Verlegen murmelte ich eine Entschuldigung und eine Begrüßung, die auch erwidert wurde. *Deutsche.*
Letztes Jahr waren wir in der Nebensaison hier gewesen. Damals war die Nachbarwohnung samt Dachterrasse verwaist. Ich hatte die daraus resultierende Privatsphäre wirklich genossen. Nun ja, man konnte nicht alles haben.
Ich ging wieder nach unten, denn ich wusste, welcher Programmpunkt jetzt anstand: der Weg zum Supermarkt. Ein kleines Stück des Weges konnten wir am Meer zurücklegen, am Hafen vorbei.
In den kleinen Häusern rechterhand von uns – links rauschte das Meer – gab es einen Eisladen, den wir von unseren vorherigen Besuchen schon kannten. Der Eisverkäufer war auch ein Deutscher, der sich dafür entschieden hatte, auf Mallorca zu bleiben, und mit Hajü befreundet. Soweit ich wusste, hatte er einen Zweitschlüssel für die Wohnung und sah gelegentlich nach dem Rechten, wenn sie leer stand. Dieser Typ war für mich – und auch ein Stückweit für Juliane – eine Art Running-Gag. Die Bezeichnung *selbstverliebter Gockel* passte haargenau auf ihn. In seinen wallenden Leinenhosen und mit dem gepflegt fallenden, graumelierten Haar gefiel er sich unheimlich gut. Er hörte sich auch ziemlich gern selbst reden. Er verpackte jeden Smalltalk so, als würde er die größten Geheimnisse der Welt preisgeben. Er begrüßte uns überschwänglich, erkundigte sich nach unserem Befinden und erklärte uns verschwörerisch, dass wir allem Anschein nach die nächsten zwei Wochen fantastisches Wetter haben würden. Eine Info, die Anfang Juli, also zur Hochsaison, zu der es hier so gut wie nie regnete, absolut unvorhersehbar war. Ich befand mich im sarkastischen Modus. Dieser Typ war schon eine

echte Marke. Jetzt wies er seine Eisverkaufsassistentin gönnerhaft dazu an, uns zu bedienen.

»Welche Eissorte wollt ihr denn, meine Lieben?«, säuselte er und lies es sich nicht nehmen, jede einzelne Geschmacksrichtung in den schillerndsten Farben zu beschreiben. Eine Sorte mit Orange und Minze war wohl kürzlich Eis des Jahres geworden, wie er mit wichtiger Miene betonte. Ich nahm eine Kugel, einfach damit er endlich die Klappe hielt. Diesen Gefallen tat er mir leider nicht. Da im Laden gerade tote Hose war, gesellte er sich zu uns, erkundigte sich nun auch nach Hajüs Befinden und versicherte sich durch mehrfaches Nachfragen, ob uns sein Preis-Eis auch schmeckte. Das tat es tatsächlich, das musste man ihm schon lassen.

»Ach, übrigens«, fuhr er fort, »die Franzi ist auch aus Deutschland und studiert eigentlich Hotelmanagement im zweiten Semester.« Wissend verwies er auf seine Eiskugeln in Becher tuende Assistentin. Das war genau die Information, nach der ich im Urlaub lechzte. Hotelmanagement, ächz. Wie sollte man so in Urlaubsstimmung kommen? Ich war froh, als ich meine Kugel Orange-Minze endlich verdrückt hatte und wir in Richtung Supermarkt weiter den Strand entlang schlendern konnten. Gemeinsam lachten wir über *Mister Wichtig*, wodurch sich unsere allgemeine Stimmung deutlich hob.

*

Wir kamen zu der kleinen Bucht, in der ich immer zu Schnorcheln pflegte. Fische zu beobachten war mein Ding. Ich konnte stundenlang Fischschwärme betrachten, die anmutig und von menschlichen Belangen unberührt in ihrer eigenen Welt lebten. Ich hatte eine Spitzentaucherbrille mit Schnorchel in meinem Urlaubsgepäck. Ich und die Fische, wir würden morgen ein Wiedersehen feiern. Das Gute an Fischen war, dass sie mir keine Frikadelle ans Ohr laberten.

Zunächst wollten wir aber Richtung Supermarkt. Dafür mussten wir den Strand verlassen und in eine düstere Nebenstraße rechts einbiegen, die von drei- bis vierstöckigen Gebäuden gesäumt war. Die Mülltonnen am hinteren Ende der Straße stanken erbärmlich. Wir bogen links ab, auf eine Art Hauptstraße, auf der vier Buslinien verkehrten, unter anderem auch nach *Palma*. In die Hauptstadt würde ich sicher noch müssen, im Laufe des Urlaubs, und zwar als Anhängsel einer Shopping Tour.

Palma hatte gigantisch schöne Ecken. Zum Beispiel die riesige Kathedrale, die nachts angeleuchtet wurde oder den weiter hinten liegenden, von historischen Gebäuden und Hotels flankierten riesigen Yachthafen, in dem die Reichen und Schönen dieser Welt ihre sündhaft teuren großen Yachten liegen hatten. In diesem Hafen liefen regelmäßig Kreuzfahrtschiffe ein, die so groß wie Hochhäuser waren. Das waren fahrende Städte. Doch all das war nicht der Grund, warum Juliane später nach *Palma* wollte. Sie wollte in die Klamottenläden, die sich an sechsspurigen Straßen befanden, wo es vor Menschen nur so wimmelte. Sie wollte touristische Flaniermeilen durchlaufen, in denen ein Geschäft das nächste jagte. Sie wollte natürlich auch in das siebengeschossige Kaufhaus, in dem Wachen mit gut sichtbaren Pistolen die Ware im Auge behielten, damit ja kein Langfinger etwas mitgehen ließ. Palma: Häuserschluchten, Menschenmassen und aufgetakelte Mädels, die des Abends in die Disse wollten. Eine Großstadt

von Format. Man konnte sie von der Ferienwohnung aus in weniger als einer Stunde zu Fuß erreichen.
Doch jetzt war erst einmal der Supermarkt von *El Molinar* unser Ziel. Wir kauften Fisch, Wasser und Tomaten, während ich mit der Klimaanlage des Marktes kämpfte. Draußen flimmerte die Luft vor Hitze. Im Supermarkt hingegen wehte ein eisiger Wind. Schon mancher war deswegen mit einer sauberen Erkältung in den Urlaub gestartet.

*

Der Abend klang ganz ohne Geschlechtsverkehr auf der Dachterrasse aus. Stattdessen beobachtete ich den Flugverkehr. Sowohl von der Terrasse, als auch von vielen Stränden aus konnte man die Flugzeuge im Minutentakt starten oder landen sehen. Manchmal starteten sie übers Meer und landeten per Schleife überm Festland, manchmal war es umgekehrt. Wenn sie direkt vom Meer aus landeten, ohne eine Schleife zu fliegen, waren sie auf Strandhöhe schon weitaus tiefer, als wenn sie übers Meer starteten. Es war ein faszinierendes Bild, wenn sie in den Häusern, die die Sicht zum Flughafen versperrten, scheinbar versanken. Nahm man eine Stunde Fußmarsch in Kauf, konnte man von *El Molinar* aus an der Küste entlang direkt unter den Flugzeugen hindurch laufen. Ein landendes Flugzeug war dort fast zum Greifen nah. Ich wollte wie jedes Jahr eine derartige Wanderung machen, das hatte ich mir fest vorgenommen. Jetzt war die Zeit aber erst einmal reif für die Koje.
Meine bessere Hälfte schlief bereits. Das war unüberhörbar, denn sie hatte das Sägewerk angestellt. Sie schnarchte, dass

sich die Balken bogen. Durch das geöffnete Fenster drangen Fetzen von angeregt geführten Gesprächen. Musik. Lachen. Das Rauschen des Meeres. Selbst die Flugzeuge flogen noch. Ich lag lange wach. Irgendwann glaubte ich, eine Frau stöhnen zu hören. Der Glaube wurde zur Gewissheit. Leidenschaftliches Stöhnen drang durch die Sommernacht. Ich glaubte sogar, das Klatschen von aufeinander prallender Haut zu hören. Eine Erregung, die in meinem Leben selten geworden war, ergriff von mir Besitz, während sich mein arbeitsloser Freund aufrichtete. Das Sägewerk blieb von alledem unbeeindruckt. Gerade hatten andere mehr Spaß als ich, so viel stand fest. Mein Schlafanzug roch nach Gewürzen. Schließlich entfloh ich dem Sägewerk, indem ich auf die Couch auswich. Als ich endlich einschlief, war es schon weit nach Mitternacht.

*

Am nächsten Morgen wachte ich gegen neun ausgeruht und gut gelaunt auf. Juliane war etwas angefressen, weil ich nicht neben ihr genächtigt hatte. Das hatte zu Hause auch schon zu Disputen geführt. In Deutschland schliefen wir in getrennten Betten. Warum auch nicht? So konnte sie nach Herzenslust schnarchen, ohne mich damit zu behelligen. Ich hingegen konnte Musik hören oder mitten in der Nacht lesen, wenn mir der Sinn danach stand. Ich pflegte immer zu sagen, dass es viel wichtiger war, miteinander zu schlafen, als nebeneinander. Juliane verdrehte daraufhin immer entnervt die Augen. Wenigstens im Urlaub wollte sie anscheinend das völlig überschätzte Ritual des gemeinsamen Schlafzimmers zelebrieren. Dass dieses Ritual Teilursache von ungezählten Trennungen war, tangierte sie kaum. Ich beschloss, in der

nächsten Nacht mit der Digitalkamera das Schnarchen aufzunehmen. Dann würde sie mich verstehen.
Jetzt freute ich mich erst einmal auf den Strand und meine Kumpels, die Fische. Das nötige Equipment – Taucherbrille, Schnorchel und Ohrstöpsel gegen das Salzwasser in den Ohren – hatte ich am Mann. Ich sah aus wie der typische Pauschaltourist, als ich mit Basecap, Sonnenbrille, kurzen Hosen und Flip Flops neben Juliane herlief. Die quietschend bunte Luftmatratze, die wir bereits voriges Jahr gekauft und bei Hajü zwischengelagert hatten, klemmte unter meinem Arm. Ich war ein Bild von einem Mann.
Als wir an der kleinen Bucht ankamen, regte ich mich gefühlt zum hundertsten Mal über meine Mitmenschen auf, die ihre Zigarettenstummel, Kronkorken, Plastebecher und sonstigen Scheiß einfach am Strand liegen ließen. Ich verbrachte mehrere Minuten damit, den ganzen Mist auf einer Fläche von vier Quadratmetern aufzusammeln und zu entsorgen. Juliane stand peinlich berührt neben mir und wartete. Mir war das egal. Die anderen sollten ruhig sehen, dass mich der ganze Müll ankotzte. Für das saubere Fleckchen, das ich geschaffen hatte, konnte sich meine bessere Hälfte dann aber doch begeistern.
Der Strand war ziemlich voll. In der Ferne starteten die Flugzeuge wie emsige Bienen, um Unmassen von Urlaubern wieder nach Hause zu bringen. Der Strand, das war eine Welt für sich. Attraktive Frauen zeigten, was sie hatten. Ich ertappte mich schon in den ersten Minuten, als ich die Sonnenschirme in den Boden rammte, mehrmals beim sekundenlangen Glotzen. In gewisser Weise war ich ein verhinderter Lüstling, da biss die Maus keinen Faden ab. Frauen: ein schwieriges Thema. Man wollte immer die, die man nicht haben konnte. Und die, die man haben konnte,

wollte man nicht. Oder man wollte sie so lange, bis man sie haben konnte, und dann nicht mehr. Frauen waren die Ursache für unzählige Dramen. Sie waren ein Mysterium.

Ich beschloss, mich lieber den Fischen zu widmen und stülpte die Taucherbrille über. Juliane wollte derweil an ihrem Teint arbeiten und sich bräunen. Natürlich nicht, ohne sich vorher mit Sonnencreme einzureiben. Lichtschutzfaktor dreißig. Im Gegensatz zu den Spanierinnen ließ sie dabei den BH an. Ich verstand diesen Bräunungskult nicht. Nach drei Wochen im herbstlichen Deutschland war sowieso alles wieder Futsch und die ungesunde Blässe kehrte zurück. Außerdem sah eine am ganzen Körper blasse Frau immer noch besser aus als eine gebräunte Frau mit blassen Titten. Amen. Zeit, die Fische zu besuchen.

Eine geschlagene Stunde leistete ich den Fischen Gesellschaft, und sie mir. Meine Atemgeräusche klangen durch den Schnorchel überlaut und verzerrt. Tausende kleinere Fische umgaben mich in riesigen Schwärmen, während vereinzelte dreißig Zentimeter große Brummer am Boden nach Essbarem suchten. Das Wasser war fantastisch warm.

Als ich von meinem Unterwassertrip zurückkam, hatte sich Juliane unter den Sonnenschirm verzogen. Mit Hautkrebs war nicht zu spaßen. Die Spanierinnen sahen das zum Teil wohl anders. Diese Schönheiten knallten sich in die pralle Sonne, als gäbe es kein Morgen, und rauchten eine Zigarette nach der anderen. Es war, als würden sie Gott persönlich darum anbetteln, schneller altern zu dürfen.

Und dann diese Smartphones überall. Das war nicht meine Welt. Ich konnte mich mit diesen Dingern partout nicht anfreunden. Immer erreichbar sein? Das wollte ich nicht! Immer online sein? Das wollte ich nicht! Ich wollte primär meine Ruhe haben. Ich wollte es mir nicht eingestehen, aber ich war auf dem besten Weg, alt und kauzig zu werden. Juliane hatte auch so ein Smartphone. Sie frequentierte es minütlich. Schon Wochen vor dem Urlaub hatte sie sich eine Wetter-App heruntergeladen, um immer auf dem neuesten Stand zu sein.

Gerade flanierte eine fantastisch gebaute Spanierin an mir vorbei und ließ sich schräg vor mir nieder. Diese Frau war wie gemalt. Sie hatte eine kecke Kurzhaarfrisur und eine Tätowierung, die dornige Rosen zeigte, die sich am Rücken hochschlängelten. Kleine, feste Brüste mit spitzen Nippeln, makellos gebräunte Haut. Wieder einmal geriet ich ins Schwärmen. Diese Frau war eine Sünde wert. Ob sie auch zeternd und meckernd nach Bratpfannen suchte? Wahrscheinlich.

Ich musste an einen Film denken, den ich kürzlich gesehen hatte. Dort hatte ein Typ zu einem anderen gesagt: *Auf jede schöne Frau kommt ein Typ, der die Schnauze voll hat von ihrem Scheiß.* Dieser Spruch tröstete mich irgendwie. Ich musste spontan an ein Pärchen denken, mit dem wir in Deutschland befreundet waren. Oder besser gesagt: Juliane war mit ihnen befreundet. Ich ging immer nur mit und beobachtete das Drama aus der Distanz. Die Frau des besagten Pärchens hieß Katja und war ziemlich schön. Das Problem war, dass sie sich dessen absolut bewusst war. Sie machte ihrem Mann Paul das Leben nicht gerade leicht. Sie stellte zum Beispiel Ansprüche, die kein Mann auf Dauer erfüllen konnte. Finanzielle Ansprüche. Alles musste vom Feinsten sein, sonst hing der Haussegen schief. Das Geld musste freilich der Mann verdienen. Meine Träumereien hier am Strand und die bittere Realität waren eben doch zwei verschiedene paar Schuhe. Vieles war mehr Schein als Sein.

Viele Frauen hatten aufgeblasene Gockel an ihrer Seite, die so aussahen, als würden sie ihr halbes Leben in der Muckibude verschwenden. Sie hatten martialische Tätowierungen und liefen den Strand entlang, als würden sie unsichtbare Luftballons unter den Armen tragen. Was fanden diese fantastischen Frauen an diesen Männern? Oberflächlichkeit, überall Oberflächlichkeit. Und ich konnte mich nicht einmal davon ausnehmen.
Ich drehte mich zu Juliane und fragte sie, ob sie ins Wasser wolle. Gemeinsam ließen wir uns mit der Luftmatratze treiben. Ich entspannte mich und versuchte, das Gedankenkarussell abzustellen. An einem solchen Tag sollte man nicht grübeln, sondern zufrieden sein. Daran musste ich generell arbeiten. Ich war des Öfteren unausstehlich. Ein sarkastischer Miesepeter, ein Zyniker vor dem Herrn. Ich fasste den Entschluss, unseren mittelprächtigen Start in den Urlaub zu vergessen, und eine schöne Zeit mit meiner besseren Hälfte zu verbringen.

*

Die nächsten Tage verliefen recht harmonisch. Eigentlich war es wie in jedem Urlaub. Ich brauchte immer ein Weilchen, um mich zu akklimatisieren. Auch die kleinen Streitereien zu Urlaubsbeginn hatte es schon immer gegeben. Das lag auch daran, dass wir in bestimmten Situationen unterschiedlich tickten. Ich war immer die Ruhe in Person. Außerdem war ich von Natur aus Skeptiker und Zyniker. Ich hinterfragte alles, bevor ich es tat, und machte im Zweifelsfall lieber weniger als mehr. Juliane hingegen war eine Planerin. Sie wollte den Tag immer komplett durchorganisieren, noch bevor er begonnen hatte.

Mittlerweile hatten wir uns mal wieder zusammengerauft und an verschiedenen Tagen zum Teil verschiedene Strandabschnitte besucht.
Den von mir vorhergesehenen Shoppingausflug nach *Palma* hatte ich auch schon hinter mir. Ich war ein knauseriger Typ. Ich konnte es partout nicht leiden, Geld auszugeben. Insbesondere für Dinge, die ich nicht brauchte. Juliane war da anders gestrickt. Sie hatte sich durch Häuserschluchten und Menschenmassen gefräst, und hunderte von Schuhen und Oberteilen anprobiert. Fast so, als würde es daheim nichts Derartiges zu kaufen geben. Jedes Kleidungsstück und jeden Schuh hatte ich ausführlich bewerten müssen. Wenn mir etwas nicht gefiel, war Diplomatie angesagt. Ein gleichgültiges Schulterzucken wurde als Antwort nicht akzeptiert. Sie sagte dann Dinge wie *Du findest mich nicht mehr attraktiv*, oder *Es ist dir egal, wie ich aussehe.* Ich hatte mich wie ein Wurm gewunden und versucht, immer das Richtige zu sagen, was mir nur bedingt gelungen war. *Meine Frau, das unbekannte Wesen.* Ich kannte keinen Mann, der gerne mit seiner Frau Schuhe kaufen ging. Gingen Frauen allerdings zusammen dieser Tätigkeit nach, blühten sie regelrecht auf. Juliane war einmal mit einer Freundin nach Paris geflogen. Dort hatten sie drei Tage hintereinander dem Shopping gefrönt. Drei Tage! Das musste man sich mal vorstellen!
Von dem Shopping-Trip nach *Palma*, der mir wie ein nicht enden wollender Hindernislauf vorgekommen war, einmal abgesehen, war alles paletti. Juliane, die drei paar Schuhe, eine Bratpfanne und sieben Oberteile erbeutet hatte, war sichtlich ausgeglichener.

*

Heute beschlossen wir, einmal den Strandabschnitt zu besuchen, der von der Dachterrasse aus linker Hand lag. Wir liefen Richtung Flughafen. Die Flugzeuge, die heute direkt übers Meer landeten, ohne vorher eine Schleife über der Insel zu fliegen, waren an diesem Strandabschnitt ziemlich nah. Das faszinierte mich.
Meine Strandbeobachtungen konzentrierten sich im Wesentlichen auf zwei Dinge. Zum einen auf die Flugzeuge und zum anderen auf die Menschen um mich herum. Juliane las ein Buch und hatte für beides keinen Blick übrig. Dabei war das menschliche Strandschauspiel recht interessant. Wir lagen mit unseren Sonnenschirmen direkt neben einer Zone mit Liegen und Schirmen, für die man bezahlen musste. Ein deutsches Pärchen mit Kind hatte sich zu dritt eine Liege geleistet. Die Frau und der pubertierende Sohnemann mussten im Sand im Schatten der Liege zusammenrücken. Der Mann hatte es sich auf der Liege bequem gemacht und nörgelte vor sich hin. Die Liege war für seinen Geschmack eindeutig zu teuer gewesen. Nachdem er sich die Liege in den Schatten eines Bambusschirmes gezogen hatte, kam ein Liegenwart, um den Deutschen mit entsprechender Gestik – er rieb mit dem Zeigefinger am Daumen und zeigte mit der anderen Hand zum Schirm – darauf hinzuweisen, dass der Schirm extra kostete. Der Deutsche löhnte noch einmal. Danach war die Stimmung neben mir am Tiefpunkt. Der Deutsche meinte gerade, er müsse Schirm und Liege bis Mitternacht nutzen, damit sich die Investition irgendwie lohne. Die Frau war sichtlich genervt von ihrem nörgelnden Gatten. Der pubertierende Sohn hatte sich aus der peinlichen Welt seiner Eltern gänzlich ausgeklinkt und sich riesige Kopfhörer übergestülpt. Die ganze Szenerie belustigte mich

und zeigte, dass auch andere Stress im Urlaub hatten. Das Szenario neben mir erschöpfte sich allerdings langsam. Alle schwiegen und waren genervt voneinander.
Ich lachte in mich hinein und ging schwimmen. Selbstverständlich mit Taucherbrille, Schnorchel und Ohrstöpseln. Ich machte mir einen Spaß daraus, Juliane, die neben mir her paddelte, in die Nippel zu kneifen und das durch den Schnorchel röhrende Seeungeheuer zu spielen.
Den ganzen Tag über landeten die Flugzeuge mit der Regelmäßigkeit eines Uhrwerkes. Während ein Flugzeug zwischen den Häusern links von mir Richtung Landebahn absank, konnte man am Horizont bereits zwei bis drei weitere sehen. Unermüdlich ging es immer so weiter. Es schien, als hätte jemand die Flugzeuge auf einer unendlich langen, unsichtbaren Schnur aufgefädelt.
Ich war vom Flugzeuge-Beobachten schon ganz schläfrig, als eine Maschine meine Aufmerksamkeit in besonderer Weise auf sich zog. Anstatt wie an der unsichtbaren Schnur langsam auf vorbestimmten Bahnen herabzuschweben, flog dieses Flugzeug eine merkwürdige Kurve. Es war schon relativ niedrig unterwegs, so dass ich die geneigten Tragflächen deutlich erkennen konnte. Es war mir ein Rätsel, wie der Pilot in der Kürze der verbleibenden Zeit das riesige, träge Passagierflugzeug wieder auf Kurs bringen wollte. Er flog nicht auf der imaginären, absolut geraden, unsichtbaren Schnur, sondern wich auf erhebliche Art und Weise davon ab. Gebannt und etwas besorgt richtete ich mich auf. Ich stupste Juliane an. Sie hatte sich nicht so ausführlich mit den Flugzeugen und ihren vorbestimmten Bahnen beschäftigt wie ich, aber auch sie war der Meinung, dass die Tragflächen gefährlich geneigt waren. Anstatt parallel zum Boden zu verlaufen, zeigte eine der Tragflächen deutlich nach unten,

und die andere dementsprechend nach oben. Der Flieger war jetzt auf Strandhöhe und würde gleich hinter den Häusern verschwinden. Der Deutsche auf der Liege hatte unser Gespräch mitbekommen. Er äußerte ebenfalls seine Bedenken.

Kurz darauf, es konnte sich höchstens um eine halbe Minute handeln, nicht mehr, hörte ich ein dumpfes lautes Grollen, das wie mächtiger Donner zu uns herüber rollte. Der Himmel war blau, kein Wölkchen trübte ihn. Ein Gewitter war völlig ausgeschlossen. Zumal der Knall ganz eindeutig von links gekommen war. Von dort, wo dieses Flugzeug mit extremer Schieflage zwischen den Häusern verschwunden war. Ich und der Deutsche auf der Liege, wir schauten uns an. Ich wusste instinktiv, dass wir dasselbe dachten. Auch Julianes Blick war absolut ernst. *War dieses Flugzeug etwa gerade abgestürzt?*

Stimmengemurmel erfüllte den Strand. Wir waren nicht die Einzigen, die die Szene beobachtet hatten. Manche packten zusammen. Vermutlich, um sich Richtung Flughafen zu begeben. In der Ferne ertönten Sirenen. Den gesamten Strand hatte eine unbeschreibliche Stimmung erfasst. Eine widerliche, beängstigende Stimmung. An Urlaub dachte plötzlich keiner mehr. Eine fast greifbare Mischung aus Fassungslosigkeit, Entsetzen und Ungewissheit legte sich wie eine düstere Glocke über alles.

»Ich sehe mir das an«, sagte der Deutsche und verschwand mit seiner Familie im Schlepptau. Ich hatte ihn nur wie durch Watte wahrgenommen. Jetzt stieg in dieser Richtung Rauch auf. Irgendetwas war passiert, soviel war sicher. Etwas ganz Entsetzliches.

*

Juliane und ich liefen still nebeneinander her. Ich hing meinen Gedanken nach, in deren Mittelpunkt die Ereignisse von gerade eben standen. Juliane tippte auf ihrem Smartphone herum. Wahrscheinlich erhoffte sie sich Blitzmeldungen aus dem Netz. Wir hatten uns dagegen entschieden, Richtung Flughafen zu gehen. Wir wollten nicht zu diesen fürchterlichen Leuten gehören, die im Weg herumstanden, gafften und die Rettungsarbeiten behinderten.
Als wir in der Wohnung ankamen, schalteten wir als allererstes den Fernseher ein. Hajü hatte einen recht großen Flachbildfernseher in seiner Erholungsoase installiert. Juliane und ich hatten eigentlich vereinbart, während des Urlaubes komplett auf Fernsehen zu verzichten. Ganz besonders galt das für Nachrichten. Keiner wollte sich schließlich den Urlaub versauen lassen durch deutsches Nachrichtengejammer. Das hier war aber eine Ausnahmesituation. In den Zwanzig-Uhr-Nachrichten kam endlich eine Meldung.
Es hieß, ein Flugzeug, dessen Herkunft merkwürdigerweise noch nicht geklärt war, sei beim Landeanflug auf Mallorca verunglückt. Die spanischen Behörden hielten aus unbekannten Gründen weitere Einzelheiten zurück.
Das war alles. Eine ziemlich dürftige Meldung. Die Formulierung *verunglückt* konnte alles Mögliche bedeuten. Das Unglück lag jetzt über vier Stunden zurück. Juliane und ich schauten einander an. Die Neugier hatte gesiegt. Wir würden mit dem Bus Richtung Flughafen fahren.

*

Desto näher wir dem Flughafen kamen, umso turbulenter wurden die Zustände auf der Straße. Jede Menge Leute waren auf den Beinen. Es war hier auf den Straßen ja immer etwas los, ganz besonders um diese Zeit, aber das, was ich heute sah, war etwas anderes. Des Öfteren rasten Einsatzfahrzeuge aller Art am Bus vorbei. Etwa einen Kilometer vor dem Flughafen war dann Schluss. Der Bus, der sonst eigentlich unmittelbar bis zum Flughafen fuhr, tat dies heute nicht. Der Bereich um den Flughafen schien weiträumig abgesperrt zu sein. Die Polizeipräsenz war enorm. Überall standen blaue Kastenwägen mit der Aufschrift *Policia*. Es kam mir vor, als hätte man sämtliche auf der Insel verfügbaren Einsatzkräfte zusammengezogen. Ich sah sogar Militär. *Meine Fresse!* Mir war gar nicht klar gewesen, dass es auf Mallorca Militär gab. Man machte sich sogar die Mühe, Megaphonansagen auch auf Deutsch zu übersetzen. Und nicht nur das, ich erkannte außerdem Russisch, Französisch, Englisch und natürlich Spanisch. Die Ansage lief auf Schleife. Man wollte scheinbar auf Nummer sicher gehen, dass sich niemand auch nur ansatzweise dem Ort des dramatischen Unglücks näherte.
Polizeibeamte und Militärs bildeten regelrechte Ketten, um die Unfallzone abzuriegeln. Manche Polizisten trugen die normale dunkelblaue Uniform mit Basecap. Zur Standartausrüstung gehörten auch Pistolen, die gut sichtbar im Halfter steckten. Ich sah aber auch richtige Einsatzkommandos, die mit Helmen, Westen und Schutzschilden ausgerüstet waren. Es bestand kein Zweifel daran, dass es hier nicht weiterging. Wir näherten uns der Beamtenkette bis auf wenige Meter. Einige Polizisten machten einen extrem nervösen Eindruck. Ich sah sogar

Pumpguns. Vermutlich waren sie mit Gummigeschossen geladen. Genau wusste ich das aber nicht.
Einige auffällig aggressive Schaulustige schrien herum. Sie waren offenbar der Meinung, es sei ihr Recht, den Unglücksort aus nächster Nähe zu beglotzen. Gerade fixierten mehrere Uniformierte einen Gaffer am Boden, der völlig ausgetickt war. Er brüllte wie ein Irrer, während sechs Mann auf ihm hockten. Ein anderer direkt daneben schien zu bluten. Juliane wurde langsam unruhig. Ihr war die gereizte, angespannte und aggressive Grundstimmung nicht geheuer. Mir ging es nicht anders. Die Situation konnte jeden Moment kippen und völlig außer Kontrolle geraten. Wir hatten genug. Wir beschlossen, den Beamten die Arbeit zu erleichtern, indem wir uns entfernten. Busse, die vom Unfallort wegfuhren, standen regelrecht bereit. Man war wohl sehr daran interessiert, den Schaulustigen den Abzug so leicht wie möglich zu machen.
Als wir in die Ferienwohnung zurückkamen, war es noch deutlich vor Mitternacht. Wir hatten also die Spätnachrichten des deutschen Fernsehens noch nicht verpasst.

*

Gebannt saßen wir auf der Couch, als die Nachrichtensendung begann. Das Flugzeugunglück hatte scheinbar nicht die oberste Priorität, denn die Nachrichten begannen mit einem anderen Thema. Der zweite größere Beitrag der halbstündigen Sendung widmete sich dann aber dem Flugzeugunglück. In den Nachrichten hieß es, die Unglücksstelle sei weiträumig abgeriegelt, um einen reibungslosen Ablauf der Rettungs-, Bergungs- und Ermittlungsarbeiten zu gewährleisten. Weitere

Informationen gab es von offizieller Seite noch nicht. Eine Stellungnahme zum Unfallhergang und Angaben zur Anzahl von Verletzten oder Toten würde folgen, sobald gesicherte Kenntnisse vorlagen.
Einem besonders eifrigen Reporter war es aber gelungen, einen Zeugen aufzutreiben, der sich zum Zeitpunkt des Unglücks auf dem Flughafengelände befunden hatte. Der Reporter, der sich von seinem Engagement sicher einen Karriereschub versprach, fasste die Aussagen des Zeugen zusammen. Demzufolge handelte es sich eher um eine Art Notlandung, als um einen Absturz. Das Flugzeug war wohl mit der aufgrund der Schieflage nach unten zeigenden Tragfläche zuerst auf der Landebahn aufgekommen, worauf die Tragfläche abgerissen wurde und Feuer gefangen hatte. Kerosin brannte bekanntermaßen und die Treibstofftanks befanden sich in den Tragflächen. Wie durch ein Wunder waren große Teile des Flugzeuges unversehrt geblieben. Der Rumpf war, ohne sich zu überschlagen oder sich zu drehen, über die Landebahn gerutscht und schließlich zum Stehen gekommen, ohne mit größeren Gebäuden zu kollidieren. Trotzdem musste er eine Schneise der Verwüstung hinter sich hergezogen haben. Ob es Tote gegeben hatte, und wenn ja, wie viele, war noch unklar. Es gab auch keinerlei verlässliche Informationen bezüglich Überlebender. Betont wurde, dass der Wahrheitsgehalt der Zeugenaussage derzeit nicht überprüfbar war und daher mit Vorsicht zu genießen sei. Es kursierten auch einige wenige Aufzeichnungen im Netz, die Privatpersonen mit ihren Smartphones gemacht hatten. Diese waren aufgrund von Verwackelungen, großen Entfernungen oder ungünstigen Aufnahmewinkeln auch nicht wirklich aussagekräftig.

Dass die Informationen so spärlich flossen, war dennoch ungewöhnlich. Offenbar hatte man mit Schwierigkeiten am Unfallort zu kämpfen und wollte keine falschen Angaben oder Zahlen veröffentlichen. Eine Pressekonferenz war für den morgigen Tag anberaumt.
Damit schloss der Nachrichtenbeitrag. Viele Spekulationen, wenige Fakten. Aber allem Anschein nach war die Sache glimpflicher ausgegangen als zunächst befürchtet.

*

Tags darauf fühlte ich mich nicht besonders gut. Ich überlegte hin und her, ob ich Juliane zuliebe mit zum Strand kommen sollte, oder nicht. Meine bessere Hälfte hatte beschlossen, das Flugzeugunglück auszublenden und sich den Urlaub, auf den sie sich ewig gefreut hatte, nicht vermiesen zu lassen. Helfen oder etwas ändern könnte sie ja doch nicht. Damit hatte sie nicht ganz unrecht. Ich konnte ihren Standpunkt durchaus nachvollziehen. Trotzdem ging es mir alles andere als prächtig. Ich würde wohl einfach in der Ferienwohnung liegen bleiben. Die Fische mussten ohne mich auskommen. Schnorcheln wäre heute ohnehin nicht drin gewesen. Es ging ein ziemlicher Wind, so dass sich auf dem Meer Wellen bildeten. Immer, wenn eine solche Brise wehte, konnte man das Meer auch in Hajüs Domizil überdeutlich hören. Das monotone, beruhigende Rauschen übertönte viele andere Umgebungsgeräusche und lullte mich ein.
Der Sonnenschirm, der auf der Dachterrasse stand und unbedingt erforderlich war, wenn man sich tagsüber oben aufhalten wollte, vollführte an solchen Tagen immer einen wilden Tanz. Man musste mitunter richtig Angst haben, dass

die ganze labberige Konstruktion umfiel oder mitsamt dem Ständer, der aus wenig vertrauenerweckender Plastik bestand, einfach wegflog. Der Plastikständer konnte theoretisch mit Wasser gefüllt werden, damit er schwerer wurde, hatte aber schon bessere Tage gesehen. Ich machte es mir auf der Dachterrasse gemütlich und sinnierte vor mich hin.

Ich konnte mich gut an letztes Jahr erinnern, als das verdammte Ding von Sonnenschirm im Wind umgekippt und auf die Glasplatte des Tisches gekracht war. Daraufhin hatte ich den Schirm mitsamt dem Stiel vom Ständer gelöst, und einklappen wollen. Dabei hatte ich mich angestellt wie ein Trottel. So war das manchmal bei mir. Wie ein Schluck Wasser hatte ich an dem verdammten Schirm gehangen. Der eigentlich gar nicht sonderlich stark erscheinende Wind hatte das Zweimeterding glatt nach außen gekrempelt. Ich hatte sogar kurz befürchtet, mitsamt dem Schirm wegfliegen zu müssen. Mein Kampf mit dem Schattenspender, den ich unter keinen Umständen hätte loslassen dürfen, hatte mich damals einiges an Kraft gekostet. Nach einer halben Ewigkeit war es mir schließlich gelungen, das Ding zusammenzuklappen. Juliane hatte nur dagesessen, belustigt meiner Darbietung zugesehen und den Kopf geschüttelt. Wahrscheinlich hatte sie sich wie so oft gefragt, was für einen verhinderten Helden sie sich da eigentlich an Land gezogen hatte.

Gerade fühlte ich mich zu schwach, um eine solche Darbietung zu wiederholen. Ich hoffte inständig, dass der Schirm halten würde. Muskulös war ich noch nie gewesen. Ich gehörte eher zur Gattung der Spargeltarzane. Ich war ziemlich groß und ziemlich schmal.

Die Anekdote mit dem Schirm war jetzt schon wieder ein Jahr her. Mein Gott, wie die Zeit verging. Und wir waren irgendwie immer noch zusammen. Verrückt. Auch was diesen Urlaub betraf, war schon wieder Halbzeit. Hoffentlich versaute diese völlig unnötige Erkältung, die ich mir wohl eingefangen hatte, nicht die komplette zweite Hälfte. Ich befürchtete etwas in dieser Richtung. Nein, heute ging es mir wirklich nicht gut.

Ich fühlte mich schwach. Mir war schwindelig und ich hatte Halsschmerzen. Bei dreißig Grad Lufttemperatur und knallender Sonne fröstelte es mich.
Ich sagte Juliane, dass ich mich nicht wohl fühlte. Ich wollte ihr nicht den Urlaub versauen, aber zum Strand gehen konnte ich absolut nicht. Ich wusste von Zuhause, wie sie sich verhielt, wenn ich krank war. Entweder, sie rollte mit den Augen und sagte, ich solle mich nicht so anstellen, oder sie gab mir permanent gute Ratschläge. Ich solle etwas trinken. Ich solle etwas Leichtes essen. Ich solle dies, ich solle das. Im schlimmsten Fall tat sie beides auf einmal. Das musste ich jetzt eben riskieren. Juliane blieb bei mir und umsorgte mich. Mir tat das wirklich leid, immerhin hatte auch sie nur einmal Urlaub im Jahr. Aber ein gemütlicher Tag auf der Dachterrasse war auch nicht das Schlechteste. Das Meer rauschte vor sich hin.
Ich döste permanent weg, während Juliane ihr Buch las. Mit Buch war sie mir sympathischer als mit Smartphone. Ab und zu wurde ich durch ein seltsames Rumgebrülle auf der Straße geweckt. Offenbar hatten sich irgendwelche Besoffenen nach *El Molinar* verirrt. Juliane meinte auch, dass sie schon ruhigere Tage erlebt hatte. Ab und an durchschnitten Sirenen das Rauschen des Meeres. Nun gut, gestern hatte es immerhin ein mittelschweres

Flugzeugunglück gegeben, da konnten Sirenen schon mal vorkommen. Ich döste wieder weg.

*

Am Abend waren stechende Kopfschmerzen dazugekommen. Im Laufe des Tages hatte ich zu niesen angefangen. Meine Nase lief und meine Augen waren verquollen. *So kalt war die Klimaanlage im Supermarkt doch nun auch wieder nicht gewesen, verdammt! Oder doch?* In den klimatisierten Klamottenläden in *Palma* hatten zum Teil auch arktische Temperaturen geherrscht. Es war müßig, jetzt noch darüber nachzudenken. Ich würde wohl krank werden. Das fehlte mir gerade noch. Wie ein Häufchen Elend schleppte ich mich durch die Wohnung, weil ich auf Toilette musste. Niesend und vor mich hin rotzend, während Juliane ihre Hausapotheke herauskramte und mir diverse Pillen verordnete. Irgendwann ging ich ins Bett. Bevor ich einschlief, bildete ich mir ein, in der Ferne Rumgeknalle zu hören, das sich mit dem Rauschen des Meeres vermischte. Wie von einem Feuerwerk. Die Besoffenen schienen auch dort zu sein. *Einen Tag nach der Flugzeugkatastrophe machten die hier Feuerwerk?* Komisch, diese Leute. Flugzeuge hatte ich den ganzen Tag über keine bemerkt. Dafür hatte ich einige Hubschrauber gesehen. Ich war zu schwach, noch weiter darüber nachzudenken.

*

Am nächsten Morgen war ich richtig im Arsch. Ich fühlte mich so beschissen, wie schon lange nicht mehr. Ich hatte geschlafen wie ein Stein, bis mich das Klappern meiner eigenen Zähne weckte. Schüttelfrost. *Na toll!* Juliane legte mir nahe, viel zu trinken. Sie versorgte mich mit Pillen und meinte, sie würde dann gleich zum Supermarkt gehen, um neues Wasser und Lebensmittel zu kaufen. Ich stammelte fiebrig vor mich hin, dass es für mich okay sei, wenn sie nachher alleine zum Strand ginge. Sie solle die Zeit genießen. Ich würde schon klarkommen. Das sei nur eine Erkältung, ein kleiner grippaler Infekt oder so. Nachdem ich meinen gönnerhaften Vortrag zu Ende gelallt hatte, schlief ich sofort wieder ein.

Teil 1

Pest oder Cholera

Kapitel 1: WTF

Ich erwachte mit einem widerlichen Geschmack im Mund. Das reinste Mundgulli. Draußen war es hell. Die Sonne schien und das Meer rauschte beträchtlich durch das mit Fliegenschutz versehene, immer geöffnete Fenster. Ich fühlte mich deutlich besser. Der Schüttelfrost hatte von mir abgelassen und meine Nase schien sich auch beruhigt zu haben. Die Kopfschmerzen waren zwar noch da, aber in einem erträglichen Ausmaß. Ich war überrascht angesichts meiner doch recht schnellen Genesung und auch froh darüber. Vielleicht würden ja doch noch ein paar nette Urlaubstage für mich herausspringen. Ich hatte schon befürchtet, die verbleibende Restwoche im Bett verbringen zu müssen. Vorsichtig setzte ich mich auf. Mein Schädel begann zu pochen und ein mittelschweres Schwindelgefühl erfasste mich. Das war der Kreislauf. Ich blieb eine Weile auf der Bettkante sitzen, bis sich alles halbwegs eingepegelt hatte und das Schwindelgefühl sich verzog. Ich hatte Gliederschmerzen und Rückenschmerzen, als ob ich zu lange gelegen hätte. Tatsächlich wusste ich nicht, ob noch heute oder schon morgen war. Die Kopfschmerzen wollten sich nicht so recht verabschieden.
Auf dem Tisch stand eine halbvolle Anderthalb-Liter-Flasche. Ich kramte in Julianes Reiseapotheke. Ich wusste, dass ich Kopfschmerztabletten eingepackt hatte. Als ich sie zwischen all den Hausmittelchen und Cremes meiner besseren Hälfte fand, genehmigte ich mir erst einmal eine. Ich nahm selten Kopfschmerztabletten, aber heute würde ich noch eine zweite hinterher schieben, wenn das Pochen in meinem Schädel nicht bald aufhörte. Kopfschmerzen zählten

zu den Dingen, die ich ums Verrecken nicht abkonnte. Ich leerte die halbvolle Flasche Wasser, ohne abzusetzen. Es schmeckte abgestanden, doch ich war am verdursten. Langsam fühlte ich mich besser. Ich ging ins Badezimmer, um mir das Gesicht zu waschen und mich zu rasieren.
Das Licht war kaputt. Wahrscheinlich war mal wieder die Glühbirne im Eimer. Es waren seltsame Glühbirnen, die mir in Deutschland noch nie aufgefallen waren. Ich wusste das, weil voriges Jahr schon einmal das Licht im Bad ausgefallen war. Gleich am ersten Tag. Eine Odyssee ins Einkaufszentrum von *Coll d'en Rabassa* war auf dem Fuße gefolgt, denn in Julianes Welt hatten umgehend Ersatzbirnen hergemusst.
Ich musste kurz schmunzeln. Auch voriges Jahr hatte unser Urlaub holprig begonnen. Um das Licht würde ich mich später kümmern. Draußen schien die Sonne und die Wohnung war lichtdurchflutet. Wenn ich die Badtür offen ließ, würde es schon gehen.
Der Blick in den Spiegel erschreckte mich. Mein Gesicht war blass und eingefallen. Ein deutlich sichtbarer Bartschatten ließ mich zusätzlich altern. Vielleicht war es ganz gut, dass das Badlicht nicht ging. So blieben mir zumindest die Details meines Anblickes erspart. Eines verriet mir der Bart aber: Ich hatte auf jeden Fall eine Nacht durchgeschlafen. *Hatte ich gestern auch vergessen, mich zu rasieren?* Egal. Ab damit. Der akkubetriebene Rasierer hatte ordentlich zu tun. Nach der Rasur und dem Zähneputzen fühlte ich mich fast wieder wie ein Mensch. Das Wasser tröpfelte nur aus dem Hahn, so dass es kaum reichte, um mir das Gesicht zu waschen. Zumindest hatte die Kopfschmerztablette einigermaßen ihr Werk getan.

Juliane hatte meinen Vorschlag, ohne mich an den Strand zu gehen, offenbar beherzt umgesetzt. Ich fühlte mich halbwegs imstande, ihr einen Besuch abzustatten. Ich tippte auf die Schnorchelbucht. Dort waren wir am häufigsten, und der Weg war auch für meinen geschwächten Körper annehmbar kurz.
Vorher musste ich allerdings etwas essen. Ich hatte einen Bärenhunger. In der Wohnung fand ich nicht viel Essbares. Juliane kaufte immer frisch und verarbeitete das Gekaufte auch immer sofort. Der Weißbrotrest, den ich entdeckte, reizte mich nicht im Geringsten. Ich brauchte etwas Richtiges zwischen die Kiemen. Restaurants und Lokale gab es draußen genug. Ich packte etwas Geld ein. Ich wollte Juliane am Strand überraschen und mit ihr Essen gehen. Ein guter Plan.
Ich öffnete die Tür und wurde von der Sonne derart geblendet, dass das Pochen in meinem Schädel wieder begann. *Verdammt!*, dachte ich und holte die Sonnenbrille von oben. Ich merkte durchaus, dass ich noch geschwächt war von dieser merkwürdigen Grippe, oder was auch immer ich mir da eingefangen hatte. *Sei's drum!* Ich brauchte jetzt wirklich etwas zu essen.
Die Straße vor der Ferienwohnung war so gut wie menschenleer. Nur rechts, bei den Mülltonnen, etwa hundert Meter von meiner Person entfernt, lief seltsam geduckt eine Gestalt herum. Geräuschvoll zog ich die Tür zu und steckte den Schlüssel ins Schloss, um abzuschließen. In diesem Moment ertönte ein Schrei. Vielleicht der irrste Schrei, den ich in meinem bisherigen Leben gehört hatte. Er war laut, aggressiv und fast animalisch. Die Gestalt bei den Mülltonnen hatte ihn ausgestoßen. Und er schien mir zu gelten. Es lief mir eiskalt den Rücken herunter. Während der

Typ schrie, ballte er seine Hände zu Fäusten. Dann rannte er los. In meine Richtung. Genauer gesagt: exakt auf mich zu. Er rannte dermaßen schnell und mit vollem Körpereinsatz, dass er in wenigen Sekunden bei mir sein würde. Noch immer stand ich einfach nur da. Ich war wie gelähmt. Jetzt war die Gestalt so nah, dass ich Details erkennen konnte. Sein T-Shirt war zerrissen und mit irgendeiner gelben, schleimigen Flüssigkeit besudelt, die ihm in Fäden aus Nase und Mund hing. Er sah aus, als hätte er sich selbst vollgekotzt. Er trug nur einen Schuh, und sein anderer Fuß sah aus wie ein blutiger Klumpen. Er geiferte, seine Augen waren merkwürdig rot und sein Blick... *Dieser Blick!* Dieser Kerl hatte vor, mich umzubringen. Das wusste ich, als ich diesen Blick sah. Dann passierte etwas, das mir vermutlich den Arsch rettete. Der Kerl war derart auf mich fixiert, dass er nicht auf den Bordstein achtete, stolperte und stürzte. Der Sturz war so heftig, dass er gut zwei Meter mit dem Gesicht auf dem Fußweg entlang schürfte, dabei eine blutige Spur hinterließ und sich fast zu überschlagen schien. Doch ich hörte keinen Laut des Schmerzes. Stattdessen knurrte er, gab unglaubliche, bellende Laute von sich und schrie. Er würde gleich wieder auf die Beine kommen. Keine zehn Meter von mir entfernt.

Das war der Moment, in dem ich zu mir kam. Gott sei Dank steckte noch der Schlüssel. Panisch drehte ich ihn, riss die Tür auf, flüchtete mich in die Wohnung, und hätte den Schlüssel beim Herausziehen beinahe abgebrochen. Ich schloss die Tür hinter mir und wagte nicht, zu atmen. Ich hörte durch die Tür, wie der Typ aufstand und undefinierbare Laute von sich gab. Knurrende und schreiende Laute, in denen Verwunderung mitschwang. Er suchte mich. Er versuchte, meine Witterung aufzunehmen. Jetzt donnerte er gegen meine Tür. Mir blieb fast das Herz stehen. Er machte Geräusche, die verdammt nochmal für drei reichten. *Oder für fünf.* Ich musste zum Glück nicht pinkeln, sonst hätte ich mir hier und jetzt eingepisst. Unter Garantie. In meiner Bauchgegend war ein widerliches Ziehen, das sich mit dem gnadenlosen Hunger vermischte, der in meinen Eingeweiden wühlte.

Ich konnte nicht mehr stehen. Ich sank auf der Treppe zusammen. Ich besaß gerade noch genug Weitsicht, mich am Geländer festzuhalten, um nicht die leeren Plastikflaschen umzustoßen, die auf der anderen Seite der Treppe massenhaft herumstanden. Der Lärm draußen wurde irgendwann weniger und hörte schließlich ganz auf. Paralysiert saß ich da. Was zum Geier? *What The Fuck?* Was war das gerade für eine unfassbare Scheiße gewesen?

*

Stunden später hatte ich den Schock noch immer nicht überwunden. Wieder und wieder spielte sich die schauerliche Szene vor meinem geistigen Auge ab. Der Schrei dieses Wahnsinnigen hallte in meinen Ohren wider. Einmal, zweimal, hundertmal. Unvermittelt schoss mir ein schlimmer Gedanke wie ein Blitz in die grauen Zellen. *Was, wenn Juliane vom Strand kam, und diesem Monstrum in die Arme lief?* Ich musste sie warnen. Aber wie? Jeder normale Mensch hätte jetzt ein Handy dabei gehabt und sie anrufen können. Aber nicht ich. Ich hasste es, angerufen zu werden. Meist riefen eh nur Leute an, mit denen man nicht sprechen wollte, und das noch dazu im absolut falschen Moment. In Deutschland hatte ich ein Billighandy für Notfälle. Wenn ich zum Beispiel auf der Autobahn liegen blieb, mit meiner

fünfzehn Jahre alten Karre, war ein Handy von Nutzen. Zugegeben. Ansonsten benutzte ich das Ding kaum. Ich hatte mich bewusst dagegen entschieden, es mit in den Urlaub zu nehmen, da Juliane ihr Smartphone hatte, und ich nicht davon ausgegangen war, dass wir uns in den zwei Wochen getrennt bewegen würden. Wir wollten alles gemeinsam machen, also reichte ein Handy. So war der Plan gewesen. Das war mir absolut plausibel vorgekommen, und das tat es auch jetzt noch. Dass so etwas wie gerade passieren würde, konnte ja keiner ahnen. Die Szene eben war so surreal gewesen, dass ich immer noch hoffte, jeden Moment aus einem Albtraum aufzuwachen. Doch es war kein Traum. Ich lugte vorsichtig aus dem Fenster und sah die Blutspur, die das Gesicht dieses irre gewordenen Arschlochs auf dem Gehweg hinterlassen hatte. Alles echt. Alles real. Kein Traum. Und kein Telefon. *Fuck!* Hajü hatte hier auch keinen Festnetzanschluss. Wozu auch? Schließlich gehörte auch er zur Gattung der normalen Menschen, die immer und zu jeder Zeit für jedermann erreichbar waren, und das auch so wollten. Also hatte er, wenn er hier war, sein Smartphone dabei. Ich hatte keines. Das war Tatsache. Jeder weitere Gedanke in dieser Richtung war Zeitverschwendung.
Das Haus jetzt zu verlassen, um Juliane zu suchen und dabei zu riskieren, diesem Geisteskranken nochmal zu begegnen, war ausgeschlossen für mich. Das konnte ich nicht. Schon bei dem Gedanken sackten mir die Knie weg. Ich war nicht Lebensmüde. Ja, es war Juliane, meine langjährige Freundin, aber ich konnte trotzdem nicht! *Ich konnte nicht! Ich konnte nicht! Ich konnte nicht!* War ich feige? Mit Sicherheit. War mir mein eigenes Leben wichtiger? Vielleicht. Sehr wahrscheinlich sogar. Außerdem war ich übervorsichtig. Auch daheim. Ich witterte Gefahr an allen Ecken und Enden.

Dort, wo Menschenmassen waren, beim Fußball oder bei Konzerten, war ich generell nie. Dort, wo Menschen sich betranken, war ich generell auch nie. Um aggressive Jugendliche machte ich einen Bogen, wenn das unauffällig möglich war. Wenn es drauf ankam, war ich ein Schisser.
Ich konnte zwar auch den Pöbelgott raushängen lassen, aber nur, wenn ich mich sicher fühlte. Ich war ein wandelndes Paradoxon. Ich liebte es, zu provozieren, aber nur bei Leuten, von denen man keine körperliche Gewalt zu befürchten hatte. Ich mied die Gefahr, wann immer ich konnte. Eigenschutz ging vor Fremdschutz. Das lernte man in jedem Erste-Hilfe-Kurs. Nun war Juliane natürlich keine Fremde, und ich wollte unter keinen Umständen, dass ihr etwas zustieß. Aber dass mir etwas zustieß, wollte ich noch weniger. Das war die bittere Wahrheit.
Mein Gott, war mir schlecht. Ich versuchte, etwas von dem vertrockneten Weißbrot mit Wasser herunterzuwürgen. Aber trotz des Hungers konnte ich jetzt nichts essen. Ich schätzte, ich stand wohl unter Schock. Es wurde immer später und später. Langsam wurde es dunkel und Juliane kam nicht. Als ich wieder einmal einen Blick auf meine falsche goldene Armbanduhr warf, die auf dem Tisch lag, traf mich der Schlag. Die Uhr hatte auch eine Datumsanzeige, doch die Zahl, die dort stand, konnte nicht stimmen. Das war völlig ausgeschlossen. Sicherheitshalber prüfte ich es mehrfach nach, ging vom Datum unserer Anreise aus, und rechnete es wieder und wieder durch. Ich kam immer wieder zum gleichen Ergebnis. Wenn das Datum, das die Uhr anzeigte, stimmte – und ich wusste, dass es so war, weil ich sie erst vor dem Urlaub akribisch gestellt hatte – dann fehlten mir drei Tage. Um auf Nummer sicher zu gehen, schaute ich auf den batteriebetriebenen Funkwecker. Es schien tatsächlich

zu stimmen. Ich hatte krankheitsbedingt nicht eine Nacht geschlafen, sondern eine Nacht und drei volle Tage! Die Müdigkeit saß mir trotz des Schocks noch immer in den Knochen. Meine Beine waren weich wie Pudding. Ich musste mich hinlegen, bevor ich abklappte.

*

Es war hell, als ich die Augen wieder öffnete. Ich musste wohl eingeschlafen sein. Juliane war immer noch nicht da. Ich machte mir riesige Sorgen und Vorwürfe. Siedend heiß fiel mir der Irre vom Vortag ein. Ich fragte mich, ob ich ihm vielleicht hätte helfen müssen. Vielleicht hatte ich die Situation fehlinterpretiert. Wobei, was gab es da fehlzuinterpretieren? Hätte ich Juliane doch suchen sollen? *Hätte, hätte, Fahrradkette.* Gestern war gestern, heute war heute. Ich konnte die Zeit nicht zurückdrehen. Es half alles nichts, aber ich musste jetzt etwas tun. Ich entschloss mich, noch einmal nach draußen zu gehen. Ich musste Juliane finden. Oder hatte sie die Gunst der Stunde genutzt, um jemand neues kennenzulernen? Meine Juliane? *Weg mit dem Gedanken und zwar ganz schnell!* Ich würde jetzt rausgehen und damit basta! Dieser Irre hatte sicher irgendwelche Drogen genommen. Vielleicht dieses Dreckszeug *Crystal Meth*, von dem man in letzter Zeit so viel hörte. Er war sicher längst weg – weitergezogen, seinen Rausch ausschlafen oder verhaftet.

Als ich die Treppe der Ferienwohnung herunterschlich, hatte ich trotzdem ein mulmiges Gefühl. Okay, das war stark untertrieben. Tatsächlich hatte ich ziemlichen Schiss. Etwas derart Extremes wie gestern hatte ich offen gestanden noch niemals zuvor erlebt. Auf der Hälfte der Stufen kehrte ich um, weil ich aufs Klo musste. Eine Kommilitonin von früher, mit der ich in einer WG gewohnt hatte, als ich noch ein junger Hüpfer gewesen war, hatte das immer als *Angstschiss* bezeichnet und dabei gegrinst. Vor Prüfungen oder Referaten war immer erst einmal der *Angstschiss* fällig gewesen. Gelaufen war mit meiner Kommilitonin natürlich nichts. Ich war auch als Student nie ein Mann der großen Taten gewesen. Verrückt, dass ich gerade jetzt darüber nachdenken musste. Nachdem ich mein Geschäft erledigt hatte – manifestierte, dünnflüssige, stinkende Angst – stellte ich fest, dass die Rohre merkwürdig klangen, als der Spülkasten voll lief.

Ich entschloss mich, ein besonders spitzes, gezacktes Messer einzustecken. Für alle Fälle. Falls dieser Irre immer noch auf der hitzeflirrenden Straße herumschlich. Ich hatte mordsmäßig Glück gehabt, dass er sich auf seine Fresse gelegt hatte. Sonst wäre die Sache vielleicht anders für mich ausgegangen. Das flaue Gefühl im Magen nahm mit jedem Zentimeter zu, den ich mich der Tür näherte. *Schön ruhig bleiben!*, sagte ich zu mir. Mit zittrigen Händen öffnete ich die Tür. Die Sonne knallte erbarmungslos. Ein Aroma von Hundepisse lag in der Luft. Vorsichtig steckte ich meinen sonnenbebrillten, Basecap tragenden Kopf nach draußen. Ich merkte überdeutlich, dass ich noch von dieser vermaledeiten Grippe geschwächt war. Ich hatte weiche Knie, meine Griffel zitterten. *Verdammt!* Zuerst scannte ich die rechte Seite der Straße. Die Seite, wo weiter hinten die vor sich hin müffelnden Müllcontainer standen. Von dort war der Irre gestern gekommen. Die Luft schien rein zu sein. Staubige Autos standen vereinzelt am Straßenrand. Viele hatten Kratzer oder waren irgendwie zerbeult. Auf Mallorca schien man sich wenig Gedanken ums Einparken zu machen. Ich sah keine Menschenseele. Die Fensterläden der Spanier, die in dem dunklen Loch unter unserer Ferienwohnung hausten, und die scheinbar ihre gesamte Lebenszeit dem Fernsehen-Glotzen bei geöffnetem Fenster widmen wollten, waren erstaunlicherweise geschlossen. Vielleicht hatte der Irre auch sie belästigt.

Der linke Straßenabschnitt war viel kürzer. Auch hier war keine Menschenseele. Nach zirka zwanzig Metern endete die Straße und mündete in eine andere. Vorsichtig schlich ich bis zur Straßenecke, auf leisen Sohlen, wie ein Dieb. Plötzlich kam ich mir albern vor. Übermütig wurde ich trotzdem nicht. Vorsicht war besser als Nachsicht. Ich spähte um die Ecken. Erst nach rechts, dann nach links. *Nichts. Niemand. Nada. Nothing.* Rechts hoch kam man zur Hauptstraße. Nach links ging es zur Strandpromenade und zum Meer. Dorthin wollte ich. In dieser Richtung würde ich auch Juliane finden, falls sie tatsächlich egoistisch und selbstverliebt am Strand rumlungern sollte, anstatt sich um ihren kranken... nun ja, was eigentlich? Sagen wir mal *Lebensabschnittsgefährten* zu kümmern. Glauben konnte ich nicht so recht daran. Wenn ich ehrlich war, passte solch ein Verhalten nicht zu meiner besseren Hälfte. An die Alternative wollte ich gar nicht denken. Dass sie ihr eigenes Ding machte, während ich, von Schüttelfrost gebeutelt, mir selbst überlassen im Bett lag? Nein! Ausgeschlossen! Dass sie von diesem Kaputten angefallen worden war, als sie für uns einkaufen wollte und jetzt vielleicht schwer verletzt in einem Krankenhaus lag? Oder schlimmeres… Schon eher wahrscheinlich. *Gott bewahre!* Bloß nicht darüber nachdenken.

Immer schön eins nach dem anderen. Erst zum Strand, die Lage checken! Vielleicht wusste der Labersack vom Eisladen ja etwas. Plötzlich freute ich mich, dass es diesen

Typen gab. Ich klammerte mich daran, dass er mir in seiner wichtigtuerischen Art entscheidende Informationen zukommen lassen konnte. Er würde es ausschmücken und genießen, soviel stand fest.
Ich war an der Einmündung zur Strandpromenade angekommen, die ich verblüffend menschenleer vorfand. Kein Fahrradfahrer raste den zu schmalen Fahrradweg entlang. Kein Einziger! Keine Hübsche auf Rollerblades schickte sich an, fast mit Letztgenanntem zu kollidieren, mit Kopfhörern im Ohr. Welcher Tag heute war, wusste ich gar nicht. Auch nicht, wie spät es eigentlich war. Aber die Sonne schien, das Wetter war sonnig und warm, und hier war niemand! Zumindest nicht auf den ersten Blick. Ich überquerte die Straße, instinktiv noch einmal nach Fahrradfahrern schauend. Nichts.
Ich stieg die Stufen zur erhöht liegenden Strandpromenade hinauf, die Fußgängern vorbehalten war. Die Bänke, die die Promenade säumten und einen herrlichen Blick aufs Meer boten, waren leer. Ich ging nach rechts, in Richtung Eisladen. Weiter hinten lag die Schnorchelbucht. Ich musste nur noch an dem kleinen Bootshafen vorbei, dann würde ich den Eisladen erreichen. Es ging immer noch ein ziemlicher Wind, so dass das Meer Wellen schlug. Das Rauschen dröhnte in meinen Ohren. Hinter einem Zaun befand sich die Marina. Kleine, unspektakuläre Boote lagen hier. Die teuren Luxushütten ankerten ein paar Kilometer weiter vorn im Hafen von *Palma*.
In der kleinen Marina sah ich jetzt einen Menschen. Er stand mir mit dem Rücken zugewandt einfach nur da und starrte aufs Meer. Etwas weiter weg sah ich noch einen. Er lag auf dem Steinboden neben den Booten. *Eine komische Art, ein*

Sonnenbad zu nehmen! Der Eisladen war offen. Gott sei Dank.
»Hallo, ist hier jemand?«, rief ich zaghaft. *Mister Wichtig* war scheinbar nicht anwesend. Auch nicht seine Eisverkaufsassistentin, die eigentlich Hotelmanagement studierte. Dafür roch es komisch in der Bude. Mehrere Stühle waren umgestürzt. *WTF? What The Fuck? Was zum Geier war hier los, verdammt?* Ich war kurz davor, noch einmal zu rufen, doch aus irgendeinem Grund tat ich es nicht. Instinkt? Stattdessen inspizierte ich den Eisladen etwas genauer. Auf dem Boden war ein rötlicher, größerer, getrockneter Fleck. *Erdbeereis?* Das Eis in den Auslagen war komplett geschmolzen und zu einer unappetitlichen Masse geworden.
Hinter dem Tresen stöhnte jemand. Oder grunzte. Sofort musste ich wieder an den Irren denken. Erneut bekam ich es mit der Angst zu tun. Hinter dem Tresen lag jemand, soviel stand fest. Und er grunzte! Vielmehr war es ein Knurren. Ich trat den langsamen, lautlosen, geordneten Rückzug an. *Bloß kein Geräusch machen!*
Im Zurückziehen war ich gut. Das beherrschte ich in allen Lebenslagen. Sobald es brenzlig wurde, zog ich mich zurück. Dafür hatte ich mich schon oft gehasst. Doch das hier war etwas anderes. Instinktiv fühlte ich, dass ein langsamer, lautloser, geordneter Rückzug das einzig Richtige war. Eine andere Option gab es nicht. Nicht für mich und nicht in diesem Moment. Auf Zehenspitzen schlich ich aus dem Eisladen. Mir zitterten die Knie. Ein diffuses Gefühl von Panik machte sich breit.
Das hier war nicht das Mallorca, das es noch vor ein paar Tagen gewesen war. Ich wollte zurück, Richtung Ferienwohnung. Jetzt noch weiter in Richtung

Schnorchelbucht zu gehen, zog ich nicht in Betracht. Paranoid blickte ich mich in alle Richtungen um, während ich vorbei am Bootshafen zurückging. Nur mühsam konnte ich den Impuls unterdrücken, einfach loszurennen. Mein Atem ging flach und schnell. Mein Mund, in dem sich ein widerlicher, säuerlicher Geschmack breitmachte, war furztrocken.

Die Gestalt, die vorhin im Hafen gestanden hatte und in Richtung Meer starrte, war immer noch da. Sie verharrte absolut regungslos. Auch der Typ, der weiter hinten auf den Steinen gelegen hatte, war noch da. Jetzt sah ich einen dritten, der merkwürdig zwischen den Booten umher taumelte. *Normal war das nicht.* Ich duckte mich und legte einen Zahn zu. Vielleicht wartete Juliane ja mittlerweile in der Ferienwohnung, und wir würden uns in wenigen Minuten gemeinsam darüber totlachen, dass ich gefangen in irgendeiner postgrippalen Wahrnehmungsstörung wie der letzte Volltrottel im Entengang an der Marina vorbeigeschlichen war. Doch gerade war mir nicht zum Lachen. Der Irre von gestern war überaus real gewesen. Genau wie das Geknurre im Eisladen.

Ich hatte mittlerweile die Stelle erreicht, an der die Nebenstraße, die ich auf dem Weg zur Ferienwohnung nehmen musste, auf die Strandpromenade traf. Bevor ich abbog, warf ich noch schnell einen Blick nach vorn, weiter die Promenade hinunter. Dort nahm ich eine Bewegung neben geparkten Autos wahr. Ich ging an der Ecke in Deckung und schaute genauer hin. Die Straße, die parallel unmittelbar neben der erhöhten Strandpromenade verlief, war keineswegs so menschenleer, wie ich vorhin noch angenommen hatte.

Neben den Autos, etwa einhundertfünfzig Meter von meiner Position entfernt, bewegte sich eine Art Menschenknäuel. Mehrere Gestalten machten irgendetwas am Boden. Vielmehr schienen sie sich mit etwas zu beschäftigen, das am Boden lag. Die Gestalten hockten auf den Knien um dieses *Etwas* herum. Das Meer rauschte zu laut, als das ich hätte hören können, was da vor sich ging. Gebannt beobachtete ich die Szene, von der ich nicht wusste, was ich von ihr halten sollte, als eine weitere Person, eine Frau, aus der Nebenstraße gerannt kam, die zirka hundert Meter weiter parallel zu meiner verlief. Ihr panisches, schrilles Schreien übertönte das Rauschen des Meeres. Sie lief auf die Straße, auf der fünfzig Meter weiter hinten der Menschenknäuel zugange war. Als sie den Pulk erblickte, schrie sie noch lauter und rannte von den am Boden hockenden Gestalten weg. Also direkt auf mich zu. Und was ich jetzt sah, bei Gott, das werde ich niemals wieder vergessen können. Nicht einmal, wenn ich eintausend Jahre alt werden würde. *Niemals, absolut niemals könnte ich diese Bilder vergessen.* In den am Boden hockenden Knäuel kam Leben. Die Gestalten, so um die sieben bis acht an der Zahl, sprangen auf und schrien derart irre, dass es mir in Mark und Bein ging. Der Durchgeknallte von gestern hatte genau so geschrien. Alle sieben bis acht rannten schreiend und in einem affenartigen Tempo auf die fliehende Frau zu. Diese stolperte in Panik über ihre eigenen Füße und schlug mit einem hässlich klatschenden Geräusch, das locker das Rauschen des Meeres übertönte, auf die Pflastersteine. Sofort waren die Gestalten über ihr. Sie *bissen* sich an ihr fest! Sie *bissen* in sie hinein! So als wollten sie sie auffressen! Sie hockten um sie herum. Sie hockten auf ihr und sie *bissen* in sie hinein!

Weitere schreiende Gestalten strömten aus der Nebenstraße, aus der die Frau gekommen war. Ich hörte ein Knurren, Keuchen und Schmatzen von den am Boden Hockenden – keine vierzig Meter von mir entfernt – das sich mit dem wahnwitzigen Gebrüll der heranstürmenden Gestalten vermischte.
Ich befand mich in Todesgefahr. Das wurde mir in diesem Moment schlagartig und unmissverständlich klar. Die Irren waren so sehr mit der Frau beschäftigt, dass sie mich noch nicht wahrgenommen hatten. Doch das konnte sich jede Sekunde ändern. Die Schockstarre fiel von mir ab, und ich rannte wie von der Tarantel gestochen in meine Nebenstraße Richtung Ferienwohnung. Mit etwas Pech hätte ich direkt in andere Kaputte hineinrennen können – wer wusste schon, wie viele von denen hier noch herumliefen – doch ich hatte Glück. Ich überstand die restlichen hundert Meter Wegstrecke, die noch zu meiner Ferienwohnung fehlten, ohne eine derartige Begegnung.
Meine Finger zitterten stark. Ich brauchte mehrere Anläufe, um den Schlüssel in das Schlüsselloch zu bekommen. So leise, wie irgend möglich, schloss ich die Tür hinter mir. Dämmriges Licht umfing mich. Mein Herz raste. In meinen Ohren dröhnte und pfiff es. Fassungslos sackte ich auf den Stufen zusammen. *Déjà-vu.* Genau wie gestern. *WTF?* Was für eine Scheiße passierte hier? *Was für eine gottverdammte Scheiße passierte hier?*

*

Ich hätte nachher nicht mehr sagen können, wie lange ich regungslos auf dieser Treppe verharrt hatte. Es müssen Stunden gewesen sein. Die Dunkelheit war mittlerweile hereingebrochen. Es war Nacht geworden, ohne dass ich es bemerkt hatte. Ich getraute mich nicht, auch nur den geringsten Mucks zu machen. Jede noch so kleine Bewegung von mir, jedes Rascheln meiner Kleidung, jedes Schaben meiner Schuhsohlen schien mir laut wie ein Paukenschlag. Es war stockfinster auf der kleinen Treppe, die oben noch eine Neunzig-Grad-Kurve vollführte, bevor sie in die erste Etage mit Wohnbereich, Küche, Bad und Schlafzimmer mündete.

Eine weitere Treppe führte in die zweite Etage, welche Hajüs Arbeitszimmer, eine Ecke mit Waschmaschine und natürlich die Dachterrasse beherbergte. Das Erdgeschoss des Hauses, neben dem die erste Treppe verlief, gehörte zu einer anderen separaten Wohnung. Die Dachterrasse war unbestritten das Herzstück dieses kleinen aber feinen Domizils.

Die Eingangstür, hinter der ich zurzeit hockte, war allerdings eher symbolischer Natur. Der Rahmen war aus Holz. Die Tür war aus Holz. Das Metallschloss, eine Konstruktion, die beim Schließen ganze vier Bolzen in die am Rahmen befestigte Halterung einrasten ließ, war mit lächerlichen vier Holzschrauben an der Tür befestigt. Jeder, der mit Gewalt hier rein wollte, würde das auch schaffen. Unentdeckt zu bleiben, war die Devise der Stunde.

Mein Kopf arbeitete jetzt erstaunlich klar. Meine Gedanken fuhren Achterbahn, doch es waren klare Gedanken. *Psst. Sei still!*, flüsterte mir mein Verstand zu. Immer und immer wieder. *Bloß still sein!* Ich musste pissen. Außerdem war mir speiübel. Jede Bewegung hätte meinen Körper dazu veranlassen können, die Brechreizoffensive zu starten. Helle Punkte tanzten vor meinen Augen, die nichts außer Schwärze wahrnahmen. Wenn ich jetzt auf die Treppe kotzte, mit all den damit verbundenen erbärmlichen

Geräuschen, hätte das vermutlich in etwa denselben Effekt, wie wenn ich auf die Straße gehen würde, um *Hallo hier bin ich!* zu rufen. Freilich wusste ich nicht, was das auf Spanisch hieß, aber ich schätzte, das war denen da draußen ohnehin scheißegal.

Um mein Spanisch war es schlecht bestellt. *Hola, Si, Gracias Senor.* Viel mehr umfasste mein Vokabelschatz nicht. *Como estas* kannte ich auch noch. Das hieß *wie geht's?* Die floskelhafte Standardantwort *muy bien* traf auf mich gerade absolut nicht zu. Sehr gut ging es mir nun wirklich nicht. *Se Vende* stand an vielen Häusern und musste wohl *zu verkaufen* oder *zu vermieten* heißen. *Proxima Parada* hatte ich beim Busfahren aufgeschnappt, das hieß *nächste Haltestelle.* Mehr Spanisch war in all den Jahren Malle-Urlaub nicht hängengeblieben. *Hasta la vista, Baby* kannte ich auch noch, allerdings nicht aus dem Urlaub. Aber wer kannte das nicht? *Verdammt!* Ein Held war ich weiß Gott nicht. Höchstens ein Pantoffelheld.

Und jetzt hockte ich im Dunkeln auf dieser Treppe. Ein käsiger Deutscher mit Hühnerbrust und Todesangst. Ich wusste, dass auf der Treppe einiges Gerümpel stand. Insbesondere leere Plastikflaschen. Es wurde allgemein davon abgeraten, das mit Chemikalien versetzte, gechlorte Wasser aus der Leitung zu trinken, wenn man nicht gerade riskieren wollte, tagelang auf dem Klo herumzuhängen. Also kaufte man Wasser in Plastikflaschen. Am üblichsten waren Anderthalb-Liter-Flaschen und Sechs-Liter-Kolosse. Eine kleine Armada dieser Flaschen stand leer auf der Treppe herum. Ich war zu faul gewesen, sie in den Müll zu bringen. Sie waren schön säuberlich an einer Seite am Rand drapiert. Wenn ich mich im Dunkeln die siebzehn Stufen hocharbeitete und eine dieser Flaschen erwischte, würde das

bei meinem Glück eine Kettenreaktion auslösen. Flaschendomino. Zehn oder fünfzehn dieser Plastikpullen, die einen Höllenlärm veranstalteten, während sie grazil wie Nilpferde die Treppe herunter tanzten. Eine grauenhafte Vorstellung! *Rumpel-di-Pumpel, weg war der Kumpel.* Dieser Spruch, den ich mal irgendwo aufgeschnappt hatte, fiel mir absurderweise jetzt wieder ein. Er hatte auf diesen stockfinsteren siebzehn Stufen von nicht einmal einem Meter Breite tödliche Gültigkeit. Eine solche Heldentat, wie eine Flasche umzustoßen, die alle anderen mitriss, würde auch zu mir passen. Das hätte meine verschollene bessere Hälfte jederzeit bestätigen können, wenn sie hier gewesen wäre. Oh, wie wünschte ich mir, dass sie hier wäre! Was würde ich dafür geben, eine ihrer Sticheleien ertragen zu dürfen, an einem Strand voller Algen, Zigarettenstummel und normaler Menschen.
Die Realität war: Ich hockte hier im Dunkeln. Seit etlichen Stunden. So blöd, das Licht anzumachen, war ich nicht. Das wäre genauso auffällig gewesen, wie die Nummer mit den Flaschen oder auf die Treppe zu kotzen. Eine bleierne Müdigkeit überkam mich. Mein grippegeschwächter Körper forderte sein Recht auf Schlaf ein. Auf der Treppe einzudösen und gegen die Tür zu rutschen, oder in die leeren Flaschen zu sinken, war keine Option. Ich musste etwas tun. Jetzt! Ich orientierte mich an der Außenseite der Treppe. Dort war ein Geländer. Die Flaschen standen an der Innenseite. Hoffentlich ausnahmslos. Ich brauchte eine gefühlte Ewigkeit, mich nun doch die Treppe hinauf zu tasten. Nur noch die Kurve, dann hatte ich es geschafft. Ich pisste im Dunkeln und vermied es tunlichst, zu spülen. Dann legte ich mich so vorsichtig wie möglich ins Bett. Das Meer rauschte. Erschöpft, wie ich war, schlief ich sofort ein.

Kapitel 2: Erkenntnis

Wirre Träume hatten mich durch eine unruhige Nacht begleitet. Helligkeit empfing mich, nachdem ich irgendwann aufgewacht war. Kurz hatte ich Orientierungsschwierigkeiten und klammerte mich an die Hoffnung, dass all die Ereignisse der letzten zwei Tage Bestandteil meiner Träume gewesen waren. Die Einsamkeit, die mich umfing, belehrte mich eines besseren. Der batteriebetriebene Radiowecker zeigte zwei Uhr Nachmittag an. Wenn ich gestern genauso spät erwacht war, erklärte das, warum es auf dieser Treppe so schnell dunkel geworden war. In meinen Eingeweiden wühlte der Hunger. Die Lebensmittelsituation hatte ich ja bereits vorgestern, nach meinem dreitägigen Schlafmarathon, flüchtig gecheckt. Viel konnte nicht mehr da sein. Ich wusste von drei Müsliriegeln, die ich mir für den Hinflug eingepackt und bisher noch nicht gegessen hatte. Das restliche Weißbrot war längst knochenhart, aber angesichts der Situation sicher essbar. Außerdem fand ich noch zwei Dosen Konserventomaten und eine Dose Ananas in Hajüs Domizil. Ein größeres Problem stellte das Zutrinken dar. Zwei Dosen Cola und drei Dosen Bier fand ich in Hajüs Kühlschrank. Die waren vor unserer Ankunft schon da gewesen. Bier konnte ich noch nie etwas abgewinnen.
Seit ich als kleines Kind einen Riesenschluck davon genommen hatte, weil ich das Zeug in dem Glas auf dem Tisch für Tee gehalten hatte, machte ich einen Bogen darum. Wenn mir jemand Bier anbot, pflegte ich immer zu sagen, dass ich Pferdepisse vorziehen würde. Mit diesem Spruch war ich schon öfters angeeckt. Meine bessere Hälfte, die

liebreizende Juliane, hatte sich dann immer für den mürrischen Kauz an ihrer Seite geschämt und sich sogar mehr als einmal für mein Verhalten entschuldigt. Das wiederum war mir dann peinlich gewesen.
Ich dachte an unseren Besuch im Eisladen, bevor diese Scheiße hier angefangen hatte. Wie gern hätte ich diesem selbstgefälligen Eisgockel einen Spruch an die Rübe geknallt und es nur Juliane zuliebe nicht getan. *Hotelmanagement, ah ja, interessant, bla bla blubb.* Ich eckte gerne an. Das bereitete mir diebische Freude. Ich konnte die anderen nicht leiden, sie konnten mich nicht leiden. Deal!
Wie schnell sich doch alles ändern konnte. Wenn ich jetzt anecken wollte, brauchte ich vermutlich nur vor die Tür zu gehen und einmal laut zu furzen. Ich konnte plötzlich gut darauf verzichten. Wenn ich den Eismann, der im Prinzip nur Konversation betrieb, jetzt noch einmal treffen könnte, würde ich nett und zuvorkommend sein. Und Juliane? *Oh Juliane!*
Ich begutachtete immer noch den Kühlschrank, der mir gerade überhaupt nicht sonderlich kühl vorkam und die wie Schätze darin thronenden Dosen. Das mit der Pferdepisse musste ich revidieren. Bier war schon okay. Obwohl ich vermutlich auch echte Pferdepisse trinken würde, wenn es mir dadurch erspart blieb, vor die Tür zu gehen. Das brachte mich auf eine Idee: Ich könnte die leeren Wasserflaschen mit Leitungswasser füllen. Ich könnte es danach Intervallweise abkochen. Das war doch was! Auf jeden Fall besser als Bier und als Pferdepisse sowieso.
Barfuß und auf Zehenspitzen näherte ich mich den leeren Flaschen, die mir gerade wie eine Kostbarkeit vorkamen. Gefüllt würden sie mir einiges ersparen. Ich hatte mal gehört, dass ein Mensch durchaus zwei bis drei Wochen

ohne Essen auskommen könnte. Ob das für meinen dürren Körper, der bei einer Körpergröße von eins-siebenundachtzig nicht einmal siebzig Kilo auf die Waage brachte, so zutraf, stand allerdings auf einem anderen Blatt. Vermutlich würde ich Abstriche machen müssen. Aber egal. Entscheidend war, dass ohne Trinken schon nach etwa drei Tagen Zapfenstreich war. *Was für ein Wortspiel!* Ich beglückwünschte mich zu meiner grandiosen Idee und griff nach zwei Flaschen. In jeder Hand eine. Äußerst vorsichtig und hochkonzentriert löste ich die Flaschen aus der Sammlung, fast so, als würde ich Dominosteine aus einer langen Reihe entnehmen wollen, ohne die anderen umzuwerfen. Kurz überlegte ich, welchen Wasserhahn ich nehmen wollte. Der in der Küchenzeile war direkt am Fenster zur Straße. Das war mir zu heikel. Ich entschied mich für das innenliegende Bad. Genauer gesagt: für den Hahn der Badewanne. Ich hielt die Flasche darunter und drehte den Hahn auf. Dieser quittierte meine Aktion mit einem gurgelnden Blubbern. Wasserreste füllten die Eineinhalb-Liter-Flasche zu einem Drittel. Danach war Sense. Kein Wasser! Diese Erkenntnis traf mich wie ein Boxhieb mitten ins Gesicht. Mir wurde schwindelig. Ich taumelte. Ich konnte die Flasche gerade noch einigermaßen lautlos abstellen, bevor ich langsam an der gefliesten Wand zu Boden glitt.

Ich steckte knietief in der Scheiße. In einer Ecke stand noch ein zu einem Drittel gefüllter Sechs-Liter-Koloss. Plus zwei Dosen Cola, plus drei Dosen Bier, plus der Rest aus dem Hahn, den ich abkochen wollte. Das Ergebnis dieser Rechenaufgabe lautete: Ich musste mir etwas einfallen lassen, und zwar ziemlich bald.

*

Auf die Lösung, die mir möglicherweise etwas Zeit zum Nachdenken und zum Lage-Sondieren schenkte, kam ich, als ich im Bad war. Ich konnte sie direkt vor mir sehen. Sie war weiß, viereckig und hing über der Kloschüssel. Ich konnte dem Spülkasten der Toilette immerhin fünf Liter Wasser abluchsen. Er war nur halbvoll und ich erinnerte mich an die komischen Geräusche, die er gemacht hatte, als ich das letzte Mal gespült hatte. Nach meinem Angstschiss. Vermutlich war das der Rest, der sich noch in den zuständigen Rohren befunden hatte, nachdem die Wasserversorgung abgekackt war.
Die Brühe war sicher kein Fünf-Sterne-Gesöff, aber es entspannte die Situation doch erheblich. Bevor ich das Zeug aber trinken würde, müsste ich es abkochen. Ich füllte einen Liter in den Wasserkocher, um sämtliche Keime und Gefahren, die dieses Wasser beherbergen konnte, auszulöschen. Immerhin wurde nicht umsonst in diversen Reiseführern davon abgeraten, hier Leitungswasser zu trinken. Vorher hatte ich den Wasserkocher ins Bad geholt und die Tür geschlossen, damit die Geräusche, die das Ding machte, nicht bis nach draußen auf die Straße drangen. *Klick.* Nichts. Der Wasserkocher streikte. In diesem Moment fiel es mir wie Schuppen von den Augen. Das geschmolzene Eis im Eisladen. Das Badlicht, das nicht funktionierte. Die totale Finsternis auf der Treppe, obwohl die Straßen nachts eigentlich beleuchtet wurden. Der Kühlschrank, der sich nicht sonderlich kühl angefühlt hatte. All das konnte nur eines bedeuten: Es gab keinen Strom. Nach dem winzigen Erfolg meiner unorthodoxen Wassergewinnung aus dem Spülkasten, war das ein weiterer herber Rückschlag.

Ich addierte Eins und Eins zusammen: Verrückte Gestalten auf der Straße, gestern und heute, Juliane war verschwunden, es gab kein Wasser und keinen Strom. Und dann noch die Sache mit dem Flugzeug. *Was lief hier eigentlich?* Die Sache schien größer zu sein als ein paar Irre, die die Straßen unsicher machten.
Wäre ich nicht so ein eigenbrötlerischer Kauz, der in der Vergangenheit lebte, hätte ich vielleicht ein Smartphone besessen. Doch diese Informationsquelle fiel in meinem Fall flach. Ich hatte diese Dinger bis zuletzt boykottiert. Halbherzig ließ ich den Blick umherschweifen, um vielleicht doch Julianes Lieblingsspielzeug zu finden. Im Gegensatz zu mir hatte sie nämlich ein solches Wundergerät, und frequentierte es in jeder freien Minute, um mit Gott und dem Rest der Welt sinnfreie Kommunikation zu betreiben. Ich gab meine Suche schnell auf. Juliane war nicht hier, also war es ihr Smartphone auch nicht. So einfach war das.
Der große Flachbildfernseher, den Hajü in der Wohnung installiert hatte, war ohne Strom keinen Pfifferling wert. Also beschäftigte ich mich mit anderen Fragen. Zum Beispiel, ob ich dieses Spülkastenwasser wirklich trinken konnte, ohne es vorher abzukochen. Dünnpfiff fehlte mir gerade noch. Zumal die Klospülung so trocken war, wie die Wüste Gobi.
Der Hunger wurde langsam übermächtig. Ich entschied mich dafür, ein üppiges Festmahl abzuhalten. Ich gönnte mir den Rest von dem knochenharten, vertrockneten Weißbrot, den ich mit einem halben Liter abgestandenem Wasser aus dem noch zu einem Drittel gefüllten Sechs-Liter-Koloss hinunterwürgte. Zum Nachtisch genehmigte ich mir einen Traubenzuckerdrops, von denen ich noch eine viertel Rolle hatte.

*

Nachdem ich mein Festmahl beendet hatte, wollte ich einen Blick nach draußen werfen. Und zwar auf eine Art und Weise, die mir halbwegs sicher vorkam, nämlich von der Dachterrasse aus. Leise, unauffällig und vorsichtig wollte ich mir von dort aus einen Überblick verschaffen. Ich musste einfach mehr Informationen bezüglich der Lage sammeln, und die Dachterrasse mit ihrer enormen Aussicht kam mir relativ sicher vor. Ich schlich in die obere Etage.
Zuerst wollte ich mich zur rechten Seite begeben. Von dort würde ich nicht nur bis *Palma* blicken können, sondern noch erheblich weiter. Wie die Städte und Ortschaften hinter *Palma* – der Hauptstadt von Mallorca mit rund vierhunderttausend Einwohnern – hießen, wusste ich nicht. Ich war nie dort gewesen und hatte mich bisher auch nicht großartig dafür interessiert. Unsere bisherigen Urlaube hatten sich immer zwischen *Palma* auf der einen und *S'Arenal* auf der anderen Seite abgespielt. Mit der Ferienwohnung in der Mitte. Weiter waren wir nie gekommen. Eigentlich war das ein Armutszeugnis, doch gerade stand mir nicht der Sinn danach, diese Wissenslücke zu schließen und die Insel zu erkunden. Bisher hatten uns das Meer und der Strand genügt. Hier und da ein wenig flanieren, mal in die eine, mal in die andere Richtung, und fertig war der Lack.
Im Moment legte ich gesteigerten Wert darauf, dass sich mein Mikrokosmos nur auf diese Wohnung beschränkte. Unterschwellig wusste ich, dass das nicht lange funktionieren konnte. In spätestens vier Tagen würde ich mich vor Hunger und Durst am Boden winden. Die Sonne

knallte erbarmungslos und sorgte für Temperaturen über der Dreißig-Grad-Marke. In der Wohnung stand die Luft. Auf geöffnete Fenster in Richtung Straße konnte ich derzeit verzichten. Ich musste aufpassen, dass ich nicht dehydrierte. Mit einem halben Liter Wasser pro Tag war es nicht getan. Selbst wenn ich das Wasser aus dem Spülkasten mit einbezog und einen Dünnschiss riskierte, der eine Schwächung bis zur Handlungsunfähigkeit zur Folge haben konnte, ich noch mehr trinken musste und die ganze Bude ohne Klospülung erbärmlich stank, wären meine Vorräte innerhalb kürzester Zeit aufgebraucht. Ich musste mir einen Plan machen. Ich ging lieber nicht davon aus, dass ich Hilfe von außen bekam.

Schritt eins des Planes: den Kopf über die Brüstung der Terrasse stecken, um mir ein Bild zu machen. *Also los, Kollege!* sprach ich mir Mut zu. Ich war angespannt, das ließ sich nicht leugnen. Ich wusste nicht, womit ich eigentlich rechnete. Die Terrassentür lautlos zu öffnen, war eine Herausforderung. Ich ging in die Hocke.

Der erste Eindruck war nicht optischer, sondern akustischer Natur. Im Gegensatz zu den vorigen Tagen war es heute windstill. Das Meer war absolut ruhig, so dass die Geräusche, die es bisher überlagert hatte, in den Vordergrund treten konnten. Am liebsten hätte ich mir die Ohren zu gehalten und wäre wimmernd zurück in die Wohnung gekrochen. Doch ich tat es nicht. Meine Nackenhaare stellten sich auf. Trotz der Temperaturen lief es mir eiskalt den Rücken herunter. Ich hörte eine Höllensymphonie aus Geräuschen, Lauten und Klängen, die ich zum Teil schon kannte, und die in mir eine nie gekannte Angst auslösten. Ich hörte ein Grunzen, Stöhnen und Schlurfen, das so nah war, dass es eigentlich nur von den mich umgebenden Straßen kommen konnte. Jetzt hörte ich einen dieser irren Schreie. Leise, wahrscheinlich Kilometer weit entfernt, auf den weitere folgten. Doch das schrecklichste war: Dieses Stöhnen, Grunzen, Knurren und die gelegentlichen Schreie kamen von überall. Von Nah und von Fern. Zusammen ergaben sie eine Art Summen und Brummen, das nie abriss. Abertausende Kehlen waren nötig, um diese Kulisse zu erschaffen. So, wie abertausende Autos nötig waren, um das typische Rauschen einer Großstadt zu erzeugen.

Ich hatte in den vergangenen zwei Tagen erfahren müssen, was echte Angst ist. Existenzielle, alles bestimmende Angst. Ein grauenhaftes Gefühl. Ein Gefühl, das mich lähmte, paralysierte. Ein Gefühl, das alles, was mir zuvor wichtig gewesen war, gnadenlos zurückdrängte, ja fast auslöschte. Ich hätte nie geglaubt, dass die Angst, die ich empfunden hatte, nachdem der Irre auf der Straße mich angegriffen hatte, noch steigerbar sein könnte. Ich hätte es nie für möglich gehalten, dass das Grauen, das ich empfunden hatte, als ich mit ansehen musste, wie ein Rudel wild gewordener Menschen diese Frau gejagt und ihr Fleischfetzen aus dem Körper gebissen hatte, noch potenzierbar war. Doch die Angst, die jetzt von mir Besitz ergriff, als ich der Geräuschkulisse lauschte, war unbeschreiblich. Denn das Unfassbare, das ich in unmittelbarer Nähe der Wohnung erlebt hatte, schien überall um mich herum zu sein. Wohin sollte ich fliehen, wenn diese Wahnsinnigen überall waren? Zu tausenden. Zu zehntausenden. Ja vielleicht zu hunderttausenden.

Eigentlich wusste ich nun bereits, was es zu wissen gab, noch bevor ich einen Blick riskiert hatte. Die Erkenntnisse, die ich hinzu gewonnen hatte, noch bevor ich meinen Kopf

über die hüfthohe Steinmauer der Dachterrasse hob, übertrafen meine schlimmsten Erwartungen. Und zwar bei weitem. Dennoch stellte ich mich der Wirklichkeit und blickte über die Terrasse. Was ich sah, zog mir endgültig den Boden unter den Füßen weg. Mir schwindelte. Dort, wo der große Yachthafen war, wo riesige Boote und manchmal auch Kreuzfahrtschiffe ankerten, lag *Palma*. Dort säumten zum Teil wesentlich höhere Gebäude die Strände, als dies hier der Fall war. Hinter der Kathedrale und dem historischen Teil standen geschätzt zehn- bis fünfzehnstöckige Hotels. Eine von Palmen gesäumte sechsspurige Hauptverkehrsstraße lief dort entlang. Die konnte ich zwar von der Dachterrasse aus nicht sehen, trotzdem wusste ich von unseren Ausflügen, dass sie dort war.
Was ich sah, war Rauch, der in mehreren Säulen aufstieg und sich über dem Stadtgebiet verdichtete. Dort sah es aus, als herrschte Krieg. Über der Stadt thronten Berge, die grün bewachsen waren. An den weniger dicht bewachsenen Stellen schimmerten Ockertöne hindurch. Diese Berge lagen jetzt fast in Gänze hinter einem Vorhang aus Rauch. Warum war mir das auf meinem gestrigen Trip zum Eisladen nicht schon aufgefallen? War ich so auf meine unmittelbare Nähe fixiert gewesen, dass ich die von dort unten aus teilweise verdeckte Kulisse nicht wahrgenommen hatte? Oder war der Rauch frisch? *War die Stadt genau jetzt im Begriff zu fallen*? Ich wusste es nicht.
Weiter hinten, die Küste entlang, die erst einen Bogen nach innen machte, um sich dann hinter einem Zipfel mit Leuchtturm meinem Blick zu entziehen, sah ich ebenfalls vereinzelt Rauch. Nicht in der Konzentration wie über *Palma*, doch er war da.

Das nähere Umfeld meiner Terrasse hätte einen relativ normalen Eindruck gemacht, wären da nicht diese Geräusche gewesen. Rechts hinter mir lag eine sandsteinfarbene, ziemlich große Kirche. Dahinter ragte ein Baukran zwischen höheren Gebäuden hervor, die in den für Mallorca typischen Farben gehalten waren. Blasses gelb, blasses rot, Ockertöne. Dort sah ich auch vereinzelt Rauch. Ich konnte ihn sogar riechen.

Unmittelbar um mich herum gab es eher kleinere und niedrige Häuser. Rechts unter mir lagen zwei Dachterrassen. Das Gebäude, in dem ich mich befand, hatte insgesamt drei Geschosse. Im Erdgeschoss, das über eine separate Tür zugänglich war, wohnten die spanischen Fernsehgucker. Die Treppe, auf der ich gestern viel Zeit verbracht hatte, führte neben der Erdgeschosswohnung in den Wohnbereich der Ferienwohnung. Darüber, also im zweiten Stock, befand ich mich jetzt. Die Hälfte des zweiten Stockwerkes war innenliegend und beherbergte unter anderem Hajüs Arbeitszimmer. Die andere Hälfte bestand aus der Dachterrasse, die in Meeresrichtung lag. Das Haus rechts von mir war ein Eckhaus. Die beiden Wohnungen, die an der Ecke rechterhand unmittelbar an meine angrenzten, bestanden nur aus Erdgeschoss und Dachterrasse. Vielleicht waren sie auch niedriger gebaut. Eine hatte eine Art kleinen Schuppenanbau auf dem Dach, der den Höhenunterschied zu meiner Terrasse verringerte. Mit ein paar Hilfsmitteln könnte ich vielleicht dort hinunter gelangen.

Auch ein etwa zehn Meter langes Stück Straße konnte ich einsehen. Dort traf die Straße, die zur Strandpromenade führte, auf die Straße, in der sich mein Domizil befand. Dort war ich gestern in Todesangst entlang gerannt. Ich schauderte.

Jetzt wendete ich mich der linken Seite zu und erschrak. Die Dachterrasse meiner Nachbarn hatte ich völlig vergessen. Verlassen lag sie da. Ich hatte Glück. Wenn einer dieser Irren über die Wohnung der Nachbarn auf deren Terrasse gelangt wäre, hätte er mich eiskalt erwischt. *Durchatmen.* Ich hatte einen Fehler gemacht. Einen Fehler, der mich hätte das Leben kosten können. Ich hätte zuallererst die Terrasse der Nachbarn prüfen müssen, noch bevor ich mich der rechten Seite zugewandt hatte. Ich musste besser nachdenken, bevor ich handelte. Eine Lektion für die Zukunft. Hinter der Terrasse der Nachbarn war eine Lücke. Dort ging es abwärts. Von dort drohte also keine Gefahr.

Der Blick nach links gab nicht viel her. Hier war alles zugebaut mit ebenbürtig hohen Häusern. Ich hatte keinen freien Blick auf die Küste oder entfernter liegende Bereiche in Flughafennähe. Was ich aber auch hier sah, war dichter Rauch in der Ferne.

Der Blick nach vorn, auf die Strandpromenade, war ebenfalls verbaut. Mein Domizil lag in zweiter Reihe. Ich konnte nur ein etwa fünf Meter breites Stück der Promenade sehen, dort wo die Nebenstraße auf selbige traf. An dieser Ecke hatte ich gestern gehockt, als dieses Rudel von Wahnsinnigen über die Frau hergefallen war.

Mein Aufenthalt auf der Terrasse hatte insgesamt vielleicht eine Minute gedauert. Eine Minute, die mich nachhaltig erschütterte und alles veränderte. In meinen Ohren dröhnte das Gestöhne der Kreaturen. Langsam zog ich mich zurück ins Innere des Hauses. Vorsichtig schloss ich die Tür und sperrte die Geräusche von draußen aus, so gut es die recht lavede gebauten Fenster des Hauses zuließen. In meinem Kopf überschlugen sich die Gedanken. Ich brauchte Zeit zum Nachdenken. Zeit, um diese unwirkliche Situation, in der ich mich plötzlich befand, zu begreifen und in ihrer gesamten Tragweite zu erfassen.

*

Ich saß jetzt schon eine ganze Weile am Tisch des Wohnbereiches. Vorher hatte ich durch das Fenster auf der Straßenseite geschaut. In den gegenüberliegenden Wohnungen konnte ich nichts erkennen, was darauf schließen ließ, dass sich dort noch Menschen aufhielten. Wenn dem so war, dann hielten sie sich bedeckt. Der Bereich der Straße vor dem Haus, den ich einsehen konnte, war leer. Ich hatte mich getraut, langsam und leise die Vorhänge aus hellem Stoff zuzuziehen. Jetzt saß ich im Dämmerlicht, geschockt und halb wahnsinnig vor Hunger. Ich dachte nach.
Die wirrsten Theorien spukten in meinem Kopf herum. Ich wollte verstehen, was hier passierte. Was war in den drei Tagen, die ich offensichtlich flach gelegen hatte, hier geschehen? Ich bezog das Flugzeug in meine Überlegungen mit ein. Zwar wusste ich nicht sicher, ob hier ein Zusammenhang bestand, aber wie wahrscheinlich war es, dass erst ein Flugzeug auf die Insel krachte, danach alles zum Teufel ging, und beides nichts miteinander zu tun hatte? In meiner ersten Theorie zog ich einen Terroranschlag in Betracht. Terroristen mit einer ominösen Biowaffe könnten das Flugzeug gekapert haben, und hatten es abstürzen lassen. Dabei wurde der Kampfstoff freigesetzt, der die Menschen durchdrehen und übereinander herfallen ließ. Zugegeben, diese Theorie klang reichlich albern. Ich neigte dazu, nicht an sie zu glauben und sie zu verwerfen. Mallorca als terroristisches Ziel? Das war lächerlich! Außer, jemand

wollte den *Ballermann 6* ein für allemal ausrotten. Trocken schüttelte ich den Kopf über den Blödsinn, den ich mir zusammen spann. Oder war Mallorca der Versuchsballon, dem ein weit größerer Angriff folgen sollte? Und wenn ja, von wem? *Blödsinn!* Absoluter Blödsinn!

Ich hatte noch andere Theorien, doch selbst wenn mir eine plausibel erschien, konnte ich sie nicht nachprüfen. Ich musste aber davon ausgehen, dass diese Irren zuvor ganz normale Menschen gewesen waren, die irgendetwas verändert hatte. Oder waren es Angreifer von außen? *Schwachsinn! Wer sollte Mallorca angreifen?* Der Irre auf der Straße hatte wie ein Einheimischer in normaler Kleidung ausgesehen.

War es vielleicht eine Krankheit? Eine Art Tollwut? Die Flugzeuge, die Mallorca anflogen, kamen von überall her. Hatte vielleicht ein Passagier diesen Erreger hierher geschleppt? Vielleicht wollte der Flieger auch ursprünglich woanders hin und musste hier notlanden? Immerhin lag Mallorca geografisch genau zwischen Europa und dem afrikanischen Kontinent. Das hatte mir Juliane einmal anschaulich auf einer Karte gezeigt, irgendwann vor unserem ersten Urlaub hier. Vielleicht hatte es im Flugzeug schon einen Ausbruch gegeben, was zum Absturz, beziehungsweise zur Notlandung geführt hatte.

Wenn es eine Krankheit war, dann keine mir bekannte. Eine Verbreitung in einem derart rasenden Tempo? So etwas gab es nicht. Zumindest nicht, soweit ich wusste. Andererseits entwickelten sich Virenstämme ständig weiter. Sie veränderten sich, mutierten, passten sich an die Gegebenheiten an. War es ein Virus, stellte sich die Frage, wie es übertragen wurde. Durch Körperflüssigkeiten? Durch Bisse? Es schüttelte mich, als ich an die Frau dachte. Rannte sie jetzt angeknabbert und schreiend hier draußen herum, auf der Suche nach anderen, die sie anstecken konnte? Oder hatten die anderen sie aufgefressen und nichts von ihr übrig gelassen?

Nun, ich konnte leider nicht lange genug bleiben, um das herauszufinden. Tut mir leid, Gehirn, dass ich deine wahnwitzigen Theorien nicht mit Fakten untermauern kann, murmelte ich zu mir selbst.

Eines glaubte ich zu wissen: Die Infizierten – wenn es denn eine Krankheit war – gingen nicht gegenseitig aufeinander los, um sich aufzufressen. Diesen Gefallen taten sie mir leider nicht. Ein Virus war darauf programmiert, sich zu verbreiten, nicht, sich zu vernichten. Wenn es ein Virus war, wurde es vielleicht über die Luft übertragen? Oder war etwas im Wasser? Misstrauisch beäugte ich meine Spülkastenausbeute.

Fragen über Fragen. Einen ungeheuerlichen Aspekt hatte die Virustheorie: Wenn das Flugzeug den Erreger auf die Insel gebracht hatte, was war dann mit dem Rest der Welt? Ich hatte verdammt nochmal kein Smartphone! Keines von diesen Scheißdingern. *Fuck! Fuck! Fuck!*

Meine Hände umklammerten meinen Schädel, in dem es brummte und drehte. Zu viele Gedanken, zu wenig Nahrung. Plötzlich musste ich an die T-Shirts denken, die am Ballermann verkauft wurden. Eines trug die Aufschrift *What happens in Mallorca, stays in Mallorca.* Na hoffentlich! Dann hatte ich zumindest einen Strohhalm, an den ich mich klammern konnte. Ich musste nur zum Strand latschen. Ganz gemütlich. Und was weiß ich wie viele hundert Kilometer durchs Mittelmeer paddeln. Ohne Kompass und ohne Schimmer, in welche Richtung ich musste.

Wenn es weiter nichts ist. Das mache ich mit links! Meinen Sarkasmus hatte ich behalten, stellte ich in diesem Moment fest. Er war immer mein Rettungsanker, wenn es zu viel wurde. Psychohygiene. Und gerade wurde es zu viel. *Viel zu viel zu viel zu viel zu viel! Verfickte Scheiße!*

Noch eine Theorie hatte mein freidrehendes Gehirn für mich parat: die biblische Apokalypse. Gott und so. Die Johannes Offenbarung, wenn ich nicht irrte. *Gott hatte die Faxen dicke und machte klar Schiff.* Nein, nein und nochmals nein! Ich war nie religiös gewesen und würde jetzt ganz sicher nicht damit anfangen!

Etwas stieß gegen meine Tür. Von einer Sekunde zur nächsten war ich voll da. Mein Herz pumpte massenhaft Adrenalin in meinen dürren, hungrigen Leib. Der ganze Mumpitz, der in meinem Gehirn rotierte, verflüchtigte sich. Etwas war an meiner Tür! Ein Stöhnen. Männlich, laut, furchteinflößend. Es klang, wie von einem Besoffenen mit zwei Promille. *Oh, wie schön wäre es, würde es sich um einen aggressiven Besoffenen mit zwei Promille handeln!* Ein Schlurfen und noch ein Stöhnen. Dieses Mal näher am Fenster. Gott sei Dank – oder wem auch immer – der da draußen bewegte sich. Im Gegensatz zu mir. Ich wagte nicht einmal zu blinzeln, damit das Geräusch meiner auf und zu klappenden Augenlider mich nicht verriet. Gern hätte ich einen Blick auf die Gestalt draußen geworfen, doch ich wagte es nicht. Er zog weiter. Ja, er zog weiter! Noch Ewigkeiten, nachdem die Gestalt verschwunden war, saß ich regungslos da. Genau wie gestern. Ganz genau wie gestern. *Déjà-vu.*

Mittlerweile war mir schlecht vor Hunger. Ich musste etwas richtiges Essen und ausreichend trinken, damit ich nicht abklappte. Rationierung? *Fürn Arsch!* Ich musste zu Kräften kommen und mir danach ganz schnell etwas einfallen lassen. Ich musste meine Lebensmittelvorräte aufstocken. Koste es, was es wolle! Alles andere war eine Sackgasse. Ich gönnte mir eine Dose Tomaten und dazu eine Cola. Was für ein Festmahl. Ganz im Ernst!

Kapitel 3: Nachbarschaftshilfe

Am nächsten Tag kam mir die zündende Idee. Sie hatte mit der Dachterrasse zu tun. Genauer gesagt, mit der Dachterrasse der Nachbarn. Dort hatte vor meiner Grippe ein deutsches Pärchen residiert. Vielleicht hatten sie, als das alles hier begann, Hals über Kopf die Flucht ergriffen, und ein paar Leckereien für mich dagelassen. Vielleicht hatte es ja sogar eine Evakuierung gegeben und ich hatte sie verpennt. Ich wusste nichts! Absolut nichts! Und ich hatte kein Smartphone! Wieder ärgerte ich mich über mich selbst, den achtunddreißig jährigen Technikmuffel, der die fragwürdigen Fortschritte der Welt geflissentlich ignoriert hatte.

Meine Idee mit der Nachbarterrasse hatte nicht nur einen Haken, sondern gleich zwei. Haken Nummer eins: die Terrassentür. Wenn sie von innen zugeklinkt war, hatte ich ein Problem. Lautlos die Scheibe einzuschlagen, erforderte einiges an Geschick. Zumindest war es aber nicht unmöglich. Haken Nummer zwei bereitete mir erheblich mehr Kopfzerbrechen. Was war, wenn das Pärchen zu Hause war und infiziert in der Wohnung herumlungerte? Wie groß diese Wahrscheinlichkeit war, konnte ich nicht abschätzen. Was ich allerdings abschätzen konnte, war die Höhe der Wahrscheinlichkeit, hier zu verhungern, wenn ich nichts unternahm. Sie lag bei zirka einhundert Prozent.

Fakt war auch, dass ich immer schwächer wurde, wenn ich zu lange mit zu wenig Nahrung auskommen musste. So wie es derzeit aussah, war es besser, bei Kräften zu bleiben. *Was du heute kannst besorgen, das verschiebe nicht auf morgen.* Vorbereiten musste ich mich trotzdem. Ich hatte vor, die

Nachbarwohnung absolut leise zu infiltrieren. So, dass ich den berühmten, lautlosen, geordneten Rückzug antreten konnte, sobald mir irgendetwas komisch vorkam. War die Terrassentür zu, war es mit dem lautlosen Eindringen aber Essig. Egal wie ich es drehte und wendete, ich brauchte einen Plan B.

Plan A war, in die Nachbarswohnung über die Terrasse einzudringen, sie verlassen vorzufinden, sie nach brauchbaren Dingen zu durchsuchen, alles Nützliche einzusacken und wieder über die Terrasse zu verschwinden. Meine Terrasse und deren Terrasse trennte lediglich eine hüfthohe Steinmauer. Vor wenigen Tagen war es für mich noch ein Problem gewesen, dieses ekelhaft glückliche Pärchen sehen und ertragen zu müssen. Jetzt erwies sich die niedrige Mauer eher als Vorteil. Eine bessere und sicherere Variante, vielleicht etwas Essbares oder Trinkbares zu ergattern, fiel mir nicht ein.

Die Wohnungen auf der anderen Straßenseite waren in Bezug auf ihre Bewohner absolut unkalkulierbar. Außerdem waren die Wohnungstüren mit Sicherheit verschlossen. Eine Wohnungstür von der Straße aus aufzubrechen war schlichtweg Wahnsinn. Der Lärm würde sämtliche Infizierte in der Nähe anziehen und direkt auf meine Spur bringen. Unbemerkt zu irgendeinem Laden zu schleichen, in der Hoffnung, dort noch irgendetwas zu finden, war nicht minder riskant. Der Weg zum Supermarkt war unter diesen Bedingungen unvorstellbar weit. Genauso gut hätte ich mir vornehmen können, zum Mond zu fliegen. Der Supermarkt lag zudem in dicht bewohntem Gebiet. Dort hätte ich erst eine einst stark befahrene Straße entlang gemusst, und sie weiter hinten überqueren müssen. Mit etlichen, zum Teil siebengeschossigen Wohnhäusern in unmittelbarer Nähe.

Hinzu kam, dass ich nicht einmal wusste, ob die Läden oder der Supermarkt inmitten dieses Tollwutdramas offen zurückgelassen oder verschlossen worden waren. Vielleicht waren sämtliche haltbaren Lebensmittel geplündert worden, während ich grippebedingt ans Bett gefesselt war. Sicher hatte es Massenpaniken mit allem Drum und Dran gegeben. Was jetzt in den dichter bewohnten Gebieten abging, wollte ich gar nicht so genau wissen. Die Rauchsäulen, die ich von der Terrasse aus gesehen hatte, und die auf etliche massive Brandherde schließen ließen, sprachen eine unmissverständliche Sprache. Genau wie die Geräuschkulisse. Ich befürchtete, dass ich früher oder später ohnehin damit konfrontiert wurde, es in Erwägung ziehen zu müssen, in ein solches Gebiet vorzudringen. Solange es aber irgendeine Alternative gab, war ein Ausflug nach draußen keine Option.

Die Nachbarwohnung wirkte verglichen damit wie der reinste Spaziergang. Wenn sie leer stand. Was passieren würde, wenn dem nicht so war, wollte ich mir gar nicht so genau ausmalen. Musste ich aber.

Natürlich gab es auch noch die Möglichkeit, dass sich das Pärchen ebenso in seiner Wohnung verschanzt hatte, wie ich. Nicht infiziert, hungernd, ängstlich und auf das Schlimmste vorbereitet. Auch damit musste ich rechnen. Es waren Deutsche, sie sprachen also meine Sprache. Das war eine Ausgangssituation, aus der sich etwas machen ließ. Vielleicht würde ich sogar an Informationen kommen. Diese erfolgreichen, attraktiven Menschen hatten sicher Smartphones, und einiges aufgeschnappt, als diese Scheiße losging.

Ich musste aber auch einkalkulieren, in der Bude auf unangenehme Bewohner zu treffen – auf schreiende und

beißende. Ich musste mich zu meinem Schutz wappnen. Unvorbereitet in eine solche Situation zu geraten, war der Supergau. Ich brauchte eine Waffe. Brauchbare Messer gab es einige in Hajüs Domizil, aber ein Messer gab mir kein Gefühl der Sicherheit. Mit einem Messer würde ich im Ernstfall viel zu nah an den Gegner heran müssen. Das barg extreme Gefahren. Selbst wenn ich als Sieger aus einem solchen Kampf hervorging, war die Gefahr, sich anzustecken, exorbitant hoch. Falls es ein Virus war. Ich präferierte diese Theorie momentan. Bekam ich spritzendes Blut in die Augen oder den Mund, konnte weiß Gott was passieren.
Den Hammer, den ich in einem Werkzeugkasten fand, schloss ich aus denselben Gründen aus. Der Hammer war sogar noch weniger geeignet als das Messer. Zuzustechen war eine Sache, jemandem mit dem Hammer auf den Kopf zu schlagen, eine andere. Ich konnte mir kaum vorstellen, etwas Derartiges zu tun. Vermutlich würden sich meine Beine und Arme vor Angst wie Pudding anfühlen. Aufgeregt, wie ich sein würde, würde ich vermutlich danebenhauen, mit der Kraft einer Qualle. Der Hammer kam nicht in Frage, aber was dann?
Ich durchforstete die ganze Bude nach etwas Brauchbarem. Ich fand Kerzen, Teelichter und sogar noch zwei Flaschen Wein. Es hätte mich auch gewundert, wenn Hajü keine eiserne Reserve gehabt hätte. Mit Wein verhielt es sich bei mir wie mit Bier, nur noch extremer. Ich konnte nicht wirklich etwas damit anfangen. Für mich schmeckten alle Weinsorten gleich beschissen. Wenn Leute beisammen gesessen hatten – damals, in der normalen Welt – und ich als Julianes Anhängsel hatte mitgehen müssen, hatte ich mich immer über das absurde Verhalten der anderen gewundert.

Wenn der Kellner kam und den Wein zur Verkostung feil bot, hatte ich immer einen Hals bekommen. Diese Leute hatten dann ihre Weingläser mit betont eleganten Bewegungen geschwungen und versucht, sich mit irgendwelchen Möchtegernfloskeln als Weinkenner aufzuspielen. In solchen Situationen hätte ich immer platzen können! Wenn dann auch noch Begriffe wie *lieblich*, *süffig* oder *herb* gefallen waren, der Kellner beflissentlich genickt und von irgendeinem *Abgang* gefaselt hatte, während den anderen einer abgegangen war, wurde mir wie so oft im Leben klar, dass ich anders war als die anderen. Je nach Tagesform hatte ich mich dann entweder ausgeklinkt oder rumgestänkert, was Juliane sichtlich unangenehm gewesen war, mir aber einen teuflischen Spaß bereitet hatte. Würde es jemals wieder so werden? Ich wusste es nicht. Den Wein wollte ich im Hinterkopf behalten. Wasser wäre mir aber deutlich lieber. Ich glaubte zu wissen, dass Alkohol sich ohnehin nicht gegen Durst eignete. Ich bildete mir ein, gehört zu haben, dass er dem Körper eher noch Flüssigkeit entzog. Außerdem vernebelte er die Sinne und machte müde. Alles Dinge, die mir in meiner jetzigen Situation zum Verhängnis werden konnten. Vom Kater am Tag danach ganz zu schweigen.
Oben, neben der Waschmaschine in der Ecke, fand ich endlich etwas wirklich Brauchbares: einen Besenstiel. Glücklicherweise nicht so ein neumodisches Scheißding aus Plaste, sondern ein Exemplar der alten Schule aus solide wirkendem Holz. Der Durchmesser dieses Teils betrug gut drei Zentimeter, bei einer Länge von anderthalb Metern. Das war mir als Kampfdistanz wesentlich sympathischer, als das Nahkampfgefuchtel mit einem Messer. Ich ging mit dem Schmuckstück wieder nach unten und suchte mir in der

Küchenschublade ein besonders scharfes, stabiles Messer. Angespitzt würde der Besenstiel einen brauchbaren Speer abgeben. Ich machte mich gleich ans Werk.
Ich merkte schnell, dass meine Kraftreserven zur Neige gingen. Die Schnitzerei erwies sich als schwieriger, als zunächst angenommen. Ich kam nur langsam voran. Meine Arme taten mir weh. *Meine dünnen Ärmchen*, wie Juliane immer zu sagen gepflegt hatte. Durch die körperliche Anstrengung in der Hitze der Hochsaison traten meine zwei neuen Hauptfeinde noch deutlicher in den Vordergrund, als das ohnehin schon der Fall war: der Hunger und der Durst. Ich musste eine Pause machen. Ich beschloss, einen Müsliriegel zu essen. Ich zelebrierte das Mahl, als würde ich im teuersten Restaurant der Welt speisen. Dazu gab es Wasser aus der Sechs-Liter-Flasche, die immer leerer wurde. Es blieben zwei Müsliriegel, eine Dose Tomaten, eine Dose Cola, drei Dosen Pferdepisse und zwei Flaschen Wein. Und nicht zu vergessen: das Spülkastenwasser – Genuss auf eigene Gefahr! Zu guter Letzt hatte ich noch die Viertelrolle Traubenzuckerdrops, Geschmacksrichtung Mango. Ich dezimierte sie an Ort und Stelle erheblich.

*

Nach einer gefühlten Ewigkeit überzeugte mich die Spitze des Behelfsspeeres. Vorsichtig tippte ich mit dem Finger darauf. Das hatte ich gut hingekriegt! Desto weiter sich mein Speer der Fertigstellung näherte, umso nervöser wurde ich. Ich schnitze dieses Ding ja schließlich nicht umsonst, sondern weil ich etwas vorhatte, das gefährlich werden konnte. Draußen war es noch hell und ich fühlte mich einigermaßen. Am besten war es wohl, ich brachte die Sache gleich hinter mich. Ich nahm den Speer in beide Hände, die Spitze gerade nach vorn zeigend, und lief die Wohnung auf und ab. Anschließend übte ich auf der Treppe zu meiner Dachterrassentür das Treppe-hinunter-Steigen mit Speer. Ich wollte ein Gefühl für die Handhabung dieser Waffe haben, bevor ich dort rüber ging. Wahrscheinlich war die Wohnung nebenan leer. Ich hoffte es zumindest. Ein paar Trockenübungen waren aber mit Sicherheit kein Fehler.

Schließlich und endlich fühlte ich mich halbwegs bereit. Es brachte ja doch nichts, die Sache jetzt noch ewig vor mir her zu schieben. Mein Herz klopfte und ein neuer Angstschub durchflutete mich beim Öffnen der Tür, die auf meine Dachterrasse führte. Sofort umgab mich die schauerliche Geräuschkulisse. Ich hörte diese Schreie in der Ferne, das Stöhnen und Schlurfen in der Nähe. Unfassbar. War das wirklich real? Ich hatte das Gefühl, der Rauch über *Palma* war noch stärker geworden.

Die kleine Mauer, die die beiden Terrassen trennte, war im Handumdrehen überklettert. Jetzt wurde es ernst. Um die Scheibe der Dachterrassentür meiner Nachbarn möglichst leise einzuschlagen, hatte ich einen faustgroßen Stein, den Sibylle zu Dekoration angeschleppt hatte, in ein Handtuch gewickelt. Auf einem winzigen Fensterbrett lagen noch mehr von diesen Dingern neben diversen Muscheln.

Zunächst galt es aber, zu prüfen, ob die Tür überhaupt von innen verriegelt war. Diese Türen ließen sich nämlich auch einfach zuziehen, beziehungsweise von außen zudrücken. Dann schnappte ein Mechanismus ein, der es erlaubte, die Tür auch von außen wieder zu öffnen. Nur innen befand sich ein Hebel, mit dem man die Tür richtig schließen konnte. War dieser umgelegt, war die Tür von außen nicht zu öffnen.

Schutz vor Einbrechern musste schon sein. Das galt auch für Dachterrassentüren.
Die Tür war natürlich verriegelt, wie sollte es anders sein. Ich konnte das allerdings auch als positives Zeichen sehen. Niemand ließ schließlich seine Tür offen, bevor er die Wohnung verließ. Eine verschlossene Dachterrassentür konnte also auch bedeuten, dass niemand zu Hause war. Andererseits würde nur ein absoluter Vollidiot seine Tür offen lassen, bei dem Szenario, was sich draußen abspielte.
Ich legte den Speer auf den Boden und nahm den umwickelten Stein fest in die Hand. Oberhalb des Türgriffs schlug ich zaghaft zu. Zu zaghaft. Es gab ein dumpfes Geräusch, aber die Scheibe blieb heil. Ich wollte auf keinen Fall zu stark zuschlagen, damit keine Scherben lautstark ins Innere fielen. In Deutschland waren Doppelscheiben üblich. Wärmedämmung, Schallschutz und so weiter. Hier begnügte man sich mit einfachen Scheiben. Warm genug war es schließlich. Mein zweiter Schlag – immer noch ziemlich leise – war genau richtig dosiert. Das Glas sprang knirschend. Ein spitzes Fragment ragte nach innen, blieb aber im Rahmen stecken.
Angestrengt lauschte ich und wartete ab. Im Inneren der Wohnung blieb es ruhig. Vorsichtig drückte ich die gesplitterten Zacken der Scheibe soweit nach innen, dass ich mit den Fingern dazwischen fassen konnte, um sie einzeln herauszuziehen. Dabei achtete ich peinlich genau darauf, mich nicht zu schneiden. Das Handtuch leistete mir gute Dienste. Bis jetzt war der Einbruch – mein bisher erster – erstaunlich leise abgelaufen. Vielleicht war ja ein Meistereinbrecher an mir verloren gegangen.
Ich bekam die erste Zacke nicht heraus. Meine Finger hatten nicht genug Spielraum. Ein drittes Mal zuschlagen wollte ich

aber auch nicht. Mit Hilfe des Handtuches schaffte ich es schließlich, die erste Zacke zu umwickeln und abzubrechen, ohne dass sie zu Boden fiel. Jetzt hatte ich den Spielraum, den ich brauchte. Es gelang mir, eine weitere Zacke mit den Fingern soweit zu lockern, dass ich sie aus dem Rahmen herausziehen konnte. Der Rest war ein Kinderspiel. Ich konnte genügend Splitter aus dem Rahmen ziehen, um meine Hand durch die entstandene Öffnung zu schieben und den Hebel umzulegen. Jetzt musste ich nur noch an der Tür ziehen, bis sie sich mit dem charakteristischen Klacken öffnete, das ich auch von meiner Terrassentür nebenan kannte. Der Weg war frei. Bisher war alles glattgegangen. Der heikle Teil stand mir allerdings erst noch bevor.
Auf Zehenspitzen schlich ich in die Wohnung der Nachbarn. Mein Herz hämmerte wie verrückt. Ich musste feststellen, dass der Speer im engen Bereich des Obergeschosses suboptimal war. Ich hätte im Ernstfall nicht genug Platz gehabt, die Waffe einzusetzen. Die Wohnung war exakt so geschnitten, wie die von Hajü, nur spiegelverkehrt. Gegenüber der Dachterrassentür führte eine Tür in einen kleinen Raum. Hajü hatte dort eine Art kleines Arbeitszimmer. Sein lukrativer Job erlaubte es ihm, gewisse Dinge auch auf Mallorca erledigen zu können – am Laptop, das er immer mitbrachte. E-Mails, Konzepte und anderer Schreibkram. In der Wohnung der Nachbarn fungierte dieses Zimmer als Zwischending aus Abstellkammer und Schlafraum. Ich sah jede Menge Gerümpel und ein Bett, das Gott sei Dank leer war. Hätte ich hier oben eine Begegnung gehabt, dann hätte ich kaum genug Raum gehabt, um den Speer effektiv einzusetzen. Es war nochmal gut gegangen! Der Platz zwischen den beiden Türen betrug maximal einen Meter. Auch hier stand am Ende dieses Ganges, von dem die

zwei Türen abgingen, eine Waschmaschine. In der anderen Richtung mündete der insgesamt etwa drei Meter lange Gang in die Treppe, die in den unten liegenden Wohnbereich führte. Auf der Treppe war der Speer perfekt. Ich hielt ihn wie eine Ritterlanze. Die leicht nach oben zeigende Spitze befand sich eineinhalb Meter vor mir. Die Treppe, die genauso schmal war wie der Gang, bot einem Angreifer kaum genug Platz, um auszuweichen. Wenn hier jemand hochkam, würde ich ihn erwischen, davon war ich einigermaßen überzeugt.

So wie ich das sah, gab es drei Möglichkeiten. Meine Lieblingsmöglichkeit: Die Wohnung war leer und ich würde nützliche Dinge finden. Möglichkeit zwei: Das Pärchen war hier, gesund und sich versteckend. Auch nicht übel, weil so die Chance bestand, an Informationen zu kommen. Zum Beispiel durch eine Internetverbindung via Smartphone zum Rest der Welt. Diese Dinger hatten Akkus und hielten auch ohne Strom aus der Steckdose eine Weile durch, wenn man es geschickt anstellte. Es sei denn, das Pärchen war genauso kauzig wie ich und komplett offline. Möglichkeit drei: die Albtraumvariante. Ich mochte gar nicht daran denken. Das Problem war, dass ich auf keinen Fall jemanden aufspießen wollte, der nicht infiziert war. Im Gegenzug wollte ich auch nicht irrtümlicherweise kalt gemacht werden, weil mich die anderen für einen Infizierten hielten. Ich stand auf der Treppe und lauschte in die Wohnung hinein. Das Blut rauschte in meinen Ohren. Ich bildete mir ein, etwas zu hören. Vielleicht spielten mir meine Nerven aber auch nur einen Streich. *Verdammt, da unten atmete jemand.* Und zwar ziemlich hektisch. Ich war mir fast sicher. Was sollte ich tun? Sollte ich den berühmten, langsamen, lautlosen, geordneten Rückzug antreten? Die damit verbundene

Unsicherheit würde mich ewig beschäftigen. Meine Dachterrasse war dann auch tabu für mich, weil sie durch die potentielle Bedrohung aus der Wohnung hier zur absoluten Gefahrenzone wurde. Außerdem hätte ich dann immer noch kein Wasser und nichts zu essen. Wenn ich diese Aktion jetzt abblies, musste ich mir etwas anderes einfallen lassen. Spätestens übermorgen. Es gab also einige Gründe, die gegen den Rückzug sprachen: der Verlust der Sicherheit auf der Dachterrasse, Ungewissheit, keinerlei Lebensmittelzugewinn und die Notwendigkeit, woanders etwas aufzutreiben. *Scheiße! Was sollte ich verdammt nochmal tun?*

Wenn dort unten das gesunde Pärchen hockte, hatte es meinen Einstieg von oben garantiert bemerkt, und würde jetzt hecktisch atmend und vermutlich bewaffnet abwarten, zu allem entschlossen. In diesem Fall wäre es hilfreich, wenn ich mich akustisch zu erkennen gab. Auf Deutsch. Wenn dort unten ein oder zwei Infizierte hockten, hätten sie – so meine Vermutung – schon meine Aktivitäten an der Tür gehört. Dann wären sie mir schon längst schreiend entgegengekommen. Und wenn doch nicht? Wenn sie meinen Einstieg nicht gehört hatten? Dann würde ich mit einem *Hallo, ist da Jemand?* vielleicht mein Todesurteil unterschreiben. *Rückzug oder zu erkennen geben? Atmete da wirklich jemand?* In meinem Kopf hämmerte und pochte es. Wenn ich mich zurückzog, würden der Hunger und der Durst mich bald auf die Straße treiben. Ich musste mich entscheiden zwischen *Pest und Cholera.* Ich entschied mich kurzerhand für *Pest*!

»Hallo, ist da jemand?«, hauchte ich leise, fast flüsternd in die Wohnung hinein. In diesem Moment brach unten die Hölle los. *Jemand rannte durch die Wohnung!* Schwere trampelnde Schritte. Ich glaubte, die Erschütterungen zu spüren. Meine Kopfhaut zog sich kribbelnd zusammen. Eine Welle von unbeschreiblicher Todesangst rollte durch meinen Körper. Dann ein schriller, aggressiver Schrei, der in der kleinen Wohnung dermaßen laut war, dass mir die Ohren klingelten. Es war die Frau, die ich am Tag unserer Ankunft auf der Dachterrasse überrascht hatte. Andererseits war sie es auch wieder nicht. Sie hatte sich verändert. Sie war blutüberströmt und trug nichts außer einem Bikini am Leib. Sie kam aus dem Bereich, den ich von meiner Position aus nicht einsehen konnte, auf die Treppe zugesprintet, auf der ich mich befand. In der Kurve, die sie auf dem Weg zur Treppe nehmen musste, rutschte sie auf den Kacheln aus und klatschte mit enormem Schwung in die Ecke. Ihre nackten Füße waren glitschig vom Blut, das ihr aus einer schlimmen Wunde am Arm lief und sie völlig besudelt hatte. Es dauerte keine Sekunde, bis sie wieder auf den Beinen war und mir direkt in die Augen schaute. Mein Gott, was für ein Gesicht. Ihre Augen waren vollkommen rot. Nicht leicht gerötet – vollkommen rot. An der Stirn hatte sie eine Platzwunde, aus der dickflüssiges, dunkles Blut quoll. Die Wunde hatte sie sich gerade bei ihrem Sturz zugezogen. Aus ihrem Mund lief massenhaft gelblicher Schleim, genau wie aus ihrer Nase, der auf ihrer Brust bereits schorfartig angetrocknet war. Sie nahm eine breitbeinige, leicht geduckte Körperhaltung an und spreizte die Arme. Das bedeutete: *Angriff!* Für einen langsamen, lautlosen, geordneten Rückzug war es zu spät. Viel zu spät. Sie ließ noch einen dieser schrillen Kreischlaute hören. Mir kam es fast so vor, als wollte sie andere Infizierte darauf aufmerksam machen, dass es hier etwas zu holen gab. Kommunizierten diese Monstren etwa miteinander? *Heilige Scheiße!* Während sie schrie, blubberten gelbliche

Speichelblasen aus ihrem Mund. Dann stürmte sie los. Die Treppe hoch, direkt auf mich zu! Instinktiv riss ich meinen zum Speer umfunktionierten Besenstiel, der mir in dieser Situation vollkommen lächerlich vorkam, in die Höhe. Die Spitze erwischte die Frau im Brustbereich. Die Wucht des Aufpralls ließ mich rücklings auf die Treppe klatschen. Mein Hinterkopf kollidierte mit einer Stufe. Kurz sah ich Sterne. Mein Ende des Besenstiels befand sich in der Vertiefung zwischen zwei Stufen und würde keinen Zentimeter nachgeben. Die nach oben zeigende Spitze steckte in der Brust der Frau. Durch ihren enormen Schwung spießte sie sich selbst auf. Die Szene erinnerte mich irgendwie an *Stabhochsprung*. Der Speer durchdrang ihre Brust und kam an ihrem Rücken wieder zum Vorschein. Die Frau versuchte trotz des Speers zu mir zu gelangen. Das Speerende, das aus ihrem Rücken ragte, wurde immer länger, der Abstand zwischen der Frau und mir hingegen immer geringer. Sie schnappte nach mir. Ich konnte deutlich hören, wie ihre Zähne aufeinander schlugen. *Klack, Klack, Klack.* Jemand schrie. Mit Entsetzen stellte ich fest, dass ich das war. So viel zum Thema *verhalte dich ruhig!* Ich trat mit meinen Turnschuhen in das Gesicht der Frau. Wieder und wieder. So kräftig ich konnte. Hier ging es ums nackte Überleben. Mein Körper entwickelte ungeahnte Kräfte. Ich glaubte, ihr Genick brechen zu hören. Nach einer halben Ewigkeit hörte der Körper der Frau endlich auf, zu röcheln und zu zucken. Halb aufgerichtet steckte sie auf dem Speer, dessen hinteres Ende zwischen den Stufen festsaß.

*

In die Wohnung kehrte Ruhe ein. Für die Straße galt das komplette Gegenteil. Ich hörte ein wahnwitziges Gemisch aus Grunz- und Knurrlauten. Es klang, als hätte sich ein Wolfsrudel vor dem Haus eingefunden. Ich wusste aber, dass das da unten keine Wölfe waren. *Wie viele Gestalten hatten sich dort versammelt?* Deutlich klangen die furchtbaren Geräusche durch die zwar geschlossenen aber dennoch relativ undichten Fenster. Der Lärm hatte sie angelockt – meine Schreie oder die Schreie der Frau oder beides. *Hatte dieser Albtraum denn nie ein Ende?* Wieder hockte ich auf einer Treppe. Wieder verharrte ich mucksmäuschenstill. Die Leiche, die halb über mir hing, war verglichen mit den vorigen Situationen allerdings neu.
Die Wunde an ihrem Arm entpuppte sich aus dieser Entfernung ziemlich eindeutig als Bisswunde. Was war passiert? Hatte es am Strand eine Massenpanik gegeben, als die ersten Infizierten auftauchten? War die Frau, die im Bikini am Strand entspannen wollte, dort gebissen worden? Hatte sie sich unter Schock in ihre Wohnung gerettet und sich dann verwandelt? Mein Gott, was hatte sich in den letzten Tagen auf dieser Insel abgespielt? Ein Irrsinn. Ihr Freund schien es nicht geschafft zu haben. Sonst hätte er hier längst mitgemischt.
Mit klatschenden Geräuschen fielen größere Tropfen des ekligen, gelben, dickflüssigen Schleims auf die Treppe. Überall war Blut. In Unmengen. Auf der Treppe, an der Wand und auf meiner Kleidung. Wenn es ein Virus war, dann war die Ansteckungsgefahr geradezu utopisch hoch. Rückwärts krebste ich die wenigen Stufen wieder hoch, durch die geöffnete Terrassentür hindurch. Wenigstens lagen hier keine Glasscherben herum. Die wenigen Splitter hatte

ich sorgsam entfernt. Die Tür würde ich später schließen. Bloß kein Geräusch machen jetzt!
Auf der Dachterrasse konnte ich das Knurren, Grunzen und Stöhnen von der Straße noch deutlicher hören. Ich schauderte. Wie viele Gestalten waren da unten? *Zehn? Zwanzig?* Sie schienen nach der Ursprungsquelle des Lärms zu suchen, den wir – ich und die einst attraktive Frau – bei unserem Todesballett auf der Treppe verursacht hatten, und der zum Glück wohl gerade noch rechtzeitig aufgehört hatte. Das Rudel dort unten schien die Spur verloren zu haben. Das war die gute Nachricht. Leise überkletterte ich die hüfthohe Mauer, die zu meiner Terrasse führte, und schlich zur rechten Seite. Ich überlegte kurz, ob ich einen Blick riskieren sollte. Immerhin konnte ich einen Teil der Straße, die zur Strandpromenade führte, von hier aus einsehen und dabei hinter einer Art Mauervorsprung am Haus in Deckung gehen. Riskant war die Sache nur bedingt, es sei denn, eine von diesen Gestalten blickte in diesem Moment nach oben. Ich entschied mich dagegen. So sehr ich auch daran interessiert war, einen Blick zu erhaschen und vielleicht ein paar von denen etwas genauer zu betrachten. Nein! Ich entschied mich definitiv dagegen. Ich hatte schon genug mit dem Feuer gespielt.
Es dämmerte. Die Nacht würde bald hereinbrechen. Ich betrat die Ferienwohnung. Auch hier ließ ich die Terrassentür heute ausnahmsweise offen. Das Einschnappgeräusch, das die Tür beim Schließen machte, konnte ich mir gerade überhaupt nicht leisten. Vorsichtig legte ich mich auf den Steinboden des drei Meter langen Ganges und versuchte, mich zu beruhigen. In meinem Kopf drehte sich alles. Es fühlte sich an, als hätte ich zehn Minuten Kettenkarussell hinter mir. Ich legte mich auf die

Seite und zog die Knie ans Kinn. Die Fötalstellung. Das passte! Ich kam mir klein und völlig hilflos vor in dieser neuen und gefährlichen Welt.

*

Irgendwann musste ich eingenickt sein. Als ich aufwachte, war der nächste Morgen bereits hereingebrochen. Mir taten alle Knochen weh von meiner harten Schlafunterlage. *Nackte Steinkacheln. Sehr gemütlich.* Ich hatte komatös geschlafen. Mein Körper hatte sein Recht auf Schlaf gnadenlos eingefordert. Ich lauschte. Die Geräusche in meiner unmittelbaren Nähe hatten nachgelassen. Ich nahm mir vor, herauszufinden, was die Gestalten in der Nacht so trieben. Schliefen sie auch irgendwann? Ich versuchte, mich geräuschlos aufzurichten. Beinahe hätte ich angesichts meiner eingerosteten, schmerzenden Glieder aufgestöhnt. Stattdessen ächzte ich lautlos. Mein Mund war unglaublich trocken. Ich schleppte mich die Treppe herunter wie ein Achtzigjähriger. Ich klammerte mich so krampfhaft am Treppengeländer fest, dass meine Handknöchel weiß hervortraten. Meine baugleiche Treppe erinnerte mich an das gestern erlebte Grauen in der Nachbarwohnung.
Ich schlich zum zugezogenen Wohnzimmervorhang. Ich lief vorsichtig wie auf rohen Eiern. Meine Schuhsohlen waren auf dem Kachelboden seltsam rutschig. *Eingetrocknetes Blut.* So vorsichtig, wie irgend möglich, schob ich den hellen, lichtdurchlässigen Vorhang mit einem Finger ein oder zwei Zentimeter zur Seite, ohne das sich seine Position oben bei den Gardinenstangen veränderte.
Ich wagte einen Blick auf die Straße vor dem Haus. In dem Bereich, den ich einsehen konnte, waren drei Gestalten. Alle

männlich. Einer torkelte wie besoffen und wankte, als würde er gleich umkippen. Der zweite schlich gebückt wie ein Raubtier auf Pirsch auf und ab. Der dritte stand einfach nur da und bewegte sich nicht. Er stand weiter hinten und glotze in Richtung Strandpromenade. Drei konnte ich sehen. Mein Sichtfeld durch den zwei Zentimeter breiten Schlitz, dort wo sich die Vorhanghälften in der Mitte trafen, war aber stark eingeschränkt. Mit Sicherheit waren noch mehr da draußen. Ich schluckte, was angesichts meiner trockenen Kehle schmerzte. Drei waren drei zu viel.
Ihr Anblick war entsetzlich. Der geduckt auf und ab Laufende hatte einen Vollbart, der wirr in alle Richtungen stand. Unmassen von geronnenem Blut klebten darin. Er trug ein blau lila kariertes Hemd – oder besser gesagt das, was davon noch übrig war – und kurze verdreckte Hosen. An den Füßen trug er Sandalen zum Zuschnallen. Solche komischen Outdoordinger, die neuerdings viele trugen, und die ich in einer Million Jahren nicht anziehen würde. Auch das Karohemd war getränkt von Blut und Dreck.
Der Taumelnde war scheinbar schon etwas älter. Rentner. Die goldene Uhr an seinem Arm bildete einen herben Kontrast zum Rest der versifften, blutbesudelten Erscheinung. Sein einst weißes Hemd war ebenfalls starr vor Dreck und getrockneten Körperflüssigkeiten. Unter dem Mund klebte derselbe gelbliche Schleim, den ich in der Nachbarwohnung schon gesehen hatte. Massen davon liefen den Gestalten aus Nase und Mund. Und die Augen... Diese Augen! An der Wade des Rentners entdeckte ich etwas, das wie eine schlimme Bisswunde aussah. Dort fehlte richtig ein Stück Fleisch. Die Wunde war vergrindet. Blut war in Strömen die Wade hinunter gelaufen. Seine Schuhe hatte er verloren.

Der Dritte stand zu ungünstig, um ihn länger zu betrachten. Er trug dunkle lange Hosen. Sein Oberkörper war frei und über und über besprenkelt.
Diese Typen vor meinem Haus waren ein Problem. Ein gigantisches Problem. Gigantischer als mein Hunger und mein Durst zusammen. Sie mussten dort weg, bevor sie mich entdeckten. Ich bräuchte sonst nur im Schlaf zu niesen und es wäre Feierabend für mich. Der Torkelnde stöhnte laut auf und machte ein Geräusch, als würde er sich die Nase schnäuzen. In Fäden hing das gelbliche Zeug aus seinen Nasenlöchern. Leise und vorsichtig zog ich mich von dem Vorhang zurück. Ich hatte genug gesehen.
Ich musste unbedingt etwas essen und etwas trinken. Doch ich traute mich weder, die fast leere Flasche aufzuschrauben, noch einen Müsliriegel auszupacken.
Mein Gehirn ließ mich trotz des Nahrungsmangels nicht im Stich. Ich hatte eine Idee. Ich schlich hoch auf die Dachterrasse. Dort lagen auf der Ablage diverse Muscheln und Steine. Sibylle hatte das Zeug zur Zierde angeschleppt und entsprechend drapiert. Dafür war ich ihr sehr dankbar, obwohl ich für meinen Plan wohl auch eine Tasse hätte nehmen können. Rechts lag die Straße, auf der man zur Strandpromenade kam. Teile von ihr konnte ich sehen. Ich hatte mich gestern Abend nicht getraut, einen Blick dorthin zu werfen. Jetzt tat ich es. Ich sah eine weitere Gestalt, beziehungsweise ihren Kopf. Den Rest von ihr verdeckte das niedrige Haus mit der niedrigen Dachterrasse, das zwischen mir und der Gestalt stand. Salopp formuliert lag die Straße nur einen Steinwurf von mir entfernt. Und genau das hatte ich vor: einen Stein dort rüber werfen. Mit etwas Glück würde das Geräusch des Steins die Typen vor meinem Haus um die Ecke locken, auf die Straße, die zum Meer führte.

Dort waren sie mir lieber, als direkt vor meinem Fenster, direkt vor meiner Tür.
Im Werfen war ich noch nie gut gewesen, aber die paar Meter würde ich schon schaffen. Ich konzentrierte mich, damit ich den Wurf nicht verriss. Der zirka sechs Zentimeter große Stein segelte haarscharf über die Kante der niedrigen Dachterrasse rechts vor mir hinweg. Es folgte ein blecherner Aufprall. Ich hatte Glück und traf ein Autodach. Das bedeutete mehr Krach. Der Stein rollte polternd auf die Straße. Ich hörte Schreie. Ich konnte nicht einschätzen wie viele. *Sieben? Acht? Oder ein Dutzend?* Ich hörte Gestalten rennen und brüllen, dann sah ich sie. Zum Zählen hatte ich keine Zeit. Es waren bestimmt mindestens acht, vielleicht auch mehr. Sie rannten dorthin, wo der Stein lautstark auf dem Auto gelandet war. Sie suchten, sie knurrten. Ich ging hinter der Steinmauer, die meine Dachterrasse umgab, in Deckung.
Mein Plan schien funktioniert zu haben. Diese komische Krankheit – oder was auch immer es war – schien die Gehirne der Infizierten angegriffen zu haben. Nur rudimentäre Instinkte schienen übrig geblieben zu sein. Fressen, das Virus weiter verbreiten – wenn es denn eines war – sonst nichts. Die Fähigkeit, zu sprechen, war anscheinend genauso verloren gegangen, wie die Fähigkeit, komplex zu denken. Übrig blieb purer Instinkt, gepaart mit einer unvorstellbaren Aggression. Das waren keine Menschen mehr! Das waren tollwütige Tiere! Wenigstens lungerten sie im Moment nicht mehr vor meiner Tür herum.

*

Die Leiche in der Nachbarwohnung steckte immer noch auf dem Besenstiel, und hatte sich beim Herunterrutschen zwischen Wand und Geländer verkeilt. Sie bot einen grotesken Anblick. Fast wie ein surreales Kunstwerk eines durchgedrehten Skulpturisten. Es stank erbärmlich. In der Bude stand die Luft, die schwül und heiß war. Erste Anzeichen von Verwesung waren deutlich sichtbar. Flecken hatten sich auf der Haut der Frau gebildet. Ein Fluss von Körpersäften war die Treppe heruntergelaufen und hatte unten eine stinkende Lache gebildet, die mittlerweile halb angetrocknet war.
Ich ging absolut davon aus, dass die Nachbarwohnung jetzt leer war. Trotzdem hatte ich ein Messer dabei, das ich fest umklammerte. Vorsichtig stieg ich über die tote Frau hinweg und betrat den Wohnbereich. Zunächst überprüfte ich, ob hier wirklich keiner mehr war, und ob die Wohnungstür geschlossen war. Check! Anschließend durchforstete ich so leise wie es ging die gesamte Wohnung nach Brauchbarem. Auf dem Tisch lag ein Smartphone. Der scheiß Akku war natürlich alle. Das ersparte mir wenigstens die Suche nach dem Aktivierungscode für das verfluchte Ding.
Auf dem Tisch lag außerdem eine halbvolle Packung Kekse. Das war doch was! Allerdings war der Preis, diese Wohnung betreten zu können, exorbitant hoch ausgefallen. Jetzt wollte ich meine Belohnung, verdammt! Eine halbvolle Packung Kekse war ein Anfang, mehr nicht. Der Inhalt des Kühlschrankes stank zum Himmel. Vergammelte Wurstreste, die schon grün waren, lagen neben einer Viertelmelone, die bereits ein Eigenleben führte. Ich fand außerdem zwei kleine ungeöffnete Schokopuddings. Die hatten zwar ein ganzes Weilchen ungekühlt hier herumgelegen, waren aber bestimmt noch essbar. Dann

knackte ich den Jackpot: Ich fand drei ungeöffnete Dosen Limonade und eine jungfräulich verschlossene Anderthalb-Liter-Flasche. *Nicht schlecht, Herr Specht!* murmelte ich. Zu dem steinharten Rest Weißbrot sagte ich auch nicht nein. Ansonsten schien man auch hier auf frisches Essen zu stehen. Oder besser: gestanden zu haben. Hajü kannte die Nachbarn, oder hatte sie gekannt. Das waren extrem erfolgreiche Leute mit lukrativen Jobs gewesen. Jemand anderes hätte sich einen dauerhaft gemieteten Zweitwohnsitz auf Mallorca auch kaum leisten können. Solche Leute aßen keine Konserven. Solche Leute kochten selbst, und zwar frisch mit exklusiven Zutaten. Oder – was noch wahrscheinlicher war – sie gingen Essen. In feinen Restaurants an der Strandpromenade oder in *Palma.*
Ich fasste zusammen: zwei Schokopuddings, eine halbe Packung Kekse, drei Dosen Limonade, eine ungeöffnete Anderthalb-Liter-Flasche und einen Kanten vertrocknetes Weißbrot. In meiner Situation war das ein kleiner Schatz. Ich fand außerdem Teelichter und einen Nassrasierer nebst Rasierschaum, Zahnpasta und Mundspülung. Ich packte alles zusammen und brachte es in mein Domizil.
Danach schöpfte ich auch bei den Nachbarn das Wasser aus dem Spülkasten ab. Die Wasserversorgung war wohl erst zusammengebrochen, als sich die Frau bereits infiziert und verwandelt hatte. Ich füllte es in leere Flaschen, die ich mit Klebeband aus Hajüs Beständen markierte. Bevor ich die Nachbarwohnung vermutlich für immer verließ, zog ich noch den Speer aus der Leiche. Ich hatte kurz überlegt, ob das wirklich sein musste, und mich dafür entschieden. Ich wollte ihn in der prallen Sonne meiner Dachterrasse trocknen lassen, was im Blut befindliche Viren abtöten müsste.

Kapitel 4: Anpassung

Ich lugte zur Sicherheit durch meinen Vorhang und sah keine Gestalten, die im Bereich meiner Wohnungstür herum lungerten. Ich öffnete die Zimmertüren in der Wohnung, um mir etwas mehr Licht zu verschaffen. Vorsorglich legte ich in jeden Türrahmen ein Handtuch, damit nicht versehentlich eine Tür laut zuknallte, zum Beispiel durch einen Windhauch. Das Schlafzimmerfenster mit Fliegengitter ließ ich vorerst einen Spaltbreit geöffnet, da es in Richtung Meer und auf einen verwaisten Innenhof zeigte, an den weiter vorn die erste Häuserreihe direkt am Meer angrenzte.
Ich war immer noch extrem dreckig von dem gestrigen Kampf. Getrocknetes Blut klebte an meinen Klamotten und an mir selbst. Aber ich schien mich nicht infiziert zu haben. Ein Blick in den Badspiegel ließ mich trotz der suboptimalen Lichtverhältnisse erschaudern. Ich hatte mich schon oft gefragt, wie ich mit Bart aussehen würde. Ob das vielleicht ein optischer Zugewinn wäre. Jetzt konnte ich es zumindest erahnen und die Antwort war: Nein. Schon der Bartschatten ließ mich um Jahre altern. Nicht, dass das im Moment irgendjemanden auf dieser Insel interessiert hätte, aber die Stoppeln juckten auch fürchterlich im Gesicht. Ich war bisher immer der Trockenrasur-Typ gewesen. Nassrasur hatte ich früher einmal probiert und als extrem umständlich empfunden. In der Apokalypse, in der ich mich augenscheinlich befand, hatte die Trockenrasur zwei entscheidende Nachteile. Erstens: Man benötigte Strom. Der Akku in meinem Rasierer würde vielleicht noch für zwei Rasuren reichen. Nachteil Nummer zwei war aber so gewichtig, dass ich trotzdem verzichtete: Der Rasierer

machte Lärm. Ich entschied mich für eine Nassrasur. Das Equipment hatte ich beim Nachbar erbeutet. Seine Rasierklingen sahen sauber aus, vorsichtshalber reinigte ich sie dennoch gründlich. Ich füllte ein winziges Schüsselchen mit Spülkastenwasser, und dann ging es los. Die Rasur war ein Fest, ich genoss sie regelrecht. Der Duft des Rasierschaums und das glatte, saubere Gesicht waren mir locker einen fünftel Liter des Spülkastenwassers wert. Ich hatte ohnehin noch immer schwere Bedenken, es zu trinken. Ich besaß stolze fünfzehn Liter davon. Fünfzehn Liter Wasser, das ich ohne weiteres Trinken könnte, ohne mir Gedanken über Dünnschiss machen zu müssen, wären mir allerdings lieber gewesen. Gerade jetzt merkte ich aber überdeutlich, dass man Wasser auch in anderen Bereichen des Lebens bitter nötig hatte. Wie sonst hätte ich mir meine dreckigen, besudelten Hände waschen sollen? Meine Sachen, die bei der Ankunft voller Gewürze aus dem zerbrochenen Glas gewesen waren, hatte Juliane gewaschen, bevor die Kacke anfing, zu dampfen.
An sie zu denken, versetzte mir einen Stich. Mir dämmerte langsam, dass ich sie vielleicht nie wieder sehen würde. Ich hatte einen Kloß im Hals und kämpfte mit den Tränen. Ich verlor den Kampf. Zu viel hatte sich angestaut. Ich weinte so gut wie nie, doch heute überwältigte es mich. Der Anblick meiner fein säuberlich zusammengelegten, frisch gewaschenen Sachen löste etwas in mir aus. Ich saß frisch rasiert und mit sauberer Kleidung auf der Couch des Wohnbereiches und weinte lautlos. Krämpfe schüttelten mich. Meine Schultern zuckten auf und ab. Wie oft hatten wir uns gestritten wegen Nichtigkeiten. Was war so schlimm daran gewesen, einfach loszufahren, um eine neue Pfanne zu kaufen? *Gebratener Fisch mit Tomaten und Gurkensalat.*

Dazu Kartoffelecken. Was war ich manchmal für ein Arschloch gewesen.
Irgendwann beruhigte ich mich langsam. Ich deckte leise den Tisch für eine Person und füllte das letzte Wasser der Sechs-Liter-Flasche in ein Glas. Ich aß den Kanten trockenes Brot und einige von den Keksen. Der Schokopudding, auf den ich mich besonders gefreut hatte, war vergammelt. Michprodukte waren nun einmal nicht dafür geschaffen, eine Woche bei fünfunddreißig Grad gelagert zu werden. Juliane hätte das sicher gewusst. Mich zog der Anblick des verdorbenen Schokopuddings in ein tiefes Loch. Spontan entschied ich mich nun doch für ein Glas warmen Wein. Nicht des Geschmackes wegen. Ich wollte mich betäuben und verdrängen, was um mich herum geschah. Im Moment war es mir fast gleichgültig, ob ich weiterlebte, oder ob mich die Kreaturen da draußen bissen, um mich zu einem der Ihren zu machen, oder ob sie mich auffraßen. Was blieb mir noch? Worauf konnte ich hoffen? Das eine Glas Wein haute mich regelrecht um. Mein geschundener, ausgemergelter Körper reagierte heftig auf den Alkohol. Ich fühlte mich leichter als zuvor und legte mich in das Doppelbett, dessen andere Hälfte verwaist dalag. Leer und anklagend. Die schweren, trüben Gedanken kehrten zurück. Ich wollte nur noch schlafen, und es war mir gleich, ob ich jemals wieder aufwachte.

*

Ich wachte wieder auf. Doch ich konnte mich nicht dazu durchringen, aufzustehen. *Wozu auch?* Es wartete rein gar nichts auf mich. Ein neuer Tag kündigte sich an, und die Luft war trotz des spaltbreit geöffneten

Schlafzimmerfensters abgestanden. Bei geschlossenem Fenster musste man Angst haben, im Schlaf zu ersticken. Das Stöhnen und Knurren der Gestalten war mein dauerhafter Begleiter. Ich stellte mir vor, wie es wäre, jetzt einfach im Meer zu schwimmen und bei den Fischen vorbeizuschauen. Oder in einem Restaurant mit Juliane zu essen. Ich flüchtete mich in eine Fantasiewelt und verweilte mit meinen Gedanken im Paradies der Vergangenheit. Erinnerungen waren alles, was mir geblieben war. Seit dem Absturz hatte ich kein einziges Flugzeug mehr starten oder landen sehen. Heute wäre der Tag unserer Heimreise gewesen. Der Weg nach Hause war aber abgeschnitten. Falls *Zuhause* überhaupt noch existierte. Die alte Welt lag erst wenige Tage zurück, und doch kam es mir vor, als hätte sie nie existiert. Ein fiebriger Traum, nichts weiter. Die Realität war da draußen. Sie schlich umher mit gefletschten Zähnen. Wie hoch war meine Lebenserwartung, wenn ich da raus ging? Sekunden? Minuten? Ich träumte davon, mich unsichtbar machen zu können. Mich unbemerkt von den Kreaturen frei bewegen zu können.
Wenn ich das, was ich jetzt an Vorräten hatte, streng rationierte, käme ich ein paar Tage klar. Nicht mehr. Dann stellte sich die Frage erneut, wo ich Wasser und zu Essen herbekam, um ein Leben zu führen, das nicht mehr lebenswert war. Und doch wollte ich nicht aufgeben. Ich wollte leben!
Mein Gehirn schnappte den Gedanken wieder auf, der eben durch meinen Kopf gegeistert war. Was wäre, wenn ich mich unsichtbar machen könnte? Vielleicht nicht wirklich unsichtbar, aber unsichtbar für die Kreaturen. Ein interessanter Gedanke! Plötzlich war ich hellwach. *Für die Kreaturen unsichtbar sein...* hallte es in meinem Schädel

wieder. Auf welche Reize reagierten sie? Auf akustische, das wusste ich sicher. Der Kampf in der Nachbarwohnung hatte sie rudelweise angezogen. Der Stein hatte sie in die Irre geführt. Um die Straßenecke herum und weg von meiner Tür. Also musste ich leise sein und sie mit gezielten Geräuschen von mir fort locken.

Reagierten sie auch auf optische Reize? Ich ging davon aus. Die Frau aus der Nachbarwohnung hatte mir direkt in die Augen geschaut. Die Augen der Kreaturen waren um die Pupillen herum nicht weiß, sondern tiefrot. Dennoch glaubte ich, dass sie sehen konnten. Schließlich rannten sie in einem irren Tempo um Ecken herum, ohne irgendwo dagegen zu stoßen. Wie unterschieden sie einen Infizierten von einem Nichtinfizierten? Durch die Optik? Möglich. Ihresgleichen ließen sie in Ruhe. Ich könnte mich als einer von Ihnen ausgeben. Stöhnend und torkelnd. Blutige Sachen hatte ich ja. Ich verwarf den Gedanken. Spätestens, wenn ich Wasserflaschen durch die Gegend trug, wurde es kompliziert. Rote Augen hatte ich auch nicht. Wobei sich das mit der Sonnenbrille kaschieren ließ. Aber wie sollte ich ein blutiges, verschleimtes Gesicht simulieren? Ich könnte mich mit dem verwesenden Schleim der Leiche in der Nachbarwohnung einreiben. *Nein! Ausgeschlossen!* Wenn ich dabei nicht vor Ekel starb, würde mich die Infektion mit dem Virus zur Strecke bringen. Eine völlig hanebüchene Idee. Keinen zweiten Gedanken wert. Dennoch stimmte der Ansatz.

Auf den Einfall mit dem Bettbezug kam ich aus heiterem Himmel. Was wäre, wenn ich ein Bettlaken – oder besser noch einen Bezug für eine Bettdecke – zu einer Art Umhang umpräparierte? Hajü hatte jede Menge Bettdeckenbezüge in Ockertönen. Ich könnte anstelle der vorgesehenen Bettdecke in den Bezug schlüpfen. Ich bräuchte Sehschlitze und Öffnungen für die Hände. Wenn eine Kreatur in der Nähe war, könnte ich in die Hocke gehen. Dann würde sie keinen Menschen vor sich sehen, sondern einen Stoffberg. Irgendwelche Lumpen, die auf der Straße lagen.

Ich saß im Bett und spann den Gedanken weiter. In der Theorie und der relativen Sicherheit des Domizils erschien mir die Idee nicht so übel. Der Hunger und der Durst würden kommen. Wenn ich überleben wollte – und ja, das wollte ich – müsste ich mir etwas einfallen lassen. Ich musste die Zeit, die ich noch hatte, bis meine Vorräte aufgebraucht waren, nutzen, um einen Plan zu entwickeln.

Wie sollte es weitergehen? Es gab auch noch die beiden niedrigeren Dachterrassen rechter Hand. In den dazugehörigen Wohnungen hatten spanische Familien gewohnt. Einheimische. Zu viert, zu fünft, zu sechst? Nach dem Horrortrip in die Nachbarwohnung würde ich mir das zweimal überlegen. Außerdem bedeutete das wieder nur einen Aufschub. Sich unerkannt bewegen zu können barg hingegen echte Möglichkeiten.

Sie durften mich nicht sehen. Und sie durften mich nicht hören. Doch wie war es mit ihrem Geruchssinn? Konnten sie Nichtinfizierte wittern? Die Frau in der Nachbarwohnung hatte erst auf akustische Reize reagiert. Auf mein glorreiches *Hallo, ist da Jemand?* Die Typen vor meiner Tür schienen mich auch nicht gewittert zu haben. *Theorie, oh Theorie.* Wenn mich die Praxis eines Besseren belehren würde, wäre ich tot. Wenn ich abwartete, war ich aber auch so gut wie tot. Verdurstet und verhungert. Ich konnte wählen zwischen *Pest und Cholera.* Schon wieder.

*

Die Idee mit dem Bezug trieb mich dann doch aus dem Bett. Ich wollte wissen, wie es um meine Ressourcen stand. Eine noch fast volle Rolle dickes Paketband hatte ich im Werkzeugschrank gefunden. Dort, wo auch der Hammer, eine Zange und ein Schraubendreherset lagen. Mit dem Klebeband hatte ich schon die Flaschen mit dem Spülkastenwasser gekennzeichnet, indem ich kleine Schnipsel aufgeklebt hatte. Bezüge für Bettdecken fand ich mehrere. Sechs Stück, um genau zu sein. Wenn ich es auf mich nahm, noch einmal über die verwesende Leiche in die Wohnung der Nachbarn zu klettern, fände ich sicher noch weitere. Zunächst war das aber nicht nötig. Ein Bezug würde reichen. Eine Schere war auch im Haus. So etwas gehörte einfach in jeden Haushalt.
Ich stellte mir die Aktion vor, ließ sie vor meinem geistigen Auge Revue passieren. Es war mit Sicherheit ein lächerliches Bild, wenn ich in einen Bezug für eine Bettdecke gehüllt durch die Straßen schlich. Allerdings war niemand mehr da, der über mich hätte lachen können. Zumindest nicht, soweit ich wusste. Gab es andere, die noch normal waren? Wahrscheinlich schon, doch ihre Zahl nahm sicher täglich ab.
Ich war mir gar nicht sicher, ob ich überhaupt auf andere, auf Fremde treffen wollte, die ich vielleicht nicht verstand, weil sie Spanisch sprachen.
Ich war kein Teamplayer. War ich noch nie gewesen. Das wusste ich aus meinem alten Leben, in dem ich einen Job gehabt hatte. Eines der wenigen Dinge, die ich in der neuen Welt nicht vermisste, war arbeiten gehen zu müssen. Jeden Tag viel zu früh aufstehen zu müssen, um den ganzen Tag Dinge zu tun, die ich nicht tun wollte, nur um eine

überteuerte Wohnung bezahlen zu können. Das hatte mich immer schon angekotzt. Jeden Tag aufs Neue. Das war jetzt vorerst vorbei. Dafür gab es andere Dinge, die mich ankotzten. Oh ja, die gab es! *Beißende, rennende und schreiende Dinge.* Hunger und Durst. *Wahnsinniger Hunger und wahnsinniger Durst.*

Ich griff den Gedanken mit den anderen Nichtinfizierten wieder auf. Würde ich mich in einer Gruppe wohl fühlen? Ich wusste es nicht. Eine Gruppe brauchte mehr Essen und mehr Trinken. Dafür gab es Leute, die einem den Rücken frei hielten. Oder Leute, die die Infizierten anlockten, weil sie sich ungeschickt und dumm benahmen. Weil sie Mist bauten. Damals, in meinem Job, hatte es immer Kolleginnen und Kollegen gegeben, die jede Idee erst basisdemokratisch hatten ausdiskutieren müssen. Halbe Tage waren so verschwendet worden. Alles musste für alle vertretbar sein. Es hatte immer jemanden gegeben, der meine Ideen mit eigenen Vorschlägen verschlimmbessern musste, und sich nicht davon abbringen ließ. Hier, in dieser veränderten Welt, wäre eine einzige unbedacht zu laut geführte Diskussion das Ende aller Diskussionen.

Alleine war ich besser dran. Das entsprach auch eher meinem Naturell. Außer, ich könnte Juliane finden. Mit ihr würde ich es versuchen. Sie war aber nicht hier, und ich glaubte auch nicht, dass sie es je wieder sein würde. Es war müßig, diesen Gedanken weiter zu verfolgen.

Ich widmete mich wieder meinem Bettbezug. Ich überlegte, ob es besser war, einen windigen oder einen windstillen Tag für die Aktion auszuwählen. Wind erschwerte die Handhabung des Bezugs wahrscheinlich. Die Sache mit dem Geruch war eine vollkommen unsichere Komponente. Konnten sie mich riechen? Ja oder Nein? Ich wusste es schlichtweg nicht. Würde Wind es diesen Dingern erschweren, mich zu wittern? In der Richtung, aus der der Wind kam, auf alle Fälle. Aber wie sah es mit der anderen Richtung aus? Würde der Wind meinen Geruch weitertragen oder ihn zerstreuen? Bei Windstille blieb mein Geruch vermutlich auf einen kleinen Radius beschränkt. Ich durfte keinesfalls nah an diese Dinger heran. So viel stand fest. Ich wusste nicht, ob sie mich überhaupt rochen, aber Vorsicht war besser als Nachsicht.

Eine weitere entscheidende Frage schoss mir durch den Kopf. War es besser, bei Tag zu gehen, oder sollte ich es in der Nacht probieren? Das musste ich herausfinden. Die nächste Nacht wollte ich wach bleiben. Ich musste wissen, ob diese Dinger nachtaktiv waren.

*

Die Nacht auf der Dachterrasse war beeindruckend und beängstigend zugleich. Ohne das Licht des fast vollen Mondes hätte ich die eigene Hand vor Augen nicht gesehen. Von einigen wenigen Stellen in der Ferne einmal abgesehen, an denen ein leichtes Leuchten verriet, dass es dort brannte, war nirgends ein Licht. Die einst hell beleuchteten Strandpromenaden lagen in totaler Finsternis. Die sonst in einem gelblich orangenen Licht scheinenden Straßenlampen waren erloschen. Für immer? Kein einziger Autoscheinwerfer erhellte die Nacht. Ich stellte mir vor, wie es wohl wäre, auf der still daliegenden, sechsspurigen Hauptverkehrsstraße in *Palma* spazieren zu gehen, in einer anderen, sicheren Welt. Kein festlich mit Lichterketten geschmücktes Schiff, von dem leises Lachen und Musik zur Dachterrasse hinüber drangen, war auf dem Wasser. Kein einziges Fenster war erleuchtet. Weder nah, noch fern. Pechschwarz lagen sie da, die unzähligen Hotels, die in Hafennähe die Küste von *Palma* säumten. Die sonst feierlich angestrahlten historischen Gebäude von *Palma*, die Kathedrale und die dahinter liegenden Stadtmauern von Anno dazumal, oder das *Castell de Bellver*, alle fristeten ein Schattendasein. Man hätte meinen können, die Insel wäre in einen hundertjährigen Schlaf gesunken. Wären da nicht diese Geräusche gewesen. Ich hörte sie. Ein gespenstiger Kanon von unheimlichen Lauten hallte durch die Nacht. Bildete ich es mir nur ein, oder unterschied sich die nächtliche Geräuschkulisse von der am Tag? Etwas war anders. Es war Gedämpfter. Ruhiger. Diese aggressiven Schreie, die tagsüber durchaus zu hören waren, sobald etwas eine der Kreaturen alarmierte, hörte ich jetzt kaum. Nur dieses Stöhnen – langgezogen, zuweilen fast klagend hallte es durch die Dunkelheit.

Ich wusste nicht, wie gut diese armseligen, einst menschlichen Wesen sehen, hören und riechen konnten. Ich wusste nicht, ob diese merkwürdige Seuche, die alles um mich herum hatte zum Teufel gehen lassen, die Sinne der Kreaturen in irgendeiner Form schärfte. Möglich war es durchaus. Schließlich gab es auch Drogen, die das vermochten. Aber die Nacht machte einen ruhigeren Eindruck als der Tag. Oder lag es einfach daran, dass es nachts weniger zu jagen gab? Eine interessante Frage. Gab es überhaupt noch etwas zu jagen? In diesem Augenblick fiel mir auf, dass ich weder Hunde bellen, noch Katzen miauen hörte. Hunde und Katzen gab es hier eigentlich reichlich. Schlief man mit offener Terrassentür, konnte es durchaus passieren, dass man von einer wildfremden Katze geweckt wurde, die über die Bettdecke schlich. So etwas konnte einem einen gehörigen Schrecken einjagen. Jetzt versuchte ich, immer mit geschlossener Terrassentür zu schlafen, wenn ich mir das klackende Geräusch erlauben konnte, das die Tür beim Schließen verursachte.

Es wunderte mich, dass es mir gelang, angesichts des umherschleichenden Grauens überhaupt zu schlafen. So etwas konnte nur totale Erschöpfung bewerkstelligen. Wo waren all die Katzen, deren Laute einst die Nacht erfüllten? Wo waren all die Hunde, deren Gebell einst durch die Nacht gehallt war? Wurden sie gefressen, oder waren sie gar infiziert? Bei dem Gedanken an infizierte Hunde standen mir sämtliche Haare zu Berge. Die menschlichen Infizierten waren ja schon schnell wie gedopte Olympiasprinter, wenn nicht noch schneller. Hunde würden mich zerfetzen, ehe ich überhaupt reagieren konnte. Wenn menschliche Infizierte mich nicht oder nur schwach wittern könnten, Hunde könnten es! Sie würden mich unter meiner lächerlichen Bettbezugstarnung im Handumdrehen ausmachen. Sie würden meinen Angstschweiß über riesige Distanzen riechen. Ich wollte nicht weiter darüber nachdenken. Ich wollte lieber an die andere Möglichkeit glauben. Dass sie gefressen worden waren. Immerhin hatte ich bisher noch keinen infizierten Hund gesehen oder gehört. Ich konnte auch in Zukunft darauf verzichten.

Wenn die Infizierten bei Nacht weniger aktiv waren, dann vielleicht – aber nur vielleicht – weil sie schlechter sahen. Einen wirklichen Vorteil verschaffte mir das nicht, denn ich sah natürlich auch schlechter. Auf den Einsatz einer Taschenlampe – die ich sogar dabei hatte – würde ich unter allen Umständen verzichten. Die alles entscheidende Frage war: Sah ich nachts genug? Reichte mir das Licht des

Mondes? Eine weitere wichtige Frage war: Sahen die besser als ich?
Wenn ich diesen Wahnsinn mit dem Bettdeckenbezug tatsächlich durchziehen würde, wüsste ich auch, wohin ich gehen wollte. Als Testlauf sozusagen. Ich würde mich zunächst nach rechts wenden, um fünfzig Meter weiter links in die Nebenstraße einzubiegen, die die Frau entlang gerannt war, bevor sie Opfer dieser tollwütigen Bestien geworden war. Im Gegensatz zu ihr würde ich aber nicht in Richtung Meer gehen, sondern in Richtung Stadt. Etwa einhundertfünfzig Meter weiter würde ich auf eine Art Hauptstraße stoßen, wo einst die Busse nach *Palma* entlang gefahren waren. Direkt an der Ecke befanden sich gleich zwei kleinere Geschäfte. Das erste hatte sich auf Obst und Gemüse spezialisiert, das zweite auf Backwaren. Sowohl das Obst und das Gemüse als auch die Backwaren waren natürlich längst vergammelt, wenn überhaupt noch irgendetwas da war. Beide Geschäfte hatten aber eines gemeinsam: Sie hatten Getränke und eine – wenn auch kleine – Auswahl an Konserven im Angebot gehabt. Die Wegstrecke bis dorthin war auch relativ kurz. Beim geringsten Risiko, oder wenn zu viele von diesen Freaks dort draußen herum liefen, könnte ich den berühmten, langsamen, lautlosen, geordneten Rückzug antreten. Die Gefahr war riesengroß, das war mir absolut bewusst. Trotzdem sprach ich mir Mut zu und motivierte mich selbst. Ich war mir noch nicht sicher, wann ich diese Exkursion machen wollte, aber ich tendierte zur nächtlichen Variante. Der Vollmond verbreitete eine ausreichende Helligkeit. Meine Augen würden sich auf die Dunkelheit einstellen. Vielleicht war es morgen Nacht soweit, vielleicht auch erst übermorgen. *Bloß nichts überstürzen.* Meine Vorräte reichten bis dahin. Ich

musste alles sorgfältig planen und vorbereiten. Ich musste den Bettdeckenbezug, der für eine einen Meter achtzig lange Decke gedacht war, entsprechend präparieren. Ich musste mir Gedanken darüber machen, wie ich die erbeuteten Sachen lautlos transportieren wollte. Auch mit dem Notfall – dem *Worst Case Szenario* – musste ich mich auseinandersetzen.
Der ganze Trip würde ein Tanz auf des Messers Schneide sein. Mit dem Tod als Tanzpartner. Ich war nicht hundertprozentig überzeugt von dem Plan. Ein Bettdeckenbezug als Tarnung? War das lächerlich, oder war das genial? Ich würde es bald wissen, oder ich würde gar nichts mehr wissen.

*

Ich versuchte, mich um den Ausflug zu drücken, solange es ging. In der ersten Nacht nachdem ich die Idee gehabt hatte, war der Himmel leicht bewölkt. Hin und wieder schoben sich Wolken vor den so gut wie vollen, am Himmel strahlenden Mond. Das war für mich ein willkommener Grund, den lebensgefährlichen – aber früher oder später notwendigen – Ausflug zu verschieben. Schließlich war der Mond die einzige Lichtquelle. Ich musste mich voll und ganz auf sie verlassen können.
Stattdessen saß ich bis spät abends auf der Dachterrasse und trank ein Glas Wein. Ich gewann das Gesöff lieb, da es mir half, die Welt, in der ich mich befand, auszublenden. Ich trank aber nie so viel, dass ich mich nicht mehr unter Kontrolle hatte und Scheiße baute, wie zum Beispiel lautstark irgendwo anzustoßen. Ich wusste, dass es falsch war, Wein zu trinken, wenn der gnadenlose, tausendfache

Tod unmittelbar in der Nachbarschaft umher ging, aber ich tat es trotzdem. Lange würde ich mich ohnehin nicht in den Alkohol flüchten können. Von den zwei Flaschen, die ich hatte, war die erste schon zu Dreivierteln leer. *Eine geöffnete Flasche musste geleert werden, ehe sie verdarb*, sagte ich mir.

*

Tags darauf schlief ich lange und begutachtete anschließend skeptisch meinen zum Tarnanzug umpräparierten Bettdeckenbezug. Ein Problem war, dass das Ding nicht im falschen Moment verrutschen durfte. Der Bettdeckenbezug, in den eine Decke für einen erwachsenen Menschen passte, war generell groß genug für mich. Sehschlitze und Öffnungen für die Hände hatte ich hineingeschnitten. Wenn es ernst wurde, also unmittelbar bevor es losging, wollte ich mir die Handgelenke mit Klebeband umwickeln und so den Bezug fixieren, damit er fest saß. Ich hatte den Bezug so aufgeschnitten, dass der Stoff die Hände bedeckte. Außerdem wollte ich mir bei übergestülptem Bezug Klebeband um den Hals wickeln, damit der Kopfbereich festsaß und die Sehschlitze nicht verrutschten. Zwar war der Bezug luftdurchlässig, ein Atemloch für Nase und Mund hatte ich mir dennoch geschaffen. Die Temperaturen lagen auch nachts um die dreißig Grad herum. Ich wollte sicherstellen, dass ich genug Luft bekam, auch wenn ich in Todesangst schnell und hektisch atmen müsste.
Problematisch fand ich auch, dass mein Kopf, oder zumindest dessen Form, deutlich hervor treten würde, nachdem ich das Klebeband um den Hals gewickelt haben würde. Aus einem Kopfkissenbezug schnitt ich mir deshalb

ein großes Kopfteil zurecht, das ich zusätzlich überstülpen wollte, um die Kopfform zu kaschieren. Wie eine Art Langhaarfrisur, die auch das Gesicht verdeckte. Auf Höhe der Sehschlitze schnitt ich ein Sichtfenster in das Kopfteil. Ich wollte kein Klebeband verschwenden, deswegen machte ich die Anprobe ohne. Ich sah vollkommen lächerlich aus. Sibylle hatte glücklicherweise einen Kleiderschrank mit einer Spiegeltür, die bis zum Boden reichte. So konnte ich auch testen, wie ich aussah, wenn ich zusammensank und in die Hocke ging. Wenn man nicht wusste, dass man einen Menschen vor sich hatte, hätte man mich tatsächlich für einen auf der Straße herumliegenden Stoffhaufen halten können. Zumindest, wenn man nicht genau hinsah. Meine Sporttasche, in der ich meine Strandutensilien herumgeschleppt hatte, als die Welt noch heil war, wollte ich mir unter dem Bezug rücklings über die Schulter hängen. Ich packte vorsorglich genügend Handtücher ein, um Konserven aus Blech und Gläser einzeln darin einwickeln zu können. Das sollte jegliche Klappergeräusche unterbinden. Mein Tarnanzug hatte in Taschenhöhe einen Schlitz, so dass ich hindurchfassen konnte, um meine Funde unkompliziert in die Tasche zu bekommen. Langsam aber sicher war ich überzeugt von meiner Idee.

Kapitel 5: Nachtwanderung

Die nächste Nacht war angebrochen, und kein noch so kleines Wölkchen trübte den imposanten Sternenhimmel. Seit auf Mallorca absolute Dunkelheit herrschte, war der Sternenhimmel eine Augenweide. Der Mond würde die ganze Nacht strahlen. Ich konnte mich ohne Wenn und Aber auf ihn verlassen. Ich fand keinen Grund, den Trip, der mir eine tierische Angst machte, noch einmal zu verschieben. Zumal der Hunger und der Durst an mir nagten, wie ein unersättlicher Moloch. Die Müsliriegel waren mittlerweile alle. Genau wie die Kekse und die zweite Dose Tomaten. Die Anderthalb-Liter-Flasche, die ich in der Nachbarwohnung gefunden hatte, war auch leer. Es hieß, der Mensch solle anderthalb Liter pro Tag trinken. Bei den hiesigen Temperaturen ließ sich das ohne Weiteres verdoppeln. Die kleinste Bewegung reichte, um in Schweiß auszubrechen. Ich hatte also schon recht gut gehaushaltet und fühlte mich absolut ausgetrocknet.

Ich hatte ein flaues Gefühl im Magen, als ich den ockerfarbenen Tarnanzug überstülpte und mit Klebeband an den vorgesehenen Stellen fixierte. Ich war so aufgeregt, dass ich fast die Tasche vergessen hätte. Der Speer war in jedem Fall zu sperrig und zu gut sichtbar. Ich verzichtete auf ihn. Er ließ sich unmöglich unter dem Bezug verstecken. Ich entschied mich für ein scharfes, stabiles und Vertrauen erweckendes Messer. Zur Sicherheit tat ich noch ein zweites in die Tasche. Keinesfalls vergessen durfte ich den Schlüssel für die Wohnung. Das wäre vielleicht eine Scheiße gewesen, wenn ich später im Bettdeckenbezugskostüm, umringt von Infizierten, vor meinem Domizil hocken würde, ohne

Schlüssel. *Oh mein Gott!* Es gab tausend kleine Dinge, auf die man achten musste, wenn man in dieser Welt überleben wollte. Und ich hatte bestimmt eines oder zwei vergessen.

*

Die Zeit war jetzt endgültig reif. Der batteriebetriebene Radiowecker zeigte eine halbe Stunde vor Mitternacht an. Angst und Hunger schüttelten mich. Ich fragte mich allen Ernstes, ob ich den Ausflug nicht doch abblasen sollte. Es war immer noch besser, in meinem Domizil zu verhungern oder zu verdursten, als sich von den Wesen, die draußen lauerten, zerfetzen zu lassen. Oder als eines von diesen Dingern in der Hitze umher zu wanken, ohne Verstand, als leere blutgierige Hülle.
Reiß dich zusammen, du Schlaffi und zieh das jetzt durch!, sagte ich zu mir selbst. Mir fielen die leeren Plasteflaschen ein. Einige standen noch auf der Treppe. Durch die Spülkastenaktionen waren es deutlich weniger geworden, doch ein paar waren noch da. Ich durfte jetzt keinesfalls mit dem Bezug eine davon umstoßen, in der Dunkelheit, die auf der Treppe vollkommen war. Ich beschloss, die Stufen morgen zu bereinigen, wenn es hell war. Falls ich dann noch lebte.
Gerade eben hatte ich noch durch die Vorhänge gelugt, um zu schauen, ob Gestalten im Mondlicht vor meiner Tür zu erkennen waren. Die Luft schien rein zu sein. Jetzt drehte ich den Türknauf und öffnete die Tür so langsam wie möglich. Zentimeter um Zentimeter. Ich hatte nie darauf geachtet, ob sie quietschte oder knarrte. Das waren Kleinigkeiten, die jetzt den Tod bedeuten konnten. Als der Türspalt breit genug war, steckte ich meinen mit zwei Lagen Bettzeug bedeckten

Kopf durch den Spalt. *Links: gecheckt! Rechts: sauber! Vorrücken!* Um die Tür leise zu schließen, benutzte ich den Schlüssel. Die Tür einfach zuschnappen zu lassen war ein absolutes *No Go*. Ich überlegte, ob ich den Schlüssel vielleicht stecken lassen sollte, falls es auf dem Rückweg schnell gehen musste. Es war wenig erbaulich, mit zitternden Fingern das Schlüsselloch zu verfehlen, oder bei dem Rumgefummel den Schlüssel fallen zu lassen. Oder ihn nicht griffbereit zu haben. *Oder, oder, oder.* Ich war schon immer ein Kopfmensch gewesen. Stecken lassen oder nicht? Was, wenn er weg war, wenn ich zurück kam? *Pest oder Cholera.* Ich ließ den Schlüssel nicht stecken.

Das Gestöhne in der Nähe und Ferne klang direkt noch einen Zacken bedrohlicher, wenn man unten auf der Straße war. Ich verstaute den Schlüssel in der Hosentasche und nahm ein Messer in die Hand. Hoffentlich würde ich es nicht benutzen müssen. Ich lief leise aber zügig an der Wand entlang bis zur Ecke. Fünfzig Meter hatte ich geschafft. Blieben noch ungefähr einhundertfünfzig bis zu den Läden.

An der Ecke ging ich in die Hocke und wurde zum Stoffberg. Hier klangen die Geräusche lauter. Sie kamen aus der Richtung, in die ich wollte. Mein Blick fräste sich die Straße hinauf. Der Mond war ein zuverlässiger Partner und leistete mir gute Dienste. Die Sichtverhältnisse waren so, dass ich ausreichend sehen konnte, auch wenn keine einzige Straßenlampe mehr Dienst tat. Weiter die Straße rauf lag etwas. Etwas Großes. Ich blieb in der Hocke und tastete mich im Entengang Meter um Meter voran. Was da lag, war ein Mensch. Ein Toter? Er sah in dem Licht und auf die Entfernung ziemlich komplett aus. Auf jeden Fall nicht halb aufgefressen.

Vorsicht! Bei mir gingen jetzt sämtliche Alarmglocken an. Ich bewegte mich weiter voran. Die Gestalt, die da auf der Straße lag, war verdreckt und besudelt. Vermutlich mit Blut. Es war zu dunkel, um es eindeutig sagen zu können. Ich überlegte, ob es nicht besser wäre, umzukehren. Ich drückte mich dicht an der Wand entlang, um möglichst viel Abstand zwischen mir und dem Liegendem zu haben.
Die Hälfte der Straße hatte ich hinter mir. Dort, wo die Nebenstraße in die Hauptstraße mündete, stand etwas noch größeres Dunkles wie ein Felsen in der Gegend herum. Ich ging langsam darauf zu. Ich war nicht mehr weit entfernt von der Ecke. Dort waren die Geräusche, dieses langgezogene Stöhnen, das Röcheln und Grunzen, noch lauter als hier. Ich lief immerhin auf die Hauptstraße von *El Molinar* zu, die zwar nur zweispurig war, aber von mehrgeschossigen Häusern gesäumt wurde. Hier hatten vier Buslinien verkehrt. Das große, dunkle Ding entpuppte sich als ein völlig zerstörtes Auto, das mit einem anderen kollidiert war. Diese verdammten Geräusche machten mich fertig. Ich war hochkonzentriert und angespannt. Mein Herz pumpte so heftig, dass ich Angst hatte, man könnte es die ganze verdammte Straße runter hören. Dann wäre meine ganze Tarnmontur für die Katz. In der Hocke schlich ich mich an die kollidierten Autos heran und verschmolz mit ihnen. Das Auto, an dem ich in Deckung ging, hatte wohl versucht, links auf die Hauptstraße einzubiegen, und dabei einem Fahrzeug auf der Hauptstraße die Vorfahrt genommen. Die linke Seite der Karosse war völlig zerstört. Die Motorhaube des anderen Autos existierte faktisch nicht mehr. Ich wandte den Fahrzeugen den Rücken zu, nutzte sie als Deckung, und schaute mir die Straße an.

Das Bild, das sich mir bot, war entsetzlich. Zusammengestoßene, zerstörte Autos sah ich gleich mehrere. Eines hatte ein anderes Auto, das wohl versucht hatte, rückwärts auszuparken, voll erwischt. Den Rückwärtsausparker hatte es in die daneben parkenden Fahrzeuge regelrecht hineingeschoben.
Vorwärts einparken – und das damit verbundene gefährliche rückwärts Ausparken – war in meinen Augen eine Unsitte. Dafür hatte ich noch nie Verständnis gehabt. Der hier hatte seine Quittung dafür kassiert. Das Auto, das den Ausparker erwischt hatte, war völlig ausgebrannt.
Glassplitter schimmerten im Mondlicht. Stöhnen. Ganz nah bei mir. Weiter vorn stand ein Bus quer. Die zahlreichen Autounfälle zeugten von Chaos und Massenpanik. Das war aber nicht das, was mir im Moment Angst einflößte. Echte Todesangst, wie ich sie in den letzten Tagen mehrfach erlebt hatte. *Angst, so intensiv, dass es unbeschreiblich war.* Die Straße war voller Infizierter!
Ich sah Torkelnde im Mondlicht. Stöhnende Silhouetten. Ich sah aber auch Gestalten am Boden liegen, wie bereits vorhin. Waren das Leichen? Oder waren es schlafende Infizierte? Es mussten Dutzende sein, die da vor mir waren. Aber sie hatten mich noch nicht bemerkt. Manche standen einfach nur da. So, als hätte sie jemand ausgeschaltet. Andere torkelten. Einige liefen gebückt umher, als würden sie sofort losrennen und jemanden anfallen wollen. Sie knurrten und schnüffelten. Deutlich hörte ich, dass ihre Nasen voll von diesem Zeug waren. Diese Exemplare machten mir besonders Angst. Wenn mich nur einer von denen wittern würde, wäre ich geliefert. Ein Schrei würde durch die Nacht schallen, und die anderen aus ihrem Dämmerzustand reißen. *Meine Güte, was machte ich hier bloß?* Das erste Geschäft

war direkt an der Ecke. Ich musste in unmittelbarer Nähe an einem Liegenden vorbei. Ich war ein Stoffhaufen, der auf der Straße lag, und sich fast unmerklich bewegte. Als ich neben dem Liegenden war, keine drei Meter vom ersten Geschäft entfernt, hätte ich schwören können, dass er atmete, röchelte. Spielten mir meine Sinne einen Streich? Der erste Laden war geschlossen. Das Gitter, welches nachts vor Einbrechern schützen sollte, war heruntergelassen worden. *Nun denn, es erfüllte seinen Zweck!* Das zweite Geschäft war offen. Ich bewegte mich weiter in der Hocke. Im Schneckentempo. Die Gestalten waren mir für meinen Geschmack viel zu nah. Wenige Meter von mir entfernt torkelte der Tod. Oder etwas, das noch schlimmer war.

Ich tauchte in den Laden ein ohne zu wissen, welche Gefahren hier lauerten. Unter meinem Schuh knirschten Glasscherben. Wie vom Blitz getroffen erstarrte ich und verharrte in der Hocke als Stoffberg. *Tausend kleine Dinge, auf die man achten musste. Eines oder zwei hatte ich bestimmt vergessen.* Die knirschenden Glasscherben zum Beispiel. Der Liegende bewegte sich, zuckte leicht. Jetzt hatte ich Gewissheit, was die Liegenden betraf. Das waren schlafende Infizierte. Aber nicht alle schliefen nachts. Viele waren nachtaktiv. Wie in der alten Welt.

Im Laden war es deutlich dunkler als auf der Straße. Die hintere Wand konnte ich nur erahnen. Dort stand die Theke mit den Bäckereiwaren, hinter der die Verkäuferinnen gearbeitet hatten. Im Frontbereich sah ich etwas besser. Vorn, direkt neben der Eingangstür, hatte ein Getränkeautomat gestanden. Jetzt lag er. Mit der Vorderseite nach unten. Auch wenn er vielleicht noch gefüllt war, hatte ich keine Chance, da ran zu kommen, ohne aufzufliegen. Das Ding wog bestimmt eine halbe Tonne. Selbst bei helllichtem

Tag, ohne einen einzigen Infizierten in der Nähe, hätte ich das nicht unbedingt hinbekommen. Die Seiten dieses Automaten, in dem vielleicht ein kleiner Schatz lagerte, waren aus Metall und mit Bildern von verlockenden Getränken versehen. Die Rückseite ähnelte der eines Kühlschrankes. Ein Muster von kleinen Röhrchen, durch die noch vor kurzem Kühlflüssigkeit geflossen war, um den Inhalt auch bei dreißig Grad im Schatten angenehm temperiert zu halten. Gekühlte Cola, kalte Orangenlimonade, Mineralwasser, still oder medium. *Was hätten sie gerne, Senor?* Ich hätte vor Frust laut aufheulen können!
Das Regal mit den Konserven, das in einer vorderen Ecke gestanden hatte, war ebenfalls umgeworfen worden. Es lag auf der Seite. Verstreute, aber heil gebliebene Inhalte konnte ich auf den ersten Blick nicht erkennen. Nur Glasscherben. Überall Glasscherben. Sie stammten von der Frontscheibe des Geschäftes, aber auch von Konservengläsern. Im Mondlicht erahnte ich eingelegte Pfirsiche, vertrocknet am Boden. Was für ein Jammer. Kaum zu ertragen. Aufgrund der Glasscherben hielt ich es für bedenklich, mich noch weiter in das Ladeninnere zu begeben. Ich hatte schon unverschämtes Glück gehabt, dass das erste Knirschen von Glas unter meiner Schuhsohle nicht bemerkt worden war. Sicher, die Infizierten verursachten selbst ähnliche Geräusche, aber dennoch. Ich begutachtete noch einmal das Ladeninnere, ohne mich zu bewegen. Ich war ein glotzender Stoffhaufen. Hier war nichts zu holen.
Diese kreuzgefährliche Nachtwanderung war bisher völlig umsonst. Wobei, das stimmte nicht so ganz. Der Probelauf meines Tarnanzugs war bis hierher ein Erfolg. Keine der Kreaturen hatte mich bisher entdeckt. Mit ihrem Geruchssinn war es scheinbar nicht so weit her. Ihre Hauptsinnesorgane

schienen die Augen und insbesondere die Ohren zu sein. Das war eine recht wichtige Erkenntnis, die für mein weiteres Überleben von enormer Priorität war.
Ich dachte an die eklige, gelbe, dickflüssige Substanz, die den Exemplaren, die ich bisher hatte näher betrachten können, aus Nase und Mund gelaufen war. Ich ging fest davon aus, dass diese Symptome unmittelbar mit der Infektion zusammenhingen. Vielleicht rochen sie deswegen nichts. Oder die Infektion wirkte sich nicht verstärkend auf den bei Menschen eher schwach ausgeprägten Geruchssinn aus. Über den Geruchssinn von Hunden schienen sie jedenfalls nicht zu verfügen. Diesen Gedankengang hätte ich hier und jetzt, in dieser Situation, lieber nicht gehabt. Ich hockte unter meinem Stofffetzen, umringt von Infizierten, und dachte an Hunde, die mich wittern könnten. *Sehr clever und motivierend.* Als ob die Situation nicht schon heikel genug wäre. Stöhnen um mich herum. Nichts als Stöhnen und Schlurfen. Dass diese Kreaturen in null Komma nichts von null auf hundert beschleunigen konnten, wusste ich. Ein einziger winziger Fehler, und ich wäre innerhalb von Sekunden tot. Oder infiziert.
Ich gewann durch diesen Trip noch eine zweite Erkenntnis: Manche dieser Wesen schienen in der Nacht zu schlafen, wenn auch bei weitem nicht alle. Die Nacht war also weniger gefährlich als der Tag. Allerdings immer noch viel gefährlicher, als mir lieb sein konnte.
Hier im Laden gab es nichts mehr zu holen. Das war bitter. Hier hatte es Plünderungen gegeben, als diese Scheiße losgegangen war. Dieses winzige Konservenregal war sicher innerhalb weniger Minuten leer gewesen. Das zerbrochene Pfirsichglas zeugte davon, dass es hier hektisch zugegangen sein musste. Ein Hauen und Stechen. *Wer zuerst kommt,*

mahlt zuerst. Der Stärkste überlebt. Die Schwachen kommen unter die Räder. Schlimm. Egoismus, eine der übelsten Eigenschaften des Menschen. Ich selbst war nicht besser. Doch hier und jetzt waren der falsche Ort und die falsche Zeit, um darüber zu philosophieren. Die Zeit war wieder einmal reif für den langsamen, lautlosen, geordneten Rückzug. Die wenigen Meter bis zu den Autowracks waren mit Abstand die gefährlichsten. Hier war die Dichte der Infizierten am höchsten.

Zwei Schnüffler, also die Exemplare, die geduckt liefen und etwas zu suchen schienen, waren mir viel zu nah. Weniger als zehn Meter waren sie entfernt. Dass mich die Infizierten nicht wittern konnten, war schließlich nur eine von mir aufgestellte Theorie, die jederzeit widerlegt werden konnte. Diese schnüffelnden Bastarde wirkten auf mich vielfach gefährlicher, als die Stöhnenden und die Schläfer. *Theorie, oh Theorie.*

Ich hatte mich bewegt wie eine Schnecke. Zentimeterweise. Geduckt unter meinem Tarnmantel. Diese grob geschätzten zwanzig Meter hatten sich angefühlt wie Kilometer. Als ich endlich wieder mit den Schatten der Autowracks verschmolz, war ich erschöpft wie nach einem Marathon. Nicht, dass ich jemals einen gelaufen wäre. *Sport ist Mord.* Aber ungefähr so stellte ich mir den Erschöpfungsgrad vor. Dieses Laufen im Entengang und das Verharren in der Hocke strengten extrem an. Und ich hatte noch um die zweihundert Meter vor mir.

Der Schläfer in der Nebenstraße war immer noch da. Ich umschiffte ihn mit Argusaugen. Ansonsten war der Weg frei. Zwar nicht so frei, wie der Hinweg – bei den Mülltonnen taumelten jetzt drei Gestalten herum, die vorhin noch nicht dagewesen waren – aber ich schaffte es. Leise fummelte ich den Schlüssel ins Schloss. Als mich endlich die Düsternis der Treppe empfing, fiel eine große Anspannung von mir ab.

*

Ich hatte überlebt. Meine Tarnvorrichtung hatte sich als tauglich erwiesen. Ich hatte ein paar Erkenntnisse gewonnen. Ich war klitschnass am ganzen Körper und ich stank extrem nach Schweiß. Ein wenig Spülkastenwasser würde ich auf eine kleine Körperwäsche verwenden müssen. Trotz der gewonnenen Erkenntnisse überwogen der Schock und die Enttäuschung. Die Kreaturendichte war bei der großen Straße sehr hoch. Wenn eine derartige Menge von denen vor meinem Haus residieren würde, dann gute Nacht! Das Bild der Verwüstung hatte der Mond nur undeutlich beleuchten können. Doch was ich gesehen hatte, ließ Schlimmes erahnen.
Das Schlimmste für mich war aber, dass ich absolut nichts erbeutet hatte. Nichts Essbares und auch nichts zu Trinken. Zu Essen hatte ich absolut nichts mehr. Zu Trinken hatte ich noch die drei Dosen Limonade aus der Nachbarwohnung, eine Cola aus Hajüs Beständen, drei Dosen Pferdepisse und eine Flasche Wein.
Die Pferdepisse und auch den Wein würde ich jetzt erst einmal nicht anrühren. Alkohol konnte ich mir derzeit absolut nicht mehr leisten. Zumal er mich auf leeren Magen doppelt so hart traf. Morgen brauchte ich einen klaren Kopf. Der Ausflug heute war nur das Vorspiel gewesen. Ich konnte mir nicht länger erlauben, auf der faulen Haut zu liegen. Morgen musste etwas Essbares her.
Ich sah zwei Möglichkeiten. Erstens: Ich könnte von meiner Dachterrasse aus auf die zwei niedrigen Dachterrassen

rechter Hand klettern, und von oben in die dazugehörigen Wohnungen der Einheimischen einsteigen. Dort konnte mich alles erwarten, bis hin zur infizierten Großfamilie.
Oder zweitens: Ich unternahm einen weiteren Trip nach draußen. Wenn ich nicht auf gut Glück herumschleichen wollte, in der Hoffnung einen Laden zu finden, den ich bisher noch nicht kannte, blieb mir nur ein Ziel: der Supermarkt. Ich hatte wieder einmal nur die Wahl zwischen *Pest und Cholera*. Rosige Aussichten. Ich genehmigte mir eine Limo.

*

Ich machte mir die Entscheidung nicht leicht. Stundenlang wägte ich das Für und Wider beider Optionen ab. Ich ging die Szenarien im Kopf durch. Detailliert und Stück für Stück. Auf diese Art versuchte ich, mehr von den berühmten tausend Dingen aufzustöbern, an die ich denken musste. Was den Supermarktrip betraf, fiel mir einiges ein.
Der Weg dorthin war deutlich länger als der Weg zu den beiden Läden. Das war klar. Ein Teil des Weges könnte ich aber sogar zwischen der erhabenen Promenade und dem Meer zurücklegen. Dort gab es keinen Sandstrand, sondern einen vielleicht zwei Meter breiten Streifen aus unwirtlichen Steinen. Auf der einen Seite des Abschnittes befand sich das Meer, auf der anderen die Außenmauer der höher gebauten Strandpromenade. Dort war ich geschützt. Dieser Abschnitt begann – was den Weg zum Supermarkt betraf – hinter dem Yachthafen, und endete an der Schnorchelbucht. Ein nicht unbeträchtliches Stück von vielleicht zweihundert Metern würde ich also halbwegs geschützt gehen können, bevor ich direkt am Strand der Schnorchelbucht wieder auf die Straße

musste. Wenn Wellen gingen, was gerade der Fall war, würde ich allerdings klatschnass werden. In der Dunkelheit war dieser Abschnitt zudem ziemlich heikel. Ich müsste nur einmal auf den unebenen Steinen, die sicher nass und glitschig waren, ausrutschen. Bei meinem Glück würde ich mir vermutlich die Gräten brechen – vielleicht eine Hand oder einen Fuß – und ins Wasser fallen.

Ein weiterer Punkt gab mir zu denken: Im Laden, der vielleicht dreißig Quadratmeter groß war, war es so Dunkel gewesen, dass ich den hinteren Bereich nicht hatte sehen können. Der Supermarkt, der aus einer riesigen Halle voller Regale bestand, war um ein Vielfaches größer. Das Ding hatte nur im Frontbereich, dort wo sich der Eingang und der Seiteneingang befanden, Öffnungen, durch die Mondlicht eindringen konnte, ansonsten nirgends. Neonröhren hatten die Bude beleuchtet. Der Mond hatte keine Chance, die riesige Halle durch die zwei Eingangsbereiche ausreichend zu beleuchten. Ich musste auch fest mit Infizierten im Supermarkt rechnen. Ich wusste zu wenig über das Virus und dessen Inkubationszeit – falls es ein Virus war – aber ich konnte mir gut vorstellen, dass Gebissene im Markt geplündert hatten, um sich dann in den eigenen vier Wänden ausreichend lang verschanzen zu können. Es war nicht auszuschließen, dass deren Krankheit schon im Supermarkt ausgebrochen war. Das Personal war sicher auch gebissen worden und aus Pflichtbewusstsein oder Panik dort geblieben. Ich stellte mir die dicke Frau von der gefliesten Fischtheke vor, die immer Gummistiefel getragen hatte, während sie die Reste vom Ausnehmen eines Fisches mit dem Schlauch wegspülte. Mit Gummischürze und Kopfhaube schlich sie jetzt vielleicht infiziert dort herum. Oder der Mann, der beim Regale einräumen immer schief

und laut gesungen hatte. Nachts würde ich dort die Hand vor Augen nicht sehen. Mit Scherben von abgestürzten Flaschen und Gläsern musste ich außerdem rechnen. Entweder der Supermarkt war geschlossen oder geplündert. Aufgrund der Warenmengen, die es dort gegeben hatte – nicht nur im Verkaufsbereich, sondern auch im Lager, dessen Eingang sich hinten rechts neben der Fischtheke hinter einer Art Gummivorhang befand – rechnete ich mir trotzdem Chancen aus, vielleicht doch noch etwas zu finden. Ich würde aber entweder im Hellen gehen müssen –
dann könnte ich auch von dem Steinabschnitt profitieren – oder eine Taschenlampe brauchen. Ich hatte zwar eine kleine LED-Lampe im Gepäck, aber das Licht einer Taschenlampe würde mich sofort verraten, wenn sich jemand in der Nähe aufhielt. Aber selbst wenn ich zweihundert Meter an den Steinen entlanggehen könnte, blieb noch mindestens die dreifache Strecke übrig, die ich ungeschützt zurücklegen musste. Ich hatte den verdammten Weg natürlich nicht mit dem Lineal gemessen.
Auf dem Weg zum Supermarkt lagen auch einige Restaurants, die aber alle frisch gekocht und deswegen hoch in Julianes Gunst gestanden hatten. Mit Konserven war dort kaum zu rechnen. In Bezug auf Getränke sollte ich diese Option aber im Auge behalten. Zunächst brauchte ich aber dringend etwas zu Essen, bevor der Hunger übermächtig wurde, und ich nicht mehr imstande sein würde, klar zu denken.
Ich spielte die Supermarktoption im Kopf zu Ende durch. Nach der Schnorchelbucht würde ich in eine kleine enge Gasse mit einer Kreuzung auf halber Strecke einbiegen müssen. Eine Kreuzung! Das ergab insgesamt vier Richtungen, in die ich mich absichern müsste. Das dicke

Ende stünde aber erst noch bevor. Am Ende der Gasse müsste ich nämlich auf die Hauptstraße einbiegen. Dieselbe Hauptstraße, auf der ich bereits gewesen war, die ich auf meinem nächtlichen Trip hatte in Augenschein nehmen können, nur ein ganzes Stück weiter hinten. Diese Straße müsste ich trotz aller Infizierten noch etwa hundert Meter entlang schleichen, bevor der Supermarkt rechter Hand liegen würde. Und das bei helllichtem Tage. Es sei denn, ich wäre irre genug, im Supermarkt mit einer Taschenlampe herumzuhantieren. Tag oder Nacht? *Pest oder Cholera.* Ich vertagte diese Entscheidung. Eine andere traf ich aber sofort. Ich wollte morgen in die zwei Wohnungen einsteigen, die ich noch über meine Dachterrasse erreichen konnte. Egal was mich dort erwartete, der Supermarkt, und besonders der Weg dorthin, machten mir deutlich mehr Angst.

Kapitel 6: Über die Dächer

Ich schlief schlecht in dieser Nacht, beziehungsweise dem Rest der Nacht. Das vor mir Liegende machte mich nervös, und die nächtlichen Bilder der Hauptstraße spukten in meinem Kopf herum. Irgendwann – die Nacht war längst vorbei – raffte ich mich auf und schritt zur Tat. Mein geplanter Besuch in den zwei Wohnungen, und die damit verbundene Kletterei auf die niedrigeren Terrassen, erforderte einiges an Vorbereitung.

Der Höhenunterschied zwischen meiner Dachterrasse und den niedriger gelegenen schien mir von hier oben gigantisch. Er betrug schätzungsweise um die vier Meter. Vielleicht waren die flachen Häuser, was die Zimmerhöhe betraf, niedriger gebaut als das Haus, in dem ich mich befand. Wer steckte schon drin in der spanischen Bauweise. Die Häuser hier kamen mir zum Teil wie Flickwerk vor, das ohne einheitliche Maße und Normen zusammengewachsen war. Jedenfalls ging es ziemlich tief da runter.

Zum Glück hatte die Terrasse des Eckhauses, das unmittelbar an meines anschloss, eine Art Schuppen auf dem Dach, der den Höhenunterschied um die Hälfte verringerte. Der Haken an der Sache war, dass dieser rechts von mir befindliche Schuppen genau dort endete, wo meine Terrasse begann. Er befand sich auf der Höhe, auf der in Hajüs Domizil die Waschmaschine stand. Hajüs zweite Etage bestand nun mal nur zur Hälfte aus Dachterrasse, die andere Hälfte war innenliegend. Ich konnte mich also nicht gerade auf diesen schuppenartigen Anbau abseilen, sondern musste schräg da runter.

Springen war keine Option. Erstens war der Schuppen zu klein, um kontrolliert zu landen. Misslang mir die Landung, würde ich noch zwei Meter tiefer auf das Dach klatschen und mir vielleicht den Fuß brechen. Zweitens musste ich ja wieder zurück in meine Wohnung kommen – wenn möglich, ohne dafür die Straße betreten zu müssen. Im Klartext hieß das, ich musste nicht nur runter, sondern auch wieder hochklettern können.

Alles Mögliche konnte in den Wohnungen lauern. Ein schneller Rückweg auf meine Terrasse, der sich im Notfall hinter mir kappen ließ, war ein Muss. Sollte es in den Wohnungen laut werden, würde sich auch die Straße im Handumdrehen füllen. Mir schauderte.

Ich fand in Hajüs Wohnung nicht wirklich ausreichend Material, aus dem ich ein vertrauenerweckendes Seil knoten konnte. Es gab, wenn ich den Tarnanzug abzog, noch fünf Bettdeckenbezüge und sechs Laken. Ob der dünne Stoff mich halten würde, war zumindest fraglich.

Ich beschloss, noch einmal in die Nachbarwohnung zu gehen, um dort nach brauchbaren Dingen zu suchen, mit denen sich ein Seil knoten ließ. Der Gestank dort war unvorstellbar. Ich musste mir ein Tuch vor die Nase halten. Die tote Frau war bis an das Ende der Treppe gerutscht. Sie lag in einer halbgeronnenen Brühe aus Blut und Verwesungssäften. Unmassen von Kakerlaken tummelten sich um und in dem faulenden, fleckigen Körper.

Kakerlaken. Julianes persönlicher Albtraum. Auch in unserer Ferienwohnung war uns die eine oder andere begegnet, damals. Juliane hatte sich dann immer aufgeführt, wie ein panisch umher hüpfendes, kreischendes Huhn. Sie hatte im Netz recherchiert – via Smartphone – und herausgefunden, dass diese Viecher Krankheitserreger für allen möglichen

Mist übertragen konnten, bis hin zur Tuberkulose. Ich hatte dem Spuk dann immer mit Handbesen und Kehrschaufel ein Ende bereitet. Damit war ich natürlich nicht gegen Juliane vorgegangen, sondern gegen die Kakerlake. Das waren Problemchen gewesen. Aus heutiger Sicht nahezu lächerlich. Um die Leiche herum und auch auf ihr tummelten sich hunderte von diesen Scheißviechern. Ich versuchte, mich so vorsichtig wie möglich an der toten Frau vorbeizudrücken. Zumindest lohnte sich der Abstecher. Ich fand auch hier einiges an Bettwäsche, Bezügen und sogar eine angenehm große, stabile Decke. Fenstervorhänge wären auch noch im Angebot gewesen, doch ich war nicht lebensmüde. Ich verzichtete in diesem Fall. An den Fenstern herumzuturnen, käme einem Selbstmord gleich.

Mit meiner Beute gelang es mir tatsächlich, etwas Brauchbares für den Abstieg zu basteln. Ich machte große, feste Knoten, die sich auch zum Festhalten eigneten. Das ganze Konstrukt aus Decken, Bettdeckenbezügen und Laken knotete ich an einem Wasserhahn fest, der auf Hajüs Terrasse in der richtigen Ecke aus der Wand kam und an dem ein mürber, gelber, Gummischlauch hing. Der Wasseranschluss war dazu da, die gekachelte Terrasse, die auch einen Abfluss hatte, abzuspritzen. Der Wasserhahn machte auf mich einen ausreichend stabilen Eindruck. Auf die Tarnung mittels Bettdeckenbezug verzichtete ich zugunsten der Bewegungsfreiheit. Ich hatte vor, extrem vorsichtig vorzugehen, und schon beim kleinsten Anzeichen von Gefahr den langsamen, lautlosen, geordneten Rückzug anzutreten. Ich nahm das Messer und die Tasche zum Umhängen mit. Der Speer behinderte mich zwar beim Klettern, aber auch ihn wollte ich unbedingt dabei haben. Ich war bereit. Der Höllentrip konnte beginnen.

*

Schon beim Abseilen merkte ich, dass ich alles andere als eine Sportskanone war. Ich war ausgemergelt und geschwächt von dem tagelangen Gehungere. Ich hing an dem Seilkonstrukt, wie ein Schluck Wasser. Ich stützte mich mit den Füßen an der Wand ab wie ein verfluchter Bergsteiger, was die Sache zumindest etwas erleichterte. Es waren nur zwei Meter bis zum Schuppen, es war aber eine echte Herausforderung, auf ihn zu gelangen, da er nach rechts versetzt stand. Gerade nach unten ging es vier Meter abwärts. Genug, um mir die Knochen zu brechen. Ich brauchte mehrere Anläufe, um mich auf das Dach des schuppenartigen Anbaus zu schwingen. Von dort aus war es leichter, auf das Dach zu gelangen. Doch ich fragte mich allen Ernstes, ob ich später wieder hochkommen würde.

Meine *dünnen Ärmchen* zitterten vor Anstrengung und fühlten sich an wie Gummi. Ich hatte meinem Körper in den letzten Tagen extrem viel abverlangt, ohne ihm auch nur annähernd genug Nahrung zukommen zu lassen. Wenn ich nicht bald etwas zwischen die Zähne bekam, würde es echt eng werden. Drei Wochen ohne Nahrung würde ich niemals durchhalten. Unter keinen Umständen. Leise schlich ich über die erste Dachterrasse zu den Treppen, die nach unten in die Wohnung führten. *Angst. Pure Angst.* Vor meinem geistigen Auge sah ich eine infizierte Großfamilie, die mich über das verdammte Dach hetzte und mich spätestens am Seil erwischte. Großmutter, Großvater, Vater, Mutter und drei Kinder. *Infizierte Kinder.* Schon die Vorstellung reichte, um mich fast umkehren zu lassen. Wenn da nur nicht dieser langsam aber sicher absolut unerträgliche Ausmaße annehmende Hunger gewesen wäre. Am unteren Ende der Treppe befand sich eine Holztür. Ich dachte darüber nach, an der Tür ein paar Geräusche zu machen, um zu schauen, ob sich daraufhin in der Wohnung etwas tat. Das war nicht einmal eine schlechte Idee. Wenn auf meine Klopfzeichen hin in der Wohnung der Teufel los wäre, hätte ich vielleicht noch genug Zeit zu fliehen. Immerhin lag noch die Tür zwischen mir und der Wohnung. Meine Klopfzeichen sollten nur nicht so laut sein, dass sie auf der Straße noch zu hören waren.

Als ich mich der Tür näherte, machte ich eine seltsame Entdeckung. Die Tür stand einen Spalt breit offen. Wer machte denn so etwas? Ich musste nachdenken. Am besten war es wohl, wenn ich mich zaghaft bemerkbar machen und mich so an der Tür positionieren würde, dass ich sie beim ersten Anzeichen von Gefahr zumachen konnte. Ich prüfte das Schloss. Ein Schloss zum Einrasten. Es schien in Ordnung zu sein. Allerdings befand sich innen eine Klinke, so dass man die eingerastete Tür von innen jederzeit aufklinken konnte. Waren Infizierte in der Lage, Klinken zu benutzen? *Gute Frage, nächste Frage! Ich* wusste es nicht. Punkt.

Ich hatte große Schwierigkeiten damit, den Satz *Hallo, ist da jemand?* in eine unbekannte Wohnung hinein zu hauchen. Als ich das zum letzten Mal getan hatte, war das der Auftakt zu einem der grauenvollsten Momente gewesen, die ich in meinem gesamten bisherigen Leben erlebt hatte. Etwas Derartiges wollte ich ums Verrecken nicht noch einmal erleben. Da hier Spanier wohnten, zumindest soweit mir das bekannt war – ich hatte sie schon beim Grillen auf ihrer Terrasse gesehen – hauchte ich mit klopfendem Herzen und brüchiger Stimme ein »Hola?« in die Ungewissheit, die vor

mir lag. Das war Spanisch und hieß soweit ich wusste in etwa *hallo?* – mehr war nicht drin, was meine Spanisch-Kenntnisse betraf. Es erfolgte keine Reaktion.
Nach drei Wiederholungen ohne Resultat kam mir die Idee, etwas in die Wohnung hinein zu werfen. Leider hatte ich die Idee erst jetzt, weshalb ich keinen von Sibylles Steinen am Mann hatte. Die Dachterrasse der Einheimischen absuchen wollte ich nicht. Dafür hätte ich die Tür aus den Augen lassen müssen. Nachdem ich mehrmals in die Wohnung hineingerufen hatte, erschien mir das zu riskant.
In meiner Verzweiflung brachte ich ein erhebliches Opfer und ließ das Messer, das ich in meiner Tasche dabei hatte, auf dem Kachelboden in die Wohnung hinein schlittern. Ich hatte ja noch den Speer. Das Messer machte über die Kacheln gleitend genug Lärm, um in der Wohnung gehört zu werden. Es war aber leise genug, um nicht für Irritationen auf der Straße zu sorgen. Nichts. Keine Reaktion. Absolute Stille, zumindest in der Wohnung. An der Kulisse, die alles umgab, hatte sich nichts geändert. Ein Meer aus unheimlichen Lauten von überall her erfüllte nach wie vor die Luft, auch wenn diese irren Schreie kaum noch zu hören waren. In der Wohnung selbst war es ruhig. Ich war der Meinung, es riskieren zu können.
In der Wohnung herrschte ein dämmriges Licht. Die grünen Fensterläden, die viele der Häuser hier hatten, waren geschlossen. Wenn sie nach dem Ausbruch geschlossen worden waren, war das ein riskantes Manöver gewesen, da sich die Läden außen befanden, und man die Fenster öffnen musste, um die Dinger zumachen zu können. Dabei konnte man vermutlich leicht gebissen werden. Aber hier war nichts. Ich hörte absolut kein Geräusch, das aus der Wohnung kam. Ich blieb mucksmäuschenstill stehen, bis

sich meine aus der prallen Sonne kommenden Augen an die Lichtverhältnisse in der Wohnung gewöhnt hatten. Auf die Sonnenbrille hatte ich für diese kurze Distanz verzichtet, da ich nicht riskieren wollte, dass sie zu Bruch ging. Die Sonnenbrille war längerfristig wichtig, da das Sonnenlicht auf der Insel zuweilen so hell war, das es in den Augen schmerzte.
Langsam schälten sich Details aus der Dämmerung. Meine Augen passten sich an, meine Pupillen weiteten sich. Die Bude war relativ dreckig und ein penetranter Gestank lag in der Luft. Ich kannte diesen Geruch. Ich hatte ihn erst vor wenigen Stunden gerochen, nämlich, als ich mich noch einmal in die Nachbarwohnung begeben hatte, um Utensilien für das Seil aufzutreiben. Das war Verwesungsgeruch. Ziemlich intensiver Verwesungsgeruch. Gerümpel lag auf dem Boden. Ich musste aufpassen, wo ich hintrat. Was mir sofort auffiel, waren die Flaschen. Überall lagen leere Plastikflaschen, in denen einst trinkbares Wasser gewesen war. Ich sah auch Verpackungen von Lebensmitteln herumliegen. Innerhalb weniger Sekunden nahm ich diese Eindrücke in mich auf. Links neben den Fensterläden stand eine alte Couch. Darauf lag jemand. Ich schaltete von Alarmstufe gelb auf Alarmstufe rot.
Ich hob den Speer und war bereit zuzustoßen. Ich näherte mich der Gestalt bis auf zwei Meter. Den Speer, dessen Spitze nach unten auf die regungslose Gestalt zeigte, umfasste ich mit beiden Händen. Vor mir lag eine Frau. Eine dicke, sehr alte Frau. Von ihr ging der penetrante Gestank aus. Ich sah von meinen Bewegungen aufgescheuchte kleine Schatten auf ihr herum huschen. Kakerlaken. Die Frau verweste hier bestimmt schon seit mindestens zwei oder drei Tagen, bei Temperaturen um die vierzig Grad. Die Luft war

stickig. Die Sonne knallte erbarmungslos auf das flache Dach. Von dieser Warte aus ergab die geöffnete Terrassentür durchaus einen Sinn. Die Fenster zur Straße hatte die Frau wohl um jeden Preis geschlossen halten wollen. Das war bei den Gestalten da draußen absolut verständlich. Die Tür zum Dach hingegen war eine Möglichkeit, zumindest etwas Luft in die Wohnung zu bekommen, ohne befürchten zu müssen, angegriffen zu werden. Die Infizierten waren auf der Straße, nicht auf dem Dach.
Ich betrachtete die Frau genauer. Kein Blut, keine Bisswunden. Nur Feuchtigkeit, die der Verwesungsprozess mit sich brachte, der die Frau mit der Couch hatte verwachsen lassen. Sie schimmelte quasi in die Couch hinein und verschmolz mit ihr. Die Wohnung war nicht gerade groß, um nicht zu sagen winzig. Außer der alten, toten Frau war hier keiner. Ich konnte durchatmen, zumindest soweit die Lufttemperaturen und der Gestank das zuließen.
Ich machte mich an die Durchsuchung der Wohnung. Der Kühlschrank, der nicht mehr funktionierte, stank erbärmlich und lieferte sich geruchstechnisch mit der alten Frau ein Kopf-an-Kopf-Rennen. Er enthielt nichts außer Schimmelpilzkulturen und verlor Wasser. In den Schränken fand ich absolut nichts Essbares. Die Frau, die es nach Ausbruch der Seuche vermutlich nicht mehr gewagt hatte, ihre Bleibe zu verlassen, hatte absolut alles im Haus befindliche Essen und Trinken aufgebraucht, und war dann auf ihrer Couch gestorben. So könnte es mir auch ergehen, wenn ich nicht bald etwas fand. Ich pickte mein Messer auf und verließ diesen traurigen Ort. Hier wohnte keine Großfamilie. Die Leute, die ich gesehen hatte, waren wohl nur auf Besuch gewesen. Töchter, Söhne und Enkel dieser armen Frau, die ein einsames und tragisches Ende gefunden

hatte. Nun ja, das war immer noch besser, als als blutrünstiges Ding durch die Straßen zu taumeln. Ich musste einen weiteren Fehlschlag verkraften. Blieb noch eine weitere Wohnung, eine weitere kleine Chance, den Horrortrip in den Supermarkt zumindest vertagen zu können.

*

Die Tür zur zweiten Wohnung war verschlossen. Das war ein Problem. Ohne Geräusche würde ich nicht reinkommen. So viel stand fest. Mittlerweile war ich fast bereit, eine Versammlung auf der Straße zu riskieren, wenn mir dadurch der Supermarkt erspart blieb. Ich dachte an die paar Holzschrauben, die mein Schloss mit meiner Tür verbanden. Das war keine unlösbare Aufgabe, auch nicht in meinem Zustand. Nur leise müsste es sein, zumindest so leise wie möglich. Die Tür vor mir – die ja nur von der Wohnung auf die Terrasse führte – war sicher nicht unbedingt stabiler. Ich ging noch einmal zurück in die Wohnung der alten Frau, um nach Gegenständen zu suchen, mit denen ich die Tür aufstemmen könnte. Das war mir wesentlich lieber, als die Tür zu rammen oder einzutreten. Ich fand einen einigermaßen großen, ziemlich alten Schraubendreher, den ich in den Spalt zwischen Tür und Rahmen schieben konnte.
Bevor ich mich ans Werk machte, klopfte ich minutenlang immer wieder vorsichtig an die Tür und lauschte auf Reaktionen, die daraufhin in der Wohnung erfolgen könnten. Ich hörte nichts. Kein Nichtinfizierter versuchte, mit mir Kontakt aufzunehmen. Kein Infizierter versuchte, sich von innen schreiend durch die Tür zu boxen, um an Frischfleisch zu gelangen. Ich konnte es riskieren und versuchte leise, die Tür aufzustemmen. Die Tür war nicht gerade ein Fanal der

Sicherheit. Trotzdem brauchte ich ewig, um das lavede Ding mit dem Schraubendreher und zaghaften Rammversuchen aufzubekommen. Irgendwann, ich war schon völlig erschöpft und durchnässt, gelang es mir doch noch. Ich war kurz davor, zu dehydrieren und abzuklappen. Wenn ich hier wieder nichts fand, würden meine spärlichen Vorräte um mindestens eine Limo schrumpfen. Es wurde immer enger für mich.
Der Gestank, der mich in dieser Wohnung empfing, war so intensiv, dass er mir entgegenschlug wie eine Wand. Hätte ich etwas im Magen gehabt, ich hätte mich übergeben. Ich musste sofort wieder nach draußen, um mich zu sammeln. Die pralle Sonne war dafür nicht gerade der beste Ort. Glücklicherweise hatte ich noch die Handtücher von meiner Nachtwanderung in der Tasche. Ich hielt mir eines vor das Gesicht – mit der Hand, mit der ich lieber eine Waffe gehalten hätte. Ich sah sofort, woher der Gestank kam. Die Wohnung war deutlich heller als die der alten Frau, da hier die Fensterläden nicht geschlossen waren. Ich sah viel Blut. Vier Leichen lagen fein säuberlich mit aufgeschnittenen Pulsadern nebeneinander – zwei größere und zwei kleine. Mir schauderte. *Was für ein Drama hatte sich hier abgespielt?* Ich konnte es mir denken. Diese Menschen hatten den Freitod gewählt. Sie hatten kollektiv Selbstmord begangen, um zu vermeiden, sich zu verwandeln. Oder, weil diese Welt schlimmer war als der Tod. Ich konnte es nachvollziehen. Vor kurzem, als ich an Juliane gedacht hatte, und an die Ausweglosigkeit und Trostlosigkeit meiner Situation, war es mir zumindest egal gewesen, ob ich jemals wieder aufwachen würde oder nicht. Momentan hatte ich dieses Tief einigermaßen überwunden. Ich hatte nur dieses eine Leben und ich klammerte mich daran. Trotzdem konnte

ich die Entscheidung, die diese Menschen für sich getroffen hatten, zumindest verstehen. Ob ich es guthieß, stand auf einem anderen Blatt. Ich würde jetzt die Wohnung durchsuchen, und dann diesen Ort schnell wieder verlassen.

*

Diese Menschen waren nicht so egoistisch gewesen, sämtliche Vorräte aufzubrauchen, bevor sie sich dafür entschieden hatten, abzutreten. Dafür war ich ihnen zutiefst dankbar, so makaber das einem Außenstehenden auch erscheinen mochte. Aber Außenstehende gab es hier ohnehin keine. Ich kam mir gerade vor wie der letzte halbwegs normale Mensch auf der Insel. Vielleicht war ich das sogar, vielleicht aber auch nicht. Ich glaubte schon, dass es noch andere gab, aber wenn ja, dann hielten sie sich genauso bedeckt wie ich mich. Es gab keine andere Möglichkeit zu überleben. Jeder Kampf würde sofort Scharen von diesen Kreaturen anlocken. Ich war ohnehin zu schwach und zu feige, um zu kämpfen. Angst war ein Schutzmechanismus des Körpers, der vor Gefahr warnen sollte. Rückzug war eine Strategie, um das Überleben zu sichern. Beides funktionierte bei mir ausgesprochen gut. Die Mutigen, die mit Gebrüll auf die Kreaturen eindroschen, hatte es bestimmt gegeben, doch sie waren jetzt sicher tot oder selbst welche von denen. *Geist über Materie. Verstand vor Muskelkraft. Amen.*

Damit aber der Geist wach blieb, musste auch der Körper funktionieren. Dafür brauchte er Nahrung. Vitamine, Mineralien, Flüssigkeit. Nahrung war der Grund, aus dem ich mich in dieser stinkenden Selbstmordhölle von Wohnung so gründlich und leise umsah, wie nur irgend möglich. Ich fand zwei winzige Konservendosen mit Sardellen, ein ebenso winziges Einmachglas mit Kapern, einen Kanten versteinertes aber nicht verschimmeltes Weißbrot. Und das Prunkstück der Sammlung: ein Einweckglas mit Pfirsichen. Genau solch ein Glas, wie ich es im Laden zerschellt auf dem Boden gesehen hatte oder zumindest so ähnlich. Eine geöffnete, fast leere Tüte mit Chips war auch noch im Angebot. Das war schon mal nicht schlecht. Wenn ich zurück in meinem Domizil war, würde ich ein Festmahl abhalten. Das hatte ich mir absolut verdient. Was Trinkbares anging, war ich auch erfolgreich. Zwei Dosen Limonade konnte ich zu meiner Kollektion hinzufügen. Außerdem eine Dose Pferdepisse, die ich bisher aber sowieso noch nicht angerührt hatte. Eine ungeöffnete Flasche Wasser – immerhin anderthalb Liter – und eine zweite, die noch ungefähr zu einem Viertel voll war, fand ich außerdem. Jackpot. Dafür hatten sich die Mühen definitiv gelohnt. Es war Zeit für den langsamen, lautlosen, geordneten Rückzug über die Dächer.

Als ich auf der Terrasse der Selbstmordwohnung stand, atmete ich erst einmal durch. Der Leichengeruch hatte sich überall festgesetzt. An mir und an meinen Sachen. Ich war froh, dass ich das Spülkastenwasser besaß. Ich würde mich waschen und mit Duschbad einseifen müssen. *Oh, welch verlockende Vorstellung, welch unglaublicher Genuss, der in meinen vier Wänden auf mich wartete.* Bei diesem Gedanken fiel mir ein, dass sich mein Universum um zwei weitere Spülkästen vergrößert hatte. Aber darum konnte ich mich auch noch später kümmern. Wobei, *was du heute kannst besorgen, das verschiebe nicht auf morgen.*

Ich trank die fast leere Eineinhalb-Liter-Flasche in einem Rutsch aus. Das war fast ein halber Liter abgestandenes warmes Wasser. Für mich ein Hochgenuss. Dann füllte ich die Flaschen, die ich in den Wohnungen finden konnte, mit Spülkasteninhalt, und stellte sie auf das Schuppendach der ersten Terrasse nah an die Wand. Ich war gerade so groß genug dafür, wenn ich mich auf die Zehenspitzen stellte. Ich drapierte auch meine Tasche dort. Die Flaschen, die ich in den zwei Wohnungen gefunden hatte, hätten locker für zwei Spülkastenfüllungen gereicht. Leider war der Spülkasten der alten Frau leer. Sie war wohl von dieser Welt gegangen, nachdem die Wasserversorgung zusammengebrochen war, und das Risiko eingegangen, trotz der Kreaturen draußen ihr Klo zu spülen. Das Abschöpfen des einen Spülkastens war eine Heidenarbeit. Desto leerer der Spülkasten wurde, umso mühseliger wurde es. Das kannte ich bereits, immerhin konnte ich schon Erfahrungen beim Abschöpfen von Spülkästen vorweisen. Löffel und kleine Kellen fand man in jeder Wohnung. Wollte man einen Spülkasten möglichst gründlich leeren, war das ziemlich zeitintensiv. *Gut Ding will eben Weile haben.*

Als ich fertig war, ging es schon auf die Abendstunden zu. Dieser Tag schien mir bisher recht erfolgreich. Ich musste nur noch den Rückweg über das Seilkonstrukt antreten, und natürlich die Ausbeute, die wie ein gigantischer Schatz auf dem Schuppenanbau der ersten Terrasse thronte, in mein Domizil befördern. Das war leichter gesagt als getan.

Der Trip in die zwei Wohnungen war noch nicht zu Ende. Es mangelte am Abschluss. Ich hatte erhebliche Schwierigkeiten, diesen Schuppen zu erklimmen. Irgendwie hatte ich mich mit der Seillänge verkalkuliert. Außerdem hatte ich schlicht und ergreifend nicht genug Kraft in den Armen, um mich hochzuziehen. Klimmzüge waren noch nie mein Ding gewesen. Klettern auch nicht. Meine Arme zitterten. Ich wollte mich unbedingt auf diesen scheiß

Schuppen hieven, doch es gelang mir einfach nicht. Das verfluchte Seil war einfach nicht lang genug, um es über das Schuppendach hinüberziehen zu können. Ich konnte nicht von der äußeren, der Straße zugewandten Seite des Schuppens da hoch klettern, unter Zuhilfenahme des Seils und der Füße. Ich hatte nicht genug Vertrauen in die Stabilität der Laken und Bezüge gehabt, so dass ich sie doppelt und dreifach wie einen Zopf gebunden hatte. Das war ohne jeden Zweifel richtig gewesen, nur hatte die Seillänge darunter gelitten. Ich hätte heulen können. Das Seil hing gerade herunter und endete einen Meter über dem Boden der niedrigeren Terrasse. Der Wasserhahn, an dem es befestigt war, befand sich circa einen Meter versetzt von der Innenwand des Schuppens. Der Abstand zwischen Seil und Schuppen war zu groß. Ich musste also an dem Seil auf Schuppendachhöhe klettern, und mich dann seitlich auf den Schuppen schwingen. Ich scheiterte schon am ersten Teil. Ich war einfach zu schwach.
In der Schule, die ein gefühltes Jahrhundert zurück lag, hatte es in der Turnhalle Kletterstangen aus Eisen und auch Kletterseile gegeben. Im Sportunterricht hatten wir daran hochklettern müssen. Geschätzte fünf Meter oder so. Es war mir schon damals als Kind, als verfickter pickeliger Schüler, einfach nicht gelungen, mich auch nur einen Meter an dieser nach Metall stinkenden, von mir gehassten Stange hochzuziehen. Die ganze Klasse hatte es gepackt, sogar die Mädchen, nur ich nicht. *Note fünf, setzen!* Sechsen hatte es damals noch nicht gegeben. Später, in dem Alter, in dem man anfing, sich für das andere Geschlecht zu interessieren, waren die Blamage und die Schmach nach dieser missglückten Kletterei noch viel schlimmer gewesen. In der neunten und zehnten Klasse war ich heimlich verliebt in ein

Mädchen namens Christine. Sie hatte mandelförmige Augen und lange blonde Haare gehabt, und wenn sie gelaufen war, hatte es gewirkt, als ob sie mit wiegenden Hüften den Weg entlang schwebte. Ihre wunderschönen, mandelförmigen Augen und auch die Glüsen vom Rest dieser scheiß Klasse hatten auf mir geruht, als ich während dieser verfluchten Sport-Leistungskontrolle wie ein nasser Sack an dieser stinkenden Stange hing und vergebens mit schwitzenden Pfoten versuchte, dieses scheiß Teil hinauf zu klettern. Es war mir nicht gelungen. In insgesamt zwölf Schuljahren nicht ein einziges Mal. Christine hatte nie von meiner Liebe zu ihr erfahren.
Und jetzt saß ich hier, halb verhungert und verdurstet auf diesem Kackdach, bei brütender Hitze, und wollte allen Ernstes diese vier Meter nach oben? Wenn auch mit einem seitlich versetzten Zwischenstopp? Die zweite Hälfte davon noch dazu mit Gepäck? Mit zehn Litern Spülkastenplörre, die ich wahrscheinlich sowieso nicht trinken konnte, plus dem Rest? Was hatte ich mir nur dabei gedacht? Ich hatte gedacht, ich würde es schon schaffen. *Denkste!* Ich schaffe es nicht. Ich schaffte es *gottverdammtescheißenochmal* nicht! Ich war so wütend, dass mir die Tränen in die Augen schossen. Hätte ich etwas mehr Kraft gehabt, und wären nicht diese hellhörigen scheiß Freaks da draußen, ich hätte am liebsten irgendetwas zerstört. Zum Beispiel diese verfickten, weißen Drecksgartenmöbel, die hier auf diesem hässlichen Dach herumstanden. *Klack...* Gartenmöbel. *Klack, klack,* Gartenmöbel! *Klack, klack, ratter, ratter.* Gar-ten-mö-bel! KLICK! Mein Gehirn war auch nicht mehr das, was es mal war. Wie auch, ohne Nahrung? Irgendwann machte es trotzdem Klick. Vielleicht, weil mein Gehirn an die Sardellen dachte, die es bekommen würde, wenn es dem

Rest dieses lachhaften Körpers dabei behilflich war, nach oben zu gelangen. Manchmal fällt der Groschen eben spät. Oder sehr spät. Manchmal fällt einem das Naheliegendste zuletzt ein. So war das eben im Leben. Ich holte zwei von diesen Plastikstühlen und den Tisch, an dem die Spanier immer gesessen hatten, wenn sie ihre Grillsessions und ihr nächtliches Beisammensitzen zelebriert hatten. Der Plastiktisch war nicht sonderlich stabil, was aber den Vorteil hatte, dass er auch nicht sonderlich schwer war. Ich stellte den Tisch an den Schuppen und einen Stuhl auf den Tisch. Die Möbel würden das aushalten. *Jawohl, das würden sie.* Ich kletterte auf den Tisch, dessen Plastebeine weg zu knicken drohten. Das wäre eine Show, wenn der Tisch mitsamt Stuhl – und mir auf dem Stuhl – zusammenkrachen würde. Die Massen würden schreien. Die Massen unten auf der Straße, wenn sie den Krach hörten. Eine Show mit tödlichem Ausgang für den Hauptdarsteller.
Ich benutzte Tisch und Stuhl wie eine Treppe – wenn auch eine ziemlich wackelige – und voilà, ich war auf dem Schuppendach. Bergfest. Die Hälfte des Aufstieges hatte ich geschafft. Ich öffnete eine Dose Limo. Rationierung und so Zeugs war mir in diesem Moment scheißegal. Ich brauchte diese Limo, und zwar jetzt. Ich brauchte die Flüssigkeit. Ich brauchte den Zucker und mit etwas Glück waren vielleicht auch noch ein paar klitzekleine Vitaminchen drin. Ich trank die ganze Dose leer. Um ein Haar hätte ich laut gerülpst und die Dose weggeworfen. Doch ich beherrschte mich. Ich durfte um Gotteswillen nicht vergessen, in welcher Lage ich mich befand. Vielleicht hatte ich ja eine Art Hitzekoller. Obwohl es langsam dämmerte, war es brutal warm. Nach der Limo gönnte ich mir zehn Minuten, die ich liegend auf dem Schuppendach verbrachte.

Ich fing mich langsam wieder. *Durchatmen. Nachdenken.* Der schwere Teil des Aufstiegs lag immerhin noch vor mir. Ich stellte den zweiten Stuhl auf das Schuppendach. Wenn ich da drauf stieg, brachte mir das einen weiteren halben Meter Höhengewinn. Ich zog den nach unten hängenden Rest des Seils auf das Schuppendach. Ich musste noch eineinhalb Meter weiter nach oben, wenn ich auf dem zweiten Stuhl stand. Der Weg wurde etwas länger, wenn ich die Schräglage mit einbezog. Ich hatte die anderthalb Meter Seil, die nach unten gehangen hatten, übrig, um ungefähr in der Mitte zwischen dem Stuhl und der Brüstung meiner Dachterrasse eine Schlaufe zu binden, in die ich vom Stuhl aus steigen konnte. Das war mehr als genug. Von der Schlaufe aus, die ich stabil in einen Knoten hinein gebunden hatte, könnte ich mich im Schweiße meines Angesichts über die Brüstung hinweg hieven. Das Problem war das Gepäck. Zehn Liter Spülkastenwasser passten nicht in meine Tasche und wogen außerdem einfach zu viel.
Ich packte die Tasche weise. Alles Essbare und problemlos Trinkbare musste mit. Der Schraubendreher, der mir beim Türöffnen behilflich gewesen war und gewisse Stemmqualitäten hatte, musste auch mit. Hajü hatte nur ein neumodisches Schraubendreherset mit verschiedenen Aufsätzen, nichts Robustes, was sich in einen Türschlitz schieben ließ, um eine Tür aufzuhebeln. Ich mutete mir noch drei Flaschen Spülkastenwasser für Rasur und Körperwäsche zu, also viereinhalb Liter, und ließ die restlichen Flaschen erst einmal auf dem Schuppendach stehen. Ich hatte noch einiges an Spülkastenwasser oben, und mit der Schlaufe und dem Stuhl würde ich es nachholen können. Später.
Erst jetzt stellte ich fest, dass man mich von der Straße aus hier oben hätte sehen können. Zumindest meinen Kopf.

Doch in dem Bereich der Straße, den ich einsehen konnte, tat sich zurzeit nicht viel. Ich wagte die letzte Etappe des Aufstiegs und hatte Erfolg. *Home, Sweet Home.* Ich war endlich wieder oben. Die Zeit war reif, mich zu rasieren, punktuell zu waschen, neue Sachen anzuziehen und die alten an die frische Luft zu hängen, damit sich der Leichengeruch verzog. Danach würde ich mir eine Dose Sardellen mit Kapern munden lassen. Als Beilage plante ich versteinertes Brot und ein Glas Wasser. Heute Abend wollte ich es krachen lassen, natürlich nur im übertragenen Sinne.

Kapitel 7: Gedanken eines Einsamen

Frisch gewaschen saß ich am Tisch meiner Behausung. Ich hatte versucht, so wenig Spülkastenwasser wie möglich zu verbrauchen. Anderthalb Liter von dem Zeug, von dem ich mir einbildete, dass es merkwürdig roch, hatte ich trotzdem gebraucht. Ich hatte mir die Füße gewaschen, das stinkende Achselhaar und die lästige Gesichtsbehaarung mit dem Nassrasierer entfernt, und auch meinem arbeitslosen Freund eine eher behelfsmäßige, rudimentäre Waschung zukommen lassen.

Derart vorbereitet genoss ich in vollen Zügen das wie geplant zusammengestellte Menü. Das steinharte Weißbrot war eher ein Baguette. In der Welt vor der Katastrophe hatte ein solches Baguette – einen halben Meter lang – ganze fünfzig Cent gekostet. Und zwar bei dem Bäcker, den ich unter Lebensgefahr letzte Nacht besucht hatte. Mit dem Geld, das noch hier herumlag, hätte ich mir zweihundert Stück davon kaufen können. Doch diese Zeiten waren vorbei. Dieses scheiß Geld, dem in der alten Welt alles andere untergeordnet wurde, und das das Leben der Menschen gnadenlos diktiert hatte, war jetzt einen Scheißdreck wert, einen feuchten Furz im warmen Wind.

Als ich mein opulentes Mahl beendet hatte, fiel es mir schwer, aufzuhören. Doch ich riss mich zusammen. Nüchtern betrachtet sah es immer noch nicht gut aus. Meine Vorräte verdienten den Begriff kaum. Sie gewährten mir lediglich einen winzigen Aufschub. Ich rechnete lieber nicht damit, dass sich in den nächsten Tagen eine gigantische Hilfsarmee gegen hunderttausende Bestien stellte, um

meinen schmalen Urlauberarsch zu retten. Ich war auf mich allein gestellt. Bis auf Weiteres. Langsam aber sicher befürchtete ich, dass der Rest der Welt seine eigenen Probleme hatte. Keiner schien die Zeit oder die Ressourcen zu haben, mal im guten alten Mallorca nach dem Rechten zu sehen. Entweder ging der Rest der Welt auch gerade zum Teufel, oder sie hatten die Insel aufgegeben oder unter Quarantäne gestellt. Dafür hätte ich sogar Verständnis gehabt, bei der Kacke, die hier am Dampfen war.
Ich blieb am Tisch sitzen, in der Dunkelheit, und dachte über die Dinge nach. Ich hatte gerade nichts Besseres zu tun. Das abgestürzte Flugzeug ließ mir keine Ruhe. Die These, dass es an Bord einen Krankheitsausbruch gegeben hatte, ergab für mich durchaus Sinn. Was hatte sich dort oben über den Wolken abgespielt? Ich stellte mir das Szenario vor: Ein Passagier, der das Virus im Körper trug, hatte andere gebissen. Die Frage, ob er vor dem Flugantritt selbst gebissen worden war und die Wunde verborgen hatte, oder ob das Virus schon länger inaktiv in ihm geschlummert hatte und aus welchen Gründen auch immer im Flugzeug ausgebrochen war, ließ sich von meiner Warte aus nicht beantworten.
Mit schlummernden Viren, die sich gewissermaßen im Körper eingenistet hatten und zu den denkbar ungünstigsten Momenten ausbrachen, kannte ich mich aus. Mein liebstes Virus hörte auf den klangvollen Namen Lippenherpes. *Oh, wie ich es hasste!* Ich erinnerte mich an Dramen meiner Jugend. Dieses Virus, das ich wohl einst auf einer Party eingesammelt hatte, als eine Flasche die Runde machte, konnte jahrelang inaktiv im Körper verbleiben, umgeben vom arbeitenden Immunsystem. Aber wehe, man lernte eine tolle Frau kennen – was bei mir ohnehin eher selten

vorgekommen war – und ein erstes Date stand an. Dann war *Mister Lippenherpes* genau einen Tag vor dem Date aus seinem Tiefschlaf erwacht. Diese Viren waren schon hinterlistige Gesellen. Medizinisch war das natürlich alles erklärbar. Ich war vor dem Date höllisch nervös gewesen. Das wiederum hatte mein Immunsystem geschwächt, so dass *Mister Lippenherpes* sich durch meinen körpereigenen Schutzwall boxen konnte und genau zur rechten Zeit zur Stelle war. Viren. Sie konnten sich verändern, mutieren, stärker werden, neue Stämme bilden und, und, und.
Ich wusste nicht, woher das Flugzeug gekommen war. Woher sollte ich also wissen, was für heimtückisches Zeug dort lauerte. Bevor die völlig überforderten Stewardessen überhaupt überrissen hatten, was an Bord los war, hatte der Träger des Virus wahrscheinlich schon die Hälfte der Passagiere im Flieger angeknabbert. Beim Versuch, diesen rasenden, unkontrollierbaren, kräftemäßig über sich hinaus wachsenden Virenherd zu bändigen, hatte es weitere erwischt. Auf so etwas war ja keiner vorbereitet. *Sir, möchten sie Kaffee, Orangensaft oder Tee? Wir bitten Sie, sich anzuschnallen. Schnapp!* Panik. Entsetzen. Und dann die Sache mit der Inkubationszeit. Wie lange dauerte es, bis die Gebissenen am Rad drehten? Sekunden? Minuten? Stunden? Oder war es bei jedem anders, je nach körperlicher Verfassung? Ein Wunder, dass es der Pilot überhaupt geschafft hatte, noch die Landebahn zu treffen. Vermutlich hatten die im Passagierraum tobenden Infizierten versucht, sich zum Frischfleisch am Steuer durchzuarbeiten. Pilot und Copilot. *Lecker!* Vielleicht waren sie gerade während des Landeanfluges durch die Tür gebrochen. Das war virentypisch nicht der schlechteste Zeitpunkt. Oder der Pilot selbst war der Infizierte an Bord und der gebissene,

geschockte Copilot hatte es gerade noch hinbekommen, die Landebahn zu erwischen.
Was wäre passiert, wenn der Flieger im Meer versunken wäre? Das käme darauf an, was im Rest der Welt los war. Vielleicht gab es noch andere Wirte, dort, wo das Virus herkam. Was, wenn die Welt parallel zu Mallorca zur Hölle fuhr? Wären wir dann als Einzige verschont geblieben? Ich stellte mir vor, was für ein Gefühl es sein musste, auf Mallorca im Fernsehen oder im Netz zu verfolgen, wie die Welt unterging, bis alle Medien schwiegen. Grauenvoll! Die eigenen Eltern zu Hause... Die eigenen Freunde. Vorausgesetzt, man hatte welche.
Umgekehrt war die Vorstellung auch nicht besser. Was, wenn Mallorca unter Quarantäne stand, und der Rest der Welt zusah? Meine Mutter wäre sicher krank vor Sorge. Mein Vater, dieser Penner, hatte sich verpisst, als ich acht war. Julianes Eltern würden geschockt vor der Glotze hocken, genau wie die abertausenden Verwandten der Menschen, die hier gerade Urlaub machten.
Hatte es vielleicht sogar Evakuierungen gegeben, durch die das Virus aufs Festland zurückgeschleppt wurde? *Fragen über Fragen.* Der Pilot hatte sicher auch keine Ahnung gehabt, was er da auf die Insel brachte. Er war wohl davon ausgegangen, dass nach der Landung Hilfe kommen würde, die Gebissenen medizinisch versorgt würden, und sich alles wieder einrenkte. Alle würden wieder gesund werden, und die Sache würde glimpflich ausgehen. *Pustekuchen!* Wenn das seine letzten Gedanken gewesen waren, hatte er gründlich daneben gelegen.
Vielleicht hatte er auch gar nicht an Krankheiten gedacht, sondern war von einer gescheiterten Flugzeugentführung ausgegangen, die in wahnwitzige Tumulte gegipfelt war.

Die im Flughafen waren sicher auf irgendetwas vorbereitet gewesen. Der Pilot hatte sicher per Funk etwas durchgeben können. Aber waren sie auf so etwas vorbereitet gewesen? Sicher nicht! Feuerwehr und Rettungskräfte hatten nach der Notlandung den Überlebenden im Rumpfteil sicher helfen wollen, und waren auf tollwütige, außer Rand und Band geratene Monster gestoßen, die sie gebissen hatten. *Gebissen!* Das musste man sich mal vorstellen! Alles war sicher so schnell gegangen, dass die Zeit gefehlt hatte, sich ausreichend vorzubereiten, oder gar den riesigen Flughafen zu evakuieren.
Dieser gigantisch große Flughafen war zu jeder Tageszeit voller Menschen gewesen. Wie viele waren zum Zeitpunkt der Katastrophe dort gewesen? In den ewig langen Gängen, die zu den zahlreichen Gates führten? Wie viele hatten auf den Check-In gewartet? Wie viele gaben in der gigantischen Vorhalle gerade ihr Gepäck ab. Wie viele waren gerade angekommen und warteten noch auf selbiges?
Die Frage nach der Inkubationszeit spielte eine erhebliche Rolle. Wenn es schnell ging, hatte sich das Heer der über das Rollfeld rennenden, schreienden, blutenden Infizierten schnell vergrößert, und war wie eine lärmende Welle über die vom Absturz schockierten Wartenden hinweg gerollt. Die Gebissenen hatten sich dem Heer angeschlossen. Eine kaum zu stoppende Kettenreaktion.
Die Tatsache, dass wir vier Stunden nach dem Absturz noch in relativer Flughafennähe gewesen waren, sprach nicht für diese Theorie. Eine längere Inkubationszeit hatte aber auch ihre Heimtücken. Zwar wäre es zunächst nicht so schnell gegangen, und die Infektion hätte sich nicht wellenförmig in alle Richtungen ausgebreitet – mit dem Flughafen als Epizentrum – dafür hätte die längere Inkubationszeit es

ermöglicht, dass wer weiß wie viele Gebissene in Krankenhäuser gebracht werden konnten, die vielleicht über die halbe Insel verteilt waren. Das ergab viele kleine Ausbruchsherde überall.

Es war sicher die Hölle gewesen, diese rasenden Gestalten einzufangen und zu sedieren. Nichtsdestotrotz waren es Passagiere. Man hatte mit Sicherheit nicht einfach mit scharfer Munition losgeballert. Wahrscheinlicher war, dass man unter hohen Kollateralschäden versucht hatte, sie ruhig zu stellen, um sie anschließend medizinisch zu versorgen. Zumindest am Anfang. Immerhin war das hier ein zivilisierter Teil der Welt und nicht irgendein beschissenes Kriegsgebiet, in dem man Menschen einfach abknallen konnte, nur weil sie, vielleicht vom Flugzeugabsturz paralysiert, durchdrehten. Schätzungsweise wusste damals keiner, was wirklich dieses Verhalten hervorrief. Woher auch?

Ich beschloss, wenn es wieder hell wurde, meine *Mallorca Free Map* zu suchen, die man mir am Flughafen in die Hand gedrückt hatte. Es konnte nicht schaden, die Insel wenigstens auf dem Papier ein wenig besser zu kennen. Ich wusste nicht, ob auf der Karte Krankenhäuser eingezeichnet waren, aber sie waren sicher überall verteilt. Allein in *Palma* gab es bestimmt einige. Das Virus wurde sozusagen in die verschiedenen Krankenhäuser gekarrt. Es waren überall kleinere Ausbrüche gefolgt, deren tatsächliche Gefahr erst offensichtlich zu Tage getreten war, als die Zahl der Gebissenen und Infizierten in auffällige Höhen schoss. Eine gebissene Krankenschwester hier, ein gebissener Sanitäter da. Sie verwandelten sich und bissen andere, und so weiter.

Vielleicht waren auch Infizierte von der Absturzstelle entwischt und zwischen den Menschenmassen im

Flughafeninneren untergetaucht. Wie viele Zivilisten wurden dadurch direkt im Flughafen gebissen? Hunderte? Diese hatten wiederum in der allgemeinen Panik den Flughafen auf eigene Faust verlassen und waren mit Bussen oder Taxen wer weiß wohin geflüchtet. Zum Beispiel in den Ferienort am anderen Ende der Insel, oder in ein Krankenhaus. Nach längerer Inkubationszeit, nach vielleicht einer oder zwei Stunden, war die Krankheit dann ausgebrochen. Bisse. Zwanzig oder dreißig Kilometer vom Flughafen entfernt. Im Bus, im Taxi, am Zielort.
Als die Polizei und das Militär die Kette um den Flughafen endlich weiträumig zugezogen hatten, vielleicht weil sich erste Gebissene verwandelt hatten und langsam klar wurde, welche Gefahr drohte, war das Virus schon auf der ganzen Insel verstreut.
Mich fröstelte. Ich dachte an die Polizisten, die ich gesehen hatte. Manche hatten hektisch gewirkt, nervös, vielleicht auch ängstlich. Der Absturz an sich war ja schon genug, um die ganze Insel in Schockstarre verharren zu lassen. Aber Menschen, die wie Tollwütige umher rasten und andere bissen? Wer weiß wie viele?
Was hatte sich tags darauf auf der Insel abgespielt, während wir auf der Dachterrasse lagen? Wir hatten das Gebrüll, das nah genug war, um die rauschenden Wellen zu übertönen, für irgendwelche Besoffenen gehalten. Martinshörner und Hubschrauber einen Tag nach dem Unglück waren auch nichts, worüber man sich wundern musste. Unbemerkt von uns hatte sich an unzähligen Stellen etwas ausgebreitet. Erst langsam, dann immer schneller und schließlich unkontrollierbar rasend. *Mein Gott!* Als ich an diesem Abend ins Bett gegangen war, hatte ich mich im krankheitsbedingten Dämmerzustand über ein Feuerwerk

draußen aufgeregt. Ich hatte mich gefragt, wie man so taktlos sein konnte, einen Tag nach einem Flugzeugunglück ein Feuerwerk abzubrennen. Ich erinnerte mich an diesen umnebelten Gedanken. Eigentlich hatte ich in all den Urlauben auf Mallorca nur selten Feuerwerke erlebt. Ich konnte sie an einer Hand abzählen und hatte noch Finger übrig. Dieses Geknalle an jenem Abend war kein Feuerwerk gewesen, das waren Schüsse gewesen! Der Kampf ums Überleben war in vollem Gange gewesen, und hatte unweit von mir auf den Straßen getobt. Ich kannte mich nicht aus mit den spanischen Waffengesetzen. Ich hatte keine Ahnung, wie viele Waffen hier in privater Hand waren. Polizisten und Kaufhausdetektive mit Pistolen hatte ich auf jeden Fall einige gesehen. Bewaffnete Polizei gehörte schon vor dem Ausbruch zum Stadtbild von *Palma*. Wenn auch nicht an jeder Ecke. An Flughäfen waren bewaffnete Beamte spätestens sein 9/11 sowieso Standard. Oder besser: waren Standard gewesen. Alles war Vergangenheit.
Nach einer Schusswaffe suchen wollte ich trotzdem nicht. Erstens hatte man in den ersten Tagen, die ich zum Teil im komatösen Tiefschlaf verbracht hatte, wahrscheinlich sämtliche verfügbare Munition verballert. Wovon ich nichts mitbekommen hatte. Und zweitens würde ein einziger Schuss alle Infizierten im Umkreis von mindestens einem Kilometer aufhorchen lassen. Wenn die alle in meine Richtung rannten, könnte man vor lauter Infizierten den Boden nicht mehr sehen. Sie würden mich umringen wie Fans eine Band beim Rockkonzert. Das wäre mein sicherer Tod.
Davon abgesehen konnte ich nicht mit Waffen umgehen. Wahrscheinlich würde ich vergessen, zu entsichern. Oder ich würde die Waffe verziehen und daneben ballern. Oder der

Rückstoß würde mir meine dürre, filigrane Künstlerhand brechen. Ich zeichnete gern. Ich liebte Musik. Aber Schusswaffen? Nein, das war nicht mein Fachgebiet. Ich verabscheute schon den Krach, den die Dinger machten. *Peng.* Stundenlanger Tinnitus. Nein Danke!
Früher, in der sogenannten heilen Welt, die alles andere als heil gewesen war, hatte mich schon die perverse Knallerei zu Silvester immer angewidert. Krank war das gewesen. Jedes Jahr aufs Neue. Kanonenschläge und Böller, mit denen man glatt Kinder töten konnte. Abgerissene Finger, irreparable Gehörschäden. Und das im sonst alles reglementierenden Deutschland. Unfassbar!
Waffen konnten mir gestohlen bleiben. Zumindest die, die Lärm machten. Unentdeckt zu bleiben, war für mich die tausendmal bessere Überlebensstrategie. Eine Waffe mit Schalldämpfer zu finden, käme einem Sechser im Lotto gleich. So etwas besaßen nur Auftragsmörder. Ich ging nicht davon aus, dass so jemand auf meiner Straße gewohnt hatte.
Ich musste plötzlich an meine Erkältung denken. Diese Grippe, oder was auch immer es gewesen war, bereitete mir Kopfzerbrechen. Generell war ich immer der erste, der krank wurde, und auch immer derjenige, den es am schlimmsten erwischte. Wenn Juliane einen Schnupfen gehabt hatte, damals, hatte ich mich garantiert immer angesteckt und tagelang flach gelegen. Allerdings war ich zwischendurch schon ab und an mal aufgewacht. Drei Tage am Stück komplett wegzutreten, war auch für mich ungewöhnlich. So etwas kannte nicht einmal ich. Obwohl ich mir denken konnte, wo ich mir diesen Mist eingefangen hatte. Entweder im klimatisierten Supermarkt, oder in einem dieser furchtbaren Klamottenläden in *Palma.* Einer war mir besonders in Erinnerung geblieben. Dort drinnen war es wie

im Kühlschrank gewesen, noch dazu mit Zug. Ventilatoren. Ausgerechnet dort hatte Juliane bestimmt zehn Teile anprobieren müssen, die sie vorher in einer halbstündigen Prozedur zusammengesammelt hatte. Es war gut, auf sie wütend zu sein. Das verdrängte den Schmerz.
Ich merkte, wie ich müde wurde. Auch der Hunger meldete sich auf ein Neues. Ich schleppte mich in mein Bett und schlief sofort ein. Ein anstrengender Tag lag hinter mir.

*

Hunger! Das war das erste, was mir durch den Kopf schoss, nachdem ich aufgewacht war. Hunger war seit Tagen immer das erste, was mir nach dem Aufwachen durch den Kopf schoss. Vielleicht schoss es mir auch während des Aufwachens schon durch den Kopf. Möglichweise war es sogar der Hunger, der mich aufwachen ließ. Ich wusste es nicht. Die zweite Sache, die mir durch den Kopf schoss, war: *Durst*! Dicht gefolgt von der Frage *wofür?*
Wofür lohnte es sich, zu überleben? Wurde es irgendwann einmal wieder anders? Oder sah so jetzt mein Leben aus, bis es irgendwann endete? Mich verstecken. Um meine Existenz bangen. *Existenz.* Das traf es! Von Leben konnte nicht die Rede sein! Ich konnte nicht mal das Klo spülen, verdammt!
Ich quälte mich aus dem Bett. War es cleverer, liegen zu bleiben und weniger Kalorien zu verbrauchen? Der Mensch brauchte drei Mahlzeiten am Tag. Vollwertige Mahlzeiten wohl gemerkt. Ich hatte noch eine Minidose Sardellen, einen steinharten Rest Baguette und ein paar Kapern, die so salzig waren, dass sie meinen Durst befeuerten. Das war zusammen mit Hühnerauge zudrücken eine Mahlzeit. Die Pfirsiche und eine Handvoll Chips konnte man als zweite Mahlzeit

durchgehen lassen. Und damit war‘s das. Mehr hatte ich nicht.
Dieselbe Rechnung ließ sich mit dem Trinken durchexerzieren. Auch wenn es durch die Dosen – vier Limos, eine Cola und vier Bier – einen Hauch besser aussah. Die Anderthalb-Liter-Flasche hatte ich gestern Abend geöffnet. Ein Liter war noch übrig. Lange konnte ich mich nicht mehr vor neuen Aktionen im Feindesland drücken.
Ich bildete mir ein, Geräusche zu hören. Leise schlich ich zum Vorhang und schielte nach draußen. Was meine müden Augen sahen, gefiel mir überhaupt nicht. Ich sah zwei Gestalten direkt vor meinem Haus. Ich hatte gewusst, dass das irgendwann passieren würde. Ich konnte froh sein, dass Hajüs Domizil in einer Nebenstraße lag, und nicht an der Hauptstraße. Oder in *Palma*.
Ich beobachtete die Gestalten. Optisch hatten sie sich irgendwie verändert. Den gelben Schleim um Nase und Mund, den ich bei den anderen gesehen hatte, vor ein paar Tagen, konnte ich bei diesen beiden nicht in dem Ausmaß entdecken. Das meiste klebte getrocknet auf ihrer Kleidung. Diese beiden waren auch dreckiger, verstaubter. Das geronnene Blut und der Schorf auf ihrer Haut waren rostfarben bis schwarz. Es waren grausam anzusehende Figuren. Zwei Männer in meinem Alter. Vorsichtig zog ich mich vom Vorhang zurück. Heute stand kein Ausflug auf der Tagesordnung. Zum Rumsitzen war ich aber zu unruhig. Ich dachte darüber nach, den nächsten Ausflug vorzubereiten.
Wenn diese Typen vor meinem Haus standen, war ein Ausflug sowieso schwierig. Ich konnte mir aber auch in der Wohnung kaum Geräusche leisten.
Natürlich konnte ich mal wieder einen Stein werfen und die Figuren um die Ecke locken. Das Dumme war nur, dass ich

diese Typen damit genau in die Richtung locken würde, in die ich später selbst wollte. Vorausgesetzt, der Supermarkt war mein nächstes Ziel.
Von meiner Terrasse aus konnte ich die Steine auf zwei Straßen werfen. Auf die vor meinem Haus, über die Terrasse der alten Frau hinweg. Und auf die, die zum Meer führte. Lockte ich diese Typen auf die Straße, die zum Strand führte, war meine Tür frei, aber ich müsste trotzdem später an ihnen vorbei, es sei denn, ich nahm einen erheblichen Umweg in die falsche Richtung in Kauf. Ich könnte eine Nebenstraße weiter hinten nehmen, müsste dieses Stück dann aber an der Strandpromenade wieder zurücklaufen. Die Nebenstraße weiter hinten war von hier aus nicht einsehbar. Was dort lauerte, wusste ich nicht.
Eine weitere Option war, direkt in Richtung Hauptstraße zu laufen. Die Hauptstraße führte unmittelbar zum Supermarkt. Bei der Infiziertendichte, die dort herrschte, war aber jeder Meter auf dieser Straße einer zu viel. Ich wollte die Hauptstraße so lange es ging meiden und erst ganz hinten auf sie überwechseln – später, wenn der Trip anstand.
Leise begab ich mich auf die Dachterrasse. Heute war es leicht bewölkt. Illusionen brauchte ich mir deswegen keine zu machen. Es würde nicht regnen. In allen bisherigen Urlauben auf Mallorca hatte ich es ein einziges Mal erlebt, dass es geregnet hatte. Von oben würde kein Wasser kommen, außer ich hatte wirklich Glück. Wenn es regnen sollte, würde ich das vorher merken. Die wenigen Wölkchen, die jetzt den Himmel bevölkerten, würden definitiv keinen Regen bringen. Nicht um diese Jahreszeit.
Mein Blick fiel auf mein improvisiertes Kletterseil. Mein Gehirn lieferte mir eine Idee. Vorsichtig kletterte ich über die Brüstung und stieg in die Schlaufe, die mir sehr half. In

der Schlaufe stand ich sicher genug, um auf den seitlich versetzten Schuppen überzuwechseln. Die zwei Gestalten konnten mich hier nicht sehen. Sie standen zu dicht an meinem Haus, das höher war und den Blick zu mir verdeckte. Mein Ziel war die Wohnung unter der zweiten niedrigen Terrasse. Die Selbstmordhölle. Diese Wohnung lag näher am Meer als die Eckwohnung der alten Frau. Bevor ich die Wohnung betrat, schaute ich mit höchster Vorsicht auf die Straße, die zum Meer führte. Sie war glücklicherweise frei.
Die Selbstmörderwohnung war frei von Infizierten, das wusste ich. Deswegen verzichtete ich auf den Speer. Das Messer hatte ich aber dabei. Für alle Fälle. Der Gestank in der Wohnung war schlimmer geworden. Ich ließ deren Tür zur Terrasse offen und machte sie an einem dafür vorgesehenen Haken an der Wand fest, damit sie nicht zuschlug. Mein Plan war relativ ungefährlich, aber dafür ziemlich ekelhaft. Egal. Es würde schnell gehen. Ich zog die Leichen eine nach der anderen in den zweiten Raum, über den diese Wohnung verfügte. Ich schützte meine Hände dabei mit Tüchern und schaute nicht genauer hin als nötig. Nachdem ich alle vier Leichen in den Nebenraum verfrachtet hatte, schloss ich die Tür zum selbigen. Jetzt würde der Gestank langsam nachlassen, und ich musste den Anblick der toten Familie nicht mehr ertragen.
Ich suchte nach dem Wohnungstürschlüssel und hatte Glück. Er steckte von innen. Jetzt hatte ich zwei Ausgangstüren, über die ich Hajüs Domizil verlassen konnte. Diese Türen führten auf verschiedene Straßen, um die Ecke gewissermaßen. Das Haus mit Hajüs Domizil lag auf der Nebenstraße, die parallel zum Strand auf der einen Seite und der Hauptstraße auf der anderen Seite verlief. Die Wohnung

der alten Frau lag auf der Ecke, an der die Nebenstraße endete, und auf die Straße traf, die zum Strand führte. Das Haus der Selbstmordfamilie, in dem ich mich gerade befand, lag auf der Straße, die zur Strandpromenade führte.
Wenn meine Straße bevölkert war, konnte ich bei den Selbstmördern raus und umgekehrt. Außerdem konnte ich mit Steinwürfen die Infizierten auf die eine oder andere Straße locken. Je nachdem, wo ich raus wollte. Genial! Ich hatte mir einen Schluck Wasser verdient.

*

Am Abend waren es nicht nur zwei Gestalten, die ich durch den Schlitz meines Vorhangs sehen konnte, sondern drei. Der Gedanke, dass nur eine Holztür zwischen mir und ihnen war, löste größtes Unbehagen in mir aus. Behaglich fühlte ich mich ohnehin schon lange nicht mehr. Aber direkt vor meinem Unterschlupf wollte ich diese Freaks einfach nicht haben. Ich konnte es nicht ertragen. Die Gefahr, entdeckt zu werden, potenzierte sich dadurch. Sie weglocken wollte ich jetzt aber auch nicht unbedingt. Dass ich sie mit meinem Stein aufschrecken würde, damit konnte ich noch irgendwie leben, aber ich plante für morgen den Trip Richtung Supermarkt. Ich wollte morgen durch die Tür der Selbstmordwohnung hinausgelangen. Das war kürzer und lag genau auf dem Weg. Wenn ich die Typen da draußen jetzt dorthin lockte, müsste ich sie morgen wieder zurücklocken und somit unmittelbar bevor ich aufbrach erneut alarmieren. Außerdem bestand die Gefahr, dass ich mit einem Wurf noch andere hierher lockte. Es war besser, die Kreaturen jetzt nicht unnötig in Aufruhr zu versetzen.

Theorie und Praxis waren eben doch zwei unterschiedliche Paar Schuhe. Heute Morgen, als ich die Selbstmordwohnung frei gemacht hatte, um zwei Ausgänge in verschiedenen Straßen zu haben, war alles reine Theorie gewesen. Morgen stand der praktische Teil an. Da konnte ich mir keinen Fehler erlauben. Ich hatte eine Höllenangst vor dem, was vor mir lag. Aber ich wusste auch, dass es sein musste.
Jetzt brach aber erst einmal eine neue Nacht herein. Eine Nacht in Gesellschaft. Das Stöhnen der Infizierten vor meiner Tür und die Geräusche, die sie sonst noch machten, drangen durch die undicht gebauten Fenster sehr laut in meinen Wohnbereich. Fast so, als wären da überhaupt keine Fenster. Ich war mir sicher, dass alle verschlossen waren. Durch die labberige Bauweise war hier einfach nichts schalldicht. Nicht einmal annähernd. Das galt vermutlich in beide Richtungen. Wenn ich laut furzen müsste, im Schlaf nieste oder aus Unachtsamkeit etwas umstieß, konnte das schon zu viel sein. Dann würden die Wesen dort draußen in Teamarbeit meine Tür aus den Angeln dreschen, unaufhaltsam wie verfickte Dampfloks die Treppe hochrasen und mir in null Komma vier Sekunden den halben Arm wegbeißen. Hier konnte ich heute Nacht nicht bleiben. Außer ich warf diesen scheiß Stein und morgen einen in die andere Richtung. Ich konnte nicht einmal riskieren, eine Dose Limo zu trinken. Das Geräusch beim Öffnen der Dose, das Zischen der Kohlensäure oder ein mir versehentlich herausrutschender Rülpser waren Dinge, die postwendend zum Tode führen konnten. Warum hingen diese drei Scheißtypen nicht woanders rum? Warum genau vor meiner Tür, verdammt? Wenn es überhaupt nur drei waren. Ich konnte durch den Schlitz drei sehen. Das hieß aber nicht,

dass es tatsächlich nur drei waren. Tote Winkel gab es noch und nöcher. Vielleicht waren es auch doppelt so viele.
Ich entschied mich dafür, oben auf der Dachterrasse zu schlafen. Allerdings bedurfte das noch einiger Vorbereitungen. Ich brachte zwei Zudecken nach oben. Wobei ich peinlich genau darauf achtete, nicht an der Wand zu schleifen oder auf andere Art Geräusche zu verursachen. Ich faltete sie, bevor ich sie schleichend hoch trug. Eine Decke benötigte ich als Matratzenersatz und eine zum Zudecken. So war ich nun mal. Auch wenn hier nachts noch siebenundzwanzig Grad Celsius Lufttemperatur herrschten, wollte ich nicht auf meine leichte Zudecke verzichten. Ich brachte auch noch ein Kopfkissen nach draußen. Außerdem eine Limo und das Glas mit den Pfirsichen. Ich hatte den ganzen Tag von dem lächerlichen Rest Chips gezehrt, den ich erbeutet hatte. Ein Abschiedsgeschenk der Selbstmordfamilie. Eine kostbare Hinterlassenschaft an mich. Die Wasserflasche war mittlerweile zu zwei Dritteln geleert.
Nachdem mein Nachtlager aufgeschlagen war, hätte ich am liebsten die Terrassentür geschlossen. Nur so, für das bessere Gefühl. Für die Illusion von mehr Sicherheit. Das Schließgeräusch, dieses unüberhörbare Klacken, hielt mich davon ab. Richtig schließen und zuklinken konnte man die Tür sowieso nur von innen. Wenn ich sie von außen zuschnappen ließ, konnte man sie von innen einfach aufdrücken. Das war selbst mit den kognitiven Fähigkeiten dieser Kannibalenpisser in einer Sekunde erledigt.
Ich saß auf der Dachterrasse, bis es dunkel war. Der Rauch über *Palma* hatte sich weitestgehend verzogen. Egal was da gebrannt hatte, Autowracks, Häuser, Bäume, es war

mittlerweile vollständig verbrannt und bot keine Nahrung mehr für die Flammen.
Der Sternenhimmel war fantastisch. Die Wolken hatten sich in Wohlgefallen aufgelöst, ohne dass es geregnet hatte. So war das meistens. Ich öffnete die Pfirsiche und zelebrierte jede Pfirsichhälfte. Ich behielt sie lange im Mund, kostete den Geschmack minutiös aus. Als das Glas leer war, war bestimmt eine Stunde vergangen. Oder mehr. Diese idyllische Stunde auf der Terrasse, unter diesem traumhaften Sternenhimmel, war die schönste, die ich seit langem erlebt hatte. Neun Tage waren vergangen, seit ich aus meinem dreitägigen Schlaf erwacht war. Ich hatte mir heute die Mühe gemacht, auf der Datumsanzeige der Uhr, die unten auf dem Tisch lag, nachzusehen. Ich versuchte, die allgegenwärtige Soundkulisse auszublenden. Dieses leise Brummen, dass sich aus abertausenden Stöhnlauten zusammensetzte. Diese wilden Schreie waren mit den Tagen immer weniger geworden und hatten schließlich ganz aufgehört. Wahrscheinlich gab es nichts mehr, kein Leben, keine Beute, nichts, was die Kreaturen dazu veranlasste, diese Schreie auszustoßen. Vielleicht bekamen sie ja morgen einen Grund geliefert.
An morgen wollte ich lieber nicht denken. Vielleicht war diese Nacht ja meine letzte Nacht auf Erden. Deswegen hatte ich mich auch dazu durchgerungen, die Pfirsiche genussvoll zu essen. Wenn ich morgen draufgehen sollte, ohne vorher diese Pfirsiche geschmeckt zu haben, wäre das eine unbeschreibliche Tragik. So etwas konnte ich nicht zulassen. Ich legte mich auf meine improvisierte Ruhestätte. Es war eine warme Sommernacht. Sie war nahezu perfekt, wenn nur diese Pisser endlich ihre Schnauzen halten würden. Ich dachte an den Supermarkt. Ich träumte davon, dass die

Regale prall gefüllt waren und ich für immer dort bleiben konnte. Ich hatte Angst. Irrsinnige Angst. Aber ich wollte diesen Trip auch irgendwie. Ich war gespannt, was der morgige Tag bringen würde. Angst und Erwartung. Das war eine seltsame Mischung, die mich noch lange wachhielt.

Kapitel 8: Operation Supermarkt

Kurz bevor der Trip losgehen sollte, überwog die Angst. Aber es musste sein. Es gab keine andere Möglichkeit. Damit ich unterwegs nicht schlapp machte, frühstückte ich vorher noch ordentlich. Wenn man nach der Uhrzeit ging, war es eher ein Mittagessen. Ich machte der zweiten und letzten Sardellendose den Garaus. Genau wie dem Rest Kapern und dem fossilen Weißbrot. Dazu trank ich die Limo, die ich gestern schon mit hoch genommen hatte. Beim Öffnen legte ich eine Bettdecke über die Dose, um die Geräusche einzudämmen. Die zu zwei Dritteln geleerte Wasserflasche wollte ich mitnehmen, da man sie geräuschlos öffnen und vor allem auch wieder schließen konnte. Mein Bestand an Essbarem lag nach meiner Mahlzeit wieder bei null.

Ich fühlte mich durch die Pfirsiche vom Vorabend, das Mahl von eben und die einigermaßen ruhige Nacht halbwegs bei Kräften. Wenn ich das durchziehen wollte, dann jetzt. Unter normalen Umständen wäre ich in fünfundvierzig Minuten wieder zurück. Eine Viertelstunde für den Hinweg, eine Viertelstunde für den Rückweg und eine Viertelstunde für den Einkauf. Heute war das mit den fünfundvierzig Minuten Science-Fiction. Utopie. Ich konnte froh sein, wenn ich überhaupt zurück kam. Ich hatte mich nach reichlichen Überlegungen für einen Ausflug bei Tag entschieden. So konnte ich ein nicht ganz unerhebliches Stück der Wegstrecke geschützt zwischen der erhöhten Strandpromenade und dem Meer auf den Steinen entlang gehen. Bei Nacht hätte ich auf dieser extrem glitschigen

Passage nie und nimmer genug gesehen und Knochenbrüche durch unglückliche Stürze riskiert. Der Hauptgrund aber war, dass ich im großen, überdachten, fensterlosen Supermarkt bei Nacht die Hand vor Augen nicht sehen würde. Eine Taschenlampe hätte mich sofort verraten. Von Infizierten in der Nähe oder gar im Inneren des Marktes musste ich absolut ausgehen. Glasscherben, die ich nicht übersehen durfte und anderes herumliegendes Zeug waren ebenfalls ein Faktor. Ich hatte meine Lehren aus dem letzten Höllenritt nach draußen gezogen.
Ich musste bei Tageslicht gehen. Ich hatte keine Wahl. Auch wenn die Gefahr, die mir auf dem Stück am Meer entlang vielleicht erspart blieb, sich auf dem letzten Wegdrittel bei Tag gnadenlos dazu addierte. Ich brauchte im Supermarkt Tageslicht. Nur Tageslicht konnte den Supermarkt durch den spärlichen Eingangsbereich ausreichend beleuchten. In der Dunkelheit würde ich die prall gefüllte Sechs-Liter-Flasche vermutlich nicht einmal sehen, wenn ich mit der Nase schon fast dagegen stieß. Allerdings war es ohnehin ein Ding der Unmöglichkeit, eine Sechs-Liter-Flasche zurück zu wuchten. Sechs-Liter-Flaschen waren viel zu schwer und zu sperrig. Meine Tragekapazitäten waren sehr begrenzt. Ich war schließlich kein Gewichtheber, sondern ein ausgehungerter Spargeltarzan, der in seinem Leben immer einen großen Bogen um Sport oder körperliche Arbeit gemacht hatte. Für mich gab es mehrere passende Beschreibungen: Kopfmensch, faul, mürrisch. Was die anderen über mich dachten, hatte mich ohnehin noch nie tangiert. Nicht einmal peripher.
Ich hatte meine Umhängetasche dabei. Sie hing über der Schulter nach hinten. Ich hatte außerdem einen Frauenrucksack in Hajüs Kleiderschrank gefunden, der wohl

Sibylle gehörte. Mit Blümchenmuster. Diese Weiber musste man nicht verstehen. Beide Gepäckstücke hatte ich mit kleineren Handtüchern gefüllt, damit die Dosen und Gläser, die ich dieses Mal hoffentlich wirklich fand, nicht aneinander klapperten.
Wenn es hier etwas in ausreichendem Maße gab, dann waren das Handtücher. Hajü und Sibylle hatten zwei große Plastikboxen voller kleinerer Handtücher. So konnte man zwei Wochen immer frische Handtücher haben, ohne zwischendurch waschen zu müssen. Bevor man nach Hause flog, wusch man alle in einem Rutsch. Das war Logistik. Juliane hatte es genauso gemacht. Es gab ja Leute, die wechselten ihre Handtücher täglich.
Ich überlegte, ob ich mir mit dem Klebeband Handtücher um Arme und Beine binden sollte, um mich vor Bissen zu schützen, entschied mich aber dagegen. Draußen waren locker dreißig Grad im Schatten. Die Sonne ballerte gnadenlos, und ich würde unter dem Bettbezug auch ohne zusätzliche Handtücher schwitzen. Sie mussten ja auch entsprechend dick sein, wenn sie Bisse abhalten sollten. Außerdem war ich nicht sicher, ob das mit dem Klebeband funktionieren würde. Wenn ich auf halber Wegstrecke die Handtücher verlor, weil das Klebeband nicht hielt, könnte das böse enden. Ich brauchte auch meine Bewegungsfreiheit, die durch Handtücher noch weiter eingeschränkt wurde. Der Bettdeckenbezug reichte mir diesbezüglich vollkommen. Und überhaupt: Wenn es soweit kam, dass Infizierte mich bissen, sie mich also entdeckt hatten, dann halfen auch keine Handtücher mehr. Also: nein zu den Handtüchern an Armen und Beinen.
Die LED-Lampe steckte ich vorsichtshalber ein. Man konnte nie wissen. Vielleicht war es im Supermarkt einigermaßen

sicher. Dann könnte ich ein Weilchen dort bleiben und die Sechs-Liter-Flaschen vor Ort leeren. Mal sehen. Erst einmal musste ich heil dort hingelangen.
Ich packte auch ein paar von Hajüs kleinen Cappuccino-Tassen ein. Und einige von Sibylles Steinen. Beides eignete sich als Wurfgeschoss, um die Infizierten auf falsche Fährten zu locken, damit sie mich nicht entdeckten. Besonders die Tassen würden ordentlich Radau machen, wenn sie zerschepperten. Ich hoffte, dass ich sie nicht benötigen würde, aber ich glaubte nicht daran. Ich musste schließlich durch eine enge Gasse, durch bewohntes Gebiet und nicht zuletzt durch den Markt selbst. Ablenkungsmanöver musste ich einkalkulieren.
Jetzt fehlten noch die Waffen. Das Messer musste mit. Das war klar. Der Speer war zu unhandlich und zu groß. Er blieb hier. Ich liebäugelte mit dem Hammer. Ich hatte mich dieser rauen Welt schon ein klein wenig angepasst. Mittlerweile konnte ich mir auch den Hammer als Waffe vorstellen. Ein Schlag auf den Hinterkopf, aus dem Hinterhalt, hatte etwas für sich. Das Messer dauerte in manchen Situationen vielleicht zu lange. *Theorie, oh Theorie*. Ich wollte nicht kämpfen, wenn es sich vermeiden ließ. Ich hatte fertig gepackt: Wurfgeschosse zur Ablenkung, die LED-Lampe, Handtücher, die fast leere Wasserflasche für den Weg, Messer, Hammer, Schlüssel. Zu viel sollte ich auch nicht mitschleppen. Schließlich brauchte ich noch Platz, um die Beute zu verstauen.
Ich streifte den Bettdeckenbezug über und fixierte ihn mit Klebeband. Mir ging die Muffe. Jetzt wurde es ernst. Todernst. Meine Gedärme schmerzten plötzlich höllisch. Das war der Angstschiss, der sein Recht einforderte, genau in dem Moment, in dem ich damit fertig war, den Anzug mit

Klebeband festzumachen. Das Timing war absolut grandios, aber die Pfirsiche mussten trotzdem raus, bevor es losgehen konnte. Meine Toilette, auf die ich mich in voller Tarnmontur hockte, hatte auch schon bessere Tage gesehen. So war das eben, wenn es unmöglich war, das Klo zu spülen. Es war eine Herausforderung, mein Geschäft leise hinter mich zu bringen.

Danach sondierte ich die Lage auf der Straße vor meinem Domizil durch den Gardinenschlitz. Dort lungerten Gestalten herum. Mehrere. Ich zählte jetzt vier. Sie torkelten ziellos umher oder standen einfach nur da. *Na Prost Mahlzeit.* Ich verließ die Wohnung über die Dachterrasse, kletterte über die Schlaufe auf den Schuppen und von dort aus auf die Terrasse der alten Frau. Die Kletterei im Bezug war mühsam, aber die Schlaufe und die Gartenmöbeltreppe waren eine gute Idee gewesen. Von der Terrasse der Selbstmordfamilie aus scannte ich vorsichtig die Straße, die zur Promenade führte. Gestalten. Auch hier. Ich sah drei. Eine von ihnen schnüffelte unentwegt. *Scheiße, verdammte!* Da hatte ich mir gestern endlos Gedanken gemacht wegen der Werferei, und jetzt hatte ich sowieso keine andere Wahl.

Es war Zeit für das erste Wurfgeschoss. Ich hockte mich hinter die Steinmauer der Terrasse, und entschied mich kurzerhand für einen leeren Keramikblumentopf, der hier herumstand. Ich wollte den Vorrat meiner Tassen und Steine nicht schon aufbrauchen, bevor ich das Haus überhaupt verließ. Dieser Blumentopf hier würde einen ordentlichen Lärm veranstalten. Ich warf ihn kräftig auf die Straße, in der die Tür zu Hajüs Domizil lag. Das Scheppern übertraf meine Erwartungen sogar noch. An die darauf folgenden tollwütigen Schreie und die Renngeräusche unter mir würde ich mich wohl nie gewöhnen. Auf der Straße war die Hölle los: Grunzen, kurze, abgehackte Schreie. Hier standen noch mehr Töpfe. Ich schlich mich auf die Terrasse der alten Frau und warf direkt noch einen hinterher. Mit aller Kraft. Der Topf kam wesentlich weiter hinten auf als der erste, und lockte die Kreaturen tiefer in die Straße hinein. Weg von mir, weg von der Ecke und weg von der Tür der Selbstmörder. Scheppern. Schreien. Wieder aufbrandende Renngeräusche. Es mussten viele Gestalten sein, der Geräuschkulisse nach zu urteilen. Ein Dutzend bestimmt. Dort unten klang es, als hätte ich ein Stück Fleisch in einen Hyänenkäfig geworfen. Ich konnte nicht behaupten, dass mir dieser Auftakt zur Operation Supermarkt gefiel. Heute waren ganz schön viele von diesen Pennern in den Nebenstraßen unterwegs, die meine Behausung umgaben. Ich schlich wieder zur Selbstmordwohnung und lugte über die Terrassenmauer. Die Luft auf dem kurzen Abschnitt zur Strandpromenade war rein. Mein Geräuschfeuerwerk hatte alles, was hier kreuchte und fleuchte, um die Ecke gelockt. Direkt vor Hajüs Eingangstür. Dafür war die Eingangstür der Selbstmordwohnung jetzt frei. Den Schlüssel dafür hatte ich dabei. Jetzt oder nie. Pures Adrenalin pumpte durch meine Venen. Leise aber zügig begab ich mich von der Terrasse in die Wohnung. Der Gestank war noch immer echt übel. Ich wollte gar nicht wissen, wie es in dem Raum stank, in dem die vier Leichen lagen. Ich stand innen vor der Wohnungstür. Bereit, die Straße zu betreten. In voller Tarnmontur. Gleich ging es richtig los. Ernst war es jetzt schon. In wenigen Sekunden würde es todernst sein.

*

Ich öffnete die Tür leise in geduckter Position, und sicherte mich durch schnelle Blicke nach links und rechts ab. Die Straße war noch frei. Hinter der Ecke, wo es zu Hajüs Domizil ging, hörte ich noch immer die aufgebrachten Geräusche der Infizierten. Leise schloss ich die Tür. Ich war draußen. Jetzt ging es um alles. Ich bewegte mich zügig in der Hocke Richtung Strandpromenade. An der Ecke, von der aus ich vor über einer Woche die fliehende Frau gesehen hatte, verharrte ich. Hier war die Strandpromenade.
Wenn ich gerade durchlaufen würde, käme ich in zwanzig Metern zum Wasser. Dummerweise lag der umzäunte Hafen zwischen mir und dem Steinabschnitt, zu dem ich wollte. Hier konnte ich noch nicht am Wasser entlang. Es sei denn, ich wollte um den Hafen herum schwimmen. Dann würde ich aber klitschnass an der anderen Seite ankommen. Die Strecke traute ich mir sogar zu. Der Hafen von *El Molinar* war eher klein. Der zu schwimmende Weg betrug etwa dreihundert Meter, den Bogen schon mit eingerechnet. Das Geplätscher meiner Klamotten wäre aber gefährlich verräterisch ausgefallen, nachdem ich an Land gegangen wäre. Auf jeden Fall hätte es mich irritiert. Womöglich hätte ich drüben warten müssen, bis alles wieder trocken war, um meine Tarnung nicht einzubüßen. Die Nässe beeinflusste ja auch meine Optik. Ich schwamm nicht.
Heute war es windstill. Den hinter dem Hafen folgenden Abschnitt am Meer würde ich trocken überstehen. Die Straße am Hafen sah recht gut aus. Im Hafen, hinter den Zäunen, sah ich zwar mehrere potentielle Gefahrenquellen, die Straße selbst war aber frei. Hier gab es gleich zwei Restaurants. Eines lag im Hafen, den scheinbar jemand abgeschlossen hatte. Den Zaun zu überklettern, war nicht drin. Ich sah auf den ersten Blick fünf Infizierte im Gelände. Im Restaurant,

das ich von der Straße aus einsehen konnte, war es dunkel. Wie viele dort noch drin waren, konnte ich nur raten. Den vergammelten Fisch roch ich bis hierher. Das Restaurant war eines der besseren gewesen, mit erheblichem Originalcharme und frischer Küche. Mit haltbaren Konserven war hier nicht zu rechnen, höchstens mit Getränken. Es war ohnehin zu gefährlich.

Ich schlich vorwärts. An dem anderen kleineren Restaurant, gegenüber an der Straße, hatte jemand die Rollläden heruntergelassen. Also weiter. Vor mir rechts stand ein fünfstöckiges, eckiges, hellgelbes Gebäude mit Balkonen, die weiße Gitter hatten. Auf Höhe dieses Gebäudes, hinter dem fast der Eisladen kam, würde ich schon links über die Promenade zum Meer gehen können, runter zu den Steinen am Wasser. Dass ich den Trip zum Eisladen damals heil überstanden hatte, war aus heutiger Sicht pures Glück gewesen.

Der Bereich vor mir sah leer aus. Bis zum hellgelben Gebäude, dem höchsten in einem Umkreis von hundert Metern, war die Straße frei. Weiter hinten konnte ich zwei Figuren sicher ausmachen, die aber nicht in meine Richtung blickten. Ich richtete mich halb auf und bewegte mich schnell zur Hafenecke. Ich konnte es nicht abwarten, endlich zur geschützten Passage am Wasser zu kommen.

Schon als ich lief, wurde mir bewusst, dass das gefährlich war. Tarnanzug hin oder her. In Bewegung, halb aufrecht, war ich sichtbar. Die Quittung kam postwendend. Ein Schrei in unmittelbarer Nähe durchbrach die relative Ruhe. Eine Schockwelle raste durch meinen Körper. War das jetzt das Ende? Der Schrei kam von oben. Vom Dach des hellgelben Gebäudes. In dem Moment, in dem ich meinen Blick instinktiv dem Schrei folgend nach oben richtete, sah ich einen Infizierten in vollem Lauf vom Flachdach des Hauses abspringen. Er sprang! Er flog schreiend und mit rudernden Armen auf mich zu. Von oben. Sein Flug dauerte fünf Stockwerke lang. Dann klatschte er wenige Meter von mir entfernt auf den Steinboden. Ein Geräusch, als würde eine Melone zerplatzen. Sein Körper wurde völlig zerschmettert. *Was für ein Irrsinn.* Der stand nicht wieder auf. Das musste er auch nicht, denn im Hafen war jetzt der Teufel los. Infizierte rüttelten von innen brüllend am mannshohen Zaun und versuchten, sich ohne Rücksicht auf Verluste durch die zu schmalen Zwischenräume des Zaunes zu mir hindurch zu quetschen. *Ich hörte es knirschen, verdammt!* Ein tollwütiger Hund war nichts gegen diese rasenden, derangierten, vertierten Irren.

In die Typen weiter vorn kam jetzt auch Leben. Sie waren noch einigermaßen weit entfernt, doch ich musste sehen, dass ich schleunigst hier wegkam. Gebückt rannte ich die fünfzehn Meter bis zum Meer. Ich kletterte die nicht umzäunte Außenseite der erhöht gebauten Strandpromenade herunter. Ich ging in die Hocke und wagte kaum zu atmen. Was für ein Höllentrip. Und das war erst der Anfang. Der wirklich üble Teil, die Hauptstraße, kam erst noch. Ich hockte als Stoffhaufen auf den glitschigen Steinen. Zwei Meter vor mir lag das Meer. Hinter mir ragte die Außenwand der Strandpromenade anderthalb Meter in die Höhe.

Die alles entscheidende Frage war: Hatten die Gestalten weiter hinten gesehen, wohin ich umhüllt von der ockerfarbenen Bettwäsche gerannt war, oder nicht? Ich stellte mich auf einen Kampf ein und umklammerte das Messer. Wie krank musste man sein, um vom Dach eines fünfstöckigen Hauses zu springen, um an Beute zu kommen? Oder wie hungrig? *Heilige Scheiße!* Wie war der Typ überhaupt dort rauf gekommen? Wahrscheinlich hatte er sich gebissen aufs Dach geflüchtet und sich dann oben verändert. Das Entsetzen und das Grauen hatten mich völlig im Griff. Die Infizierten hinter dem Zaun spielten noch immer verrückt. Direkt über mir hörte ich Kreaturen auf der Promenade. Wie viele hatte dieser verfickte Lärm denn hierher gelockt? Vielleicht war sogar der Eismann dabei. Was für ein Urlaub! Die Szene dort oben hatte nur Sekunden gedauert. Aber sie löste in meiner Hitliste der grauenvollsten Ereignisse die Sache mit dem Speer in der Nachbarwohnung ab. Ich verharrte regungslos. Zehn Sekunden. Zwanzig Sekunden. Dreißig Sekunden. Sie wussten nicht, wo ich war. Sie suchten mich. Wieder bildete ich mir ein, ein Schnüffeln zu hören. Versuchten die gerade, meinen Geruch aus dem auch hier noch präsenten Gestank von verfaultem Fisch und dem salzigen Aroma des Meeres heraus zu filtern?

Langsam bewegte ich mich vorwärts. Ich durfte nicht ausrutschen. Jetzt hörte ich auch Schmatzgeräusche. *Fraßen die dort oben etwa gerade die Leiche des irren Springers?* Ich verzichtete darauf, meinen Kopf über die Brüstung zu stecken. So genau wollte ich es gar nicht wissen. *Jetzt bloß nicht entdeckt werden!* Vor mir lag der etwa zweihundert Meter lange Abschnitt, der mir Schutz bot. Danach kam schon die Schnorchelbucht.

Ich bewegte mich vorsichtig voran, und die Geräusche des Pulks von Infizierten, die der Lärm angelockt hatte, wurden leiser. Hundert Meter weiter verharrte ich, um zu lauschen. Die Laute, die vom Hafen kamen, waren unüberhörbar. Doch in meiner unmittelbaren Nähe vernahm ich nichts. Zögerlich steckte ich meinen ockerfarbenen, doppelt umhüllten Kopf bis zu den Augen über den Rand der Promenade. In meiner näheren Umgebung waren keine

Verrückten. Es war mir gelungen, sie abzuschütteln. Vielleicht, weil ich einen Köder hinterlassen hatte. Den Springer. *Einen Köder für die Bestien.* Hinten am Hafen, dort wo der Irre aufgeklatscht war, ging es zu wie im Bienenstock. Ich schätzte, dass sich um die hundert Gestalten dort eingefunden hatten. Wahrscheinlich waren sie aus den Nebenstraßen in Hörweite zum Hafen geströmt, als der Tumult ausgebrochen war.

Ich hatte diese Sache überlebt. Ich war noch hier. Kaum zu glauben. Ich verbarg mich wieder hinter der Promenade und legte den Rest der Strecke bis zur Schnorchelbucht zurück. Ich gönnte mir einen Schluck Wasser, bevor ich die Lage sondierte.

Der Strand war leer. Hier gab es nichts zu holen. Das sahen wohl auch die Infizierten auf den ersten Blick. Deutlich war zu erkennen, dass der Strand überstürzt verlassen worden war. Luftmatratzen trieben herrenlos im Wasser oder waren an Land gespült worden. Ich zählte insgesamt drei. Das würde ich mir merken, als Option für den Rückweg. Ich sah auch Sonnenschirme und Handtücher. Hinterlassenschaften aus einer anderen Welt, aus einem anderen Leben. Ein Leben, das mir erschien wie eine zerfasernde Erinnerung an einen Traum. Es kam mir vor, als würde dieses Leben schon zwanzig Jahre zurückliegen. Vor zehn Tagen war ich aufgewacht, und alles hatte sich verändert. Der Tag unserer geplanten Abreise war verstrichen. Unser Rückflug war nie gegangen. Ich war allein. Allein unter Bestien. Ein Gefangener der Apokalypse. Ich schmorte in der Tollwuthölle Mallorca. *Schönen Urlaub noch!*

Ich überquerte den Strand langsam. Ich hielt Ausschau nach Julianes Sachen. Allerdings ohne Erfolg. Jetzt begann der wirklich heikle Teil. Nach dem, was bereits hinter mir lag,

klang das regelrecht sarkastisch. Als Stoffberg getarnt hockte ich auf der Promenade, die hinter dem Strand der Schnorchelbucht einen Bogen machte. Meine Kumpels, die Fische, drehten im Wasser sicher unbeeindruckt von dem Chaos hier oben ihre Runden. In ihrer eigenen Welt. Der Gedanke hatte etwas Beruhigendes.
Vor mir lag die schmale Gasse, die vom Strand aus in Richtung Hauptstraße führte. Hier an der Ecke hatte es ein Restaurant gegeben, in dem es schlimm zugegangen sein musste. Ich sah Glasscherben. Umgestürzte Stühle und Tische überall. Geronnenes Blut auf dem Boden. In riesigen Lachen. Der Alkoholbereich hinter der Theke war komplett zerstört. Nicht eine Flasche war heil geblieben. Verwandelte waren keine im Innenraum des Restaurants. Zumindest nicht im unteren Geschoss. Dieses Restaurant hatte zwei Etagen gehabt. Frische Küche mit Meerblick und selbstverliebten Kellnern. Ich war einmal mit Juliane hier gewesen, damals in jenem anderen Leben. Ich hatte Pizza gehabt und sie Dorade vom Grill. Mich interessierte der Küchenbereich, wenn ich schon einmal hier war. Der Eingang lag hinter der Theke. Dort war ein Perlenvorhang, der jetzt seltsam verklumpt aussah. Damals hatte ich an meinem Tisch das Brutzeln aus der Küche hören können. Vorsichtig manövrierte ich an den Scherben und Trümmern vorbei. Ich schwitzte wie Sau unter meiner Tarnvorrichtung. Mit zittrigen Fingern schob ich den Vorhang zur Seite und schaute ins Innere der Küche. Hier hatte es gebrannt. Als die Hölle losgebrochen war, hatte sich keiner mehr für die Grills, Herde und Backöfen interessiert. Irgendwann, nachdem all die Doraden, Pizzen und Kartoffelecken – und was sonst noch gerade zubereitet worden war – sich in Kohlebriketts verwandelt hatten, war hier alles in Flammen aufgegangen. Noch bevor der

Stromausfall kam. Als ich mir den Perlenvorhang näher besah, stellte ich fest, dass er geschmolzen war. Besonders innen. Es war ein Wunder, dass sich das Feuer nicht weiter ausgebreitet hatte, allerdings keines, das mir weiterhalf. *Wieder nichts.* Ich beendete meine Restaurantbesichtigung und widmete mich wieder der Operation Supermarkt.

Vor mir lag die schmale Gasse. Sie war gerade breit genug für ein Auto und einen Hauch von Fußweg. Ich sah Gestalten vor mir, an der kleinen Kreuzung weiter vorn, die eher ein winziger Kreisverkehr war, mit einem springbrunnenartigen Gebilde in der Mitte. Ich wurde zum Stoffhaufen. An den zwei Gestalten vor mir würde ich nicht einfach so vorbeischleichen können. Dafür war hier alles viel zu eng. Ich verkroch mich in einer Einbuchtung eines Hauseinganges. Die Haustür war natürlich zu, aber ich war erst einmal außer Sicht und in Deckung. Viel nachzudenken gab es nicht. Ich hatte drei Optionen.

Eine war, die ganze Sache abzublasen und zu verhungern. *Abgelehnt.* Dafür war ich auch schon viel zu weit gekommen.

Nummer zwei war, einen Umweg in Kauf zu nehmen. Dadurch hätte sich mein Weg erheblich verlängert. Und ob die nächste Nebenstraße, die ewig weit entfernt war, keine Gestalten beherbergte, wusste ich auch nicht. Jeder Meter in dieser Welt war ein Meter zu viel.

Ich bevorzugte Möglichkeit drei. Der gute alte Ablenkungstrick mit den Wurfobjekten. Ich entschied mich für einen kleineren Stein. Ich wollte nur die zwei Typen dort vorn von der Kreuzung weghaben und nicht noch weitere anlocken. Diese Gefahr bestand bei einer Tasse, die ich lauter einschätzte, eher. Ich zielte und schickte den Stein aus der Deckung heraus auf die Reise. Ich traf die Straße, die rechts abging. Nicht allzu laut tickte der Stein, der mehrmals aufkam, in die Richtung, in der ich die Kreaturen haben wollte. Die Rechnung ging auf. Geduckt wie Tiere liefen die zwei Hindernisse auf meinem Weg zum Supermarkt in die Seitenstraße. Ich arbeitete mich geduckt bis zur Kreuzung vor. Hier musste ich aufpassen. Die Straße hinter mir war sauber, das wusste ich. Von dort war ich schließlich gekommen. Geradeaus sah es bis zu den Müllcontainern, hinter denen ich in Deckung gehen wollte, auch ganz gut aus. Von rechts hörte ich ein aufgebrachtes Knurren und Stöhnen. Dorthin hatte ich die zwei mit meinem Steinwurf gelockt. Ich brachte den Springbrunnen zwischen mich und die beiden. Die letzte noch übrige Straße der Kreuzung war soweit auch überquerbar. Dort sah ich zwar gleich mehrere Silhouetten, eine Art Gruppe von Infizierten, diese war aber ausreichend weit entfernt. Ich ließ die kleine Kreuzung hinter mir und rückte vor bis zu den Müllcontainern. Ich wurde zum Stoffhaufen.

Die Müllcontainer hatten vor der Katastrophe schon immer zum Himmel gestunken. Daran hatte sich auch jetzt nichts geändert. Wenigstens eine Sache, die so war wie früher. Als ockerfarbener Stoffhaufen, der schon einigen Schmutz angesetzt hatte, war ich zwischen dem übrigen Müll bestimmt kaum auszumachen. Und der Gestank, der hier herrschte, überlagerte jeden anderen Geruch, also auch meinen. Der perfekte Ort, um die Lage zu prüfen. Jetzt begann die wirklich heiße Phase. Der Schlussakt gewissermaßen. Natürlich nur, was den Hinweg betraf. Die Müllcontainer standen direkt an der Ecke zur Hauptstraße. Die musste ich noch etwa einhundert Meter hinunter und sie außerdem überqueren, dann würde er fast vor mir liegen, der Supermarkt. Von hier aus ein Katzensprung – im alten

Leben. In dieser veränderten Welt war es leider nicht so leicht. Schon die Geräuschkulisse auf dieser Straße, von der auch etliche Nebenstraßen abgingen, ließ nichts Gutes erahnen. *Egal.* Ich hatte es bis hierher geschafft. Jetzt würde ich den Rest auch noch packen. Oder sterben! *Ich brauchte zu Essen. Punkt!* Ich bewegte mich vorsichtig zum vorderen Längsende der zwei großen aneinandergereihten Müllcontainer. Einer hatte einen gelben Deckel, der andere einen grünen. Das war der Container für den Restmüll, der seit dem Ausbruch vor sich hin müffelte, bei dreißig Grad im Schatten. Von hier aus konnte ich große Teile der Hauptstraße sehen.

Was sich bei meinem Vollmondausflug in die Läden weiter vorn schon angedeutet hatte, setzte sich hier fort. Mit dem Unterschied, dass dieses Mal die Lichtverhältnisse nichts kaschierten. In der prallen Sonne offenbarte sich das ganze Ausmaß der Zerstörung.

An der Ecke gegenüber befand sich eine Spielhalle. Früher, als noch Flipperautomaten in diesen Hallen zu finden waren, hatte ich manche Stunde in derartigen Etablissements verbracht. Diese Zeiten waren aber schon lange vor der Katastrophe vorbei gewesen. Jetzt gab es in solchen Hallen nur noch langweiliges Glücksspielzeugs ohne Seele. Dieser Halle hier hatte ein mächtiger SUV ein Ende bereitet, indem er frontal in die Eingangstür gekracht war und sich bis nach hinten durch gefräst hatte. Danach hatte der ganze Mist Feuer gefangen und war zur Hölle gefahren. Wobei, die Hölle war derzeit genau hier. Nicht woanders. *Hier!* Das hätte auch der LKW-Fahrer bezeugen können, der mit einem entgegenkommenden Bus aneinander geraten war. Auf Höhe dieses Unfalls stand ein ramponiertes Auto auf der Straße, das den LKW-Fahrer dazu gezwungen hatte, auf die

Gegenspur zu wechseln. Er hatte es aus offensichtlichen Gründen nicht in Erwägung gezogen, stehen zu bleiben, um erst den Bus vorbei zu lassen. Wen interessierte schon die Straßenverkehrsordnung, wenn der schreiende Tod hinter einem her war. Sowohl der Busfahrer, als auch der LKW-Fahrer hatten das Zeitliche gesegnet. Den LKW-Fahrer konnte ich von meiner Warte aus ziemlich gut sehen. Beziehungsweise das, was von ihm noch übrig war. Irgendjemand – *oder irgendetwas* – hatte sich von außen durch die Scheiben der Fahrerkabine gekämpft und den LKW-Fahrer bis auf die Knochen abgenagt.

Die Türen des Busses waren geschlossen. Die wenigen noch heilen Scheiben waren von innen über und über mit Blut besudelt. Die restlichen Scheiben waren von innen aufgebrochen worden. Im Bus hatten sich wohl Gebissene verwandelt. Infizierte waren auf nicht infizierte Fahrgäste losgegangen. Irgendwann hatte sich dann der ganze Mob seinen Weg nach draußen gebahnt. Durch die Scheiben. Ohne Rücksicht auf Verluste. Jedes Detail auf dieser verwüsteten Straße erzählte von tragischen Schicksalen. Ein verbeultes Fahrrad hier, eine riesige, getrocknete Blutspur da. Was ich sah, getarnt von meiner stinkenden Mülltonne aus, war ein Inferno. Ein bewohntes Inferno. Die Infizierten waren überall. Die Nebenstraßen waren das reinste Paradies, verglichen mit dieser Hölle hier. Und das war nur die Hauptstraße von *El Molinar*. Mit einer Spur pro Richtung. An *Palma* wollte ich gar nicht denken. An die sechsspurige Hauptverkehrsstraße dort. Die überfüllten Shoppingmeilen. Den *Plaza d' Espana*. Ich betete zu Gott – an den ich eigentlich gar nicht glaubte – dass ich niemals aus irgendeinem Grund dorthin musste. Das hier war bei Weitem mehr als genug.

Die Straße war dicht besiedelt. In beiden Richtungen. Überall sah ich ausgebrannte Autowracks, Glasscherben, Blut, Kakerlaken und Infizierte. Ich konnte sie zum Teil deutlich und detailliert sehen und auch riechen. Es herrschte ein pestilenzartiger Gestank, der sich mit dem Aroma der Müllcontainer paarte. Ein Gestank von eiternden Wunden, von Entzündungen, in denen Maden herumkrochen, von Fleisch, das an den Wundrändern faulte. Es waren keine tödlichen Wunden, die es den Infizierten unmöglich machten weiter zu leben, aber dennoch schwere Verletzungen. Das Virus schien die Infizierten schmerzunempfindlich zu machen. Nicht alle waren schwer verletzt, aber doch einige. Irgendwann würden manche sicher an ihren Verwundungen zugrunde gehen. Die anderen würden sich über die Reste hermachen.

Ich sah eine Frau, die mit gebrochenem Bein die Straße entlang robbte, und eine Spur aus eitrigen Körperflüssigkeiten hinter sich her zog. Leichen sah ich auch. Abgenagt bis auf die Knochen. Sie fraßen sich nicht gegenseitig, solange sie lebten, aber sie verwerteten die für das Virus unbrauchbar gewordenen toten Körper. *Wenn es überhaupt ein Virus war. Es war noch immer nur eine Theorie.* Auf diese Weise konnten die Infizierten so lange wie möglich überleben. So würde es ewig dauern, bis alle verhungert waren. Ein cleveres Virus fand immer einen Weg, so lange wie möglich zu überdauern.

Ich sah auch diese schnüffelnden, gebückt laufenden Typen, die wie Aufziehmännchen zwischen Wracks umher tigerten. Die Infizierten zu zählen, wäre zwecklos gewesen. Ich musste nur noch besagten Katzensprung diese Straße links runter –vielleicht einhundert Meter in Richtung *Palma*, dann würde ich den Supermarkt sehen können. Aber diese verfluchten einhundert Meter hatten es in sich. Noch hockte ich als Müllberg neben den Containern, deren Gestank meinen überlagerte. Eine anständige Tarnung. Doch ich würde mich entscheiden müssen. *Wollte ich wirklich da durch?*

Ich könnte auch auf gut Glück in den Nebenstraßen herum robben. In der Hoffnung, einen kleinen, mir bisher unbekannten Laden zu finden. Ich könnte versuchen, Wohnungstüren aufzubrechen, in halbwegs leeren Straßen. Immer darauf hoffend, dass keine Infizierten in den Wohnungen waren und ich Lebensmittelreste finden würde – und natürlich, dass keiner mich hörte, während ich die Türen aufbrach. Ich konnte wählen zwischen *Pest und Cholera.* Wie immer.

Das, was hier vor mir lag, war jedenfalls verdammt heftig. Aber das konnte täuschen. In einer Nebenstraße eine Wohnung aufzubrechen, mit diesem Schraubenzieher, würde lange dauern und Krach machen. Ich müsste mich voll auf das Schloss konzentrieren und würde vielleicht nicht rechtzeitig bemerken, dass ich bemerkt wurde. Diese Hauptstraße hier, so voll sie auch mit Infizierten war, bot Möglichkeiten. Ich könnte mich hochkonzentriert und geduckt als Stoffhaufen im Schneckentempo von Deckung zu Deckung arbeiten, ohne dass die mich bemerkten und als lebenden Menschen identifizierten. Wenn im Supermarkt allerdings auch solche Massen von Kreaturen rumlungerten, musste ich mir etwas einfallen lassen. Das würde ich aber dann sehen, wenn es soweit war. Ich hatte immer noch die Wurfgeschosse, mit denen ich diese Dinger aus dem Markt locken könnte. *Ein gezielter Wurf vor den Eingang, aus der Deckung heraus.* Jetzt musste ich aber erst einmal dort ankommen.

Ich überlegte, ob ich hier auf der Straße etwas werfen sollte. Das nächste Autowrack war recht nahe. Ich entschied mich dagegen. Es war absolut unberechenbar, was hier losgehen konnte, wenn ich etwas warf. Ich wollte es leise und schleichend probieren. Ich hatte mich entschieden, und zwar gegen den langsamen, lautlosen, geordneten Rückzug und für den Supermarkt. Wie hieß es so schön in der alten Welt: *Wer nicht wagt, der nicht gewinnt.*

*

Ich stand unter Strom, als ich mich an das erste Autowrack lehnte. Ich hatte für die paar Meter bestimmt fünf Minuten gebraucht. Zentimeterweise tastete ich mich in der Hocke voran. Langsam bekam ich Übung darin. Trotzdem zitterte mein ganzer Körper vor Anspannung. Wahrscheinlich zierten schon Schweißflecken den Bettdeckenbezug. Ich wusste nicht, wie viel Zeit vergangen war, seit ich die Ferienwohnung verlassen hatte und aufgebrochen war. Es fühlte sich an, als wäre ich schon seit Jahren unterwegs. Vermutlich war ich aber noch nicht viel länger als eine Stunde hier draußen. Das war die mit Abstand längste Stunde meines bisherigen Lebens. Ich hatte das Gefühl, tausende Kilometer hinter mir zu haben, dabei war es nicht einmal einer. Dieser verfluchte Supermarkt war so nah und doch so fern. Von hier aus waren es noch zirka zweihundert Meter bis zum Eingang. Zweihundert Meter, die unbeschreiblich gefährlich waren. Einhundert Meter Hauptstraße, plus den Rest. Ich passierte den Bus und den LKW. *Bilder des Grauens.*

Dahinter lag ein Haus, in dem gebaut wurde. Der gesamte Innenbereich sah aus, als hätte man ihn komplett entkernt. In der Mitte stand eine Zementmischmaschine, die wohl für immer aufgehört hatte, sich zu drehen. Ich schlüpfte in den Innenbereich der kleinen Baustelle. Hier war es schattig und staubig. Ich musste kurz verschnaufen, nur ganz kurz, und einen Schluck Wasser trinken. Draußen lief einer von diesen schnüffelnden Bastarden vorbei. Er blieb direkt vor der Baustelle stehen und sog tief die Luft ein. Seine blutroten Augen suchten die Baustelle ab. Er sog wieder die Luft ein. Schniefend. Durch die Nase, an der noch Reste von dem gelben Zeug hingen. Ich pisste mir fast ein vor Angst. *Roch er mich etwa?* Roch er meinen Schweiß und wunderte sich mit seinen niederen Instinkten, dass er nichts sah, was zu dem Geruch passte, den er wahrnahm? Nochmals zog er Luft durch die Nase. Zum dritten Mal! *Hörte diese verdammte Scheiße denn nie auf?* Musste es immer noch schlimmer werden? Konnte es nicht zur Abwechslung wenigstens einmal besser werden? Jetzt fletschte er seine Zähne. Braune Zähne mit zurückweichendem Zahnfleisch. Er ließ sie aufeinander krachen. So, als würde er testen, ob sie noch funktionierten. *Klack. Klack.* Ich hätte ihn am liebsten angebrüllt, dass er sich endlich verpissen soll. *Verpiss dich, du beschissener Hurensohn!* Doch ich tat nichts dergleichen. Ich blieb still und verharrte ängstlich. Dieser Typ musste schon vor seiner Veränderung hässlich gewesen sein. Er hatte eine Halbglatze und eine hohe, fast eckige Stirn, die durch die zurückgewichenen Haare noch größer wirkte. Seine Augen lagen irgendwie viel zu weit auseinander. Am Hinterkopf hatte er lange verfilzte Haare. Verblasste, stümperhafte Tätowierungen bedeckten seine Unterarme. *Mama war bestimmt stolz auf dieses Stück Scheiße.* Er war hartnäckig mit seiner Schnüffelei. Endlich gab er auf und lief mit merkwürdigen Bewegungen weiter. Er ging gebückt, fast

wie ein Gorilla, der versuchte, auf zwei Beinen zu laufen. Ich war mitten im Auge des Sturms. Ich surfte auf dem Scheitel der Tsunamiwelle. Zumindest fühlte es sich so an.
Es ging weder vor, noch zurück. Vor mir Infizierte. Hinter mir Infizierte. Und gefühlte Lichtjahre entfernt dieser verfluchte Supermarkt. Vielleicht setzte ich auch viel zu große Hoffnungen in diese Stätte des Konsums. Was würde ich tun, wenn ich ihn geschlossen und mit heruntergelassenen Schutzgittern vorfände? Oder geplündert bis zum letzten Kaugummi? Oder umringt von hunderten Infizierten? Hätte ich die Kraft, weiterzumachen? Oder würde ich aufgeben? Würde ich mich mit leeren Händen zurück zur Ferienwohnung durchschlagen, wo nichts auf mich wartete, außer Spülkastenplörre und ein paar Dosen Pferdepisse?
Ich musste jetzt zu diesem scheiß Supermarkt! Ich drehte sonst noch durch! Ich trank noch einen großen Schluck. Das war gar nicht so leicht, mit diesem Bettdeckenbezug. Außerdem sollte mich jetzt besser keines von diesen Dingern da draußen sehen. *Durchatmen. Jetzt keinen Hitzekoller kriegen!* Ich hatte echte Panik in diesem Moment. Diese Visage von diesem Typen eben. Dieses Schnüffeln. Die Idee mit dem Tarnanzug war gut gewesen. Was hieß hier gut, sie war fantastisch! Dieser Ficker hatte mich direkt angeglotzt mit seinen tiefroten Glubschern, und er hatte mich nicht gesehen. Einen ockerfarbenen Stoffhaufen in einer grauen Baustelle mit Zementmischer in der Mitte – das hatte er gesehen. Nicht mehr. Ich musste ruhig bleiben. Nur noch an der Apotheke vorbei.
Ich machte mich wieder auf den Weg. Das grüne Kreuz aus LEDs am Eingang der Apotheke hatte aufgehört zu leuchten. Die Gitter der Apotheke waren unten. Wer auch immer

Hustensaft oder Kopfschmerztabletten brauchte, hier würde er leer ausgehen. War das ein schlechtes Omen? *Bitte keine heruntergelassenen Gitter am Supermarkt! Bitte, bitte Gott, falls es dich gibt.*

Beten brachte rein gar nichts. Das war pure Zeitverschwendung. Falls es Gott gab, müsste ich bei Gelegenheit ein ernstes Wörtchen mit ihm reden. Was hatte er sich verdammt nochmal dabei gedacht, als er diese Plage erschuf in seiner unendlichen Weisheit? *Die Wege des Herrn sind unergründlich.* Wie wahr. *Amen.*

Von der Stelle aus, an der ich mich jetzt befand, konnte ich die Straße noch weiter runter sehen als bisher. Verwüstung. Ich sah nichts als Verwüstung. Eine rußgeschwärzte Wand lag direkt vor mir. Hier war eine Wohnung komplett ausgebrannt. Ein weißes, irgendwie lächerlich aussehendes Auto war weiter hinten in eine Mauer gerast. Die Mauer hatte gehalten. Das Auto hatte nachgegeben. Glassplitter. Blut. Überall das gleiche Bild. Wo sollte ich hin, wenn es überall so aussah? Wollte ich dieses Leben? *Wofür?* Ich gemahnte mich zur Disziplin. Das hier war weder die Zeit, noch der Ort für existenzielle Betrachtungen oder religiöse Erörterungen.

Ich schaute nach links und nach rechts, bevor ich die Straße überquerte. *Wie sich das gehörte.* Ich war an der Bushaltestelle vorbei und verließ diese verfluchte Hauptstraße. Immer geduckt, immer von Deckung zu Deckung schlich ich vorwärts. Zwischen parkenden Autos wartete ich den günstigsten Moment ab. Wieder und wieder. Ich umrundete sie, um in Deckung zu bleiben. Und dann sah ich ihn: den Supermarkt!

Majestätisch ragte er vor mir auf. Ein graues Viereck voller Hoffnungen. Davor ein großer lehmiger Platz voller parkender Autos. Direkt gegenüber ragten mehrere quadratische Siebengeschosser in den wolkenlosen Himmel. Ich war fast am Ziel. Ich ging hinter einer Mauer in Deckung. Ich hatte diesen Supermarkt nie besonders gemocht. Zu teuer, zu kalt, zu hässlich und so weiter. Jetzt hing meine ganze Zukunft irgendwie von diesem grauen Kasten ab.

Ich war nicht der Erste, der sich erhofft hatte, hier etwas zu finden. Am Eingang, vor dem Parkbereich, stand ein Polizeiauto. *Policia Local*. Die Türen des Autos standen offen. Abgenagte Leichen lagen in der Nähe des Fahrzeugs. Hatte man hier auf Plünderer geschossen? Die Infiziertendichte war zu hoch, um näher heran zu gehen. Ich hockte in meinem ockerfarbenen Bettdeckenbezug an der ockerfarbenen Mauer und überlegte. Das Polizeiauto war umringt von vielleicht zehn Kreaturen. *Dieses Schnüffeln*. Ich konnte es langsam nicht mehr ertragen. Der Parkplatz war auch bevölkert. Ich sah umgekippte Einkaufswagen. Überall Chaos, Tod und Vernichtung. Zerbeulte Autos mit gesplitterten Scheiben und offenen Türen standen herum.

Autos... In dieser Welt hatten sie ausgedient. In einsamen Stunden in der Ferienwohnung hatte ich mir so manchen Gedanken über Autos gemacht. Autos waren in etwa genauso nutzlos wie Schusswaffen. Das Motorengeräusch eines einzigen Autos würde die Hauptstraße, die ich vor wenigen Minuten schleichend verlassen hatte, in ein Tollhaus verwandeln. Die Kreaturen würden wie Weltklasse-Sprinter hinter dem lärmenden, stinkenden Blechding her rennen, auf das Dach springen, die Frontscheibe zu Klump kloppen und den fleischigen Inhalt heraus schlürfen, wie eine Muschel aus ihrer Schale. Ich war gerne Auto gefahren, früher. Aber das war vorbei. Selbst wenn ich ein fahrtüchtiges Auto mit steckendem Schlüssel fände, würde ich es stehenlassen. Jedes Auto würde verlieren gegen diese Kreaturen. Die verunglückten Fahrzeuge, die die Hauptstraße verstopften und für weitere Fahrzeuge unpassierbar machten, sprachen eine deutliche Sprache. Es lohnte sich nicht, einen einzigen weiteren Gedanken an Autos zu verschwenden.

Ich warf eine Cappuccino-Tasse rüber Richtung Parkplatz. Es folgte ein Aufschrei wie aus tausend Kehlen. Rote Augen änderten ihre Blickrichtung. Dieser Trick war Gold wert. Die Kreaturen bewegten sich wie ein schneller Schwarm dorthin, wo die Tasse gelandet war. Aus dem Supermarkt kamen drei, vier Infizierte regelrecht heraus gestürmt. Einer stolperte, stürzte übel und war im Handumdrehen wieder auf den Beinen. *Déjà-vu.*

Im Supermarkt schienen also auch Infizierte herum zu streunen. Hatte ich ernsthaft etwas anderes erwartet? Nicht wirklich. *Also los!* Ich huschte zum Polizeiauto, von dem ich die Kreaturen weggelockt hatte, und ging in die Hocke. Hier lagen Patronenhülsen. Ob die Schüsse Plünderern gegolten hatten oder Infizierten, würde ich nie erfahren. Dramen hatten sich hier abgespielt. Hier und an allen anderen Stellen, die ich während meines Kamikaze-Ausflugs hierher passiert hatte. Der Moment der Wahrheit war gekommen. Wie ein großer dunkler Schlund lag er vor mir, der Eingang zum Supermarkt. Kein Gitter. Ich spürte, wie die Nervosität in mir wuchs und fast die allgegenwärtige Todesangst verdrängte. Jetzt würde sich entscheiden, ob dieser Höllenritt hierher umsonst gewesen war, oder nicht. Mehr noch. Mein Leben hing davon ab. Von dem Essen und dem Trinken, das ich hoffte, hier zu finden. Ich wollte nicht darüber nachdenken, was ich machen würde, wenn ich hier nichts fand. Ich löste mich vom Polizeiauto und schlich geduckt auf den Eingang zu. Der dunkle Schlund verschluckte mich. Ich hatte es geschafft. Ich war lebendig und ich war angekommen im Supermarkt.

*

Drinnen empfing mich eine merkwürdige, fast greifbare Stille. Es war, als hätte ich ein Dimensionstor durchschritten. Im vorderen Bereich war es einigermaßen hell. Weiter hinten machte das Licht einer diffusen Dämmerung Platz. Genug sehen würde ich aber überall. Ich ging neben den Kassen in Deckung und ließ die Eindrücke auf mich wirken. Eine riesige Halle von der Größe eines halben Fußballfeldes lag vor mir. Sie war spartanisch eingerichtet. Um Schönheit war es hier nie gegangen. Das hier war ein Ort, an dem etwas erledigt werden musste. Nicht mehr und nicht weniger. Das hatte auch vor der Katastrophe schon gegolten. Die Decke war mit grauen Platten verkleidet, an denen in regelmäßigen Abständen Neonröhren installiert waren. Das kalte Neonlicht, das die einfachen, mannshohen Regalreihen ausgeleuchtet hatte, war längst erloschen. Die Klimaanlage, die den Markt fast auf Kühlschranktemperatur herunter gekühlt hatte, war außer Betrieb. Genau wie die Gefriertruhen im hinteren Bereich. Hier funktionierte nichts mehr. Wie überall sonst auch. Der Gestank von vergammeltem Fleisch und von verwesendem Fisch, der hinten bei den Gefriertruhen atemberaubend intensiv sein musste, stieg mir hier vorn schon in die Nase. Kein Gitter hatte den Eingang versperrt. Ich war drin. Das war die gute Nachricht. Die schlechte Nachricht war, dass dem Anblick nach schon andere hier gewesen waren. Und zwar in Scharen.

Auf den ersten Blick war erkennbar, dass hier das absolute Chaos geherrscht hatte. Das Polizeiauto am Eingang hatte das bereits vermuten lassen. Viel hatte die Polizei nicht erreichen können. Nicht einmal durch den Gebrauch von Schusswaffen. Die Munition war scharf gewesen. Die abgenagten Leichen vor dem Eingang waren stumme Zeugen einer weiteren Tragödie in diesem apokalyptischen Puzzle. Die Regale standen noch. Sie waren vermutlich aus Sicherheitsgründen am Boden festgeschraubt. Der Boden war voller Glasscherben und besudelt von den Inhalten, die sich einst in den Gläsern befunden hatten. *Was für eine Verschwendung.* Überall huschten dunkle Schatten über den einst glänzenden Steinboden. Kakerlaken. Anderes Viehzeug sah ich nicht. Keine wilden Katzen, die die am Boden getrockneten oder verwesten Nahrungsmittel aufschleckten. Keine Hunde. *Gott sei Dank keine Hunde!* Und auch keine Ratten. Sie alle hatten einen neuen natürlichen Feind, der in der Nahrungskette über ihnen stand. Den infizierten Menschen! Davon gab es hier drin auch einige Exemplare, aber glücklicherweise nicht so viele, wie ich befürchtet hatte. Ich rechnete mir gute Chancen aus, sie mit gezielten Tassenwürfen zum Eingangsbereich oder sogar nach draußen zu locken. Wie ich dann wieder rauskam, würde ich später sehen.

Erst einmal musste ich wissen, was es hier zu holen gab. Die Regalreihen, die in einem Abstand von geschätzten drei Metern zueinander längs angeordnet standen, boten nicht die schlechtesten Deckungsmöglichkeiten. Ich versuchte, mich zu erinnern, wie die Waren sortiert gewesen waren. Das Wasser hatte auf jeden Fall in einer Reihe in der Mitte der

Halle gestanden, damals. Wie viel davon noch da war, würde sich erst noch zeigen. Direkt an den Kassen hatte es Ständer mit Kaugummis und Keksen gegeben. Der Ständer an der Kasse, neben der ich hockte, war restlos leer. Weiße, zerkratze Metallflächen. Sonst nichts.
Bevor ich meine Schatzsuche in dieser modernen Gruft beginnen konnte, musste ich mich erst einmal um die Kreaturen kümmern, die vereinzelt die Gänge bevölkerten, und mich meiner Tarnung sei Dank noch nicht bemerkt hatten. Ich konnte nicht gleichzeitig die Regale checken, auf die Scherben am Boden achten und die Infizierten im Auge behalten. Ich war ein Mann. Das bedeutete, ich war nicht multitaskingfähig. Dazu hatte es früher sogar Studien gegeben. Ich konnte also nichts dafür. Die Kreaturen mussten raus. In diesem Supermarkt war nicht genug Platz für die und mich. Ich war bestimmt nicht derjenige, der jetzt ging. Meine Angst war im Moment einer entschlossenen Aggressivität gewichen. Ich hatte Grauenvolles erlebt auf dem Weg hierher. Ich konnte und wollte es nicht dulden, dass diese hirnlosen Monstrositäten zwischen mir und meiner Beute standen. Dass diese Wesen einmal Menschen gewesen waren, blendete ich komplett aus. Bevor ich aber eine Tasse werfen konnte, musste ich nach einer geeigneten Wurfposition suchen. Momentan hockte ich an einer Kasse genau zwischen dem Ausgang und den Kreaturen im Inneren. Wenn ich jetzt warf, würden die mich glatt über den Haufen rennen.
Ich schlich so langsam und vorsichtig ich konnte nach links. Jede schnelle Bewegung konnte deren Aufmerksamkeit auf mich ziehen. Auch wenn sie mich vielleicht nicht einmal als Menschen erkannt hätten – in der Hocke, unter dem Bezug – so bedeutete Bewegung doch Leben, Nahrung, Futter, Beute.

Zumindest für die. Eine Katze, die in einem Stoffhaufen wühlte und dabei Bewegungen verursachte, würde deren Interesse genauso wecken. Es war also scheißegal, für was die mich hielten. Ich durfte mich nicht schnell bewegen, wenn die in der Nähe waren. Ich durfte keine ungewollten Geräusche verursachen und ich musste in der Hocke bleiben, um meine menschliche Form durch den weiten, Falten werfenden Bezug zu kaschieren. Das waren die drei wichtigsten Regeln, wenn man auf den Straßen des veränderten Mallorca überleben wollte. Es hatte sich also komplett umgekehrt.

Früher hatte jeder auffallen wollen – durch dicke Autos, teuren Schmuck, extrovertierte Kleidung und wichtigtuerische Gespräche. Drauf geschissen! Ich hatte diese Pisser, die unbedingt zeigen mussten, dass sie mehr hatten als andere, immer schon gehasst. Die superteure Protzkarre machte genauso Lärm, wie das altersschwache Schrottmobil. Tödlichen Lärm. Materieller Wohlstand und wichtige Positionen – all das war keinen Pfifferling mehr wert. Den Pfifferling konnte man wenigstens noch Essen. In dieser Welt hier galten neue Regeln.

Linker Hand befanden sich auf Kassenhöhe zwei kleinere Querregale. Im Vorderen hatten Marmeladengläser gestanden. Das hatte ich mir gemerkt, weil ich zum Frühstück immer Baguettes mit Butter und Marmelade gegessen und dieses Regal entsprechend oft frequentiert hatte. *Baguettes mit Butter und Marmelade.* Ich musste mich zusammenreißen, um nicht laut aufzuschluchzen! Das zweite Regal war ein Ramschregal. Billige Schwimmbrillen, die sich zum Tauchen nicht eigneten, weil sie die Nase nicht abdeckten, simpelste Schnorchel, Fliegenklatschen, nicht sicherheitsgeprüfte Schwimmflügel für die Kleinen und so

weiter. Der ganze Mist war noch da. Das stellte ich fest, als ich an dem Regal vorbeischlich. Ich wollte in den Quergang zwischen den zwei Regalen. Vor jedem Schritt sicherte ich mich nach allen Seiten ab. Von dem Quergang aus, in dem ich fantastische Deckung haben würde, wollte ich die Tasse werfen. Etwas aus dem Ramschregal erweckte dann aber doch noch meine Aufmerksamkeit. Ein kleines, blaues Plastikfernglas für Kinder. Auf der Verpackung prangte das spanische Wort *Prismaticos*. Was das Ding, das mal einen Euro gekostet hatte, wert war, konnte ich hier und jetzt nicht überprüfen. Die Packung konnte ich hier unmöglich aufreißen. Ich schob das Fernglas durch den Schlitz meiner Tarnburka, und tat es in den offenen Rucksack, den ich mir unter dem Bezug vor die Brust geschnallt hatte. Diese Bewegung hatte ich einstudiert, noch bevor ich aufgebrochen war. Ich verzog mich in die Querreihe. Das Marmeladenregal war absolut leer. Die einzige Marmelade, die ich entdecken konnte, befand sich getrocknet auf dem Boden. Umringt von Glasscherben. Es fiel mir schwer, meine Hoffnungen und meine Motivation aufrecht zu erhalten. Wenn schon das verdammte Marmeladenregal restlos geplündert war, wie würde es dann erst bei den wirklich interessanten Dingen aussehen?
Die Einheimischen, die hier lebten – zum Beispiel in den siebengeschossigen Häusern vor dem Markt oder in den Häusern, die die Hauptstraße und die zahlreichen Nebenstraßen säumten – waren wahrscheinlich wie die Heuschrecken über den Markt hergefallen, als sich das Unheil abzeichnete, um zu hamstern, was zu hamstern war. Die zahlenmäßig durchaus erwähnenswerten, betuchten Urlauber, die wie Hajü Wohnungen in diesem netten, von Pauschaltouristen nicht überlaufenen Küstenörtchen gemietet

hatten, hatten zur totalen Plünderung sicher ihren Teil beigetragen. Sich mit Vorräten einzudecken, um sich anschließend in der Wohnung verschanzen zu können, war ja auch nicht die schlechteste Taktik. Während der Plünderungen waren bestimmt einige gebissen worden. Die Polizisten hatten rumgeballert. Gläser waren zu Bruch gegangen. Deren Inhalt hatte sich am Boden mit dem Blut der Gebissenen vermischt. *Chaos. Nichts als Chaos.* Ich warf die Tasse.

Die Schreie, die den Kehlen der Infizierten entwichen, hallten gespenstisch von den Wänden des Supermarktes wider. Es folgten Geräusche von rennenden Personen. Manche waren barfuß, andere trugen noch Schuhe. Glassplitter knirschten. Ein halbes Dutzend dieser Bestien strömte aus dem Marktinneren nach draußen. Die Tasse war ein paar Meter vor dem Eingang aufgekommen und zersplittert. Der Wurf hatte leider den ungewollten Nebeneffekt, dass er Infizierte von den Parkplätzen und den umliegenden Gebieten zum Eingang des Marktes lockte. Wenn das mal nicht nach hinten losging. Ewig würde ich hier wohl eher nicht bleiben. Ich schaute vorsichtig zwischen den Regalritzen hindurch. Am Eingangsbereich tummelten sich jetzt Scharen von denen. Vielleicht fünfzig, vielleicht noch mehr. Ich überlegte, ob ich noch eine weitere Tasse aus der Deckung hinterherschicken sollte. Nachzügler im Markt, die die erste Tasse ignoriert hatten, konnte ich absolut nicht gebrauchen. Zumal ein einziger Schrei im Inneren des Marktes ausreichen würde, um die Massen da draußen hier rein stürmen zu lassen.

Ich nahm einen Schluck. Damit war die Flasche leer und machte in der Tasche einer neuen Platz, die ich hoffentlich bald finden würde. Ich verzichtete auf die zweite Tasse. Man

konnte die Regalreihen einzeln ganz gut einsehen – bis nach hinten, so dass ich das Risiko, durch meine Werferei noch entdeckt zu werden, lieber nicht einging. Die Monster dort draußen waren auch so schon aufgebracht genug.
Das Längsregal ganz links hatte Milchprodukte, Säfte und dergleichen beheimatet. Die Milchprodukte konnte ich getrost ignorieren. Das Zeug war mit Sicherheit hinüber und eine Lebensmittelvergiftung konnte ich nicht gebrauchen. Ich hätte mir den kompletten Gedankengang ohnehin völlig sparen können, denn die Regale des Ganges waren völlig leer. Das galt auch für den Bereich, wo früher einmal Kekse und Schokolade zum Verkauf gestanden hatten. Auf dem Boden sah ich Spuren der Verwüstung und getrocknetes Blut. Viel davon. Blutige Fußspuren zeugten davon, dass Menschen – infiziert oder nicht – In Scharen durch die Lache gerannt waren, als sie noch frisch gewesen war. Weiter hinten lag eine abgenagte Leiche herum.
Ich entschied mich dagegen, dem Gang mehr Aufmerksamkeit zu schenken. Das Regal war leer, und weiter hinten waren die Fleischtheke und der Bereich mit den Kühltruhen. Wie es um die Waren stand, die gekühlt werden mussten, konnte man hier vorn schon riechen.
Wo die Konserven standen – oder gestanden hatten – wusste ich nicht genau. Juliane hatte nie welche gekauft, höchstens Pizzatomaten und saure Gurken, deswegen waren diese Regale nicht in meinem Gedächtnis gespeichert. Ich hatte es auf Fertiggerichte abgesehen, die ursprünglich zum Warmmachen gedacht waren. Das Zeug konnte man auch kalt einigermaßen genießen, außerdem war es ewig haltbar. Ich war sicher nicht der Einzige, der so gedacht hatte. Mittlerweile machte ich mir kaum noch Hoffnungen. Ich versuchte, die Enttäuschung nicht übermächtig werden zu

lassen. Schließlich war ich noch nicht fertig hier. In der nächsten Regalreihe erlebte ich ein kleines Wunder. Ich entdeckte eine mittelgroße Konservendose mit Ananas, die in dem Chaos, das auch in diesem Gang deutliche Spuren hinterlassen hatte, auf dem Boden in eine Ecke gerollt und übersehen worden war. Das Wasserregal war restlos ausgeräumt. Ich hätte meine Taschen allerdings mit Waschmitteln und Wischlappen vollstopfen können. Ich überlegte, wie wohl so ein Lappen schmecken würde, soweit war es schon mit mir gekommen.

Weiter hinten fand ich zerlatschte Erdnussflips auf dem Boden, die aus einer kaputten Tüte quollen. Ich sicherte mich nach beiden Seiten ab und aß jeden einzelnen halbwegs heil gebliebenen Erdnussflip, den ich finden konnte. Ich kaute schnell und schluckte gierig, währen ich die Flips mit zittrigen Fingern vom Boden aufklaubte und meine Blicke schweifen ließ. *Meine Güte, hatte ich einen Hunger!* Erst als ich sicher war, dass ich nicht einen einzigen Flip übersehen hatte, ging ich weiter. Eine Zahnbürste, Zahnpasta und Mundspülung ließ ich mir gefallen. Rasierklingen und Rasierschaum waren auch noch in Resten vorhanden. Ich packte von allem etwas ein, übertrieb es aber nicht. Wenn ich doch noch Lebensmittel fand, und meine Taschen voll wären mit Mundspülung, wäre das ziemlich Panne gewesen. Im Gemüsebereich schimmelten ein paar einsame Tomaten und zwei am Boden zerplatzte Melonen vor sich hin. Das war alles. Zumindest, was die Verkaufsräume anging. Ich setzte allerdings noch große Hoffnungen in das Lager. Dafür musste ich langsam und immer die Lage um mich herum im Auge behaltend in den Kühltruhenbereich.

Der Gestank war unbeschreiblich. Aus den Truhen lief eine undefinierbare Suppe aus abgetautem Wasser, das sich mit

den Säften vereinte, die das aufgetaute, nassgewordene Zeug bei der Verwesung absonderte. Zum Glück waren die ganz widerlichen Sachen – wie verwesende Wurst oder Fleischwaren – ausreichend dicht eingeschweißt und behielten ihre Säfte für sich. Das Zeug in Pappkartons – Pizzen, Hähnchensticks, Spinat, Fischstäbchen und so weiter – gammelte aber munter vor sich hin. Hier hinten war weniger geplündert worden. Ohne Strom haltbares Zeug war deutlich gefragter gewesen. Das war verständlich. Der Boden war überflutet mit nur teilweise getrockneter, übelriechender Flüssigkeit aus den riesigen Truhen und Kühlregalen, die das gesamte hintere Drittel des Marktes für sich beanspruchten. Hier standen bestimmt zehn oder zwanzig von den Dingern. Die Fleischtheke war wider Erwarten leer. Vielleicht hatten sich die Infizierten über das Zeug hergemacht, bevor es verwest war. Oder Hunde, die anschließend von Infizierten gefressen worden waren, hatten es sich einverleibt. Das eingeschweißte Zeug war weder für Hunde, noch für Infizierte brauchbar. Beide waren in etwa gleich blöd, und nicht in der Lage, eine entsprechende Packung zu öffnen.
Die Fischtheke am hinteren Ende war grauenhaft. Infizierte standen wohl nicht auf Fisch. Besonders, wenn er seit zirka zwei Wochen – je nachdem, wann der Strom ausgefallen war – ungekühlt vor sich hingammelte. Seit zehn Tagen lebte ich in dieser Welt. Hinzu kamen noch die drei Tage, die ich weggetreten war und der Tag auf der Dachterrasse. Vor fünfzehn Tagen war das Flugzeug abgestürzt. Wie spät war es eigentlich? Ich hatte die Uhr nicht dabei. Ich zog es in Erwägung, den Rückweg nachts anzutreten. Zunächst war aber das Lager an der Reihe. Der Gummivorhang, der in den Lagerbereich führte, befand sich rechts neben der

Fischtheke, und somit unmittelbar vor mir. Der Verkaufsbereich war eine bittere Enttäuschung gewesen. Wie meine Chancen hinten im Lager standen, konnte ich absolut nicht einschätzen. Durch den Vordereingang konnte ich ohnehin nicht raus. Ich hoffte, nicht nur auf Vorräte zu stoßen, sondern auch auf eine Möglichkeit, den Markt durch die Hintertür verlassen zu können. Oder über die Laderampe der LKWs, die die Waren anlieferten. Vorsichtig schlüpfte ich durch den Gummivorhang ins Lagerinnere.

*

Relative Dunkelheit empfing mich. Das spärliche Licht, das es bis in die hinteren Bereiche des Supermarktes geschafft hatte, wurde durch den vielleicht drei Meter breiten Durchgang mit dem Gummivorhang noch weiter gedämpft. Der Vorhang war vor langer Zeit einmal durchsichtig gewesen, mit den Jahren aber stumpf geworden. Der Lagerraum war kleiner als der Verkaufsbereich. Ungefähr die Hälfte musste genügen. An der Rückseite sah ich eine Lichtquelle. Infizierte schien es hier nicht zu geben. Allerdings gab es auch hier Regale und herumstehende Paletten, hinter denen sich wer weiß was verbergen konnte. Ich wagte es, mich aufzurichten. Mein Rücken, meine Knie und die Oberschenkel schmerzten höllisch von dem ganzen Ducken und Hocken. Morgen würde ich Muskelkater haben. Vorausgesetzt, ich lebte dann noch. Vorsichtig bewegte ich mich zu der Lichtquelle. Zuerst wollte ich wissen, was dort vorn war.

Was ich entdeckte, erfreute mich. Das Metallrollo, mit dem sich der Entladebereich für die LKWs schließen ließ, stand etwa einen Meter offen. Das war mein Weg nach draußen. In dem äußeren Bereich der Entladezone, wo die LKWs rückwärts an die Rampe andocken konnten, schien die Luft auch rein zu sein. Wenigstens blieb mir der Abgang durch die Vordertür erspart. Meine Augen gewöhnten sich schnell an die Lichtverhältnisse im Lager. Die Chaoswellen, die draußen getobt hatten, waren zum Teil bis hier hinter geschwappt, soviel ließ sich auf den ersten Blick sagen. Im Bereich der Laderampe, die nach draußen führte, waren erhebliche Blutspuren erkennbar. Schleifspuren. So, als ob ein übel zugerichteter gebissener Mensch nach draußen gerobbt war, um sich zu retten. Wer auch immer dieses Metallrollo hier offen gelassen hatte, ich dankte ihm still. Vielleicht war es ein cleverer Mitarbeiter gewesen, der das sinkende Schiff durch den Hinterausgang verlassen hatte. Oder ein Plünderer, der clever genug war, an das Lager zu denken. Eine kleine Nebentür, die nach draußen führte, fand ich außerdem. Wahrscheinlich hatte Derjenige, der das Rollo per Knopfdruck geöffnet hatte, als der Strom noch ging, keinen Schlüssel für die Tür gehabt. Vielleicht hatte er das Rollo auch manuell geöffnet. Ich entdeckte eine Kette, an der man ziehen konnte, um es zu öffnen. Ich fummelte nicht an der Kette herum und verzichtete darauf zu prüfen, ob die Tür abgeschlossen war. Rasselnde Ketten und quietschende Klinken oder Türscharniere gehörten zu den Dingen, die sich gerade vermeiden ließen. Das Rollo war offen, das genügte. Ich war ohnehin nicht hier, um Detektivarbeit zu leisten, oder um zu entschlüsseln, was hier vorgegangen war. Ich war hier, um Nahrung zu finden. Bisher mit sehr mäßigem Erfolg.

Die Regale des Lagers waren bestimmt sechs Meter hoch und reichten fast bis zur Decke. Nicht alle waren gefüllt. Jeder Regalabschnitt war mit einer Nummer versehen. Die

Waren, die hier lagerten, waren mit Folie umwickelt und standen auf gabelstaplerkompatiblen Paletten. Ein Gabelstapler stand sauber geparkt in einer Ecke. Mit Gabelstaplern verhielt es sich ähnlich, wie mit Autos und Schusswaffen. Sie machten einfach zu viel Lärm. Mal ganz davon abgesehen, dass ich so ein Ding überhaupt nicht bedienen konnte. Wenn nicht die Betriebsgeräusche dieses gelben Vehikels die Infizierten draußen alarmierten, dann wahrscheinlich der Krach, den ich fabrizieren würde, wenn ich irgendetwas mit diesem Ding rammte. Den Gabelstapler konnte ich getrost vergessen.
Die oberen Bereiche sahen nicht so aus, als könnte man mir nichts dir nichts lautlos da rauf klettern, die Folie aufschneiden und sich nehmen, was man brauchte. Wahrscheinlich würde nach dem Aufschneiden der Folie alles runter klatschen, sobald ich etwas entnahm. Bei meinem Glück würde ich wahrscheinlich auf Spirituosen stoßen und mehrere Flaschen sechs Meter in die Tiefe segeln lassen. Das Klirren und Klatschen würde man vermutlich noch auf dem Festland hören. Die Paletten, an die man einfach heran kam, waren aufgerissen. In ihnen war wie wild herumwühlt worden. Im Gegensatz zum Verkaufsbereich war aber hier noch etwas übrig. Anscheinend waren nur die cleveren Plünderer auf die Idee gekommen, auch mal im Lager nachzusehen. Mir sollte es recht sein. Schon die erste Palette löste Jubelstürme in mir aus. Ich freute mich leise, schließlich wollte ich noch etwas von meinem Fund haben und nicht vor dem Genuss drauf gehen. Ich fand sage und schreibe sechs Gläser mit Apfelmus. Eines öffnete ich sofort, nur um kurz darauf feststellen zu müssen, dass ich keinen Löffel dabei hatte. *Tausend kleine Dinge, an die man denken musste, eines oder zwei hatte ich bestimmt vergessen.* Zum

Beispiel diesen verdammten Löffel. Ich ärgerte mich über meine Dummheit und versuchte, den Apfelmus so gut es ging aus dem Glas zu trinken. Dabei kleckerte ich zwar meine Tarnmontur voll, aber das war mir egal. *Desto dreckiger das Ding, umso besser die Tarnung.* Glücklicherweise hatte ich an Nase und Mund Öffnungen, primär, um besser atmen zu können. Die Reste, die ich mit der Trinktechnik nicht heraus bekam, kratzte ich mit den Fingern heraus. Die restlichen fünf Gläser wickelte ich in Handtücher und verstaute sie in der Umhängetasche. Den Glaskrempel wollte ich ungern vor der Brust haben. Falls ich stürzte. Ich fand auch einiges an unnützem Zeug. Mehl, Backmischungen, Puddingpulver oder Salz. Das Glück war mir aber weiterhin hold. Ich fand mehrere Papppackungen mit jeweils zwölf Müsliriegeln. Insgesamt entdeckte ich sechs Packungen. Sechs mal Zwölf? Verdammt. Das überforderte mich im Moment. Für Kopfrechenaufgaben war das nun wirklich das falsche Umfeld. Die Müsliriegel kamen in den Rucksack. Sie waren leicht und gingen nicht kaputt. Um Platz zu sparen, entfernte ich die Umverpackungen aus Pappe. Wenn das hier weiter so gut lief, konnte ich mir die Kletterei in die oberen Regale sparen, zumindest vorerst. Obwohl mich durchaus interessierte, was dort oben auf mich wartete. Der Paletteninhalt war zum Teil wild zusammengewürfelt und mit Zetteln gekennzeichnet. Leider auf Spanisch. In der nächsten Palette fand ich Konserven. Königsberger Klopse mit Kartoffeln und Kapernsoße, und zwar mehr davon, als ich tragen konnte. Schätzungsweise hatten hier mehr Deutsche eingekauft als vermutet.

Es lag langsam nahe, sich zu fragen, ob ich vielleicht doch eine Weile hierbleiben sollte. Die Geräusche des Riesenrudels am Eingang sprachen aber eher dagegen.

Außerdem hatte ich nicht nur den Löffel vergessen, ich hatte auch keinen Dosenöffner dabei. Den hätte ich für diese Dosen benötigt. Sie hatten keine Aufreißlasche wie die Sardellen. In Hajüs Domizil gab es einen Dosenöffner. Die Königsberger Klopse mussten leider warten. Ich nahm die fünf Gläser Apfelmus wieder aus der Tasche, um so viele Konserven wie möglich unter zu kriegen. Ich fand noch Spaghetti Bolognese, Buletten mit Kartoffeln, Erbsensuppe und Ravioli. Alles in Dosen. Jahrelang haltbar. So machte mir das Spaß. Wenn ich diesen verdammten Dosenöffner dabei gehabt hätte, hätte ich auf der Stelle drei Dosen verdrückt. Meine Umhängetasche füllte ich bis zum Anschlag mit einem bunten Mix aus Gerichten. Die würden auch kalt schmecken. Ich könnte auch versuchen, die Dosen mit einem Teelicht zu erwärmen. Not macht erfinderisch. Oder ich stellte sie einfach in die pralle Sonne. Wenn ich zurück in meinem Domizil war, könnte ich leben wie Gott in Frankreich. Zumindest eine Weile. Zum Frühstück Müsliriegel, abends ein leckeres Dosengericht. Jetzt brauchte ich nur noch etwas Trinkbares. Ich durchstöberte weitere drei Paletten, die eher Unbrauchbares enthielten – Waschmittel, Putzzeug und dergleichen. Dann fand ich, was ich suchte: Wasser. In handlichen Anderthalb-Liter-Flaschen.

Ich musste feststellen, dass ich einfach nicht genug Tragekapazitäten hatte. Mit Biegen und Brechen bekam ich acht Flaschen in den Rucksack, der jetzt wie ein Stein an meiner Brust hing. Dafür musste ich aber einige von den Müsliriegeln wieder herausnehmen. Verdammt. Abnehmen konnte ich den Rucksack nicht, da ich ihn unter dem Tarnbezug trug, der an den Armen mit Klebeband fixiert war. Ich nahm die Flaschen noch einmal heraus. Ich hatte mich immer noch nicht von der Idee verabschiedet, hier zu bleiben. Dafür musste ich mich aber erst einmal umsehen, zum Beispiel nach einem verschließbaren Raum. Ich fand eine Art Verwaltungskabuff, in dem ein Computer stand. Der Platz in dem Raum reichte nicht einmal, um sich hinzulegen. Daneben war die Personaltoilette. Ich stellte mir vor, wie ich die Nacht hier in absoluter Dunkelheit verbringen würde. In diesem Kabuff oder auf der Toilette.

Was war besser? Hier auszuharren und alles zu verbrauchen, was keinen Dosenöffner benötigte, oder den gefährlichen Rückweg riskieren, für die relative Sicherheit und den besseren Komfort der Ferienwohnung? Hier war es absolut nicht sicher, soviel stand fest. Nachts würde ich hier vollkommen blind sein. Keine Sterne, kein Mond. Nur totale Finsternis. Die zwei winzigen Räume, die verschließbare Türen hatten, waren wie Fallen. Wenn etwas vor den Türen herumschlich, würde ich nie wieder herauskommen. Dafür würden die Lebensmittel länger reichen. Der Trip hierher war die Hölle gewesen, das durfte ich nicht vergessen. Andererseits konnte eine Nacht hier ohne Weiteres meine letzte sein. *Pest oder Cholera?* Bei Hajü hatte ich zwei Fluchtwege. Ich würde dort etwas sehen. Ich könnte mich sogar in mehreren Wohnungen verstecken, wenn es sein musste. Bei den Nachbarn, bei der alten Frau oder der Selbstmordfamilie. Ich wägte ab, verglich das Für und Wider. Ich dachte an die Kreaturen, die vor Hajüs Domizil auf der Straße herum liefen. Sicher war es dort auch nicht. Aber wo war es das schon? Vor dem Rückweg, mit zwölf Kilo Wasser vor der Brust und Unmengen von Konserven in der Sporttasche, graute mir. Momentan war ich hier unentdeckt. Das konnte sich aber auch ganz schnell ändern. Der Gummivorhang war für die Infizierten sicher kein

Problem. Ich würde nicht mal hören, wenn nachts eine der Gestalten durch den Vorhang wankte. Die andere Seite, die LKW-Rampe, war auch offen. Ich musste an den schnüffelnden Typen vom Hinweg denken. Wenn einer von dieser Sorte hier herum schlich und mich roch… In einer Lagerhalle ohne jeglichen Schutz, in der ich nachts die Hand vor Augen nicht sah… ich bekam Gänsehaut. Ich hatte mich entschieden. Ich wollte aufbrechen, wenn es dunkel war. Vorher schlug ich mir den Bauch voll. Ich trank eine ganze Anderthalb-Liter-Flasche und leerte noch eines von den Apfelmusgläsern, für die ich keinen Platz mehr hatte.
Dass ich so viele gute Sachen zurücklassen musste, wurmte mich extrem. Es ließ mir keine Ruhe. Früher oder später würden die Vorräte, die ich in mein Domizil schleppen könnte, aufgebraucht sein. Eine sichere Behausung in der Nähe zu finden, ohne eine Tür aufbrechen zu müssen – wodurch die Behausung dann auch nicht mehr sicher wäre – war unwahrscheinlich und gefährlich. Ich überlegte und fand keine Lösung für das Problem. In ein bis zwei Wochen würde ich wieder das Hunger- und Durstproblem haben, während sich hier im Lager die Vorräte stapelten. Die oberen Paletten hatte ich noch gar nicht mit einkalkuliert. Irgendwie würde ich auch da ran kommen, ohne Aufmerksamkeit zu erregen, wenn es die Situation erforderte.
Schließlich hatte ich doch noch einen Einfall, der es mir zumindest ermöglichte, den nächsten Supermarkttrip bei Nacht durchzuziehen. Nachdem ich die Lage draußen vor der Rampe gründlich überprüft hatte, drapierte ich vierundzwanzig Konservendosen im Freien, auf dem Arbeitsbereich der Rampe. Dort standen auch eine Müllpresse und diverse Container. Hier wurden wohl einst die ganzen geleerten Kisten von verkauften Produkten auf

ein platzsparendes Maß zusammengepresst und entsorgt. LKWs standen hier keine. Die Zeiten, in denen hier Waren angeliefert wurden, waren wohl bis auf Weiteres vorbei. Neben den Konserven stellte ich noch vierzehn Wasserflaschen nach draußen, die ich nicht mehr fortbringen würde. Das waren alle, die ich auf die Schnelle im Paletten-Dschungel entdeckt hatte. Auch von den unteren Paletten hatte ich mir etliche noch gar nicht angesehen und würde es heute auch nicht mehr tun. Nicht, dass ich doch noch aufflog. Andere hatten zwar zum Teil darin gewühlt, vielleicht auch Mitarbeiter auf der Flucht, die Zahl der Plünderer hatte sich innerhalb des Lagers aber doch in Grenzen gehalten. Vier Apfelmusgläser gesellten sich noch nach draußen, danach deckte ich die Sachen mit Pappen aus der Presse ab, damit nicht irgendein anderer, der hier vielleicht doch vorbei kam, meine Sachen entdeckte. Schließlich konnte ich nicht wissen, wie viele Nichtinfizierte sich hungernd irgendwo versteckten und wie ich nach Essen suchten. Hier ging es ums nackte Überleben und nicht um Nächstenliebe. Wenn ich mich das nächste Mal nachts hierher kämpfen müsste, nur um festzustellen, dass alles weg war, wäre das keinesfalls lustig. Ich beschwerte den ganzen Berg mit einer Europalette, die einsam an der Wand lehnte. Die Sachen dürften meinen Berechnungen zufolge auch den gesamten Tag über einigermaßen im Schatten stehen. Die Müllpresse und die Wand des Supermarktes sorgten dafür.
Der Sinn der ganzen Aktion war, dass ich die Sachen auch im Dunkeln – zumindest in einer mondhellen Nacht – finden würde, ohne in das Lager hinein zu müssen. Dort hatte ich nachts keine Chance irgendetwas zu sehen. Es sei denn, der liebe Gott ließ ein Nachtsichtgerät vom Himmel fallen. Taschenlampen waren tabu. Davon ging ich nicht ab. Sie

machten mich zum gut sichtbaren Ziel, das geradezu darum bettelte, angeknabbert zu werden.
Zuletzt überlegte ich, wovon ich wie viel brauchen würde, und packte den Rucksack und die Tasche komplett neu. Das Umgepacke grenzte schon fast an Logistik. Dafür zog ich mich in das Kabuff zurück und schloss die Tür. Die Müsliriegel mussten alle mit. Davon ließ ich mich nicht abbringen. Ich würde aber die Anzahl der Konservendosen zu Gunsten von Wasser verringern müssen. Am Ende dieser logistischen Herausforderung hatte ich zwölf Konservendosen, den Hammer und drei Flaschen Wasser in der Sporttasche, die fast platzte. Alles umringt von Handtüchern und Müsliriegeln. Im Rucksack hatte ich weitere sechs Flaschen Wasser. Ich hatte sogar die Mühe auf mich genommen, eine der Wasserflaschen von draußen wieder hereinzuholen, da ich sie jetzt doch noch unterbekam. Die Ananasdose, viele Müsliriegel und das Fernglas wanderten außerdem in den Rucksack. Die Mundspülung ließ ich hier. Die Anzahl der Steine und Cappuccino-Tassen war ohnehin schon geschrumpft. Bei den Wurfgeschossen machte ich aber keine Kompromisse. Sie würden mir unter Umständen das Leben retten. Einige Müsliriegel passten auch noch in meine Hosentasche. Ich nahm jeden Einzelnen mit. Zu Hause, also in Hajüs Domizil, würde ich eine Bestandsaufnahme machen. Mit den Nahrungsmitteln, die ich gepackt hatte, und den Restgetränken, die noch in der Ferienwohnung lagerten, würde ich eineinhalb Wochen zurechtkommen. Vielleicht sogar länger. Das war Zeit genug, um neue Pläne zu schmieden und eine neue Expedition in diese Lagerhalle zu planen. Als ich endlich fertig war mit Packen, dämmerte es bereits. Es war Abend geworden. Im Supermarkt hörte ich verdächtige Geräusche.

Knirschendes Glas unter Schuhsohlen. Die Traube vor dem Eingangsbereich hatte sich wohl zerstreut und einige der Kreaturen waren in den Supermarkt zurückgekehrt. Meine Entscheidung war richtig. Hier konnte ich nicht die Nacht verbringen. Aber ich würde zurückkommen, wenn meine Vorräte zur Neige gingen.

*

Die Nacht war endgültig hereingebrochen, und die Zeit aufzubrechen, war gekommen. Die Geräusche im Supermarkt waren beängstigend laut. Fast so, als würden die Wesen in der totalen Finsternis der nächtlichen Halle nicht genug sehen, und gegen die Regale und Kühltruhen stoßen. Ich hörte knirschendes Glas – häufiger als noch vorhin – und auch schmatzende Tapsgeräusche. Es klang, als würde jemand durch etwas Nasses laufen. Durch die ekelhaft stinkende Brühe aus den Kühltruhen zum Beispiel. Der hintere Teil des Verkaufsbereiches schien sich wieder bevölkert zu haben. Für mich wurde es höchste Zeit, hier zu verschwinden. Allerhöchste Zeit.
Der Rucksack auf der Brust war wie ein schwerer Klotz, der mich in meiner Bewegungsfreiheit behinderte. Ich hatte ihn vorn angeschnallt, damit ich ihn unter dem Tarnanzug füllen konnte. Jetzt, wo er voll war, hätte ich ihn lieber auf dem Rücken gehabt. Um den Rucksack jetzt auf den Rücken schnallen zu können, hätte ich aber den Bezug ablegen oder zumindest das Klebeband an den Armen entfernen müssen. Danach hätte ich den Tarnfummel wieder anlegen müssen. Neues Klebeband hatte ich nicht dabei. Außerdem konnte hier jeden Moment eines von diesen beißenden Mistviechern hereinplatzen. Ich versuchte mir einzureden, dass das keine

Menschen waren. Zumindest nicht mehr. Der Tarnanzug war ein weiterer plausibler Grund, nicht hier zu nächtigen. Entweder hätte ich Rucksack und Tasche am Mann behalten müssen – immer – um im Ernstfall schnell die Kurve kratzen zu können, oder ich hätte den Bezug ablegen müssen. Wenn es dann schnell gehen müsste, wäre ich draußen ohne Tarnung und auch in der Hocke jederzeit als Mensch erkennbar. Bliebe noch die Möglichkeit, den Bezug ohne Klebeband schnell überzuwerfen. Dann würden mir die Seeschlitze verrutschen, und ich würde wahrscheinlich exakt im falschen Augenblick nichts sehen. Das Leben war in letzter Zeit ganz schön kompliziert geworden.
Ich saß auf der Rampe, neben den für später drapierten Sachen, und bereitete mich seelisch und moralisch darauf vor, den Rückweg anzutreten. Der Gummivorhang bewegte sich. Ich war mir absolut sicher. Ich konnte es in der Dunkelheit nicht sehen, aber ich erkannte das Geräusch. Mein Körper signalisierte mir mit einem heftigen Adrenalinschub, dass die Zeit überreif war. Es gelang mir nicht wirklich, geräuschlos von der Rampe herunter zu kommen. Die schwere Sporttasche, die unter dem Bezug hin und her baumelte, schliff an der Kante. Ich versuchte, einigermaßen schnell vom Rampenbereich, in dem ich keine Gestalten ausmachen konnte, wegzukommen. Ich musste jetzt anders laufen, da ich mich am hinteren Ende des Marktes befand. Ich lief die Zufahrt zur Rampe hinunter und stieß auf die Straße, die parallel zum Marktgebäude verlief. Ich lief seitlich am Markt entlang, in Richtung Vorderseite. Desto näher ich dem Eingangsbereich kam, umso vorsichtiger wurde ich. Ich ging in die Hocke und sah mich um. Die Tasche und der Rucksack knarzten. Vor dem Eingang sah ich im Licht des Mondes etliche Silhouetten –

auch liegende. Ich musste jetzt rechts ab und würde in wenigen Metern auf die Hauptstraße stoßen. Auf Höhe der Apotheke sah ich erwartungsgemäß etliche Infizierte, die aber ruhiger wirkten als am Tag.
Als ich mich umdrehte, um sicherzugehen, dass auch hinter mir die Luft rein war, stellten sich mir die Nackenhaare auf. Ein Schock fuhr mir durch die Knochen. Ich sah undeutlich in der Dunkelheit eine gebückte Gestalt auf mich zulaufen. Sie wirkte zielstrebig, als wüsste sie, wohin sie wollte. Ich drückte mich in der Hocke um die Ecke, so schnell und unauffällig es ging. Mein Herz raste. *Folgte mir etwa jemand?* Vielleicht eins von diesen schnüffelnden Dingern? Ich musste an die Situation in dem Haus denken, in dem gebaut wurde. *Angst!* Nichts wie weiter. Das Gewicht des Rucksacks und der Tasche machte jede Bewegung zur Tortur. Wenigstens hatte ich die Handtücher um die Dosen und Flaschen gewickelt. Ich hatte kurz damit geliebäugelt, zugunsten von mehr Stauraum auf sie zu verzichten. Das lautlose Tragen – und insbesondere das leise Absetzen der Tasche – war auch mit den Tüchern schon eine echte Herausforderung. Ich versuchte, möglichst viel Abstand zwischen mich und den Anderen zu bringen. Als ich die Hauptstraße in Höhe der Baustelle entlang kroch, vorbei an liegenden, stehenden und torkelnden Gestalten, sah ich die gebückt laufende Kreatur um die Ecke biegen. An der Ecke blieb sie kurz stehen – ich sah es trotz der nächtlichen Lichtverhältnisse genau – und lief dann exakt auf der Route weiter, die ich gegangen war. Ich schwitzte und ich stank erbärmlich. Das wusste ich. *Konnte dieses Wesen mich riechen? Folgte es meiner Fährte?* Um mich herum hörte ich rasselndes Atmen und Stöhnen. Es klang traurig und irgendwie schmerzhaft. Ich hatte Gänsehaut. Ich musste hier

weg. Der Gebückte kam näher. In der Hocke Zentimeter für Zentimeter vorwärts zu kriechen, war jetzt nicht mehr drin. Ich musste schneller sein! Ich hatte dermaßen Panik, dass ich am liebsten gerannt wäre. *Roch mich dieser Wichser wirklich?* Ich schlich an der Wand entlang, am verunglückten LKW und dem Bus vorbei. Dabei kam ich zwei liegenden Gestalten gefährlich nah. Die Straße war nicht mehr so voll wie auf dem Hinweg, aber immer noch voll genug.

Bei den Müllcontainern ging ich in Deckung. Ich musste verschnaufen. Mein Gepäck wog eine gefühlte Tonne. Der gebückte Bastard war immer noch hinter mir. Ich spekulierte darauf, dass der Müllgestank, der ziemlich intensiv war, meinen Geruch kaschierte, damit dieses Arschloch meine Fährte verlor. Weiter vorn sah ich noch so eine gebückte Gestalt. Entwickelten sich die Infizierten etwa unterschiedlich? Oder konnte jeder von denen diese schnüffelnde Haltung annehmen, wenn etwas in der Luft lag? Fragen über Fragen. *Woher sollte ich das wissen, verdammt?* Der Gebückte war jetzt auf zehn Meter herangekommen. Mir war schlecht vor Angst. Ich konnte jetzt langsam Details erkennen. Halbglatze, lange verfilzte Haare hinten, kurze Hosen und klobig wirkende Arbeitsschuhe. Das war derselbe Ficker, dem ich auf dem Hinweg schon begegnet war. Er schnüffelte, das war unverkennbar. Ich hörte, wie er die Luft einsog. Rasselnd, durch die Nase, in der sich noch Rotzreste befanden. Diese weit auseinanderliegenden Augen starrten auf die Müllcontainer. Dunkel wie die Nacht waren sie – rubinrot, wie ich wusste. Er war unschlüssig. Er glotzte und schniefte. Jetzt grunzte er wie ein verficktes Wildschwein und kam noch näher. Ein widerliches Kribbeln war in meiner

Bauchgegend. Dieser Typ stand jetzt zwei Meter vor den Müllcontainern und ließ seiner Kehle abgehackte, kurz aufeinander folgende Laute entweichen. Ich rührte mich keinen Millimeter von der Stelle. Hoffentlich sah ich aus wie ein Haufen Stoffmüll inmitten von dem Unrat, der um die randvollen Container verteilt war. *Hoffentlich, oh bitte, bitte, Gott.* Der Typ stapfte den letzten Schritt auf die Tonnen zu. Sein scheiß Fuß berührte meine Tasche. Ich hörte ihn atmen – keuchend, verschnupft. Dann wieder dieses Luft-Einsaugen durch die Nase und die abgehackten Töne. Lauter jetzt. Es waren schon fast Schreie. Vielleicht war es nur Einbildung, aber ein wütender und fragender Unterton schwang in seiner Stimme mit. So, als wollte er fragen: *Wo bist du?* Er stupste den Stoffberg an, der ich war. In der Art, als wollte er ein schlafendes Kind wecken. Unvermittelt schlug er mit voller Wucht gegen den Müllcontainer, mehrfach, wie ein wütender Gorilla. Er schrie und drosch auf den Müll ein. In die Figuren um mich herum kam Leben. Ich wagte es, zu blinzeln und sah, wie sich Liegende ungelenk erhoben. Das Stöhnen und Knurren der Infizierten schwoll an zu einer disharmonischen Kakophonie. Ich spürte, wie es zwischen meinen Beinen warm und nass wurde – und riss mich zusammen. Ich würde diese Kacke hier überstehen. *Nur nicht auffallen.* Warme Pisse, die die Straße entlang lief, war kontraproduktiv.
Ich hockte ewig bei den Containern. Bestimmt zwei Stunden. Ich rührte keinen Muskel. Der Schnüffler tobte noch lange und zog irgendwann weiter, auf seiner unendlichen Suche nach Nahrung. Diesen Punkt hatten wir gemeinsam. Die anderen Infizierten beruhigten sich nach und nach. Manche legten sich sogar wieder hin. Ein groteskes Bild.

Ich wagte es nach einer halben Ewigkeit, mich zu bewegen. Meine steifen Knochen protestierten. Die Tasche gab ein schleifendes Geräusch von sich. Geduckt und mit einem Puls, der mir unmöglich hoch vorkam, setzte ich meine Reise fort. In der Nebenstraße, an der Kreuzung mit dem springbrunnenartigen Gebilde, gab es mehrere Schläfer, die wie Säcke herumlagen. Ich bildete mir ein, dass mir der Gebückte wieder auf den Fersen war. Meine Sinne spielten mir Streiche. Ich wollte rennen, fliehen, doch ich schlich. Das bisschen Restverstand, das noch rational denken konnte, befahl es mir und ich gehorchte. Das Restaurant mit der ausgebrannten Küche war ganz nah. Ich passierte es, überquerte die Straße und die Strandpromenade. Ich wollte zu den verwaisten Luftmatratzen. Sie waren zum Greifen nah. Jetzt rannte ich doch, ohne es zu merken. Irrsinnige Angst zwang mich. Ich glaubte, den Gebückten in meinem Nacken zu spüren. *War er hinter mir, oder war er es nicht?* Ich drehte mich nicht um. Ich rannte. Die schwere Tasche schlug mir gegen die Hüfte. Ich hörte einen Schrei in der Ferne. Ich watete ins Wasser, so schnell ich konnte, und hielt eine Luftmatratze, die am Ufer gestrandet war, mit der rechten Hand. Hier ging es schnell tief ins Wasser hinein. Das wusste ich von meinen Schnorchel-Ausflügen. Ich murmelte eine Entschuldigung zu den Fischen, weil ich sie geweckt hatte. Mein Verstand drohte in jenem Moment zu kippen. Ich schwamm, die Luftmatratze mit beiden Händen längs vor mir haltend, in das tiefe Wasser. Meine Beine machten die Schwimmbewegungen automatisch. Die Tasche zog an mir und der Rucksack war im Weg, doch die Panik ließ mich übermenschliche Kräfte entwickeln. Ich schwamm wie der Teufel. Ich schwamm um mein Leben. Im wahrsten Sinne des Wortes. Das Geschrei hinter mir klang, als käme es aus hunderten Kehlen. Ich drehte mich nicht um und schwamm, was das Zeug hielt – aus der Bucht hinaus. Das Geschrei blieb hinter mir zurück. Die Infizierten scheuten das Wasser. Sie konnten nicht schwimmen. Mein Gehirn speicherte diese Information ab. Für später. Ich hatte überlebt. Um Haaresbreite.

*

Mit der Zeit beruhigte ich mich wieder. Mein Gehirn war langsam wieder fähig, einen klaren Gedanken zu fassen. Ich hatte kurz die Kontrolle verloren. Die Panik hatte mich übermannt, doch jetzt ging es wieder. Ich war weit heraus geschwommen, damit die Gestalten, die auf mich aufmerksam geworden waren, meine Fährte verloren. Damit *er* meine Fährte verlor. Noch immer schauderte mir vor dieser Visage. Diese weit auseinander liegenden Augen würden mich im Schlaf verfolgen. Seit wann war diese hässliche Ausgeburt der Hölle mir gefolgt? Hatte *er* meine Fährte nach unserer ersten Begegnung auf der Baustelle wieder aufgenommen? War *er* durch den nächtlichen Supermarkt getapst und an die Regale gestoßen? War *er* es gewesen, der den Gummivorhang im Supermarkt geöffnet hatte, als ich aufbrach? Ich zitterte. Die Wassertemperatur hatte damit nichts zu tun. Das Meer war herrlich warm. So, wie es sich jeder Urlauber wünschte. Ich schwamm in Richtung Ferienwohnung. Mit dem Rucksack und der Tasche war das Schwimmen extrem mühsam. Der Bettdeckenbezug, der mir an den Müllcontainern ohne Wenn und Aber das Leben gerettet hatte, erschwerte das Vorankommen jetzt zusätzlich. Ich nahm es in Kauf, denn ohne ihn wäre ich jetzt nicht hier. Die Luftmatratze hielt mich trotz des Gepäcks über Wasser. Ich umschwamm den Hafen von *El Molinar* und näherte mich vorsichtig der Küste. Es war noch immer tiefe Nacht. Bevor ich an Land ging, sondierte ich die Lage am Strand, so gut es die Lichtverhältnisse zuließen. Ich konnte nichts Gefährliches in der Nähe erkennen.

Das Plätschern des Wassers, das aus dem Rucksack, der Tasche und dem Umhang lief, kam mir exorbitant laut vor. Meine Schuhe machten bei jedem Schritt quatschende Geräusche. Ich war von oben bis unten völlig durchnässt. Dort, wo ich an Land gegangen war, gab es ebensolche Steine, wie auf der anderen Seite des Hafens. Ich überlegte, ob ich im Schutz der Promenade eine Weile hocken bleiben sollte. Zumindest, bis ich soweit abgetropft war, dass ich keine Geräusche mehr machte. Das konnte bei den Wassermassen allerdings dauern. Aus diesem Grund hatte ich auf dem Hinweg den Hafen nicht umschwommen. Der Bezug klebte mir am Körper und hinterließ Pfützen. Auch das war schlecht für die Tarnwirkung. Aber jetzt war es ja glücklicherweise dunkel. Für die Luftmatratze musste ich mir auch etwas einfallen lassen. Ich würde mich wohler fühlen, wenn ich wüsste, dass sie hier für den Notfall bereit lag. Ich musste aber immer auch mit windigen Tagen rechnen. An solchen Tagen würde es die Matratze fortwehen, wenn ich sie einfach an Land ablegte. Im Wasser hingegen würde sie abtreiben. *Tausend Dinge, auf die man achten musste.* Nass waren der Rucksack und die Tasche noch schwerer. Ich war erschöpft und völlig am Ende. Mich trennten vielleicht einhundert Meter von der Wohnung. Ich war im Grunde angekommen. Ich wollte nicht mehr warten. Ich stieg vorsichtig auf die Strandpromenade und sah mich nochmals um. Hier war keiner. Auf der Straße sah ich in

einiger Entfernung dunkle Flecken. Das konnten infizierte Schläfer sein.
Für die Luftmatratze war mir etwas eingefallen. Hinter der Promenade standen Müllcontainer an der Straßenecke. Genau die gleichen, die auch an der Hauptstraße standen. Diese Container standen hier eigentlich überall. Ich schlich dorthin. Die Container waren voll und verströmten den mir mittlerweile bestens bekannten charakteristischen Geruch. Ich hatte die Matratze in einen Container stecken wollen. Dort würde sie kein Wind wegwehen. Ich hätte sie schnell herausbekommen, und strandnah war es auch. In den Müllcontainern war nur leider kein Platz mehr.
Ich wollte hier nicht ewig wie auf dem Präsentierteller herumstehen, also schob ich die auffällig bunte Matratze einfach unter ein parkendes Auto. Sie ragte halb auf den Gehweg. Das hier war eine Seitenstraße. Im Windschatten der Häuser würde die Matratze nicht wegwehen. Das Auto, unter dem mein schwimmender Lebensretter klemmte, fuhr in nächster Zeit sicher nirgendwo hin. Problem gelöst.
Die Straße war zum Glück frei. Ich hatte für heute nun wahrlich genug Feindkontakt gehabt. Ich hinterließ eine nasse Spur bis zur Wohnung der Selbstmordfamilie. Ich wollte es nicht riskieren, noch um die Ecke zu meiner Wohnungstür zu gehen. Selbst auf den letzten Metern konnte noch der Tod lauern. Als ich vor einer gefühlten Ewigkeit – die in Wahrheit nur einen einzigen Tag gedauert hatte – aufgebrochen war, hatte ich immerhin alles, was hier herumgeschlichen war, dort um die Ecke gelockt.
Ich schloss die Tür der Selbstmordfamilie auf und huschte in die totale Dunkelheit. Meine Taschenlampe, die gut greifbar in einem Seitenfach der Sporttasche steckte, hatte das zeitliche gesegnet. Vielleicht ging sie wieder, wenn sie

getrocknet war. Die LED-Lampe hatte ich aus Deutschland mitgebracht. In Hajüs Wohnung lag noch eine zweite. Das war dann allerdings die letzte. Über Taschenlampen konnte ich später noch nachdenken. Jetzt war ich völlig alle, total am Ende und bis zum Anschlag erschöpft. Ein echter Höllenritt lag hinter mir, doch ich lebte. Ich lebte! Und ich hatte zu Essen. Ich tastete mich die Treppe zur Terrasse hoch und ging hinüber zum schuppenartigen Anbau. Mit zitternden Händen entledigte ich mich des Tarnumhangs. Welch ein Glück, dass ich diese Idee gehabt hatte! Der dünne Stoff des ockerfarbenen Bezugs hatte sich erneut bewiesen. Er war das Zünglein an der Waage zwischen Leben und Tod. Ich stellte den klitschnassen Rucksack und die Tasche auf den Boden, und zog mich komplett aus. Ich ließ alles hier liegen, und kletterte mit wackeligen Beinen über die Gartenmöbeltreppe und die Schlaufe auf meine Terrasse. Mein Behelfsbett lag noch dort. Das war alles, was mich in diesem Moment interessierte. Ein Bett!

Kapitel 9: Evolution

Die Sonne kitzelte meine Nasenspitze, als ich das Land des Schlafes verließ. Es war ein wenig Wind aufgekommen und ich hörte das Meer rauschen. Ein schöner Tag. *Ein wirklich schöner Tag zum Sterben*, dachte ich und blieb liegen. Ich hatte traumlos und fest geschlafen, doch jetzt, wo ich munter war, kehrten die schrecklichen Bilder in meinen Kopf zurück. Die weit auseinander liegenden Augen. Der Bus. Die Frau mit dem gebrochenen Bein. Das Stöhnen. Das Schreien. Das Rascheln des Gummivorhangs. Die Blutlachen im Supermarkt. Die Schleifspur an der Rampe. Die abgenagten Leichen. Die Patronenhülsen neben dem Polizeiauto. *Aufstehen Schlafmütze, ein neuer Tag ist da.* Das hatte Juliane immer gesagt. Vor zweieinhalb Wochen hatte ich noch mit ihr auf dieser Terrasse gesessen. *Frische Baguettes mit Butter und Marmelade.* Vorbei! Aus und vorbei! *Die, die ihr hier seid, lasset alle Hoffnungen fahren!*

Irgendwann rappelte ich mich doch noch auf. Die Sonne knallte jetzt frontal auf mich und meine improvisierte Schlafstätte. *Wer viel schwitzt, muss viel trinken. Also raus aus der Sonne.* Leise schlich ich die Treppe herunter, nackt wie ich war. Wenn jetzt einer von diesen Freaks meine Tür durchbrechen würde, würde er mich mit heruntergelassenen Hosen erwischen. Im wahrsten Sinne des Wortes. *Was für eine dämliche Art zu sterben.* Im Moment sah es nicht einmal schlecht aus für mich. Ich hatte genug Proviant für gut zehn Tage, ohne großartig hungern zu müssen. Es war wichtig, dass ich bei Kräften blieb.

Ich brauchte Zeit zum Nachdenken. Wollte ich ewig hier hocken und lebensgefährliche Exkursionen durchführen, um

an Essen zu kommen? Nur damit ich wieder hier rumhocken konnte, bis die Vorräte erneut alle waren? Hatte das Sinn?
Die Frage nach dem Sinn des Lebens hatte ich mir in der alten Welt schon dauernd gestellt. Das war ein Thema, das mich ständig beschäftigt hatte. Auch damals war ich in einem Hamsterrad gefangen gewesen, das ich endlos am Laufen hielt, ohne an irgendein Ziel zu gelangen. Jeden Tag ackern für einen Fliegenschiss von Geld, der zum großen Teil für Essen und die viel zu hohe Miete draufging. Und natürlich für ein Auto, das nur dazu da war, mich zur Arbeit zu bringen. Am Monatsende war das meiste Geld weg gewesen, und der ganze Kreislauf begann von vorn. Ohne Sinn, ohne Ziel und ohne jede Freude am Leben. Der Jahreshöhepunkt war dann ein Urlaub mit einer Frau gewesen, die nicht mehr mit mir schlief, und sich mehr für Pfannen interessierte als für mich.
Zugegeben, die neue Welt war zum Kotzen und ich wusste wirklich nicht, ob ich in ihr leben wollte. Das hatte aber für die alte Welt irgendwie auch gegolten. Ich wollte immer etwas neues, etwas anderes und aufregendes erleben, und frei sein. Jetzt stand ich nackt hier herum und philosophierte vor mich hin. Das war okay, ich hatte nichts Besonderes vor heute. Der Höhepunkt des Tages würde die Nassrasur sein, die ich mir gönnen wollte. Außerdem war eine Katzenwäsche mit Spülkastenplörre und Duschbad fällig, damit ich meinen Gestank nach Schweiß los wurde. *Nicht, dass die mich da unten noch rochen.* Vorsichtig warf ich einen Blick durch den Schlitz des Vorhangs. Zurzeit sah ich zwei Gestalten. Das waren zwei zu viel, aber immerhin weniger als gestern.
Ich sah eine dicke Frau mit blutbesudeltem Walle-Kleid und einer Kette mit riesigen Holzperlen. *Wie konnte man nur so*

rumlaufen? Der Biss, der sie infiziert hatte, hatte sie im Gesicht erwischt. Die halbe Lippe fehlte. Ich wollte es gar nicht so genau wissen, und verzog mich vom Fenster. Nach meinem Morgenprogramm, das ich leise aber gründlich auf der Terrasse durchzog, hüllte ich mich in frische Sachen. Die würden auch bald zur Neige gehen. Hajü hatte ungefähr dieselbe Größe wie ich, wenn auch deutlich mehr Bauch. Seine Polohemden, von denen hier einige rumhingen, würden mir wahrscheinlich auch passen. Ich wollte so lange es ging sauber und rasiert bleiben. Darauf hatte ich immer Wert gelegt. Diesen Hauch von Würde wollte ich mir bewahren.

Es wurde Zeit, die Vorräte zu checken und in den Schatten zu bringen. Der Schlaufe und der Gartenmöbeltreppe sei Dank war die Kletterei mittlerweile machbar. Ziemlich bald hatte ich alles oben: den Tarnanzug, die Tasche und den Rucksack mit der Beute und meine Sachen. Die Sonne und die warme Luft hatten alles schon ziemlich gut getrocknet. Es wurde Zeit für eine Bestandsaufnahme. Ich hatte neun Anderthalb-Liter-Flaschen Wasser. Das war nicht übel. An die Schlepperei von gestern wollte ich aber lieber nicht denken. Weiterhin hatte ich zwölf Konservendosen erbeutet: sechsmal Königsberger Klopse, zweimal Spaghetti Bolognese, zweimal Ravioli und zweimal Buletten mit Kartoffeln und Gemüse. Und zweiundsiebzig Müsliriegel. *Sechs mal zwölf.* Die Riegel waren aber eher klein. Zehn Zentimeter lang, vier Zentimeter breit, einen Zentimeter dick und wasserdicht verpackt. Das war wichtig heutzutage. Die Dose Ananas und das Fernglas komplettierten die Ausbeute.

Bezahlt hatte ich meine Shoppingtour mit einer Taschenlampe, einer Nahtoderfahrung und stundenweise Todesangst. Nicht zu vergessen: die vollgepisste Hose, die ich daraufhin unfreiwillig im Meer gewaschen hatte. Sarkasmus war gut, er bewahrte mich vorm Durchdrehen. Ich hatte auch noch eine Flasche Wein, vier Dosen Pferdepisse, eine Cola und drei Limos. Den Wein wollte ich heute Abend öffnen, auf der Dachterrasse. Das nahm ich mir fest vor. Ich hatte vieles zu verdrängen und wenig zu verlieren.

*

Die drei folgenden Tage waren relativ ereignislos und ruhig verlaufen. Ich hatte auf der Dachterrasse gesessen, auf das Meer geschaut und mich in allerlei Gedanken vertieft. Gedanken an die alte und die neue Welt. Ich hatte jeden Tag drei Müsliriegel gegessen, einen Liter Wasser getrunken und abends als vollwertige Mahlzeit eine Dose Konserven verdrückt. Die Königsberger Klopse hatten nahezu göttlich geschmeckt. Auch eine Dose Ravioli hatte ich mir munden lassen. Am dritten Tag war die Flasche Wein leer. Die Zahl der Kreaturen auf den Straßen, die mein Haus umgaben, war einigermaßen konstant. Es wurden nicht weniger, aber auch nicht mehr. Ich hatte mir angewöhnt, auf der Terrasse zu schlafen, und eine Matratze nach oben gebracht. Das Fernglas erwies sich als totaler Flop. Wenn ich hindurch blickte, sah ich alles verschwommen und nur marginal vergrößert. Die Tatsache, dass dieses Ding Platz in meiner Tasche weggenommen hatte, machte mich regelrecht wütend.
Die Zeit wäre wohl weiter vor sich hin geplätschert, wenn mich nicht etwas aus meiner Lethargie gerissen hätte. Am Abend des dritten Tages hörte ich einen von diesen irren Schreien. Nicht einmal besonders weit weg, sondern

ziemlich in der Nähe. Danach Tumult und Geräusche von vielen Infizierten. *Was oder wer hatte den Schrei ausgelöst?* Ein Hund? Eine Katze? Irgendein anderes Tier? Oder etwas ganz anderes? Ich blieb in dieser Nacht lange auf der Terrasse sitzen. Die Geräusche der Kreaturen erfüllten die windstille Nacht. Schreie hörte ich keine mehr.

*

In der Nacht wurde ich wach. Ich war nicht sicher, was mich aufgeschreckt hatte. Mit rasendem Puls lauschte ich in die Wohnung hinein. Nach mehreren Minuten, die ich regungslos verharrt hatte, gab mein Gehirn Entwarnung. In der Wohnung war niemand. Der Mond nahm weiter ab und die Nächte wurden merklich dunkler. Das konnte durchaus zum Problem werden. Wenn meine Vorräte in einer Woche zur Neige gingen, würden die Nächte noch dunkler sein. Ich konnte mich aber nicht dazu durchringen, die zweite geplante Supermarktexpedition vorzuziehen. Zu frisch war das Erlebte. Insbesondere der Typ, der mir schnüffelnd gefolgt war, dieser Albtraum mit den weit auseinander liegenden Augen und den verblassten Unterarmtätowierungen, hatte mich nachhaltig geschockt. Vielleicht sogar traumatisiert. Hatte ich von ihm geträumt? *War ich deswegen wach geworden?*
Ich starrte liegend und mit weit geöffneten Augen in den Sternenhimmel. Je weniger Licht der Mond spendete, umso heller wurden die Sterne. Dieser Sternenhimmel war beeindruckend, fast dreidimensional greifbar. Er verdeutlichte mir, wie unwichtig ich war. Wie unwichtig alles um mich herum war. Nicht nur die Insel, auf der ich mich befand, sondern der gesamte Planet. Er war nichts

weiter als ein bemooster Kieselstein in den unendlichen Weiten der Galaxie. Ein schwachsinniger Gedanke war das, der mir zudem nicht im Geringsten weiterhalf. Ich überlegte, ob es Sinn ergab, am Tag zu schlafen. Dann müsste ich aber wieder ins Innere umziehen, denn die Sonne war gnadenlos. Wir hatten jetzt in etwa Mitte Juli. Anfang Juli hatte unser Urlaub begonnen. Es würde noch lange heiß bleiben, und es würde noch lange trocken bleiben. Das wusste ich auch ohne Eismann und ohne Wetter-App. Einfach, weil es schon immer so gewesen war, und auch immer so bleiben würde. Andererseits… was blieb schon für immer? Die Zivilisation schien nur eine kurze Episode in der fortwährenden Ewigkeit gewesen zu sein. Eine extrem kurze. Meine Gedanken nervten mich, aber mein Gehirn spann sie fort, ohne dass ich großartig etwas daran ändern konnte. Ich war nur ein Floh auf einem bemoosten Stein, der sich an sein jämmerliches Leben klammerte.

Meine natürliche Bestimmung war es mich fortzupflanzen, und meine Art zu erhalten. Meine Gene zu verbreiten. Damit war es jetzt auch Essig, also was wollte ich hier noch? Wofür lohnte es sich eigentlich? *Dumme Gedanken.* Ich verdrängte sie. Ich würde mich nicht umbringen. Nicht in tausend Jahren. Eher würde ich jedem einzelnen dieser Mistkerle meinen Speer zwischen die Augen rammen. Und mit dem schnüffelnden Bastard, der mir gefolgt war, würde ich anfangen.

Gewaltfantasien auf der halbwegs sicheren Dachterrasse. *Toll. Wenn es mir half, diesen Scheiß zu verarbeiten, dann bitte!* Die Realität sah anders aus. Eine weitere Parallele zwischen der neuen und der alten Welt. Auch dort hatte ich mich allerlei Fantasien hingegeben. In meinen eigenen vier Wänden hatte ich mich häufig über meine Mitmenschen

aufgeregt. Inkompetente Flaschen, Dummschwätzer, Altkluge, Besserwisser, Geschmacksverirrte, Drängler im Straßenverkehr. Wie oft hatte ich davon geträumt, mal richtig auszurasten, und einen von diesen rücksichtslosen Rasern aus seiner scheiß Protzkarre zu zerren, um ihm richtig die Meinung zu geigen. Oder ihm gleich auf die Fresse zu schlagen. *Fantasien. Nichts als Fantasien.* In der Realität konnte ich das nicht umsetzen. Wahrscheinlich war es den allermeisten Menschen genauso gegangen wie mir. Von den wenigen Alphatieren, die sich alles trauten und Regeln brachen, einmal abgesehen. Ich war kein Alphatier. Ich war der kauzige, zynische Eigenbrötler. War der schnüffelnde Typ mit den weit auseinander liegenden Augen ein Alphatier? Gab es in der neuen Welt Alphatiere und Fußvolk? Die Antwort, die ich mir selbst gab, fiel schwammig aus: vielleicht, vielleicht auch nicht. Vielleicht war es auch nur Zufall gewesen, dass mich dieser hässliche Affe gewittert hatte. Immerhin liefen etliche Infizierte schnüffelnd durch die Straßen dieser infernalistischen Welt. Ein Gedanke, der mich nicht gerade tröstete.
Ich befand mich in einem Dämmerzustand, als mich einer von diesen irren Schreien hochschrecken ließ. Ein dumpfes Raunen folgte. Dieser Schrei war weiter entfernt, und kam irgendwo aus der Richtung, in der *Palma* lag. Was hatte die Kreatur, die da geschrien hatte, um ihre Artgenossen zu verständigen, dazu veranlasst? Was hatte sie gesehen, gefunden, entdeckt?
Anfangs, in den ersten Tagen nachdem ich aufgewacht war, waren diese Schreie ein fester Bestandteil der mich umgebenden Geräuschkulisse gewesen. Wenn die Kreaturen auf Nichtinfizierte getroffen waren, die sie infizieren oder fressen konnten, hatten sie diese Schreie ausgestoßen. Ich

wusste immer noch nicht sicher, was von Beidem mir bevorstand, wenn sie mich erwischten.
Ich dachte an meine erste Begegnung, dann an die fliehende Frau und auch an den Typen auf dem Dach. Wenn sie etwas aufschreckte, und sie Beute vermuteten, schrien sie. Ich dachte an die Steine und Tassen. Wahrscheinlich schrien sie auch, wenn sie ein Tier orteten, über das sie sich hermachen konnten. Aber irgendeinen Grund brauchten sie. So viel stand fest. Desto länger diese Krankheit auf der Insel gewütet hatte, umso mehr Infizierte hatte es gegeben. Proportional dazu hatte die potentielle Beute abgenommen. Irgendwann waren alle infiziert oder tot. Irgendwelche überlebenden Tiere hatte ich überhaupt noch nicht gesehen. Die Zahl der Schreie hatte nachgelassen. Insgeheim fragte ich mich schon länger, was sie fraßen. Wovon ernährten sie sich? Oder zehrte das Virus seine Wirtskörper so lange aus und ließ sie die Infektion weiterverbreiten, bis sie irgendwann zusammenbrachen? Bis es soweit wäre, hätte jeder Infizierte genug andere angesteckt, so dass das Virus sich trotzdem ausbreitete. Ich ging davon aus, dass sie Aas fraßen – verstorbene Menschen auf jeden Fall. Die abgenagten Leichen auf der Hauptstraße und vor dem Supermarkt hatten das relativ eindeutig klargestellt. Was geschah mit den Infizierten, die nicht genug Nahrung abbekamen, die schwer verwundet waren, oder deren Wirtskörper schwach und alt waren? Starben sie irgendwann und wurden sie von den anderen gefressen, nachdem ihre Körper den Dienst versagten? Das würde immerhin bedeuten, dass die Zahl der Infizierten mit der Zeit abnahm. Auf der anderen Seite hieß das aber auch, dass die stärksten und gefährlichsten Exemplare am Längsten überlebten, weil

sie sich von den Leichen der Schwächeren ewig ernähren konnten. Ich wusste es einfach nicht. Das war die Antwort.
Ich hatte keine Ahnung, wie viele Menschen zum Zeitpunkt des Ausbruchs auf der Insel gewesen waren. Millionen? Ich wusste auch nicht, ob Menschen von der Insel evakuiert worden waren, als es losgegangen war. Ich war wahrscheinlich ohnehin nur noch am Leben, weil ich die ersten Tage, in denen hier die Hölle los gewesen sein musste, verpennt hatte. Hier hatte der Teufel persönlich getanzt. Das zeigte das Bild auf der Hauptstraße unmissverständlich. Ebenso die Rauchwolken über *Palma*, die ich gesehen hatte. Diese Stadt hatte um die vierhunderttausend Einwohner gehabt. Fast eine halbe Million. Nur diese eine Stadt. Sie war die Hauptstadt von Mallorca, aber es gab auch noch andere dicht besiedelte Gebiete und massenhaft kleinere Städtchen und Tourismushochburgen.
Wenn ich die Sache aussaß, unauffällig unter dem Radar blieb und unbemerkt von den Infizierten überlebte, wie lange würde es dann dauern, bis der letzte Infizierte verhungert war? Monate? Wenn sie die Leichen ihrer schwächeren Verstorbenen fraßen, dann vielleicht sogar Jahre? Ich kannte mich nicht aus mit Epidemie-Verläufen. Ich wusste auch nicht, ob das hier mit herkömmlichen Epidemien vergleichbar war. So etwas, wie das hier, hatte es noch nie zuvor gegeben. Zumindest nicht, soweit ich wusste. Aber wahrscheinlich würden auch die Infizierten irgendwann ums Überleben kämpfen müssen. Auch für sie wurde die Nahrung knapp. Sie fraßen keine anderen Infizierten, solange diese am Leben waren. Davon musste ich nach dem, was ich gesehen hatte, ausgehen. Wenn sie tatsächlich starben, verhungerten, dann war das ganze Grauen hier ein Spiel auf Zeit. Ein Gedanke, der mich kaum tröstete. Wenn

ich es tatsächlich schaffen würde, diese Monate oder Jahre zu überdauern, wäre ich am Ende der letzte lebende Mensch auf einer leergefegten und verwüsteten Insel. Trotzdem würde ich immer befürchten müssen, einem der letzten Infizierten zum Opfer zu fallen, weil ich nie eindeutig wissen konnte, ob wirklich alle tot waren.
Das war ohnehin Zukunftsmusik. Das Brummen, das sich aus den kontinuierlichen Stöhnlauten und Geräuschen der Infizierten da draußen zusammensetzte, war unüberhörbar. Abertausende wandelten umher. Das Virus weckte ungeahnte Reserven in den Körpern derer, die befallen waren. *Falls es überhaupt ein Virus war.* Wenn ein Mensch wochenlang ohne Essen auskommen konnte, wie lange schafften es dann diese Dinger? Wie wichtig war Trinken für sie? Wie wählerisch waren sie in Bezug auf Nahrung? Vielleicht fraßen sie Dinge, die ich überhaupt noch nicht auf der Rechnung hatte. Ratten, Müll, Pflanzen, Kakerlaken... Ich wusste es einfach nicht. Meine Gedanken drehten sich im Kreis, ohne dass ich zu einem Ergebnis kam. *In der Not frisst der Teufel Fliegen, oder Kakerlaken, oder Ratten, oder Aas, oder, oder, oder.* Diese Kacke hier konnte ewig dauern! Das bedeutete für mich hunderte Ausflüge in die Hölle. Wenn der Supermarkt nichts mehr hergab, müsste eine neue Quelle her. *Eines nach dem Anderen*, sagte ich mir. Ich lebte von der Hand in den Mund, und jeder Tag konnte der letzte sein.

*

Am nächsten Morgen schlich ich wie jeden Tag vorsichtig zum Vorhang, um die Lage vor dem Haus zu kontrollieren. Was ich sah, beunruhigte mich. Die Zahl der Infizierten, die

sich vor meinem Haus herumtrieb, hatte sich drastisch erhöht. Gestern hatte ich durch den Schlitz der Gardine drei Gestalten ausmachen können, wobei mich auch diese Zahl schon enorm verunsichert hatte. Die Dunkelziffer, also die tatsächliche Zahl, war mit einiger Wahrscheinlichkeit höher – oder, um genau zu sein, mit an Sicherheit grenzender Wahrscheinlichkeit. Das war auch früher in Bezug auf alle möglichen Dinge so gewesen. Egal worum es gegangen war – Drogensüchtige, Schwarzfahrer, Steuerhinterzieher oder weiß der Geier was – die Dunkelziffer war immer höher gewesen. Das war sozusagen ein ungeschriebenes Gesetz. Wenn ich durch den Spalt drei Gestalten sah, waren bestimmt noch einmal drei in den massenhaft vorhandenen toten Winkeln.
Heute sah ich sieben. Das waren für das winzige Stück von vielleicht fünfundzwanzig Metern, das ich einsehen konnte ohne aufzufallen, ziemlich viele. Die dicke Frau mit dem Walle-Kleid und der halb weggebissenen Lippe war immer noch da. Heute hatte ich die Nerven, mir die Gestalten vor meinem Domizil genauer anzusehen. Die weggebissene Lippe der dicken Frau mit der individuellen Holzkette sah grauenhaft aus. Der Biss hatte auch Teile des Zahnfleisches erwischt, so dass Zahnhälse frei lagen und die Zähne unnatürlich lang wirkten. Die Wunde war umringt von getrocknetem Blut, das um die Wundränder fast schwarzen Schorf gebildet hatte und in rauen Mengen in ihr Kleid gesickert war. Dessen ursprüngliche Farbe war wohl ein mediterranes orange gewesen. Mittlerweile hatte es an unterschiedlichen Stellen unterschiedliche Färbungen angenommen. Die Frau war wohl bei einem ihrer irren Sprints auf der Jagd nach Beute gestürzt, vielleicht sogar über ihr eigenes Kleid. Jedenfalls war die Frontpartie in

Kniehöhe verdreckt und zerrissen. Ihr schwabbeliges Bein, das zum Teil herausschaute, war käsig weiß und hatte am Knie eine schlimme Schürfwunde. Es sah aus, als würden Teile der Kniescheibe freiliegen. Das war keine Einheimische, und sie war wohl auch keine Sonnenanbeterin gewesen. Wie sonst konnte man auf Mallorca solch einen ungesunden, speckigen Teint haben? Ihre Haare waren ein dunkler Filz aus Blut, Schweiß und Dreck. Ihre Augen sahen genauso aus, wie die Augen der Infizierten immer aussahen. Ein tiefes Rot, das in seiner Färbung an Rotwein erinnerte, hatte das Weiße um die Pupillen komplett verdrängt. Die Nase war verkrustet von getrocknetem, gelbem Schleim, der in trockener Form fast bernsteinfarben aussah. Große Mengen davon hatten den Kragenbereich des Walle-Kleids verunreinigt und steif werden lassen.
Ein Glatzkopf mit Tätowierungen lief auch vor meinem Haus herum. Vor der Infektion hatte er mit Sicherheit zur Gattung der von sich überzeugten Selbstdarsteller gehört, wie man sie häufig am Strand finden konnte – damals. Seine Tätowierungen waren präzise. Die Farben waren nicht verblasst und die Ränder nicht verschwommen. Bei dem Glatzkopf war ein Tätowierer am Werk gewesen, der etwas von seiner Arbeit verstanden hatte, wenn auch das Motiv reichlich abgedroschen und einfallslos war. Die muskulösen, vom Fitnessstudio gestählten Arme waren bestimmt doppelt so dick wie meine, und mit Tribalmustern verziert. *Gähn.* Auf dem Rücken stand irgendetwas auf Spanisch, das ich nicht entziffern konnte. Vielleicht die Namen seiner Kinder.
In Deutschland war mir so etwas oft begegnet, bei meinen gelegentlichen Besuchen im heimischen Freibad. Sich die meist fürchterlichen Namen der eigenen Kinder in martialischen Buchstaben eintätowieren zu lassen, war in

bestimmten Kreisen fast eine Art Volkssport gewesen. *Justin-Pascal*, oder *Cloe-Sue-Leonie* quer über den Rücken gehackt. *Grauenhaft!* Ich verstand einfach große Teile der Menschheit nicht. Da biss die Maus keinen Faden ab. Die hatten in ihrer Welt gelebt, und ich in meiner. Berührungspunkte zwischen diesen beiden Welten waren rar gesät gewesen. Zum Glück. Wie es in deutschen Freibädern jetzt aussah, interessierte mich trotzdem. Vergnügten sich dort immer noch körperlich gesunde Menschen – von geistiger Gesundheit wollte ich an dieser Stelle nicht anfangen – oder hatte sich das gechlorte Wasser auch dort rot gefärbt? Torkelten jetzt auch dort Gestalten über die Wiesen, auf der Suche nach dem nächsten Happen Fleisch? Würde ich es jemals erfahren?

Ein lautes Stöhnen des Tätowierten riss mich aus meinen Gedanken. Ein rotäugiger, verdreckter Muskelprotz, der nicht mal ansatzweise so aussah, als würde er in nächster Zeit schlapp machen. Entweder, er hatte reichlich Fleisch abbekommen, oder er haushaltete extrem gut mit seinen Ressourcen. Oder das Virus stellte komplett neue Regeln auf. Ich wusste nicht, wie lange die Infizierten durchhielten, was sie fraßen und welche Kraftreserven das Virus zu Tage förderte. Aber der Muskelberg vor meinem Fenster sah kräftig genug aus, um mich hundertfach in der Luft zu zerreißen, oder um kilometerweit zu rennen. Über seine Waden und Oberarme zogen sich ekelhaft dicke, gut sichtbare Adern. Die einzige Verwundung, die ich bei diesem Kerl erkennen konnte, war ein Biss an seiner Hand, der ihn den kleinen Finger gekostet hatte.

Das Grauenvollste, was ich sah, während ich am Fenster stand und durch den Vorhang lugte, war ein infiziertes Kind. Darauf war ich nicht vorbereitet. Infizierte Kinder hatte ich bisher noch keine gesehen. Zumindest nicht bewusst. Jetzt wusste ich, dass es auch sie gab. Der Junge war vielleicht elf, und lief knurrend wie ein hyperaktiver Tiger im Kreis. *Diese Augen...* Ich wandte mich ab.

Die restlichen vier Gestalten, die ich sehen konnte, waren zu Lebzeiten durchschnittliche Zeitgenossen gewesen. Sie hatten zur breiten Masse gehört, die nicht weiter auffiel. Jedenfalls ließ ihre Kleidung das vermuten. Ihre einst belanglosen Hemden und Shirts waren zerfetzt, blutgetränkt, dreckig, staubig und verkrustet. Manche waren barfuß unterwegs, andere trugen noch Schuhe. Kleinere oder größere Verletzungen hatten alle, die ich dort unten sah. Keiner war ohne Bisswunde. Einer von den Durchschnittstypen, ein Kerl in einem blau weiß karierten, zerrissenen Hemd, hatte eine Platzwunde am Kopf. Das mittlerweile getrocknete Blut war zum Teil über sein Gesicht gelaufen, und hatte auf der braunen, sonnengegerbten Haut bizarre Muster hinterlassen. Eine Art postapokalyptische Kriegsbemalung. Und er war bereit für Krieg. Seine roten Augen, seine verzerrten Gesichtszüge und seine grundaggressive, geduckte Körperhaltung sprachen für sich.

Leise zog ich mich vom Vorhang zurück. Die Gesellschaft, in der ich mich befand, gefiel mir ganz und gar nicht. Wenn ich sieben sehen konnte, wie hoch war dann die Dunkelziffer, verdammt?

Kaum hatte ich das Problem mit dem Hunger und dem Durst zumindest für die nächsten Tage einigermaßen gelöst, tat sich auch schon ein neues auf. Auch das war eine Parallele zur Welt von einst – kaum hatte man damals die Bremsen repariert, riss der Keilriemen. Man war immer damit beschäftigt gewesen, irgendwelche Probleme zu lösen. Hatte man eine Sache geklärt, zeichneten sich schon zwei neue am

Horizont ab. Warum sollte es gerade hier und jetzt anders sein? Mein neues Problem waren also diese Gestalten vor meinem Haus. Hatte sie der Zufall hierher geschwemmt auf ihrer ziellosen Reise? Würden sie weiterziehen? Ich fühlte mich belagert. Ich saß auf einem Pulverfass, das jede Sekunde hochgehen und meiner jämmerlichen Existenz ein Ende bereiten konnte. Ich spielte mit dem Gedanken, mal wieder ein Wurfgeschoss auf die Reise zu schicken, um die Welle von Kreaturen wenigstens um die Ecke schwappen zu lassen. Vor meiner Tür wollte ich diese Wichser nicht haben. Der tätowierte Muskelberg würde meine Tür zu Kleinholz verarbeiten, mit seinen mindestens einhundert Kilo Kampfgewicht, sobald ich mich durch irgendeine Unachtsamkeit verriet.

Vorsichtig schlich ich wieder nach oben. Selbst das Tapsen meiner Füße kam mir zu laut vor. *Déjà vu.* Auch das kannte ich schon. Es war schließlich nicht das erste Mal, dass die Straße unten bevölkert war.

Ich kletterte von meiner Dachterrasse über die Schlaufe und die Gartenmöbeltreppe auf die tiefer liegenden Terrassen. Sowohl von der alten Frau, als auch von der Selbstmordfamilie hatte ich die Schlüssel. Die Wohnungstüren waren zu, und die Türen zu den Terrassen ebenfalls. Mit den Schlüsseln konnte man diese Terrassentüren, die anders gebaut waren als meine, auch von außen zuschließen. Die Einheimischen hatten Holztüren mit Schlössern und keine Plastiktüren mit Scheiben und mit Klinken innen, die sich nicht von außen verschließen ließen. Hajüs Terrassentür war ein klares Manko in der neuen Welt. Aber als man diese Tür gebaut hatte, hatten andere Gegebenheiten geherrscht. Hajüs Domizil war nicht als Schutzbunker konzipiert. Die Wohnungen der

Einheimischen zwar ebenso wenig, aber zumindest hatte ich auf den niedrigeren Terrassen zwei verschlossene Holztüren zwischen mir und der Straße. Außer sie kamen über meine Wohnung, und sprangen die vier Meter auf die niedrigeren Terrassen, auf denen ich mich gerade befand. Dass sie zu so etwas fähig waren, wusste ich. Schaudernd dachte ich an den Springer, der sich fünf Stockwerke zugetraut hatte. Ich spielte kurz mit dem Gedanken, aufgrund der hohen Zahl von Infizierten, auf die unteren Terrassen umzuziehen. Zwei Türen waren besser als eine. Dafür hörten sie mich hier vielleicht eher. Auch die niedrigen Terrassen waren nicht wirklich sicherer. Ich lebte in einer kranken, gefährlichen Welt. *Absolut krank, und absolut gefährlich.* Keinen Steinwurf entfernt lauerte der mindestens siebenfache Tod. Berücksichtigte man die Dunkelziffer, dann war es wohl eher der vierzehnfache Tod. Und damit meinte ich nur die Gestalten, die direkt vor meiner Tür verweilten. *Schöne Scheiße!*

Ich entschied mich nun doch für ein Wurfgeschoss. Ich wollte einen Topf so werfen, dass er möglichst weit vorn in Strandnähe aufkam. Dort hatte ich zwar die Luftmatratze deponiert, aber ich spielte derzeit nicht mit dem Gedanken, in den nächsten neun Tagen das Haus zu verlassen. Ich hatte mich dafür entschieden, erst die Nahrung aufzubrauchen, über die ich verfügte, bevor ich mich wieder in Todesgefahr begab. Vielleicht ergab sich ja bis dahin etwas. Vielleicht kam Rettung. Ich rechnete nicht wirklich damit, aber die Hoffnung stirbt bekanntlich zuletzt.

Die Theorie, dass die Infizierten aufgrund des Nahrungsmangels irgendwann von selbst verhungerten, war auch nicht mehr als ein Strohhalm. Innerhalb von neun Tagen würde jedenfalls nichts dergleichen passieren. Ich musste von Tag zu Tag denken, und im Hier und Jetzt überleben. Derzeit sah die Lage so aus, dass ich noch Proviant hatte und nicht gezwungen war, das Haus zu verlassen. Die Kreaturen wollte ich dennoch von meiner Tür und den schalldurchlässigen Fenstern weghaben. Also warf ich einen Blumentopf. Ich wusste, mit welcher Reaktion ich rechnen musste: mit tollwütigen Schreien und Renngeräuschen. Die Heftigkeit der Reaktion ließ mich jedoch einigermaßen geschockt und erschüttert zurück. Die Schreie waren unglaublich laut, unglaublich aggressiv und vor allem waren es unglaublich viele. Das waren nicht sieben. Auch nicht vierzehn. Das waren mehr. Ich hatte keine Übung in derartigen Schätzungen, und keine zehn Pferde hätten mich dazu bringen können, den Kopf jetzt über die Mauer der niedrigeren Terrassen zu stecken, aber es waren viele. *Vierzig? Oder vielleicht Fünfzig?* Auf jeden Fall viele! Viel zu viele. Aber der Trick mit dem Topf funktionierte immer noch. Die Horde stürmte um die Ecke, die Straße herunter, in Richtung Strandpromenade. Weg von mir. Nur das zählte im Augenblick.

*

Als ich mich wieder halbwegs beruhigt hatte, dachte ich über die Schreie und den Tumult nach, den ich mit meinem Topfwurf heraufbeschworen hatte – Lärm, den ich gestern immerhin zweimal sicher gehört hatte, ohne ihn selbst verursacht zu haben. Ich überlegte, ob sich noch andere wie ich verschanzten und mit Gegenständen warfen, um die Kreaturen abzulenken. Eine faszinierende Vorstellung. Ich war mir aber immer noch nicht sicher, ob ich mir wünschte, auf andere Überlebende zu treffen. Die konnte man sich nämlich genauso wenig aussuchen, wie die Infizierten, die hier herumliefen. Eigentlich war der Begriff *Überlebende* falsch. Die Kreaturen lebten schließlich auch. Der Begriff *Nichtinfizierte* traf es besser. Gab es sie? Und wenn ja, wie viele? Es war müßig, darüber nachzudenken. Ich tat es aber trotzdem.

Ein weiteres Aufschreien irgendwelcher Kreaturen in der Ferne unterbrach meine Gedanken jäh. Der Lärm kam dieses Mal aus der Richtung, in der der Flughafen lag, und war grob geschätzt einen Kilometer entfernt. Auch mit Entfernungsschätzungen in Bezug auf derartige Geräusche kannte ich mich nicht aus. Ich konnte diesbezüglich daneben liegen. Aber das Schreien war da gewesen. Ich hatte es deutlich gehört. *War das noch Zufall, oder nahm es in der letzten Zeit wieder zu?* Aus drei Vorfällen, die ich nicht selbst verursacht hatte, ließ sich noch nicht wirklich etwas ableiten. Alle Schlüsse, die ich ziehen konnte, wären voreilig gewesen.

Mein Wurf, der die Infizierten von meiner Tür fortgelockt hatte – davon hatte ich mich zwischenzeitlich selbst überzeugt – war schon ein paar Stunden her. Ich brütete dumpf vor mich hin, bis der Abend hereinbrach.

*

Der Blick auf meine Vorräte deprimierte mich. Gleich würde ich die vierte Konserve öffnen. Blieben noch acht. Die Dosen waren wie ein stiller Countdown, der erbarmungslos herunter zählte. Spätestens bei null stand ein weiterer Trip in die Außenwelt an. Ich versuchte, nicht daran zu denken, und aß die Dose Spaghetti Bolognese langsam und mit Hingabe. Trotz des Countdowns wollte ich nicht hungern, und bei

Kräften bleiben. Spaghetti Bolognese aus der Dose hätte nicht einmal ich früher angerührt. Obwohl ich im Gegensatz zu Juliane weniger Vorbehalte gegenüber Konserven und Fertiggerichten hegte. Ich hatte in der Zeit vor Juliane – und in den zahlreichen Monaten und Jahren zwischen meinen früheren Beziehungen – des Öfteren auf Fertiggerichte zurückgegriffen. Es war ja nun auch nicht gerade so, dass alle Frauen kochen konnten. Aber Spaghetti Bolognese aus der Dose hatte selbst ich immer gemieden. Die Spaghetti waren viel zu weich, die wässrige Tomatensoße kaum gewürzt und die seltenen Fleischbröckchen schmeckten wie aufgequollenes Instant-Pulver. Ich fragte mich, warum ich nicht stattdessen zwei Dosen mehr Königsberger Klopse eingepackt hatte. Vermutlich der Abwechslung wegen. Sämtliche Vorbehalte gegen die Spaghetti waren gerechtfertigt. Dennoch schmeckten sie mir in meiner Lage vortrefflich. Es war schon erstaunlich, wie man seine Ansprüche den Gegebenheiten anpassen konnte. Eine Dose Spaghetti Bolognese war der reinste Luxus. Ein Festmahl, von dem ich keinen noch so kleinen Klecks verschwendete. Ich säuberte die Dose gerade mit den Fingern von innen, als ich wie von der Tarantel gestochen hochfuhr. *Wieder Schreie, wieder Tumult.* Dieses Mal aus dem Landesinneren kommend. Es klang ziemlich nah. Vielleicht kam es von der Hauptstraße. Etwas ließ die Kreaturen dort verrücktspielen, aber was?

Ich hörte etwas, was mich meinen Ohren misstrauen ließ. Es fielen Schüsse! Einzelne, wahrscheinlich von einer einzigen Person abgefeuerte Schüsse. Dicht hintereinander. Mehr als ich in meiner Verblüffung zählen konnte. Ich schnitt mich an der scheiß Dose in den Finger. *Wie viele Patronen passten in ein Pistolenmagazin?* Die Schüsse verstummten. Vielleicht hörte ich einen gesunden Menschen in Panik schreien, vielleicht war das aber auch Einbildung. Die Schüsse hatte ich mir jedenfalls nicht eingebildet. Der Tumult um mich herum war infernalistisch. Die Schüsse hatten alles aufgescheucht, was an Infizierten in Hörweite kreuchte und fleuchte. *Wie weit konnte man einen Schuss hören?* Ich bildete mir ein, dass die Erde bebte, von hunderten Füßen, die auf ihr rannten. Von der Strandpromenade kamen sie, von rechts, von links, von überall. Alles strömte in die Richtung, aus der die Schüsse gekommen waren. Gänsehaut bildete sich auf meinen Unterarmen. Nicht etwa vor Kälte, sondern vom Grauen, das innerhalb von Sekunden hunderte von denen aufgescheucht hatte. *Schüsse! Was hatte das zu bedeuten?* Die naheliegendste Möglichkeit war, dass ein Nichtinfizierter, der wie ich lange überdauert hatte, aufgeflogen war. *Hatte er einen Fehler gemacht, und so die Aufmerksamkeit der Monstrositäten erweckt? Hatte der Hunger ihn auf die Straße gezwungen? Hatte er sich einen Tick zu schnell am Fenster bewegt?* Im Augenblick seines Todes hatte er seine Waffe abgefeuert, um möglichst viele von denen mitzunehmen. Die Waffe, die er aus mir unbekannten Gründen besessen und deren Benutzung er bisher tunlichst vermieden hatte. Bis es für ihn – oder sie – keinen Ausweg mehr gegeben hatte. So könnte es sich zugetragen haben. So oder anders. Es gab andere wie mich. Oder es hatte zumindest einen Anderen gegeben. Einen Anderen, der jetzt tot war, gefressen oder infiziert.

*

Ich blieb lange auf der Dachterrasse sitzen. Die Aufregung und die Angst hielten mich im Griff. Der Mond war längst aufgegangen und die Insel – einst eines der beliebtesten mir bekannten Urlaubsziele – lag in völliger Finsternis da. Umgeben von Sternen. Umgeben vom Meer. Bevölkert von Bestien, von tollwütigen Tieren, die einmal Menschen gewesen waren, ihre Menschlichkeit aber längst verloren hatten. Ich hatte den Anderen, der geschossen hatte, nicht gekannt. Und dennoch berührte mich sein Schicksal auf seltsame Art und Weise. Ich war nicht allein gewesen, das wusste ich nun. Mindestens ein Anderer hatte den gleichen Kampf gekämpft. Solidarität und Mitgefühl erfüllten mich. Trauer sogar.

»Ich hoffe, du bist jetzt in einer besseren Welt, Bruder«, murmelte ich in meine Stoppeln, die noch kein Bart waren, und die ich demnächst mal wieder los werden musste. Mein Gebet schloss auch die Möglichkeit mit ein, dass es eine Frau gewesen war, die dort gestorben war. *Bruder, Schwester... was spielte das jetzt noch für eine Rolle?* Das war nicht der Ort und nicht die Zeit für *Gender-Mainstreaming* – einer Unsitte aus der alten Zeit, die ich nicht vermisste.

Ich fühlte mich allein. Früher war ich gern allein gewesen. Hier und jetzt wuchs der Wunsch nach einem Verbündeten. Oder einer Verbündeten. Ein verstreuter Einzelkämpfer hatte das Zeitliche gesegnet. Er hatte ganz in meiner Nähe dieselben Probleme wie ich gehabt: Hunger, Durst, Ungewissheit, Einsamkeit, der Verlust von Menschen, die ihm nahe gestanden hatten und natürlich die Angst. Die allgegenwärtige, alles überschattende Todesangst. Ein intensives, unangenehmes Gefühl. Kaum auszuhalten. Wie lange lebte ich jetzt schon damit? Seit über zwei Wochen! Sie fühlten sich an wie Jahrzehnte. Ich wusste schon kaum noch, dass es einmal anders gewesen war. Der Tumult, der mich umgab, ebbte langsam ab. Die Gestalten beruhigten sich und ließen sich stöhnend durch die Nacht treiben. Ich konnte nicht schlafen und lag lange wach in dieser Nacht. Ein Wunder, dass ich schließlich doch noch einschlief.

*

Am folgenden Tag hingen wieder Infizierte vor meinem Haus herum. Die Welle, die ins Stadtinnere geschwappt war, nachdem die Schussgeräusche die relative Ruhe zerfetzt hatten, war also auch wieder zurückgerollt. Ich zählte neun durch den Gardinenschlitz. *Neun!* Der tätowierte Muskelberg und die Dicke ohne Lippe waren auch dabei. Die anderen sieben sah ich zum ersten Mal. *Was trieb diese verdammten Arschlöcher plötzlich vor mein Haus?* Ich war es leid, Steine, Cappuccino-Tassen oder Blumentöpfe zu werfen. Ich wollte einfach nur meine Ruhe haben! War das zu viel verlangt, verdammte Scheiße nochmal?
Ich schlich zurück nach oben, und warf den vorletzten Topf von den niedrigeren Terrassen. Geschrei, Gerenne, Tumult. Wieder einmal. Dieses Mal von mir verursacht. Ich fragte mich, wie lange es dauern würde, bis ich wieder Schreie hörte, die nichts mit meinen glorreichen Wurfgeschossen zu tun hatten. Ich ging nach unten und überzeugte mich vom Erfolg meines letzten Wurfes. *Blumentopfweitwurf!* Wenn ich diesen Mist hier überlebte, würde ich diese Sportart patentieren lassen. Die hirnlosen Kreaturen waren allesamt auf den Trick hereingefallen und um die Ecke gerannt.
Ich fühlte mich in der Lage, mich halbwegs unbeobachtet mit Spülkastenwasser zu säubern. Meine Ausdünstungen waren jenseits von gut und böse. Sie waren allerdings nichts im Vergleich zu dem Gestank, den meine Toilette

absonderte, sobald ich den Deckel öffnete. Das letzte Mal die Toilette gespült hatte ich nach dem Angstschiss, bevor ich zum Eisladen gegangen war. *Mein Gott, war das lange her.* Jetzt und hier konnte ich mir nicht mehr erlauben, das Klo zu spülen. Selbst wenn ich Wasser dafür übrig gehabt hätte. Der Lärm, den die Spülung machte, konnte meinen Tod herbeiführen. Angewidert klappte ich den Deckel wieder zu. Vielleicht sollte ich demnächst auf den Abort der Selbstmordfamilie ausweichen, deren verwesende Leichen ich Gott sei Dank in einen verschlossenen Nebenraum geschleppt hatte. Die Toiletten der alten Frau und der Nachbarn ließ ich lieber außer Acht. In beiden Wohnungen gammelten Leichen vor sich hin, die ich dummerweise nicht in abschließbare Räume verfrachtet hatte, als dies noch halbwegs machbar gewesen war. Ich hatte damals wahrhaftig andere Probleme gehabt.

Die Luft in meiner Bude war auch schon mal besser. Zumindest unten, wo ich mich kaum noch aufhielt. Ich hatte alles, was sich nach oben verlagern ließ, nach oben verlagert. Meine Vorräte standen neben der Terrassentür im Inneren des Hauses, vor der Waschmaschine. Ich schlief schon seit Tagen nur noch auf der Dachterrasse. Wenn die Sonne den Aufenthalt auf selbiger unerträglich machte, brütete ich in Hajüs Arbeitszimmer vor mich hin. Das Zimmer hatte sogar einen Balkon, auf den ich mich aber absolut nicht vorwagte. Der Balkon war eher ein Nachteil, da er den Blick auf die Straße versperrte, wenn man im Inneren des Hauses bleiben musste. Auf die Straße sehen konnte ich nur von der unteren Etage aus.

Ich traute mich auch nicht, den riesigen, laveden Sonnenschirm aufzuspannen. Ich dachte nur ungern an die Dramen zurück, die mir dieses labberige Scheißding beschert hatte. Es war riesig, bunt und instabil. Zwar konnte man von der Straße aus nicht wirklich auf meine Terrasse blicken, aber ich war trotzdem paranoid ohne Ende. Der Schirm könnte umkippen, wegfliegen, oder wer weiß was noch veranstalten. Der Schirm blieb zu. Punkt.

*

Die Schreie in der Ferne und auch in relativer Nähe nahmen zu. Als der ansonsten ereignisarme Tag dem Ende zuging und der Dosencountdown auf sieben herunter zählte, hatte ich fünf von diesen mir unerklärlichen Tumulten ganz sicher gehört. Das war langsam kein Zufall mehr. Irgendetwas tat sich da draußen. Etwas veränderte sich. Ich stieg einfach nicht dahinter, was es war und warum. Wieso waren die Schreie, die zwischenzeitlich vollkommen aufgehört hatten, jetzt wieder zu hören? *Warum, warum ist die Banane krumm? Darum!* Ich aß heute eine Bulette mit Gemüse und Kartoffeln und starrte auf das Wasser, das keine Antworten auf meine Fragen parat hatte. Leer und unbeteiligt lag es da. Kein Schiff und kein Boot weit und breit.
Bevor ich mich hinlegen wollte, machte ich eine Entdeckung, die mir die Haare zu Berge stehen ließ und mich in absolute Panik versetzte. Im Dämmerlicht – die Nacht schickte sich schon an, das Zepter zu übernehmen – warf ich noch einen Kontrollblick durch den Vorhang und sah *ihn*! *Er* war mir bis hierher gefolgt! Dieser hässliche Bastard mit der Halbglatze und den versifften langen Haaren am Hinterkopf. Dieses schnüffelnde Ungeheuer mit den verblassten Unterarmtätowierungen und den weit auseinander liegenden Augen stand unten auf der Straße in leicht gebückter Haltung. So, als würde er etwas suchen.

Und das tat er auch. Er suchte mich! Der andere Tätowierte, der Muskelberg mit den hervorquellenden Adern, stand auch dort unten herum. Er und bestimmt zwanzig andere, die ich zum Teil noch nie gesehen hatte. *Zwanzig! Verdammte Scheiße, was war hier los? Was sollte das?* Ein bestimmt einsneunzig großer, spindeldürrer Infizierter, dem irgendjemand ein Ohr abgerissen hatte, hob seine Nase in einer fast genießerischen Pose in die Luft, und sog sie hörbar ein.

Jetzt fiel bei mir der Groschen. Es hatte ja auch lange genug gedauert. Manchmal war das eben so bei mir. Manchmal stand ich auf der Leitung und war schwer von Begriff, wie ein beschissener Förderschüler. Doch der Groschen fiel. Langsam – jeder Cent einzeln – aber er fiel. *Der verfickte Groschen fiel!* Wenn es noch einen einzigen Tag länger gedauert hätte, wären wieder Schreie durch die Straßen gehallt. Im Tumult hätte sich meine Tür – aus den Angeln gesprengt – ihrem Schicksal ergeben. Schreiend und lärmend hätte sich ein Schwall aus Infizierten auf meine Terrasse ergossen, oder wo sonst ich gerade gewesen wäre. Hätte ich eine Schusswaffe besessen, dann hätte ich abgedrückt, bis das Magazin leer gewesen wäre. Jetzt wusste ich, was die Schreie, die ich in den letzten Tagen gehört hatte, bedeuteten. Ich sah die Nasen der Kreaturen. Sie waren jetzt frei von diesem gelblichen, ekelhaften Schleim, den ich am Anfang, als dieser Irrsinn begonnen hatte, literweise gesehen hatte. Der einzige Schleim, den ich jetzt noch sah, klebte getrocknet an den zerfetzten, verdreckten Klamotten, die die Kreaturen trugen. *Das war das nächste Stadium der Infektion!* Das Virus hatte seine Träger an die Gegebenheiten angepasst. Die Nahrung, die es noch gab, hielt sich im Verborgenen versteckt. Also entwickelten die Kreaturen die

Fähigkeit, sie zu finden. Deswegen die Schreie in den letzten Tagen. Die Infizierten hatten die, die sich noch versteckt hielten, gewittert. Sie konnten sie jetzt riechen – sowohl die Tiere, als auch die nichtinfizierten Menschen. Einer nach dem anderen wurde wie eine Schnecke aus seinem Haus geschlürft. Warum hatte es bei mir länger gedauert? Vielleicht war es einfach nur Glück. Vielleicht hatte der pestilenzartige Gestank der Leichen aus den umliegenden Wohnungen meinen Geruch überlagert. Vielleicht gab es auch noch andere *Überlebende*, die noch länger durchhielten, und die Schreie würden nach mir noch weitergehen. Das alles war im Moment nicht wichtig.
Wichtig war nur eines: Ich musste hier weg. Ich musste die Wohnung verlassen, noch heute Nacht. Tarnanzug und Wurfgeschosse hin oder her. Wenn sie mich rochen, konnte ich sie nicht mehr lange an der Nase herumführen. Dieser Umstand veränderte alles, und zwar zum Schlimmeren. Die Fragen, wohin ich fliehen konnte und wie ich lebend dorthin kam, waren noch zu klären. Und zwar in Windeseile. Nur Gott wusste, wie viel Zeit mir noch blieb. Ich musste packen. Schnell und leise. Ich würde draußen überleben müssen. *Messer, Speer, die zweite Lampe, Klebeband, die Mallorca Free Map und alles, was an Lebensmittelvorräten noch im Haus war. Der Rasierer, Zahnputzzeug und natürlich der Anzug.* Er musste mit, trotz allem. Ich packte so leise und so schnell ich konnte. Ich wusste zwar nicht, wohin ich sollte, doch ich musste weg.
Mir schoss die Luftmatratze, die unter dem Auto lag, durch den Kopf. *Auf das Wasser! Ich musste aufs Wasser!* Panisch stülpte ich mir den Tarnfetzen über, nachdem ich den gepackten Rucksack auf den Rücken geschnallt und die Tasche umgehängt hatte. Kurz sammelte ich mich und

dachte nach, ob alles Wichtige eingepackt war. So viel Zeit musste sein, solange ich sie noch hatte. Ich nominierte den Hammer, den Dosenöffner, einen Löffel, die Sonnenbrille, das Basecap und die Türschlüssel nach.

Es rumpelte an meiner Tür. War eine der Kreaturen versehentlich dagegen gestoßen? Oder war das der Auftakt zu den nächsten Schreien, die durch die Luft hallen sollten? Ich wollte es nicht wissen. Ich stieg in die Schlaufe, hangelte mich auf den Schuppen und stieg die Gartenmöbel herab. Beinahe verlor ich das Gleichgewicht auf den wackeligen Plastikmöbeln. *Panik.* Ich warf den letzten Blumentopf direkt vor Hajüs Tür, um Restgestalten um die Ecke zu locken. Ein Mordstheater auf der Straße folgte. Ich lief in die Selbstmörderwohnung, als mich ein Geistesblitz heimsuchte. Ich riss die Tür auf, die in den Nebenraum führte, in dem die Leichen lagen. Halb wahnsinnig vor Angst und Ekel wälzte ich mich in den Leichensäften. *Damit sie mich nicht rochen. Damit sie mich verdammt noch mal nicht rochen!* Übelkeit. Der Gestank war unbeschreiblich!

Bei Hajü splitterte die Tür. Mein Domizil war Geschichte. Ein für allemal. Ich öffnete die Wohnungstür der Selbstmörder und schlich auf die Straße. Am liebsten wäre ich gerannt, als wäre der Teufel hinter mir her. In gewisser Weise stimmte das ja auch. Doch ich riss mich zusammen. Die Luftmatratze war noch da. Ich zerrte sie unter dem Auto hervor. Jetzt war es Essig mit meiner Tarnung. Die letzten Meter quer über die Promenade rannte ich. Ich hörte Schreie in der Ferne. Wie ein Wahnsinniger sprang ich auf die Steine und dann ins Wasser. Hinter mir tobte der Tod. Meine Sehschlitze verrutschen. Ich musste weg. *Sofort!* Wie ein Schluck Wasser hing ich mitsamt meinem Gepäck auf der Luftmatratze. Stinkend und traumatisiert. Aber ich lebte.

Noch immer! Und ich schwamm! Weg vom Ufer und einer ungewissen Zukunft entgegen.

Teil 2

Obdachlos

Kapitel 10: Bewaffneter Raub

Hajüs Domizil war dahin. Meine Bastion war gefallen. Der Ort, der mir in einer aus den Fugen geratenen Welt Halt gegeben hatte, war nicht mehr. Mein Refugium, meine Rückzugsmöglichkeit, mein winziges Stück Normalität in einer Welt voller Irrsinn und Tod war mir genommen worden – von einem Feind, dessen Gefährlichkeit mir den Boden unter den Füßen wegzog, und zwar schon bevor er die Fähigkeit entwickelt hatte, mich zu wittern. Hajüs Domizil, die Ferienwohnung, mit der ich viele Erinnerungen verband, war verloren. Nie wieder würde ich auf der Dachterrasse nächtigen. Nie mehr würde ich die Holztür zwischen mir und den Infizierten wissen. Die Tür war gesplittert. Ich hatte es genau gehört. Infizierte waren scharenweise in mein kleines Reich eingefallen. Sie hatten es zu ihrem gemacht, es entweiht, verwüstet und besudelt mit ihrem Gestank. Selbst wenn sie aus der Wohnung wieder verschwinden würden, nachdem sie bemerkt hatten, dass die Schnecke das Schneckenhaus verlassen hatte, dass die Beute geflohen war, könnte ich dennoch nicht zurückkehren. Zumindest nicht für lange. Sie witterten mich. Sie rochen mich jetzt. Das veränderte einfach alles. Nichts war mehr wie vorher. Die Festung war überrannt, erobert, ihr Eingangstor stand schutzlos offen. Der Fels hatte der Brandung nicht standgehalten. Die Ferienwohnung war verloren. Für immer. Nur langsam wurde mir die Tragweite dieses Verlustes bewusst. Genauso langsam dämmerten mir die Konsequenzen der Veränderung, die den Infizierten neue Möglichkeiten an die Hand gab.

Ich schwamm auf der Luftmatratze im nächtlichen Meer und hörte die Geräusche, die vom Ufer kamen. Ich war handlungsunfähig. Mein Gehirn war nicht in der Lage, klar zu denken und mir Ideen zu liefern. Zu frisch waren die Eindrücke, zu einschneidend die Veränderungen. Wenigstens hatte ich den Rucksack auf den Rücken geschnallt. So konnte ich auf dem Bauch auf der Luftmatratze liegen und mit den Armen rudern, damit ich voran kam. *Nur wo wollte ich hin? Wo war ich sicher?* Ich war geschwächt, geschockt und völlig übermüdet. Als dieser Urlaub noch ein Urlaub gewesen war, hatte ich öfters in dieser Haltung auf unserer Luftmatratze gelegen, und war durch das Wasser gepflügt. Jetzt fehlten mir die Kraft und der Wille. Meine Unterkunft, das Einzige was mir noch geblieben war, war zum Teufel gefahren. Die Situation war kritisch. Ich musste mich sammeln, einen klaren Kopf kriegen und darüber nachdenken, was für Möglichkeiten ich noch hatte.

Am liebsten hätte ich den Tarnanzug ausgezogen, in dem flockige, stinkende Batzen hingen – Säfte und Fetzen der verwesenden Selbstmordfamilie. Ihren Geruch anzunehmen, konnte nicht die Zukunft sein. Um keinen Preis der Welt. Eher wollte ich sterben, als mich an diese Form der Tarnung zu gewöhnen. Nachdem meine Flucht aufs Wasser geglückt war, hatte ich mir die Seele aus dem Leib gekotzt. Ich hatte gewürgt und gewürgt, bis absolut nichts mehr in mir war, was ich hätte auskotzen können.

Im Grunde war die Idee genial, den Gestank von Müll und Leichen anzunehmen, damit sie mich nicht rochen, in Kombination mit dem Anzug. Das Problem war: Mein Körper spielte nicht mit. Mein Magen rebellierte schon bei dem Gedanken.

Die Sporttasche, die ich mir umgehängt hatte, lag auf meinem Gesäß. Mein Rucksack wog einen gefühlten Zentner, und der klatschnasse, stinkende Bezug verrutschte bei jeder Gelegenheit. Ich hatte nicht die Zeit gehabt, Hände und Kopf mit Klebeband zu fixieren. Der Stoff hing mir in die Augen und labberte an meinen Armen herum. Ewig konnte ich nicht auf dieser Matratze bleiben. Ich spürte die Erschöpfung und die Müdigkeit in jeder Faser meines Körpers. Ich konnte es mir aber absolut nicht erlauben, jetzt einzuschlafen. Aus mehreren Gründen. Die Strömung könnte mich zurück an Land treiben. Dann hätten diese scheiß Freaks doch noch ihren Fleischhappen, den sie annagen und anstecken konnten, womit auch immer. Die Matratze bot außerdem überhaupt keine Bewegungsfreiheit. Wenn ich einschlief und mich auf die Seite drehte, wie ich es beim Einschlafen immer tat, würde ich kentern – mit Rucksack, Tasche, Speer und Anzug. *Gott bewahre.* Wer wusste schon, ob es mir gelingen würde, mich wieder auf die Matratze zu hieven. Einschlafen war keine gute Idee. Essen oder Trinken konnte ich hier ebenso wenig, ich könnte beim Versuch kentern.
Das Wasser war ziemlich tief an der Stelle, an der ich mich befand. Ich konnte hier nicht stehen, das wusste ich, ohne es probieren zu müssen. Wichtig war, dass ich meine stabile Bauchlage beibehielt und einen klaren Kopf bekam. *Wie sollte es weitergehen?* Diese Frage beschäftigte mich stundenlang. Das Wasser war einigermaßen warm, nach mehreren Stunden begann ich trotzdem leicht zu frieren.
Als der Morgen nicht mehr fern war, wusste ich, was ich tun konnte. Der Plan, der in meinem Schädel herangereift war, hatte jede Menge Tücken, die ich bedenken musste. *Tausend kleine Dinge…* Aber ich hatte eine Chance. Ich mobilisierte

die letzten Kraftreserven und schwamm in Richtung Hafeneinfahrt. Ich war sicher der erste Mensch, der die Einfahrt des winzigen Hafens von *El Molinar* mit einer Luftmatratze durchschwimmen wollte, zwischen der roten und der grünen Markierung hindurch, die einst den Booten den Weg gezeigt hatten. Ich wusste, dass der Hafen, den man auf dem Landweg nicht betreten konnte, weil jemand das Tor abgeschlossen hatte, voller Infizierter war. Ich hatte sie gesehen, als sie von Innen am Zaun gerüttelt und wie die Irren getobt hatten. Damals, vor sechs oder sieben Tagen voller Entbehrungen, als ich zum Supermarkt aufgebrochen war, und der Springer fünf Stockwerke tief gefallen und vor meinen Füßen aufgeklatscht war. Damals, als ich gedacht hatte, es könnte nicht mehr schlimmer kommen. Doch es war schlimmer gekommen. Und es würde in absehbarer Zeit auch nicht besser werden. Außer, ich bekam das, was ich wollte. Ich schwamm an der Außenbegrenzung des Hafens entlang. Ich wusste, welche Gefahren im Inneren lauerten. Dennoch war ich im Begriff, mich auf dem Wasserweg auf das Hafengelände zu begeben, denn dort gab es etwas, das ich unbedingt brauchte: Boote!

*

Bevor ich die Einfahrt durchschwamm, dachte ich über Boote nach. Was wusste ich eigentlich über Boote? Was wusste ich über deren Handhabung? Nicht viel, wie ich zugeben musste. Es gab eine ganze Menge Dinge, über die ich nicht allzu viel wusste. Ich wusste nicht viel über Politik, ich wusste nicht viel über Sport, ich wusste nicht viel über Geschichte, Kultur oder was sonst noch die Menschen beschäftigt hatte. Und ich wusste nicht viel über verdammte

scheiß Boote, außer, dass sie schwammen. Ich war ein lächerlicher, in einen Bettdeckenbezug gehüllter, auf einer neonbunten Luftmatratze schwimmender Haufen Elend mit schlechter Allgemeinbildung, der versuchte, nicht gebissen zu werden. So sah es aus. Ich versuchte, meine Erinnerungen abzurufen, was die Boote im Hafen von *El Molinar* betraf.
An der Küste gab es überall Häfen. Wenn man in Richtung Flughafen lief, kam man an mehreren vorbei. In der anderen Richtung lag gleich neben dem Hafen von *El Molinar* – in dem ich mich befand – der größere Hafen von *Portixol*. Etwas weiter in dieser Richtung folgte der Hafen von *Palma*. Er war eine Klasse für sich, und selbst schon fast eine Stadt. Tausende Boote und Schiffe lagen dort. Abertausende. In allen Formen und Größen. Von der winzigen Schaluppe über kleinere Motorboote bis hin zu den gigantischen Dreißig-Meter-Yachten. Riesige Kreuzfahrtschiffe hatten dort Platz.
Der Hafen von *El Molinar* hingegen war der kleinste von allen. Er war überschaubar, regelrecht winzig. Winzig waren auch die Boote hier. Keines roch nach Luxus, keines war länger als fünf Meter, keines war sonderlich neu. Ich hatte Segelboote gesehen, als ich auf dem Weg zur Schnorchelbucht am Hafen vorbei gelaufen war, damals mit Juliane.
Die Segelboote konnte ich gleich vergessen. Ich hatte nicht den blassesten Schimmer vom Segeln. Ich würde ein solches Boot nie und nimmer aus dem Hafen heraus manövrieren können. Nicht einmal ohne Zeitdruck und ohne dutzende Infizierte, die mir an die Gurgel wollten.
Motorboote hatte ich auch gesehen, dessen war ich mir absolut sicher. Sogar welche von der Sorte, die kleine Fahrerkabinen hatten – überdacht und vier oder fünf Meter lang. Eine feine Sache, solch ein Motorboot. Auch wenn ich

nicht viel über diese Art von Booten wusste, eines wusste ich dann doch: Für ein solches schwimmendes Fortbewegungsmittel brauchte man einen Schlüssel. Genauso, wie man für ein Auto einen Schlüssel brauchte. Neben dem Lenkrad war das Zündschloss. Das war Fakt. Ich glaubte kaum, dass mir ein netter Bootseigentümer einen Zündschlüssel dagelassen hatte. Darauf zu spekulieren, war lebensgefährlich. Wahrscheinlich hatten die Eigentümer die Schlüssel am Mann.

Auf dem Hafengelände gab es nur ein einziges Gebäude: das Restaurant, dessen vergammelte Fischreste jetzt zum Himmel stanken. Das weiße Gebäude hatte noch ein Obergeschoss. Es war nicht vollkommen auszuschließen, dass der eine oder andere Bootsherr seine Schlüssel dort deponiert hatte. Das war aber lediglich eine gewagte These meinerseits. Um aber überhaupt dorthin zu gelangen, hätte ich an etlichen Gestalten vorbei gemusst. Ganz zu schweigen von dem, was vielleicht im Haus noch auf mich wartete. Einen Schlüssel für ein Motorboot dieser Klasse zu ergattern, konnte ich also auch vergessen. So viel Glück würde ich nicht haben. Ich glaubte zumindest nicht daran.

Es blieb noch die Möglichkeit, ein Motorboot kurzzuschließen. Auch davon hatte ich keinen Schimmer. Ich wusste zwar, dass man zwei Drähte, die sich am Zündschloss befanden, aneinander halten musste, aber wenn ich auf mehr als zwei Drähte stieß, war ich aufgeschmissen. Dann sah ich verdammt alt aus. *Dieser Mann starb, als er ahnungslos an Drähten herumfummelte, dabei seine Umgebung vergaß, und in den Arsch gebissen wurde.* So, oder so ähnlich hätte es nachher in der Mallorca Gazette gestanden, wenn es noch Zeitungen gegeben hätte. Um an die dämlichen Drähte heranzukommen, musste man mit

Sicherheit irgendeine Plastikverkleidung aufbrechen. Das bedeutete wiederum Lärm, und es dauerte. Den Schraubenzieher hatte ich ohnehin bei meiner überstürzten Abreise vergessen.

Die Luftmatratze wogte sanft auf dem Wasser, und die Gestalten veranstalteten ihr Stöhnkonzert, während ich meinen trüben Gedanken nachhing. *Diese Welt schenkte einem nichts. Rein gar nichts.* Der Plan, ein Boot zu ergattern, erwies sich bei genauerer Betrachtung als äußerst kompliziert.

Autos hatten Lenkradsperren, die einrasteten, wenn man die Lenkung betätigte, ohne steckenden Schlüssel. Zum Beispiel, nachdem man es kurzgeschlossen hatte. Früher, in der alten Welt, hatte irgendein Schlaufuchs versucht, mit meinem alten Auto eine illegale Spritztour zu unternehmen. Bei dem Versuch, meinen geliebten Schrotthaufen kurzzuschließen und zu stehlen, war er nur wenige Meter weit gekommen. Nämlich genau so weit, bis das Lenkradschloss eingerastet war. Ich hatte mein Auto tags darauf aufgebrochen und halb auf der Straße stehend vorgefunden, als ich mich auf den Weg zu meiner trögen Arbeit machen wollte, beziehungsweise musste. Ein toller Tag war das gewesen. Die Stunden, die ich durch die anschließende Polizeiprozedur verloren hatte, musste ich später wieder reinarbeiten. *Das Leben war schön gewesen, damals.* Oh ja, das war es.

Hatten Motorboote auch solche Lenkradsperren? Vielleicht ja, vielleicht nein. *Irrtum tödlich!* Noch eine weitere Parallele zwischen Autos und Motorbooten gab es: Motorenlärm! In dem Moment, in dem der Bootsmotor losröhrte, würden zehn, zwanzig Infizierte, die sich im Hafen aufhielten, wie die Irren schreiend auf mein Boot zu

sprinten, auf es drauf springen und mir den Kopf abreißen, während Unmassen von Infizierten außerhalb des Hafens wild brüllend auf den Zaun zustürmten. *Verfickte Kacke!*
Wenn ich erst einmal auf dem Wasser war, wäre ich sicher, im Gegensatz zur Straße, aber ich würde nie und nimmer so weit kommen. Ich hatte noch nie ein Boot dieser Art gesteuert. Meine Bootserfahrungen beschränkten sich auf eine Runde Gondeln auf einem See, mit Knutschpause. Ich würde also niemals und unter keinen Umständen das Motorboot schnell genug aus der Lücke manövrieren können. Ich würde wahrscheinlich den Vorwärtsgang mit dem Rückwärtsgang verwechseln, mit dröhnendem Motor irgendwo anecken, und das Zeitliche segnen. Der Hafen war so klein und so eng, dass die Infizierten fast überall im Hafen in der Lage waren, per Sprint auf das Boot zu springen. Wirklich sicher war ich erst, nachdem ich die Ein- und Ausfahrt mit der Grünen und der roten Mole passiert hatte. Keine Sekunde eher. Die Motorboote konnte ich also auch vergessen. Mein Gehirn arbeitete jetzt wieder präzise und zeigte mir gnadenlos die Hürden auf, über die ich stolpern könnte und würde. *Es gab tausend kleine Dinge, auf die man achten musste.* Wenn nicht noch mehr!
Segelboote und Motorboote schieden also aus. Blieben nur noch diese Nussschalen mit Außenbordmotor. Ich hatte mir sogar gemerkt, wo zwei von diesen Dingern gelegen hatten, damals. Details, die ich mir eingeprägt hatte, als ich mit Juliane Tag ein, Tag aus hier vorbei gelaufen war, auf dem Weg zum Strand. Eine dieser Nussschalen war am hinteren Ende des kleinen Hafens festgezurrt gewesen. Dieses Exemplar von Boot hatte schon bessere Zeiten gesehen und über null Ausstattung verfügt. Das zweite Exemplar hatte wesentlich besser ausgesehen. Es hatte direkt vorn am Zaun

gelegen und eine Art Stoffdach gehabt, das mit einer Konstruktion aus Metallgestängen am grauen Rumpf befestigt gewesen war. Der Rumpf schien aus einem plastikähnlichen Material bestanden zu haben, soweit ich mich erinnerte. Das Boot war klein gewesen – so klein, dass man nicht darin liegen konnte – aber vermutlich auch entsprechend leicht. Dieses schnuckelige Wasservehikel hatte mich damals kurzzeitig fasziniert, weil ein roter Plastiktank im hinteren Bereich beim Außenbordmotor drapiert gewesen war. Ich hatte mich damals mit Juliane noch darüber gewundert, wie leicht man dieses Boot vermutlich klauen könnte. Es war damals nur mit einem Seil festgebunden gewesen. Ich konnte nur hoffen, dass das Boot noch da war, und ich nicht irgendein Schloss oder eine Kette übersehen hatte, die den Außenbordmotor vor Diebstählen schützen sollte.
Die Morgendämmerung brach jetzt langsam herein. Wenn ich die Aktion nicht bei Tageslicht durchziehen wollte, musste ich mich beeilen. Einen weiteren Tag auf dieser Luftmatratze würde ich mit diesem Gepäck, in voller Montur, bei praller Sonne nicht durchhalten. Mein Bootsdiebstahl musste jetzt über die Bühne gehen. Ich paddelte so leise es ging in die Richtung, in der ich das Boot meiner Wahl vermutete.

*

Im Dämmerlicht sah ich die Silhouetten im Hafeninneren. Torkelnd, schlurfend, liegend oder schnüffelnd. Hier unbemerkt zu bleiben, war keine leichte Übung. Ich hoffte, dass der klitschnasse Bezug die neonbunte Luftmatratze weitestgehend überdeckte. Ich hatte den Hammer

vorsorglich ganz oben in die Sporttasche gepackt. Meine linke Hand krampfte sich um den Schaft des Speeres. Das getrocknete Blut meiner ehemaligen Nachbarin klebte noch daran und löste sich in Schlieren im Salzwasser auf. Die Dunkelheit wich zwar langsam der Morgendämmerung, war aber noch halbwegs präsent. Ich hatte geschätzt noch eine gute Viertelstunde, bevor die Lichtverhältnisse kritisch wurden und das Tageslicht überwiegen würde. Das Boot lag direkt am Zaun, der die Straße vom Hafen trennte – vorausgesetzt, es war noch da. Das bedeutete, ich musste den Hafen von der Einfahrt aus in Richtung Straße durchqueren. Ich machte nur ganz langsame, vorsichtige Schwimmbewegungen, die ein leises Plätschern verursachten. Auf Plätscher-Geräusche schienen die Infizierten nicht in besonderem Maße anzuspringen. Ich vermutete, dass sie instinktiv nicht damit rechneten, dass Beute aus dem Wasser kam. Mir sollte es recht sein. Ich schätzte die Strecke von der Ein- und Ausfahrt bis zur Anlegestelle des besagten Bootes auf weniger als einhundert Meter. Vielleicht siebzig, doch ich kam nur langsam voran. Am Horizont kündigte sich der Sonnenaufgang an. Ein weiterer Tag, den es ohne ein konkretes Ziel vor Augen zu überleben galt. *Der wievielte Tag in dieser Hölle war das eigentlich?* Der Siebzehnte nach meinem Erwachen, wenn ich mich nicht verzählt hatte. Zeit war relativ geworden. Ich hatte keine Termine, die ich einhalten musste, wen also interessierte es, welcher Tag heute war oder der wievielte?
Aus der Dämmerung schälte sich langsam der Zaun heraus, der den Hafen von der Straße abgrenzte. Weitestgehend lautlos glitt ich an den Motorbooten vorbei, die wie weiße Zähne aneinandergereiht still im Wasser lagen. Sie waren so nah und doch so fern. Unerreichbar für mich. Ich würde sie

nie fahren können, auch wenn sie nur wenige Meter von mir entfernt lagen. Auch in der alten Welt hatte es manches gegeben, dass so nah und doch so fern gewesen war. Frauen zum Beispiel. Schöne Frauen. Kolleginnen, die jeden Tag mit mir gesprochen hatten, die mich zur Begrüßung sogar umarmt hatten, die aber dennoch unerreichbar geblieben waren. Es brachte wenig, in diesem gefährlichen Moment Frauen mit Booten zu vergleichen. Es war wohl besser, wenn ich mich auf meine Mission konzentrierte. Nicht, dass ich noch drauf ging in diesem verfluchten Hafen.

Ich konnte die Umrisse des Objektes meiner Begierde deutlich ausmachen. Die kleine Nussschale mit Außenbordmotor, die den Begriff Boot kaum verdiente, lag genau dort, wo ich sie vermutet hatte. Meine Erinnerungen waren korrekt. Jetzt begann der komplizierte und auch gefährliche Teil. Ich musste den Kutter lautlos aus dem Hafen bekommen. Ich dachte nicht im Traum daran, hier im Hafen am Motor herum zu fummeln. Ich kannte mich mit Außenbordmotoren ohnehin nicht wirklich aus. Es gab einen Seilzug, mit dem man den Motor startete, indem man kräftig daran zog. Das wusste ich. Ich wusste aber auch, dass es unter Umständen mehrere Anläufe brauchte, bis das Ding ansprang. Die ganze Prozedur war vergleichbar mit dem Starten älterer Motorräder, bei denen man mit Schmackes eine Art Pedale treten musste, um den Motor zum Laufen zu kriegen. Selbst wenn der Motor sofort anging, würde der Lärm alles an Infizierten mobilisieren, was das Hafengelände zu bieten hatte. Lenken konnte man das Boot, indem man den Motor entsprechend drehte. Das war alles, was ich über Außenbordmotoren wusste. Wo das Gas war, ob es bei der Benzinzufuhr etwas zu beachten gab, ob es einen Rückwärtsgang gab und dergleichen wusste ich hingegen

nicht. Den Motor unter die Lupe nehmen und ausprobieren konnte ich später. Außerhalb des Hafens, in Sicherheit und bei Tageslicht.
Zunächst musste das Seil durchtrennt werden, mit dem das Boot festgebunden war. Alternativ dazu könnte ich auch den Knoten lösen. Ich entschied mich für die erste Variante. An den Knoten kam ich schlecht heran, ohne mich auffällig zu bewegen. Das Messer hatte ich griffbereit, doch das Seil bestand aus irgendeinem synthetischen Zeug und war hartnäckig. Immer noch bäuchlings auf der Matratze liegend säbelte ich angestrengt mit der freien Hand daran herum. Meine Armmuskeln und meine quasi nicht vorhandenen Bauchmuskeln schmerzten, da ich den Oberkörper leicht anheben musste. Wäre eine Aerobic-Trainerin vor Ort gewesen, hätte sie sicher einen Fachbegriff für die lächerliche Übung parat gehabt, die ich hier auf der Luftmatratze zum Besten gab. Nach einer halben Ewigkeit gab das verdammte Seil endlich nach.
Ich schwamm mit der Luftmatratze an den Zaun und hielt mich an ihm fest. Derart stabilisiert zog ich das Boot aus der Parkbucht und gab ihm einen Schubs Richtung Hafenausfahrt. Dieser Teil ging überraschend einfach. Das Boot ließ sich mit seinem Kunststoffrumpf ziemlich leicht schieben. Ich folgte dem Kutter mit der Matratze und überlegte, ob ich direkt ins Boot wechseln sollte. Ich entschied mich dafür. Das Geplätscher, das ich dabei verursachte, war ganz schön auffällig. Und die Luftmatratze war ganz schön neonfarben, nachdem der Bezug den Blick auf sie freigegeben hatte. Ich hatte ein ganz mieses Gefühl, als ich im Boot war. Vielleicht hätte ich doch länger auf der Matratze bleiben und versuchen sollen, das Boot irgendwie rauszuschieben. *Hätte, hätte, hätte.* Ich hatte nicht! Basta!

Ich versuchte, mich mit dem Speer an einem anderen Boot abzustoßen. Um ein Haar wäre ich an dem glatten Rumpf abgerutscht. Langsam wurde es auch zu hell für meinen Geschmack. Die Luftmatratze leuchtete förmlich in der Morgendämmerung. Eine innere Stimme raunte mir zu: *leg den Hammer bereit, jetzt sofort!* und ich tat es. Den Speer parkte ich im Boot, auch wenn für ihn kaum genug Platz vorhanden war, durch die erhöhte Sitzbank in der Mitte. Hinter der Sitzbank war der rote Plastiktank befestigt, der einem Kanister ähnelte. Ich stand jetzt halb im Boot und hangelte mich an den anderen Booten entlang. Auf diese Weise zog ich mich und den Kutter in Richtung Ausfahrt. Als ich noch ungefähr die Hälfte der kurzen Bootsreihe vor mir hatte, geschah genau das, was ich tunlichst hatte vermeiden wollen. Ich wurde bemerkt. Ein Schrei durchschnitt die relative Ruhe mit erbarmungsloser Härte. Jetzt kam Leben in den Hafen. Ich beschleunigte meine Bemühungen, das Boot Richtung Ausgang zu zerren. Aus der Richtung des Fischrestaurants kamen die Gestalten angestürmt. Wenigstens sah ich keine Kreaturen, die sich auf der Seite der Boote aufhielten, an denen ich mich entlang hangelte. Hinter diesen Booten war ein schmaler Steg, an dessen anderer Seite auch Boote lagen.
Meine Zerrbemühungen waren jetzt hektisch, regelrecht panisch. Ich brauchte nicht mehr leise und vorsichtig zu sein, denn ich war aufgeflogen. Die Gestalten hatten offenbar unterschiedliche Auffassungen von der Gefahr des Wassers. Obwohl die Stelle, an der ich mich befand, ziemlich eng war, und ein beherzter Sprung mit Anlauf genügt hätte, um mich zu erreichen, zögerten die Kreaturen. Das tiefe Wasser war gefährlich für sie. Wie aufgescheuchte wilde Hunde rannten sie unschlüssig auf und ab. Als wären sie unsicher, ob sie an

mich heran kommen konnten. Die Risikobereitschaft unter ihnen schien zu variieren. Ich zog mich und den Kutter wie der Teufel in Richtung Ausfahrt an den Booten entlang. Deren Reihe endete bald. Danach folgte ein offenerer Bereich, in dem ich relativ sicher wäre, mich aber nirgends festhalten konnte. Dort würde ich paddeln müssen.
Jetzt ertönte ein besonders prägnanter Schrei. Ein infizierter Mann im mittleren Alter sprintete den Steinplatz vor dem Restaurant entlang und auf den Steg, der direkt zu meiner gegenwärtigen Position führte. Mir stellten sich die Nackenhaare auf. Dieser Typ nahm Anlauf. Das war eindeutig. Eine infizierte Frau tat es ihm mit einem Gekreische, das in den Ohren schmerzte, gleich. Der Typ sprang vom Steg seitlich auf ein Boot, von dem aus er zu mir abspringen wollte. Zu meinem Glück hatte er ein leichteres Boot als Absprungplattform gewählt. Es gab unter dem Druck des Sprungs nach, so dass der Infizierte seitlich wegrutschte, mit dem Kopf gegen den Rumpf schlug und in das Wasser stürzte. Es war ein widerliches dumpfes Geräusch, als der Kopf mit dem Rumpf kollidierte und eine rote Spur auf dem Weiß des Bootes hinterließ. Noch schlimmer aber waren die Geräusche, die der Infizierte im Wasser machte. Er wollte schreien, gurgelte aber nur, da er Wasser in den Mund bekommen hatte. Er konnte nicht schwimmen. Die Infektion hatte das Gehirn dermaßen geschädigt, dass sogar die rudimentärsten Fähigkeiten abhanden gekommen waren. Das war bei allen Infizierten so, die ich bisher gesehen hatte. Er gurgelte, röchelte und bewegte sich derart heftig, dass das Wasser um ihn herum wild spritzte und schäumte. Das war ein Todeskampf. Nicht mehr und nicht weniger.

Jetzt war auch die Frau heran. Ich schrie vor Anspannung, ohne es zu merken. *Ein schreiender, nasser Bettdeckenbezug, dessen Sehschlitze verrutschten.* Den Hammer hielt ich fest umklammert. Die Frau stellte es geschickter an als ihr männlicher Kollege. Sie sprang direkt vom Steg ab, der schräg vor mir endete, und verzichtete darauf, die seitlich liegenden Boote zu frequentieren. Ausgerechnet diese Stelle war die gefährlichste im ganzen Hafen. Der Aufprall war verheerend. Sie erwischte mich frontal und riss Teile der Verankerung heraus, an der das Stoffdach des Bootes befestigt war. Das Boot drohte zu kentern, so heftig schaukelte es. Der Speer fiel ins Wasser. Ich stürzte und fiel ebenfalls, nicht ohne vorher gegen eines der Boote hinter mir zu krachen. Ein stechender Schmerz durchfuhr meine Schulter. Ich hatte Glück im Unglück. Ich hätte mir auch den Kopf stoßen und ohnmächtig werden können. Dann wäre ich ertrunken. Hektisch riss ich am Tarnanzug herum, bis ich wieder etwas sah. Ich war im Wasser, in der Nähe des Kutters. Die Sporttasche, die immer noch um meine Schulter hing, zog an mir. Ich durfte sie unter keinen Umständen verlieren. Meine Konserven waren da drin. Auch der Rucksack zerrte an mir, und der verfluchte Bettdeckenbezug behinderte mich, klatschnass wie er war, in meiner Bewegungsfreiheit. Trotzdem gelang es mir, mich mit einer Hand am Boot festzuhalten. Wie durch ein Wunder hatte ich den Hammer nicht verloren. Neben mir kämpfte die Infizierte mit den Wassermassen. Mein Körper setzte ungeahnte Kräfte frei. Von Todesangst getrieben schüttete er Unmengen von Adrenalin aus. Ich wusste nicht wie, aber es gelang mir, ins Boot zu kommen. Als ich drin war, bekam die Infizierte im Wasser den Bootsrand zu fassen. Sie kreischte wie von Sinnen und riss am Rumpf. Sie versuchte, nach mir zu greifen und mich zu fassen zu bekommen. Von Panik getrieben schlug ich reflexartig mit dem Hammer zu. *Ich schlug auf ihren Kopf.* Wieder und wieder. Bis ihre Bewegungen erlahmten und sich das Wasser im Licht der aufgehenden Sonne rot färbte. Hinter mir röchelte und strampelte noch immer der männliche Angreifer.

Ich zerrte mich am letzten Boot der Reihe entlang in Richtung Ausfahrt, die nur in Zeitlupe näher zu kommen schien. Ich besaß die Geistesgegenwart, den im Wasser treibenden Holzspeer wieder an mich zu nehmen. Auf den letzten Metern war so ziemlich alles schief gelaufen, was schief laufen konnte, aber ich lebte. *Ja, ich lebte noch immer!* Ich lachte wie ein Irrer, während um mich herum die Infizierten tobten. Grauenhafte, zerlumpte, blutige Gestalten. Sie tobten im Hafen und außerhalb. Mein Bootsdiebstahl war weiß Gott nicht unbemerkt geblieben.

Die Zahl der Infizierten innerhalb des Hafens war einigermaßen überschaubar. Aber draußen hatten sich hunderte versammelt. Ein Wunder, dass der Zaun hielt.

Jetzt war mir alles egal. Ich hatte die Boote, an denen ich mich festhalten konnte, hinter mir, und war im vorderen weitläufigeren Teil des Hafens angekommen. Ich zog am Seilzug des verdammten Motors. Nichts geschah. Ich zog nochmals. Wieder nichts. *Na toll. Waren denn alle Mächte der Erde gegen mich?* Ich legte den Tarnfummel ab und ließ ihn ins Boot klatschen. Den brauchte ich im Moment nicht mehr. Endlich konnte ich die Sporttasche und den Rucksack ablegen, die durch die Nässe doppelt so schwer waren. Ich trieb auf die Ausfahrt zu, wo es noch einmal gefährlich schmal wurde. Ich benutzte meine Hände als Paddel, um voran zu kommen. Das Dach des Bootes hing auf halb acht. Eine Halterung war aus ihrer Verankerung gerissen worden.

Ich paddelte und paddelte. Der Anblick musste erbärmlich gewesen sein, aber ich schaffte es, den Hafen zu verlassen. Hinter mir brüllten und kreischten die Kreaturen, als ich zwischen der roten und der grünen Markierung hindurch fuhr, die mit Lampen versehen waren, die einst geblinkt hatten. Einige Kreaturen kletterten auf den Steinen der Ausfahrt herum, doch sie sprangen nicht. Wieder einmal war ich dem Tod nur knapp von der Schippe gesprungen.

Kapitel 11: Die Nussschale

Wenigstens spielte der Wind heute nicht gegen mich, und verschonte mich mit endlosem Gebläse. Es war windstill. Keine Wellen machten mir das Leben schwer und versuchten, mich mit aller Kraft zurück an Land zu spülen. In meiner frisch eroberten Nussschale hätte ich gegen unermüdlich anrollende Gischt-Kämme schlechte Karten gehabt. Ich war dem Hafen entkommen und mühsam etwa zehn Meter bis nach der Ausfahrt gepaddelt. Zentimeterweise. Ähnlich, wie vorher auf der Luftmatratze, lag ich bäuchlings vorn am Bug, an dem das Boot spitz zulief, und ruderte mit beiden Händen. Nur war dieser Kahn ungleich schwerer zu bewegen als die federleichte Luftmatratze, die jetzt herrenlos im Hafen trieb. Mit diesem Verlust konnte ich im Moment leben. Ich hätte die Matratze auf dem winzigen Kutter ohnehin nicht unterbringen können, außer ich hätte die Luft abgelassen. Eine Luftmatratze wieder aufzublasen, grenzte aber zumindest für mich an Schwerstarbeit, ganz besonders in meinem Zustand.

Vom Luftmatratze-Aufblasen war mir schon vor der Katastrophe, die diese Insel heimgesucht hatte, immer schwindelig geworden. Ich hatte mehrere Pausen machen und mir Julianes Sticheleien bezüglich meiner Heldenhaftigkeit anhören müssen. Schließlich hatte sie eine Fuß-Pumpe von minderer Qualität erworben, die in Hajüs Domizil jetzt ihren ewig währenden Ruhestand genoss. Dort würde in absehbarer Zeit keiner mehr eine Luftmatratze aufpumpen.

Den Verlust der neonfarbenen Luftmatratze hatte ich sowieso irgendwie einkalkuliert. Erstens hatte ich jetzt ein

Boot, und zweitens wusste ich von zwei weiteren Luftmatratzen in der Schnorchelbucht. Wenn ich eine brauchte, würde ich eine bekommen. Wenn es nur mit Nahrungsmitteln genauso einfach wäre.
Ich hörte erst einmal auf mit meinen Ruderbemühungen, musste aber wachsam bleiben. Nicht, dass mich irgendeine Strömung wieder in Richtung Hafen trieb, langsam und fast unmerklich. Die Gestalten, die sich im Inneren des Hafens befanden, waren mir bis zur Ausfahrt gefolgt. Sie kletterten auf den Steinen am äußersten Rand entlang. Sie standen oder liefen an der Grenze zum Wasser herum. Sie behielten mich knurrend, geifernd, stöhnend und auch abgehackt schreiend im Auge. Sie hatten mich noch nicht abgeschrieben. Nichtinfizierte Menschen waren rar geworden in letzter Zeit. Ich war so etwas wie die Nadel im Heuhaufen, der Diamant im Schlammfeld, der Eimer Wasser in der Wüste. Aber sie kamen nicht an mich heran, diese Bastarde. Ich wollte alles mir Mögliche daran setzen, dass es auch so blieb.
Ich war mit meinen Kräften so ziemlich am Ende und verschnaufte kurz. Eine schlaflose Nacht auf der Luftmatratze lag hinter mir. Ich war völlig fertig. Ich besah mir die Figuren am Hafen etwas genauer. Ich würde mich absolut niemals an diese Gesellschaft gewöhnen. Die Morgensonne strahlte und läutete einen weiteren wettermäßig fantastischen Urlaubstag ein. Sie hatte wohl noch nicht mitbekommen, was hier unten los war. Ich sah Typen mit freien Oberkörpern, die bedeckt waren mit Dreck, Blut und getrocknetem, bernsteinfarbenem Schleim, der ihnen im Anfangsstadium massenhaft aus Nase und Mund gelaufen war. Auch sie hatten diese hervorquellenden Adern, die ich bei dem tätowierten Fitnesstyp vor der

Ferienwohnung schon gesehen hatte. Das Virus veränderte die Körper vermutlich und machte sie leistungsfähiger.
Auch diese Typen – Einheimische, die wohl vor dem Ausbruch des Infernos friedlich an ihren Booten gearbeitet hatten – sahen nicht so aus, als würden sie in nächster Zeit einen Schwächeanfall erleiden. *Wo nahmen diese Gestalten ihre Kraftreserven her?* Hatten sie hier regungslos verharrt und kaum Energie verbraucht, als es nichts mehr zu holen gab? Es war müßig, über deren Energiehaushalt nachzudenken, ich musste mir eher Sorgen um meinen machen. Die letzten Stunden hatten mich vollkommen ausgelaugt. Ich war müde. Meine drei ständigen Begleiter nagten an meiner Substanz und an meinem Verstand – der Hunger, der Durst und die Angst.
Zwei Dutzend blutrote Augenpaare starrten mich an. Bräunlich verfärbte Zahnreihen gierten danach, sich in mein Fleisch zu schlagen. Ich sah eine Gestalt mit einem einst pinkfarbenen Polohemd und ehemals weißen Leinenhosen. Ein Playboy. Er war sicher im Restaurant essen gewesen, als es passiert war. Die Uhr, die an seinem Handgelenk glänzte, hätte in der alten Welt für mehrere Monatsmieten gereicht. Sie tickte unbeeindruckt von der ganzen Scheiße vor sich hin und zeigte eine Zeit an, die keinen mehr interessierte. Eine gewisse Tragik wohnte dem Szenario inne. Die Leinenhosen hatten riesige Blutmassen abbekommen. Sie waren um die Knie herum zerschlissen und löchrig. Das blonde Haar der sonnengebräunten Gestalt, die wohl auf die Fünfzig zuging, war klumpig vom getrockneten Blut.
Verwundungen sah ich auch hier überall. Ich sah Bisswunden, Schürfwunden, Schnitte und Prellungen. Bei einigen konnte ich Verletzungen im Gesicht ausmachen, die vom Zaun zu stammen schienen. Ich erinnerte mich an die

Gestalten, die sich von innen durch den Zaun drücken wollten – damals, als ich draußen um mein Leben fürchten musste, nachdem dieser Wahnsinnige fünf Stockwerke tief gefallen war. Auch hier im Hafen hatte es zwei besonders risikofreudige Exemplare gegeben, die mir entgegen gesprungen waren, und jetzt tot im Wasser trieben. Vielleicht verspeisten die anderen ihre Überreste noch, wenn sie nah genug an Land trieben. Ansonsten erledigten das die Fische.
Eine Frau, die vor der Infektion unwahrscheinlich attraktiv gewesen sein musste, riss mich mit ihrem Gekreische aus meinen Gedanken. Ihr Sommerkleid hing in Fetzen an ihrem Körper, der von Adern durchzogen war. Sie war bestimmt die Begleitung des Playboys. Dort, wo einst ihre Ohrringe gehangen hatten, klafften jetzt Risse in den Ohrläppchen. Sie streckte ihre zerschundenen, blutigen Klauen mit eingerissenen und abgebrochenen Fingernägeln in meine Richtung, und winselte wie ein angeschossener Hund.
Ich musste weg hier. Ich musste diesen scheiß Außenbordmotor in Gang bekommen. Ich nahm ihn genauer in Augenschein, und entdeckte gleich mehrere Hebel und Schalter an dem Ding, deren Funktionen ich nicht kannte. Woher auch? Ich kam aus einer deutschen Großstadt. Dort kam man nicht unbedingt in Berührung mit beschissenen Außenbordmotoren.
Am vorderen Ende des Motors, wo sich auch der Seilzug befand, war eine Art Knubbel, den man herausziehen konnte. Spontan musste ich an die uralte Karre denken, die ich als Jungspund gefahren hatte. Mein erstes Auto. Nachdem ich den Führerschein gemacht hatte, war diese Möhre mein ganzer Stolz gewesen, bis sie nur noch durch Rost und Spucke zusammen gehalten worden war. Diese Karre hatte einen Schockknopf gehabt, der dem Motor im kalten

Zustand mehr Benzin zuführte, wenn man ihn zog. Im Winter ohne gezogenen Schock zu starten, war ein Ding der Unmöglichkeit gewesen. Die guten alten Zeiten! Solche Autos gab es heute nicht mehr. Schockknöpfe waren ein Relikt aus der Steinzeit, zumindest was Autos betraf. Wie das bei Außenbordmotoren war, wusste ich nicht. Was ich aber wusste, war, dass dieser Knopf hier genauso aussah, und der Motor selbst auch nicht mehr der neueste war.

Links am Motor befand sich ein kleiner Hebel, der sich in mehrere Positionen drehen ließ. Er war auf Mittelstellung und konnte sowohl nach vorn, als auch nach hinten gelegt werden. Pfeile zeigten in die jeweiligen Richtungen, die mit den Buchstaben *R* und *F* markiert waren. *F* für *Forward* und *R* für *Reverse*. Vorwärts und Rückwärts. Die Mittelstellung war wohl der Leerlauf. An der rechten Seite des Motorengehäuses war der große Griff angebracht, mit dem man den Motor insgesamt drehen konnte, um das Boot zu lenken. Der vordere Bereich des Griffes war zusätzlich ummantelt und ließ sich drehen. Das hatte ich in der Art schon bei Motorrädern gesehen. Hier gab man Gas. Die Aufschriften *Start*, *Slow* und *Fast* waren unmissverständlich. Bisher konnte ich mir einen Reim auf alles machen – Gang, Gas, Schock, Lenkung, Seilzug-Anlasser.

An der Seite fand ich noch einen weiteren Schalter. Er ließ sich in zwei Positionen legen. Die Optionen, die ich hier durchprobieren konnte, hielten sich also in Grenzen. Das Symbol wies darauf hin, dass dieser Schalter eine Art Benzinhahn zum Öffnen und Schließen war.

Direkt am Griff gab es außerdem noch einen roten Knopf, neben dem das Wort *Stop!* auf einem halb verwitterten Aufkleber zu lesen war. Der Knopf ließ sich ein ganzes Stück herausziehen. Er wurde hinten, an dem Teil der sich

herausziehen ließ, schmaler. Ließ ich ihn los, schnappte er wieder zurück. Was ich absolut nicht entdecken konnte, war ein Zündschloss. Offenbar hatte dieser ältere, kleine, wahrscheinlich ziemlich schwache Motor keine derartige Sicherheitsvorkehrung nötig. Auch eine Kette zur Sicherung des Motors war nicht vorhanden.
Entweder, der Bootsbesitzer hatte an das Gute im Menschen geglaubt, oder – was mir bei genauerer Betrachtung wahrscheinlicher vorkam – der Hafen war bewacht worden. Auf Videokameras hatte ich bisher nicht geachtet und wollte das auch jetzt nicht nachholen. Vermutlich hatte ein Stellplatz im Hafen ein gewisses Sümmchen gekostet. Einige Einheimische hatten hier sicher Wächterjobs gehabt, um Tag und Nacht das Geschehen im Hafen unauffällig im Auge zu behalten. Vielleicht war unter den Infizierten sogar ein Hafenwächter. Außerdem war der Hafen umzäunt und nur durch das jetzt abgeschlossene Tor passierbar. Das Tor war wegen des Restaurants tagsüber zwar offen gewesen, aber Besucher, die nicht ins Restaurant, sondern zu den Booten wollten, ließen sich pro Tag vermutlich an zwei Händen abzählen. Alles hier war überschaubar. Der Hafen war winzig. Die Zahl der Boote, die hier lagen, konnte ich nur schätzen, aber viele waren es nicht. Vielleicht einhundert, wenn überhaupt. Möglich, dass die Hafenwächter sogar gewusst hatten, welches Gesicht zu welchem Boot gehörte. Die etwas größeren Boote hatten zudem Zündschlösser, davon war fest auszugehen.
In der hinteren Ablage meines erbeuteten Wasserfahrzeugs befand sich der rote Plastiktank, der mich beim Vorbeigehen früher so fasziniert hatte. Der Tank war mittels Schlauch mit dem Motor verbunden. Auf dem Tankdeckel befand sich ein Schraubventil mit den Aufschriften *Open* und *Close*. Die

Drehrichtungen waren mit entsprechenden Pfeilen markiert. Man konnte also den Tankdeckel ganz abschrauben, um den Tank zu füllen, und man konnte bei geschlossenem Tankdeckel dieses Ventil separat öffnen. Ich überlegte, wozu das gut sein sollte, kam aber absolut nicht darauf. Der Tank war gut dreiviertel voll und fasste insgesamt sechzehn Liter. An dem Schlauch, der Tank und Motor verband, befand sich eine ballförmige Handpumpe aus Gummi. Damit konnte Benzin zum Motor gepumpt werden. Schließlich konnte der Motor nicht anspringen, wenn Luft im Schlauch war. Das erkannte sogar ein Laie, wie ich einer war. Jetzt dämmerte mir auch, wozu das Ventil am Tankdeckel gut war. Wenn der Motor Benzin zog, musste oben durch das Ventil Luft nachrücken können, sonst entstand im Tank Unterdruck. *Tausend Dinge, auf die man achten musste.*

Bevor ich mich dem Anlassen des Motors widmete, brachte ich das Dach, dass die Infizierte aus der Verankerung gerissen hatte, wieder in Ordnung. An einer Seite war eine Schraube herausgeplatzt, mit der das Gestänge am Boot festgemacht war. Das war irreparabel, aber ich konnte die Stange zumindest wieder in das dafür vorgesehene Loch stecken. Solange kein übermäßiger Wind ging, würde das halten. War es doch einmal windig, könnte ich immer noch den Stoff abnehmen.

Der Moment der Wahrheit war gekommen. Ich versuchte, mich trotz der nervenzerrenden Geräusche, die die Infizierten machten, auf die vor mir liegende Aufgabe zu konzentrieren. Dass der Motor im Hafen nicht angesprungen war, konnte verschiedene Ursachen haben. Hier und jetzt hatte ich genügend Sicherheit vor den Infizierten und die nötige Zeit, um Ursachenforschung zu betreiben.

Zunächst stellte ich den Benzinhahnschalter auf die geöffnete Position. Den Richtungshebel ließ ich auf der Mittelstellung, welche hoffentlich bedeutete, dass sich der Motor im Leerlauf befand. So würde sich die Schraube im Wasser nicht unvermittelt drehen und mich in eine Richtung katapultieren, die vielleicht gerade falsch war. Mit Handbewegungen im Wasser richtete ich das Boot so aus, dass die Bugspitze vom Hafen weg zeigte. Ich zog den vermeintlichen Schockknopf und bewegte den Gasgriff auf die Startposition. Anschließend öffnete ich das Belüftungsventil des Tanks und betätigte die Handpumpe am Schlauch mehrfach. Es gab durchaus einiges zu beachten, stellte ich verwundert fest. Ich hatte es mir weniger kompliziert vorgestellt.
Jetzt wurde es ernst. Gleich würde ich wissen, ob der Motor mitspielte. Mein Herz klopfte vor Aufregung und meine Hände waren kalt. Wenn ich diesen Motor nicht zum Laufen brachte, was machte ich dann? Die Luftmatratze war weg, meine Vorräte waren im Boot und an Land wartete der Tod – oder etwas, das vielleicht schlimmer war als der Tod. Ich wollte nicht darüber nachdenken. Ich zog am Seilzug. *Nichts.* Ich zog noch einmal. Stärker jetzt. *Wieder nichts.* Mit zitternden Knien ließ ich mich auf die Sitzbank fallen. Die Infizierten am Hafenrand tobten. Einer von ihnen, der Typ mit dem rosafarbenen Polohemd, sprang jetzt. *Lernten diese Freaks denn nicht aus ihren Fehlern?* Sein Todeskampf im Wasser nahm kein Ende und versetzte die anderen noch mehr in Rage. Ich musste hier weg. Ich wollte mir die Ohren zuhalten, um das Geblubber und Geröchel des wild strampelnden Ertrinkenden nicht hören zu müssen. Grauenhafte Minuten gingen ins Land, bis der Playboy endlich tot war.

Ich drehte mehrfach am Gashebel, um mehr Benzin zu kriegen, pumpte den Gummiball und zog wie ein Irrer am Seilzug. Aber dieser verfickte Motor sprang partout nicht an. Ich hätte heulen können vor Wut. Ich streckte meinen Mittelfinger gen Himmel, um Gott zu zeigen, was ich von ihm hielt. Ich hatte gigantischen Hunger und wollte nur noch hier weg. So schnell wie möglich. Einfach nur weg. Doch der Motor streikte. In meinem Kopf rauschte es. Die Infizierten waren außer Rand und Band. Ich versuchte durchzuatmen, um mich zu beruhigen. Ich brauchte einen klaren Kopf. Ich schaute mir alles genau an. Dabei stellte ich fest, dass das Boot die Aufschrift *Whaly* trug. War das der Name, der Hersteller oder die Typenbezeichnung dieses glorreichen Wasservehikels? Egal. Alles was jetzt zählte, war der Motor. Ich wusste nicht, was ich falsch gemacht haben sollte. Der Benzinschlauch war fest, an beiden Seiten. Ich stellte den Benzinhahn auf die geschlossene Position und versuchte es erneut. *Nichts.* Es hätte mich auch gewundert, wenn das Teil mit geschlossenem Benzinhahn angesprungen wäre. Aber manchmal war ich ein Idiot und brachte Sachen durcheinander. Probieren ging über studieren. Ich öffnete den Hahn wieder. Ich musste aufpassen, dass ich nicht durchdrehte, dehydrierte oder einen Nervenkollaps bekam. Mir schwindelte. Ich musste mich setzen. Ich keuchte vor Panik und Wut.

Die Nussschale von Boot war den Infizierten, die tobten wie vom wilden Hafer gestochen, gefährlich nahe gekommen. Ich trieb unmerklich ab. Dieses Gerudere mit den Händen war mühsam und uneffektiv. So klein dieses Boot auch war – ich schätzte es auf drei Meter Länge – für diese Art der Fortbewegung war es dann doch zu groß. Ich musste mich ziemlich weit vornüber beugen, um meine Griffel ins Wasser

zu bekommen und zu rudern. Eine gewisse Höhe hatte der Bug, im Gegensatz zur Luftmatratze. Nur langsam entfernte ich mich wieder von dem kreischenden Pulk. Ich schaute mir alles noch einmal genau an. Ich ging wie mit einer unsichtbaren Checkliste alles genau durch.
Schließlich blieb mein Blick an dem roten Knopf hängen, neben dem der Aufkleber mit der Aufschrift *Stop!* prangte. Ich zog ihn heraus und ließ ihn wieder los. Er schnappte in seine Ausgangsposition zurück. Ich zog ihn erneut heraus und riss mit der anderen Hand am Seilzug. *Der Motor sprang an.* Ein Geräusch wie Engelsgesang. Töne, die von einer versinkenden Zivilisation kündeten. Abgase – welch fantastischer Geruch. Als ich den roten Knopf losließ, erstarb der Motor augenblicklich. Was war das für eine komische Konstruktion? Eine rudimentäre Vorrichtung, die vor Diebstahl schützen sollte? Offenbar musste man irgendein Spezialteil zwischen den schmaleren Bereich des Knopfes klemmen, um ihn am Zurückschnappen zu hindern. Schnappte der Knopf zurück, ging der Motor aus.
Vom Ufer toste ein Meer aus Schreien zu mir herüber. Der Motorenlärm hatte einiges Aufsehen erregt. Ich startete den Motor erneut und achtete genau darauf, den roten Knopf nicht zurückschnappen zu lassen. Jetzt hätte ich eine dritte Hand gebraucht. Ich verrenkte mich, um an den links liegenden Schalter zu kommen, ohne den Lenkhebel mit dem roten Knopf loszulassen. Als ich den Schalter auf *F* legte, drehte sich die Schraube und das Boot bewegte sich langsam vorwärts. Die Infizierten am Hafen waren außer sich. Ich drehte den Gasgriff von *Start* auf *Slow* und dann auf *Fast*. Der Kutter nahm Fahrt auf. Ich schrie vor Freude, als die Anspannung von mir abfiel. Ich entfernte mich gute zweihundert Meter vom Hafen, erst dann ließ ich den roten

Knopf los. Ich brauchte dringend eine Pause. Ich musste etwas essen und etwas trinken. Danach würde ich weiter sehen.

*

Der Dosencountdown tickte auf sechs herunter. *Königsberger Klopse auf hoher See.* Das hatte ich mir verdient. Gott sei Dank hatte ich bei meiner überstürzten Flucht an den Dosenöffner gedacht. Er hatte gut sichtbar neben den Dosen gelegen. Nicht auszudenken, was für ein lächerliches Bild ich jetzt abgegeben hätte, wenn ich ohne Dosenöffner aufgebrochen wäre. *Ein Typ mit sieben Konservendosen und einem Mordshunger auf einem Kahn namens Whaly, ohne Dosenöffner.* Ein Bild für die Götter. Wobei, ein Bild für die Götter gab ich auch so ab. Ich hatte sämtliche Klamotten ausgezogen und im Meerwasser ordentlich durchgespült. Der Salzgehalt würde meinen geliebten Bügelfaltenhosen nicht gut tun, aber Aussehen war mittlerweile ohnehin sekundär.

Ich wusste selbst nicht so genau, warum ich Bügelfaltenhosen mochte. Ich war schließlich das komplette Gegenteil von diesen abgefuckten Anzugträgern der alten Welt. Ich hasste diese Schlipsaffen aus tiefstem Herzen. Auch jetzt noch. Aber Bügelfaltenhosen, kombiniert mit schlichten aber edlen weißen Turnschuhen und einem weißen Polohemd – das hatte was. So pflegte ich mich zu kleiden.

Neuerdings trug ich darüber gern einen ockerfarbenen Bettdeckenbezug mit Sehschlitzen und separater Kopfhaube. *Meine Güte!*

Gegenwärtig war ich allerdings nackt. Das Wetter war warm, meine durchgeschwitzten, stinkenden Sachen hatte ich wie mich selbst im Meer gewaschen, und das Stoffdach meiner neuen schwimmenden Unterkunft spendete Schatten. Ein Umstand, der mir ein Stimmungshoch bescherte. Ich musste nicht einmal leise sein, weil diese dummen Pisser auf der Insel zu blöd waren, um zu schwimmen. Ich trank eine Limo und genoss meinen Urlaub. *Urlaub vom Urlaub*, wenn man so wollte. Ich hätte zwar längst wieder zu Hause in Deutschland sein müssen, aber mein beschissener Arbeitgeber musste wohl bis auf Weiteres ohne mich auskommen. Vielleicht interessierte er sich mittlerweile eh für andere Dinge. Für Menschenfleisch zum Beispiel.
Was hatte ich alles durchgemacht in den letzten Wochen! Ich hatte einen Besenstiel durch eine Frau gerammt, die wie tollwütig auf mich zugestürmt war. Ich war hinter Müllcontainern in Deckung gegangen und hatte mich in Leichen gewälzt. Hier draußen, auf dem Meer, kam mir das unvorstellbar vor. Ich hatte miterleben müssen, wie einer dieser komplett Wahnsinnigen vom Dach eines fünfstöckigen Hauses gesprungen war, weil er gedacht hatte, er würde heil unten ankommen, um sich über mich hermachen zu können. Erst vor wenigen Stunden hatte ich in Todesangst den Kopf einer Frau mit meinem Hammer bearbeitet. Was für ein Irrsinn. *Was für ein unvorstellbarer Irrsinn.* Hier draußen auf dem Wasser war es ruhig und friedlich. Doch dieser Frieden würde nicht lange währen. Ich hatte noch sechs Konservendosen, vier volle Wasserflaschen und eine halbleere. Die Dose mit Ananas war auch noch da. Von den winzigen Müsliriegeln besaß ich noch siebenundfünfzig Stück. Dazu kamen die Dosen: eine Cola, zwei Limo und vier Bier. Ich hatte alles Essbare gerettet. Ich

hatte alles Trinkbare gerettet. Die restliche Spülkastenplörre war zurückgeblieben. Außerdem besaß ich ein Messer, einen Hammer und den zum Speer umfunktionierten Besenstiel. Den Nassrasierer nebst Rasierschaum und das Zahnputzzeug hatte ich auch. Ich war froh, dass ich einen halbwegs klaren Kopf behalten und zumindest die elementaren Sachen gepackt hatte, bevor ich geflohen war. Sogar die Sonnenbrille und die Schirmmütze hatte ich am Mann. Summa summarum ließ sich damit etwas anfangen. Eine Woche Galgenfrist hatte ich.

Ich wusste nicht, wie weit das Benzin im Tank mich bringen würde, aber ich spielte mit dem Gedanken, die Küste ein Stück entlang zu fahren. Die *Mallorca Free Map* war natürlich klitschnass geworden. Jetzt lag sie fein säuberlich aufgefaltet da, damit sie trocknen konnte, ohne weiteren Schaden zu nehmen. Die zweite Taschenlampe war nun auch im Arsch, so dass ich die nächste Nacht wohl im Dunkeln zubringen würde. Das machte mir aber nichts aus. Hier draußen war ich sicher, und dunkle Nächte war ich gewohnt. Die Frage war, ob ich hier schlafen konnte. Der Platz auf *Whaly* genügte nicht, um mich hinzulegen. Ich würde mich zur Fötalstellung zusammenrollen müssen, um vor der Sitzbank liegen zu können. Hinter der Sitzbank befanden sich der Tank und meine Vorräte und Besitztümer.

Es war aber nicht der knappe Platz, der mir Sorgen bereitete. Dass mein neues Zuhause nur über geschätzte anderthalb Quadratmeter freie Nutzfläche verfügte, nahm ich für den Zugewinn an Sicherheit gern in Kauf. Hier konnte niemand durch die Holztür rauschen, während ich schlief. Schlaf musste sein. Ohne Schlaf ging überhaupt nichts. Ich fragte mich aber, wie trügerisch die Sicherheit war. *Whaly* hatte keinen Anker. Bestand die Gefahr, dass ich an Land trieb, während ich schlief? Das Meer war ruhig heute, aber ich kannte mich mit Strömungen absolut nicht aus und wollte lieber auf Nummer sicher gehen. Ich wollte nur ungern durch einen Biss in den Unterarm geweckt werden, weil mein Kutter an Land gespült wurde, während ich acht Stunden wie ein Stein schlief. Ich wollte ebenso wenig auf hoher See aufwachen, ohne Land in Sicht, weil ich abgetrieben war. Ich hatte keine Ahnung von Strömungen und solchen Dingen. Fehleinschätzungen konnte ich mir nicht erlauben.

Ich hatte auch keinen Wecker dabei, der mich alle zwei Stunden hätte wecken können, um zu verhindern, dass ich zu weit abtrieb. Früher hatte ich diese scheiß Dinger verabscheut. Unzählige Male hätte ich meinen Wecker am liebsten gegen die Wand geklatscht, als er immer pünktlich um sieben Uhr früh meine lieblichen Träume in meinem warmen Bett beendet hatte. Ich hätte sogar einer großen, globalen Wecker-Verbrennung zugestimmt. *Alle Wecker der Welt auf einem gigantischen Scheiterhaufen.* Jetzt hätte ich durchaus gern einen an Bord gehabt. Die Zeiten hatten sich geändert. Radikal geändert. *Egal.* Selbst wenn ich den Wecker eingepackt hätte, wäre er im Wasser hops gegangen, genau wie die Taschenlampe. Elektrizität, Batterien und Elektronik vertrugen sich nun mal nicht mit Wasser. Ich hatte mir nichts vorzuwerfen. Ich musste ohne Wecker klarkommen, und damit Basta!

*

Totale Dunkelheit umgab mich, als ich aufschreckte. Ich war eingenickt, ohne es zu bemerken. Die Strapazen der letzten Nacht hatten ihren Tribut gefordert. Der Sternenhimmel wurde vom Stoffdach verdeckt, aber der Mond spendierte noch immer genug Licht. Ein Blick aus dem Boot beruhigte mich einigermaßen. Um mich herum glitzerte das Wasser des Meeres. Ich war nicht an Land gespült worden. Meine Entfernung zur Insel hatte sich nicht merklich verändert. Wie lange hatte ich geschlafen? Bestimmt sechs oder acht Stunden, wenn nicht mehr. Als sich meine Gedanken um den verfluchten Wecker gedreht hatten, war noch helllichter Tag gewesen. Ich war immer noch nackt und hatte mich auf dem harten Plastikboden zusammengerollt. Ich prüfte den Status meiner Klamotten. Die Sachen waren trocken aber vom Salz des Meeres ganz steif. Ich zog mir etwas über und starrte gedankenverloren in die Nacht hinaus.

In Hajüs Domizil hatte ich über eine erquickliche Menge Teelichter verfügt, die ich aus Angst, entdeckt zu werden, nie benutzt hatte. Jetzt, im Schutz des Bootes, hätte ich gern ein Lichtlein angezündet. Funktionierten Feuerzeuge, nachdem sie nass geworden waren? Ich brauchte mir darüber eigentlich nicht den Kopf zu zerbrechen. Ich besaß weder ein Feuerzeug, noch Teelichter. Ich ärgerte mich, dass ich meine Taucherbrille und meinen Schnorchel ebenfalls zurückgelassen hatte. Etwas Zerstreuung bei den Fischen hätte meiner Psyche sicher gut getan.

Ein Gedanke schoss mir siedend heiß durch den Kopf. *Fische konnte man nicht nur beobachten, man konnte sie auch essen!* Davor musste man sie allerdings erst einmal fangen. Dann musste man sie ausnehmen, und im Idealfall braten oder dünsten. Inwieweit man Fische generell roh essen konnte, wusste ich nicht. Juliane hatte gelegentlich Sushi gegessen. Entweder in Restaurants oder vom Lieferservice. Liefern würde mir hier wohl eher keiner etwas. Aber Sushi war roher Fisch. Konnte man jeden Fisch

roh essen? Meine Konserven reichten nicht ewig. Ich musste es versuchen.
Beim Flanieren am *Platja de Palma*, wo auch der berühmt-berüchtigte *Ballermann 6* verortet war, hatte ich in einem zurückliegenden Urlaub meine Taucherbrille und den Schnorchel erstanden. Dort reihte sich Hotel an Hotel. An der kilometerlangen Strandpromenade gab es unzählige Restaurants, Bars und auch Geschäfte, die allerlei Kram verkauften: Luftmatratzen, Schuhe aller Art, Schirmmützen, Handtücher, Souvenirs und Taucherbrillen mit Schnorcheln. In den Geschäften hatte ich damals auch kleine bunte Netze – oder eher Kescher – mit einem Durchmesser von etwa zwanzig Zentimetern gesehen. Diese Kescher waren für Kinder gedacht, die damit beim Baden im Meer einen kleinen Fisch fangen konnten, sich darüber freuten, ihn betrachteten und schließlich wieder freiließen.
Diese Netze kamen mir jetzt wieder in den Sinn. Mit einer Taucherbrille, einem Schnorchel und einem solchen Netz konnte man mit etwas Feingefühl ohne Weiteres Fische fangen. Mit dem Messer könnte ich sie ausnehmen. Ich fragte mich, ob Teelichter unter einer Pfanne ausreichten, um einen Fisch zu garen, oder sogar zu braten. Ich spann den Gedanken weiter. Die legendäre Bratpfanne, wegen der es bei unserer Ankunft so viel Stress gegeben und die Juliane schließlich in *Palma* erstanden hatte, war natürlich noch in Hajüs Domizil. An sie und die Teelichter hatte ich nun wirklich nicht gedacht, als sich die Infizierten schnüffelnd und knurrend vor meiner Tür versammelt hatten.
Für mein Fischexperiment benötigte ich eine Taucherbrille und einen Kescher. Der Schnorchel, die Pfanne und die Teelichter waren optional. In die Wohnung wollte ich vorerst nicht. Aber ich könnte eines von diesen Geschäften ausfindig

machen, wo es Taucherbrillen, Schnorchel und diese Netze gab. Dann könnte ich zumindest testen, wie roher Fisch schmeckte. Das ganze konnte natürlich gefährlich werden. Wo genau am *Platja de Palma* ein solches Geschäft war, hatte ich mir nicht gemerkt, aber es gab sie dutzendweise dort. Mit etwas Pech müsste ich aber erst drei Schuhläden und zwei Restaurants hinter mich bringen, bevor ich fündig wurde. Die Gegend, in die mich dieser Trip führen würde, war eine absolute Tourismushochburg voller Menschenmassen gewesen. Das bedeutete jetzt wahrscheinlich Massen von Infizierten. Ich stellte mir vor, wie es jetzt wohl am *Ballermann 6* zugehen musste – in den riesigen Diskotheken, in denen sich paarungswilliges, besoffenes, meist männliches Jungvolk getummelt hatte.

Vielleicht war der *Ballermann 6* sogar der Ort auf der Insel, an dem sich nach der Katastrophe am Wenigsten verändert hatte. Torkelnde, herumschreiende, aggressive Gestalten – vorher wie nachher. Nur die Musik hatte aufgehört, zu spielen. Wobei der Begriff *Musik* nur bedingt zutraf. Zum *Ballerman 6*, beziehungsweise zum *Balneario 6* – wie der Abschnitt tatsächlich hieß – musste ich aber gar nicht zwingend. Die Flaniermeile vom *Platja de Palma* zog sich von *Balneario 1*, der von mir aus am Weitesten entfernt war, bis zum *Balneario 15*. Geschäfte gab es fast auf der gesamten Strecke. Ich schätzte die Entfernung, die ich mit dem Boot bis zum ungefähren Zielort zurücklegen musste, auf fünf bis sieben Kilometer. Ich könnte vom Boot aus die Lage checken. War die Sache zu heiß, konnte ich sie immer noch abblasen und mich dagegen entscheiden, dort an Land zu gehen.

Der Hunger, der in meinen Eingeweiden wühlte, war schon wieder kaum auszuhalten. Wenn ich unbegrenzt Fische fangen und essen könnte, wäre das ein unbeschreiblich großer Fortschritt für mich. Zwar hätte ich das Wasserproblem dann immer noch am Hals, das änderte aber nichts daran, dass die Fischerei eine echte Lösung darstellte. Selbst wenn ich weiterhin gefährliche Ausflüge in den Supermarkt machen müsste, so würde sich deren Häufigkeit doch stark verringern, wenn nicht gar halbieren. Ich könnte dann nämlich wesentlich mehr Trinkbares transportieren, weil ich keine Konserven mehr schleppen musste. Ich hätte ja Fisch.

Im Grunde war die Entscheidung gefallen. Morgen stand ein Bootstrip zu den *Balnearios* am *Platja de Palma* auf dem Programm. Ich beschloss, es jetzt mit einer Dose Pferdepisse zu versuchen, damit der Hunger auf ein erträgliches Maß zurück ging. Vielleicht hing die Idee mit dem Bier ja mit den Gedanken an den *Ballermann 6* zusammen. In gewissen Kreisen wurde Bier immerhin als Flüssignahrung bezeichnet. Das war nicht einmal ganz unberechtigt, da es in der Tat Nährstoffe enthielt, auch wenn es beschissen schmeckte. Ich öffnete eine Dose – ein Zischen in der Nacht. Der Geschmack des lauwarmen Gesöffs war abscheulich. Dennoch ließ ich keinen Tropfen übrig. Ich schob noch einen Müsliriegel hinterher, um den Geschmack loszuwerden. Die Wirkung des Alkohols auf meinen ausgemergelten Körper war nicht ohne. Irgendwann schlief ich wieder ein.

*

Am nächsten Morgen war etwas Wind aufgekommen. Das Boot schaukelte leicht in den Wellen, wovon ich aufwachte. Hoffentlich wurde ich nicht seekrank, dachte ich flüchtig. Das Boot war dem Hafen etwas näher gekommen, aber der

Abstand war immer noch ausreichend. Ich könnte rein theoretisch eine Woche auf dem Boot hocken bleiben, umgeben von Wasser, das mir Sicherheit gab. Doch eine gewisse Unruhe hatte mich erfasst. Am Himmel standen nur vereinzelte Wolken, davon abgesehen war er blau. Der Wind war eher eine angenehme Brise. Ich hatte ein Boot mit Motor und einen zu Dreivierteln gefüllten Tank. Mir stand der Sinn nicht nach Däumchen drehen, bis meine Vorräte zur Neige gehen würden. Mich hatte die Abenteuerlust gepackt.

Bevor ich den Motor startete, kümmerte ich mich um den verfluchten roten Knopf, der mich gestern fast um den Verstand gebracht hatte. Ich schnitt mit dem Messer einen schmalen Streifen aus dem unteren Ende des Bettdeckenbezugs. Den Streifen wickelte ich mehrfach um das hintere schmale Stück des herausgezogenen Knopfes und verknotete die beiden Enden. Jetzt konnte der Knopf nicht mehr von allein herein rutschen.

Ich warf noch einen kurzen Blick auf die kostenlose Karte – die *Mallorca Free Map* – die ich am Flughafen bekommen hatte. Sie war mittlerweile trocken und wellig, aber absolut lesbar. Auf ihr waren sämtliche Burgerbuden einer bestimmten Fast-Food-Kette eingezeichnet, außerdem diverse touristische Attraktionen wie das *Palma Aquarium*. Dort war ich sogar einmal mit Juliane gewesen. Wenn ich nicht irrte, befand sich dort das größte Salzwasseraquarium Europas. Ein riesiges Teil mit großen Haien. Die Burgerkette und die Betreiber der eingezeichneten Attraktionen waren die Sponsoren der Karte, das erkannte sogar ein Blinder mit Krückstock. Sie hatten die Herstellung der Karte bezahlt, die dann gratis am Flughafen verteilt wurde. Die Empfänger der Karten frequentierten daraufhin die Burgerbuden und

Attraktionen. So lief das in der Marktwirtschaft. Aus reiner Nächstenliebe verteilte keiner irgendetwas.
Auf der Rückseite befand sich noch ein Stadtplan von *Palma*, auf dem immerhin Kliniken eingezeichnet waren. Das rote Kreuzsymbol markierte die entsprechenden Stellen. Auf die Schnelle zählte ich neun dieser Kreuze, verteilt auf das ganze Stadtgebiet. Ich musste an meine Theorie denken, wie sich das Virus – oder was auch immer – ausgebreitet haben könnte. Neun Kliniken, in die vielleicht Gebissene gebracht worden waren. Neun Ausbruchsherde, allein in *Palma*. Heiliger Strohsack. Tankstellen waren ebenfalls eingezeichnet. Ich sah mir den Stadtplan nicht genauer an. Dort würde ich nie hingehen. Niemals, und unter keinen Umständen.
Es gab theoretisch zwei Richtungen, die ich die Küste entlang fahren konnte. Erstens: zum *Platja de Palma*, wo es die Fischkescher gab. Ich könnte aber auch in die andere Richtung fahren, an der Hauptstadt und dem dazugehörigen riesigen Yachthafen vorbei, und um den Zipfel herum, an dem der Leuchtturm stand, dessen Licht ich einst von der Dachterrasse aus gesehen hatte. Der Zipfel trug auf der Karte den Namen *Cala de Figuera*. Das Gebiet hinter dem Zipfel hatte ich von der Terrasse aus nicht sehen können. Dort war ich noch nie gewesen. *Santa Ponca* lag dort. Laut Juliane auch eine Touristenhochburg mit gewissem deutschen Anteil. Ich glaubte nicht, dass die Welt dort hinten noch heil war. Ich glaubte eher, dass die ganze Insel betroffen war. Mallorca war riesig. Das wurde mir klar, als ich die Karte betrachtete. Es gab einige größere Städte wie *Manacor*, *Felantix* oder *Inca*. Ich ärgerte mich einmal mehr darüber, dass ich im Grunde nichts über die Insel wusste, auf der ich seit fünf Jahren Urlaub machte. Ich wusste aber zumindest,

dass es Abschnitte mit Steilküsten gab. Diese waren möglicherweise dünn besiedelt. Das verschaffte mir aber keinen wirklichen Vorteil. Eine Steilküste brachte mir rein gar nichts. Es hatte zwar einen gewissen Reiz, einmal hinter den Zipfel zu schauen. Ob es dort allerdings Läden mit Fischkeschern gab, wusste ich nicht. Ich kannte die Strecke nur bis zum Hafen von *Palma*, von meinen Spaziergängen mit Juliane. Dort gab es diese Läden nicht. Dahinter begann für mich unbekanntes Territorium.

Da ich nicht wusste, für wie viele Kilometer mein Sprit tatsächlich reichte, konnte ich mir ergebnislose Fahrten ins Blaue nicht wirklich erlauben. Ich blieb also bei meiner Entscheidung von letzter Nacht und ging auf Nummer Sicher. Ich wollte so ein Netz und ein Tauch-Set mit Brille und Schnorchel, und zwar unbedingt. Am Zielort müsste ich dafür nur quer über den Strand und die Straße laufen, an der sich die Läden befanden. Vom Boot aus könnte ich mir vorher ein Bild machen. Die entsprechenden Geschäfte, mit ihren zur Schau gestellten bunten Luftmatratzen, konnte ich vielleicht auch vom Boot aus erkennen, so dass mir die gefährliche Sucherei an Land erspart bleiben würde. Ich wollte mir diese Dinge krallen, wenn es irgendwie zu verantworten war.

Beim Kontrollieren des Motors fiel mir auf, dass ich gestern vergessen hatte, den Schockknopf wieder zurück zu drücken. Ich war die zwei- bis dreihundert Meter mit gezogenem Schock gefahren. Darauf musste ich in Zukunft achten. Solche Fehler konnte ich mir nicht leisten, wenn das Benzin eine Weile reichen sollte. Ich aß einen Müsliriegel und trank einen Schluck Wasser. Ich zog den Seilzug. Der Motor sprang an. Es konnte losgehen. Die Bootsfahrt konnte beginnen.

Kapitel 12: SOS

Ich ging davon aus, dass der Motor bei Vollgas am meisten Sprit pro Kilometer verbrauchte. Ich musste mit den zwölf Litern haushalten. Wenn der Tank leer war, hatte ich ein Problem. Die Anzahl der Dinge, die ich dringend benötigte, hatte sich von zwei auf drei erhöht. Zu meinen zwei Hauptsorgenkindern, die *Essen* und *Trinken* hießen, hatte sich ein drittes mit dem Namen *Sprit* hinzugesellt. Benzin war vielleicht nicht ganz so wichtig – man brauchte es nicht zum Überleben an sich – aber Bewegungsfreiheit war schon eine tolle Sache. Ich ließ den Motor auf *Slow* laufen. Nicht nur, weil ich davon ausging, dass das Fahren so ökonomischer war, sondern weil ich auch etwas von der Küste sehen wollte. Ich ärgerte mich darüber, dass das Fernglas aus dem Supermarkt nichts getaugt hatte. Ein ordentliches Fernglas wäre jetzt nicht übel gewesen. Aber es musste auch so gehen. Ich fuhr etwas näher an den Strand heran, damit ich etwas sah, ohne aber den Sicherheitsabstand zu vergessen. Ich achtete peinlich genau darauf. Die Infizierten waren eine Sache. Gefährliche Klippen und Steine unter Wasser eine andere.

In der Schnorchelbucht hatte ich beim Tauchen einen riesigen Brocken von Stein entdeckt, der fast bis unter die Wasseroberfläche reichte. Dort hatte ich gerne getaucht, weil sich dort Unmengen von Fischen herumtrieben. Keine drei Meter von dem Brocken entfernt waren Leute per Köpfer von einem aufgeschütteten Steinwall in das Wasser gesprungen. Da war kein Schild gewesen, das vor diesem Stein gewarnt hatte. Nicht auszudenken, was dort hätte alles passieren können. Mit einem solchen von oben kaum sichtbaren Stein wollte ich mit meinem frisch erbeuteten Boot jedenfalls nicht unbedingt kollidieren, wenn es sich vermeiden ließ. Langsam tuckerte ich die Küste entlang. Ich befand mich noch auf der Höhe von *El Molinar*. Ich sah die Strandpromenade mit den Bänken. Dahinter lagen niedrige zweigeschossige Häuser mit Dachterrassen.

Die Promenade füllte sich mit Gestalten, die wild umher rannten. Das war der Preis, den ich zahlen musste, wenn ich motorisiert unterwegs sein wollte. Der Motorenlärm zog sie an. Sie kamen nicht an mich heran, aber sie würden dem Lärm folgen, bis ich irgendwann eine ganze Armada hinter mir her zog. Wenn ich später an Land gehen wollte – und das hatte ich eigentlich vor – musste ich mir noch etwas einfallen lassen. Ich war von der Idee, Fische fangen zu können, mittlerweile ziemlich besessen. Fische enthielten auch Flüssigkeit. Vielleicht würde ich sogar weniger trinken müssen. Auf jeden Fall enthielten sie Nährstoffe ohne Ende. Das hatte auch Juliane immer gepredigt. Juliane, die ich wahrscheinlich nie wieder sah.

Ob ich Fische tatsächlich roh essen könnte, würde sich noch zeigen. Jetzt brauchte ich erst einmal die zum Fangen der Fische notwendigen Utensilien. Ich wusste, dass es völlig illusorisch war, Fische mit der Hand zu fangen oder mit dem Speer aufzuspießen. Mit einem Netz und einer Taucherbrille hatte ich aber eine echte Chance. Die Fische waren schnell wie der Blitz, wenn sie Gefahr witterten. Der Weg zum Erfolg war der, sich mit dem Netz ganz langsam und behutsam zu nähern. Dazu musste ich dieses scheiß Netz aber erst einmal haben.

Meine Eskorte bereitete mir Kopfzerbrechen. Aber was hatte ich erwartet? Ich wusste schließlich, dass Lärm sie anlockte. Und wie ich das wusste! *Whaly* hatte an den Seiten sogar

Befestigungsmöglichkeiten für Ruder installiert, nur die Ruder selbst fehlten. Beim Rudern würde ich allerdings mehr Kalorien verbrauchen, wie eine Sau schwitzen und nur langsam vorankommen. Das bedeutete, dass ich mehr essen und mehr trinken müsste. Ich dachte nicht weiter darüber nach. Ich hatte keine Ruder. Punkt.

Ich ließ den Abschnitt mit den Steinen und der erhöhten Strandpromende, den es auf beiden Seiten des Hafens gab, hinter mir, und kam in einen Bereich mit Sandstrand. Die Spuren der Verwüstung waren unübersehbar. Es lag allerlei Zeug herum. Luftmatratzen und dergleichen sah ich genauso, wie zurückgelassene Plastikeimer und anderes Spielzeug, das sich durch seine bunten Farben deutlich vom Sand und vom Wasser abhob. Und ich sah Leichen, einige davon. Sie waren abgenagt und von der Sonne getrocknet. Überall lagen Handtücher. Kleinere Sonnenschirme standen schief, oder waren ganz herausgerissen und durch die Gegend geweht worden. Die weißen Plastikliegen waren zum Teil umgekippt und lagen kreuz und quer. Auch hier war der Teufel los gewesen.

Die Gestalten liefen jetzt zum Teil ins Wasser, um an mich heranzukommen. Hier ging es flach hinein. Mehrere Infizierte waren bereits bis zur Hüfte im Meer und würden noch tiefer waten. Sie schrien, fauchten und griffen mit den Händen nach mir, obwohl ich locker fünfzig Meter von ihnen entfernt war. Ich fuhr weiter. Ich befand mich jetzt ziemlich exakt an der Stelle des Strandes, an der wir uns damals aufgehalten hatten, als das Flugzeug seine Bruchlandung hingelegt hatte. Ich musste an den Deutschen denken, der mit seiner Bezahlliege gehadert hatte. Was war aus ihm und seiner Familie geworden? Einigen Anhängern meines Fanclubs stand das Wasser mittlerweile bis zum

Hals. Entweder, sie gaben jetzt auf, oder sie würden ersaufen. Der größte Teil der mir folgenden, ständig wachsenden Horde war aber clever genug, an Land zu bleiben. Das war Überlebensinstinkt.

Am Ende des Strandabschnittes stand ein Restaurant, von dem Juliane immer geschwärmt hatte. Mir war der Laden damals einfach zu kostspielig gewesen. Dieses verfluchte Restaurant war über die Jahre immer wieder zum Streitthema zwischen uns geworden. Juliane hatte es sogar einmal alleine besucht, weil ich zu knauserig gewesen war, mitzukommen. Danach hatte sie in den höchsten Tönen von dem Essen dort geschwärmt. Seeteufel vom Grill, wenn ich mich recht erinnerte. Ihre Lobgesänge hatten mich nicht umstimmen können, was sie wiederum extrem gefuchst hatte. Vierzig Tacken für ein Essen waren mir einfach zu fett gewesen, damals. Ich hatte immer ausgerechnet, dass ich mehrere Stunden dafür hätte arbeiten müssen. Das hatte einfach in keinem Verhältnis zueinander gestanden. Ich hatte ja nichts gegen gute Küche einzuwenden gehabt, aber nicht, wenn sie mich noch ärmer machte, als ich es ohnehin schon gewesen war. Das waren Themen aus der alten Welt. *Geld. Geld. Geld.* Ätzend, aber was hätte ich machen sollen? Das verfickte Geld war jetzt genauso Geschichte wie das Restaurant. Das einst weiße, flache Gebäude war rußgeschwärzt. Hier hatte es gebrannt, und zwar heftig.

Nach dem Restaurant begann ein weiterer steiniger Küstenabschnitt. Die Promenade wurde zum schmalen Weg neben der Straße und entfernte sich stellenweise etwas vom Wasser. Anschließend folgte ein Hafen. *Cala Gamba* stand auf der Karte. Hier machte der Weg einen großen Bogen vom Wasser weg, außen um den Hafen herum. Nach dem Hafen setzte sich der steinige Bereich noch eine ganze Weile fort. Hier befand sich auch die Einflugschneise der Flugzeuge. Höchstens einen Kilometer weiter im Landesinneren lagen die Start- und Landebahnen. Die Kreaturen würden hier erhebliche Schwierigkeiten haben, mir am Wasser zu folgen. Besonders am Hafen war es ihnen unmöglich. Das war die Chance, meinen beachtlich gewachsenen Fanclub abzuhängen. Es waren bestimmt vierhundert Infizierte, die mir folgten, und die ich unbedingt loswerden musste.

Ich drehte den Gashebel kurz auf *Fast*. Das Boot legte einen ordentlichen Zahn zu. Das galt nicht nur für seine Geschwindigkeit, sondern auch für seine Lärmentwicklung und – wie ich befürchtete – auch für seinen Spritverbrauch. Im steinigen Bereich hinter dem Hafen war ich meinen Fanclub los. Er hatte seine Mühe damit, den Hafen zu umrunden. Ich konnte es mir leisten, wieder auf *Slow* zu schalten.

Der Pulk würde sich irgendwann beruhigen und sich in alle Winde zerstreuen. Ich näherte mich jetzt langsam aber sicher meinem Ziel. Mit dem Boot war die Strecke schnell zurückgelegt. Nachdem ich das steinige Stück Küste nach dem Hafen hinter mich gebracht hatte, folgte noch ein kurzer Abschnitt mit normalen Häusern. Eigentumswohnungen, wie ich vermutete.

Ich entfernte mich ganz bewusst ein Stück vom Ufer, damit das Motorengeräusch an Land weniger deutlich zu hören war. Mein Ziel war jetzt in greifbarer Nähe. Nur noch ein Hafen – es gab hier wirklich Unmengen davon – trennte mich von dem Strandgebiet, zu dem ich wollte. Der *Platja de Palma* erstreckte sich von *Can Pastilla* – wo ich mich derzeit befand – bis *S'Arenal*. Er war schätzungsweise fünf bis sechs Kilometer lang und in fünfzehn *Balnearios* unterteilt. Jeder

Abschnitt wurde durch ein Gebäude mit einer Strandbar darin markiert, auf dem groß die Nummer des *Balnearios* stand. Ich befand mich jetzt am Anfang der Urlauberhochburg, am *Balneario 15*. Ich wollte so wenig wie möglich Aufsehen erregen, denn der gesamte Strand war von hier bis zum *Balneario 1* – hinter dem ein weiterer größerer Hafen lag – gesäumt von Geschäften, Restaurants und Hotels.

Die Hotels waren unterschiedlich hoch, und standen zum Teil in mehreren Reihen hintereinander bis in das Landesinnere hinein. Ich hatte nicht den Nerv, die Stockwerke der Hotels zu zählen, aber die höchsten knackten bestimmt die Zehn-Geschoss-Marke. Die Anzahl der Urlauber zur Hochsaison war entsprechend. Eigentlich war es eine Schnapsidee, die ohne Weiteres zu meinem Ableben führen konnte, hier wegen eines Spielzeugnetzes an Land zu gehen. Andererseits wusste ich ganz sicher, dass ich hier ein solches finden würde. Zunächst wollte ich ein wenig vom sicheren Boot aus die Lage auskundschaften und ein geeignetes Geschäft lokalisieren. Wenn die Infiziertendichte so hoch war, wie ich das befürchtete, könnte ich die Operation Fischnetz immer noch ad acta legen oder warten, bis es dunkel war. Den Tarnbezug hatte ich dabei. Ockerfarben auf Sand war nicht die schlechteste Tarnung. An der Straße und den Geschäften könnte es allerdings richtig heikel werden. Außerdem war da noch die Sache mit der Witterung. Ich würde es einfach auf mich zukommen lassen. Frei nach dem Motto: *Alles kann, nichts muss.* Ich hatte Spielraum. Die Konserven und das Wasser reichten für eine Woche.

Ich fuhr langsam näher an den Strand heran. Der Gashebel stand wieder auf *Slow*. Trotzdem war ich unüberhörbar. Ich

hatte aber keine Wahl, schließlich wollte ich die Geschäfte vom Boot aus einigermaßen sehen. Der bestimmt fünfzig Meter breite Strand, der zudem noch anstieg, erschwerte die Sicht auf die Läden. Genau wie die ungefähr einen Meter hohe Steinmauer, die den Strand von der Flaniermeile abgrenzte. Ich konnte nur die oberen Hälften der Geschäfte erkennen.
Wenn ich das Boot verlassen würde, um lautlos zu schwimmen, hätte ich überhaupt keine Sicht. Ein nasser Tarnanzug war auch keine Option. Die Situation war irgendwie verfahren. Eine Luftmatratze wäre nicht schlecht gewesen. Ich sah welche im Wasser treiben, allerdings unmittelbar am Ufer. *Kreuzgefährlich.* Wenn ich einen Laden gefunden hatte, konnte ich Pläne schmieden, nicht eher. Langsam tuckerte ich den Strand entlang. Was ich sah, war verheerend. Das Bild hier war mindestens doppelt so desaströs wie an dem Strand, den ich vor nicht einmal einer Stunde passiert hatte. Chaos, Tod und Zerstörung. Zurückgelassene Besitztümer lagen auch hier zwischen abgenagten Leichen, herrenlos gewordenen Handtüchern und umgekippten Liegen.
Die Hotels dahinter boten ein ähnliches Bild. Zersplitterte Fenster, Blutspuren, das nackte Grauen. Es sah aus, als wären Menschen in Panik von innen durch die Fenster gesprungen – in den sicheren Tod – um den in den Hotels wütenden Infizierten zu entkommen. Ich sah ausgebrannte Zimmer, aus deren zerstörten Fenstern das Feuer nach oben gelodert war. Schwarze Rußspuren kündeten von dem, was sich hier abgespielt hatte.
Die Infiziertendichte war extrem hoch, und das Geräusch meines Motors machte es nicht besser. Ich tuckerte weiter, und eine wahre Heerschar von diesen Dingern folgte mir.

Vor nicht allzu langer Zeit waren das einmal Urlauber gewesen, die hier die beste Zeit des Jahres verleben wollten. Ich hatte Gänsehaut. Ich sah Bermudahosen und Tätowierungen. Schmuck reflektierte das Sonnenlicht. Manche hatten es irgendwie geschafft, ihre Basecaps und Sonnenbrillen nicht zu verlieren. Ich sah Bikinis, Strings und lange Haare. Aber was ich vor allem sah, waren Verwundungen – geronnenes Blut in verfilzten Haaren und auf sonnengegerbter, schmutziger Haut. Getrockneter, gelblicher Schleim, tiefrote Augen und bräunlich verfärbte Zähne. Das war der wandelnde tausendfache Tod, der mich in seine Reihen holen wollte. Hier konnte ich nie und nimmer an Land gehen. Auch wenn das bedeutete, dass ich bis auf weiteres keinen einzigen Fisch fangen würde. Ich konnte es nicht riskieren. Meine Lebenserwartung läge im Sekundenbereich. Das hier war absoluter Wahnsinn. Glatter Selbstmord.
Ich checkte kurz meinen Benzinstand und war einigermaßen beruhigt. Bisher hatte mich diese Bootstour vielleicht drei Liter Benzin gekostet. Ich musste also ungefähr vier Liter auf zehn Kilometer einplanen. Ich könnte natürlich versuchen, in einem Hafen Benzin abzuzapfen. Dafür benötigte ich aber zumindest einen Schlauch. Eine leere Flasche würde in Kürze abfallen. *Ich hatte keinen Schlauch. Punkt.* Es war verblüffend, wie belanglose Kleinigkeiten plötzlich zu lebenswichtigen Utensilien wurden. Dinge, die man früher als selbstverständlich erachtet und nicht einmal bewusst wahrgenommen hatte. Dosenöffner, Gummischläuche, Schraubenzieher oder Fischkescher, die eigentlich als Wasserspielzeug für Kinder gedacht waren. Eine Cappuccino-Tasse konnte über Leben und Tod entscheiden. Wurfgeschosse hatte ich bei meiner Flucht

völlig außer Acht gelassen. Dieser Trick würde mich hier und jetzt sowieso kaum weiter bringen. Ich könnte die Tasse niemals über den fünfzig Meter breiten Strand werfen. Ich war nicht Herkules. Ich schaffte vielleicht fünfundzwanzig Meter. Wenn ich mir eine unübersehbare Ausholbewegung leistete, und mir beim Werfen fast den Arm auskugelte.
Ich wusste nicht, warum ich überhaupt noch weiter fuhr. War es das unermessliche Grauen, das mich hypnotisierte und mich in seinen Bann zog? Die Tatsache, dass ich auf meinem Boot sicher war, solange das mich umgebende Wasser tief genug war, ließ den Voyeur in mir zutage treten. Ich konnte die Szenerie aus sicherer Entfernung betrachten. Angewidert und zugleich fasziniert. Wie ein Gaffer bei einem Verkehrsunfall.

*

Ich wollte die ganze Sache gerade abblasen, als etwas ganz und gar Unglaubliches meine Aufmerksamkeit erregte. Der Motor tuckerte vor sich hin. Hunderte Infizierte folgten kreischend, rennend, torkelnd und sogar kriechend dem Geräusch. Meine Anwesenheit war unübersehbar und unüberhörbar. Die Traube am Strand, die in meine Richtung geiferte, war gigantisch. Und aus einem Hotelzimmer im dritten Stock blinkte etwas. Ich sah es genau! *Dreimal kurz, dreimal lang, dreimal kurz. Pause. Dreimal kurz, dreimal lang, dreimal kurz. Pause.* Und dann wieder von vorn. Ich rieb mir die Augen. Was ich sah, konnte einfach nicht wahr sein. Und doch war es wahr. Dreimal kurz, dreimal lang, dreimal kurz. Das bedeutete: SOS. Dort, inmitten dieses wahnwitzigen Infernos, hockte ein nichtinfizierter Mensch und richtete mit einer LED-Lampe das SOS-Signal direkt an mich. Dort war er, mein potentieller Weggefährte, mein eventueller Gesprächspartner. Die Frage, ob ich mir Gesellschaft überhaupt wünschte, stellte sich mir in diesem Moment nicht. Ich musste etwas tun. Ich musste helfen, sonst würde ich mir bis ans Ende meiner Tage Vorwürfe machen. Das war meine oberste Bürgerpflicht und ich würde sie erfüllen. Nur wie?

*

Ich richtete mich im Boot auf und winkte, um der Person, die dort SOS-Signale absetzte, mitzuteilen, dass ich sie bemerkt hatte. Dabei kam ich mit dem ziemlich flachen Stoffdach in Konflikt. Ich überlegte krampfhaft, was ich tun konnte, um zu helfen. Der *Überlebende* – ich bevorzugte diese Formulierung immer noch, auch wenn sie nicht korrekt war, da auch die Infizierten irgendwie lebten – musste aus seinem Gefängnis dort oben befreit werden. So viel stand fest. Dass ich dort rüberging, um mich ebenfalls dort zu verschanzen, stand nicht zur Diskussion. Sie konnten mich – oder jetzt uns – wittern. Ich begriff nicht, wie hier jemand über drei Wochen lang hatte überleben können. Die Flugzeugkatastrophe lag dreiundzwanzig Tage zurück. Nach meinem Gewinke hörte das Blinken auf. Die Person registrierte, dass ich sie bemerkt hatte. Was dort blinkte, war also nicht irgendetwas Automatisches, Batteriebetriebenes, Lebloses. *Wie hatte Der- oder Diejenige überlebt? Warum hatten die nichts gewittert?* War es Glück? Wäre die Person in den nächsten Tagen fällig gewesen? Immerhin lag meine Flucht auch noch nicht lange zurück. Das nächste Stadium der Infektion – deren Fähigkeit, uns zu wittern – war noch relativ frisch. Manche Dinge ließen sich nicht erklären.

Manche hatten Glück, andere nicht. So einfach war das. Wenn man es überhaupt als Glück bezeichnen konnte, in dieser Welt zu überleben. Manchmal war der Tod besser. Die Person dort drüben wollte aber leben. Genau wie ich.

Das Hotel hatte eine komische Bauweise, die zugegebenermaßen optisch etwas hermachte. Mit etwas Geschick konnte man auf die darunter liegenden Balkone klettern, da sie nach vorn versetzt gebaut waren. Welcher Architekt sich diesen Quatsch ausgedacht hatte, war im Moment irrelevant. Relevant war, ob die Person dort oben sich dieser Tatsache bewusst war. Als ob sie meine Gedanken gelesen hätte, gab sie sich zu erkennen und trat auf den Balkon. Männlich, korpulent. Mehr konnte ich von hier nicht erkennen.

Jetzt ließ Derjenige ein aus Bettzeug gefertigtes, irgendwo befestigtes Seil nach unten. Offensichtlich hatte er seinen Abgang über die Balkone sorgfältig vorbereitet und geplant. Wenn er sich da mal nicht überschätzte. Ich dachte an meine Turnübungen an den Dachterrassen zurück. *Heilige Scheiße.* Wenn er jetzt loskletterte, war er tot. Ich versuchte, rüber zu schreien. Ich schrie »Nein, warten Sie!« und »No, wait!«

Ich wusste nicht, ob er mich hören konnte, denn die Schar der Infizierten, die vielleicht sogar die Tausendergrenze knackte, machte einen infernalistischen Lärm. Er duckte sich hinter der Balkonbrüstung. Nur sein Kopf lugte hervor. Er schien verstanden zu haben. Es bestand natürlich die Möglichkeit, dass er es sich nicht mehr leisten konnte, zu warten. Vielleicht klopften genau in diesem Moment ungebetene Gäste an seine Tür – schnüffelnde Abscheulichkeiten.

Ich hatte eine Idee, die so offensichtlich war, dass sie mir auch eher hätte kommen können. Der Ablenktrick. Mit dem

Unterschied, dass dieses Mal nicht eine Tasse, ein Stein oder ein Topf der Köder war, sondern ich selbst. Hoffentlich konnte der Typ dort drüben schwimmen. Ich ließ den Motor wieder an, den ich zwischenzeitlich ausgemacht hatte, und gab Demjenigen im Hotel ein Zeichen, damit er wartete. Dann fuhr ich einhundert Meter vom Hotel weg. Vielleicht waren es auch mehr. Ich hatte kein Maßband dabei.

Als ich das Gefühl hatte, weit genug entfernt zu sein, schaltete ich den Motor in den Leerlauf, und gab wie ein Irrer Gas. Das Boot bewegte sich nicht von der Stelle, aber der Motor machte einen viehischen Lärm. Ich schrie die Gestalten an, während die Abgaswolken des röhrenden Motors mich einhüllten.

»Hier bin ich, ihr verfickten Bastarde.« Die Herde war mir komplett gefolgt. Solche Massen hatte ich noch nie zuvor auf einem Fleck gesehen. Sie schrien, geiferten und rannten zum Teil ins Wasser. Manche stürzten und gebärdeten sich wie wild. Doch sie kamen nicht an mich heran. Ich war weit genug draußen. Der Bereich vor dem Hotel war jetzt wie leergefegt. Alles was Beine hatte, war hinter mir her.

Ich winkte dem Anderen und machte eine unmissverständliche Armbewegung. Die Entfernung zwischen uns war groß, aber er sah und verstand. Wie er die Kletterpartie angehen wollte, war seine Sache. Dabei konnte ich ihm nicht helfen. Ich sah einen großen, beleibten Menschen hektisch und unbeholfen über den Balkon im dritten Stock steigen. Wie ein Bergsteiger hielt er mit den Füßen Kontakt zur Außenwand der Balkone. Ich betete, dass das improvisierte Seilkonstrukt hielt. Die Angst und das Adrenalin schienen dem dort drüben ungeahnte Kräfte zu verleihen. Das kannte ich bereits aus eigener Erfahrung. Kurz darauf war er aus meinem Blickfeld verschwunden. Ein niedriges Gebäude, das vor dem Hotel an der Promenade stand und ein Geschäft beherbergte, versperrte mir die Sicht. Ich machte Lärm wie ein komplett Wahnsinniger. In diesem Moment dachte ich nicht an Sprit. Hier ging es um Leben oder Tod. Nicht mehr und nicht weniger.

Der Motor röhrte und ich brüllte, was meine Lungen hergaben. Nach einer geschätzten Minute sah ich ihn über den Strand rennen. Er lief schnurstracks ins Wasser hinein. Er hatte zu einhundert Prozent kapiert, was ich von ihm wollte. Auf Höhe seines Hotels schwamm er geradewegs hinaus aufs Meer. Ich konnte jetzt aufhören mit meinem Höllenlärm. Die Sache war glatt über die Bühne gegangen. *Mind over Matter! Geist über Materie! Verstand statt Körperkraft. Amen.*

Ich tuckerte auf den Schwimmenden zu. Er war tief genug. Jetzt musste ich ihn nur noch abholen und ins Boot bekommen, ohne zu kentern. Als ich ihn erreicht hatte, machte ich den Motor aus und reichte ihm die Hand. Es kostete einige Mühe, ihn ins Boot zu hieven. Aber nach dem, was hinter uns lag, sollte es daran nicht scheitern. Schließlich saßen wir uns gegenüber – er auf der Sitzbank, ich im Schneidersitz in der Vertiefung am Bug.

»Danke«, sagte er. »Ich bin Karl.«

Ein Deutscher, dachte ich und erwiderte: »Angenehm, nichts zu danken!«

Kapitel 13: Geteiltes Leid

Wir blieben an Ort und Stelle in unserem Boot, und unterhielten uns lange. Karl war siebenundvierzig Jahre alt, trug eine ziemlich starke Brille und war nicht der schlankeste. Seine langen Haare, die nass geworden waren, umrahmten ein unrasiertes Gesicht. Ich fragte mich immer noch, wie er ausgerechnet hier überlebt haben konnte. Ich war mit meinem Boot doch weiter den Strand hinunter getuckert, als ich gedacht hatte. Karl versicherte mir, dass wir uns auf Höhe von *Balneario 9* befanden. Das verblüffte mich einigermaßen. Ich war gut zweieinhalb Kilometer den *Platja de Palma* entlang gefahren, fasziniert und abgestoßen zugleich von dem Grauen, das mich umgab. Ich hatte darüber direkt vergessen, Ausschau nach geeigneten Läden zu halten und sicher schon einige passiert, bevor ich auf Karl gestoßen war. Das Thema Fischkescher hatte sich für mich ohnehin erledigt. Hier an Land zu gehen, war viel zu gefährlich.

Ich fragte Karl, ob er mir seine Geschichte erzählen wolle, oder ob er zunächst hören wollte, wie es mir ergangen war. Er war Gott sei Dank recht gesprächig, so dass das Eis zwischen uns schnell brach. Ich hatte tausend Fragen an ihn.

Ich fragte ihn geradeheraus: »Wie haben Sie es geschafft, so lange in dieser Hölle zu überleben?«

Jetzt brach alles aus ihm heraus. Er redete ohne Punkt und Komma und ich lauschte gespannt seinen Worten. Karl begann zu erzählen. »Ich esse gern ungesund, wissen Sie. Ich schätze man sieht mir das an.« Er fasste sich an den voluminösen Körper und den Bauch, der sich deutlich unter seinem verblassten, schmutzigen Shirt abzeichnete.

»Das Erste, was meine Frau und ich machten, nachdem wir hier angekommen waren, war einkaufen.«
Das kam mir irgendwie bekannt vor, dachte ich still.
»Wir hatten ein Zimmer in diesem Hotel, zwei Wochen Urlaub. Vollpension war finanziell nicht drin, wir haben uns diesen Urlaub vom Mund abgespart. Meine Frau und ich.«
Sein Gesicht entgleiste kurz und ich sah, wie er mit den Tränen kämpfte. Ich ahnte, was das zu bedeuten hatte. Er sprach von seiner Frau, die aber nicht hier war. Ich nickte stumm und ließ ihm die Zeit, die er brauchte, um sich wieder zu sammeln.
»Meine Frau aß auch gern, aber wir waren keine Gourmets. Pizza und Konserven waren völlig okay für uns. Das machten wir zu Hause genauso. Nicht zuletzt des verfluchten Geldes wegen. Um nicht jeden Tag aufs Neue die kostbare Zeit unseres Urlaubs mit Einkaufen zu verschwenden, kauften wir gleich richtig ein, im großen Stil. Wir fanden das beide praktischer, als jeden Tag in den Supermarkt zu gehen. Wir füllten zwei große Taschen mit Konserven. Zwölf Dosen für meine Frau, zwölf für mich. Ein paar Tiefkühlpizzen für jeden und Wasser. Ich habe leider auch eine Schwäche für Bier und Chips. Wir kauften so viel, wie wir zu zweit tragen konnten. Das sollte eine Weile reichen, und wir hatten viel Zeit gespart, die wir für uns nutzen wollten. Wissen Sie, wie schön diese Insel ist? Mit dem Bus erreicht man ziemlich viele Ecken dieses herrlichen Fleckchens Erde. Bevor alles begann, waren wir am *Castell de Bellver*.«
Er zeigte mit dem Finger Richtung Palma.
»Da hinten, auf halber Höhe des Berges.«
Ich kannte das Castell. Ich hatte es jeden Tag von meiner Dachterrasse aus sehen können. Ich war vor zwei Jahren mit

Juliane selbst dort gewesen, im Rahmen einer mehrstündigen Busfahrt mit einem Doppelstöcker.
»Haben Sie schon die Kathedrale von *Palma* gesehen, oder den historischen Teil der Stadt?«, fragte Karl.
Wie ein Wandersmann sah er eigentlich nicht aus. Auch nicht wie ein Kulturkenner. Aber wer war ich, mir einzubilden, diesen Mann nach seinem Äußeren zu beurteilen.
»Dieser Yachthafen von *Palma*, diese Kreuzfahrtschiffe, so was kennt man doch sonst nur aus dem Fernsehen. Wir hatten noch so viel vor. Das Meer und der Strand sind auch nicht zu verachten. Am Strand waren wir, als es passierte. Wir waren gerade seit vier Tagen hier, als dieses Flugzeug abstürzte. Wir sind gleich losgelaufen, um selbst zu sehen, was da los war. Ich weiß, so etwas sollte man nicht tun...«
Er zuckte resigniert mit den Schultern.
»Wir sind ziemlich nah an den Flughafen herangekommen. Was ich dort gesehen habe, begriff ich einfach nicht. Die Rettungskräfte, die Feuerwehr und die Polizei agierten panisch wie aufgescheuchte Hühner. Da war keine Professionalität zu erkennen. Irgendwas lief dort schief, das spürte ich sofort. Dort, am Flughafen, lag an diesem Tag etwas in der Luft, das man nicht in Worte fassen kann. Menschenmassen drängten sich. Alle wollten einen Blick auf die Katastrophe erhaschen. Rauch und Geschrei. Ich sah Rettungssanitäter, die blutüberströmt aus dem Flughafen gerannt kamen, als ob sie jemand angegriffen hätte. Wer greift denn bitte Rettungssanitäter an, können Sie mir das sagen?«
Er rang sichtlich um Fassung, so als würde sich das Ganze bis ins letzte Detail in seinem Kopf wiederholen.

»Meine Frau bekam es mit der Angst zu tun, sie wollte einfach nur weg von dort. Die Menge der anwesenden Polizisten stieg von Minute zu Minute. Sogar das Militär rückte an. Ich sah blutige Leute aus dem Flughafen rennen – weinend, vom Schock paralysiert. Eine Frau schrie wortwörtlich: *»Er hat mich gebissen!«* Ich fragte mich damals, ob ich ihre Worte richtig verstanden hatte in dem Tumult. Viele Deutsche waren dort. Genau wie hier am *Platja de Palma.* Hier sind so viele Deutsche gewesen, man hätte denken können, man ist überhaupt nicht im Ausland. Die Polizisten fingen an, mit Gewalt vorzugehen und den Flughafen zu räumen. Das begann ungefähr zwei Stunden nach dem Absturz. Die hatten Gummiknüppel, Schilde, Helme und sogar Schusswaffen. Sie rückten mit Einsatzfahrzeugen an. Ich wusste nicht, wie viele Polizisten auf der Insel stationiert waren, aber sie schienen alles dorthin zu karren, was irgendwie greifbar war. Bis zum letzten Kaufhausdetektiv. Feuerwehrmänner, Sanitäter, einfach alles. Meine Frau zerrte an mir, weil sie einfach nur dort weg wollte. Ich war gebannt von der Szenerie. Ich kann es Ihnen nicht erklären. Als die Polizei anfing, den Flughafen mit Gewalt zu räumen, sind wir gegangen. An der Busstation waren Leute, die diskutierten, und zwar in allen möglichen Sprachen. Im Bus waren mehrere Personen, die bluteten. Nach zwei Haltestellen sind wir ausgestiegen. Wir konnten nicht länger in diesem Bus bleiben. Zuerst liefen wir einfach. Die Straßen waren voller Menschen. Zum Schluss sind wir gerannt, bis wir völlig außer Atem im Hotel angekommen sind. Wir konnten die ganze Nacht nicht schlafen, wir hockten vor dem kleinen Fernseher in unserem Hotelzimmer, aber die Berichte über das Flugzeugunglück fielen ganz schön spärlich aus.«

Ich wusste genau, wovon er sprach. Als wir am Flughafen waren, hatte sich die Kette schon formiert. Auch wir hatten uns gewundert über die spärliche Berichterstattung, als wir wieder zu Hause gewesen waren. Einen blutigen Menschen hatte ich auch gesehen. Ich dachte an die sechs Beamten, die einen einzigen Mann fixiert hatten. Unser Trip zum Flughafen war kurz und hektisch ausgefallen. Waren damals schon Infizierte in dem pöbelnden Mob von Schaulustigen gewesen?

»Am nächsten Tag waren ich und meine Frau immer noch fertig mit den Nerven. Uns stand absolut nicht der Sinn nach einem Ausflug«, sprach Karl weiter. »Wir wollten aber auch nicht im Hotel hocken, also sind wir runter ans Meer gegangen, haben unseren Schirm aufgespannt und auf das Wasser geschaut. Es waren jede Menge Urlauber auf den Beinen, aber irgendwie war die Stimmung aggressiver als sonst. Ich dachte erst, das Geschrei käme von irgendwelchen besoffenen Halbstarken, die sich vom *Ballermann 6* hierher verirrt hatten. Der *Ballermann* ist ja gleich dort hinten. Vielleicht einen Kilometer von hier.«

Karl zeigte mit dem Finger in die Richtung, in der *S'Arenal* lag. »Dann ging alles ziemlich schnell. Ein einzelner schreiender Mann rannte am Strand entlang und griff wahllos Leute an. So etwas machten auch Betrunkene normalerweise nicht. Meine Frau sagte noch zu mir, dass sie lieber hochgehen würde, als dieser Mann plötzlich auf sie zu rannte und sie in den Arm biss. Ein anderer Mann ging dazwischen und riss den Durchgeknallten von meiner Frau weg. Wir ließen alles stehen und liegen, und rannten davon. Ich schätze, das war feige. Ich hätte den Mann unterstützen müssen, der meiner Frau geholfen hatte.«

Karl schaute betroffen zu Boden und nestelte nervös an seinem Shirt herum.
»Die Bisswunde war tief und sah schlimm aus. Wir gingen sofort zu einem Arzt. Hier gab es einige Ärzte, die deutsch sprachen. Meist Deutsche, die hier eine Praxis eröffnet hatten. Hier ist es ja auch schöner als in Brandenburg. Wir waren nicht die Ersten dort, die eine Bisswunde versorgen lassen wollten. Ich wunderte mich noch, wie lange dieser um sich beißende Wahnsinnige schon ungehindert dort draußen am Werk gewesen war. Vielleicht waren ja immer noch alle Polizisten am Flughafen. Der Arzt wusste nicht, wo ihm der Kopf stand. So etwas hatte er noch nicht erlebt. Oh Gott.«
Karl stöhnte. Ich reichte ihm eine Dose Bier, die er dankend annahm und gierig in einem Zug austrank.
»Ich habe nur noch zwei Dosen davon«, sagte ich.
Karl nickte und sprach weiter. »Eine Frau im Wartezimmer, die auch eine Bisswunde hatte, kippte vom Stuhl. Sie lag auf dem Boden und bewegte sich, als hätte sie einen epileptischen Anfall. Der Arzt und zwei Schwestern taten, was sie konnten, um die Frau zu beruhigen. Ich dachte, das sei der Schock. Meiner Frau ging es auch überhaupt nicht gut. Sie war blasser als sonst, und der Schweiß stand ihr auf der Stirn. Sie zitterte wie Espenlaub, so als hätte sie Schüttelfrost. Der Frau auf dem Boden ging es aber noch schlechter.«
Karl schüttelte den Kopf und atmete hörbar ein. Er schwieg eine Weile, so als müsste er sich auf das vorbereiten, was jetzt zu erzählen war. Dann ging ein Ruck durch seinen Körper und seine Sitzhaltung wurde gestraffter. Mit zittriger, brüchiger Stimme sprach er weiter.
»Die Frau am Boden hatte Schaum vorm Mund und öffnete die Augen. Solche Augen habe ich noch nie zuvor gesehen.

Sie waren rot. Nicht rot geädert, wie wenn man übermüdet ist. Ich meine absolut tiefrot. Um die Pupillen herum war nichts Weißes mehr.«
Karls Stimme überschlug sich jetzt.
»Sie schrie dermaßen, dass mir die Ohren wehtaten. Und dann biss sie eine der Schwestern in den Unterarm. Die Schwester ließ die Frau los und starrte fassungslos auf ihre Wunde. Der Arzt und die andere Schwester gaben sich alle Mühe, die Frau festzuhalten. Der Arzt schaffte es irgendwie, sich auf die Frau zu setzen und sie zu Boden zu drücken. Dann fiel ein weiterer Gebissener vom Stuhl. Dieses Mal ein Mann. Ich zerrte meine Frau hoch und wir verließen die Praxis. Meine Frau konnte nicht mehr. Ich wusste nicht, was ich tun sollte. Ich hatte Panik, verstehen Sie?«
Betroffen nickte ich. Im Trösten war ich noch nie gut gewesen, auch nicht bei Juliane. Andere hätten Karl jetzt vielleicht in den Arm genommen, oder ihn mit Worten getröstet. Ich bekam nur ein Nicken hin. Nicht, dass ich keine derartigen Gefühle zuließ, oh doch, in mir brodelte es. Ich fühlte zutiefst das Leid, das Karl empfand. Aber mit körperlicher Nähe zu fremden Menschen hatte ich meine Probleme. Was sollte ich ihm auch sagen? Dass alles schon wieder werden würde? *Alles wird gut? Blödsinn!* Nichts würde wieder gut werden. Seine Frau war tot, oder sie irrte infiziert durch die Straßen. Juliane war tot, oder irrte infiziert durch die Straßen. Es würde eben nicht wieder werden. Nichts war gut, nicht einmal annähernd.
»Ich habe meine Freundin auch verloren«, sagte ich stattdessen.
Karl nickte. Es hieß ja, *geteiltes Leid ist halbes Leid.* Ich wusste nicht, ob das in diesem Moment zutraf, aber Karl verstand. Es schweißte uns irgendwie zusammen.

»Ich musste vor meiner eigenen Frau fliehen«, sagte er. »Ich weiß nicht mehr wie, aber ich schaffte es in das Hotel. Ich sah noch, wie sich meine Frau auf jemand anderes stürzte. Ich verbarrikadierte mich in meinem Zimmer. Ich schob alles vor die Tür, was sich irgendwie bewegen ließ, zum Beispiel den schweren Kleiderschrank. Ich habe das Zimmer seitdem nicht mehr verlassen. Nicht ein einziges Mal. Die Geräusche auf der Straße und im Hotel hielten mich davon ab. Dort unten herrschte Krieg, verstehen Sie? Krieg. Absoluter Krieg. Im Hotel war Krieg. Überall um mich herum war Krieg. Die ersten Tage waren die schlimmsten – Hilferufe auf den Fluren, splitternde Türen und diese Schreie. Diese furchtbaren Schreie. Ich habe meine Frau noch nie so schreien hören, wie damals, als sie sich verändert hatte, und hinter mir herjagte. Ich verhielt mich absolut still. Ich getraute mich nicht einmal, das Klo zu spülen. Ich rationierte meine Vorräte und machte keinen Mucks. Irgendwann wurde es ruhiger draußen. Vielleicht, weil es keinen mehr gab, den man noch jagen konnte. Niemand schrie mehr um Hilfe. Die letzten zwei Tage bildete ich mir aber ein, dass sich welche von denen auf dem Flur vor meinem Zimmer herumtrieben. Also verhielt ich mich noch stiller und knotete dieses Seil, damit ich mich vielleicht einen Stock tiefer flüchten könnte, falls wirklich jemand durch meine Tür wollte. Dann hörte ich Ihren Motor und den Tumult da draußen. Den Rest kennen Sie.«

Ich schwieg eine Weile und nickte. Den Rest kannte ich, das stimmte wohl.

»Was ist mit den Konserven?«, fragte ich. Vielleicht war die Frage taktlos in diesem Moment, aber ich musste sie stellen.

»Alle«, sagte Karl. »Vor Tagen schon. Ich habe sogar das Wasser aus dem Spülkasten getrunken. Mir wurde übel

davon, aber was sollte ich machen? Wissen Sie, wie es ist, wenn man Durchfall befürchtet, und absolut leise sein muss?«
Ich wusste es nicht, aber ich erahnte es. Ich hatte selbst in größter Not darauf verzichtet, dieses Wasser zu trinken, weil ein Durchfall alles nur noch schlimmer gemacht hätte.
»Ihr Bier ist die erste Nahrung, die ich seit Tagen zu mir nehme. Ich schätze, es kann nicht schaden, wenn ich etwas abnehme.«
Er versuchte, einen Scherz zu machen. Vielleicht war er ja auch ein wenig sarkastisch veranlagt. Ich hatte nichts dagegen. Was blieb einem sonst noch in dieser Hölle, wenn man seinen Sarkasmus verlor?
»Wo kommen Sie eigentlich her, nach all den Wochen?«, fragte mich Karl.
Jetzt war ich an der Reihe und erzählte ihm alles, was ich durchgemacht hatte. Ich erzählte ihm, wie ich nach drei Tagen, die ich wegen dieser komischen Grippe flachgelegen hatte, erwacht war, und eine völlig veränderte Welt vorgefunden hatte. Ich erzähle ihm von Juliane, die verschwunden war, und von meinen irrsinnigen Ausflügen. Ich erzählte ihm von der Idee mit dem Bettdeckenbezug, vom Supermarkt und den Horrortrips in die benachbarten Wohnungen. Ich erzählte ihm von meiner Nahtoderfahrung bei den Müllcontainern und von dem Wahnsinnigen, der fünf Stockwerke tief gefallen war.
»Sie haben einen Bettdeckenbezug als Tarnung benutzt?«, fragte Karl ungläubig.
»Ja. Irre, nicht wahr?«, antwortete ich.
Ich berichtete auch von den Wurfgeschossen zur Ablenkung, von meiner Virustheorie und den Schüssen in der Nachbarschaft. Karls Augen wurden von Minute zu Minute

größer. Ich konnte es ihm nicht verdenken. Ich hatte ganz schön auf die Kacke gehauen in letzter Zeit. Ich schloss mit meiner Flucht und meiner Vermutung, dass sich die Infizierten weiter entwickelt hatten. Dass sie jetzt in der Lage waren, versteckte Beute zu wittern. Versteckte Beute wie Karl, der zuletzt Geräusche vor seiner Tür gehört hatte.

»Das war keine Einbildung«, sagte ich. »Es war fünf vor zwölf.«

Karl nickte und war bleich im Gesicht. Zuletzt brachte ich die Anekdote von dem Bootsklau im Hafen.

»Und was hat Sie ausgerechnet hierher geführt? In die Höhle des Löwen?«, fragte Karl.

»Kleine, bunte, zwanzig Zentimeter große Fischkescher, eine neue Taucherbrille und ein Schnorchel.« Meine Antwort verblüffte Karl einigermaßen, also erzählte ich ihm noch von meiner Idee mit den Fischen. Die Möglichkeit, Fische zu fangen, hielt ich immer noch für eine echte Lösung.

»Wir könnten im Hafen nach einem Fischerboot suchen«, meinte Karl.

Der Einwurf war nicht einmal der schlechteste. Immerhin gab es hier jede Menge Fischer, die mit ihren Booten rausfuhren und die Restaurants mit frischen Fischen versorgten.

»Daran habe ich noch gar nicht gedacht«, gab ich zu.

Zwei Köpfe waren eben besser als einer.

»Im Hafen von *El Molinar* sind mir aber auch keine Netze aufgefallen, die ich hätte mitnehmen können. Ich habe aber auch nicht darauf geachtet. Die Idee kam mir erst später«, fügte ich ergänzend hinzu. »Außerdem war im Hafen die Hölle los.«

Karl nickte und schwieg. Ich schwieg ebenfalls. Die Kreaturen am Strand starrten zu uns herüber und gebärdeten sich wie wild.
»Wir holen dieses Netz, wir holen die Taucherbrille und den Schnorchel, jetzt sofort!«, brach Karl das Schweigen.
»Wie bitte?«, fragte ich.
»Ich weiß genau, wo ein Laden ist, in dem es all diese Dinge gibt. Da drüben, fünfzig Meter neben dem Hotel, aus dem Sie mich herausgeholt haben. Ich bin dort mehrfach mit meiner Frau entlang gelaufen, bevor alles begann. Sie lenken diese Wahnsinnigen ab, und ich renne dort rüber und hole die Sachen. Das ist das Mindeste, was ich tun kann«, meinte Karl.
Ich sah Entschlossenheit in seinen Augen.
»Ihr Ablenkungsmanöver hat einmal funktioniert, es funktioniert auch zweimal. Außerdem habe ich in meinem ganzen Leben noch nicht geschnorchelt!«, ergänzte er.
Mir fiel ein Sprichwort ein: *Wie gewonnen, so zerronnen.* Wenn Karl bei der Sache draufging, wäre ich wieder allein in dieser beschissenen Welt. Das wollte ich absolut nicht riskieren. Ich sagte Karl, dass man das Glück nicht zu oft herausfordern sollte.
»Und was ist die Alternative?«, wollte Karl wissen.
Zugegeben, diese Frage war gerechtfertigt. Die Alternative sah nicht unbedingt besser aus. Es gab noch die Möglichkeit, dass Karl den Köder spielte, und ich dort rüber rannte. Ich war aber auch nicht unbedingt der Typ, der sich für andere opferte. Die echte Alternative bestand aus endlosen, extrem gefährlichen Beutezügen an Land. Nach Möglichkeit in den Supermarkt, den ich schon kannte, und wo Sachen bereit standen. Allerdings waren wir jetzt zu zweit und benötigten

doppelt so viel Nahrung. Der Dosencountdown halbierte sich auf einen Schlag.
»Okay«, sagte ich. »Seien Sie aber vorsichtig!«

*

Ich hatte kein gutes Gefühl, aber es sah jetzt tatsächlich so aus, als würden wir diese irrsinnige Aktion durchziehen. Ich war mit *Whaly* auf die Höhe des Geschäftes gefahren, zu dem Karl wollte. Wir standen auf dem Boot und nahmen den Laden unter die Lupe, so gut es aus dieser Entfernung möglich war. Vor dem Geschäft standen bunte Luftmatratzen, von denen ich aufgrund des Gefälles und der Mauer nur die oberen Enden sehen konnte. Die entscheidende Information hatte ich aber: Die Jalousie des Geschäftes war nicht heruntergelassen. Man konnte den Laden also betreten. Karl meinte, das sei gar nicht nötig, weil die Sachen außen an Ständern hingen, die Flanierende beim Vorbeigehen anlocken sollten.
»Wollen Sie das wirklich tun?«, fragte ich noch einmal zur Sicherheit.
Karl bestand darauf. Es schien mir fast, als wollte er sich selbst etwas beweisen, nachdem er sich die ganze Zeit versteckt hatte.
»Wegen mir müssen Sie das nicht tun«, sagte ich.
Vielleicht war er von meinen Erzählungen so beeindruckt, dass er zumindest etwas entgegensetzen wollte. Das hier war aber kein Konkurrenzkampf.
Konkurrenz war etwas, das mich zutiefst anwiderte. In der alten Welt hatte Jeder dem Anderen immer etwas beweisen wollen. Jeder hatte mehr können und besser sein müssen als der Mitbewerber. Ich hatte mich nie als Teil dieser abartigen

Leistungsgesellschaft betrachtet, in der wir früher gelebt hatten, und die in Deutschland ganz besonders ausgeprägt gewesen war. Man musste dort schon ein schlechtes Gewissen haben, wenn man mal ein paar Tage auf der faulen Haut lag. Ich teilte Karl meinen Standpunkt bezüglich des Konkurrenzdings mit.

Er erwiderte nur, dass die Idee mit den Fischen sehr gut sei, und dass wir es bereuen würden, wenn wir die Ausrüstung, die keine hundert Meter entfernt war, jetzt liegen ließen. Vermutlich hatte er recht. Ich nickte. Karl ließ sich vorsichtig ins Wasser. Ich fuhr mit dem Boot davon, mit einem flauen Gefühl im Magen. Als ich hundert Meter entfernt war, legte ich los. Der Motor röhrte, ich schrie nach Leibeskräften und Karl schwamm Richtung Ufer.

Die Kreaturen waren nicht lernfähig. Das wusste ich bereits. Man konnte mit ihnen spielen wie mit Hunden. Man konnte sie an der Nase herumführen, aber nur, wenn man sich in Sicherheit befand. Die Infizierten waren zwar dumm, aber sie waren unglaublich schnell, und sie gingen rabiater vor, als man es sich vorstellen konnte. Sie rammten sich durch Türen wie beschissene Rhinozerosse. Wenn man sie unterschätzte, war man tot. Oder wurde zu einem von ihnen. Nach Karls Schilderungen glaubte ich eher an die zweite Variante, obwohl am Strand einige abgenagte Leichen herumlagen. Die Wahrheit lag wohl irgendwo in der Mitte.

Karl war jetzt aus dem Wasser, das plätschernd von seinen Klamotten lief. Ich verstärkte meine Bemühungen noch. Der Abgasgestank war bestialisch. Ich schrie und schrie und schrie. Karl lief bis zur Mauer und setzte etwas ungeschickt über sie hinweg. Er wusste genau, wo das Zeug hing, auf das wir es abgesehen hatten. Er fummelte eine gefühlte Ewigkeit an irgendetwas herum. Vielleicht bekam er die Sachen nicht vom Ständer herunter. Jetzt hob er triumphierend etwas in die Luft. Sämtliche Gestalten hatten ihre Augen und geifernden Mäuler mir zugewandt. Es waren Hunderte. Vielleicht Tausend. *Was für eine kranke Scheiße!* Karl trat den Rückweg an. Bald hatten wir es geschafft. Mein Gebrüll war jetzt nicht mehr steigerbar, genausowenig, wie die Drehzahl des Motors. Sicher konnte er davon kaputtgehen, wenn er im Leerlauf derart beansprucht wurde, aber das zählte jetzt nicht. Wir waren zu zweit. Wir hatten jetzt ganz andere Möglichkeiten. Karl musste nur überleben.

Einer lenkte ab, der andere ging rein. Das würde auch im Hafen funktionieren. Es würde überall funktionieren, wo der Köder in Sicherheit war, also am Wasser. Karl war jetzt an selbigem und watete ins Meer. Wenig später hatten wir es hinter uns. Das Adrenalin hatte mich im Griff, meine Hände zitterten, aber wir hatten es hinter uns. Langsam tuckerte ich zu meinem neuen Gefährten herüber, der in sicherer Wassertiefe auf mich wartete. Der Teufelskerl hielt zwei Netze in der Hand und zwei Sets, die jeweils einen Schnorchel und eine Taucherbrille enthielten. Ich ließ einen Triumphschrei los und zeigte den Pissern am Strand den Mittelfinger. Karl lachte unkontrolliert. Das Adrenalin hatte auch ihn voll im Griff. Was für eine Aktion. Das musste uns erst einmal einer nachmachen!

*

Wir wollten unsere neue Ausrüstung verständlicherweise schnell ausprobieren. Das sandige Gebiet an den Urlaubsstränden schien mir aber wenig geeignet dafür. Dort, wo der Meeresgrund glatt und sandig war, hielten sich nicht viele Fische auf. Das wusste ich als Schnorchel-Veteran. In

wahren Schwärmen versammelten sie sich hingegen an Steinen, auf denen Pflanzen wuchsen. Auf sandigem Grund gab es auch für Fische wenig zu holen. Ich erzählte Karl von der Schnorchelbucht und den Fischschwärmen bei den Steinen. Fasziniert lauschte er meinen Worten. Vorfreude blitzte in seinen Augen. Besonders vorwitzige Infizierte könnten uns dort allerdings gefährlich nah kommen, wenn sie den aufgeschütteten Steinwall benutzten. Außerdem war die Bucht von unserer jetzigen Position ziemlich weit entfernt, schätzungsweise sieben Kilometer oder mehr. Hier am *Platja de Palma* wollte ich aber auch wegen der Unmassen von Infizierten, die sich an Land tummelten, nicht unbedingt länger bleiben als nötig. Es gab gemütlichere Orte. Selbst in Zeiten wie diesen.
Der Tank machte mir Sorgen. Schätzungsweise die Hälfte von den zwölf Litern, die ich gehabt hatte, als ich das Boot stahl, war bereits verbraucht. Ich wollte nur ungern weiter in Richtung *S'Arenal* tuckern und in ein Gebiet vorstoßen, das ich nicht kannte. Ich fühlte mich besser dabei, zunächst zurück nach *El Molinar* zu fahren. Falls ich doch noch auf meine Vorräte im Supermarkt zurückgreifen musste. Wir waren jetzt immerhin zu zweit, und Trinkbares war nach wie vor ein Problem. Ob roher Fisch überhaupt genießbar war, musste sich auch erst noch zeigen. War das nicht der Fall, war die Ferienwohnung eine Adresse, an der sich garantiert Teelichter, Feuerzeuge und eine Bratpfanne befanden. Gefährlich war es sowieso überall. Trotzdem – oder gerade deswegen – war es immer besser, zu wissen, wo man das fand, was man brauchte, anstatt einfach ins Blaue hinein auf gut Glück nach den Dingen zu suchen. *Schnell rein und wieder raus, und dann fliehen.* Ein Spruch, der auch für den Umgang mit nervigen Frauen galt, beziehungsweise gegolten

hatte. Theoretisch. Praktiker war ich auf diesem Gebiet nie gewesen. Ich war leider zu feige, und jetzt war der Zug sowieso abgefahren.
In Hajüs Domizil gab es sogar einen Schlauch, nämlich den zum Abspülen der Dachterrasse. Damit konnte man Benzin abzapfen. Er war an dem Wasserhahn befestigt, an dem das Seil aus Bettlaken mit der Schlaufe hing. Ein paar Messer mehr, Gabeln, Löffel und ein Bettdeckenbezug für Karl wären auch nicht verkehrt.
Ich teilte meine Gedanken mit ihm. Nach unserer überaus erfolgreichen Zusammenarbeit waren wir zum *Du* übergegangen. In der alten Welt hatte ich es gehasst, vorschnell von Leuten geduzt zu werden. Während des Studiums hatte es sogar Professoren gegeben, die von ihren Studenten geduzt werden wollten. Vielleicht, um sich jünger zu fühlen. *Völlig absurd.* Ich hatte mich auch immer kategorisch geweigert, diverse Arbeitskollegen mir nichts, dir nichts zu duzen. Mir war ein höfliches aber distanziertes *Sie* des Öfteren lieber gewesen. Geduzt werden wollte ich nur von Leuten, die ich auch wirklich mochte. Auch wenn ich Karl erst seit kurzem kannte, war das der Fall. Der Taucherbrillenraub war grandios gewesen. Die Zeit für das *Du* war reif.
»In *S'Arenal* gibt es eine ziemlich große Marina. Vielleicht finden wir dort ein besseres und größeres Boot«, sagte Karl.
Ich wusste genau, worauf er anspielte. *Whaly* war schon für eine Person ziemlich klein, besonders wenn man auf dem Boot übernachten musste. Zu zweit wurde es richtig eng.
»Wenn man zusammenzieht, muss eine größere Wohnung her«, scherzte ich.
Ich hätte es nie und nimmer jahrelang mit Juliane ausgehalten, hätte ich nicht mein eigenes Zimmer, mein

Refugium, meinen Rückzugsort gehabt. Es spielte keine Rolle, ob es sich um Partner, Wohngemeinschaften oder sonst etwas handelte. Ohne den nötigen Freiraum krachte es unweigerlich irgendwann. Karl lachte über meinen Scherz.
»Über große Boote habe ich mir auch schon den Kopf zerbrochen«, sagte ich. »Das Problem ist, dass man für sie immer einen Zündschlüssel benötigt. Ich habe keine Ahnung, wie man ein Boot kurzschließt. Das dauert lange und macht Krach. Man muss die Verkleidung am Zündschloss aufbrechen. Meinen Schraubenschlüssel habe ich in der Ferienwohnung vergessen. Zum Schluss haben diese Dinger vielleicht Lenkradsperren, die einrasten, wenn man das Lenkrad ohne Schlüssel dreht. So wie bei Autos. Dann sind wir richtig am Arsch.«
»Woran man alles denken muss...«, erwiderte Karl und schüttelte den Kopf.
»An Tausend kleine Dinge. Und eines oder zwei vergisst man garantiert«, antwortete ich. »Häfen gibt es in beiden Richtungen«, sprach ich weiter. »Allein zwei Stück liegen zwischen hier und dem Hafen von *El Molinar*. Hinter dem Hafen von *El Molinar* kommt noch *Portixol*. Das sind immerhin vier kleine bis mittlere Häfen, in denen wir uns umsehen können. Vielleicht reicht der Sprit sogar bis zum Hafen von *Palma*, dort gibt es mehr Boote als man zählen kann. Aber wahrscheinlich auch mehr Infizierte als man zählen kann. Aber auf dem Wasser und mit der Ablenktaktik haben wir vielleicht eine Chance.«
»Es soll ja Deppen geben, die ihre Schlüssel auf dem Boot verstecken«, warf Karl ein.
Die vier kleineren Häfen und die Aussicht auf eine vorsichtige Erkundung des Hafens von *Palma* überzeugten Karl. Bevor wir aber den Motor starteten, ließen wir den

Dosencountdown auf fünf herunter ticken, indem wir uns den Inhalt einer Konserve teilten.
»Das tragische an der Sache ist, dass ich genau weiß, wo massenhaft Dosennachschub herumliegt. Wie bestellt und nicht abgeholt. Stolze vierundzwanzig Dosen habe ich an der Laderampe bereitgestellt. Die warten nur auf uns. Zusammen mit vier Gläsern Apfelmus und dreizehn Flaschen Wasser. Was im Lager vom Supermarkt sonst noch in den Paletten wartet, weiß nur Gott.« Ich hatte Karl vom Supermarkt erzählt. Er wusste, wovon ich sprach.
Ich schüttelte den Kopf und fuhr fort: »Leider zu gefährlich, besonders jetzt, wo die Nasen von diesen Scheißern frei sind.«
»Man könnte den Bettbezug mit Fisch einreiben, der vorher in der Sonne lag«, sagte Karl.
Er dachte wirklich mit. Das gefiel mir. Mit Fischgestank konnte ich eher leben als mit Leichengeruch.
»Mal sehen«, sagte ich und startete den Motor. An uns zogen die verwüsteten Strandbars und Geschäfte der Strandpromenade vorbei.
»Vielleicht sollte man dort mal nach Getränken sehen«, meinte Karl.
»Noch ein Ablenkungsmanöver?«, fragte ich und Karl nickte.
»Der Verkaufsbereich des Supermarktes war komplett geplündert. Nur der Krempel, der nicht überlebenswichtig ist, war noch da. Deswegen hat sich auch keiner für die Taucherbrillen und Netze hier interessiert. Ich glaube nicht, dass wir hier noch was zu Trinken finden. Es war wahrscheinlich pures Glück, dass im Supermarkt während der Massenpanik kaum einer auf die Idee gekommen ist, mal im Lager nachzusehen«, gab ich zu bedenken.

Karl hatte natürlich nicht ganz unrecht. Einen Versuch wäre es schon wert, aber ich glaubte nicht daran, hier noch etwas Derartiges zu finden.
»Ich kann mich natürlich täuschen«, räumte ich ein. »Es ist aber gefährlich und ungewiss. Wir kommen noch eine Weile hin mit dem, was wir haben. Ich würde es hier und jetzt lieber lassen.«
Die Horde der Gestalten, die unserem Motorengeräusch folgte, war riesig. Karl wirkte erleichtert. Auch er schien das Glück hier und jetzt nicht unbedingt noch einmal herausfordern zu wollen. Zumal die Aussicht auf Erfolg gering war. Lebensmittel und Trinkbares waren ohne jeden Zweifel das erste gewesen, was die Plünderer in der allgemeinen Panik mitgenommen hatten.
»Vielleicht in einem weniger dicht besiedelten Gebiet«, sagte er und nickte mehr zu sich selbst.
Wir hatten zweimal Schwein gehabt. Das war aber kein Grund, jetzt übermütig zu werden, und unüberlegt zu handeln. Dass in den Läden der Mob gewütet hatte, war für mich glasklar. Es gab hier natürlich wesentlich mehr Restaurants und auch Strandbars als weiter hinten. Aber es gab hier eben auch mehr von diesen monströsen Abscheulichkeiten. Viele von denen hatten bei ihrer Verwandlung sicher das Zwischenstadium des Plünderers durchlebt. Der Gedanke beschäftigte mich eine Weile. Sollten wir es vielleicht doch versuchen? Würde ich es später bereuen?
Man konnte erst sicher wissen, dass es dort drüben nichts zu holen gab, nachdem man sich selbst davon überzeugt hatte. Das war die Crux bei der Sache. Vor der Erkenntnis stand immer die Mühe, die oft eben auch vergeblich war. *Versuch und Irrtum.* Mit diesem Prinzip war es in der alten Welt

schon ein Kreuz gewesen – vergebliche Mühen und darauf folgende Enttäuschungen, sinnlos verschwendete Energie und Zeit. Dennoch musste man den Versuch unternehmen, wenn man die absolute Gewissheit wollte. Vorher gab das Gehirn keine Ruhe. Das galt in allen möglichen Bereichen. Der Haken war: Diese Welt, in der wir uns jetzt befanden, verzieh keine Fehler. Der röhrende Motor fraß außerdem Sprit, der uns später vielleicht fehlte.

Karl sah mir an, dass mich die Angelegenheit noch immer beschäftigte. »Erst die Häfen«, sagte er.

Ich nickte.

Kapitel 14: Auf Tour

Der erste Hafen, den wir passierten, lag am Rand der Touristenhochburg bei *Can Pastilla.* Die Masse der Kreaturen, die vom Motorenlärm angezogen wurde, war unwahrscheinlich hoch. Jetzt, wo wir zu zweit waren, konnte man wirklich übers Rudern nachdenken. Dann könnten wir uns den heißen Zonen leise nähern. Auch hier gab es natürlich gleich mehrere Haken. Erst einmal müssten wir Ruder finden, die bei *Whaly* passten. Sicher gab es alle möglichen Größen, und auf *Whalys* Scharniere passten bestimmt nur die Ruder desselben Herstellers. Man wollte ja nicht der Konkurrenz das Geld der zahlenden Kundschaft überlassen. So war sie halt, die Marktwirtschaft. Oder man besorgte sich direkt ein neues Boot mit Rudern und funktionierendem Außenborder, der sich ohne Schlüssel starten ließ. Beide Varianten erforderten eine gefährliche Sucherei.

Der zweite Haken war: Wir müssten bei kleinen Booten bleiben, wenn wir rudern wollten. Und wir würden mehr Nahrung verbrauchen, wenn wir uns körperlich mehr anstrengten.

»Die Welt basiert auf dem Prinzip des Gleichgewichtes«, sinnierte Karl. »Nimmt man etwas, muss man auch etwas geben. Die einen können nur reich sein, wenn andere dafür ausgebeutet werden und mit ihrer Armut bezahlen. Gibt es irgendwo ein Hochwasser, herrscht woanders Ebbe. Fahren wir mit Motor, brauchen wir Sprit. Fahren wir schneller, um Zeit zu sparen, bezahlen wir die gewonnene Zeit mit noch mehr Sprit und noch mehr Lärm. Die Energie, die wir durch den Motor sparen, müssen wir investieren, um Sprit zu besorgen. Rudern wir, brauchen wir mehr Nahrung. Wir ziehen weniger Gestalten an, weil wir leiser sind, müssen dafür aber öfter auf die Suche gehen. Nichts ist umsonst. Mit irgendetwas muss man immer bezahlen. Oder jemand anders muss bezahlen.«

Oh, dachte ich. Ich hatte einen verkappten Philosophen an Bord. Aber wo er recht hatte, hatte er recht.

»Wollen wir wirklich in diesen Hafen rein?«, fragte ich, als Karl seinen Monolog beendet hatte. Ich sah Gestalten hinter der hüfthohen Mauer, auf der sich ein Gitterzaun befand. Sie rannten bei den Booten umher. Manche sprangen wie wild gewordene Hürdenläufer von Boot zu Boot. Einige fielen dabei ins Wasser und wühlten es im Todeskampf auf, bis es schäumte. Fürchterliches spielte sich dort drüben ab. Aus der Entfernung konnte man relativ unbeteiligt und emotionslos das Schauspiel beobachten. Aber ich wusste um die Intensität der Szenen, wenn man ihnen aus nächster Nähe unter Lebensgefahr beiwohnen musste. Die Traube der uns folgenden Kreaturen flutete zum Teil durch den an der Straße gelegenen Eingang regelrecht in den Hafen hinein.

»Wahnsinn«, murmelte Karl, für den diese Welt aus dieser Perspektive noch ziemlich neu war. Ich war zwar auch noch nicht lange Bootsführer, hatte aber schon weit mehr hinter mir, wenn auch zu Fuß und in gehockter Position.

»Die Boote im Hafen von *El Molinar* sind vielleicht nicht die neuesten, aber der Hafen ist umzäunt und abgeschlossen. Dort hätten wir es mit zwanzig oder dreißig von denen zu tun und nicht mit tausend«, sagte ich.

Zwanzig waren immer noch eine unüberwindbare Hürde, aber vielleicht könnte das Ablenkungsmanöver das Zünglein an der Waage sein. *Can Pastilla* hingegen war purer Selbstmord. Auch wenn sich die Traube um den Hafen

herum weglocken ließe, blieben bestimmt einige im Hafen zurück. Das hier war nicht der freie Strand. Es gab Umwege und Hindernisse. Zäune. Außerdem musste man weiter weg, aufgrund der Architektur der Hafenanlage. Der Hafen war auch größer als der von *El Molinar*. Wenn nur zwei oder drei im Hafen zurückblieben, weil sie an irgendwelchen Zäunen hängen blieben, konnte das tödlich ausgehen.
Wir fuhren weiter. Jetzt folgte die erste steinige Passage. Die Massen hatten Schwierigkeiten mit dem unwegsamen Gelände und der Tatsache, dass sich die Wege etwas vom Wasser entfernten. Ich erinnerte mich daran, wie ich die Traube, die mir auf dem Hinweg gefolgt war, abgehängt hatte. Der Hafen, an dem mir das gelungen war, war jetzt unser nächstes Ziel. Ironie des Schicksals. Ich gab Gas und vergrößerte den Abstand zwischen uns und der Küste.
»Vielleicht sollten wir weiter rausfahren, damit wir deren Aufmerksamkeit verlieren, und den Motor abschalten, bis sie sich zerstreuen«, schlug ich vor.
»Und danach fahren wir langsam und mit leiserem Motor viel weiter draußen. Wenn wir von weiter draußen kommen, also vom Meer aus gerade auf den nächsten Hafen zufahren, locken wir weniger von denen an als wenn wir an der Küste entlang fahren. Allerdings ist der Weg weiter und wir verbrauchen mehr Sprit«, erwiderte Karl.
»Die Sache mit dem Gleichgewicht«, sagte ich.
»Genau.«

*

Wir warteten ziemlich weit draußen auf der Höhe des Hafens. Wir hatten keine Uhren, weder ich noch Karl, und unser Zeitgefühl hatte gelitten. Hier war das Wasser sehr tief. Ich wusste nicht, wie tief, aber zehn Meter hielt ich für realistisch. Ein Tauchgang hätte auch hier nicht unbedingt Sinn ergeben, da sich die Fische oft in Bodennähe aufhielten. Es war schon ein Kraftakt, bei anderthalb Metern Wassertiefe den Meeresgrund mit der Hand zu berühren. Der Druck auf den Ohren und das Wasser, das einen unweigerlich nach oben drückte – nicht zuletzt wegen der Luft in den Lungen und dem hohen Salzgehalt, der einen eher schwimmen als untergehen ließ – war schon bei Wassertiefen um die zwei Meter eine für ungeübte Taucher fast unüberwindbare Hürde. Zumindest waren das meine Erfahrungen.

Wir nutzten die Zeit, um uns zu unterhalten.

»Weißt du, was mit dem Rest der Welt ist? Hast du irgendetwas aufgeschnappt?«, fragte ich Karl.

»Nein«, sagte er. »Ich habe mich nicht getraut, den Fernseher einzuschalten, als ich mich im Zimmer verkrochen hatte. Der Strom war ohnehin ziemlich schnell weg, genau wie das Wasser. Ich weiß nicht mehr genau. Ich glaube, in der Nacht, nachdem meine Frau gebissen wurde, war alles schon zappenduster.«

»Und wie sieht es mit Smartphones aus. Hattet ihr sowas?«

»Ich bin siebenundvierzig. Ich bin noch von der alten Schule. Ich bevorzuge Schallplatten und Bücher, nicht diesen neumodischen Kram. Meine zwei Töchter sind da fitter als ich.«

»Du hast zwei Töchter?«, hakte ich nach.

»Ja. Klara und Lea. Beide sind flügge geworden und haben das Nest verlassen. Die haben solche neumodischen Sachen. Aber sie haben natürlich keine Lust, mit ihren altmodischen Eltern in Urlaub zu fliegen. Gott sei Dank sind sie nicht hier. Ich hatte im Hotelzimmer genug Zeit, darüber nachzudenken, wie es ihnen wohl geht. Bestimmt haben sie mitbekommen, was hier los ist, und dass wir nicht zurückkommen. Sie müssen krank sein vor Sorge.«

Karls Stimme wurde dünn. Er wollte es nicht aussprechen, aber sicher hatte er sich auch schon Gedanken gemacht, warum von außen keine Hilfe kam. Selbst wenn die Insel unter Quarantäne stehen würde, und die da draußen nicht auf die Insel kamen, um das Virus nicht auf das Festland zu schleppen, so hätten wir doch Schiffe gesehen. Militärschiffe zum Beispiel, die das Ganze aus sicherer Entfernung im Auge behielten. Oder Flugzeuge, die Erkundungsflüge über die Insel machten.

Ich besaß genug Taktgefühl, um das Thema nicht anzuschneiden. Aber ich glaubte, dort wo der Erreger hergekommen war, gab es noch mehr davon. Wie wahrscheinlich war es, dass ausgerechnet Patient Null im Flugzeug nach Mallorca gesessen hatte? Vielleicht war das Flugzeug, das hier runter gekracht war, eines der letzten, das von dort gestartet war, wo es herkam. Ein Gebissener war an Bord gewesen, und während der Flieger abgehoben war, hatte sich die Scheiße auch auf dem Boden ausgebreitet.

»Wie lange hat es gedauert, bis deine Frau sich nach dem Biss verändert hat? Entschuldige bitte die Frage, aber ich würde es gerne wissen«, fragte ich.

»Keine Ahnung. Wir hatten noch genug Zeit, um zum Arzt zu gehen, eine Weile im Wartezimmer zu sitzen, und wieder zurück auf die Straße zu fliehen. Eine Stunde etwa. Vielleicht mehr, vielleicht weniger.«

Theoretisch war es also möglich, gebissen an Bord zu gehen. Vielleicht hatte derjenige unter Schock gestanden, oder solche Panik gehabt, vor dem, der ihn gebissen hatte, dass er an Bord gegangen war, um demjenigen zu entfliehen. Ein

langes, dunkles Kleidungsstück und Taschentücher hatten den Biss verborgen – oder eine Zeitung, oder weiß der Geier was. Vielleicht wollte er auch so dringend in den Urlaub, dass er dem Biss nicht die gebotene Bedeutung beigemessen hatte. Woher hätte er auch wissen sollen, womit er es zu tun gehabt hatte?
Oder der Erreger hatte im Körper geschlummert, und war aus welchen Gründen auch immer im Flugzeug ausgebrochen. Diese Überlegungen hatte ich schon einmal angestellt. Wenn das Virus in einer Person schlummern konnte, dann vielleicht auch in anderen. An die zweite Theorie glaubte ich nicht wirklich. Jeder, der hier gebissen worden war, hatte sich verwandelt. Andererseits waren die Menschen in der Region, wo sich das Virus aus einem anderen Virus heraus entwickelt hatte, vielleicht resistenter gegen etwaige Erreger. Einfach aus dem Grund, weil ähnlicher Mist, der sich aber nicht so drastisch auswirkte wie die mutierte Variante, dort schon länger umging, und der Körper besser damit fertig wurde. Oder es war noch ganz anders gewesen. Wir hatten nicht die Mittel, es herauszufinden.
»Und wie sieht es mit einem altmodischen Handy aus?«, beendete ich meine Fragerei.
»Hatten wir. Als ich im Hotel war, habe ich es sofort ausgeschaltet, damit es nicht im falschen Moment klingelt. Ich hätte mich ohnehin nicht getraut zu sprechen. Zu laut. Auf meiner Flucht habe ich es liegen gelassen.«
»Es wäre im Wasser ohnehin kaputt gegangen«, erwiderte ich.
Die Sonne hing schon ziemlich tief. Wir aßen beide noch einen Müsliriegel und leerten die angebrochene Flasche. Wir hatten beide Hunger. Seit Anbeginn der neuen Zeitrechnung,

die mit dem Flugzeugabsturz begonnen hatte, hatten wir beide unabhängig voneinander nur das Nötigste gegessen. Wir waren beide unterernährt. Vier Anderthalb-Liter-Flaschen und die Dosengetränke waren noch übrig. Und das für zwei Personen. Vielleicht hätten wir doch am *Platja de Palma* nachsehen sollen. *Hätte, hätte, hätte.* Dieses Wort fing an, mich zu nerven. Wir hatten nicht, und damit basta!
»Wollen wir loslegen?«, fragte ich.
»Klar.«
Ich ließ den Motor an.

*

Wir tuckerten so langsam und so leise wie es ging im Neunzig-Grad-Winkel auf den Hafen zu, der laut Karte in der Bucht *Cala Gamba* lag. Das hier war ebenfalls dicht besiedeltes Gebiet. Wir waren ziemlich nah an der jetzt brachliegenden Einflugschneise. In diesem Hafen hatten zum Teil richtige Feste stattgefunden, mit Musik, einer kleinen Bühne und eigens dafür zahlreich aufgestellten Tischreihen. Juliane und ich waren hier mehrfach vorbeigelaufen. Auf dem Hafengelände befand sich ein größeres zweistöckiges Gebäude mit einem Restaurant und einem Yachtclub. Jetzt war sämtliche Fröhlichkeit, die je in diesem Hafen geherrscht hatte, verflogen, wie ein Blatt im Wind. Man konnte nicht einmal sagen, dass sie nur noch eine Erinnerung war, denn nicht einmal das stimmte. Es gab niemanden mehr, der sich hätte an diese Feste erinnern können. Außer mir, der nur einen Blick von außen hinein geworfen hatte. Der Hafen war geschätzt zwei- bis dreimal so groß, wie der von *El Molinar*. Die Boote waren dennoch relativ klein, zum Teil aber neuer und gepflegter.

Schon als wir durch die Einfahrt glitten, die nicht direkt auf das Meer zeigte, sondern das Fahren einer Kurve erforderte, wussten wir, dass es riskant war, weiterzumachen. Wir schalteten den Motor aus, um keinen unnötigen Lärm zu verursachen, obwohl einige Kreaturen uns schon im Blick hatten. Sie schienen sich nicht sicher zu sein, was da übers Wasser schwamm. Beute, oder keine Beute? Sie waren zum Teil alarmiert, aber rasteten noch nicht völlig aus. Wir dümpelten im vorderen Bereich des Hafens. In diesem Teil gab es keine Stege. Die Boote lagen U-förmig. In der Mitte des Bereiches war genug Platz, so dass uns keine unmittelbare Gefahr drohte. Es dämmerte bereits, was die Szenerie noch gespenstischer machte. Auf den ersten Blick sah ich zahlreiche Gestalten. Es gab kein Boot, dessen Nähe frei von Kreaturen war. Das Ablenkungsmanöver konnten wir vergessen, da wir uns in einem kesselförmigen, runden Abschnitt befanden. Wir schwammen in der Mitte. Es gab nicht wirklich rechts oder links. Es gab nur die Mitte und die uns U-förmig umgebenden Boote. Und natürlich die Ausfahrt. Die Beschaffenheit des Hafens war strategisch ungünstig. Wir hätten es auf Teufel komm raus versuchen können, dann aber mit beträchtlichem Risiko. Hätten wir von der Mitte aus Lärm gemacht, wären die Kreaturen nicht in eine bestimmte Richtung gelaufen, sondern hätten in die Mitte des vielleicht fünfzehn Meter breiten und dreißig Meter langen Kessels gestarrt. Wäre einer von uns als Köder an eine Seite geschwommen, wäre die Entfernung zu den Infizierten bedenklich geschrumpft. Hier war zu wenig Platz, um diese Nummer einigermaßen sicher durchzuziehen. Weiter hinten begann der Bereich mit den Bootsstegen. Dort war es noch enger. An die hundert Kreaturen hielten sich im

Hafeninneren auf. Ich schaute Karl an und schüttelte mit dem Kopf.
Ich zog am Seilzug des Außerbordmotors, der sofort ansprang. Jetzt ging ein kollektiver Aufschrei durch den gesamten Hafen. Was sich hier abspielte, kannte ich schon. Auch hier gab es einige Infizierte, die wahnsinnig genug waren, auf uns zu zuspringen. Die Entfernung war zu groß, so dass sie elendig ersoffen. Andere rannten das von Booten gesäumte U auf und ab, in der Hoffnung, einen günstigen Zeitpunkt zu erhaschen, um uns zu erwischen. Manche wurden in dem Gedrängel von Nachrückenden regelrecht ins Wasser gestoßen. Vorsichtig wendete ich das Boot, ohne zu nah an den Rand des Kessels zu geraten. Die Ausfahrt war, jetzt wo alle im Hafen befindlichen Kreaturen alarmiert waren, gefährlich eng. Von beiden Seiten konnten uns beherzte Springer durchaus gefährlich werden. Nicht auszudenken, wenn uns einer erwischte, und das Boot zum Kentern brachte. Das Boot war unsere Lebensversicherung. Es war im Nachhinein ein ziemlicher Wahnsinn, diese Ein- und Ausfahrt überhaupt zu passieren. Wir waren aber schon drin, also mussten wir auch wieder raus. Ich fuhr auf die Ausfahrt zu und befürchtete schlimmstes. Karl zeigte auf die von uns aus rechts gelegene Seite des Eingangsbereiches. Mehrere Figuren sprinteten wie tollwütig in unsere Richtung. Sie erfassten instinktiv, dass sie eine Chance hatten. Eine verdammt reale Chance. Ich gab Gas. Vielleicht war das gerade falsch, denn Karl schrie: »Halt, das wird nichts!«
Zu spät. Ein komplett in weiß gekleideter, athletisch gebauter Infizierter, dessen zerfetzte Klamotten rotbraun gesprenkelt waren von Blut und Dreck, sprang geschickt wie ein verficktes Raubtier auf das ganz außen liegende Boot, und den Schwung nutzend direkt in unsere Richtung weiter.

Ich befand mich in der Mitte der Ausfahrt, denn auch auf der anderen Seite konnte es gefährlich werden. Uns trennten gerade einmal drei Meter von der äußeren Kante des anderen Bootes. Karl schrie in Panik. Der Typ krachte voll in unser Boot, das gefährlich schaukelte. Der Teil des Dachs, der vom letzten Intermezzo schon beschädigt war, sprang aus der Verankerung. Die zweite und letze Schraube auf der rechten Seite brach ebenfalls, so dass das Dach auf halb Acht hing. Der Infizierte hielt sich am Dachgestänge fest, hatte aber so viel Schwung, dass er den geduckten Karl nur knapp verfehlte, und über ihn am Dachgestänge hinweg schwang. Jetzt gab es zwei Möglichkeiten: Entweder, die Dachhalterungen platzten auf der anderen Seite auch weg, und der irrsinnig brüllende Angreifer klatschte mitsamt unseres Daches auf der anderen Seite des Bootes ins Wasser, oder die Dachverankerung hielt, und das gesamte Boot würde kippen. In diesem Fall würde alles, was sich an Bord befand – die Konserven, das Wasser, Die Netze, das Messer, der Hammer, die Taschen, der Anzug und die Taucherbrillen – im Wasser landen, und wir müssten um unser Leben schwimmen. Vielleicht gab es Gott doch, denn das Dachgestänge brach auch auf der anderen Seite mit einem satten Knallen aus der Verankerung. Der Infizierte klatschte in die Brühe. Ein zweites Klatschen hinter mir verriet, dass es mindestens ein weiterer versucht hatte. Mit Vollgas rasten wir aus dem Hafen. Ohne Dach, denn das hatten wir eingebüßt. *Whaly* hatte ordentlich Federn lassen müssen.

»Bist du okay?«, schrie ich Karl zu. Er nickte panisch und rückte seine Brille zurecht. Die durfte er nicht verlieren, schoss es mir durch den Kopf. Wir mussten vorsichtiger sein. An ein Boot zu kommen, war wesentlich schwerer, als wir angenommen hatten.

*

Die Nacht war endgültig hereingebrochen. Wir tuckerten langsam weiter in Richtung *El Molinar*. Wir waren weit raus gefahren, damit wir bei den Kreaturen möglichst wenig Aufsehen erregten. Wir schwiegen. Jeder hing seinen Gedanken nach. Die Aktion im Hafen hatte ihre Spuren hinterlassen besonders bei Karl.

»Ich habe ein Gefängnis gegen ein anderes getauscht«, unterbrach er die Stille.

»Ich weiß. Es tut mir leid«, sagte ich.

»Es muss dir nicht leid tun. Du kannst nichts dafür. Ich habe einfach nur Angst. In ein paar Tagen haben wir keinen Tropfen zu trinken mehr. Fünf Konserven für zwei Leute. Meine Frau sehe ich auch nie wieder. Wofür kämpfen wir eigentlich?«

Ich wusste genau, was er meinte. *Wofür?* Da war sie wieder, diese Frage.

»Ich weiß nicht wofür. Um ehrlich zu sein, habe ich das noch nie wirklich gewusst. Auch früher nicht«, gab ich zu.

Karl schwieg. Meine Antwort war eine harte Nuss, an der er erst einmal zu knacken hatte. Von der Bucht *Cala Gamba* aus war es nur noch ein Katzensprung bis *El Molinar*. Als wir ungefähr auf Höhe der Ferienwohnung waren, machte ich den Motor aus.

»Dort hinten, in einem Haus in der zweiten Reihe habe ich mich die letzten Wochen versteckt«, sagte ich. »Dort gibt es einen Schlauch, Messer, einen Bettdeckenbezug, Teelichter, eine Pfanne und einen Schraubenzieher. Eine leere Sechs-Liter-Flasche für abgezapftes Benzin liegt auch noch dort herum.«

Ich zeigte schräg Richtung Hafen: »Und dort, hinter dem Hafen, liegt die Schnorchelbucht, Karl. Morgen tauchen wir. Dein Mut, als du die Netze geholt hast, war nicht umsonst. Wir werden Fische fangen, du wirst sehen. Und mein geheimes Depot beim Supermarkt ist auch gleich dahinten.«
Ich merkte selbst, dass ich dummes Zeug quatschte. Ich versuchte nur, meinen neu gewonnenen Freund aufzumuntern. Deswegen hatte ich auch verschwiegen, dass in der Ferienwohnung vielleicht auch Infizierte rumlungerten, und dass die Tür aufgebrochen war. Karl wusste das selbst. Ich hatte ihm schließlich alles erzählt. Ich war mir noch nicht darüber im Klaren, wie es weitergehen sollte. Das Boot war zu eng für zwei Personen, und jetzt standen wir auch noch ohne Sonnendach da. Ich konnte Karls Stimmungstief absolut nachvollziehen. Mir war es schon genauso gegangen wie ihm jetzt. Er hatte ewig in völliger Einsamkeit gehockt. Und dann entpuppte sich der vermeintliche Lichtblick als fragiles Kartenhaus. Er hatte ein Gefängnis gegen ein anderes getauscht. Wahre Worte. Zwei beschissene Schrauben hatten über Leben oder Tod entschieden.
Ich bereute schon, dass ich den Mist mit der Ferienwohnung und meinem Depot beim Supermarkt unüberlegt dahergeredet hatte. Meine Lippen waren schneller gewesen als mein Gehirn. Das Depot war da, das stimmte, aber der Weg dorthin war steinig. Unbeschreiblich steinig.
Mein Aufmunterungsversuch hatte auch egoistische Gründe gehabt. Mir war eines absolut klar: Wenn es mir nicht gelang, Karl aufzumuntern, würde es ihm gelingen, mich mit in den Abgrund zu ziehen. Ich war psychisch mindestens genauso instabil wie er. Wir mussten wieder auf die Beine kommen und weitermachen. Wir mussten uns gegenseitig

stützen, uns beistehen. Auch wenn wir nicht wussten wofür. Das würde die Zukunft zeigen, die sich generell nicht in die Karten schauen ließ. Ich bot Karl den Platz am Bug an, der eigentlich für die Füße der auf der Bank sitzenden Person gedacht war. Dort konnte man sich zusammenrollen und etwas schlafen. Ich versuchte, mich irgendwie auf der dreißig Zentimeter breiten und einen Meter langen Sitzbank einzurichten. Wir waren weit genug draußen und konnten ein Nickerchen riskieren. Morgen würde alles wieder anders aussehen, oder auch nicht.

*

Ich schlug die Augen auf und merkte, dass ich von der Sitzbank in den hinteren Bereich gerollt war. Ich lag halb auf unseren spärlichen Vorräten und dem Tank. Dessen Inhalt war besorgniserregend geschrumpft. Die Sonne war im Begriff, aufzugehen. Ich ahnte, dass sie sich im Laufe des Tages zu unserem Feind entwickeln würde. Ohne Sonnendach waren wir der mörderischen Hitze schutzlos ausgeliefert. Wir hatten beide viel zu wenig getrunken in letzter Zeit. Ein Sonnenstich, Dehydratation oder ein Hitzekoller waren ernst zu nehmende Gefahren. In unserem Zustand waren wir geradezu prädestinierte Kandidaten für derartige Scheiße. Karl schlief noch. Ich hatte nicht vor, ihn um seinen wohlverdienten Schlaf zu bringen, und starrte auf das Meer. Es war schon absurd, dass wir auf Abermillionen Litern Wasser saßen, und uns Sorgen ums Verdursten machen mussten. *Das alte Lied vom Salzwasser.* So mancher Schiffbrüchiger hätte davon berichten können. Das Zeug war untrinkbar. Das Salz würde alles nur noch schlimmer machen.

Karl regte sich und rappelte sich auf. Er streckte seine müden Knochen, die hörbar knackten. Ich holte die Dose Ananas hervor und öffnete sie. Ich hätte drei oder vier solche Dosen allein verdrücken können, aber wir teilten brüderlich. Als die Dose leer war, aß jeder von uns noch einen Müsliriegel. Ich reichte Karl die vorletzte Dose Pferdepisse und öffnete für mich eine neue Anderthalb-Liter-Flasche.
»Das Leben ist kurz«, sagte ich. Karl prostete mir zu. Das opulente Frühstück war ein Tropfen auf den heißen Stein. Jeder von uns hätte mindestens das Dreifache gebraucht.
»Wollen wir uns zuerst den Hafen von *El Molinar* ansehen, oder direkt zur Schnorchelbucht fahren?«, fragte ich.
»Wie ist der Hafen so?«, fragte Karl zurück.
»Klein. Mit enger, langer Einfahrt – die ist vielleicht acht Meter breit und zwanzig Meter lang. Als ich zuletzt da raus gerudert bin, ohne Motor, nur mit den Händen, sind mir die Infizierten am Rand gefolgt und sogar auf den Steinwall geklettert, der den Hafenbereich vom Meer abtrennt«, lautete meine Antwort.
»Das klingt absolut nicht gut«, sagte Karl.
»Aber sie sind nicht gesprungen. Die aufgeschütteten Steine eignen sich schlecht zum Anlaufnehmen. Nach gestern sehe ich das aber mit anderen Augen. Vielleicht hatte ich auch einfach nur Glück. Ich hatte eben keine Wahl. Ich brauchte unbedingt dieses Boot. Im Hafen selbst gibt es eine richtig enge Stelle, wenn man in den hinteren Teil will, dorthin wo *Whaly* lag. Mit einem Steg, der sich zum Anlaufnehmen super eignet. Dort hätte ich beinahe den Löffel abgegeben«, erzählte ich.
Ich dachte an die Frau und den Hammer, bevor ich fortfuhr: »Als ich dort war, kamen die Infizierten nur von einer Seite. Auf der anderen Seite befindet sich ein schmaler Steg mit

Booten auf beiden Seiten. Dort habe ich mich mit *Whaly* Richtung Ausfahrt entlang gehangelt. Vor dem Bereich mit den Stegen liegt ein weitläufigeres Stück Wasser. Hinter dem Steg, an dem ich mich entlang gehangelt habe, gibt es noch eine Art Trockendock. Ein Platz, auf dem Boote repariert werden können. Der ganze Hafen ist eingezäunt und das Tor ist abgeschlossen. Vielleicht könnte ich mit Taucherbrille und Schnorchel versuchen, unauffällig da rein zu schwimmen. Zumindest könnte ich mir die Boote an dem Steg, wo letztens keine Infizierten waren, ansehen.«

Karl sah skeptisch aus.

»Und was ist mit dem nächsten Hafen?«, fragte er.

»*Portixol*«, antwortete ich. »Auf jeden Fall viel größer als der Hafen von *El Molinar*. Eine ganz andere Liga. Das ist keinen Kilometer Luftlinie von hier entfernt. Nur ein kleines Stück Strandpromenade und die Schnorchelbucht liegen dazwischen. Wir – ich und Juliane – sind um den Hafen von *Portixol* oft herum gelaufen. Der Strand, der dahinter liegt, ist nämlich auch nicht zu verachten. Wenn man den Strand hinter *Portixol* weiter entlang läuft, kommt man recht schnell nach *Palma* – zur Kathedrale und danach zum Hafen der Hauptstadt. Dort führt eine sechsspurige Hauptverkehrsstraße entlang. Eine schöne Strecke für einen abendlichen Spaziergang, zumindest war sie das einmal.«

Karl schauderte.

»Ich schweife ab«, beschwichtigte ich. »*Palma* und die Hauptverkehrsstraße müssen uns nicht interessieren. Ich wollte es nur erzählen. Zurück zum Hafen von *Portixol*: Ich habe ihn bisher nur von außen gesehen, deswegen habe ich keine Ahnung, wie gefährlich die Einfahrt ist. Dort gibt es vielleicht zehnmal so viele Boote wie in *El Molinar*. Je größer der Hafen ist, desto mehr Infizierte können sich dort natürlich herumtreiben, aber ich denke, wir haben im Hafen von *Portixol* mehr Platz für Manöver. Ob es für den Ablenktrick reicht, kann ich nicht sagen. Wenn ich damals gewusst hätte, was auf mich zukommt, hätte ich mir den Hafen natürlich genauer angesehen.«

»Lass uns Schnorcheln. Alles andere sehen wir später«, schlug Karl vor.

»Einverstanden!«, sagte ich.

Kapitel 15: Die Schnorchelbucht

Wir tuckerten die drei- bis vierhundert Meter weiter und stoppten den Motor an der Außenseite des aufgeschütteten Steinwalls, der wohl dazu da war, die Promenade, die dort eine Kurve um die Bucht herum machte, vor Wellen zu schützen. Ich war noch nie zur Herbst- und zur Winterszeit hier gewesen, deswegen hatte ich keine Ahnung, was für Wellengang hier maximal möglich war. Der Steinwall, der sich an der *El Molinar* zugewandten Seite der Bucht befand, schützte uns vor den Blicken von eventuell in der Bucht herumstreunenden Infizierten. Wir warteten eine Weile, schließlich hatte der Motor Geräusche verursacht. Wir hatten zwar die drei- bis vierhundert Meter an der Promenade entlang in einigem Sicherheitsabstand zurückgelegt, damit möglichst wenige Gestalten uns hören konnten, ich hatte aber dennoch welche auf der Promenade gesehen. Geschnorchelt hatte ich bisher nur an der Innenseite des Walls, wo auch der große Brocken unter Wasser lag. Wenn ich dort hin wollte, musste ich nur um den insgesamt vielleicht sechzig Meter langen Wall herumschwimmen. Das Boot lag ungefähr in der Mitte.

Ich legte meine Klamotten ab. Unter meiner Bügelfaltenhose trug ich eine luftige, kurze Hose, die sich zum Baden eignete. Das machte ich im Urlaub generell so aus Gewohnheit. Das hatte den Vorteil, dass man, egal wo man sich gerade befand, immer auf eine Abkühlung im Meer vorbereitet war. Und ob ich nun eine normale Unterhose – mit der ich mich nicht sehen lassen konnte – oder eine solche Badehose drunter trug, machte wärmetechnisch keinen Unterschied. Kurze Hosen trug ich generell nie auf der

Straße. Nicht einmal im Hochsommer. Das war für mich eine Frage des Stils. Männer in kurzen Hosen waren ein grauenvoller Anblick, besonders, wenn sie dazu noch Socken und Sandalen trugen. So wollte ich absolut nicht aussehen. Unter keinen Umständen. Karl, der kurze Hosen und Sandalen trug, sah mich verwundert an. Er musste mich für einen ziemlich schrägen Vogel halten, der bei der Hitze unter den langen Hosen noch Shorts trug, die strandtauglich waren. Ich zuckte mit den Schultern. Ich war halt so. Man konnte mich akzeptieren wie ich war, oder es bleiben lassen. In der alten Welt hatte das für mich nicht den geringsten Unterschied gemacht.

Karl hatte gewisse Hemmungen, sein T-Shirt auszuziehen, und schickte sich an, mit Shirt ins Wasser zu gehen. Das war seine Sache. Die anderen akzeptierten mich, ich akzeptierte die anderen. Solange sie mir nicht auf den Sack gingen. Das war früher immer mein Standpunkt gewesen. Leider war es damals oft genug vorgekommen, dass mir die anderen eben doch auf die Nerven fielen. Auf Karl traf das bisher nicht zu. Ich war froh, dass er hier war. Ob ich ihn vor der Katastrophe gemocht hätte, war allerdings eine interessante Frage.

Beim Anprobieren und Einstellen der Taucherbrillen stießen wir auf ein Problem: Karls Brille. Er war davon ausgegangen, dass er die Taucherbrille über seiner normalen Brille tragen konnte, das ging aber natürlich nicht. Der Gummirand der Taucherbrille, die die Nase mit einschloss, musste Wasserdicht abschließen. Die Bügel der normalen Brille verhinderten das. *Tausend kleine Dinge, auf die man achten musste.*

»Und wenn du ohne Brille tauchst, und sie derweil in die Sporttasche tust?«, fragte ich.

»Ohne Brille sehe ich nicht viel. Ein zwanzig Meter entferntes gelbes Auto ist dann nur noch ein verschwommener gelber Fleck. Nur so als Beispiel«, erklärte er.
»Zehn Dioptrien«, fügte er hinzu, und zeigte auf seine Gläser.
Die Welt war ein ungerechter Ort, und die Natur war eine Bitch. Sie schickte den einen mit Adoniskörper auf die Welt, damit er hunderte von Frauen flachlegen konnte, und stattete den nächsten mir Fettleibigkeit und zehn Dioptrien aus. Sport und eine gesunde Lebensweise spielten meines Erachtens nur eine Teilrolle. Man musste mit den Karten spielen, die der liebe Herrgott ausgeteilt hatte. Ich lag mit meinen nicht einmal siebzig Kilo bei einem Meter und siebenundachtzig Zentimetern Körpergröße irgendwo im optischen Mittelfeld. Trotzdem waren wir jetzt hier, und nicht die anderen.
»Scheiße!«, sagte ich und bedauerte ehrlich, dass Karl den Tauchgang, auf den er sich so gefreut hatte, nun doch nicht machen konnte. Er hatte für die Ausrüstung immerhin einige Risiken auf sich genommen. Hoffentlich verfiel er jetzt nicht wieder in eine Depression so wie gestern. Das half uns nämlich auch nicht weiter.
»Ich hole jetzt einen Fisch. Du hältst die Stellung und bewachst das Boot. Und dann essen wir Sushi ohne alles«, sagte ich im aufmunternden Tonfall. Karl sah es erstaunlich locker und streckte einen Daumen in die Luft, um mir Glück zu wünschen.
Es war ein tolles Gefühl, nach all dem Grauen, den Entbehrungen und lebensgefährlichen Momenten wieder im Wasser zu sein. Die Außenseite des Walls hatte ich noch nie

bewundert. Damals wollte ich nicht so weit raus schwimmen.
Jetzt war es außen sicherer als an der Innenseite. Unter Wasser war die Zeit stehen geblieben. Hier hatte sich nichts verändert. Direkt am Wall war das Wasser vielleicht sechs bis acht Meter tief. Ich konnte bis auf den Grund blicken, das Sonnenlicht reichte bis unten.
An den Steinen gab es aber auch oben etwas zu holen. Ich sah sofort einen Schwarm von Fischen, der an den Steinen nach Fressbarem suchte, und an ihnen herum pickte. Ich tauchte auf, nahm den Schnorchel aus dem Mund und sprach mit Karl, der mich vom Boot aus beobachtete.
»Ich schwimme kurz bis zum Ende des Walls. Mich interessiert, wie es in der Bucht zugeht, dann hole ich uns einen Fisch. Ich schwimme nicht rein, ich will nur die Lage checken.«
Karl nickte.
In der Bucht war es friedlich. Ich erinnerte mich an meine grauenhafte Flucht, mit der mein Trip zum Supermarkt geendet hatte. Genau hier war ich mit der Luftmatratze entlang geschwommen. Die Infizierten, die mir gefolgt waren, hatten sich wieder zerstreut und auf die umliegenden Straßen verzogen. Wahrscheinlich sahen sie, dass am Strand der winzigen Bucht keine Beute zu machen war. Weiter hinten, auf den Teilen der Promenade und der Straße, die ich einsehen konnte, sah ich vereinzelte Gestalten. Ich schwamm zurück und holte das Netz.
Ich bedauerte sogar irgendwie, dass ich einem der Fische, für die ich echte Sympathie empfand, den Garaus machen musste. Langsam näherte ich mich dem Schwarm. Die Fische waren hell und passten farblich in das sandige, steinige Szenario. Der Salzgehalt im Wasser war so hoch,

dass ich schwamm, ohne mich großartig bewegen zu müssen. Die Fische nahmen kaum Notiz von mir, solange ich mich nicht heftig bewegte. Das wusste ich schon von meinen früheren Schnorchel-Ausflügen. Meine Atemgeräusche trugen zur hypnotischen Wirkung dieser faszinierenden Welt bei. Ich hätte ewig hier unten bleiben können. An diesem Ort konnte man glatt für einen Moment vergessen, was dort oben los war. Ganz langsam bewegte ich das Netz in die Richtung der Fische. Das Wasser ging durch das Netz hindurch, so dass es unter Wasser kaum Wellen zurückwarf. Ich erinnerte mich daran, in der Schule gelernt zu haben, dass Fische über das Seitenlinienorgan Hindernisse im Wasser wahrnahmen. Wie mit einer Art Echolot. Ich hatte keine Ahnung, warum gerade dieses Wissen hängen geblieben war. Das meiste andere Zeug, was ich dort gelernt hatte, war durch den Rost meines löchrigen Gehirns gefallen. Behutsam bewegte ich das Netz so, dass es einen Fisch umschloss, und hob es über die Wasseroberfläche. Der Fisch merkte erst jetzt was los war und zappelte wie wild.

»Entschuldigung, es muss sein«, murmelte ich mehr zu mir selbst als zum Fisch, nachdem ich aufgetaucht war. Vielleicht war das eine unterbewusste Strategie, um mein Gewissen zu beruhigen. Es musste tatsächlich sein, und es war nur ein Fisch, verdammt – sagte ich mir im Nachhinein. Es klang vielleicht absurd, aber ich mochte die Fische mehr als ich die meisten Menschen gemocht hatte.

Karl bemerkte meinen Erfolg vom Bootsrand aus und wartete gespannt.

»Es war total einfach«, sagte ich und reichte ihm das Netz mit dem höchstens fünfzehn Zentimeter langen Fisch. Unter

Wasser hatte er größer gewirkt. Jetzt stand uns der unangenehme Teil bevor.
Als ich wieder im Boot war, erlahmte der Fisch langsam. Es tat mir weh, dieses friedliche Geschöpf sterben zu sehen. Ich war nie Vegetarier gewesen und scherte mich wenig um Kühe, Schweine oder Hühner, aber diesem Fisch galt mein Mitgefühl. Die Fische an den Fischtheken der Supermärkte, sowohl hier als auch daheim, hatten mich nie emotional berührt, sie waren ja schon tot gewesen. Jemand anderes hatte die Drecksarbeit bereits erledigt und diese Fische würden tot bleiben, auch wenn ich sie nicht aß. Aber diesen Fisch hier hatte ich aus seiner Welt gerissen. Ich war direkt verantwortlich für seinen Tod.
»Wird es gehen?«, fragte mich Karl, der wohl meinen Gesichtsausdruck beobachtet hatte.
»Ja«, sagte ich und fing mich.
Ich hatte an der Fischtheke des hiesigen Supermarktes schon oft gesehen, wie Fische ausgenommen wurden, für die sich Juliane entschieden hatte. Diese Arbeit selbst zu machen, war aber noch einmal etwas anderes. Schon das Gefühl, den toten Fisch in der Hand zu halten, war merkwürdig.
»Soll ich das machen?«, fragte Karl.
Ich verneinte. Wenn das mit den Fischen funktionieren sollte, musste ich das hier lernen und mich daran gewöhnen. Vorsichtig schnitt ich den Fisch unten am Bauch auf. Vom After bis zum Kopf. Ich glaubte zu wissen, dass man die Gedärme und die Galle heil lassen musste, wenn der Fisch genießbar bleiben sollte. Juliane hatte immer allerlei Kochbücher gelesen und mich an ihrem Hobby teilhaben lassen. Das Aufschneiden war relativ einfach und die Sauerei hielt sich in Grenzen. Ich griff mit der Hand in den geöffneten Fisch und konnte das Innere problemlos als

Ganzes herausziehen. Ich trennte die Innereien am Kopfende vom Rest und warf den glitschigen Klumpen ins Wasser. Danach tat ich den ausgenommenen Fisch zurück ins Netz und hielt ihn über Bord, um ihn gründlich zu waschen. Das gesäuberte Fleisch des Fisches sah hell und gar nicht mal so unappetitlich aus.

»Soll erst einer ein kleines Stück essen, um rauszufinden, ob wir das vertragen?«, fragte Karl.

»Ich bin mir eigentlich sicher, dass roher Fisch essbar ist. Er muss nur frisch sein. Frischer als der hier geht es kaum. Also los. Wenn er eine Viertelstunde in der Sonne liegt, können wir ihn wegschmeißen und einen neuen fangen. Außerdem ist der Fisch eh winzig.«

Ich schnitt den Fisch in zwei Hälften und gab eine Hälfte Karl.

»Versuch nur das Fleisch zu essen und nicht die schuppige Haut zu erwischen«, sagte ich.

Karl knabberte vorsichtig an der Innenseite des Fisches herum. Ich schnitt aus meiner Hälfte ein kleines sauberes Stück heraus und steckte es in den Mund. Das kostete trotz des Hungers Überwindung. Langsam kaute ich. Am Anfang musste ich trotz meines Hungers Ekelgefühle und einen leichten Würgereiz unterdrücken. Ich merkte aber schnell, dass das Fleisch durchaus essbar war. Zog man den Schwanz und den Kopf des Fisches ab, hatte jeder ein etwa acht-mal-sechs Zentimeter großes und ungefähr anderthalb Zentimeter dickes Stück Fleisch. Karl schien es genauso zu gehen wie mir. Nach anfänglicher Skepsis hatten wir beide unsere Portion verputzt und warfen die Hautreste ins Wasser.

»Jetzt heißt es abwarten. Wenn einer kotzen muss, oder Dünnschiss kriegt, haben wir ein Problem.« Ich zeigte in Richtung Supermarkt und Karl verstand, was ich meinte.

Das Problem hatten wir aber so oder so, denn zu trinken mussten wir früher oder später heranholen.
»Nach dem Kochen muss die Küche geputzt werden«, scherzte ich und nahm eines der Handtücher, die ich auf meiner Flucht nicht vergessen hatte, aus der Sporttasche. Mir war damals trotz aller Panik klar gewesen, dass ich die Handtücher auch weiterhin brauchte, damit erbeutete Dosen in der Tasche nicht aneinanderstießen und keine verräterischen Geräusche verursachten. Das galt, wenn auch in geringerem Maße, für die Wasserflaschen ebenso. Jetzt hielt ich eines der blauen Frotteehandtücher ins Wasser und wischte anschließend das Boot aus wie eine Plastikwanne. Ansonsten hätte es hier schon nach geringer Zeit barbarisch gestunken. Immer wenn Juliane Fisch gemacht hatte, brachte ich den Müll direkt nach dem Essen raus. Desto wärmer es war, umso dringender war die Angelegenheit.

*

Nach zwei Stunden klagte immer noch keiner von uns über Übelkeit oder Bauchschmerzen. Der Aufwand, den wir wegen des Netzes betrieben hatten, war absolut gerechtfertigt. Ein wesentliches Problem hatten wir dadurch erheblich abgemildert: den immerwährenden Hunger. Wir wollten auch weiterhin vorsichtig sein und nur kleine Portionen auf einmal essen – dafür wenn nötig öfter. Sich die ganze Zeit nur von rohem Fisch zu ernähren, war vielleicht nicht schön, aber wenn wir damit überleben konnten, war es die größte Köstlichkeit der Welt.
Dafür wurde die Sonne allmählich zum Problem. Es war das alte Lied. Kaum hatte man ein Problem halbwegs gelöst, hatte man ein oder zwei neue an der Backe. Ich hatte zum

Glück das Basecap und die Sonnenbrille. Karl hatte sich den Bettdeckenbezug über den Kopf gehängt. Die Hitze war gnadenlos. Wir gingen beide abwechselnd ins Wasser, um nicht durchzudrehen. Die geöffnete Anderthalb-Liter-Flasche teilten wir uns und versuchten, nicht zu viel zu trinken. Das war leichter gesagt als getan. Im Laufe des Tages verdrückten wir noch drei weitere Fische und berieten unsere nächsten Schritte. Den Trip in die Wohnung würden wir zunächst nicht riskieren. Wir kamen erst einmal ohne Teelichter, Pfanne, Schraubenzieher und Schlauch zurecht. Der Trip zum Supermarkt war da schon etwas anderes. Der Mond nahm ab und wurde zur immer schmaleren Sichel, was die Lichtverhältnisse in der Nacht nicht besser machte. Im Grunde hatte ich jetzt schon die Situation, über die ich damals auf der Dachterrasse nachgedacht hatte. Allerdings kompensierte der beeindruckende Sternenhimmel die suboptimale Mondsituation ein wenig. Wir verfügten noch über drei volle Anderthalb-Liter-Flaschen Wasser, eine Dose Bier, die ich gern Karl überließ, eine Dose Cola und zwei Dosen Limonade.

Wir mussten also Getränke auftreiben. Ob wir das sofort taten, bei geringfügig besserem Mondlicht, oder es noch drei Tage vor uns herschoben, spielte eigentlich keine Rolle. Wenn wir jetzt gingen und dabei starben, hatten wir zwei oder drei Tage in unserem idyllischen, zwei Quadratmeter großem Paradies verschenkt, nicht mehr und nicht weniger.

Wenn wir auf den Trip in die Ferienwohnung verzichteten – und danach sah es aus – hatten wir nur einen Bettdeckenbezug. Es war mir ohnehin lieber, wenn ich alleine ging und Karl beim Boot blieb. Ich hatte solche Exkursionen schon zweimal gemacht, Karl war blutiger Anfänger, und würde uns am Ende durch eine

Unachtsamkeit verraten. Wenn ich aufflog, konnte er mir ohnehin nicht helfen. Zu zweit hätten wir mehr wegschleppen können, aber das wog es nicht auf. Wir hatten sowieso nicht genug Taschen. An der Rampe standen dreizehn Flaschen bereit. Die bekam ich mit Rucksack und Sporttasche auch alleine weg. Karl solo loszuschicken war keine Option. Schon allein, weil er sich hier nicht auskannte. Wenn er starb, war ich meinen Tarnanzug und die Taschen los, und was noch wesentlich wichtiger war: Ich hätte einen Freund verloren und mir das nie verziehen. Ich wog die Optionen gründlich gegeneinander ab und diskutierte die Sache mit Karl. Er war überhaupt nicht begeistert. Dass ich mich in diese Gefahr brachte, gefiel ihm genauso wenig, wie allein am Boot zurückbleiben zu müssen – in Ungewissheit verharrend, ob ich zurückkommen würde. Ich wollte die Aktion direkt heute Nacht durchziehen. *Zur Rampe schleichen, einpacken, verschwinden.* Mich hatte eine unangenehme Aufregung gepackt, die erst nachlassen würde, wenn ich es hinter mir hatte. Egal ob ich noch ein paar Tage wartete, oder es sofort machte.
Am späten Nachmittag fing ich noch einen Fisch. Dieses Mal warf ich die Innereien nicht ins Wasser und wir aßen auch das Fleisch nicht. Stattdessen rieben wir den Bettbezug ein, damit er ordentlich nach Fisch stank.

*

Ich wartete, bis die Abenddämmerung hereinbrach, bevor ich den präparierten, ockerfarbenen Bettdeckenbezug samt Kopfteil auf den Steinwall warf. Zügig kletterte ich hinterher und zog in der Hocke den Bezug über. Drüben, bei der Promenade, sah ich vereinzelte Silhouetten. Einerseits

durften sie mich keinesfalls sehen, andererseits wollte ich unbedingt, dass die Tarnmontur trocken blieb. Karl reichte mir das Klebeband. Ich wickelte es mir straff um den Hals, um die Sehschlitze zu fixieren, und stülpte anschließend das Kopfteil darüber, welches die durch das Klebeband offensichtlich hervortretende Kopfform kaschierte. Nach der Fixierung der Armbereiche konnte mein neuerlicher Trip in die Welt des zubeißenden Todes beginnen. Ich fühlte mich, als hätte ich eine Reise ins *Herz der Finsternis* vor mir, und irgendwie stimmte das ja auch. Karl bescheinigte mir, dass der Tarneffekt nicht zuletzt wegen der Farbe des Bezugs erstaunlich war, wenn ich hockend und stinkend auf den Steinen verharrte. Ich hoffte wirklich, dass der Trick mit dem Fischgeruch funktionierte. Die Fischtheke im Supermarkt war bei meinem ersten Besuch nicht geplündert gewesen. Auch die Infizierten hatten den Fisch nicht angerührt. Es musste einfach klappen!
Den Rucksack trug ich unter dem Anzug geöffnet auf der Brust. Auf dem Rückweg würde er hoffentlich einiges wiegen, genau wie die Sporttasche, die unter dem Bezug gen Rücken über meiner Schulter hing. Die Handtücher hatte ich dabei, auch das eine, das wir mehrfach zum Auswischen des Bootes benutzt hatten. Nach dem letzten Wischgang hatten wir es bewusst nicht gereinigt. Bevor es völlig dunkel war, wollte ich den Steinwall aufgrund der immensen Sturzgefahr hinter mir haben. Ich musste ziemlich weit nach rechts, fast bis an den äußeren Rand des Walls. Hier war das Wasser sehr flach. Ich konnte auf den herausragenden Steinen auf den Bereich vor der Promenade übersetzen und in die Hocke gehen. Ich checkte die Lage. Langsam aber sicher gingen mir diese Bewegungen in Fleisch und Blut über. Ich hatte noch einige Steine vor mir. Ich wollte am Übergang

zwischen Strand und Promenade entlang schleichen. Als ich vorn auf Höhe des links neben mir beginnenden Sandabschnittes war, steckte ich einige kleinere Steine ein, die hier herumlagen. Wurfgeschosse zur Ablenkung. Links und rechts von mir war die Promenade erstaunlich frei, was man von der schmalen Straße, die ins Stadtinnere führte auf den ersten Blick auch behaupten konnte. Ich huschte zur Ecke, an der sich das Restaurant mit dem ausgebrannten Küchenbereich befand. Die Luft war rein. Bisher lief alles erstaunlich glatt.
An der Kreuzung mit dem Kreisverkehr und dem springbrunnenartigen Gebäude in der Mitte fuhr mir ein sehr nahes Stöhnen durch Mark und Bein. Ich schaute mich in alle Richtungen um, sah einige Gestalten in der Entfernung, konnte aber nicht lokalisieren, wo das sehr nahe Stöhnen hergekommen war. Mein eigener Gestank stieg mir schon die ganze Zeit in die Nase, aber damit musste ich jetzt leben. Wieder das Stöhnen. Es kam von oben. Dort befand sich ein Balkon mit Gittern, hinter denen ich eine liegende, ausgemergelte Gestalt in der Dunkelheit erahnte. Sie bewegte sich. Wieder dieses Stöhnen. *War das ein Überlebender, oder ein verhungernder Infizierter?* Ich wartete ab, um sicher zu gehen. Das Stöhnen und Röcheln klang nicht gut, aber ich war mir nicht sicher. Wenn es ein Infizierter war, hatte er eingesperrt in seiner Wohnung und vermutlich ohne Nahrung ganz schön lange durchgehalten. War es ein Nichtinfizierter, hatte er vielleicht noch Vorräte gehabt. Wie auch immer. Es schien in jedem Fall ein sehr alter und schwacher Mensch zu sein. Vielleicht hingen auch bei den Infizierten die Körperkraft und die Leistungsfähigkeit von den Voraussetzungen des

Wirtskörpers ab. Mit der Gestalt dort oben schien es jedenfalls zu Ende zu gehen.
Ich überlegte, ob ich irgendetwas machen sollte, um sicher zu gehen, hier keinen Menschen zurückzulassen, der vielleicht Hilfe benötigte. Wieder das Stöhnen. So stöhnte kein normaler Mensch! *Wusste ich das sicher?* Nein. Es war eher so, dass ich mein Gewissen beruhigen wollte. Gewissen hin oder her, ich konnte das einfach nicht riskieren, und schlich weiter bis zu den Müllcontainern.
Der Gestank hier hatte sich seit meinem letzten Besuch potenziert. Die Dunkelheit verhüllte die Details, die ich schon kannte: Infizierte überall – liegend, stehend, torkelnd, schnüffelnd. Auch das kannte ich schon. Extrem vorsichtig arbeitete ich mich voran. Ich wollte mich unter keinen Umständen in etwas hineinsteigern, aber vor mir lag die innenliegende Baustelle. *Breit auseinanderliegende Augen, stümperhafte Unterarm-Tätowierungen.* War dieser Bastard hierher zurückgekehrt, nachdem er meine Wohnung leer vorgefunden hatte? In der Dunkelheit sah ich einige Gestalten. Ich umkroch sie mit dem weitestmöglichen Abstand. Es war wirklich merklich dunkler als in der Vollmondnacht letztens. Das hatte Vorteile, aber auch Nachteile. Ich sah wenig, und wurde nicht gesehen. Bisher wurde ich auch nicht gewittert. Ich schaffte es ohne Zwischenfälle bis zur Bushaltestelle und zur geschlossenen Apotheke. Jetzt musste ich rechts ab, gleich wieder links und zum hinteren Ende des Marktes. Ich blendete die Geräusche, die die Nacht für mich parat hielt, völlig aus. Die Infizierten umgaben mich. Das konnte ich hören. Ich erahnte sie in der Dunkelheit. Doch meine Tarnung funktionierte.
Ich gelangte tatsächlich ohne einen ernst zu nehmenden Zwischenfall bis an die überdachte Rampe. Das halb

geöffnete Rollo erschien mir wie ein gähnendes schwarzes Loch, das die Macht zu haben schien, mich hier und jetzt auf der Stelle zu verschlingen. Ich wusste um die Blutspuren. Um sie zu sehen, war es allerdings zu dunkel. Ich machte einen großen, viereckigen Schatten an der Wand aus. Das war die Europalette. Meine Vorräte waren also noch da. Wieso auch nicht?

Ich verharrte eine Weile, um zu lauschen. Ich hörte keine verräterischen Geräusche im Rampenbereich, der viele Ecken hatte, hinter denen sich Gefährliches verbergen konnte. Ich schlich zur Palette, und hob sie vorsichtig und leise von meinen Vorräten herunter. Darunter hatte ich Pappe aus der Müllpresse drapiert. Ich versuchte jedes noch so leise Rascheln zu vermeiden, was mir nicht immer gelang. Ich ertastete die Flaschen und verstaute eine nach der anderen. Dabei zählte ich mit, damit ich bloß keine übersah. *Dreizehn.* Ich hatte sogar noch Platzreserven und bekam immerhin noch fünf Konservendosen unter. Wir hatten zwar jetzt den Fisch, aber etwas Abwechslung konnte nicht schaden.

Ich spielte kurz mit dem Gedanken, noch eines der vier verbliebenen Apfelmusgläser an Ort und Stelle zu verdrücken. Ich entschied mich dagegen. Man sollte das Glück nicht überstrapazieren. Das Klacken des vakuumverschlossenen Deckels in der Nacht konnte schon reichen. Wir hatten jetzt den Fisch. Unendlich viel davon. Ohne die Möglichkeit, Fische zu fangen, hätte ich jetzt und hier nicht ein Glas verdrückt, sondern zwei oder sogar drei. Jetzt konnte ich es mir leisten, in dieser brandgefährlichen Situation darauf zu verzichten. Ich machte mich vom Acker. So schnell und so leise wie irgend möglich. Die Last war schwer, doch das Adrenalin verdrängte die Strapazen.

Der Rückweg dauerte seine Zeit. An den Müllcontainern gönnte ich mir eine kurze Pause. Ich machte keine Fehler. Ich funktionierte wie ferngesteuert. Instinktiv schlich ich, ging in die Hocke, lauschte und schlich weiter. Ich unterdrückte aufwallende Glücksgefühle. Noch war ich nicht am Boot. Doch mit jedem Meter, den ich vorankam, stiegen meine Chancen. Die Gestalt auf dem Balkon stöhnte immer noch vor sich hin. Ich glaubte jetzt fest, dass es ein Infizierter war, und huschte weiter durch die Nacht. Als ich endlich am Wasser war, ging ich nicht über die Steine zurück, sondern nahm den Weg über das Wasser. Ich benutzte eine von den zwei verbliebenen Luftmatratzen, die es an den Strand getrieben hatte. Die würde vielleicht sogar noch nützlich sein. Zum Beispiel als Schattenspender, bis wir ein neues Boot organisiert hatten, oder als Liegefläche außerhalb des Bootes. Nachdem ich um den Wall herumgeschwommen war, rief ich leise nach Karl.

Man konnte den Stein, der ihm von der Brust fiel, förmlich hören. Seine Stimme zitterte, als er mich in Empfang nahm. Er war nicht weniger angespannt gewesen als ich. So schien es zumindest. Ich stellte mir vor, wie er mit verkrampften Fingern am Bootsrand gehockt hatte. Mir war der Ausflug relativ kurz vorgekommen. Hier draußen hatte es sich aber angefühlt wie eine Ewigkeit, berichtete Karl. Die Sache war gut ausgegangen. Wir verfügten jetzt über genug Wasser, um mehr als eine Woche durchzuhalten. Sechzehn Flaschen, geteilt durch zwei. Zehn Konserven, rund fünfzig kleine Müsliriegel und ein paar Restdosen mit Getränken besaßen wir auch noch. Nicht zu vergessen: die Fische. Auch Karl war jetzt wieder zuversichtlich. Wir hatten eine ganze Menge Zeit gewonnen.

*

Wenn man sich nicht in unmittelbarer Gefahr befindet, keine akuten Nöte zu bekämpfen hat und auch die Vorräte in beruhigendem Ausmaß vorhanden sind, wird man bequem. Das merkten wir am nächsten Tag. Weder Karl, noch ich waren wirklich scharf darauf, weiterzuziehen, um vielleicht ein besseres Boot zu finden. Warum sollten wir Kopf und Kragen riskieren, wenn wir alles hatten, was wir zum Überleben brauchten? Hinter dem Steinwall waren wir geschützt. Sollte sich doch ein Infizierter auf den Wall wagen, weil er uns entdeckt hatte, war die Wahrscheinlichkeit, dass er auf dem Weg zu uns auf den Steinen stürzte, recht groß. Außerdem ließen wir immer einen Sicherheitsabstand zwischen uns und dem Wall. Ging einer von uns schwimmen, blieb der andere im Boot. Trieb das Boot auf den Wall zu, ließ es sich ziemlich leicht wieder davon wegschieben, zum Beispiel mit dem Speer, oder indem einer von uns ins Wasser ging, und es zurück drückte. Den Motor ließen wir aus.

Karl entpuppte sich als angenehmer und kluger Mensch, der aber im alten Leben nicht die besten Karten gehabt hatte. Mit Juliane hatte ich schon lange keinen derart harmonischen Tag mehr gehabt. *Mit beiden hatte ich keinen Sex, aber Karl war der wesentlich bessere Gesprächspartner*, dachte ich im Scherz. Ich bereute den Gedanken aber sofort, denn Juliane hatte vermutlich ein grauenvolles Schicksal ereilt, das sie absolut nicht verdiente. Vielleicht irrte sie mit roten Augen, einer riesigen Bisswunde und verfilzten, dreckigen Haaren wie ein tollwütiges Tier dort draußen herum. Vielleicht war sie sogar eine der Silhouetten gewesen, die ich gestern bei meinem nächtlichen Trip so zahlreich erahnt hatte. Ich durfte

ihr Andenken nicht beschmutzen, aber fehlte sie mir wirklich?
Wir waren die letzten Jahre wohl eher aus Gewohnheit oder Bequemlichkeit zusammen geblieben. Oder aus der Feigheit heraus, den Schritt der Trennung tatsächlich zu vollziehen. Die Leidenschaft war jedenfalls lange verflogen, wenn sie überhaupt jemals wirklich gelodert hatte. Ihre winzigen Problemchen hatten immer zu riesigen Eklats geführt, wenn ich nicht sofort sprang und gehorchte. Ihr Verständnis für meinen Männerkram, meine Hobbys, Interessen und kleinen Macken war nur rudimentär ausgeprägt gewesen. Männer und Frauen passten eigentlich nicht zusammen. Frauen interessierten sich für Schuhe, gingen gern Tanzen und konnten sich den ganzen Tag tratschend zusammentun. Wobei, ich wollte hier nichts verallgemeinern. Immerhin standen auch nicht alle Männer auf Fußball, Bier und Autos. Mich zum Beispiel interessierte nichts von alledem. Ich war ein eigenbrötlerischer Kauz, der mit einem anderen Kauz an einem Steinwall herumhing.
Karl killte das letzte Bier. Ich machte mich über die Cola her, die ich schon ewig mit mir herumschleppte. Es gab dreimal Fisch. Zum Frühstück hatte jeder zwei Müsliriegel gegessen. Diese Dinger waren goldwert. Sie wogen fast nichts, waren nahrhaft und lange haltbar. Sie würden mir fehlen, wenn sie irgendwann alle waren.
Die Sonne war immer noch erbarmungslos, und der Verlust des Daches traf uns auch am heutigen Tag hart. Ohne mein Basecap und die Sonnenbrille hätte ich ernsthafte Schwierigkeiten gehabt. Wir behielten trotz der Hitze den ganzen Tag unsere Kleidung an – auch die T-Shirts – um einen Sonnenbrand zu vermeiden. Das Wasser war derart warm, dass es nicht wirklich eine Abkühlung brachte, aber

immerhin. Karl verkroch sich phasenweise unter den Bezug, um etwas Schatten zu bekommen. Bei den Fischen fand ich Zerstreuung. Wären nicht die einzelnen Gestalten bei der Promenade gewesen, hätte man fast von Männerurlaub sprechen können.

Die Kreaturen schienen sich nicht allzu sehr für die Strandgegend im Allgemeinen zu interessieren. Sie bevorzugten scheinbar eher die bewohnten Gebiete. Der Strand bot schließlich auch für Beute kaum Möglichkeiten, sich zu verstecken. Vielleicht spürten sie das instinktiv. Am Strand *Platja de Palma*, wo ich Karl aufgelesen hatte, galten andere Voraussetzungen. Mein Motorenlärm hatte sie in Scharen angelockt, und der Strand war von riesigen Hotels mit potentieller Beute gesäumt. Hier hingegen gab es nur kleine zweigeschossige Domizile am Wasser. Vorsicht war dennoch geboten. Ich sah Kreaturen – wenn auch nicht viele – und ich wusste aus Erfahrung, dass sich in Windeseile wahre Heerscharen aus den Nebenstraßen hier versammeln konnten.

Ich genoss für einen Augenblick das Panorama. Karl, der gerade auf der Luftmatratze schwamm, bemerkte meinen Blick, der den Bergen zugewandt war, die auch das *Castell de Bellver* beherbergten.

»Hast Du schon mal über die Berge nachgedacht?«, fragte er.

»Meinst du als Zufluchtsort?«, fragte ich zurück.

Karl nickte.

Ich schüttelte den Kopf. »Wir müssten kilometerweit durch bewohntes Gebiet. Außerdem stehe ich nicht auf Berge. Zu heiß, zu trocken. Am *Castell de Bellver* war damals, als wir dort waren, ganz schön was los gewesen. Touristen ohne Ende. Und selbst wenn es menschenleere, bergige Regionen gäbe, wo nähmen wir dann unser Wasser und unser Essen her?«, argumentierte ich.

»War nur so eine Idee. Es gibt ja auch einige Kloster in den Bergen Mallorcas«, meinte Karl.

»Weist du, wo genau?«, fragte ich und kramte die Karte heraus. Karl zeigte nach einiger Sucherei auf eine Stelle, die mit den Worten *Monasterio de Lluc* gekennzeichnet und von uns aus betrachtet elendig weit entfernt war. Dafür hätten wir quer über die Insel gemusst, oder sie umfahren müssen, um uns an der anderen Seite den Berg hoch zu kämpfen. An der Stelle, auf die Karl gezeigt hatte, befand sich ein braunes Symbol, das aussah wie eine Kirche mit einem Kreuz auf dem Dach. Das Symbol war allerdings so winzig gedruckt, dass man das Kreuz nur erahnen konnte. Dass die Karte nass geworden war, machte es nicht besser. Bei genauerer Betrachtung fanden wir noch mehr von diesen Symbolen. Ein Symbol, neben dem *Betlem* stand, war sogar ziemlich nah an der Küste, von uns aus gesehen aber auch fast am anderen Ende der Insel. An einer Stelle, die als *Puic de Sant Salvador* bezeichnet war, fand ich ein weiteres Symbol. *Puic* schien in etwa *Berg* zu bedeuten, mutmaßte ich. Zu weit weg. Ich legte die Karte beiseite.

Mich belustigte der Gedanke irgendwie, dass Karl und ich inmitten von Mönchen in einem abgeschiedenen Kloster leben könnten. Die Mönche sprachen sicher auch nicht deutsch oder englisch.

»Bist du religiös?«, fragte ich Karl gerade heraus.

Seine Antwort fiel eindeutig aus: »Wenn es Gott gibt, warum lässt er dann das hier zu? Oder die Weltkriege? Die Konzentrationslager der Nazis? Den Hunger in Afrika? Den Völkermord in Ruanda? Die ganzen Gemetzel, die die Weltgeschichte bereit hält? Sollen das alles Prüfungen sein, um zu schauen, wer in den Himmel kommt, und wer in die Hölle? Ich habe meine Zweifel an Gott. Warum hat er mir meine Frau genommen? Sie war ein guter Mensch! Aber die Sicherheit eines Klosters wäre trotzdem nicht das Schlechteste.«

»Ich bevorzuge das Wasser. Schon der Fische und der Sicherheit wegen. Selbst wenn das mit dem größeren Boot nicht klappt«, sagte ich. »Selbst wenn die Klöster abgeschieden genug wären, um verschont geblieben zu sein – was ich nicht glaube – haben die dort oben sicher das Wasserproblem. Ohne Wasser können sie auch kein Obst, Gemüse oder Getreide anbauen, und auch keine Nutztiere halten.«

»Vielleicht haben sie einen Brunnen«, konterte Karl.

Das war gar nicht mal so unwahrscheinlich. Die Klöster wurden sicher vor langer Zeit schon errichtet, und man hatte vielleicht keine Mühen gescheut, um autark zu sein.

Ich erinnerte mich daran, dass ich mit Juliane in Deutschland einen Tagesausflug zur *Festung Königstein* gemacht hatte, damals. Die Festung lag in der *Sächsischen Schweiz* und war von unserem richtigen Zuhause nicht allzu weit entfernt. Dort hatte man einen weit über hundert Meter tiefen Brunnen in den Berg gehackt, um an das Grundwasser zu gelangen. Das hatte sicher Jahre gedauert, und das eine oder andere arme Schwein das Leben gekostet. Wie das bei den hiesigen Klöstern war, wusste ich nicht. Da war sie wieder, die Sache mit meiner Allgemeinbildung.

»Internet und ein Wörterbuch wären jetzt nicht schlecht«, scherzte ich, nachdem ich Karl von dem irrsinnigen Brunnen erzählt hatte.

Karl lachte, wurde dann aber schnell wieder ernst: »In den Bergen könnte es Süßwasserquellen oder auch Stauseen geben. Es gibt sie sogar ziemlich sicher. Was denkst du denn, wo das ganze Wasser her kommt, dass hier alle literweise kaufen, um es zu trinken? Denkst du, das wird alles mit Flugzeugen hierher geflogen?«

»Bei der Menge an Flugzeugen, warum nicht?«, erwiderte ich. Natürlich hatte Juliane immer einheimisches Mineralwasser gekauft. Ich war aber zumindest davon ausgegangen, dass vieles vom spanischen Festland stammte.

»Es gibt hier Quellen, glaub mir«, beharrte Karl auf seinem Standpunkt.

Ich kramte eine Wasserflasche hervor, um mir das Etikett anzusehen. Alle Flaschen, die ich erbeutet hatte, waren aus derselben Lieferung und von derselben Marke. *Font Major - Aqua Mineral Natural* stand auf der Flasche. Ich las es laut.

»Bei den Mineralwasserquellen haben aber Menschen gearbeitet. Laster mit den abgefüllten Flaschen waren in alle Richtungen gefahren, und kamen dann wieder zurück. Vielleicht mit einem gebissenen Fahrer. Bei den Quellen ist es bestimmt nicht sicher«, vermutete ich.

»Sicherheit ist Illusion«, sagte Karl. »In den Bergen können Infizierte sein. In den Klöstern können Infizierte sein. An den Quellen können Infizierte sein. An den Stauseen können Infizierte sein, aber in den Supermärkten auch.«

»Aber nach dem Supermarkt kann man sich auf das sichere Meer zurückziehen und halbwegs ruhig schlafen. Wenn Infizierte an der Quelle auftauchen, oder im Kloster, ist der Ofen aus. Außerdem bietet das Meer Nahrung. Ohne dass wir etwas anbauen müssen. Nutztiere an Land müsste man füttern, falls überhaupt noch welche da sind, die nicht von diesen mutierten Gestalten gefressen wurden. Zum Schluss ziehen diese Viecher mit ihrem Gestank und ihrem Blöken, Grunzen und Muhen noch das Unheil an. Die Fische sind hier. Wir brauchen sie nur zu fangen. Die Quelle hat vielleicht nie versiegendes Wasser, das Meer hingegen nie versiegende Nahrung. Wir tauschen nur das Problem. Davon einmal abgesehen, dass es an Land extrem gefährlich ist, wissen wir nicht einmal, wo diese ominösen Quellen sind, falls es sie gibt. Das gleiche gilt für die Stauseen. Jeder Meter an Land ist einer zu viel. Außer, du hast irgendwo einen Panzerwagen versteckt, von dem ich nichts weiß«, fügte ich im Scherz hinzu.

»Nope! kein Panzerwagen«, sagte Karl.

Ich bevorzugte es nach dem derzeitigen Stand der Dinge, weiter auf den Supermarkt zu setzen. Zumal gestern alles erstaunlich glatt gelaufen war und ich langsam Routine beim Unentdeckt-Bleiben entwickelte. Karl beschäftigten aber diese Quellen. Mein nächster Ausflug in den Supermarkt würde allerdings um einiges heikler werden als der letzte. Alle Flaschen, die ich auf Anhieb gefunden hatte, hatte ich auf der Rampe drapiert und mittlerweile hierher geschleppt. Beim nächsten Trip musste ich die Paletten im Lager weiter durchsuchen, auf gut Glück. Irgendwann wären dann die oberen Etagen der Regale dran. Das hieß: Kletterpartien und unter Umständen versehentlich verursachter Lärm. Vielleicht waren die dreizehn Flaschen sogar die letzten Wasserreserven des Marktes. Daran glaubte ich zwar nicht, aber man konnte nie wissen. *Man hatte schon Pferde kotzen sehen.* Mit anderen Worten: Alles war möglich. In jedem Fall müsste ich nächstes Mal im Hellen dorthin, oder am Lager warten, bis es hell wurde. Die Sache mit den Taschenlampen hatte sich von selbst erledigt. Ich hatte keine mehr, die noch funktionierte.

Karl, der lange auf die Karte gestarrt hatte, als hätte er etwas gesucht, zeigte schließlich auf eine Stelle am oberen Rand der Insel. *Puig Major (1.445)* stand dort in grüner Schrift neben einem grünen Pfeil, der nach oben zeigte. Meine lange Leitung kam nicht ganz mit. »*Font Major*«, fügte er hinzu und tippte auf das Etikett der Flasche. *Puig* hieß Berg, *Font* war die Quelle. Der Groschen fiel.

»Wie ich das sehe, ist das sogar der höchste Berg der ganzen Insel«, fügte er hinzu. »Ich habe auf der ganzen Karte keinen höheren gefunden. Der Major der Berge. Jetzt müsste man wissen, wie die anderen Wassermarken hießen.«

»Bedaure«, sagte ich. »Juliane hat immer Wasser in dunkelblauen Flaschen gekauft, keine Ahnung was da draufstand. In der Ferienwohnung liegen aber massig leere Flaschen, auch welche von Hajü.«

»Wer ist Hajü?«, fragte Karl.

»Hans Jürgen. Ein Freund von uns, der die Wohnung dauerhaft gemietet hat, und sie uns immer mal für den Urlaub zur Verfügung stellt.«

»Dauerhaft gemietet? Alle Achtung! Wer hat, der hat«, resümierte Karl laut.

»Wir wissen jetzt zwar, dass eine Quelle möglicherweise irgendwo an oder auf diesem riesigen Berg ist, das bringt uns aber kaum weiter. Der Supermarkt ist vielleicht fünfhundert Meter von hier entfernt. Und jeder Trip dorthin ist ein Tanz mit dem Tod auf des Messers Schneide. Da suche ich doch nicht den höchsten Berg der Insel, der noch dazu auf der anderen Seite liegt nach einer Quelle ab, wenn hinter jedem Stein der Tod lauern kann. Ich will so wenig an Land sein, wie irgend möglich. Zu diesem Berg zu latschen und ihn womöglich noch rauf zu klettern ist eine Tageswanderung, sogar ohne Infizierte. Selbst wenn wir von der anderen Seite der Insel kämen, wozu wir sehr viel Sprit bräuchten. Das ist wie zehn Mal Supermarkt und zurück. Mit ungewissem

Ausgang, wohlgemerkt«, beharrte ich auf meinem Standpunkt. Das Thema war für mich bis auf Weiteres erledigt.
Ich schaute in die Karte und entdeckte eher zufällig die Stadt *Llucmajor*, die sich völlig woanders befand, als dieser Berg. Die Verwirrung war komplett. Die Quelle des Wassers konnte genauso gut dort sein. Das Wörtchen *Major* befand sich jedenfalls sowohl auf der einen, als auch auf der anderen Stelle der Karte. Karl räumte ein, dass ohnehin alles nur Mutmaßungen waren. Vielleicht bedeutete *Font Major* auch einfach nur die größte oder höchste aller Quellen, entsprechend dem militärischen Rang des Majors. Fakt war im Grunde nur eines: Wir wussten nicht, wo die Quelle war. Und wir wussten nicht, wo andere Quellen waren. Auf der Karte waren sie nicht eingezeichnet. Ohne genauere Informationen würden wir die Nadel im Heuhaufen suchen und unter Umständen völlig falsch liegen.
Ich zeigte nach einer Weile auf die seltenen blauen Fleckchen, die sich alle in ziemlicher Küstennähe befanden.
»Das hier könnten doch Seen sein«, sagte ich.
Meine besondere Aufmerksamkeit erregte der blaue Fleck, neben dem *Salinas de Levante* stand.
»Aus meiner Sicht könnte das ein See sein, der sich über einen Fluss vom Meer aus erreichen lässt.« Ich zeigte Karl die Stelle. Dort war in absoluter Küstennähe eine gestrichelte blaue Linie zu sehen, die das Meer mit dem vermeintlichen See verband. Von diesen gestrichelten blauen Linien sah ich einige auf der Karte. Daneben stand immer das Wort *Torrente*.
»Ich könnte mich aufregen, dass die hier Karten für Touristen ausgeben, aber alles auf Spanisch schreiben.

Wenigstens Englisch als Zweitsprache hätten die auf diese Karte packen können, oder?«, maulte ich gereizt.
»Die Einheimischen haben auch ihren Stolz. Wir hätten auch Spanisch lernen können«, erwiderte Karl.
»Stimmt auch wieder. Ich bin zum fünften Mal auf dieser Insel und kenne nur *El Molinar* und den näheren Umkreis davon. Ganz schön blöd, was?«, meinte ich.
»Meine Frau und ich haben uns so sehr auf diesen Urlaub gefreut, dass wir einen Reiseführer gekauft haben und alles Mögliche über Mallorca gelesen haben. Leider merke ich mir Dinge so schlecht. Das mit den Klöstern habe ich behalten, weil wir darüber gesprochen haben, eines zu besichtigen«, erinnerte sich Karl.
»So viel zur Abgeschiedenheit und Einsamkeit von diesen Hütten. Hast du zufällig auch was zu diesen gestrichelten blauen Linien und den blauen Flecken auf der Karte behalten?«, fragte ich.
Karl schaute sich die Karte an: »Ich weiß, dass es auf Mallorca extrem selten regnet, besonders um diese Jahreszeit, und natürliche Seen und Flüsse eigentlich Mangelware sein müssten. Wenn das Flüsse wären, warum sind die Linien dann gestrichelt und nicht durchgehend? Ich denke, die führen nur dann Wasser, wenn es mal regnet, und dann nur kurz. Und von einem Süßwassersee auf Mallorca, der direkt ins Meer mündet, habe ich auch noch nie etwas gehört. Das wäre auch zu schön gewesen. Das Ende aller Probleme. Ein Happy End, wie es im Buche steht. Die Helden der Geschichte fahren mit dem Boot zum Süßwassersee, trinken dessen Wasser und essen dessen Fische. Und wenn sie nicht gestorben sind, dann leben sie noch heute. Tut mir leid, mein Freund, aber so einfach ist es leider nicht. Quellen, Brunnen und Stauseen. Oder Flaschen

aus dem Supermarkt. So sieht es aus. Desto näher der Brunnen an der Küste ist, umso salzhaltiger ist das Grundwasser.«

»Das mit den Seen und Flüssen weißt du ganz sicher?«, fragte ich und tippte auf den blauen Fleck mit der Bezeichnung *Salinas de Levante*.

»Kennst du das deutsche Wort *Saline*?«, lautete Karls Gegenfrage.

Ich musste passen.

»Eine Saline ist eine Anlage zur Salzgewinnung. Dein *Salinas de Levante* ist kein See«, erklärte Karl.

»Sicher?«, fragte ich und kam mir unendlich dumm vor.

»Ziemlich sicher«, bestätigte Karl.

Ich war froh, dass dieser Bier trinkende, Chips mögende und Schallplatten hörende verkappte Schlaumeier an Bord war. Allerdings verstand ich nicht, warum eine Anlage zur Salzgewinnung auf der Karte blau markiert war.

»Und wo ist dieser verdammte Reiseführer, den ihr studiert habt?«, fragte ich.

»Im Hotel, wo sonst«, antwortete Karl.

Juliane hatte auch so ein Ding. Bisher hatte ich mich nicht sonderlich dafür interessiert. In Reiseführern waren Touristenattraktionen aufgelistet. Also Orte, die meiner Meinung nach jetzt allesamt überrannt waren von Infizierten. Während unserer ersten Urlaube hier hatte meine bessere Hälfte das kleine Büchlein ständig dabei gehabt. Sogar Restaurants waren dort aufgelistet. Dieser Abschnitt im Buch war Julianes Lieblingsteil gewesen. Ich wusste nicht einmal sicher, ob wir den Reiseführer dieses Jahr auch dabei hatten. Vielleicht war er noch in Julianes Tasche. Möglicherweise hatten auch Hajü oder Sibylle einen in der Ferienwohnung herumliegen. Für einen Reiseführer würde ich jedenfalls

nicht in die Ferienwohnung zurückgehen. Und für ominöse Quellen, die ich gegen nie versiegende Nahrung und die Sicherheit auf dem Meer eintauschen müsste, würde ich meinen Arsch auch nicht riskieren und in dieser Apokalypse auf irgendwelchen Bergen herum klettern.
Das Gespräch mit Karl war gegen Ende zwar etwas hitzig geworden, aber dennoch extrem aufschlussreich.
»Die Quellen können wir ja im Hinterkopf behalten, bis wir genau wissen, wo wir suchen müssen und wie gefährlich das betreffende Gebiet ist«, sagte ich – allerdings mehr, um Karl versöhnlich zu stimmen. Ich hatte nicht wirklich die Absicht, dieses Risiko einzugehen.
»Es ist wirklich weit und gefährlich«, räumte er ein.
Der Abend dämmerte und wir fingen noch einen Fisch.

*

Wir hätten ewig so weitermachen können, aber am fünften Tag nach Operation Supermarkt Teil zwei wollten wir dann doch irgendetwas unternehmen. Ein gewisser Tatendrang und vielleicht auch ein Hauch von Stumpfsinn und Langeweile verleitete uns dazu, zumindest einmal vorsichtig die nur zweihundert Meter entfernte Einfahrt des Hafens von *Portixol* zu inspizieren.
Wir hatten alle in Dosen befindlichen Getränke aufgebraucht. Die Zahl der Müsliriegel war auf vierzig geschrumpft - wir hatten genug Zeit gehabt, sie zu zählen. Die Zahl der vollen Eineinhalb-Liter-Flaschen betrug noch neun. Die Konserven hatten wir nicht angerührt und stattdessen jeden Tag Fisch gegessen. Ich musste zugeben, dass ich durchaus reif war für eine Abwechslung auf dem Speiseplan, aber die Diskussion um Ausflüge auf Berge und

zu Quellen hatte uns wohl unbewusst dazu veranlasst, die Konserven zunächst unangetastet zu lassen. Demnächst würde aber eine Konserve dran glauben müssen, da ich immer noch vollkommen dagegen war, das Meer gegen eine ungewisse Zukunft auf dem Land einzutauschen. Karl hatte das Thema wohl auch vorerst abgehakt.
Die Einfahrt der Marina von *Portixol* war um einiges breiter als die aller Häfen, die wir bisher gesehen hatten. Wenn wir sie in der Mitte durchfuhren, konnte uns kein noch so athletischer Wahnsinniger anspringen. Wir kamen in einen sehr weitläufigen Bereich, in dem überhaupt keine Boote lagen. Wir hatten jetzt zwei Optionen. Entweder, wir machten den Motor aus, oder wir kehrten um, und verplemperten noch ein paar sichere Tage am Wall der Bucht. Wir wollten aber auch nicht bis zum Lebensende dort herum hocken, auf unserem winzigen Boot und der Luftmatratze, die wir jetzt mit an Bord hatten. Infizierte hatten wir bisher keine angelockt. Wir waren schräg und auf direktestem Wege vom Wall bis zur Einfahrt gefahren, und hatten den Gashebel auf *Slow* gelassen. Im Grunde hatten wir nur weit genug draußen die kleine, leere Schnorchelbucht passiert, und dafür kaum zwei Minuten gebraucht.
Wir schalteten den Motor aus. Der Schwung trieb das Boot noch ein Stückchen weiter. Der erste Steg kam in unser Blickfeld. Auch in diesem Bereich reichte der Platz, um zu manövrieren. Wir hatten den Bezug über uns beide gelegt. Zwar reichte er nicht aus, um das Boot und die Luftmatratze völlig zu verdecken, aber unsere Tarnung ließ sich auf diese Weise ohnehin nicht mehr lange aufrecht erhalten. Wir wollten *Whaly* nicht per Hand durch den Hafen rudern, wenn wir die Luftmatratze hatten. Ich ließ sie zu Wasser und folgte

ihr ins lauwarme Nass. Es war helllichter Tag. Als ich bäuchlings auf der Matratze lag, breitete Karl den Bezug über mir aus. Er selbst blieb auf dem Boot, das in sicherer Entfernung zu allen Stegen oder sonstigen begehbaren Flächen trieb. In diesem Hafen hatte ich ein deutlich besseres Gefühl als in allen Häfen zuvor. Infizierte gab es auch hier. Aber bei weitem nicht so viele, wie im Hafen *Cala Gamba*, wo uns das Dach flöten gegangen war.
Ich kam auf meiner Luftmatratze nur wenige Meter weit, bevor ich eine merkwürdige Entdeckung machte. Vor mir trieb ein Boot im Wasser – mitten in der Mitte des ziemlich breiten, freien Bereiches. Das Boot war weiß, vielleicht fünf Meter lang und hatte kein Dach. Es schien leer zu sein.
Ich gab Karl ein Zeichen. Ich glaubte, dass er das Boot von seiner Position aus bisher nicht bemerkt hatte. Schließlich war es mir auch erst jetzt aufgefallen. Das wollte ich mir genauer ansehen. Noch bevor ich den treibenden Kahn erreichte, fuhr mir ein gehöriger Schreck durch die Glieder, als ich sehr nah an einer völlig aufgedunsenen Wasserleiche vorbeischwamm, die ich zu spät bemerkt hatte. Der männliche, leger gekleidete Tote trieb mit ausgebreiteten Armen und mit dem Gesicht nach unten direkt neben mir. Die bleichen, fetten, weißlich-grün verfärbten, aufgeschwemmten und behaarten Waden, die aus seinen kurzen Hosen hervorragten, boten einen ekelhaften Anblick. Deutlich konnte ich die Bisswunde an seinem verquollenen Unterarm erkennen. Die vom Wasser völlig ausgebleichte Wunde war absolut blutleer und fransig. Der eine oder andere Fisch schien sich auch schon für sie interessiert zu haben. Die reglose Hand des Toten berührte fast meine Luftmatratze. Er trug ein Armband am Handgelenk, an dem mit einem kleinen Karabinerhaken eine merkwürdige, rote,

spiralförmige Gummischnur befestigt war. Am vorderen Ende der Schnur hing etwas Undefinierbares aus schwarzer Plastik. Die rote Schnur erinnerte mich an die Kabel, die früher Telefonhörer mit Telefonapparaten verbunden hatten. Damals, in den Neunzigern, bevor die Invasion der neumodischen Technik begonnen hatte, und ich noch fast ein Teenager gewesen war. Ich ließ den Ekelbatzen vorbei treiben.

Das Boot dümpelte keine fünf Meter weiter auf dem Wasser, und war weit genug von gefährlichen Stegen entfernt. Ich gab meine Tarnung auf und hangelte mich von der Luftmatratze vorsichtig in das Innere des Kahns. Was mir sofort auffiel, war die Geräumigkeit. Der Platzgewinn war signifikant. Das Boot war gut zwei Meter länger und auch mindestens einen halben Meter breiter. Davon abgesehen hatte es null Ausstattung. Im Grunde genommen handelte es sich um einen weißen Kunststoffrumpf mit direkt in die Form eingelassener Sitzbank, genau wie bei *Whaly*. Es gab kein Dach, kein Lenkrad und keine Fenster vorn. Hinten befanden sich ein Außenbordmotor und ein größerer, vollgepackter Rucksack. *Interessant. Sehr interessant.* Der Außenbordmotor spielte in einer anderen Liga als der von *Whaly*. Dieser hier war um einiges größer, neuer und sichtlich teurer. Sein Gehäuse glänzte grau und wartete mit roten, schnittigen Linien zur Verzierung auf. Ein japanisches Modell. Der Tank war direkt in den Motor integriert, der Tankdeckel befand sich oben. Sofort fiel mir auch der Zündschlüssel auf, der noch im Schloss steckte. Hätte der Motor von *Whaly* einen solchen benötigt, hätte sich alles völlig anders entwickelt. Direkt neben dem Zündschlüssel befand sich auch hier dieser merkwürdige rote Knopf, neben dem der Stopaufkleber prangte. Auch dieser Knopf ließ sich

ein Stück herausziehen und schnappte zurück, wenn ich ihn losließ.
Mir fiel die rote Schnur mit dem Plasteding ein, das die Wasserleiche am Handgelenk hatte. Das war sicher der Besitzer des Bootes. Ich entschloss mich, das Ding zu holen. Im Hafen begann jetzt die übliche Prozedur. Ein einzelner Schrei einer entfernten Kreatur ließ die anderen aus ihrem Dämmerzustand erwachen. Aus torkelnden, langsamen Bewegungen wurden in Bruchteilen von Sekunden blitzschnelle. So, als hätte jemand von Zeitlupe auf doppelte Normalgeschwindigkeit geschaltet. Ruckartig drehten sich mehrere Köpfe in meine Richtung, und der erste Schrei des Einzelnen erfuhr eine dutzendfache Antwort. Ein Rennen und Springen über Boote und Stege begann. Weiter vorn hatte der Hafen eine U-förmige Struktur, die aber wesentlich größer ausfiel, als in *Cala Gamba*. Am offenen Ende des Us befand ich mich. An dessen inneren Rändern waren nicht einzelne Boote festgemacht, wie ich das in *Cala Gamba* gesehen hatte, stattdessen gingen von ihnen etliche Stege ins Innere ab, die jeweils an beiden Seiten etliche Boote beherbergten. Insgesamt schätzte ich die Kapazität des Hafens auf bestimmt vierhundert Boote. Ich nahm mir nicht die Zeit, die heranstürmenden Kreaturen näher zu betrachten. Zwischen mir und dem nahesten Steg lagen gut acht Meter. Ich konnte mich also auf meine Aufgabe konzentrieren, damit ich hier schnell wieder herauskam. Das Geschrei kam merklich näher. Ich hörte federnde Schritte, die auf Booten und Stegen hohle, dumpfe Geräusche hinterließen. Ich verzichtete auf die Luftmatratze und schwamm direkt zu der Wasserleiche. Die schwammige Haut fühlte sich ekelhaft an. Ich strampelte mit den Füßen, um die Balance zu halten,

während ich mit hektischen Bewegungen den Karabiner vom Armband löste. Geschafft. Ich schwamm zurück.
In diesem Moment kam Karl in die Bucht gedüst. Er hatte sicher den Aufschrei gehört und wollte mir mit einem Ablenkungsmanöver zur Hilfe eilen. Er erkannte, dass im Hafen die Hektik ausgebrochen war. Tollwütige, wie Leichtathleten sprintende, hungrige, wildgeifernde Ficker überall. Er erkannte aber auch, dass ich mich weit genug im Wasser befand. Ich gab ihm ein Handzeichen, das symbolisieren sollte, dass alles okay war. Dann zog ich mich ins neue Boot zurück. Ich angelte mir die Luftmatratze, die ich behalten wollte. Sie eignete sich ziemlich gut, um lautlose Erkundungen auf dem Wasser anzustellen.
Das schwarze, viereckige Plastikteil, das sich an der roten, spiralförmigen, dehnbaren Schnur befand, hatte vorn eine Auslassung. Dadurch sah es aus wie ein außen viereckiges U. Meine lange Leitung kam instinktiv darauf, dass man das Ding unter den herausgezogenen roten Knopf schieben konnte. So, dass sich der Knopf nicht wieder zurückzog. Befestigte man das andere Ende per Karabiner am Handgelenk oder woanders am Körper, ergab das eine Sicherheitsvorkehrung. Die dehnbare Schnur ließ sich nicht auf mehr als einen Meter Länge ziehen. Ging man als Steuermann des Motors über Bord, wurde zwangsläufig der Plasteclip vom Stopknopf gezogen, der dadurch zurückschnappte. Das hatte zur Folge, dass der Motor ausging und man nicht in seine eigene Schiffsschraube geriet. *Clever.*
Genau das war hier passiert. Der Motor war in dem Moment ausgegangen, als der Besitzer über Bord gegangen war. Was der armen Sau, die jetzt aufgedunsen mit dem Gesicht nach unten im Wasser trieb, zugestoßen war, war unschwer zu

erkennen. Entweder war der Typ auf dem Weg zum Boot schon gebissen worden, und hatte dann auf dem wackeligen Kahn die Kontrolle über sich verloren, oder einer von diesen Freaks hatte ihn erwischt, als er schon im Boot gewesen war. Ich sah mich nach weiteren Wasserleichen um, und sah tatsächlich zwei vereinzelt im Wasser treiben. Überall war der Tod in dieser entsetzlichen neuen Welt.
Der Rucksack in der Ecke sprach dafür, dass der Besitzer des Bootes die Flucht einigermaßen vorbereitet hatte. Dem Zustand der Leiche nach zu urteilen, war das aber schon eine Weile her. Hatte er auf dem Trockenen ausgeharrt und war aufs Boot geflüchtet, als diese Dinger angefangen hatten, ihre Beute zu wittern? Oder hatte er es direkt am Anfang, als der Wahnsinn begonnen hatte, schon versucht? Ich wusste es nicht. Ich kannte mich nicht aus mit Verwesungsstadien von Wasserleichen. Der Motor steuerte sich im Großen und Ganzen wie der von *Whaly*. Neben dem Zündschlüssel gab es noch den alternativen Seilzug, der aber sicher nur funktionierte, wenn der Schlüssel zumindest steckte. Ich drehte den Schlüssel, und der Motor sprang an. *Wie bei einem Auto*, dachte ich. Ich gab Karl ein Zeichen und wir verließen auf separaten Booten die Marina.

*

Das Boot, das wir erbeutet hatten, entsprach nicht dem, was wir uns eigentlich wünschten. Wir waren zwar nicht in der Position, großartige Ansprüche stellen zu können – das war uns beiden bewusst – aber die Sonne machte uns auf Dauer eben doch ziemlich zu schaffen. Der neue Kahn bot einiges mehr an Platz, war also eine klare Verbesserung im direkten Vergleich zu *Whaly*, aber wir wollten und brauchten ein

Sonnendach. Der Tank des Außenbordmotors schien einigermaßen gut gefüllt zu sein, auch wenn mir das nötige Fachwissen fehlte, um sagen zu können, für wie viele Kilometer der Sprit reichte.
Interessanter als das Boot war zunächst aber der ziemlich große Rucksack, den unser Vorbesitzer für uns hinterlassen hatte. Wir fühlten uns beide wie Kinder zu Weihnachten, als wir das unerwartete Geschenk auspackten. Der Inhalt gefiel uns ausnehmend gut. Der Besitzer des Rucksacks hatte gewusst, worauf es ankam, wenn man länger auf einem Boot wie diesem ausharren wollte. Wir fanden acht Anderthalb-Liter-Flaschen, auf dessen Etikett *Font des Teix* stand. Ich befürchtete, dass Karl daraufhin nach der Karte verlangen würde, um weiter im Trüben zu fischen – in der Hoffnung, eine dieser Quellen zu lokalisieren. Er tat aber nichts dergleichen. Wir fanden weiterhin zwei Packungen mit keksartigem, trockenem Gebäck, zwei Dosen mit eingelegten Pfirsichen und weitere vier Konservendosen in der Art, von der wir schon welche hatten. Zu unserer Belustigung fanden wir auch ein recht ansprechendes Pornoheft in den Hinterlassenschaften des Vorbesitzers. Ja, unser Vorrat konnte sich jetzt langsam aber sicher sehen lassen, obwohl uns völlig klar war, dass wir einen Glückstreffer gelandet hatten. Insgesamt besaßen wir gegenwärtig siebzehn Eineinhalb-Liter-Flaschen, vierzig Müsliriegel, vierzehn Konservendosen, zwei Packungen Trockengebäck, zwei Dosen mit Pfirsichen und natürlich die Fische. Damit ließ sich etwas anfangen. Wir luden alle unsere Vorräte in das neue Boot und verbrachten den Rest des Tages an der Schnorchelbucht.

*

Am Abend unterhielten wir uns länger darüber, was wir mit unserer neu gewonnenen Freiheit anfangen wollten. Wir hatten schließlich nicht nur einiges an Vorräten, sondern auch ein neues Boot mit neuem Sprit. Einige Optionen standen uns zur Auswahl. Wir konnten bis auf Weiteres an der Schnorchelbucht bleiben und die Tage vergehen lassen. Wir konnten aber auch die Küste entlangfahren, in der Hoffnung auf irgendetwas zu stoßen, was unser Interesse erweckte. Wer wusste schon, was hinter dem Zipfel lag, der auf der Karte den Namen *Cap de Cala Figuera* trug. Wir machten uns allerdings wenige Hoffnungen, Orte zu finden, die noch nicht von dieser merkwürdigen Krankheit betroffen waren.

Ich wusste, dass es Gebiete gab auf dieser Insel, die dünn besiedelt waren. Das hatte ich vom Flugzeug aus auch gesehen. Aber ich würde niemals die Sicherheit des Meeres gegen ein solches Himmelfahrtskommando eintauschen. Selbst wenn irgendein winziges Nest oder ein Gutshof inmitten der Insel noch intakt war, bestand immer die Gefahr, dass doch noch alles zum Teufel ging. Es war genau wie mit den Quellen. Wir wussten nicht wirklich, wo wir suchen sollten, und an Land war es einfach nicht sicher. Eine abgeschiedene Bucht hingegen würde uns nur etwas nützen, wenn wir eine langfristige Lösung für das Wasserproblem fanden.

Ich fragte Karl, ob es rein theoretisch im Bereich des Möglichen lag, die Insel einmal komplett zu umrunden. Karl meinte, dass die Insel eine Ausdehnung von ungefähr hundert mal achtzig Kilometern hätte. Die genauen Zahlen hatte er nicht behalten können. Eine Umrundung würde eine Strecke von bestimmt fünfhundert Kilometern ergeben, wenn man alle Buchten, Zipfel und Unregelmäßigkeiten mit einrechnete. Karl schätzte diese Zahlen nur. Vielleicht war es etwas mehr, vielleicht auch etwas weniger. Mit dem Benzin, das wir hatten, würden wir das ohnehin nicht schaffen.

Langsam wünschte ich mir tatsächlich, doch einen Reiseführer zu haben. Man würde damit direkt zwei Fliegen mit einer Klappe schlagen. Man könnte sich zum einen die Zeit mit Lesen vertreiben, und würde zum anderen mehr über die Insel erfahren. Wenn ich jetzt einen Reiseführer hätte, würde ich ihn nicht ignorieren, wie ich es bisher getan hatte, sondern jedes Detail gierig in mich aufsaugen. *Wenn, wenn, wenn.*

»Wenn das Wörtchen *wenn* nicht wär, wär ich vielleicht schon Millionär«, scherzte ich.

So gern ich diesen Reiseführer auch gehabt hätte, einen lebensgefährlichen Trip in die Ferienwohnung war er mir dann doch nicht wert. Die Karte hatte uns bisher eigentlich auch nur Ärger eingebracht. Wichtige Dinge wie Quellen waren nicht eingezeichnet, und eine Salzgewinnungsanlage konnte irrtümlich für einen See gehalten werden. Zumindest, wenn man ein ahnungsloser Depp wie ich war, der im Grunde fast nichts über die Insel wusste, auf der er seit fünf Jahren Urlaub machte. Und der kein Spanisch konnte. Die Karte war allerdings auch nicht für das Überleben in der Apokalypse konzipiert. Wenigstens hatten wir in dieser Nacht genug Platz zum Schlafen.

*

Tags darauf setzten wir unsere Gespräche fort. Wir hatten schließlich nichts Wichtiges zu tun. Am Himmel stand nicht ein einziges Wölkchen und es war absolut windstill. Wir würden also einen weiteren Tag der gnadenlosen Sonne trotzen müssen. Karls einst käsige Waden waren krebsrot. Ich war froh über meine langen Hosen, wegen denen mich Juliane nicht nur einmal für verrückt erklärt hatte. Der Stoff war luftig und sie spendeten den Beinen Schatten. Um meine Unterarme war es allerdings auch nicht besser bestellt als um die von Karl. Die Haut war von der Kombination aus Sonne und Salzwasser völlig ausgetrocknet, verbrannt und schälte sich. Die Oberseiten meiner Ohren und auch die Nasenspitze waren trotz Basecap genauso betroffen. Wenn wir dieses Grauen hier überlebten, würden wir vermutlich wegen Hautkrebs dahinscheiden. Die Handtücher, der Bezug und auch die Luftmatratze eigneten sich nur sporadisch als Sonnenschutz. Karl benutzte die Haube des Tarnanzuges als Mütze, was sehr lustig aussah. Ein Sonnenstich hier draußen war aber eine todernste Angelegenheit. Wir gingen abwechselnd ins Wasser und behielten die nassen Klamotten an, was zumindest ein wenig Linderung brachte.

Gegen Nachmittag sprach Karl aus, was wir beide ohnehin schon dachten.

»Wir sollten noch einmal in den Hafen fahren, um uns genauer umzusehen. Vielleicht haben wir ja Glück und finden tatsächlich noch ein Boot mit Dach und einem an Bord versteckten Schlüssel. Einer lenkt ab, der andere sucht. Wir könnten *Whaly* nehmen und den Tank leer machen.«

Ich war sofort einverstanden. Längerfristig brauchten wir ein Dach über dem Kopf, da biss die Maus keinen Faden ab. Es gab keinen Grund, noch länger zu warten. Wenn wir es geschickt anstellten, war auch die Gefahr überschaubar.

»Wenn du die Infizierten ablenken willst, durchsuche ich die Boote«, schlug ich vor.

Karl nickte, also luden wir die Luftmatratze ein und fuhren mit *Whaly* zum zweiten Mal zur Hafeneinfahrt von *Portixol*. Die Gestalten, die wir gestern aufgescheucht hatten, hatten sich über Nacht wieder beruhigt und auch zum Teil zerstreut. Unsere Ausgangsposition war nicht die schlechteste. Vor dem hinten liegenden großen U, von dem die meisten Stege des Hafens abgingen, gab es einen einzelnen Steg im vorderen Bereich und einzelne Boote, die an der Mauer befestigt waren.
Karl fuhr weiter in den Hafen hinein, nachdem er mich und die Luftmatratze abgeladen hatte. Unser zweites Boot mit den Vorräten hatten wir an der Schnorchelbucht zurückgelassen, genau wie den Umhang. Die geleerte Tasche und einen Rucksack hatte ich allerdings dabei. Man wusste schließlich nie, was man finden würde. Die Infizierten sahen und hörten vor allem Karl, den ich mit der Handhabung des Außenbordmotors vertraut gemacht hatte. In der Mitte des Us, auf das die Enden von bestimmt fünfzehn Stegen zeigten, schaltete Karl in den Leerlauf. Er war an dieser Stelle sicher. Zehn bis fünfzehn Meter Wasser lag in allen Richtungen zwischen ihm und den Steg-Enden.
Jetzt gab er leicht Gas und schrie herum. Die Infizierten strömten in uns bereits bekannter Manier in das U und auf verschiedene Stege – schreiend, brüllend, fuchtelnd und blitzschnell. Im Handumdrehen hatte sich eine beeindruckende Zahl von vielleicht fünfzig Kreaturen um *Whaly* versammelt. Karl wirkte wie ein Superstar in der Mitte, den etliche Fans umringten, die ihm schreiend zujubelten – allerdings nur auf den ersten Blick und aus meiner Entfernung. In Wahrheit war das Gefuchtel kein Zuwinken. Die zerfurchten Klauen mit dreckigen, blutigen und eingerissenen Fingernägeln streckten sich gierig Karl

entgegen. Wäre nicht das schützende Wasser zwischen ihnen und meinem neuen Freund, dann würden sie ihn zerfetzen oder festhalten, während stinkende Mäuler sich in seinem Fleisch vergruben. Auch die Schreie waren keine Schreie des Jubels, sondern der Gier. Blasen werfender Geifer sprudelte zwischen bräunlich verfärbten Zähnen hervor.
Ich musste mich beeilen, denn auch von außerhalb des Hafens strömten die Veränderten heran. Der Steg im vorderen Bereich, an dem ich mich befand, war jetzt frei von Kreaturen. Karl hatte deren gesamte Aufmerksamkeit. Ich schwamm im Wasser und schob die Matratze vor mir her. Boote ohne Dach und Segelboote ließ ich direkt links liegen, was meine Auswahl erheblich einschränkte. Von den ungefähr dreißig Booten, die an beiden Seiten des Stegs festgebunden waren, fand ich auf den ersten Blick vielleicht die Hälfte interessant.
Das erste Boot, das ich inspizierte, nachdem ich den Steg betreten hatte, war vielleicht sechs Meter lang und hatte vorn einen nicht überdachten Bereich mit zwei Sitzen und einem Lenkrad. Im hinteren Bereich hatte das Boot Sitzbänke, die ebenfalls nicht überdacht waren. Zwischen dem Steuer und den Sitzbänken lag allerdings der Eingang zu einer kleinen, im Bug befindlichen Kabine, die gerade so für zwei Personen ausreichte. Während Karl draußen die Infizierten beschäftigte, durchsuchte ich grobmotorig und hastig die Ecken des Bootes, in denen ein Schlüssel hätte versteckt sein können. Mit der Kurzschließerei wollte ich mich jetzt nicht beschäftigen. Ich hatte keine Ahnung davon, und vom Messer abgesehen auch kein adäquates Werkzeug. *Whalys* Außenbordmotor röhrte, während ich in den Schlitzen der Polster nachsah. *Polster! welch ein Luxus.* Mir taten die Knochen weh vom nächtelangen zusammengerollten

Schlafen auf nacktem Kunststoff. Dieses Boot hätte durchaus unseren Ansprüchen genügt, aber ich fand auf die Schnelle keinen Schlüssel.
Anstatt hier noch weiter Zeit zu vergeuden, verließ ich die Kabine und begab mich zum nächsten Boot, welches keine unterirdische Kabine besaß, dessen Steuer aber großzügig überdacht war. Im hinteren Bereich hatten zwei Luftmatratzen Platz, die sich besorgen ließen. Eine besaßen wir bereits, eine zweite trieb in der Schnorchelbucht. Dadurch war auch dieses Boot in der engeren Wahl. Tagsüber konnte man am Steuer im Schatten sitzen, und nachts im hinteren Bereich auf Luftmatratzen schlafen. Das Boot hatte über der Vorderscheibe Blenden, die sich herunterklappen ließen – ähnlich wie bei einem Auto. Dort fand ich zwar ein Foto von einer attraktiven Blondine, aber keine Schlüssel. Das hier war die Realität und nicht das Schlaraffenland. Im Handschuhfach wurde ich ebenfalls nicht fündig. Ich fand dafür ein Cuttermesser und einen Schraubenzieher. Das Cuttermesser verstaute ich sofort. Mit dem Schraubenzieher fummelte ich hektisch an der Verkleidung des Zündschlosses herum. Ich rutschte ab und hätte mich zu allem Überfluss fast an der Hand verletzt. *Scheiße!* So wurde das nichts!
Als ich das Boot verließ, erschrak ich. Die Menge der Infizierten hatte sich drastisch erhöht. Die Stege im U und auch die Boote dort waren voll von ihnen. Ich wollte gar nicht wissen, wie viele von diesen menschlichen Hüllen mit dem Verstand eines Hundes schon im Wasser gelandet waren, und gerade ihren Todeskampf ausfochten. Karl wartete schon darauf, dass ich zu ihm rüber blickte. Er machte mit der freien Hand eine schwankende Bewegung, die in etwa bedeuten sollte: *Es wird langsam heikel.*

Er ließ allerdings nach wie vor genügend Sicherheitsabstand zwischen sich und den sich immer zahlreicher versammelnden Massen. Das dritte Boot, dem ich meine Aufmerksamkeit widmete, verfügte weder über eine Kabine, noch über ein stabiles Dach. Es war ähnlich wie *Whaly* mit einem Stoffdach ausgestattet und auf sechs bis sieben Personen ausgelegt. Es gab vier Sitze – zwei an jeder Seite – und eine Rückbank. Die Rückbank konnte mit Mühe und Not für eine Person als Schlafplatz herhalten. Eine zweite Person hätte zwischen den Sitzreihen auf dem Boden Platz gehabt. Der Gang war allerdings zu schmal für eine Luftmatratze. Ich fand weder im Handschuhfach, noch unter den Sitzen, noch sonst irgendwo einen verfluchten Schlüssel. In meiner unmittelbaren Nähe rannte ein fürchterlich aussehender, mit Grinden und blutigen Krusten übersäter Infizierter vorbei. Mir war absolut unbegreiflich, wo diese Gestalt auf einmal herkam. Ich bemerkte ihn viel zu spät, da ich auf die Boote fixiert war. Kreuzgefährliche Situationen wie diese konnte ich mir überhaupt nicht erlauben. Vielleicht war er über die zum Hafengelände gehörende Straße auf den hinter einer halbhohen Mauer liegenden Weg gelangt, von dem mein Steg abging. Er blieb auf dem Weg und rannte nicht auf den Steg. Karl, der immer noch einen ziemlichen Lärm veranstaltete, war sein Ziel. In dem Moment wurde mir bewusst, dass ich unter diesem Stoffdach für jeden gut sichtbar war. Ich hatte noch einmal Glück gehabt, wie schon so oft in dieser verfluchten Hölle, in die sich Mallorca verwandelt hatte. Der Infizierte hinterließ eine blutige Spur, da er keine Schuhe mehr trug und das Fleisch seiner Fußsohlen vom Herumgerenne wund war. *Was mussten das für Schmerzen sein, die dieses Virus gnadenlos zu unterdrücken schien?*

Ich gab Karl ein Zeichen, dass ich bis jetzt noch keinen Erfolg hatte. Der vordere Hafenbereich wurde langsam aber sicher dermaßen voll, dass die Kreaturen dort keinen Platz mehr hatten und nach hinten, in meine Richtung, aufliefen. Ich wollte das Schicksal nicht herausfordern, aber ein Boot ging noch! Ich lief – eigentlich völlig ungeschützt – zu einem weiteren Kahn mit überdachtem Steuer und geräumigem Heck. Mit fliegenden Fingern wühlte ich im Handschuhfach herum, ohne etwas zu finden. Gab es wirklich Leute, die so fahrlässig waren, ihre Schlüssel auf dem Boot zu verstecken, oder war das nur ein Mythos? Ich fand auch hier keinen Schlüssel. In diesem Moment erstarb *Whalys* Motor blubbernd.

»Benzin alle!«, brüllte Karl und verließ vorsichtig das Boot. Er durfte niemals und unter keinen Umständen seine Brille verlieren, dachte ich. Karl schwamm – immer genügend Sicherheitsabstand wahrend – in Richtung Ausfahrt, und somit auf mich zu. Die Tatsache, dass Karl im Wasser schwamm, veranlasste den einen oder anderen Infizierten dazu, es auch zu versuchen, und ihm hinterher zu schwimmen. Ich hörte es mehrfach platschen. Doch diese Dinger, die einmal Menschen gewesen waren, konnten nicht schwimmen. Das war Fakt.

Die Situation, in der ich mich befand, wurde zunehmend gefährlicher. Der Hafen wimmelte jetzt vor Kreaturen, und da Karl in meine Richtung schwamm, musste ich sehen, dass ich ins Wasser kam. Ich nahm Anlauf und sprang direkt vom Boot aus ins Wasser. Diese hektische Bewegung machte einige Infizierte auf mich aufmerksam. Ich sah sie nicht, aber ich hörte ihre Schreie deutlich hinter mir. Ein bedrohlich nahes Platschen brachte die zuletzt zu kurz gekommene Panik in mein Leben zurück. Etwas bekam mich zu fassen,

und ich trat blindlings nach hinten in irgendetwas Weiches. Meine Turnschuhe legte ich nur ab, wenn ich an der Bucht tauchte, ich trug sie sonst immer, auch jetzt. Ich konnte das, was mich gepackt hatte, durch meine Tritte loswerden, und hörte ein Röcheln und blubbern. *Meine Güte, war das nah!* Ich erreichte die Luftmatratze, die im Wasser trieb, und fasste sie am schmalen Ende. Mit den Füßen vollzog ich Schwimmbewegungen. Karl war in relativer Nähe. Wir waren jetzt beide weit genug von den gefährlichen Bereichen entfernt. Die Ausfahrt lag vor uns. Der Lärm hinter und neben uns war unbeschreiblich. Das reinste Inferno. Diese irren Schreie, die ich mittlerweile besser kannte als mir lieb war, drangen aus hunderten von Kehlen. Karls Lärm hatte ungezählte Infizierte aus den Straßen in das Hafeninnere gelockt. *Nahm dieser Alptraum denn überhaupt nie ein Ende?* Wir passierten schwimmend die Einfahrt und ließen den Hafen von *Portixol* hinter uns. Unsere Bemühungen, ein überdachtes Boot zu ergattern, waren gescheitert. Als Trostpreis gab es ein Cuttermesser und einen Schraubenzieher. Wirklich freuen konnten wir uns nicht darüber. Wir schwammen die zweihundert Meter bis zum Wall der Schnorchelbucht. Als wir sicher in dem geräumigen Boot saßen, das wir gestern erbeutet hatten – und das kein verdammtes Dach besaß – nahmen wir im Geiste schweigend Abschied von *Whaly*. Ich hatte den Plastekutter, der jetzt herrenlos im Hafen von *Portixol* trieb, lieb gewonnen und dankte ihm still.
Für heute hatten wir genug. Wir ließen den Tag mit Fisch und Wasser ausklingen.

Kapitel 16: Treibgut

Auch am nächsten Morgen war der Himmel strahlend blau. Die Sonne war gnadenlos und machte keine Pause. Sie kannte kein Erbarmen. Wir würden auch heute relativ ungeschützt in den UV-Strahlen und der Hitze brüten. Genau wie morgen, übermorgen und überübermorgen. Um das zu wissen, brauchte ich keine verdammte Wetter-App. Wir machten nicht viel Federlesen und warfen den neuen Motor an. Sämtliche Besitztümer hatten wir an Bord, auch die Luftmatratze. Wir wussten nicht, ob und wann wir zur Schnorchelbucht zurückkehren würden.

Es war nicht weit bis zum Hafen von *Palma*. Die Zeit war reif, dieser gigantischen Anlage einen Besuch abzustatten. Wenn wir dort kein überdachtes Boot fanden, dann wahrscheinlich nirgendwo. Wir ließen uns Zeit und tuckerten gemächlich die nicht einmal zwei Kilometer bis zum Hafen dahin. Wir passierten die Kathedrale von *Palma*, von der ich nur den oberen Teil sah, und wussten um die davor verlaufende sechsspurige Hauptverkehrsstraße. Vom Boot aus konnten wir keinen Blick darauf werfen, da eine Mauer, die den abschüssigen Strand von der Promenade und der Straße trennte, die Sicht versperrte. Wir waren zu niedrig. Kurz stellten wir den Motor des neuen Bootes ab, das die Aufschrift *Alexis* trug. Die Art, wie der Name auf den Schiffsrumpf aufgetragen war – in schnörkeligen, schwungvollen, dunkelblauen Buchstaben – ließ vermuten, dass der Besitzer dieses Schmuckstück auf diesen Namen getauft hatte. Möglicherweise war *Alexis* aber auch der Hersteller oder die Typbezeichnung. Mir war das relativ egal. Der Motor hüllte sich in Schweigen und ließ den

Geräuschen, die von der Küste zu uns herüberdrangen, genügend Raum, sich zu entfalten. Auch wenn wir die Hauptverkehrsstraße von hier aus nicht sahen und in einigem Abstand zum Strand fuhren, erahnten wir, dass sich dort drüben unzählige Kreaturen versammelt hatten.

»In *Palma* haben vierhunderttausend Menschen gelebt, oder tun es noch, wenn auch anders als zuvor. Ungefähr die Hälfte aller Einheimischen wohnt in dieser riesigen Stadt«, sinnierte Karl.

»Auf Mallorca leben insgesamt nur achthunderttausend Menschen?«, fragte ich verblüfft.

»Es sind eher neunhunderttausend – nur Einheimische wohlgemerkt. Die Urlauber, die zur Hauptsaison auf der Insel sind, musst du natürlich noch dazu addieren«, korrigierte Karl, der offensichtlich doch einige Eckdaten aus dem Reiseführer verinnerlicht hatte.

»Trotzdem gibt es hier wahrscheinlich mehr Infizierte auf engstem Raum als überall sonst auf der Insel«, gab ich zurück.

»Kann schon sein. Mir haben die am *Platja de Palma* absolut gereicht«, antwortete Karl, der sich mit Grausen an seine einsamen Wochen im Hotelzimmer erinnerte.

»Mir waren drei vor meiner Ferienwohnung schon zu viel.« Ich erinnerte mich an die schlimmen Gestalten, die am Anfang der Katastrophe auf meiner Straße aufgetaucht waren. Damals hatte ich einen ersten genaueren Blick auf sie werfen können. Damals war alles noch frisch gewesen. Unbeschreibliche Angst hatte ich empfunden, hinter meinem hellen Vorhang, als ich zitternd durch den Schlitz gelugt hatte. Es kam mir vor, als sei das Ewigkeiten her. Die Angst war noch immer da. Das Boot und die Gesellschaft von Karl machten die Situation aber zumindest erträglich. Hier

draußen konnten sie uns nichts anhaben. Wirklich schlimm wurde es immer nur dann, wenn ich an Land musste.
»Wir wollen nur zum Hafen. Die Stadt braucht uns nicht zu interessieren«, sagte ich zur Beruhigung und ließ den Motor wieder an – ganz bequem mit dem Zündschlüssel, den ich nie abziehen würde, damit ich ihn unter keinen Umständen verlor. Die Einzigen, die hier Boote klauten, waren mit einiger Wahrscheinlichkeit wir. Scheinbar war sonst kaum jemand auf die Idee gekommen, auf das Wasser zu fliehen. Vielleicht war die Krankheit zu schnell über die Menschen gekommen, oder sie hatten es zunächst nicht ernst genug genommen, und sich auf Polizei, Militär und die Hilfe von außen verlassen. Als es dann zu spät gewesen war, schien es keiner mehr bis aufs Meer geschafft zu haben. Zumindest war uns bisher noch niemand mit einem Boot begegnet. Ich sah auch keine treibenden Boote. Die, die sich während des Ausbruchs auf Booten befunden hatten, waren entweder so blöd gewesen, an Land nachzuschauen, oder sie hatten die Küste verlassen.
Wir erreichten die ersten Ausläufer des Hafens und passierten einen Abschnitt, der vollgestellt war mit gestapelten Containern. Der Frachthafen. Als wir sein hinteres Ende – das gleichzeitig eine Seite der Einfahrt darstellte – erreichten, ließen wir die Kulisse auf uns wirken. Wir konnten jetzt den von uns aus linken Teil des Hafens einsehen, der für sich betrachtet schon die drei- bis vierfache Größe des Hafens von *Portixol* hatte. Nachdem wir das breite, eckige Ende des Frachtbereiches umfahren hatten, war der Blick auch auf den Teil des Hafens frei, den der Frachtbereich bisher verborgen hatte.
Der Hafen war insgesamt riesig und hatte mindestens eine Länge von eineinhalb Kilometern. Wie viele Boote hier

lagen, ließ sich nur erahnen. Die Zahl war auf jeden Fall vierstellig. Es gab hier Boote in allen Größen – winzige Nussschalen zum Rudern, kleine Motorboote für zwei Personen, Segelschiffe und natürlich die Yachten. Diese wiederum konnten eine Größe von sechs bis dreißig Metern haben. Die Ankerplätze der Schiffe waren nach Größen sortiert. Wir hatten es nicht auf eine Dreißig-Meter-Yacht abgesehen. Wir wollten etwas, das wir als Bootslaien, die wir nun einmal waren, auch steuern konnten.
Am Hafenrand sah ich die Infizierten herumrennen. Gedämpft drangen ihre Schreie zu uns herüber. Die Gestalten kamen mir von hier aus vor wie Ameisen, die auf den weißen Booten und an Land herumwuselten. Es waren aber keine harmlosen Ameisen, das wusste ich nur zu genau. Das Wasser schimmerte grünblau. Ich sah weiße, majestätische Boote, dahinter Hotels und wiederum dahinter grünbraun schimmernde Berge im Sonnenlicht. Eine herrliche Kulisse – wenn man sich die ausgebrannten Stellen in den Hotelwällen, die schreienden Gestalten und die herrenlos im Hafen treibenden Boote wegdachte. *Jawohl, die herrenlos im Hafen treibenden Boote!*
Gerade eben hatte ich noch darüber nachgedacht, warum so wenig Menschen auf die Idee gekommen waren, sich auf das Wasser zu flüchten. Hier hatten offenbar einige diese Idee gehabt, wenn auch zu spät. Leichen trieben im Wasser. Sie waren aufgedunsen. Manche trieben mit dem Gesicht nach oben, andere – wie der Boot- und Pornoheftbesitzer in *Portixol* – mit dem Gesicht nach unten. Mit etwas Glück mussten wir gar nicht nach versteckten Schlüsseln suchen. Hier trieben sechs oder sieben Boote nicht angeleint im gigantischen Hafenbecken. Zwei davon waren mir auf den ersten Blick zu klein. Ein weiteres war offensichtlich mit

einer Yacht kollidiert, die wir uns größenmäßig nicht zutrauten, und sah beschädigt aus.

Wir passierten das erste kleine treibende Boot. Es handelte sich um ein Motorboot mit zwei Sitzen und ohne Dach. Ich konnte im Boot nichts entdecken, was für uns von Interesse war.

Wir tuckerten weiter. Von Bord der bestimmt fünfzehn Meter langen Yacht, die ein anderes Boot gerammt hatte, drangen Geräusche zu uns herüber. Zwei sabbernde, irgendwie ausgemergelte, rotäugige Gestalten schauten über die Reling auf uns herab. Wenn sie sprangen, würde es eng werden. Ich umfuhr die Yacht so gut es ging, und die schreienden Gestalten folgten uns bis zum Heck ihres Schiffes. Sie sprangen nicht. Das war der Grund, warum sie noch lebten. *Was für ein Leben mochte das sein?* Umgeben von tödlichem Wasser, auf einem Schiff, das sie nicht mehr steuern konnten. Ihre blutigen Münder ließen erahnen, dass sich ursprünglich noch mehr Personen an Bord geflüchtet hatten, die jetzt vermutlich bis auf die Knochen abgenagt an Deck lagen. Waren die Anderen an Bord verhungert und hatten den Beiden als Nahrung gedient? Oder hatten sich nur diese Zwei verändert und waren über die Anderen hergefallen? Die verwandelten Kreaturen fraßen sich nicht gegenseitig, solange sie lebten, davon war ich überzeugt. Sonst wäre nur noch einer von denen dort an Bord gewesen. Ich hatte auch nie etwas Derartiges beobachtet. Vielleicht waren die Zwei auch Hundebesitzer, und das Blut an ihren Mündern stammte von dem Köter, den sie mittlerweile verdrückt hatten. Ich wollte es gar nicht wissen. Wie lange hatten sie dort oben auf ihrer Luxusyacht schon ausgeharrt? Fast einen Monat? Wir ließen die Yacht hinter uns und

steuerten auf das leicht abgetriebene Boot zu, das von der Yacht gerammt worden war.
»Vorsicht!«, mahnte Karl.
Mir war völlig klar, was er meinte. In jedem der hier treibenden Boote könnten sich welche von denen verbergen. Ich musste aber auch an den Rucksack des Pornoheftbesitzers denken. Desto mehr derartige Fänge wir machten, umso beruhigter konnten wir schlafen. Ich nahm einen der Steine, die ich einige Tage zuvor am Strand der Schnorchelbucht eingesammelt hatte aus der Sporttasche. Das war vor meinem zweiten Ausflug in den Supermarkt gewesen. Ich hatte die Steine in dieser Nacht damals nicht benötigt.
Ich warf einen Stein ins Innere der Kabine des kleinen Kahns. Keine Reaktion. Karl nickte. Ich setzte vorsichtig über. Das Innere war schnell durchsucht. Ich sah Blutspuren, sowohl an Deck des Bootes als auch in der Kabine. Ansonsten war hier nichts. Keine Vorräte, kein Infizierter. Das Boot wäre generell nicht einmal übel gewesen und auch der Schlüssel steckte, allerdings gefiel mir die Beschädigung am Bug nicht. Karl war derselben Ansicht. Der Kahn hatte sogar leicht Schlagseite. *Also weiter!* Das zweite kleine Boot war ebenfalls verwaist und im Inneren mit Blut besprenkelt. Wir fanden zwei Anderthalb-Liter-Flaschen, aber nichts zu essen. Offenbar hatte derjenige, der hier die Absicht gehabt hatte, aufs Wasser zu fliehen, die gleiche Rechnung aufgemacht, wie ich damals, als ich völlig verängstigt in Hajüs Domizil gesessen hatte. Ohne Essen kam man je nach körperlicher Verfassung angeblich eine Weile klar. Ohne zu trinken sah es aber schon nach drei Tagen schlecht aus.
Der wirklich spannende Teil stand uns jetzt unmittelbar bevor. Eines der zwei Boote, die wir für interessant hielten,

dümpelte direkt vor uns. Es handelte sich um ein ziemlich neu aussehendes Segelboot. Die Segel waren nicht gehisst. Trotz der Segel verfügte es über einen stattlichen Motor. Wenn kein Wind ging, oder wenn der Wind aus der verkehrten Richtung wehte, konnte man mit diesem schicken Teil trotzdem manövrieren. War das bei allen Seegelbooten so? Hatte ich bisher nur nicht genau hingeschaut? Egal. Was hinter mir lag, lag hinter mir. Nur das jetzt und hier zählte. Ich warf aus sicherer Entfernung einen Stein. Im Boot hörte ich ein deutliches Stöhnen, so als müsste sich erst jemand aufrappeln. Sofort musste ich an die Gestalt auf dem Balkon denken. Davon hatte ich Karl bisher nichts erzählt.

»Benötigt dort jemand Hilfe?«, fragte mich Karl leise.

Ich war mir selbst nicht sicher, aber ich fand es ziemlich riskant, nachzusehen. »Wir gehen da nicht rein«, sagte ich.

»Aber...«, setzte Karl an.

»Willst du sterben?«, unterbrach ich ihn. »Das ist zu gefährlich«, ergänzte ich beschwichtigend.

»Und wenn wir den Speer nehmen? Mich hast du doch auch gerettet, obwohl es gefährlich war«, erwiderte Karl.

Mir wurde übel, als ich an die Szene mit dem Speer dachte. So etwas wollte ich auf keinen Fall noch einmal erleben müssen. Ich hatte diesen Irrsinn in der Nachbarwohnung damals überhaupt nur deswegen überlebt, weil der Speer aufgrund der Stufen nicht nach hinten wegrutschen konnte. Ansonsten wäre ich jetzt überhaupt nicht hier.

Ich schüttelte mit hängenden Schultern den Kopf. Mein Selbsterhaltungstrieb war einfach stärker. Karl verstand und griff nach dem Speer.

»Nein, tu es nicht«, sagte ich leise. Wenn Karl jetzt starb, wüsste ich nicht, ob ich die Kraft hätte, weiterzumachen. Gott sei Dank nahm uns die Kreatur im Inneren des Bootes die Entscheidung ab. Sie kam an Deck gekrochen, langsam, wie ein Verdurstender. Die Haut der Gestalt war schrumpelig, um nicht zu sagen fast mumifiziert. Die Augen waren dunkelrot verfärbt und getrocknete Reste von dem gelblichen Zeug klebten auf ihrem Leinenhemd. Dieses Etwas drehte uns den faltigen Kopf mit dem schütteren Haar zu und krächzte erbärmlich. Vielleicht sollte das einer von diesen irren Schreien werden, doch die Kreatur verfügte nicht mehr über die Kraft dafür. Sie war einst ein älterer Mensch gewesen, das konnte man trotz ihres Zustands erkennen.

Diese Kreatur musste knappe vier Wochen auf diesem Boot überdauert haben, ohne irgendwelche Nahrung. Bei dreißig Grad Lufttemperatur. Und trotzdem lebte sie immer noch, wenn auch in den letzten Zügen. Das Virus – wenn es denn eines war – hatte diesen schwächlichen Körper bemerkenswert lange am Leben gehalten und das Letzte aus ihm herausgeholt. Was stellte diese Krankheit mit den Körpern an? Was für Ressourcen setzte sie frei? Schalteten diese Monstrositäten auf „Stand By", wenn nichts in der Nähe war? Sparten sie so Energie? Schaltete das Virus sämtliche unnötigen Körperfunktionen ab, um mit den Ressourcen zu haushalten? Zum Beispiel den Haarwuchs oder andere Funktionen? Der Glatzkopf, damals vor meinem Haus, hatte ausgesehen, als wäre er frisch rasiert gewesen, obwohl er schon tagelang in der Gegend herumgeirrt sein musste. Was war das für ein verdammter Erreger, der nicht aufgeben wollte? Der einen schwachen, alten Wirtskörper wie diesen hier fast vier Wochen ohne jegliche Nahrung am Leben hielt, bei brütender Hitze? Was würde passieren, wenn diese Kreatur etwas zu essen bekam? Vielleicht eine

Ratte, die hier zu hunderttausenden im Verborgenen leben mussten? Kam sie dann wieder zu Kräften und erholte sich? Ich sah mich um. Die Schreie, die von Land zu uns herüber schallten, versuchte ich auszublenden, so gut es ging, aber sie waren da. Die vor Energie strotzenden Kreaturen an Land unterschieden sich frappierend von dieser hier. Von irgendetwas ernährten sich diese Bastarde. Der im Boot war leer ausgegangen. Sie fraßen Leichen, sie fraßen Tiere aller Art, sie fraßen vielleicht Ratten, die sie jetzt wittern und blitzschnell aus ihren Verstecken zerren konnten. Sie fraßen weiß der Geier was, außer sich gegenseitig. Thema beendet. Vor mir lag eine Aufgabe.

»Wir könnten diesen Typen erledigen, und uns das Boot schnappen«, sagte Karl, der den Anblick der Kreatur erst jetzt verdaut zu haben schien.

»Zu gefährlich. Sein Blut ist bestimmt voller Erreger. Vielleicht reicht ein Tropfen, den du ins Auge bekommst, auf die Haut oder in den Mund, um dich anzustecken. Wir wissen es einfach nicht«, konterte ich.

»Meine Augen sind durch meine Brille geschützt...«

»…die oben, unten und an den Seiten offen ist«, unterbrach ich Karl.

»Dann trage ich die Taucherbrille drüber, und wir binden uns Handtücher vor dem Mund.« Karl gab nicht auf. Das Boot war nicht schlecht und sicher steckte der Schlüssel. Ich verstand ihn.

»Lass uns erst das andere geeignete Boot ansehen«, meinte ich. Die Infizierten an den Ufern und Stegen spielten verrückt. Es waren mittlerweile dermaßen viele, dass mir die Luft wegblieb. Sie drängten sich dicht an dicht, so dass einige ins Wasser gestoßen wurden und jämmerlich ersoffen. Gleich dort oben war die Hauptverkehrsstraße, die sich nach der Kathedrale geteilt hatte – in einen Ausläufer, der in die Innenstadt führte und den, der sich über uns befand. Ob sie hier hinten noch sechsspurig war, wusste ich nicht sicher, aber die Masse der Kreaturen war erdrückend. Wir waren auf dem sicheren Wasser, aber ich wollte dennoch so schnell wie irgend möglich diesen Hafen verlassen. Aber nicht ohne ein überdachtes Boot. Nicht ohne Dach über dem Kopf, das uns zukünftig vor dieser gnadenlosen Sonne schützte!

Wir wiederholten das Spiel mit den Steinen bei dem zweiten für uns in Frage kommenden Boot und ich war froh, dass ich sie dabei hatte. *Tausend kleine Dinge, an die man denken musste.* Ich hatte während der Einfahrt in den Hafen nicht an diese Steine gedacht, aber ich hatte sie noch. *Gott sei Dank!* Ich hatte sie noch! Ich fragte mich leise, warum ich ständig in Gedanken diese Redewendung benutzte. Ich glaubte schließlich nicht einmal an ihn. An Gott. Aus gutem Grund!

An Land kreischten die Infizierten, doch an Bord des Bootes blieb es ruhig.

Dieses Teil war ein echtes Schmuckstück. Eindeutig das beste der hier frei treibenden Boote. Am Rumpf prangte klein das Wort *Delphia*, und etwas größer das Wort *Libertad.* Ich kannte mich nicht mit Bootstypen aus, aber eines war sicher der Name des Herstellers, und das andere der Name des Bootes. *Libertad*, das bedeutete Freiheit, das konnte sogar ich mir zusammenreimen. Die Motoryacht war bestimmt acht Meter lang und hatte eine überdachte, gläserne Fahrerkabine, die nach hinten offen war. Unter der Kabine befand sich ein recht großer Innenbereich, das war auch von hier unten deutlich zu erkennen, aufgrund der aufbauartigen Struktur, in die Fenster eingelassen waren. Auch im oberen Teil des Rumpfes befanden sich kleinere Fenster. An Deck schien hinter dem Steuer ebenfalls

reichlich Platz zu sein. Karl pfiff zwischen den Zähnen hindurch. Dieses Boot war ideal. Wir fuhren an die Hinterseite des Prachtstücks.
Am Heck befand sich auf Wasserhöhe eine Plattform, auf der man bequem stehen konnte. Eine Metallleiter führte nach oben. Ich begab mich auf die Plattform und schaute von dort aus vorsichtig ins Innere des Bootes. Ich sah Blut, und zwar ziemlich viel davon. *Scheiße!* Ich kletterte im Schneckentempo und leise wie eine Feder an Deck. Karl reichte mir den Speer, ein Handtuch und die Taucherbrille, damit ich nichts in die Augen bekam, falls hier einer von diesen Freaks festhing. Ich wollte diese Situation gar nicht. Ich wollte es eigentlich nicht auf einen Kampf ankommen lassen. Karl kam nach. Mit Taucherbrille, Hammer und Handtuch vor dem Mund. Wir sahen ziemlich lächerlich aus, aber die Situation war todernst. In der Fahrerkabine lag eine abgenagte Leiche. *Fuck, Fuck, Fuck!* Ich schaute Karl an. Wo eine abgenagte Leiche war, musste auch jemand sein, der sie abgenagt hatte. Mit Handzeichen bedeutete ich Karl, dass es an der Zeit war, den langsamen, lautlosen und geordneten Rückzug anzutreten. Wiederwillig stieg Karl als erster vom Boot. Ich folgte.
»Dieses Boot ist perfekt«, sagte Karl in einem fast quengelndem Tonfall. Er wollte nicht von dannen ziehen und weiter ohne Dach in der Sonne schmoren. Das Boot war zum Greifen nahe und vermutlich steckte der verdammte Schlüssel. *So nah und doch so fern.* In der Nähe des Bootes sah ich aufgedunsene Leichen treiben – von Verwesungsgasen nach oben gedrückt.
»Vielleicht hat einer von denen die Leiche in der Kabine abgenagt und dann einen Grund gehabt, von Deck zu gehen. Manchmal sind diese Wichser ja irre genug dafür«, flüsterte

ich in Karls Ohr und zeigte auf die Wasserleichen. Wenn es nur nicht so gefährlich wäre, das herauszufinden! Karl reichte mir wortlos einen Stein und schaute fragend. Ich stieg auf die Plattform zurück und zwei Stufen die Leiter hinauf. Ich forderte Karl auf, mir noch ein paar Steine zu geben und den Heckbereich zu räumen.
»Wir ziehen das jetzt durch«, zischte ich entschlossen. Ich straffte mich und sprach mir Mut zu. Den würde ich brauchen. Meine Angst verwandelte sich langsam in echte Panik. Ich musste jetzt hier weg, und zwar mit dieser verfickten scheiß Yacht. Fluchen tat gut, auch in Gedanken. An Land war der Teufel los.
»Was hast du vor, verdammt? Wir können auch mit dem Boot hier weiter machen«, zischte Karl zurück und zeigte auf unser dachloses, aber immerhin halbwegs geräumiges Wasservehikel. So sehr er die Yacht auch wollte, er erkannte dennoch die jetzt unmittelbare Gefahr und schwenkte um. Wenn ich draufging, war er allein, und umgekehrt.
»Ich werfe einen Stein in den Innenbereich, und wenn sich dort irgendetwas tut, springe ich sofort ins Wasser. Du musst den Heckbereich räumen, damit er nicht auf dich drauf springt. Im Wasser werde ich klarkommen, und wenn nicht, hilfst du mit dem Hammer nach«, schlug ich vor.
Karl schaute angespannt und auch irgendwie entsetzt. Er sagte länger nichts.
»Nicht der schlechteste Plan, könnte klappen«, quetschte er schließlich zwischen den Lippen hervor. Der Speer war wieder im alten Boot, er würde mich jetzt bloß behindern. Dafür hatte ich das Messer am Mann. Die Taucherbrille behielt ich auf. Ich sah verschwommen durch das Ding und bekam kaum Luft durch das beschissene Handtuch. Ich musste durch den Mund atmen, da die Taucherbrille die

Nase umschloss. Ich warf den ersten Stein mit Schmackes und war zum Sprung in die Fluten bereit. Die Kreaturen an Land tobten nach wie vor, aber an Bord blieb es ruhig. Wenn dort drin jemand gewesen wäre, hätte ihn das Geschrei der Irren an Land längst anlocken müssen, mutmaßte ich, und warf noch einen Stein. Wieder passierte nichts. Nachdem ich den dritten Stein auch noch dort hinunter geworfen hatte, sagte ich zu Karl: »Die Luft scheint rein zu sein.«
Wir gingen wieder an Bord. Gemeinsam schlichen wir mit Speer, Hammer, Handtüchern und Taucherbrillen zur Steuerkabine. Der Schlüssel, an dem ein zweiter baumelte, steckte. Zwischen den beiden Sitzen der Fahrerkabine ging es nach unten. Dämmriges Licht empfing uns, nachdem wir an der vertrockneten, abgenagten Leiche, die beim Steuer lag, vorbei waren. Mein Herz schlug mir bis zum Hals und mein Mund war trocken. Wieder dieser widerliche, säuerliche Geschmack. Kalte zittrige Griffel. Warum reagierte der Körper in Gefahrensituationen derart kontraproduktiv? *Weil er wollte, dass ich mich verpisste, das kleine Boot behielt und überlebte! Ganz einfach!*
Ich hatte nur einen flüchtigen Blick übrig für die Details des geräumigen Innenraums. Ich konzentrierte mich ausschließlich auf die Gefahren, die hier lauern konnten. Ich sah einen Bereich mit Tisch und eine kleine Küchenzeile mit Herd, aber keine Infizierten. Von diesem Raum gingen noch zwei kleine Kabinen ab. Mit der Speerspitze voran sicherten wir den Bereich. Hier war keiner mehr. Die Toilettentür war zugeklinkt, aber nicht von innen verschlossen. Die Farbe im Schlossbereich unter der Klinke zeigte grün, nicht rot. Trotzdem. Diese Tür war der letzte Stein, der auf dem Weg zwischen uns und unserem neuen Zuhause lag. Die letzte Hürde, die es zu nehmen galt. Ich klopfte. Karl hatte den

Hammer erhoben und schnitt hinter der Taucherbrille, unter der noch seine richtige Brille saß, eine seltsame Grimasse. Das war die Anspannung, die uns beide absolut im Griff hatte. Die Toilette war leer. Wir konnten aufatmen.
Wir wollten hier im Hafen, inmitten der an Land tobenden Massen, nicht länger bleiben als nötig. Das Geschrei und die Geräuschkulisse zermürbten die Psyche. Schnell beförderten wir sämtliche Vorräte an Bord unseres neuen Domizils. Außerdem banden wir unseren alten Kutter, dessen Seil noch heil war, an der Leiter der Yacht fest. Der Vorbesitzer des Kutters hatte sich allem Anschein nach die Mühe gemacht, sein Boot ordentlich abzubinden, anstatt das Seil einfach durchzuschneiden. Vielleich hatte ihn das ja das Leben gekostet. Andererseits: Ein Seil zu durchtrennen, dauerte auch seine Zeit, das wusste ich von *Whaly*.
Mit Handtüchern, die unsere Hände schützten, warfen wir die erstaunlich leichte, abgenagte Leiche von Bord. Das Platschen ließ die Kreaturen an Land, auf den Stegen und den festgebundenen Booten einmal mehr verrücktspielen. Ich hörte ein darauf folgendes Platschen und dieses Gurgeln, an das ich mich nie gewöhnen würde.
Das Steuer sah recht intuitiv aus: Zündschlüssel, Lenkrad und ein Hebel, der sich auf Mittelstellung befand. Die Gerätschaften mit den Knöpfen ließ ich links liegen. Auch wenn ich mich nicht auskannte, vermutete ich, dass es sich um Radar, Echolot, Funk und andere Spielereien handelte, die wir nicht bedienen konnten. Wir würden einfach weit genug nach draußen fahren, um nicht aufzulaufen. Wir mussten das Boot zum Glück nicht wenden. Es zeigte mit dem Bug in Richtung Hafenausfahrt. Ich drehte den Zündschlüssel und der Motor sprang sofort an. Karl saß neben mir in der Kabine und war immer noch angespannt.

Das würde sich auch bei mir erst geben, wenn wir die Yacht heil aus dem Hafen heraus manövriert hatten. Der Platz reichte auch für einen blutigen Anfänger wie mich. Ich hatte den Hebel auf der langsamsten möglichen Vorwärtsposition und konzentrierte mich zu hundert Prozent darauf, nicht anzuecken. Treibende Leichen und die herrenlosen Schiffe, die wir auf dem Hinweg bereits passiert hatten, glitten langsam an uns vorbei, während die Gestalten an Land der Yacht folgten. Endlich waren wir draußen. Wir entfernten uns gute einhundert Meter von der Ein- und Ausfahrt, bevor ich den Motor stoppte. Die Zeit war reif, unsere neue Behausung ausführlich unter die Lupe zu nehmen.

*

Zwei Stunden später waren Karl und ich regelrecht euphorisiert. Wie lange hatten wir versucht, ein ordentliches Boot zu ergattern? Zweimal war es dabei richtig brenzlig geworden. Jetzt hatten wir eines, das unsere kühnsten Erwartungen sogar noch übertraf! Eine acht Meter lange, fast neuwertige Motoryacht! Sie verfügte über einen geräumigen Innenbereich mit einem Tisch und Sitzbänken. Seitlich davon befand sich ein Herd, der wohl mit Propangas betrieben wurde. Wie voll die Flasche war, wussten wir nicht, aber schätzungsweise würde es heute Abend gebratenen Fisch geben. Pfannen, Teller, Besteck und alles, was man noch so brauchte, war in den Schränken verstaut. Wir fanden sogar Gewürze. Juliane hätte ihre helle Freude gehabt. Außerdem gab es zwei separate Schlafkabinen mit gepolsterten Betten. *Halleluja!* Mein Rücken würde es mir danken. Eine abschließbare Toilette war auch nicht zu verachten.

Die Küche hatte sogar einen Wasserhahn, wobei ich nicht wusste, ob dieses Prachtexemplar von Boot, das ich mir in der alten Welt niemals hätte leisten können, einen separaten Wassertank besaß, oder das Wasser aus dem Meer pumpte. Das würde ich bei Gelegenheit herausfinden. Im Moment mussten wir ohnehin nicht darüber nachdenken, dieses Wasser zu trinken, denn wir fanden drei Sechs-Liter-Kolosse. Drei! Und Zwölf fein säuberlich in den Regalen aufgereihte Konserven der gehobenen Art. Falls die Herren des Bootes mal keine Lust hatten zu fischen. Ein entsprechendes Netz und eine Angel fanden wir nämlich ebenfalls. Die Tankanzeige entlockte uns weitere Freudenschreie. Die Hütte war vollgetankt. Nach allen Entbehrungen, nach Wochen der Todesangst meinte es das Schicksal endlich einmal gut mit uns. Der zweite Schlüssel, der noch am Schlüsselring des Zündschlüssels hing, passte in das Schloss eines kleinen Stahlschrankes, in dem wir eine Signalpistole fanden. Die würden wir aller Voraussicht nach nicht benötigen. Hier gab es niemanden, dem man irgendwelche Signale senden konnte. Der Hit war aber das Fernglas, das sich außerdem im Schrank versteckt hielt. Alles in allem hatten wir einen Wahnsinns-Fang gemacht.

*

Ganze vier Tage lang ließen wir die Beine baumeln und genossen unsere neu gewonnene Freiheit. Unser altes Boot ließen wir angebunden. Selbst wenn wir dadurch etwas mehr Benzin verbrauchen würden, wollten wir in einer Welt wie dieser das Boot nicht zurücklassen. Wir konnten damit Buchten anfahren, für die sich die Yacht nicht eignete. Auch bei einer Motorpanne blieben wir so mobil.

Abseits der Steine war es gar nicht so leicht, einen Fisch zu fangen, aber auch nicht unmöglich. Wir ließen Tag vier wie die Tage zuvor gemütlich mit gebratenem Fisch ausklingen. Der Herd funktionierte tadellos. Am nächsten Tag wollten wir eine kleine Expedition in Richtung des Zipfels starten, der auf der Karte den Namen *Cap de Cala Figuera* trug. Dahinter lagen Orte wie *Santa Ponca* und der Hafen von *Andratx*. Würden wir noch weiter fahren, kämen wir an die Seite der Insel, die laut Karte von Bergen gesäumt war. Karl meinte, dieser Bereich sei erheblich weniger dicht besiedelt. Vielleicht fand sich eine Bucht, die zum Verweilen einlud. Karl hatte auch den Gedanken, eine Quelle zu finden, noch nicht völlig aufgegeben.
Wir wollten zunächst nur soweit fahren, bis die Tankanzeige auf Hälfte stehen würde. Um es, wenn nötig, zurück zur Schnorchelbucht zwischen *Portixol* und *El Molinar* zu schaffen – mit dem uns bekannten Supermarkt als Notlösung. Das war aber Plan B. Insgeheim hofften wir beide, einen Ort zu finden, an dem wir bleiben konnten.

Kapitel 17: Das Unerwartete

Nach einer ruhigen Nacht lichtete ich den Anker und drehte den Zündschlüssel. Uns hatte eine Abenteuer- und Expeditionslust gepackt, die kaum zu beschreiben war. Unser neues Zuhause, die Sicherheit des Meeres und die ziemlich umfangreichen Vorräte ließen uns beide enorm aufleben. Wir waren fast ausgelassen, scherzten herum und genossen das Leben.

Der Blick durch das Fernglass trübte unsere Stimmung allerdings ziemlich schnell und holte uns wieder auf den harten Boden der Tatsachen zurück. Im Gegensatz zu den *Prismaticos* – dem Spielzeugfernglas für einen Euro aus dem Supermarkt – taugte unser neues Beutestück etwas. Es zeigte uns schonungslos, was an Land los war. Wir fuhren zunächst ein Stück steinige, flache Küste entlang, bevor wir an eine Bucht kamen, die der Karte nach den Namen *Cala Major* trug. Da war es wieder, das Wörtchen *Major*. Der Blick durch das Fernglas ließ keinen Zweifel am Zustand des Strandes: abgenagte Leichen, herrenloses Strandgut und verwahrloste Gestalten.

Wir passierten größere und kleinere Häfen, steinige Abschnitte, Strände und bebautes Gebiet. Es war überall das Gleiche: Kreaturen, Verwüstung, hier und da vom Feuer schwarz verfärbte Häuser, mit ausgebrannten Löchern dort, wo einst Fenster gewesen waren. Wir hatten längst aufgehört, die einzelnen Orte auf der Karte zu benennen, als wir dicht mit niedrigen Bäumen oder Büschen bewachsenes, scheinbar kaum besiedeltes Gebiet erreichten. Wir sahen steinige, menschenleere Buchten, die einladend wirkten. Zunächst wollten wir aber um den Zipfel herum. Deutlich konnte ich den Leuchtturm erkennen, als wir ihn umfuhren. Wir ließen den Motor langsam laufen. Nach den geschätzt fünfzehn bis zwanzig Kilometern, die wir in den letzten anderthalb bis zwei Stunden zurückgelegt hatten, war die Nadel der Benzinanzeige nur unmerklich gewandert. Bis zum *Point of no Return*, also bis zur Hälfte der Tankanzeige, würde es noch dauern.

Die steinige, mediterrane Buschlandschaft – wie Karl sie nannte – setzte sich bis zu einer speerartig in das Meer ragenden, langen Landspitze fort. Dahinter Lag *Santa Ponca*.

»Wie sieht's aus?«, fragte ich Karl, der durch das Fernglas spähte, bekam aber keine Antwort. Irgendetwas, das er sah, schien ihm die Sprache verschlagen zu haben.

»Da ist ein kleines Motorboot, und es kommt direkt auf uns zu«, sagte er schließlich und zeigte in eine Richtung, der ich mit den Augen folgte. Jetzt sah ich es auch, als kleinen Punkt, der schnell größer wurde. Ich schaltete den gemütlich vor sich hin blubbernden Motor der Yacht aus, der bisher den röhrenden Motor des kleinen Bootes übertönt hatte.

»Vielleicht vier Meter lang, mit kleinem Dach. Ich sehe zwei Personen«, lautete Karls knapper Statusbericht.

Uns beide hatte eine gewisse Nervosität erfasst. Eigentlich hätten wir uns freuen müssen, auf andere Nichtinfizierte zu stoßen. Taten wir aber nicht. Ich verspürte sogar den Impuls, zu fliehen. Das kleine Boot war aber um ein vielfaches schneller und wendiger als unseres.

»Freund oder Feind?«, fragte ich Karl, der ein nervöses »Ich weiß nicht« hervorbrachte.

Jetzt waren die Anderen so nah heran, dass ich auch ohne Fernglas Details erkennen konnte. Deren Boot war nicht übel. Viel besser als die zwei Boote, die wir vor der Yacht gehabt hatten. Mit unserem neu erbeuteten Heim konnte es aber bei Weitem nicht mithalten. Das Boot, das nur aus einem überdachten Steuer und einem kleinen Heckbereich bestand, kam viel näher ungefragt an uns heran, als mir lieb war. Karl verschwand mit dem Schlüssel nach unten.

Als sich die Anderen bis auf wenige Meter genähert hatten, machten sie ihren Motor aus und kamen seitwärts. Der Mann an Bord legte sein Fernglas aus der Hand. Sekunden später blickte ich in den Lauf einer Pistole. *Da war sie wieder, die Angst. Die Panik.* Der Mann, der die Pistole hielt, hatte ein bärtiges Gesicht, sonnengegerbte Haut und trug ein verblasstes Basecap. In der Fahrerkabine sah ich noch eine Frau, die sich aber aus allem heraushielt. Der Mann brüllte irgendetwas auf Spanisch und winkte mit der Pistole. Die Geste war eindeutig. Ich sollte mich von Bord scheren. Der Andere wollte die Yacht, in der er sicher Vorräte vermutete. Ich wusste absolut nicht, was ich tun sollte. Er brüllte dasselbe auf Spanisch noch einmal. Die Frau in der Fahrerkabine zuckte merklich zusammen. Ich wollte diesem Ficker das Boot nicht geben, aber ich hatte die Hosen gestrichen voll. Der Andere hatte eine Pistole, ich hatte rein gar nichts. Da stand ich nun, mit meinen salzstarren Bügelfaltenhosen, meinen Turnschuhen, meinem Basecap und meiner Sonnenbrille. Wir hatten Vorräte dort unten, die unser Überleben eine ganze Weile sichern würden, und ich blickte in den Lauf dieser scheiß Pistole, der ich rein gar nichts entgegenzusetzen hatte.

Der Andere hatte begriffen, dass ich kein Spanisch verstand, und versuchte es auf Englisch.

»Get out! Get the fuck out!«, schrie er mit sich überschlagender Stimme. Bei ihm ging es ums nackte Überleben, genau wie bei uns. Wahrscheinlich hatte er seit Tagen nichts gegessen oder getrunken. Hinter dem Zipfel

war also auch alles zum Teufel gegangen. Nichts anderes hatte ich erwartet. Noch immer stand ich da wie eine Salzsäule. Oder besser: wie eine Vogelscheuche, die sich fast einschiss. Wollte ich lieber sterben, oder dem Anderen das Boot kampflos überlassen? Ich wusste es nicht. Ich wusste es wirklich nicht. Ich konnte das Schiff nicht verlassen. Es war unsere Existenz!
»Fuck you! I kill you«, schrie in diesem Moment eine Stimme hinter mir. Das war Karl. Ich ging einen Schritt zur Seite und sah aus dem Augenwinkel, dass er die Signalpistole mit beiden Händen hielt. Er stand breitbeinig da, und hatte einen unglaublichen, aus der Verzweiflung geborenen Hass in den Augen, die hinter den dicken Brillengläsern kleiner wirkten.
Der Andere war sichtlich verunsichert. Schweiß lief von seiner Stirn, und die Hand mit der Pistole zitterte merklich.
Jetzt schaltete sich die Frau ein.
»No, Carlos, no« war alles, was ich von ihrem stakkatoartigem Geplapper verstand. Der Kerl war jetzt abgelenkt, hielt die Pistole aber immer noch in unsere Richtung. Langsam zog ich mich zurück und flüsterte Karl zu, er solle die Pistole weiter da rüber halten. Dem Anderen gab ich mit einer Handgeste zu verstehen, dass ich nichts Böses im Schilde führte. Mit leicht nach unten zeigenden Handflächen und gespreizten Fingern zog ich mich vorsichtig rückwärts ins Bootsinnere zurück. Jetzt ging es um alles. Entweder, wir überzeugten diesen Typen, abzuziehen, oder es würde verdammt hässlich werden. Karl war fest entschlossen. Wir hatten geblutet für das Boot und die Vorräte. Wir würden nicht kampflos gehen. Ich hatte meine Schockstarre mittlerweile überwunden und kramte mit fliegenden Fingern vier Eineinhalb-Liter-Flaschen hervor,

außerdem eines von den kleinen, bunten Fischernetzen. Wir hatten erstens zwei davon, und zweitens auf der Yacht ein neues, größeres erbeutet. Oben hörte ich immer noch die Frau auf den Mann einreden. Dieser antwortete auf Spanisch mit einem verzweifelten Unterton in der Stimme. Das spanische Paar war sich uneins, das war unsere Chance. Ich packte noch die zwei Tüten Gebäck des Pornoheftbesitzers oben drauf. Auf Konserven verzichtete ich. Zum Schluss hatte der Andere keinen Dosenöffner und flippte deswegen noch vollkommen aus. Vielleicht gab es auf der Yacht noch einen zweiten Öffner, aber ich hatte nicht die Zeit, ihn zu suchen.

Karl hatte die Leuchtpistole immer noch fest entschlossen auf den Spanier gerichtet. In dessen Augen irrlichterte es. Die Situation konnte jeden Augenblick kippen. Das erkannte auch die Frau, die gebetsmühlenartig auf ihren Mann einredete – *schnatterte* war das passendere Wort – doch ich war ihr dankbar. Der Mann war verzweifelt und wollte mit dem Kopf durch die Wand. Die Frau hingegen schien eine Eskalation vermeiden zu wollen. *Carlos gegen Karl.* Wir hatten alle dieselben Probleme: Hunger, Durst und Angst. Wir waren uns ähnlich. Doch anstatt zusammen nach einer Lösung zu suchen, bekämpften wir uns. Das war typisch für den Menschen. Im großen wie im kleinen Rahmen. Wir würden es nie lernen. Wir würden uns ausrotten, und zwar bis zum letzten Mann. *Vielleicht waren wir sogar die letzten Männer.* Wer wusste das schon so genau.

Mit erhobenen Armen schritt ich auf Carlos zu. Ganz langsam, damit er mich nicht als Bedrohung empfand. In jeder Hand hielt ich zwei Anderthalb-Liter-Flaschen, die zwei Packungen Kekse und den Fischkescher umkrallte ich ebenfalls gut sichtbar. Die Augen von Carlos tickten wie eine irregewordene Kinderuhr zwischen mir und Karl hin und her. Wenn jetzt etwas schieflief, konnten Karl und ich sterben. Vorausgesetzt, die Knarre war geladen. Ich war nicht scharf darauf, es hier und jetzt herauszufinden. Ich streckte die Flaschen in seine Richtung.

»For you«, sagte ich.

Carlos war irritiert. Vielleicht witterte er sogar eine Falle. Um die Sachen entgegen nehmen zu können, hätte er diese verfluchte Pistole weglegen müssen. Schusswaffen waren etwas Beschissenes, wenn man am falschen Ende des Laufs stand. Ich wusste nicht einmal, ob Carlos unser Feind war. Das hier war nichts Persönliches. Es ging um Ressourcen. Andererseits galt das für die meisten Kriege. Ich zog es vor, meine Ressourcen zu teilen, anstatt mit einer Kugel im Kopf auf den Yachtboden zu klatschen. Tot nützten mir die Ressourcen nichts. Ich erkannte meinen Fehler und streckte die Sachen der Frau entgegen.

»For you«, wiederholte ich.

Was hießen diese zwei einfachen Mistwörter auf Spanisch? Wenn ich diese Scheiße hier überlebte, würde ich verdammt nochmal Spanisch lernen. Wenigstens die wichtigsten Redewendungen. Karl sagte nichts. Er wusste genau wie ich, wann es besser war, zu schweigen. Die Frau griff nach den Flaschen wie eine Verdurstende. Der Mann beobachtete die Szene aus den Augenwinkeln. Die zwei Packungen Gebäck folgten. Das für Kinder gedachte Spielzeugnetz schien sie zu irritieren.

»Eat fish!«, versuchte ich ihr zu erklären. Mein Englisch war nicht mal schlecht, allerdings war ich im Englisch-Verstehen besser als im Englisch-Sprechen. Im entscheidenden Moment wollten mir die richtigen Wörter und Sätze partout nicht einfallen. Schon gar nicht, wenn ich in den Lauf einer

Pistole blickte. Mit Händen und Füßen versuchte ich der Frau klar zu machen, was mit dem Netz zu tun war. *Sie können damit Fische fangen und roh essen.* Dieser eine Kacksatz auf Spanisch – ich kannte ihn nicht. Es überstieg sowohl meine, als auch Karls Möglichkeiten. Da konnte man nichts machen. Absolut nichts. Ich setzte meine pantomimische Darbietung fort, bis bei der Frau der Groschen fiel, Cent für Cent. Ich kannte das. Wir waren alle ähnlich.

Erkenntnis blitzte in den Augen der Frau auf. Sie redete jetzt wieder spanisch auf ihren Mann ein. Wahrscheinlich sagte sie gerade: *Wir können Fische fangen, wir haben eine Chance.* Dem Tonfall nach zu urteilen, konnte es so sein. Vielleicht sagte sie aber auch: *Knall die Hurensöhne ab, die haben bestimmt noch mehr Wasser auf ihrem Superboot.* Die Luft war zum Schneiden dick in diesen endlosen Sekunden. Ich hörte Karl schnaufend atmen. *Jetzt nimm schon endlich die Knarre runter und verschwinde!* Ich dachte es, aber sprach es nicht aus. Die Frau hob jetzt ihren Arm und drückte die Hand ihres Mannes mit der Pistole langsam nach unten. Vielleicht war der Mann ein Killer, vielleicht war er es nicht. Auf jeden Fall hatte er entsprechende Tendenzen. Wieso sonst besaß er eine Schusswaffe? Vielleicht war er früher auch Polizist gewesen, und das hier war seine Dienstwaffe. Wie auch immer. Jetzt raubte er Leute aus, um selbst zu überleben. Waren wir die Ersten? Die Zweiten? Oder die Zehnten? Die Frau bekam die Oberhand und wand ihrem Mann die Pistole aus den erschlaffenden Händen. Er sackte in sich zusammen und vergrub seine Hände schluchzend in seinem Gesicht. Das war kein Killer. Das war pure Verzweiflung.

»Weg hier«, zischte ich Karl zu.

Die Frau sah mir in die Augen und brachte ein »Gracias« hervor. Fast kam es mir vor, als ob sie sich schämte. Der Motor sprang an und Karl wendete das Boot. Vermutlich tat er es aus Instinkt heraus. Vielleicht hatte er auch die Lust verloren, weiter in unbekanntes Gebiet vorzustoßen. Jedenfalls fuhren wir in die Richtung, aus der wir gekommen waren. Vielleicht wollte Karl einfach nicht in die Richtung, aus der die Anderen gekommen waren, und in die sie jetzt zurückfuhren. Mir sollte es recht sein. Ich versprach mir nach wie vor nicht viel von den Bergen. *Steilküste? Fürn Arsch!* Wenn wir dort keine Quelle fanden, konnten wir einpacken, und mussten auf dem Rückweg an dem bewaffneten Spanier vorbei, der bis dahin sein Wasser aufgebraucht haben würde. Selbst wenn es in den Bergen einen Supermarkt gab, mussten wir ihn erst einmal finden. *Wuchsen in den Bergen Früchte? Gab es dort Infizierte? Waren die Quellen dort? Und wenn ja, waren sie oben oder unten, am Fuß oder am Gipfel?* Scheiß auf die Berge!
Einen Nachteil hatte unser neues Boot. Es war nicht auf hohe Geschwindigkeiten ausgelegt. Angespannt schaute ich zurück. Ich erwartete jeden Moment, dass der Spanier auftauchte, weil er es sich anders überlegt hatte. Immerhin war er derjenige mit der Pistole. Falls sie geladen war, und falls sie echt war. Ich konnte eine Schreckschusspistole nicht von einer scharfen unterscheiden. Aber Carlos kam nicht. Er fuhr nicht hinter uns her. Hinter dem Zipfel mit dem Leuchtturm drosselten wir das Tempo. Wir schwiegen beide. Das Geschehene musste erst sacken. Ich klopfte Karl auf die Schulter und sagte einfach nur: »Gut gemacht.«

*

Bisher hatten wir uns auf dem Wasser sicher gefühlt, doch diese Sicherheit war trügerisch, wie wir jetzt wussten. Die relativ entspannte Stimmung, in der wir uns befunden hatten, nachdem wir die kleine Motoryacht erbeutet hatten, war einer lupenreinen Paranoia gewichen. Wir überlegten, ob wir zurück zu Schnorchelbucht fahren wollten. Aber zu diesem Zeitpunkt war das wohl eher Spritverschwendung. Erstens hatten wir ursprünglich in die andere Richtung gewollt, und zweitens waren wir auch am Wall der Schnorchelbucht ziemlich gut sichtbar. Die Bucht selbst bot auch keine Verstecke. Wenn Carlos in diese Richtung fahren würde, vielleicht nachdem sein Wasser alle war, dann konnte er uns gar nicht übersehen. Dort waren wir wie auf dem Präsentierteller. Vorausgesetzt, Carlos hatte genug Sprit für die rund zwanzig Kilometer. Carlos besaß genau wie wir ein Fernglas, mit dem er uns schon aus der Ferne ausmachen konnte. Wir hatten allem Anschein nach vier Optionen:

Die erste war, uns irgendwo an Land zu verstecken. Karls mediterrane Buschlandschaft wirkte einigermaßen menschenleer. Das konnte sich aber schnell als Trugschluss herausstellen. Wir brauchten nicht zehn, hundert oder tausend Infizierte, um hier drauf zu gehen. Ein Einziger war bei unseren Kampffähigkeiten vermutlich schon genug. Option zwei war, sehr weit raus aufs Meer zu fahren, in der Hoffnung, dass er uns dort nicht fand. Wir wussten aber nicht, wer sonst noch so da draußen herumschwamm. Der Vorfall hatte uns für die Gefahren, die auf offener See lauern konnten, sensibilisiert. Auch wenn wir mit dem Fernglas derzeit keine anderen Boote ausmachen konnten. Vielleicht hatten sich ja doch mehr Personen auf See geflüchtet als zunächst angenommen, und dort draußen herrschte Krieg. Das Recht des Stärkeren. Jeder, der Hunger oder Durst litt

und irgendwelche Waffen an Bord hatte, egal ob Signalpistole oder Harpune, konnte zum Pirat werden.
Option drei war, sich in einem Hafen zu verstecken. Das hatte den Vorteil, dass Carlos uns zwischen den anderen Booten vielleicht übersah. Sämtliche Häfen, die wir bisher angelaufen hatten, waren voller Kreaturen gewesen. Ich war nicht scharf auf die Gesellschaft der Infizierten, die uns aus zehn oder zwanzig Metern Entfernung von früh bis spät ihre Krallen entgegenstreckten. Das Geschrei und Gestöhne hielt kein Mensch auf Dauer aus. Auch wenn insbesondere der Hafen von *Palma* den nötigen Platz bot, sich zu verstecken.
Option vier war, sich in einer kleinen Bucht verborgen zu halten, und darauf zu hoffen, dass Carlos unachtsam an ihr vorbei fahren würde. Wenn er uns in der Bucht allerdings ausmachte, saßen wir in der Falle. Gegen sein schnelleres Boot hatten wir aber auch auf offener See keine Chance. Es machte also keinen Unterschied. In der Bucht würden wir ihn kommen hören. Vielleicht konnten wir unsere Vorräte in einer Bucht sogar außerhalb des Bootes verstecken.
Nicht weit hinter dem Zipfel kamen wir an einer solchen Bucht vorbei. Wir schauten uns an und dachten dasselbe. Diese Bucht wollten wir etwas genauer unter die Lupe nehmen.
»Der Karte nach könnte das die Bucht *Cala Figuera* sein«, sagte ich. Wir mussten aufpassen, damit wir mit dem Boot nicht aufliefen. Wir gingen vor Anker, als wir halbwegs in der Bucht waren. Tiefer rein fahren konnten wir immer noch mit dem Kutter des Pornoheftbesitzers, den wir im Schlepptau hatten. Die Bucht lag leer vor uns. Wir sahen keine anderen Boote. Nach dem derzeitigen Stand der Dinge empfanden wir das eher als positiv. Wir hatten uns, das genügte. Wir brauchten keine anderen, die uns vielleicht

ausraubten, wenn wir schliefen. Jeder, der von außen einen Blick in die Bucht warf, würde uns sehen können. Ich schätzte aber, das galt für alle Buchten. Steilküste umgab uns, die nicht allzu hoch ausfiel. An einigen Stellen war es ohne Weiteres möglich, an Land zu klettern. Am hinteren Ende der Bucht gab es sogar ein kleines Stück Strand, an dem sich auch ein größerer Fels im Wasser befand. Dort kamen wir zwar mit der Yacht nicht hin, aber er schien groß genug zu sein, um sich mit dem Kutter dahinter verstecken zu können. So konnten wir zumindest uns und unsere Vorräte retten, wenn wir den Kerl mit der Pistole kommen hörten. Es gab auch andere Möglichkeiten. Zum Beispiel, eine Tasche an Land zu deponieren. Wenn Carlos an Bord unseres Schiffes ein wenig Wasser und zwei Konserven fand, käme er vielleicht nicht auf die Idee, dass wir noch mehr versteckt hielten.

Falls er überhaupt kam. Vielleicht hatte seine Frau ihm auch den Kopf gewaschen. Oder er bereute, was er getan hatte. Andererseits machten Hunger und Durst jeden Menschen zur Bestie. Der Hunger und der Durst mussten nur stark genug sein. Irgendwann war jeder Mensch bereit, absolut alles für sein Überleben zu tun. Wir mussten diesen Typen in jedem Fall ernst nehmen. Alles andere wäre fahrlässig und dumm.

Wir versteckten den großen Teil unserer Vorräte an Land. Insbesondere die drei Sechs-Liter-Kolosse und die meisten Konserven. Hier gab es nichts außer Felsen, Bäumen und Büschen. Trotzdem blieben wir wachsam. Den Kutter ließen wir abgebunden. Fische zu fangen war hier kein Problem. Solange wir sie braten konnten, hatten wir auch keine Sehnsucht nach Konserven. Wir fühlten uns einigermaßen gewappnet. Mit der Pistole würde der Andere immer die Oberhand behalten, aber wir hatten unsere Vorräte versteckt.

Wir könnten bei unserer nächsten Begegnung – wenn es sie überhaupt geben würde – unser Boot verlieren, aber vielleicht ließ er seines dafür zurück. Außerdem hatten wir noch den Kutter. Langsam beruhigten wir uns.

*

Drei Tage vergingen, ohne irgendwelche Zwischenfälle. Das uns umgebende Gebiet schien kaum bis gar nicht besiedelt. Wir sahen oder hörten keine Infizierten. Nichtsdestotrotz blieben wir wachsam. Wir hörten kein sich näherndes Motorboot. In den nächsten Tagen mussten wir unsere Wachsamkeit aber aufrechterhalten, wenn nicht gar verstärken, das wussten wir. Vier Anderthalb-Liter-Flaschen hatte der Kerl von uns bekommen. Die musste er mit seiner Frau teilen, also würden seine Wasservorräte in den nächsten Tagen zur Neige gehen, selbst wenn er eisern rationierte. Wir blieben dabei, in der Nacht auf dem Boot zu schlafen. An Land gingen wir nicht, wenn es nicht unbedingt sein musste. Wir hatten den großen Teil der Vorräte an Land hinter Büschen und Steinen drapiert, aber das, was noch auf dem Boot war, reichte vorerst. Wir gingen davon aus, dass Carlos uns nicht nachts, sondern tagsüber suchen würde. Außer, er hatte ein Nachtsichtgerät, was wir nicht glaubten. Dennoch versuchten wir abwechselnd zu schlafen. Das gelang uns freilich nicht immer. In der Dunkelheit und der Stille wach zu bleiben, war eine Herausforderung. In der nächsten Nacht gelang es uns nicht.

*

Ein unfassbares Geräusch weckte uns am Morgen des vierten Tages in der Bucht. Karl und ich schreckten aus dem Schlaf hoch und sahen uns an, als würden wir unseren Ohren nicht trauen. Unabhängig voneinander schienen wir beide zu denken, das Geräusch nur geträumt zu haben.
»Hast du das auch gehört?«, fragte Karl.
Die Antwort erübrigte sich, denn auch das Echo, das aus zehntausenden Kehlen – vielleicht waren es auch hunderttausende – bis zu uns herüber drang, machte eindeutig klar, dass wir das Geräusch nicht geträumt hatten. Das Echo war grauenhaft und beeindruckend zugleich. Auf der Insel klang es, als wäre im Finale einer Fußball-WM gerade der entscheidende Treffer für den Gastgeber gefallen. Schreie aus unzähligen Kehlen verschmolzen zu einem einzigen machtvollen Tosen. Mit einem Unterschied: Der Jubel und die Freude des Fußballszenarios waren in dem kollektiven Aufschrei, den wir hörten, nicht im Ansatz vorhanden. Er war erfüllt von purer Aggression und Gier. Das Geräusch, das dieses unglaubliche Echo hervorgerufen hatte, war an der gesamten Küste von hier bis *S'Arenal* hörbar gewesen, wenn nicht noch weiter. Es hatte geklungen wie das Signalhorn eines riesigen Schiffes. Ich ließ sofort den Motor an. Der Kutter und die verstecken Vorräte konnten zunächst hier bleiben. Die Wahrscheinlichkeit, dass die Vorräte hier jemand fand und mitnahm, erschien uns winzig. Wir hatten keine Zeit zu verlieren. Als wir aus der Bucht heraus waren, trauten wir unseren Augen nicht. Auf Höhe des Hafens von *Palma* lag ein gigantisches Kreuzfahrtschiff vor Anker. Karl nahm die Signalpistole und schoss die rot leuchtende Rakete senkrecht in die Luft. Dann fuhren wir mit Höchstgeschwindigkeit auf die fünfzehn Kilometer vor uns liegende schwimmende Stadt zu.

Teil 3

Déjà-vu

Kapitel 18: Der Rest der Welt

Wir mussten sie warnen! Das ging uns durch den Kopf, als wir *Libertad* mit voller Motorkraft auf den weißen Koloss zusteuerten, der plötzlich und unerwartet wie aus dem Nichts aufgetaucht war. Volle Motorkraft bedeutete in unserem Fall vielleicht fünfzehn Kilometer pro Stunde. *Libertad* war nur in unseren Augen eine Luxusyacht. Wir hatten gesehen, was sonst noch im Hafen von *Palma* vor Anker lag.
Irgendwelche reichen Schnösel hätten unsere Yacht wohl eher als Einsteigermodell bezeichnet. Mit einem fünfzehn PS Motor und acht bis neun Metern Schiffslänge befanden wir uns am unteren Ende der Nahrungskette. Uns war das egal. *Libertad* war ein Paradies, auf dem man es ewig aushalten konnte. Wir hatten uns wochenlang versteckt, mit echter Todesangst im Nacken. Karl in einem Hotelzimmer für Pauschaltouristen, ich in Hajüs Domizil. Wir hatten zu Wasser lebensgefährliche Wagnisse auf uns genommen, um ein Boot zu ergattern. Wir hatten uns eine Nussschale von vielleicht drei Metern Länge geteilt. Jeder Zentiliter Wasser war uns vorgekommen wie eine unbezahlbare Kostbarkeit. Karl hatte sein Leben riskiert, für ein winziges Spielzeugnetz, das in der alten Welt nur einen lächerlichen Betrag gekostet haben musste. Und als wir *Libertad* endlich hatten, schauten wir in den Lauf einer Pistole. Hinter uns lag einiges. *Weit auseinanderliegende Augen...* War dieser Irrsinn jetzt vorbei? Sollten wir es wirklich geschafft haben? War dieser weiße Gigant, dessen Größe ich nur schätzen konnte, unsere Erlösung? Ich rieb mir die Augen, um sicher zu gehen, dass ich mir dieses Monstrum von Kreuzfahrtschiff nicht nur einbildete. Ich träumte nicht. Es

war alles real. Auch die Infizierten, die sich in Scharen an der Küste versammelten. Das Signalhorn hatte sie angelockt. Wie lange konnte eine Kreuzfahrt dauern? *Konnte es überhaupt sein, dass die dort drüben nicht Bescheid wussten?* Ich kannte mich nicht aus mit Kreuzfahrten. Ich wusste nicht, wie lange sie dauerten, oder wie viel sie kosteten. Ich hatte schon länger damit geliebäugelt, irgendwann in meinem Leben einmal eine Kreuzfahrt zu machen. Später, wenn ich älter war. Vielleicht mit fünfzig, vorausgesetzt, die Kasse stimmte. Das war der Plan gewesen. Bisher hatte ich diese Kolosse aber nur aus der Ferne betrachtet. Mit Juliane war ich schon mehrfach bis zum Hafen von *Palma* gelaufen und hatte die vor Anker liegenden Giganten vom Zaun aus bewundert. Diese Dinger waren so hoch gewesen, wie der zwölfgeschossige Neubaublock, in dem ich meine Kindheit verbracht hatte. Einen Tag später waren die zuvor eingelaufenen Kreuzfahrtschiffe dann auch schon wieder ausgelaufen. Einem fernen Ziel entgegen, das ich nicht gekannt hatte.

Umso näher wir dem Kreuzfahrtschiff kamen, desto höher wurde die Dichte der Infizierten an der Küste. Sie durften auf keinen Fall in den Hafen einfahren. *Wussten die das? War denen klar, was hier los war?* Eigentlich mussten sie es wissen. Sie mussten! Es ging gar nicht anders. Entweder über Funk, oder auch über Nachrichtensendungen, die die dort drüben vielleicht noch empfangen konnten. Wir waren angespannt und unruhig. Gleich würden wir erfahren, was mit dem Rest der Welt los war.

»Denkst du an deine Töchter?«, fragte ich Karl. Er nickte stumm. Wollten wir es überhaupt wissen? Waren wir bereit für eine weitere Hiobsbotschaft? Es war egal, ob wir bereit waren! Es gab keinen Weg zurück. Es gab im Moment nur

eine einzige Fahrtrichtung, die Sinn ergab, und zwar auf den weißen Giganten zu. Wenn die wussten, was hier los war, was wollten die dann hier? Warum hatten sie das Signal ertönen lassen? Die waren sicher nicht gekommen, um uns zwei Pappnasen zu retten. Wenn andere Häfen intakt wären, kämen die dann trotzdem hierher? Oder wussten sie tatsächlich nichts? Ich konnte mir die Fragen, die mir durch den Kopf gingen, getrost schenken. Ich brauchte nur noch etwas Geduld, dann würde ich meine Antworten bekommen. Es dauerte ewig, bis sich die Distanz zwischen uns und den Anderen merklich verringert hatte.
Die hatten uns gesehen. Vermutlich schon, als Karl fünfzehn Kilometer vom Lageplatz des Kreuzfahrtschiffes entfernt die Leuchtpistole abgefeuert hatte, an der Bucht *Cala Figuera*. Der weiße Riese lag weit genug draußen, dass wir ihn von der Bucht aus immer hatten sehen können. Kein Landzipfel hatte uns die Sicht versperrt, genauso wenig, wie die an unserer Seite weit herausragende Hafeneinfahrt von *Palma*.
Die riesige, schwimmende Stadt hatte ihre Position nicht verändert, seit wir die Leuchtpistole abgefeuert hatten. Die warteten ab. *Gott sei Dank – oder wem auch immer!* Deutlich konnten wir sehen, wie an der Seite des Kreuzfahrtschiffes ein orangefarbenes Rettungsboot mit einer Seilwinden-Konstruktion zu Wasser gelassen wurde. Als es an der Wasseroberfläche angekommen war, hatten wir uns bis auf einen Kilometer genähert. Ich drosselte den Motor, während Karl am Fernglas hing und mir die Details, die ich nicht erkennen konnte, weitergab. Zwei Menschen waren in dem orangenen Kutter, der jetzt langsam auf uns zu kam.
»Halten Sie Abstand! Wurden Sie gebissen?«, waren die ersten Worte, die uns per Megaphon entgegen gebrüllt

wurden – in mehreren Sprachen und schließlich auch auf Deutsch. Der Kutter war fünfzig Meter vor uns zum Stehen gekommen.
Diese eine Frage beantwortete meine Frage, ob sie es wussten. Natürlich wussten sie es. Sie waren schließlich nicht zum Mond geschwommen, oder zum Mars, sondern nur durchs Mittelmeer. Karl legte seine Hände um seinen Mund, um einen Trichter zu formen und schrie zurück: »Nein, wir sind nicht gebissen worden!«
»Warten Sie zwei Stunden auf Ihrem Boot und unternehmen Sie nichts, um sich uns zu nähern!«, war die Antwort.
Die gingen auf Nummer sicher. Sie berücksichtigten die Inkubationszeit. Ich konnte es ihnen nicht verdenken. Ich hätte an deren Stelle nicht anders gehandelt. Uns blieb nichts anderes übrig, als den Anweisungen Folge zu leisten. Das war kein Problem für uns.
Es war noch keine Viertelstunde vergangen, als wir hinter uns Motorenlärm hörten. Das war Carlos mit seiner besseren Hälfte. Auch er hatte das Signalhorn noch hören können, obwohl er sich hinter dem Zipfel auf Höhe von *Santa Ponca* befunden hatte. Oder war er in diesem Moment schon auf der Suche nach uns gewesen? Keine schöne Vorstellung. Dieselbe Megaphonprozedur, die wir bereits hinter uns gebracht hatten, wiederholte sich. Carlos antwortete auf Spanisch und bekam seine Anweisungen dementsprechend. Seine Frau blickte schüchtern und beschämt zu uns herüber und nickte leicht mit dem Kopf, um uns zu grüßen. Carlos vermied den Blickkontakt. Ich war Realist genug, um zu wissen, dass er aus der puren Verzweiflung heraus gehandelt hatte. Dennoch war sein Vorgehen für mich unentschuldbar. Er hätte es auch anders angehen können. Ohne Pistole. Aber das lag hinter uns. Jetzt hieß es: warten.

*

Die zwei Stunden fielen großzügig aus. Zumindest kam es mir so vor. Meine Armbanduhr lag noch in Hajüs Domizil. Zeit hatte weder für mich, noch für Karl irgendeine nennenswerte Bedeutung gehabt in den letzten Wochen. Irgendwann kamen die in dem orangenen Rettungsboot näher an uns heran. Wir bekamen die Anweisung, uns komplett auszuziehen. Das galt auch für Carlos und seine Frau. Er protestierte und klang dabei ziemlich gereizt. Ich und dieser Typ würden wahrscheinlich keine Freunde mehr werden. Die auf dem orangenen Boot sagten etwas auf Spanisch, worauf seine Frau auf ihn einredete. Ich verstand zwar kein Wort von dem, was um mich herum geredet wurde, aber ich konnte es mir denken. Wahrscheinlich hatten die ihm gesagt, dass er gerne hier unten bleiben könne, wenn er nicht tun wollte, was die verlangten. Ich zog mich einfach aus. Ich hatte keine Bisswunde zu verbergen, und für irgendwelche Schamgefühle war die Lage viel zu ernst. Ich glaubte kaum, dass die sich für meinen Pillermann interessierten, oder für die Titten dieser spanischen Schnepfe. An Land tobten abertausende von Infizierten. Die letzten Wochen waren die reinste Hölle gewesen. Wie konnte man sich in so einer Situation wegen einer vollkommen verständlichen Leibesvisitation so anstellen? Wir mussten unsere Klamotten einzeln auf das orangene Boot werfen. Erst war Carlos dran. Er gab seine Klamotten rüber, und die untersuchten den Inhalt der Taschen. Dann folgte Carlos, wie Gott ihn schuf. Auf dem orangenen Kutter durfte er sich wieder ankleiden. Anschließend wurde die gleiche Prozedur mit seiner Frau abgespult. Carlos Pistole

war definitiv auf seinem Boot geblieben. Er hatte keine Chance gehabt, sie an Bord zu schmuggeln. Falls er das überhaupt vorhatte. Ich konnte nicht einschätzen, ob dieser Kerl nur verzweifelt oder generell grundaggressiv war. Grundaggressive Leute hatten mich schon immer angekotzt. Damals wie heute. Leute, die andere unterbutterten, bedrohten oder gar schlugen, nur weil sie sich für stärker hielten, waren in meinen Augen der letzte Dreck.
Als dritter folgte Karl. Als wir vollzählig auf dem orangenen Beiboot waren, ging es endlich nach oben. Die Schlüssel für die Yacht hatte ich unter einem Polster an Bord versteckt, den Anker hatte ich geworfen. Ich war gespannt, was jetzt kam. Dieses Kreuzfahrtschiff war gigantisch. Mehrere Decks, die sich im Rumpf des Riesen befanden, glitten an uns vorbei, bevor die Seilwinden stoppten. Ich sah unzählige Menschen an Bord des Vergnügungsschiffes, die gespannt zusahen. Die Zahl der Augenpaare, die uns von oben anstarrten, war vierstellig. Ohne Wenn und Aber. Diese Bergungsaktion war für beide Seiten spannend. Die Luft knisterte. Die waren auf uns genauso gespannt wie wir auf sie. Wir waren Überlebende. Nichtinfizierte, die den brüllenden Kreaturen an Land wochenlang getrotzt hatten. Wir konnten denen bestimmt einiges erzählen, das sie noch nicht wussten. Das galt für die aber ebenfalls. Sie wussten wiederum Dinge, die wir nur erahnen konnten. Ich fühlte instinktiv die Verzweiflung, die hier an Bord dominierte. Keiner scherzte, keiner alberte herum oder ließ irgendeinen Spruch. Ich hörte nicht einmal irgendjemanden sprechen. Es herrschte kollektives Schweigen. Erwartung lag in der Luft. Vielleicht sogar Hoffnung auf Lösungen. Die Kreuzfahrt, für die diese Menschen an Bord dieses Titanen der Meere

gegangen waren, war schon längst vorbei. In den Köpfen sowieso.
Ein anderer Mechanismus wurde aktiv und holte das Boot, in dem wir uns befanden, näher an die Bordwand heran. Dort war eine kleine Tür, an der man uns bereits erwartete.
»Dr. Rittmann, Schiffsarzt«, stellte sich der graumelierte Mann in der weißen Uniform kurz und knapp vor. »Folgen Sie mir bitte.«
Wir taten, wie uns befohlen. Wir liefen durch weiße Gänge mit glänzenden Mahagonitüren, an denen goldene Nummern befestigt waren. Das waren Passagierkabinen. Jetzt konnte ich einige der Passagiere aus der Nähe betrachten. Diese Menschen sahen müde aus. Angst lag in ihren Augen, unter denen sich dunkle Ringe gebildet hatten. Jeder hier an Bord wusste Bescheid. Ich wollte nichts vorweg nehmen, aber ich ahnte, dass nicht nur Mallorca betroffen war. Warum sonst hätte das Schiff überhaupt hierher kommen sollen.
»Der Fahrstuhl ist außer Betrieb. Strom ist kostbar in diesen Tagen. Wir müssen die Treppe nehmen«, sagte Rittmann, der von mehreren Personen eskortiert wurde. Eine davon übersetzte das Gesagte für Carlos und seine bessere Hälfte. Das war in diesem Fall nicht nur eine Redensart. Seine Frau schien in der Tat die bessere Hälfte dieses Paares zu sein. Ihre Blicke sprachen Bände. Vermutlich hatte sie unter diesem Typen schon gelitten, bevor es begonnen hatte, eimerweise Scheiße zu regnen. Vielleicht täuschte ich mich auch. Letztendlich war das auch nicht mein Problem. Ich hatte Juliane auch ab und an angeblafft, und sie hatte mich angeblafft. Es war zu spät, daran noch etwas zu ändern.
Wir stiegen mehrere Metalltreppen mit weißem Geländer herab, bevor wir auf *Deck 3* ankamen. Hier gab es keine Mahagonitüren. Vielmehr wirkte dieses Deck steril und

pragmatisch. An einer Tür befand sich ein rotes Kreuz. Der Begriff *Hospital* stand darunter. Wir gingen an der Krankenstation vorbei in einen Raum eine Tür weiter. Wir fanden uns in einem Konferenzraum mit einem großen Tisch wieder, um den Stühle standen. Am Kopfende hatte ein Mann gesessen, der sich jetzt erhob.

»Ich bin Kapitän Mertens. Willkommen auf unserem bescheidenen Schiff.«

Er reichte uns nicht die Hand. Das hatte auch Dr. Rittmann nicht getan. Mir sollte es recht sein. Dieses Ritual war so unnötig wie unhygienisch. Ich hatte das Händeschütteln auch früher schon immer als Last empfunden. Warum zum Geier sollte man jemandem die Hand geben, den man nicht kannte oder nicht einmal mochte, so wie frühere Arbeitskollegen. Nur Gott wusste, wo diese Hände vorher gewesen waren. Sinnlose Gedanken waren das, noch dazu im völlig falschen Moment.

Ich konzentrierte mich auf Kapitän Mertens. Dr. Rittmann war ebenfalls im Raum geblieben, genau wie der Dolmetscher und noch vier andere. An ihren weißen Uniformen konnte man erkennen, dass alle zur Crew gehörten.

Am liebsten hätte ich den Kapitän mit Fragen gelöchert. Karl ging es kaum anders, das sah man ihm an. Ungeduldig warteten wir darauf, dass Mertens das Wort ergriff. Er schien selbst nicht so recht zu wissen, womit er anfangen sollte.

»Meine Dame, meine Herren«, eröffnete er schließlich. »Ich denke, ich brauche Ihnen nicht zu erzählen, was aus der Welt geworden ist. Sie haben es mit eigenen Augen gesehen.«

Er schwieg lange und rang um Fassung. Seine Stimme war nicht so fest, wie man es von Männern in seiner Position erwartet hätte, als er weitersprach: »Bevor ich Ihnen unsere

Geschichte erzähle, würde ich gern Ihre hören. Wie haben Sie es geschafft, auf dem Festland zu überleben?«
Dr. Rittmann ging in seiner Position als Schiffsarzt dazwischen: »Das ist eigentlich die falsche Formulierung. Die da draußen leben ebenfalls. Richtig muss die Frage lauten: Wie haben Sie es geschafft, nicht infiziert zu werden?«
Mertens nickte konsterniert.
»Wie haben Sie es geschafft, nicht infiziert zu werden?«, wiederholte er.
Wir – Karl und ich – ließen Carlos den Vortritt. Nachdem der Dolmetscher die Frage übersetzt hatte, begann er, auf Spanisch zu berichten. So sehr mich seine Geschichte auch interessiert hätte, der Dolmetscher tat uns diesen Gefallen nicht. Sowohl Dr. Rittmann, als auch Kapitän Mertens waren der spanischen Sprache anscheinend mächtig, so dass sie keinen Dolmetscher benötigten. Ich nahm an, den Teil mit dem bewaffneten Raub und der Schusswaffe unterschlug Carlos in seinem Bericht. Carlos wurde emotional. Seinem Tonfall zufolge erzählte er von schrecklichen Dingen. Seine Frau sank immer weiter in sich zusammen und begann irgendwann leise zu schluchzen. Mertens, Rittmann und die anderen im Raum klebten fassungslos an seinen Lippen. Hin und wieder wurde stumm genickt. Nach etwa fünf Minuten war Carlos am Ende seiner Erzählung angelangt.
»Ich hätte gern einen Schluck Wasser, wenn sich das einrichten lässt«, sagte Karl. Er wusste, dass er gleich vor diesen hochrangigen Personen sprechen musste, was ihn anscheinend nervös machte. Nervosität, ein trockener Mund, kalte Hände, und dann vor wichtigen Leuten sprechen müssen – das war ein beschissenes Gefühl. Ich kannte das.
»Ich hätte auch gern einen Schluck«, kam ich Karl zur Hilfe.

»Natürlich«, sagte einer von den mir namentlich nicht bekannten Crewmitgliedern, nachdem der Kapitän ihm zugenickt hatte.

Die Gläser, die uns daraufhin gebracht wurden, waren nur halbvoll. Der Fahrstuhl ging nicht, weil man Strom sparen musste. Die Wassergläser waren nur halbvoll, und der Kapitän gab persönlich die Erlaubnis, das Wasser gebracht werden durfte. Hinzu kam die erschöpfte Erscheinung der Passagiere, die wir gesehen hatten. Man musste nicht Adam Riese sein, um hier eins und eins zusammenzählen zu können. Die Ressourcen gingen auch hier zur Neige.

Karl nippte an seinem Glas und erzählte seine Geschichte. Er erzählte von seiner Frau, die gebissen worden war, und von der schrecklichen Zeit, die er allein in seinem Hotelzimmer verbracht hatte wie ein ängstliches Kaninchen, das wusste, dass draußen Schlangen lauerten. Tausende Schlangen. Schließlich wurde Karls Stimme brüchig. Er hatte Schwierigkeiten weiterzusprechen. Er war an der Stelle angekommen, an der ich mit dem Boot aufgetaucht war. Von dort an war es nicht mehr nur Karls sondern unsere Geschichte. Ich könnte sie genauso gut für ihn erzählen. Erstaunlicherweise war ich überhaupt nicht nervös. Doch noch war Karl an der Reihe. Er blickte Mertens direkt in die Augen: »Bitte, ich muss wissen, ob es meinen Töchtern gut geht.«

Kapitän Mertens Anteilnahme war echt, als er bedauernd den Kopf schüttelte. »Es tut mir leid«, sagte er nur.

Für Karl war das zu viel. Er sackte in sich zusammen und schluchzte haltlos.

»Bringen sie ihn bitte auf die Krankenstation und stellen sie sicher, dass für ihn gesorgt wird«, wies Mertens zwei Crewmitglieder an.

Karl wurde herausgebracht. Es war ein komisches Gefühl, plötzlich ohne ihn im Raum zu sitzen. Ich hatte keine Töchter. Meine mir wichtigste Person war meine Mutter. Es war schlimm, Gewissheit zu haben. Geahnt hatte ich aber schon lange, dass es war, wie es war.

Mertens nickte mir zu und ich begann zu erzählen.

Direkt nachdem ich erwähnt hatte, dass ich gleich zu Beginn drei Tage dieser Apokalypse verschlafen hatte, weil mich eine merkwürdige Grippe zu Boden geschickt hatte, fiel mir der Schiffsarzt ins Wort: »Ich möchte Sie im Anschluss persönlich sprechen. Kommen Sie dann bitte umgehend zu mir ins Hospital.«

Ich nickte und sprach weiter. Ich sprach von Juliane und von dem Irren, der mich angegriffen hatte, als ich noch nichts von alledem wusste. Ich berichtete von den Ausflügen in die benachbarten Wohnungen und von der Frau, die ich mit meinem Speer aufgespießt hatte, in einem Kampf um Leben und Tod. Ich erzählte von der alten Frau, der Selbstmordfamilie und von meinen irrsinnigen Trips, weil ich vor Hunger und Durst halb wahnsinnig war. Ich erzählte vom Supermarkt und davon, dass nachts einige von denen zu schlafen schienen. Ich erzählte von dem provisorischen Tarnanzug, den ich aus ockerfarbener Bettwäsche gebastelt hatte. Ich sprach wie ferngesteuert, ohne es selbst richtig wahrzunehmen. Ich sprach von den Ablenkungsmanövern, wie ich mit Blumentöpfen, Steinen und Cappuccino-Tassen geworfen hatte, um die Infizierten abzulenken. Ich sprach davon, wie schnell sie vorgingen, ohne Rücksicht auf Verluste. Und ich erzählte davon, wie ich an den Müllcontainern gehockt und mit dem Leben abgeschlossen hatte. Alles brach aus mir heraus. Absolut alles.

»Eines Tages war der gelbe Rotz verschwunden, der ihre Nasen und Münder bedeckt hatte. Wissen Sie, was das heißt?«, schrie ich fast. »Sie konnten mich plötzlich wittern! Mich und andere. Ich habe ihre Schreie gehört. Als ich auf das Wasser floh, war es fünf vor zwölf!«

Mit zittriger Hand griff ich nach meinem Wasserglas. Ich zitterte so stark, dass ich kaum in der Lage war, das Glas an den Mund zu führen. *Mein Gott.* Die anderen schwiegen betroffen und schockiert. Sie kannten das Grauen wahrscheinlich nur aus Nachrichtensendungen oder Funksprüchen oder weiß der verfluchte Geier woher. Jetzt hörten sie Berichte aus erster Hand. Sie wussten mit Sicherheit, dass es schlimm war. Das bezweifelte ich nicht im Geringsten. Aber was sie hier hörten, traf sie wie ein Schlag ins Gesicht. Kapitän Mertens rechtes Augenlid zuckte. Ich erzählte von dem Tag, an dem ich *Whaly* gestohlen hatte, und an dem ich einer Frau mit dem Hammer auf den Kopf schlagen musste, um selbst davonzukommen. Ich erzählte von Infizierten, die ins Wasser gesprungen waren, um mich beißen zu können. Und ich erzählte davon, wie sie grauenvoll ertrunken waren. Ich berichtete natürlich auch von dem Infizierten, der vom Dach eines fünfstöckigen Gebäudes gesprungen war.

»Diese Dinger sind wie tollwütige Hunde. Sie haben versucht, sich durch Zäune zu quetschen, um mich zu erreichen. Können Sie sich das vorstellen?«, fragte ich die Anwesenden aufgebracht.

Ich erzählte von Karl und unseren Ablenkungsmanövern, von den Fischen, die wir tagelang roh gegessen hatten und von den Häfen.

»Sie dürfen niemals auch nur im Traum daran denken, in den Hafen von *Palma* einzulaufen. Niemals, verstehen Sie?«, schrie ich Mertens an. Ich hatte mich völlig in meine Erlebnisse hineingesteigert. Ich erzählte von meinen Vermutungen, wovon sich die Infizierten womöglich ernährten, und von der halbverhungerten Gestalt auf dem Boot. Irgendwann, es hatte bestimmt eine halbe Stunde gedauert oder länger, war ich am Ende. Sowohl mit meiner Erzählung, als auch körperlich.

»Interessant«, sagte Dr. Rittmann. »Wirklich sehr interessant. Sie glauben, dass sie verhungern? Und Sie wissen, dass manche von denen nachts schlafen? Dass sie herumstehen wie abgeschaltet, um Kraft zu sparen? Man kann die Infizierten mit Geräuschen ablenken und mit Gerüchen täuschen?«

»Denken Sie nicht einmal dran. Ich an Ihrer Stelle würde dieses Schiff niemals verlassen. Niemals!«, mahnte ich.

Plötzlich herrschte Schweigen im Raum – betretenes Schweigen – als hätte ich einen wunden Punkt getroffen.

»Wir müssen das Schiff verlassen«, sagte Kapitän Mertens schließlich leise. »Wir haben keine Vorräte mehr. Wir rationieren seit Wochen. Wir haben alle unnötigen Systeme abgeschaltet, um Diesel und Strom zu sparen, aber wir sind fast trocken. Wenn der Diesel alle ist, geht nichts mehr!«

»Erzählen Sie von Anfang an. Und holen Sie bitte Karl dazu. Ich denke, er will das auch hören«, unterbrach ich den Kapitän. Es war mir egal, ob mir das zustand. Ich wollte es wissen. Ich wollte alles wissen. Absolut alles!

*

Als Karl im Raum war, begann Kapitän Mertens zu sprechen. »Mallorca spielte eine Schlüsselrolle, was die Route dieser Kreuzfahrt betraf. Mallorca war sowohl der

Startpunkt, als auch der Zielhafen. Die Passagiere, die Sie gesehen haben, haben eine Zehntagesfahrt gebucht. Von Mallorca aus wollten wir zunächst Tunesien ansteuern. Mit einem Tag auf See dazwischen. Als zweite Station stand Palermo auf dem Plan, gefolgt von Neapel, Rom und Livorno. Nach Italien war Ajaccio auf Korsika der nächste Hafen auf unserer Route. Barcelona war schließlich die letzte Destination, bevor wir wieder in den Zielhafen von Mallorca einlaufen wollten. So war es zumindest vorgesehen. Sie können sich vorstellen, dass dieses Flugzeugunglück für einige Unruhe gesorgt hat – nicht nur bei der Crew sondern auch bei den Passagieren. Die Berichterstattung in den Medien war zwar spärlich, aber unser Schiff hat eintausendeinhundert Kabinen, und in jeder steht ein Fernseher. Dass auf Mallorca ein Flugzeug verunglückt war, sprach sich auch unter den Passagieren schnell herum. Wir bekamen die Meldung ohnehin separat. Als sich das Unglück gegen sechzehn Uhr ereignete, hatten wir gerade die Hälfte der Strecke nach Tunesien zurückgelegt. Wir standen also gerade am Anfang der Kreuzfahrt und hatten den ersten Zwischenstopp noch vor uns. Das Flugzeugunglück entpuppte sich zwar als Notlandung – wenn auch eine Tragfläche abgerissen wurde und das restliche Kerosin explodiert war – aber schon einen Tag später kursierten absurde Aufnahmen im Internet, die angeblich aus Mallorca stammen sollten. Einige dieser Filme zeigten die Notlandung an sich, waren aber derart verwackelt und weit entfernt, dass man kaum etwas erkennen konnte. Eine Reihe von Passagieren suchte im Netz nach Informationen, weil die Nachrichten bezüglich des Absturzes so karg ausfielen. Das Thema Nummer eins in den Nachrichten war seit dem Vortag Westafrika gewesen.

Insbesondere Liberia, Sierra Leone und Nigeria. Die schon mit *Ebola* gestraften Länder hatten wohl mit einem neuartigen Virus zu kämpfen. Nun ja, das war weit weg, und so hart es klingt, Epidemien sind in verschiedenen Regionen dieses Kontinents, insbesondere den Entwicklungsländern, einfach zu häufig. Das Ausmaß der Epidemie wirkte zunächst auch noch nicht übermäßig beunruhigend. Dass zwischen dem Absturz und der Epidemie ein Zusammenhang bestehen könnte, daran hat zu diesem Zeitpunkt noch keiner gedacht. An Bord des Schiffes war Mallorca das Zentrum des Interesses. Nicht zuletzt, weil wir gerade von dort kamen und neun Tage später wieder dort einlaufen würden. Nun, daraus wurde nichts, aber der Reihe nach. Passagiere fanden im Netz nicht nur eingestellte Handyvideos, die die Notlandung erahnen ließen. Es häuften sich groteske Videos von irrwitzigen Szenen, die wie Straßenschlachten wirkten. Man sah in diesen Aufnahmen Menschen, die völlig durchdrehten. Das sollte sich auf Mallorca abspielen? Wieso ausgerechnet an diesem friedlichen Ort? Ich bezweifelte damals noch die Echtheit dieser Videos. Es gab verrückte Theorien. Manche hielten die Unruhen auf den Straßen für einen Aufstand der arbeitslosen spanischen Jugend. Für weitere Irritationen unter den Passagieren sorgte der Umstand, dass wir aus Sicherheitsgründen nicht in Tunesien anlegen durften. Tunesien liegt in Nordafrika, wie Sie sicher wissen, und war für unsere Begriffe weit entfernt von den Epidemie-Hotspots in Westafrika. Immerhin liegt die Sahara dazwischen. Es gab keine genaueren Angaben, warum wir nicht anlegen durften. Am zweiten Tag nach dem Absturz war auch Mallorca Thema in den Nachrichten. Die einen sprachen von bürgerkriegsähnlichen Zuständen auf den Straßen und von

Plünderungen. Andere betonten, dass die Polizei die Sache in den Griff bekommen würde. Was der Grund für dieses Inferno ausgerechnet auf dieser Insel sein sollte, vermochte niemand konkret zu sagen. In diesem Moment ahnte ich, dass die Handyaufnahmen, die in zunehmendem Maße im Netz kursierten und die Passagiere sehr aufregten, vielleicht doch echt waren. Derweil hatte sich die Lage in Afrika wohl extrem verschlimmert. Keine Flugzeuge verließen mehr den Kontinent. Mit Bildern hielt man sich zurück. Zu diesem Zeitpunkt gab es auch eine vereinzelte, befremdliche Meldung über einen Mann, der sich wie toll gebärdet hatte. Das war irgendwo in Frankreich gewesen und wurde in den Nachrichten als eine Art unbewaffneter Amoklauf eines einzelnen Irren dargestellt. Dieser Meldung wurde von den Nachrichtensendungen ziemlich viel Platz eingeräumt. Das besondere war, dass es diesem Wahnsinnigen gelungen war, in einem dicht bevölkerten Gebiet ganze dreiundsiebzig Menschen zu beißen, bevor er überwältigt werden konnte. *Zu beißen!* Ich dachte, ich höre nicht richtig! Am dritten Tag nach dem Absturz geriet Mallorca zur Randmeldung. Überall auf der Welt gab es unerklärliche Fälle von Massenpaniken. Es war von Menschen die Rede, die andere anfielen. Diese Meldungen kamen aus Frankreich, Italien, Deutschland, Spanien und sogar Russland. Die WHO – die Weltgesundheitsorganisation – sprach erstmalig von einer Pandemie und stellte einen Zusammenhang zwischen allen Vorfällen her. Es wurde betont, dass dieses Virus neuartig und nichts Vergleichbares bisher bekannt war. Die Inkubationszeit wurde nach dem Biss auf eine bis zwei Stunden beziffert. Auch eine Übertragung, zum Beispiel über die Luft, konnte nicht ausgeschlossen werden. Das Virus sei hochinfektiös, hieß es. Es wurde allen Menschen dringend empfohlen, in ihren Häusern zu bleiben. Das galt nicht für eine Region oder ein Land, sondern für gesamt Europa, Afrika, Großbritannien, Russland, Asien, die USA und, und, und. Das war der Moment, in dem es alle hier an Bord wirklich mit der Angst zu tun bekamen. Kreuzfahrtstimmung war von Anfang an nicht aufgekommen, dafür hatte das Flugzeugunglück auf Mallorca gesorgt. Die Handys, Laptops und Tablets liefen auf Hochtouren. Heutzutage gibt es ja jede Menge internettauglichen Kram. Die meisten Passagiere dieser Kreuzfahrt sind Deutsche, deswegen interessierte man sich in erster Linie für Mallorca – den Zielhafen – und für Deutschland. Auf Mallorca schien es schlimm zu sein. Der Flughafen war nach dem Unglück nicht wieder in Betrieb genommen worden. Viele befürchteten, dass ihre Heimflüge nicht gehen würden, und sie mitten in dem Chaos, das Mallorca anscheinend heimgesucht hatte, auf ihren Heimflug warten mussten. Naiv, aber so dachten hier viele. Die deutschen Nachrichten sendeten am dritten Tag nach dem Absturz noch. Hiobsbotschaften aus allen Ecken der Welt waren der Inhalt. Auch in Deutschland hatte es zu diesem Zeitpunkt schon einzelne Fälle gegeben. Das beunruhigte alle hier Anwesenden mindestens genauso wie die Zustände auf Mallorca. Die Heimat war betroffen. Irgendwie schien das keiner für möglich zu halten, aber es war Tatsache. Wir konnten natürlich auch die italienischen Häfen nicht anlaufen. Keinen Einzigen. Weder Palermo auf Sizilien, noch Neapel, Rom oder Livorno. Selbst der Letzte hier an Bord hatte begriffen, dass die Situation ernst war. Am vierten Tag waren die Nachrichten so chaotisch, wie ich es noch nie zuvor gesehen habe. Wir blieben bei den deutschen Sendern. Den Nachrichtensprechern stand die Angst ins

Gesicht geschrieben. Die Sendung war unstrukturiert und eine Panne jagte die nächste: falsche Bildbeiträge, die nicht zu den Ankündigungen gehörten, Liveschaltungen, die nicht mehr zustande kamen. Deutschland war mitten drin. Das war eindeutig erkennbar. Diese Nachrichtensendung war die letzte, die wir sahen. Tags darauf sendete kein einziger deutscher Kanal mehr. Wir fanden weder spanische, italienische noch französische Sender. Kurzum: Wir fanden gar nichts. Das Internet fiel etwa zeitgleich Server für Server aus. Immer mehr Seiten waren nicht mehr abrufbar. An diesem vierten Tag nach dem Absturz beschloss ich, das Essen, das Wasser und den Strom zu rationieren. Wir stellten die Motoren ab, um Diesel zu sparen. Ich sah keinen Sinn darin, planmäßig weiterzufahren, und die anderen Häfen anzulaufen. Wir hatten das Virus nicht an Bord, und wenn wir lange genug ausharren könnten, würden wir die Sache vielleicht überstehen. Vielleicht fanden die an Land ja eine Lösung, ein Gegenmittel oder was auch immer. Wir mussten durchhalten. Das war die Devise. Die Passagiere waren fast ausnahmslos einverstanden. Alle hatten die Nachrichten im Fernsehen oder die Entwicklung im Internet verfolgt, solange das möglich gewesen war. Wir haben viele ältere Menschen an Bord, die eher das Fernsehen präferierten, aber auch viele Junge, die auf dem neuesten Stand der Technik sind und diese Geräte im Schlaf beherrschen. Im Wesentlichen habe ich mit Lautsprecherdurchsagen gearbeitet. Später sind wir dazu übergegangen, das Theatrium für Versammlungen zu nutzen. Natürlich konnte ich nicht alle Passagiere an Bord persönlich kennenlernen, aber die Versammlungen im Theatrium waren dennoch ein Ritual, das Zusammengehörigkeit vermittelte. Kreuzfahrtschiffe unterteilt man nach Größen in mehrere

Kategorien: *Boutique, Mittelgroß, Groß, Sehr groß* und *Mega*. Wir gehören mit fünfzehn Decks, zweihundertdreiundfünfzig Metern Länge und knapp eintausendeinhundert Kabinen zur letztgenannten Kategorie. Die Zahl der Passagiere liegt auf dieser Fahrt bei zweitausendfünfhundert. Die Crew bestand aus sechshundertneun Mitarbeitern. Nicht alle sind mehr bei uns. Das gilt auch für die Passagiere. Trotz allem sind rund dreitausend Menschen an Bord.«

»Es sind nicht mehr alle an Bord?«, fragte ich verdutzt.

»Nein«, fuhr Kapitän Mertens fort. »Wir hatten einige Selbstmorde. Passagiere sprangen nachts über Bord, weil sie es nicht mehr aushielten. Selbstmorde können auf Kreuzfahrtschiffen unter normalen Umständen schon ab und zu vorkommen. Passagiere, die ihren Lebenswillen verloren haben, kommen an Bord, lassen es nochmal krachen, verprassen ihr gesamtes Geld und springen in der letzen Nacht von Bord. Das passiert natürlich nicht auf jeder Kreuzfahrt, aber in meinen fünfzehn Jahren hatte ich einige solche Fälle. Sie haben gesehen, wie hoch das Schiff ist, insgesamt gut fünfzig Meter. Wenn man von der Reling des Bugs springt, fällt man fünfzehn bis zwanzig Meter tief. Den Sprung überlebt man wahrscheinlich, aber ein Passagier hat im Wasser von hier oben betrachtet Stecknadelkopfgröße. Wenn sie überhaupt das Glück haben, ihn zu finden, müssen sie ihn permanent im Auge behalten, was wirklich schwer ist. Wir bewegen uns, das Wasser bewegt sich. Diese Selbstmordmethode ist ziemlich sicher. Besonders, wenn man nachts im Dunkeln springt und sicherstellt, dass niemand auf einen achtet.«

»Danke für den Tipp«, sagte ich zynisch.

Mertens lachte trocken und fuhr unbeeindruckt fort: »Die Kreuzfahrt war auf zehn Tage ausgelegt, das sagte ich schon. Bereits ganz am Anfang ging alles schief und wir konnten keinen einzigen Hafen anlaufen. Normalerweise ist das Prozedere so, dass die Passagiere Landtage verleben. Jedes einzelne Ziel, das wir ansteuern, ist eine Reise wert. Während das Schiff im Hafen liegt, werden Vorräte aufgestockt. Nahrungsmittel. Die Wassertanks werden gefüllt. Das Schiff wird aufgetankt, sie wissen schon. Können Sie sich vorstellen, was dreitausend Personen am Tag verputzen? An einem Seetag sind das drei Mahlzeiten pro Kopf. Das ist kein Pappenstiel. Das sind etliche Kubikmeter. Ganze Lastwagenladungen. Mittlerweile sind wir seit vierzig Tagen auf dem Wasser. Wir rationieren eisern. Gerade bei älteren Leuten kann das schnell zum Problem werden. Menschen bauen körperlich ab. Wir hatten Herzinfarkte mit tödlichem Ausgang, Schwächeanfälle und Passagiere mit Panikattacken. Ganz zu schweigen von denen, die auf Medikamente angewiesen sind. Die haben Medikamente für zwei Wochen dabei, nicht für vier oder noch mehr. Was soll man tun, wenn bei einem Diabetiker das Insulin zur Neige geht? Oder wenn bei einem Passagier, der an Herzinsuffizienz leidet, das Medikament alle wird. Dr. Rittmann hat natürlich Vorräte im Hospital, aber wenn sie nichts auffüllen können, wird es von Tag zu Tag kritischer. Wir können nicht mehr lange so weiter machen. Ich bin schon erstaunt, dass nur wenige Passagiere ernsthaft in Betracht ziehen zu meutern. Alle wissen, was draußen los ist, wahrscheinlich liegt es daran. Wir sind jetzt definitiv an dem Punkt, an dem unsere Vorräte trotz eiserner Rationierung alle sind. Ich bin ehrlich, ich weiß nicht weiter! Auf so etwas bereitet einen kein psychologischer Test der

Welt vor! In wenigen Tagen wird Hunger ein unlösbares Problem sein. Was würden Sie tun, wenn Sie wissen, dass Sie entweder verhungern, oder an Land gehen müssen?«
Ich hatte ein mächtiges Déjà-vu, als ich Kapitän Mertens zuhörte. Er hatte exakt mit denselben Problemen zu kämpfen wie ich damals, als ich mich in Hajüs Domizil verschanzt hatte. Auch ich hatte mich zwischen dem Tod durch Verhungern und Verdursten, oder einem höllisch gefährlichen Trip nach draußen entscheiden müssen. *Pest oder Cholera.* Mit dem kleinen aber feinen Unterschied, dass ich mit einer Tasche und einem Rucksack voller Wasser und Konserven eine ganze Weile hinkam. Kapitän Mertens hatte für dreitausend Menschen die Verantwortung. In seiner Haut wollte ich auch nicht unbedingt stecken.
»Was das Wasser betrifft, waren wir bisher nicht ganz so übel dran«, unterbrach Mertens meine Gedanken.
»Das Kreuzfahrtschiff ist modern und auf dem neuesten Stand der Technik. Neben speziellen Vorratstanks verfügen wir auch über Anlagen zur Trinkwassergewinnung. Wir arbeiten mit einer Verdampfungsanlage, die Meerwasser destilliert. Das erwärmte Kühlwasser des Dieselmotors wird durch den Entspannungsverdampfer geleitet und zur Erhitzung des Meerwassers genutzt, welches sich in mehrstufigen Becken befindet. Das verdunstete, salzfreie Wasser wird aufgefangen. Über diverse Filter wird dem Wasserdestillat unter anderem *Calciumbikarbonat* beigemengt. Einfach formuliert können wir Meerwasser zu Trinkwasser machen. Wir unterscheiden an Bord außerdem zwischen Trink- und Nutzwasser. Keine Toilette muss mit Trinkwasser gespült werden. Auch zum Waschen ist nicht zwingend Trinkwasser vonnöten. Hier lassen sich weitere Ressourcen sparen.«

Ich hatte schon wieder ein Déjà-vu. Auch ich hatte zwischen Trink- und Nutzwasser unterschieden. Auch wenn ich diese Begriffe nicht verwendet hatte. Mein Nutzwasser war aus den Toilettenspülkästen der umliegenden Wohnungen gekommen, und später auf dem Boot direkt aus dem Meer.

»Wir können etliche hundert Tonnen Frischwasser pro Tag auf diese Weise gewinnen – wenn der Motor läuft und Abwärme erzeugt. Das ist der gewaltige Haken an der Sache. Wenn der Dieseltreibstoff alle ist, sind die Wasserverdampfungsanlagen nutzlos. Deswegen rationieren wir auch das Wasser.«

Kapitän Mertens hielt kurz inne, musterte uns und sprach dann weiter: »Um etwas zu gewinnen, muss man immer etwas anderes investieren. Unser Trinkwasser bezahlen wir mit Diesel. Das System ist praktisch, weil auch die Abwärme noch sinnvoll genutzt werden kann. Unter normalen Umständen ist es ja auch so, dass der Motor läuft und das Schiff fährt. Wir verfügen über einen dieselelektrischen Antrieb, dessen mechanische Energie mittels Generatoren in elektrische Energie umgewandelt wird und auch in Akkumulatoren gespeichert werden kann. Nicht nur die Fahrmotoren werden so mit Energie versorgt sondern das gesamte Schiff. Einer meiner Mitarbeiter gibt Ihnen später sicher gerne eine Führung über die Decks, wenn Sie mögen. Leider haben die Bars und Restaurants bis auf Weiteres geschlossen.«

Mertens war also auch sarkastisch. *Willkommen im Club*, dachte ich.

»Unsere Dieselvorräte gehen zur Neige«, fuhr der Kapitän fort, »genau wie unsere Lebensmittel. Das ist der Grund, warum wir uns entschieden haben, uns der Küste von

Mallorca zu nähern. Es muss irgendetwas passieren, und zwar bald.«

»Wieso ausgerechnet Mallorca?«, fragte ich.

»Nun, Mallorca ist nicht der erste Hafen, den wir anlaufen. Wir haben es schon in Ajaccio versucht auf Korsika. Wir hatten die winzige Hoffnung, dass wenigstens diese Insel noch nicht betroffen ist. Was soll ich sagen, die Insel ist betroffen. Einige unserer Sicherheitsoffiziere haben einen Vorstoß an Land gewagt. Wissen Sie, in Häfen stehen die Chancen auf Lagerhallen, in denen die Vorräte nur darauf warten, abgeholt zu werden, nicht schlecht. Zwei Gabelstapler haben wir auch an Bord, um die im Lagerraum des Schiffes gestapelten Paletten bewegen zu können. Wir wollten ein solches Lager leerräumen. Das Ganze war ein Debakel. Die Sicherheitsoffiziere wollten sicherstellen, dass das Lager zum einen geöffnet, und zum anderen gefüllt war. Sie sind mit einem Beiboot an Land gegangen. Wir warteten auf das Signal der Männer. Erst dann hätten wir angelegt – was ohne externe Hilfe durch Schlepper bei der Schiffsgröße riskant ist – und die Gabelstapler herausgefahren. Die Sicherheitsoffiziere, die es auf jedem Kreuzfahrtschiff gibt – auch wenn es nicht durch von Piraterie betroffene Gewässer fährt – waren bewaffnet und hatten die Order, sich leise zu verhalten. Die Waffen sollten nur im Notfall eingesetzt werden. Es gab diesen Notfall. Wir hörten Schüsse krachen. Die Infizierten strömten in Scharen in den Hafenbereich. Ich habe alle Männer, die rausgegangen sind, verloren. Das war aber noch nicht alles. Auf dem Weg von Ajaccio nach Mallorca wurde ein anderes Schiff auf uns aufmerksam, ein Frachter. Die haben doch tatsächlich versucht, uns mit Waffengewalt zu überfallen und auszurauben. Es ist mir gelungen, die Situation zu befrieden, das hat uns aber Vorräte gekostet, die eigentlich unentbehrlich waren.«

Déjà-vu oh Déjà-vu! Ich musste an Carlos denken. Kapitän Mertens hatte dasselbe erlebt, nur eine oder zwei Hausnummern größer.

»Auf See herrscht Krieg. In dieser Welt droht die Gefahr nicht nur durch die Infizierten, sondern auch durch die Nichtinfizierten«, sagte Mertens.

»Bevor Sie auf Korsika an Land gegangen sind, haben Sie da auch das Signalhorn geblasen? Sie wissen schon, dass Lärm sie anzieht?«, die Frage konnte ich mir nicht verkneifen.

»Ich habe das Signalhorn geblasen, um eventuelle Überlebende auf uns aufmerksam zu machen. Wenn ich das nicht gemacht hätte, wären Sie jetzt wahrscheinlich nicht an Bord. Sie sind uns schon jetzt eine enorme Hilfe, indem Sie uns von ihren Erfahrungen berichtet haben. Auf Korsika hatten wir nicht das Glück, jemanden aufzusammeln. Natürlich weiß ich, dass Lärm sie anlockt, deswegen haben wir auch drei Tage und Nächte gewartet und die Lage mit den Ferngläsern sondiert, bevor wir auf Korsika an Land gegangen sind«, erläuterte Mertens.

»Nach einer gewissen Zeit zerstreuen sie sich wieder, außer sie wittern etwas«, bestätigte ich.

»Wir haben auch versucht, sie mit mehreren Beibooten von der Lagerhalle wegzulocken, als die Operation startete. Ganz dezent, so dass nur die in der Nähe befindlichen Infizierten auf eine falsche Fährte gelockt wurden und die weiter entfernten nichts bemerkten. Wir haben vorher alles im Theatrium ausdiskutiert. Aber Theorie und Praxis sind zwei verschiedene Paar Schuhe. Wir standen mit den Männern in Funkkontakt und haben von der Brücke aus das Areal im Blick behalten. Die Lagerhalle war offen und gefüllt, ob Sie es glauben oder nicht. Meine Männer sind dann im Inneren auf Infizierte gestoßen. Um auf das Signalhorn zurückzukommen: Wir haben intern lange diskutiert, ob wir es hier wieder ertönen lassen. Ich muss sagen, ich habe es nicht bereut, es getan zu haben«, sagte Mertens.

Ich nickte. Er hatte es getan, um Menschen zu retten, die sich in Not befanden, und sich in irgendwelchen Löchern versteckten. Obwohl es seine Mission, Nahrungsmittel zu erbeuten, gefährdete oder zumindest stark verzögerte. Das ehrte ihn.

»Es ist aussichtslos anzulegen und mit Gabelstaplern zu hantieren, ohne bemerkt zu werden. Signalhorn hin oder her«, resümierte ich. »Selbst wenn Sie ein Ablenkungsmanöver der nötigen Größe inszenieren können, macht der Gabelstapler genügend Lärm, um den einen oder anderen Infizierten auf Sie aufmerksam zu machen. Zumal der Verladevorgang einige Zeit in Anspruch nimmt. Dreitausend Leute, du lieber Gott!«

»Was würden Sie tun?«, fragte Mertens.

»Außer Fische fangen? Ich weiß es nicht!«, war meine ernüchternde Antwort.

Kapitel 19: Von Laie zu Laie

Das Gespräch mit Kapitän Mertens war lang und aufschlussreich gewesen, aber auch desillusionierend. Selbst wenn sich an Bord des Kreuzfahrtschiffes ein Netz befunden hätte, das ausgereicht hätte, um Fische für dreitausend Menschen zu fangen, und das tagtäglich, würde die Wasserversorgung in Kürze schlapp machen. Dr. Rittmann hatte mich die ganze Zeit im Auge behalten. Mertens sagte gerade, dass er uns – Karl und mir – eine innenliegende Doppelkabine anbieten könnte. Das Rentnerpärchen, welches vorher in der Kabine residiert hatte, war *nicht mehr an Bord*, wie er sich ausdrückte. Ein Crewmitglied sollte uns dorthin geleiten. Der Schiffsarzt bestand aber beharrlich darauf, sofort mit mir zu sprechen.
Während Karl auf die Kabine gebracht wurde, folgte ich Dr. Rittmann in sein Reich: die Krankenstation. Diese war kleiner, als ich erwartet hatte. Ich zählte sechs Betten, verteilt auf drei separate Räume, deren Türen von einem kleinen Gang abgingen. Alles war peinlich sauber und glänzte in einem sterilen Weiß. Der gelbe Linoleumboden und das runde Bullauge am Ende des Ganges verliehen der Umgebung ein gewisses futuristisches Flair. Alle Betten waren belegt. Eine emsige Schwester war zugegen, die sich aufopferungsvoll um die Patienten kümmerte.
»Wenn ich hundert Betten gehabt hätte in diesen Tagen, wären jetzt hundert Betten belegt«, scherzte Dr. Rittmann, um das Eis zu brechen und die angespannte Stimmung aufzulockern.

»Ich mache zurzeit viele Hausbesuche in den Kabinen. Der Kapitän hat ja schon angedeutet, mit was für Problemen wir zu kämpfen haben«, erläuterte der Arzt.
Er öffnete eine geschlossene Tür – die vierte, die von dem Korridor abging – und führte mich in sein Büro, in dessen Zentrum ein großer, heller Schreibtisch stand. Medizinische Fachliteratur und verschiedene Modelle, die die Anatomie diverser menschlicher Körperbereiche und Körperteile verdeutlichten, schmückten ein Regal, vor dem Rittmann jetzt Platz nahm. Ich sah das Modell einer menschlichen Knochenhand, den obligatorischen Schädel, einen offenliegenden Brustkorb, in dem die Lunge erkennbar war, ein Gebiss und die Nachbildung eines menschlichen Herzens. An der Wand hing ein fast lebensgroßes Bild, das offensichtlich die Muskulatur des menschlichen Körpers thematisierte. Ich nahm gegenüber von Dr. Rittmann Platz in einem stilvollen weißen Schalensitz.
»Erzählen Sie mir von dieser merkwürdigen Krankheit. Sie haben vorhin erwähnt, dass Sie, als das hier alles begann, drei Tage krank gewesen sind«, eröffnete der Schiffsarzt das Gespräch.
»Ich denke, das war einfach eine ziemlich heftige Erkältung. Ich friere generell schneller als andere. Wenn andere bei zweiundzwanzig Grad schon kurzärmelig gehen, trage ich noch einen Pullover oder eine dünne Jacke. Ich erkälte mich extrem schnell und muss ständig aufpassen, dass ich nicht in einen Luftzug gerate. Ich und Juliane – meine Freundin, von der ich nicht weiß, was mit ihr geschehen ist – waren immer in diesem Supermarkt einkaufen, in dem die Klimaanlage ziemlich kühl eingestellt war. Entweder, ich habe mich dort erkältet, oder in einem dieser furchtbaren Klamottenläden in *Palma*, in die mich meine bessere Hälfte mitgeschleppt hat.

Eines dieser Geschäfte war der reinste Kühlschrank, zu allem Überfluss noch mit Ventilation. Ich kam aus der Wärme, verschwitzt mit nur einem hauchdünnen Shirt am Leib, und war bestimmt eine halbe Stunde in diesem Laden. Mir war kalt und Juliane konnte einfach nicht damit aufhören, irgendwelche Oberteile anzuprobieren. Ich hätte am liebsten draußen gewartet, wo es warm war, aber meine Freundin hatte darauf bestanden, dass ich jedes Teil bewertete. Das war ein paar Tage bevor ich krank wurde«, antwortete ich.

»Ist Ihnen etwas derartiges schon vorher einmal passiert?« Der Weißkittel wollte es anscheinend ganz genau wissen.

»Es ist schon eine Weile her, vielleicht sieben Jahre, da war ich mit Juliane in Tunesien im Urlaub. Wir haben dort eine Jeepfahrt durch die Wüste gemacht, mit einem Einheimischen in Scheichmontur am Steuer. Im Jeep war diese verfluchte Klimaanlage, die mich die gesamte Fahrt über mit eisiger Luft bombardierte. Die komplette zweite Woche dieses Urlaubs hatte ich eine üble Erkältung«, berichtete ich.

Rittmann grinste amüsiert über meine Ausführungen, wurde dann aber schnell wieder ernst.

»Nein, so meine ich das nicht. Ist es Ihnen, während Sie krank waren, schon einmal passiert, dass Sie mehrere Tage völlig weggetreten waren?«, konkretisierte er seine Frage.

»Nein. Offen gestanden ist mir so etwas noch nie passiert«, antwortete ich. Mir war nicht ganz klar, worauf er hinaus wollte.

»Was hatten Sie für Symptome, bevor Sie hier auf der Insel krank geworden sind«, bohrte er weiter.

»Es hat sich angefühlt, wie eine ziemlich schwere Erkältung. Ich war müde und schlapp, hatte Gliederschmerzen. Mir war

auch leicht schwindelig. Ich hatte Kopfschmerzen, tränende Augen, Halsschmerzen und eine laufende Nase. Das volle Programm. In der Nacht hatte ich sogar mit Schüttelfrost zu kämpfen«, erinnerte ich mich.
»Und es hat angefangen am Tag nach dem Flugzeugabsturz?«, fragte der Doc.
»Ja, am Tag nach dem Flugzeugabsturz«, bestätigte ich.
»Können Sie sich noch erinnern, was Sie vorher gemacht oder erlebt haben – insbesondere nach dem Absturz? Mich interessiert wirklich jedes Detail. Sind Sie zum Beispiel am Flughafen gewesen?«, wollte Rittmann wissen.
Langsam kam ich mir vor, wie auf einem Verhörstuhl. Selbstverständlich erinnerte ich mich an den Tag, an dem das Unglück passiert war, und zwar so detailliert, als wäre es gestern gewesen. Ich tat dem Doktor den Gefallen und rekonstruierte alles, was nach dem Absturz und vor meiner Erkältung geschehen war, minutiös: »Als das Flugzeug seltsam schräg runterkam, lag ich an einem Strandabschnitt in *El Molinar*, an der Seite, die dem Flughafen zugewandt ist. Ich erinnere mich genau. Ich habe dieses Flugzeug schräg reinkommen sehen und mich noch darüber gewundert. Kurz nachdem es hinter den Häusern verschwunden war, hörte ich dieses Grollen. Es klang wie mächtiger Donner. Viele Strandgäste sind in Richtung Flughafen aufgebrochen. Juliane und ich sind stattdessen in die Ferienwohnung zurückgegangen. Es war uns unangenehm, zu gaffen. Verstehen Sie?«
Rittmann nickte und forderte mich auf, fortzufahren.
»Wir haben stattdessen auf die Nachrichten gewartet. Erst vier Stunden nach dem Unglück sind wir gegen zwanzig Uhr mit dem Bus in Richtung Flughafen gefahren. Bis dorthin sind wir aber ohnehin nicht gekommen. Alles war

abgeriegelt. Polizei und sogar Militär war massenhaft vor Ort, also sind wir ziemlich schnell wieder zurückgefahren. Die Stimmung dort war ziemlich aufgeladen.«

»Denken Sie genau nach. Haben Sie Infizierte gesehen an diesem Abend? Sind Sie vielleicht gekratzt oder berührt worden?«, löcherte mich der Weißkittel.

Ich verstand den Sinn seiner Frage nicht.

»Ich habe an diesem Abend nicht bewusst Infizierte gesehen. Ich wusste überhaupt noch nichts von alledem, als wir dort waren, und ich habe auch nichts von alledem gewusst, als wir wieder zu Hause ankamen. Was ich gesehen habe an diesem Abend, war ein blutender Mann und ein Verrückter daneben, der von sechs Beamten zu Boden gedrückt wurde. Heute glaube ich, dass das ein Infizierter gewesen sein könnte, der den blutenden Mann gebissen hatte, und dann überwältigt worden war. Die Beamten in der Kette wirkten auf mich alle ziemlich irritiert, um nicht zu sagen ängstlich. Damals war mir das nicht bewusst, aber heute glaube ich, das war Panik, was in ihren Augen flackerte«, erinnerte ich mich.

»Wie weit entfernt waren Sie denn von dieser Szene?«, fragte Rittmann.

»Ich weiß es nicht genau, vielleicht sieben bis zehn Meter«, schätzte ich.

»Und am Tag darauf waren Sie krank?«

»Ja verdammt, ich habe die Wohnung nicht verlassen und den Tag auf der Dachterrasse verbracht«, antwortete ich. Langsam ahnte ich, worauf Dr. Rittmann hinauswollte.

»Gab es in dem Bus, mit dem Sie nach Hause gefahren sind, etwas Auffälliges?«, fragte er.

Oh ja, ich ahnte langsam tatsächlich, worauf er hinauswollte, doch das erschien mir völlig absurd!

»Naja, der Bus war ziemlich voll und die Leute waren aufgeregt. Sie diskutierten und riefen durcheinander. Es war wie in der Sardinendose. Ich war ehrlich froh, als ich aussteigen konnte. Aber ich wurde nicht gebissen, gekratzt oder mit Blut benetzt an diesem Abend. Sie sehen ja, ich bin völlig okay, im Gegensatz zu den Gestalten an der Küste. Sie denken doch nicht ernsthaft, ich hätte mich damals mit diesem Virus angesteckt, und lag deswegen drei Tage flach? Und warum kann ich dann ganz normal denken, sprechen und handeln?«, fragte ich aufgebracht und zutiefst beunruhigt.
»Kennen Sie sich mit Viren aus?«, lautete Rittmanns Gegenfrage.
»Nicht wirklich. Ich weiß, dass ein Virus, das man sich einmal eingefangen hat, im Körper verbleibt, selbst wenn man nicht krank ist. *Lippenherpes,* die man sich irgendwo geholt hat, kann immer wieder ausbrechen, wenn das Immunsystem des Körpers schwächelt. Ähnliches habe ich auch schon von *Aids* gehört. Es gibt HIV-Positive, die das Virus in sich tragen, das aber nicht aktiv ist. Das Virus ruht, beziehungsweise wird in Schach gehalten, mithilfe irgendwelcher Medikamente oder Antikörper, die gebildet wurden. Wenn dann eine andere Krankheit den Körper heimsucht und ihn schwächt, kann das Virus aktiv werden. Hatte man als Kind Windpocken, kann man als Erwachsener Gürtelrose kriegen, die durch dasselbe Virus ausgelöst wird«, sagte ich und schüttelte mich.
»Beachtlich. Obgleich es nicht auf alle Viren so zutrifft«, erwiderte der Schiffsarzt und ergriff das Wort. »Bestimmte Viren, die sich einmal im Körper eingenistet haben, können zu einem späteren Zeitpunkt wieder ausbrechen. Gegen andere wird eine Immunität entwickelt, es kommt also zu

keinem weiteren Ausbruch. Viren sind verschiedenartige Gesellen. Was für den einen gilt, muss nicht zwangsläufig für den anderen gelten. Viren können auch auf verschiedene Art übertragen werden. Den Berichten, Handyvideos und Ihren Ausführungen zufolge scheint die bevorzugte Übertragungsart dieses Virus, mit dem wir es hier zu tun haben, der Biss zu sein. Der im Speichel befindliche Erreger gelangt unmittelbar und in großen Mengen in das Blut des Opfers. Diese Übertragungsart ist übrigens typisch für *Tollwut.* Das bekannte *Tollwutvirus* greift das Gehirn des Infizierten an, hat aber eine wesentlich längere Inkubationszeit, als diese Krankheit, die da draußen tobt. Es verweilt zunächst mehrere Tage an der Stelle, an der es in den Wirtskörper gelangt ist – an der sogenannten *Eintrittspforte.* Dort vermehrt es sich, bevor es über Nervenbahnen ins Rückenmark wandert und von dort in das Gehirn. Der Prozess verläuft allerdings beschleunigter, wenn das Virus unmittelbar in die Blutbahn gelangt ist. Trotzdem beträgt die Inkubationszeit ein bis drei Monate. Die Krankheit verläuft in den meisten Fällen tödlich, wenn eine sofortige Impfung nach der Infektion ausbleibt und es zum Ausbruch kommt. Bei den wenigen Überlebenden der klassischen *Tollwut* wurden schwerste Gehirnschädigungen diagnostiziert. Der Tod tritt meist zwei bis zehn Tage nach dem Auftauchen der ersten Symptome ein. Interessant ist, dass Tollwutinfizierte Angst vor Wasser haben. Ich habe schon darüber nachgedacht, ob wir es hier mit einer mutierten oder neuen Form des Tollwutvirus zu tun haben, die sich an den menschlichen Organismus angepasst hat. Bisher war nicht bekannt, dass *Tollwut* von Mensch zu Mensch übertragen werden kann. Das ist hier aber definitiv der Fall. Auch sterben die Infizierten da draußen nicht. Sie leben weiter, wenn auch verändert. Wenn das dort draußen eine Form von *Tollwut* ist, dann eine neue. Mit einem uns bisher unbekannten Verlauf. Ein neuer Virenstamm in der Familie der Tollwutviren.«

Fasziniert lauschte ich Dr. Rittmann. Als er kurz pausierte, nutzte ich die Gelegenheit, eine Frage zu stellen, die mir auf den Nägeln brannte: »Und wo soll dieses Virus plötzlich hergekommen sein?«

»Glauben Sie ernsthaft, dass alle existierenden Virenarten bereits vom Menschen entdeckt wurden? Mitnichten! Viren schlummern unentdeckt in allen möglichen Tieren – ohne, dass diese Symptome einer Infektion zeigen. Diese Tiere sind die natürlichen Träger, die *Reservoirwirte*. Jedes Virus hat sich auf ein paar bestimmte natürliche Wirte spezialisiert, wenn man so will. Bisher wurden etwa dreitausend Virenarten entdeckt und es kommen wöchentlich neue dazu. Virologen gehen von dreihunderttausend bisher unentdeckten Virenarten aus. Es gibt Teams von Forschern, die den ganzen Tag nichts anderes machen, als in prädestinierten Gebieten Blutproben von Tieren zu sammeln, um so auf neue Virenarten zu stoßen. Frei nach dem Motto: *Kenne deinen Feind*. Die Wälder in Zentralafrika oder der brasilianische Dschungel sind solche Virenhotspots. Fledermäuse, die in Höhlen leben, können für den Menschen bisher unbekannte Virenstämme beherbergen. Verirrt sich ein einziger Mensch in eine solche Höhle und wird von einer Fledermaus gebissen oder gekratzt, die ein solches Virus in sich trägt, kann das der Beginn einer Epidemie oder gar einer Pandemie sein. Vorausgesetzt, das Virus überwindet die *Artenbarriere*. Mitunter kann ein Virus über mehrere Tierarten zum Menschen springen und sich während des Prozesses entsprechend verändern. Es ist nicht die Frage, ob eine weitere Pandemie kommt, es ist lediglich die Frage, wann sie kommt. Fledermäuse stellen ein Fünftel aller Säugetiere. Es gibt Unmengen von verschiedenen Arten. Durch Waldrodungen werden sie aus ihrem natürlichen Lebensraum verdrängt und lassen sich in Städten nieder. Durch diesen neuen, stressigen Lebensraum, durch Lärm und Licht, erhöhen sich noch die pathogenen Wirkstoffe in ihren Ausscheidungen. Jeder Straßenbau in bisher nicht bewohntem Gebiet kann neue Erreger zu den Menschen bringen. Die Proben, von denen ich vorhin sprach, werden in Hochsicherheitslabors geschickt, und zwar unter strengsten Sicherheitsvorkehrungen und dort untersucht. Auf der ganzen Welt gibt es gerademal dreißig dieser Labore. Man ist mittlerweile in der Lage, gefährlichste Viren synthetisch zu erschaffen, um sie für Forschungszwecke zu nutzen. Eine umstrittene Methode. Ein solches Virus sollte niemals in die Hände von Bioterroristen gelangen, sonst Gnade uns allen Gott!«, sinnierte Rittmann.

»Gnade uns allen Gott?«, fragte ich verwirrt. »Haben Sie vergessen, in welcher Situation wir uns gerade befinden? Es ist bereits zu spät. Es ist schon passiert, egal ob nun Bioterroristen oder irgendwelche scheiß Fledermäuse daran schuld sind.« Rittmann war ein Freak, der sich scheinbar ziemlich wohl fühlte, wenn er über Viren sprechen konnte. Er hatte sich richtig in seine Ausführungen hineingesteigert und dabei fast vergessen, dass ich nicht hier war, um eine Lehrstunde über Viren zu nehmen.

»Ich bin Schiffsarzt und kein Virologe. Wenn es um Viren geht, bin ich bestenfalls ein Laie«, sagte er mehr zu sich selbst.

Fast hätte ich laut aufgelacht. *Wenn dieser Typ ein Laie war, was zum Geier war ich dann?*

»Soll ich Ihnen eine kleine Geschichte erzählen, wie heimtückisch sich ein Virus seinen Weg bahnen kann?«, fragte er mich, scheinbar ganz versessen darauf, seine Anekdote an den Mann zu bringen. Ich konnte nicht leugnen, dass mich seine Geschichte interessierte und nickte zustimmend.

»Die Geschichte handelt vom Ebolavirus und hat sich in einem Dorf in *Gabun* zugetragen, einem Staat in Zentralafrika, der an die *Republik Kongo* grenzt. *Ebola* ist übrigens ein Fluss, der durch die *Republik Kongo* fließt. Das Ebolavirus wurde nach diesem Fluss benannt, weil es in dessen Nähe im Jahr 1976 den ersten großen uns bekannten Ausbruch gab. Doch zurück zu meiner Geschichte: Nehmen wir an, die Ausscheidungen einer Fledermaus, die das Virus beherbergt, landen auf einer Frucht. Oder sie knabbert die Frucht an und lässt Speichel an ihr zurück. Ein Schimpanse frisst daraufhin die Frucht, und zwar mitsamt den Hinterlassenschaften der Fledermaus, in denen das Ebolavirus hochkonzentriert ist. Der Schimpanse infiziert sich und stirbt. Bis hierher basiert meine Geschichte auf Vermutungen, der Rest ist belegt. Kinder aus dem Dorf haben den toten Schimpansen gefunden und in das Dorf gebracht. Die Erwachsenen dort hatten es den Kindern nicht zugetraut, einen Schimpansen töten zu können. Die Kinder kehrten also mit dem Kadaver in das Dorf zurück, um ihn den Erwachsenen zu zeigen. Sie behaupteten, sie selbst hätten ihn getötet. Sie wollten einfach nur mit einer Tat angeben, die sie nicht einmal begangen hatten, um die Erwachsenen zu beeindrucken. Daraufhin wurde der Schimpanse zerlegt, um gegessen zu werden – *Bushmeat*. Vielleicht wurden aus seinen Zähnen Anhänger gemacht, wer weiß. Alle diese Kinder haben sich mit *Ebola* infiziert.

Fast alle sind gestorben. Der Beginn einer Epidemie, die sich zunächst im Dorf ausbreitete und anschließend auch über dessen Grenzen hinaus.«

Was für eine Gutenachtgeschichte, dachte ich. Ärzte waren mitunter schon ein komisches Völkchen. Bei Rittmann hatte ich fast das Gefühl, dass er das alles hier genoss.

»Wissen Sie, was das tückische an *Ebola* ist?«, unterbrach der Weißkittel meine Gedanken. Ich schüttelte verneinend den Kopf.

»*Ebola* ist hochinfektiös und verläuft in mehr als der Hälfte aller Fälle tödlich. Manche Quellen sprechen sogar von einer neunzigprozentigen Todesrate. Während zum Beispiel das *HI-Virus* nur durch den ungeschützten Geschlechtsverkehr oder über das Blut übertragen werden kann, überträgt sich *Ebola* sogar über die Luft. Das nennt man *Tröpfcheninfektion.* Beispielsweise durch kleine Speichelpartikel oder Ausdünstungen, die sich in der unmittelbaren Nähe eines Erkrankten in der Luft befinden können. Es wird zwar immer wieder behauptet, *Ebola* sei nicht über die Luft übertragbar, aber ein Versuch mit Schweinen und Affen, von dem ich gelesen habe, sagt etwas anderes aus. Bei diesem Versuch wurden Schweine mit Ebola infiziert und in einen separaten Käfig gesteckt. In einem zweiten separaten Käfig brachte man nichtinfizierte Affen unter, im selben Raum. Ein paar Tage später waren alle Affen infiziert. Viele Leute reden viel und wissen wenig. Oder sie behaupten wissentlich Unwahrheiten, um die Bevölkerung zu beruhigen. Was glauben Sie, warum sämtliches medizinisches Personal, das mit Ebola zu tun hat, Überdruckanzüge mit eigenen Atemsystemen trägt? Wenn ein Ebola-Infizierter niest, fliegen die Erreger eine gewisse Zeit in der Luft herum, bevor sie absterben. Das ist Fakt. An dieser Stelle schließt sich der Kreis. Wir sind wieder an dem Punkt angekommen, der mir in Bezug auf Sie Kopfzerbrechen bereitet.«

Meine Körperhaltung straffte sich. *In Bezug auf mich* hatte Rittmann gesagt.

»Zwar handelt es sich bei dem Auslöser der Pandemie, die gerade Mallorca und den Rest der Welt im Würgegriff hat, mit Sicherheit nicht um *Ebola*. Aber egal worum auch immer es sich handelt: Wir wissen nicht wirklich, ob der Biss die einzige Übertragungsmöglichkeit ist. Ich frage mich ernsthaft, ob Sie sich nicht vielleicht im Bus oder am Flughafen per Tröpfcheninfektion angesteckt haben. Ihr Krankheitsverlauf war möglicherweise deswegen milder als normal, weil Sie nur eine geringe Dosis abbekommen haben, während die Infektion über einen Biss viel größere Mengen des Erregers in den Körper des Opfers bringt – noch dazu direkt ins Blut. Sie hatten später in erheblich kontaminierten Gebieten Kontakt mit Infizierten. Ich denke an die Frau, die Sie auf der Treppe aufgespießt haben und die auf Sie drauf gerutscht ist. Deren Blut auf Sie getropft ist. Vielleicht haben Sie sich in dieser Situation nicht angesteckt, weil Ihr Körper durch den geringen Erstkontakt mit dem Erreger in der Lage war, Abwehrstoffe zu bilden. Die Tröpfcheninfektion könnte man mit einer Impfung vergleichen, um es salopp zu formulieren.« Der Doktor schwieg und nickte, seine eigenen Gedanken rekapitulierend.

»Und warum haben mich die Infizierten trotzdem angegriffen oder gewittert? Sie greifen schließlich keine anderen Infizierten an«, konterte ich.

»Wenn Ihr Körper in der Lage war, den Ausbruch der Krankheit zu verhindern, das Virus in Schach zu halten und zu isolieren, dann haben die schwer Infizierten Sie nicht als infiziert eingestuft. Bei Ihnen ist das Virus inaktiv. Zumal die Verwandelten Ihren Schilderungen zufolge ohnehin erst im späteren Stadium Witterungen aufnehmen konnten. Sie sehen auch nicht aus wie einer von denen.«

Auch wenn alles, was der selbsternannte Laie Dr. Rittmann erzählte, für einen echten Laien wie mich irgendwie plausibel klang, wollte ich nicht an seine Theorie glauben.

»Ich hatte schlicht und ergreifend eine Erkältung«, erklärte ich.

»Das kann sein, muss aber nicht sein. Es gibt übrigens noch andere Arten der Übertragung. Sicher haben Sie schon von der sogenannten *Schmierinfektion* gehört, die auch als *Kontaktinfektion* bezeichnet wird. Diese kann direkt, aber auch indirekt erfolgen. Sie berühren beispielsweise einen Infizierten oder etwas, was er vorher berührt hat, ein Handtuch zum Beispiel. Oder einen blutbesudelten Speer«, erläuterte der Doc. Seine Anspielung entging mir nicht.

»Ich habe mich nicht infiziert. Ich sitze vor Ihnen, und habe Sie noch nicht beißen wollen. Ich bin im Vollbesitz meiner geistigen Kräfte. Ich habe keine roten Augen. Es war eine Erkältung, verdammt!«, wehrte ich mich vehement.

»Sagt Ihnen Lippenherpes etwas?«, fragte Rittmann unbeeindruckt.

Ich bejahte die Frage. *Mister Lippenherpes* kannte ich besser, als mir lieb war.

»Hatten Sie schon einmal Lippenherpes?«, wurde ich weitergelöchert.

Ich musste auch diese Frage bejahen, was mir etwas unangenehm war.

»Also tragen Sie das Virus in sich. Ihr Immunsystem hält es in Schach, aber es ist in Ihnen. Und es kann jederzeit ausbrechen, wenn Ihr Immunsystem anderweitig beschäftigt wird. Zum Beispiel durch Stress, zu viel Sonne oder eine andere Infektion. Im Volksmund wird ein Lippenherpesbläschen auch als Schreck- oder Ekelblase bezeichnet. Weil ein gewaltiger Schreck oder starker Ekel das Immunsystem bereits belasten können, was dem Virus die Chance gibt, auszubrechen«, triumphierte der Arzt.

»Wollen Sie damit andeuten, dass Sie mich für eine tickende Zeitbombe halten? Dass ich jederzeit zu so einem fürchterlichen Ding werden könnte?«, fragte ich nun doch entsetzt.

»Ich weiß es eben nicht«, sagte Rittmann. »Menschen, die eine Ebola-Infektion überleben, gelten als geheilt und immun. Aber wie ich bereits sagte, gilt das nicht für alle Viren. Es gibt bei Virenerkrankungen immer wieder unerklärliche Phänomene. Auf nicht nachvollziehbare Weise überleben immer wieder Menschen eine Infektion, während viele andere daran sterben. Man weiß über Viren vermutlich weniger, als man nicht weiß. Vielleicht muss man angesichts der derzeitigen Situation auch sagen, man wusste weniger, als man nicht wusste. Präteritum. Vergangenheit. Wobei ich glaube, dass einige der bereits erwähnten Hochsicherheitslabors noch existieren, und dass dort fieberhaft an einer Lösung gearbeitet wird. Möglicherweise hat Ihr Körper einen Weg gefunden, das Virus in Schach zu halten. Sie wären prädestiniert als Untersuchungsobjekt, um vielleicht einen Impfstoff zu entwickeln. Leider haben wir kein entsprechendes Labor an Bord unseres Vergnügungskutters«, scherzte der Arzt.

Mir war überhaupt nicht nach Lachen zumute.

»Andererseits könnte das Virus aus irgendwelchen Gründen auch die Oberhand gewinnen, wenn Sie zum Beispiel stark geschwächt sind. Im gegenwärtigen Zustand sind Sie kein

Überträger der Krankheit, zumindest nicht per Tröpfchen- oder Schmierinfektion. Das kann man so sagen, denke ich«, überlegte Rittmann.

»Denken Sie? Wie beruhigend!« Das Gespräch machte mir langsam Angst.

»Karl ist der lebende Beweis. Möglicherweise besitzen Sie jetzt eine höhere Immunität, was gar nicht so übel klingt, finden Sie nicht? Ein Biss könnte Sie natürlich trotzdem umhauen. Theoretisch können Menschen sogar infiziert sein, ohne je klinische Symptome zu zeigen, und dennoch die Krankheit übertragen. Viren sind rätselhaft, eine echte Herausforderung für die Wissenschaft«, sinnierte der Doc leicht verzückt.

»Und wie soll es jetzt weitergehen? Wollen Sie mich unter Quarantäne stellen, oder mich rund um die Uhr beobachten lassen?«, fragte ich.

»Ich bin unschlüssig, um ehrlich zu sein. Womöglich haben Sie recht, und es war wirklich nur eine Erkältung. Wenn uns nicht bald etwas einfällt, sind wir ohnehin alle so gut wie tot. Der Hunger und der Durst sind zwar keine Viren, aber absolut lethal«, grübelte Rittmann.

»Nehmen wir an, es ist gar kein Virus, sondern ein Bakterium, das dort draußen wütet, dann wären die Bakterien in Ihrem Körper jetzt abgetötet. Eine frühzeitig erkannte Infektion mit dieser eigenartigen Seuche ließe sich vielleicht sogar mit Antibiotikum heilen«, spann Rittmann seine Gedanken weiter. Seine neue Theorie gefiel mir schon viel besser.

»Wussten Sie eigentlich, dass die *Pest* keine Virenerkrankung ist, sondern eine bakterielle Infektion, genau wie *Cholera*? Bakterien können ebenfalls ganz schön wüten. Aber egal ob Bakterien oder Viren: Epidemien und

Pandemien gab es schon immer, und wird es auch immer geben«, war sich der Arzt sicher.

»Außer, diese hier ist das Ende allen menschlichen Lebens«, meinte ich. Mein Versuch, irgendetwas Gehaltvolles zu dem Gespräch beizutragen, wurde von Rittmann eher mit einem mitleidigen Blick von oben quittiert. Ein Gesprächspartner auf Augenhöhe war ich wohl nicht gerade. Der Weißkittel half mir auf die Sprünge, indem er mir einen Crashkurs in Sachen Epidemien und Pandemien gab.

»Sie haben mich vorhin gefragt, wo dieses Virus – wenn es überhaupt eines ist – plötzlich hergekommen ist. Ich habe Ihnen erklärt, dass unbekannte Viren aus dem Tierreich durch einfache Mutationen die *Artenbarriere* überwinden und auf den Menschen übergehen können. Allein in den letzten Jahren sind mehrere neue, äußerst gefährliche Viren auf den Schirmen der Weltgesundheitsorganisation aufgetaucht. Die WHO sammelt alle registrierten Fälle von Viruserkrankungen weltweit, zumindest was die gefährlichen, meldepflichtigen Viren betrifft, und ordnet sie zu. Mit Hilfe entsprechender Grafiken und Karten lassen sich so Verbreitungsverläufe erkennen, prognostizieren und im Idealfall verhindern, oder zumindest bremsen. Nun ja, ich sollte wohl besser in der Vergangenheitsform sprechen. Vermutlich gibt es keine WHO mehr und alle Sorgen bezüglich irgendwelcher Epidemien, die kommen könnten, sind Geschichte. Diese Sache hier hat alle überrumpelt. Bei diesem Tempo ist auch die WHO nicht mitgekommen. Trotzdem gab es in letzter Zeit auch andere alarmierende Neuzugänge im Virenzirkus. In Asien wütete zum Beispiel nach *H5N1* eine neue Form des Vogelgrippevirus, die den schmuckvollen Namen *H7N9* trägt. Hühner, die von diesem *Influenza-A-Virus* befallen sind, zeigen keinerlei Symptome.

Menschen können sich aber durch den Kontakt mit den Hühnern infizieren. Freilaufende Hühner kamen auf Geflügelfarmen mit den natürlichen Wirten, nämlich Wildvögeln, in Kontakt. Jemand kaufte ein solches Huhn. Und Voilà, schon haben wir den Salat. Derjenige wurde krank und bezahlte womöglich mit seinem Leben«, Rittmann nickte wissend, bevor er weitersprach.

Das *H* steht für das *Hämagglutinin*, ein *Membranprotein*, aus dessen Wert sich die Ansteckungsgefahr des Virus ergibt. Das *N* steht für die *Neuraminidasen*, das sind Enzyme, die vereinfacht ausgedrückt die Virulenz bestimmen, also wie stark sich ein Virus im Körper des Infizierten vermehrt. Je kritischer der Wert desto gefährlicher das Virus. *H1N1* ist keine gute Kombination. Die *Spanische Grippe* von 1918 wird in dieser Kategorie geführt. Oder die *Schweinegrippe* aus dem Jahr 2009. Damals rief die WHO eine Pandemie der *Stufe 6* aus, was sich glücklicherweise als Fehlalarm entpuppt hat. *H7N9* verläuft in einem Drittel aller Infektionen tödlich. Die großen Geflügelmärkte und Geflügelfarmen in China können – oder besser gesagt konnten – im Handumdrehen zu extrem gefährlichen Orten werden. Hätte sich *H7N9* mit einem gewöhnlichen, saisonalen Grippevirus verbunden, hätte dies einer Mensch-zu-Mensch-Übertragung Tür und Tor geöffnet. Schon hätten Sie eine waschechte Epidemie gehabt. In den Golfstaaten hingegen hörte ein weiteres neu aufgetauchtes Sorgenkind der WHO auf den Namen *MERS-Coronavirus.* Eine neu entdeckte Virenart aus der Familie der *Coronaviren,* zu der auch *SARS* gehört. Der Ursprung dieses netten, kleinen Zeitgenossen wurde in Saudi Arabien vermutet. Jetzt stellen Sie sich vor, unter den Millionen Menschen, die jährlich nach *Mekka* pilgerten, wären Infizierte gewesen, die das

MERS-Corona Virus in sich trugen und andere angesteckt hätten. Sie wissen schon: Tröpfcheninfektion, Schmierinfektion und so weiter. Einer niest oder hustet, und zehn andere gehen neu angesteckt ihrer Wege – und grüßen weitere zehn per Handschlag. Von dort aus ist es nur ein kleiner Schritt zur weltweiten Pandemie. Erste Fälle in Frankreich wurden bereits registriert. Das interessiert jetzt natürlich keinen mehr die Bohne, aber vor zwei Monaten war das noch eine ernste Angelegenheit.« Der Weißkittel nickte überzeugt von der Brisanz des Gesagten.

»Sind Sie sicher, dass Sie ein Laie auf dem Gebiet sind?«, fragte ich Rittmann vorsichtshalber.

»Ja, ich bin sicher. Echte Virologen arbeiten in Hochsicherheitslabors und stellen das Zeug synthetisch her, um Forschungen damit zu betreiben. Sie erkennen Virenstränge unter dem Mikroskop an ihrer Form, und zwar im Schlaf. Sie klassifizieren Viren, ordnen sie nach Stämmen und Familien. Sie unterscheiden zwischen einzel- und doppelsträngigen Viren, zwischen behüllten und unbehüllten Viren, oder zwischen RNA- und DNA-Viren. Und so weiter. Sie studieren deren Eigenschaften, wie sie sich vermehren und wie sie übertragen werden, was sowohl der Prävention als auch der Behandlung von Erkrankten zu Gute kommt. Da kann einem glatt der Kopf explodieren. Ich kratze hier nur an der Oberfläche. Ich bin Allgemeinmediziner, und bisher mit meinem Arbeitsplatz auch ganz zufrieden gewesen.«

»Kann ich verstehen«, gab ich zurück. Ich hatte zwar noch nicht viel von dem Schiff gesehen – was ich unbedingt noch nachholen wollte – aber es gab sicher Schlimmeres, als dort zu arbeiten, wo andere Urlaub machten.

»Ich habe trotzdem ein gesundes Interesse an solchen Dingen«, fuhr Rittmann unbeirrt fort.

»Ist Ihnen die *Schwarze Pest* ein Begriff?« Der Arzt wartete meine wahrscheinlich ohnehin unqualifizierte Antwort auf seine Frage gar nicht erst ab und plauderte weiter: »Im vierzehnten Jahrhundert raffte eine schwere Pandemie fünfundzwanzig Millionen Menschen in Europa dahin. Das war damals ein Drittel der europäischen Gesamtbevölkerung. Und warum? Weil Handelsschiffe aus China Ratten an Bord hatten, die als Überträger fungierten. Wenn es um Viren oder Bakterien geht, sind Tiere die perfekten natürlichen Wirte. Ratten, Fledermäuse, Hunde, Dromedare, was immer Sie wollen. Noch ein Beispiel gefällig?«

Langsam dröhnte mir der Kopf. Der Doktor war ein wandelndes Lexikon. Aber wenigstens schienen seine Ausführungen ihn von seiner Theorie abzulenken, ich könnte dieses mutierte Tollwutvirus – oder was auch immer – in mir tragen, das laut Rittmann womöglich irgendeine verdammte Fledermaus oder ein anderes Scheißvieh über die Menschheit gebracht hatte.

»Ich bin gespannt auf Ihr Beispiel«, sagte ich der Höflichkeit halber. Vermutlich würde mein löchriges Gehirn ohnehin locker die Hälfte von dem Wissen, das dieser Hobbyvirenforscher an mich weitergab, morgen schon wieder vergessen haben.

»Das Jahr 1918...« – Dr. Rittmann machte eine Kunstpause, es fehlte nur noch der Trommelwirbel – »... war das Jahr der *Spanischen Grippe*. Die geschätzten Zahlen der Todesopfer dieser weltweiten Pandemie variieren stark und liegen zwischen fünfundzwanzig- und siebzig Millionen. Jeder Dritte der Weltbevölkerung war damals infiziert. Das öffentliche Leben in Städten kam zum Teil völlig zum Erliegen. Diese Pandemie forderte mehr Todesopfer als der *Erste Weltkrieg*, wenn man von fünfundzwanzigmillionen

Toten ausgeht. Falls die höchste Schätzung mit siebzigmillionen Todesopfern zuträfe, hätte die Pandemie sogar mehr Menschen dahingerafft als der *Zweite Weltkrieg*. Stellen Sie sich das mal vor.«

Scheinbar war die Menschheit schon mehrfach nur knapp an ihrer Ausrottung durch Viren oder Bakterien vorbeigeschrammt. Dr. Rittmann wollte mir auf seine charmante Art verklickern, dass es bisher pures Glück gewesen war, dass etwas Derartiges wie jetzt nicht schon eher geschehen war. In seiner theoretischen, mit fundiertem Fachwissen gespickten Welt war das, was sich dort draußen auf Mallorca und im Rest der Welt abspielte, nur die logische Konsequenz. Etwas, das irgendwann kommen musste.

»Das, was wir jetzt erleben, stellt allerdings alles andere in den Schatten«, sagte der Schiffsarzt mit einer gewissen Ehrfurcht in der Stimme. »Die Geschwindigkeit ist atemberaubend und beängstigend. Genau wie das Durchhaltevermögen der Infizierten. Vieles an diesem Erreger ist ungewöhnlich extrem.«

»Wahrscheinlich haben wir von den dreihunderttausend unentdeckten Viren den schlimmsten erwischt«, klinkte ich mich ein.

»Gut möglich, mein Freund, gut möglich. Es gibt neben Viren und Bakterien noch andere Nettigkeiten. Zum Beispiel einzellige Parasiten der Gattung *Plasmodium*. Von *Malaria* haben Sie sicher schon gehört. Ist man einmal infiziert, kehrt sie immer wieder. Ein Mückenstich in der falschen Ecke der Welt, und schon sind sie lebenslanges Clubmitglied. Selbst ich kann nur mutmaßen, womit wir es hier eigentlich zu tun haben.« Rittmann holte ein Blatt Papier und einen Taschenrechner aus der Schublade.

»Ich würde das Szenario gern kurz durchspielen, zur Verdeutlichung. Ich vermute, das Flugzeug kam aus Afrika und war in Richtung Europa unterwegs. Vielleicht war ein Passagier infiziert und hat die anderen in den tödlichen Strudel mit hineingerissen. Das hat die hilflosen und generell einfach gestrickten Stewardessen möglicherweise dazu veranlasst, entgegen aller Vorschriften die Sicherheitstür zum Cockpit zu öffnen, um sich bei den Piloten Rat einzuholen. Schon waren die Piloten involviert. Das könnte wiederum zur spontanen Notlandung auf Mallorca geführt haben. Vielleicht wusste deswegen keiner – außer den Fluglotsen im Tower – was für ein verdammtes Flugzeug dort eigentlich runtergegangen ist. Eine zweite Variante: Vielleicht waren der Pilot oder der Copilot selbst infiziert. Was nützt eine Sicherheitstür, wenn der Feind schon drinnen ist. Erinnern Sie sich an Kapitän Mertens Ausführungen, speziell an den Franzosen, über den ganz am Anfang in den Nachrichten berichtet wurde? Er hat dreiundsiebzig Andere gebissen und somit infiziert, bevor er überwältigt werden konnte. Selbst wenn er nicht mehr die Chance hatte, noch weitere zu beißen – was ich übrigens bezweifle – haben sie es nach einer Stunde mit weiteren dreiundsiebzig wie tollwütig agierenden Infizierten zu tun. Jeder einzelne von denen beißt weitere Menschen – sagen wir mal durchschnittlich vierzig pro Stunde. Das ist einfach ein Schätzwert.«

Rittmann tippte auf dem Taschenrechner herum.

»Dreiundsiebzig multipliziert mit vierzig. Plus die ursprünglichen dreiundsiebzig. Nach zwei Stunden haben sie es bereits mit zirka dreitausend Infizierten zu tun. Jetzt multiplizieren Sie diese Dreitausend mit vierzig, dann wissen sie, was nach drei Stunden los ist: die Hölle auf Erden!

Vielleicht sind meine Zahlen auch etwas zu hoch angesetzt, wenn Sie nach vier Stunden noch am Flughafen waren. Selbst wenn die Inkubationszeit nicht eine Stunde beträgt, sondern anderthalb Stunden, und jeder Infizierte pro Stunde nicht durchschnittlich vierzig Menschen beißt, sondern nur zehn, geht trotzdem innerhalb von wenigen Tagen alles zum Teufel.«
Des Doktors Rechenaufgabe hatte gesessen und deckte sich weitestgehend mit dem, was ich erlebt hatte. Das, was Rittmann als nächstes sagte, verblüffte mich völlig.
Er sagte: »Ich habe Hunger!«
Nachdem ich mich von dieser, in diesem Moment schier unfassbaren Aussage erholt hatte, fragte ich mit klopfendem Herzen: »Und was ist jetzt mit mir?«
»Ich glaube nicht, dass ich Sie einsperren muss. Vermutlich haben Sie eine Immunität entwickelt oder waren wirklich nur erkältet. Sie sind seit über einem Monat kerngesund. Ich würde mich aber wohler fühlen, wenn sich ein entsprechend eingewiesener Sicherheitsoffizier in Ihrer unmittelbaren Nähe aufhält. Außerdem möchte ich, dass Sie einzeln und mit von außen verschlossener Tür schlafen. Können Sie damit leben?«
Ich schätzte, die Frage am Ende seiner Ausführungen war eher rhetorischer Natur.
»Habe ich denn eine Wahl?«, fragte ich sicherheitshalber.
»Offen gestanden: Nein«, war die ehrliche Antwort.
»Der Sicherheitsoffizier wird entsprechend bewaffnet und ausgerüstet sein, und Sie beim geringsten Anzeichen von Unwohlsein fesseln und knebeln. Sie kooperieren bitte und informieren ihn, falls Sie sich nicht wohlfühlen. Sollte es zu einem Ausbruch kommen, können Sie zumindest keinen anderen beißen und werden umgehend über Bord entsorgt.

Unmittelbar in der Nähe befindliche Personen würden in diesem unwahrscheinlichen Fall unter Quarantäne gestellt. Aber da Sie ja ohnehin nur eine Erkältung hatten, haben Sie, denke ich, nichts zu befürchten.«

Kapitel 20: Unter Beobachtung

Der Sicherheitsoffizier, der mir zugeteilt wurde, hörte auf den Namen *Klein*. Der Name erschien mir wie ein schlechter Witz, den sich der liebe Herrgott – falls es ihn gab – in einem Anfall von schlechtem Humor erlaubt hatte. Herr Klein war um die zwei Meter groß und bestimmt doppelt so breit wie ich. Trotz der Temperaturen trug er ein langes, weites Hemd, das seine Bewaffnung notdürftig kaschieren sollte. Ich schätzte, dass seine Oberarme breiter waren als meine Oberschenkel. Möglicherweise waren seine Handgelenke sogar breiter als meine Oberarme. Neben Klein fühlte ich mich klein. Vielleicht hieß er deswegen so.

Man hatte mir erklärt, dass sich Sicherheitsoffiziere unerkannt unter den Passagieren bewegten, und dass deren Zahl geheim war. Eine Maßnahme, die aufgrund zunehmender Seepiraterie – vor der auch Kreuzfahrtschiffe nicht gefeit waren – eingeführt worden war. Zwar befanden wir uns nicht in generell gefährlichen Gefilden, aber Sicherheit wurde dennoch großgeschrieben. Schließlich musste man auch auf andere Eventualitäten gefasst sein. Eventualitäten, die jetzt eingetroffen waren.

Wenn alle Sicherheitsoffiziere an Bord so waren wie Klein, wunderte es mich nicht im geringsten, dass die Operation im Hafen von *Ajaccio* auf Korsika schief gelaufen war. Ich konnte mir kaum vorstellen, dass dieser Grobmotoriker leise und vorsichtig vorgehen konnte. Zur Ehrenrettung musste man aber einräumen, dass die Sicherheitsoffiziere nicht für semimilitärische Infiltrationen ausgebildet waren. So etwas gehörte nicht zu deren ursprünglichen Aufgaben. Bestimmt waren diese Typen wie die sprichwörtlichen Elefanten im

Porzellanladen vorgegangen und absolut von sich selbst überzeugt gewesen. Ihre Funksprüche hatte man vermutlich in ganz *Ajaccio* gehört. Meines Erachtens war Funkstille ein absolutes Muss bei einer derartigen Operation, die ohnehin zum Scheitern verurteilt war. Essen für dreitausend Personen? Gabelstapler? *Wie zum Teufel sollte das hinhauen?* Ich fragte mich, wie die Sache mit dem Kreuzfahrtschiff weitergehen sollte. Schon das Anlegemanöver war hochriskant. Wie sollte etwas Derartiges unbemerkt über die Bühne gehen? Im Grunde war das Signalhorn schon ein Riesenfehler gewesen. Die Massen, die daraufhin an der Küste aufgelaufen waren, würden sich nur langsam und unvollständig wieder zerstreuen.
Ich dachte über Dr. Rittmanns Ausführungen zum normalen *Tollwutvirus* nach. Vielleicht war das hier tatsächlich eine Mutation des Selbigen. *Gab es Tollwut in Afrika?* Ich nahm es stark an. Wenn herkömmliche Tollwutinfizierte unter Umständen ängstlich auf den Anblick von Wasser reagierten – wie der Doktor gesagt hatte – war das vielleicht der Grund dafür, dass die Infiziertendichte am Strand verhältnismäßig niedrig ausfiel. Außer, es gab für die Erkrankten einen triftigen Grund, sich in Wassernähe zu begeben. Zum Beispiel Frischfleisch in einem lärmenden Boot. Dann konnten sich einige sogar dazu überwinden, zu springen. *Theorie, oh Theorie.*
Mir wurde eine Kabine auf *Deck 6* zugeteilt. Auf diesem Deck befanden sich auch die seitlich eingeklinkten, orangenen Rettungsboote. *Deck 6* war das Deck, auf dessen Höhe der Rumpf endete, und der Oberbau des Schiffes begann. Ich schätzte, dieses Deck war bewusst für mich ausgewählt worden. Hier gab es rund um das Schiff eine Reling, von der aus das Wasser nur einen beherzten Sprung

weit entfernt war. Der Höhenunterschied zur Wasseroberfläche würde sich im freien Fall von selbst erledigen. Möglicherweise war das hier das Selbstmörderdeck. Wenn ich durchdrehen würde in der Nacht, könnte Klein vor der abgeschlossenen Tür einfach auf mich warten. Wenn ich es schaffen würde, mit meinen nicht einmal siebzig Kilo, die Tür der Kabine dennoch zu durchbrechen, könnte er mir aus gebührendem Abstand eine Kugel in die Birne ballern. Dann müsste man mich nur noch über Bord befördern – selbstverständlich unter Beachtung bestimmter Sicherheitsvorkehrungen, um Tröpfchen- oder Schmierinfektionen zu vermeiden. Dr. Rittmann würde das schon hinkriegen mit seinen Kenntnissen. Ich dachte an Atemschutz und Handschuhe.

Ich war im Nachhinein betrachtet schon recht fahrlässig gewesen, auf meinen ersten, waghalsigen Trips. Dr. Rittmanns Crashkurs in Sachen Infektionskrankheiten war alarmierend ausgefallen. Mein Tarnanzug hatte auf Nasenhöhe über Atemlöcher verfügt, die eine Tröpfcheninfektion nicht aufgehalten hätten. Hätte ich mir bei der Hitze, der Anstrengung und der Aufregung allerdings noch ein Tuch vor die Nase gebunden, wäre ich höchstwahrscheinlich zusammengeklappt. Auch meine Hände, die ab und an unter dem Bezug gesteckt hatten, waren im Ernstfall ungeschützt gewesen. Ein paar Gummihandschuhe – von Sibylle, zum Aufwaschen – wären vielleicht sogar in Hajüs Domizil vorhanden gewesen. Beim nächsten Mal würde ich daran denken, falls es ein nächstes Mal gab. Selbst die Augen musste man schützen. *Tausend kleine Dinge.* Ich hatte zum Teil mehr als nur eines oder zwei vergessen. Aber ich war jetzt trotzdem hier. Und ich hatte nur eine heftige Erkältung gehabt, als alles begann. Nichts weiter. Alles war gut. *Blödsinn.* Nichts war gut!

Ich war mir nicht sicher, ob es eine gute Idee war, auf dem Kreuzfahrtschiff zu bleiben. Karl und ich wären allein auf unserer kleinen Motoryacht vielleicht besser dran. Vorräte für dreitausend Personen aufzutreiben, war ein Ding der Unmöglichkeit. Mertens wusste das. Ich wusste das. Alle wussten das. Wir warteten sehenden Auges auf den sicheren, kollektiven Tod. Aus eigener Kraft ließ sich eine Grundsicherung mit ausreichend Lebensmitteln schlicht nicht realisieren.

Ich bat Klein, mich zu Karl zu geleiten. Ich schätzte, es war mittlerweile später Nachmittag. Meine zwei Hauptfeinde – der Hunger und der Durst – machten sich deutlich bemerkbar. Ich fragte meinen Bodyguard, der nicht mich vor den anderen, sondern im Ernstfall die anderen vor mir beschützen sollte, wann es etwas zu beißen gab. Klein schaute mich skeptisch an. Vermutlich war meine Formulierung etwas unglücklich ausgefallen. Er vertröstete mich auf den Abend.

»Sie sind nicht der Einzige, der hier Hunger hat, glauben Sie mir«, versuchte er mich aufzumuntern. Frei nach dem Motto *Geteiltes Leid ist halbes Leid.* Ein schwacher Trost.

Klein geleitete mich auf *Deck 8*, wo es sowohl Balkonkabinen, als auch innenliegende Kabinen gab. Ich freute mich aufrichtig, Karl zu sehen. Er hatte sich scheinbar mit einem älteren Paar angefreundet, das auch mich freundlich empfing. Man sah den Leuten an, dass sie Entbehrungen hinter sich hatten. Ihre Gesichter waren eingefallen, ihre Augen blickten traurig. Dennoch schienen sie erleichtert zu sein, sich wenigstens an Bord eines Schiffes zu befinden. Dieses Glück hatten nicht viele gehabt. Es war dennoch nur ein Glück auf Zeit. Es war ein Aufschub, eine Gnadenfrist, nicht mehr. Aber immerhin. Wahrscheinlich hatte Karl schon einige unserer Abenteuer zum Besten gegeben.

Das Paar hatte seine Kabine direkt neben der Kabine, die Karl zugeteilt worden war. Es handelte sich um luxuriöse Balkonkabinen, die sauber, freundlich und hell waren. Wie ein Relikt aus längst vergangenen Tagen erschien mir der Flachbildfernseher, der an der Wand befestigt war.

»Im Fernsehen empfängt man schon lange nichts mehr«, klärte mich der ältere Mann auf, der meinen Blick bemerkt hatte. Ich nickte stumm. Ich wusste bereits von Kapitän Mertens, dass alle Sender ihren Dienst quittiert hatten.

Auf dem Tisch sah ich einen aufgeschlagenen Reiseführer liegen.

»Und, hast du schon interessante Informationen im Reiseführer finden können?«, fragte ich Karl. Ich ging davon aus, dass er noch immer nach den Quellen suchte.

»Nicht wirklich«, sagte Karl. »Es ist halt ein Reiseführer und kein Überlebenshandbuch. Restaurants, gemütliche Buchten, Wanderrouten, Sehenswürdigkeiten. Kaum tiefergehende Informationen. Die ganze Insel mit allen Attraktionen auf zweihundertfünfzig reich bebilderten Seiten, da ist kein Platz für Quellen. Der Nordwesten der Insel, wo wir ursprünglich hinwollten, bevor uns Carlos in die Quere kam, ist dünner besiedelt und von Steilküste gesäumt. Das *Tramuntanagebirge*, zu dem auch der *Puig Major* und der *Puig Teix* gehören, erstreckt sich über neunzig Kilometer. Auch der *Puig Teix* ist über tausend Meter hoch. Du erinnerst dich vielleicht an die zweite Wassermarke, die wir in dem Boot in *Portixol* gefunden haben: *Font des Teix*. Hier steht, dass von der größeren Gemeinde *Andratx* im Süden einmal abgesehen, lediglich dreißigtausend Menschen in dem gesamten, riesigen Gebiet leben. Hier steht aber auch, dass sich zur Hochsaison Mietwagen voller wanderwütiger Touristen auf den engen Straßen tummeln.«

Das ältere Paar lauschte gespannt unserem Gespräch.

»Es ist dort nicht sicher. Vielleicht gibt es dort weniger von denen, aber immer noch mehr als genug«, sagte ich. Warum wollte Karl das nicht einsehen?

Jetzt klinkte sich der ältere Mann, der sich mit dem Namen Wolfgang vorgestellt hatte, in das Gespräch ein: »Ihr Freund Karl hat mir von Ihrer Gratiskarte erzählt, die Sie am Flughafen bekommen haben. Wir haben dieselbe bekommen bei unserer Ankunft.«

Er holte ein dickes Buch aus einem Regal. Es handelte sich um ein Wörterbuch. Sein Exemplar der *Mallorca Free Map* legte er daneben. Dieses Seniorenpärchen war besser vorbereitet in den Urlaub gefahren als ich, soviel stand schon jetzt fest.

»Die Kreuzfahrt startete ja in Mallorca und sollte ursprünglich auch hier enden«, erzählte Wolfgang.

Vielleicht endet sie ja auch hier, wenn auch anders, als geplant, dachte ich bitter.

»Wir sind also genau wie Sie erst auf die Insel geflogen, und dann per Bus zum Kreuzfahrtschiff gefahren worden. Am Flughafen bekam ich diese Karte. Das Wörtchen *Torrent* bedeutet Sturzbach. Er zeigte auf die gestrichelten Linien. Je nach Niederschlag führen diese Bäche unterschiedliche Mengen an Wasser. Sie dürfen aber nicht vergessen, dass in den Bergen andere klimatische Bedingungen herrschen als auf dem Rest der Insel. In den Wintermonaten liegt in den höheren Regionen sogar Schnee. Auch regnet es in den Bergen häufiger als in dem Bereich der Insel, vor dem wir

uns befinden. In den Bergen wird zudem begrenzt Landwirtschaft betrieben. Ackerbau, Orangen und Oliven. Dort gibt es mit Sicherheit auch Stauseen. Ich bin allerdings bisher noch nicht einmal auf die Idee gekommen, mich ausführlicher damit zu beschäftigen. Dreitausend Personen leeren einen Orangenhang wie die Heuschrecken innerhalb von Minuten. Wenn wir es überhaupt bis dorthin schaffen. Aber vielleicht weiß der Kapitän mehr. Außerdem gibt es auf *Deck 10* eine Bibliothek, wo sich vielleicht der eine oder andere Band über Mallorca finden lässt. Wie wäre es mit einer kleinen Führung durch diese schwimmende Stadt?«, fragte Wolfgang abschließend.
Warum eigentlich nicht? Karl nickte mir zu und wir verließen mit Klein im Schlepptau die Kabine.

*

Der Begriff *Schwimmende Stadt* traf es ziemlich genau. Dieses Schiff war gigantisch. Es gab Restaurants, Bars, eine Minigolfanlage, ein riesiges Schachbrett unter freiem Himmel, eine Anlage zum Klettern, Fitnessstudios, ein Casino und mehrere Sonnendecks auf verschiedenen Ebenen mit Pools. Es gab Joggingparcours, Friseurläden, einen Juwelier und unzählige Kabinen. Die Stimmung an Bord passte nicht zu diesem Ambiente – aus hinlänglich bekannten Gründen. Die Sonnendecks waren verwaist. Nur vereinzelte Passagiere lagen auf den Liegen, um die man sich unter normalen Umständen sicher reißen musste.
Sämtliche Geschäfte, Bars und Clubs, die über mehrere Decks verteilt waren, hatten geschlossen. Eiserne Gitter trennten deren Innenräume vom begehbaren Bereich.

Juwelen hatten in diesen Tagen erheblich an Wert verloren. Niemand wusste, ob sich das je wieder ändern würde. Im Schaufenster glänzten sündhaft teure Kolliers, Fingerringe, Ohrringe, Uhren und sonstiger Schmuck unbeachtet vor sich hin. In den Geschäften hingegen, die Essbares und Trinkbares verkauft hatten, herrschte gähnende Leere in den Regalen, die durch die geschlossenen Gitter sichtbar waren. Kein Kellner bot in den zahlreichen, verlassenen Restaurants noch ein verlockendes Mahl an. Vereinzelt schlichen gebeugte, ängstlich erscheinende Gestalten über die Flure und Gänge. Diese einst lebendige schwimmende Stadt hatte sich in einen deprimierenden Ort verwandelt.
Ich stand mit Karl, Wolfgang und dessen Frau Gisela, die jetzt auch langsam auftaute, auf dem obersten Sonnendeck des Schiffes und starrte Richtung Insel. Klein stand in einigem Abstand hinter uns. Karl wunderte sich schon über diesen wandelnden Schrank und fragte mich, was es mit ihm auf sich hatte. Ich vertröstete ihn auf später. Ich wollte nicht Wolfgang und Gisela durch Dr. Rittmanns Theorie bezüglich meiner Erkältung verunsichern. Wolfgang reichte mir sein Fernglas, das er sich vor dem Rundgang umgehängt hatte.
»Nur Idioten gehen auf Kreuzfahrt, ohne ein Fernglas mitzunehmen. Andererseits konnte man an Bord auch welche kaufen, gegen ordentlich Bares, als die Läden noch offen hatten«, erklärte er.
Die Bugspitze des Kreuzfahrtschiffes zeigte direkt auf die etwa einen Kilometer entfernte Hafeneinfahrt.
Ich hob das teuer anmutende, schwere Fernglas an die Augen. Ich wusste in etwa, was mich erwartete.
»Scheußlich, nicht wahr?«, fragte Gisela gerade neben mir.
Scheußlich war eine Beschreibung, die man benutzen konnte. *Grauenhaft* eine andere. *Unfassbar* eine weitere.

Keine wurde dem Anblick wirklich gerecht. Es gab keine Worte, um das, was ich sah, gebührend zu beschreiben. Das Fernglas gehörte ohne Zweifel zur gehobenen Klasse und war sicher nicht ganz billig gewesen. Es holte die Details so nah an mich heran, dass ich das Gefühl hatte, sie berühren zu können.

Wir waren hoch genug, um auf die sechsspurige Hauptverkehrsstraße blicken zu können, die vor der Kathedrale von *Palma* entlang lief. Unmengen von Infizierten taumelten, torkelten, wankten, krochen und schlichen zwischen zahlreichen Autowracks umher. Manche lagen zappelnd auf dem Boden, als würden Krämpfe sie schütteln. Mit den Liegenden ging es wohl bald zu Ende. Ihr Fleisch würde das Überleben der anderen für eine weitere Weile sichern. Es würde noch etliche Wochen oder gar Monate dauern, die Sache auszusitzen – Zeit, die wir nicht hatten.

Dort drüben hatte es Massenkarambolagen gegeben, die nichts außer wertloses, verformtes Blech und ausgebrannte Autowracks hinterlassen hatten. Dutzende, wenn nicht hunderte, zum Teil ausgebrannte Karossen standen ineinander verkeilt herum. Andere waren am Straßenrand gegen Palmen und Mauern geprallt. Wieder Andere hatten versucht, über die Fußwege zu brettern, um der völlig verstopften Straße zu entgehen. Dabei hatten sie zu Fuß Fliehende oder auch Infizierte gnadenlos über den Haufen gefahren, bis irgendein Hindernis sie gestoppt hatte. Dort drüben war jeder sich selbst der nächste gewesen. Am Boden lagen in der Sonne vor sich hin trocknende, abgenagte Leichenreste. Sie bestanden nur noch aus Knochen, dunkel verfärbten, vereinzelt übrig gebliebenen Fleischfasern, Sehnen und Haaren. Das Stöhnen und Ächzen konnte man sogar hier noch als unterschwelliges Raunen und Rauschen wahrnehmen. Die See verharrte in völliger Stille, als hätte selbst sie Angst und Respekt vor dieser Kulisse.

»Auf Korsika war es genau das gleiche«, sagte Wolfgang mit dünner Stimme.

»Und Sie beide haben dort über einen Monat überlebt?«, fragte Gisela. »Wie haben Sie das gemacht?«

»Wir haben uns versteckt wie Tiere. Zumindest an Land«, erwiderte ich. Ich wollte nicht darüber sprechen. Was ich hätte erzählen können, hätte es nicht besser gemacht. Die Lebensmittel wurden knapp. Der Dieselkraftstoff wurde knapp. Das Trinkwasser wurde knapp. Jetzt war der gänzlich falsche Zeitpunkt, um diese Leute noch mehr in Panik zu versetzen. Sie hatten keine Chance, so sah es aus. Dreitausend Personen hatten in meinen Augen absolut keine Chance. Sie hatten die Wahl, an Land zu gehen, oder zu verdursten und zu verhungern. *Pest oder Cholera. Déjà-vu! Déjà-vu! Déjà-vu!*

Ich reichte Karl das Fernglas. Ich hatte genug gesehen. Mehr als genug.

*

Die abendliche Verköstigung der Passagiere war ein Trauerspiel. Ich blickte in die flackernden, müden Augen zahlreicher Menschen. Ich sah tiefliegende, dunkle Augenringe, spröde Lippen, sonnengegerbte Haut und ausgeblichene Haare, die nur noch vermuten ließen, dass einst eine kostspielige Frisur sie in Form gehalten hatte. Der Lack war ab. Die Fassade blätterte. Ob Bewohner einer Luxussuite oder einer preisgünstigen, innenliegenden Kabine, hier waren alle gleich. In Schlangen standen sie da, um ihre mickrigen, zu Tode rationierten Mahlzeiten in Empfang zu nehmen. Das Ganze war eine Massenabfertigung ohne Glamour. Kellner gab es schon längst nicht mehr. Erschöpfung und Resignation lagen in der Luft. Schweigend zogen Legionen von ausgemergelten Gestalten an mir vorbei, die nur noch Schatten ihrer selbst waren – eine gespenstische Zeremonie, die kein Ende zu nehmen schien. Dreitausend! *Was für ein Irrsinn.* Es gab etliche Stellen, an denen das Essen ausgegeben wurde, doch dieser Masse wurden sie kaum Herr. Als das Spektakel endete, wurde es bereits dunkel. Meine erste Nacht auf einem Kreuzfahrtschiff hatte ich mir auch anders vorgestellt. Die Mahlzeit verdiente diese Bezeichnung kaum. Zu einem Viertel-Liter Wasser wurde ein winziges, eingeschweißtes Sandwich gereicht, das direkt aus den hinteren Regionen der Tiefkühlabteilung zu kommen schien. Ich hatte im Laufe des Tages mehrfach mitbekommen, wie die Motoren angelassen wurden, um die Akkumulatoren, die zumindest die wichtigsten Komponenten des Schiffes mit Strom versorgen mussten, aufzuladen. Bald würde das Diesel alle sein. Die Tiefkühlräume waren schon jetzt fast bis zum letzten Krümel leergeräumt. Es grenzte an ein Wunder, dass überhaupt noch etwas da war. Vermutlich war diese Verpflegung ursprünglich für die Passagiere gedacht gewesen, die das Minimalangebot in Anspruch genommen hatten, als kleiner Snack für Zwischendurch. Innenliegende Kabine, wenig Komfort, spartanische Verpflegung – auch so konnte man auf Kreuzfahrt gehen. Die edlen Restaurants an Bord oder in den Ausflugszielorten hatten einst dafür gesorgt, dass die Klientel mit höheren Ansprüchen standesgemäß verköstigt wurde. Frische Zutaten hatten ohne jeden Zweifel auch hier eine erhebliche Rolle gespielt. Schon wieder ein *Déjà-vu*. Es war überall das gleiche.

*

Ich blieb lange mit Karl wach. Die Nacht lag wie ein schwarzes Tuch über allem. Der Mond durchlief seinen Zyklus und strahlte stoisch vor sich hin. Ich hatte meinen Freund eingeweiht. Karl wusste nun, was es mit meinem stummen Begleiter auf sich hatte, und dass ich hinter einer verschlossenen Tür wie in Einzelhaft schlafen musste. Ich konnte Dr. Rittmann verstehen. Seine Schutzmaßnahmen waren moderat ausgefallen. Er hätte mich auch von Bord schicken oder unter Quarantäne stellen können – als reine Vorsichtsmaßnahme für den unwahrscheinlichen Fall, dass ein Virus, das angeblich in mir schlummern könnte, hervorbrach. Alles fußte auf vagen Vermutungen, aber ich hätte an seiner Stelle vielleicht sogar noch radikalere Maßnahmen ergriffen. Allerdings musste man bedenken, dass zurzeit andere Probleme an Bord dominierten. Wenn nicht bald eine Lösung gefunden wurde, war es faktisch egal, ob ich das Virus in mir trug oder nicht. Alle würden sterben – an Hunger, an Durst, aus Erschöpfung.

Wir starrten in den Sternenhimmel, der ungemein fulminant aussah. Kein noch so kleines Lämpchen an Bord leuchtete. In der Ferne stöhnten die Infizierten. Klein wurde von einem anderen Schrank, der die Nachtschicht übernehmen sollte, abgelöst.

Offensichtlich wurden sowohl die Mitarbeiter der Security, als auch die wichtigen Personen der Crew besser verpflegt als die entbehrlichen Passagiere. Man musste Prioritäten setzen. Das würde schlimmer werden mit jedem Tag, bis nur noch die wirklich wichtigen Personen, die über Fähigkeiten verfügten, die der Allgemeinheit nutzten, überhaupt etwas bekamen. Der einst hochbezahlte Manager würde erbärmlich verhungern, während Krankenschwestern und Leute, die sich mit den Motoren und der Technik an Bord auskannten, eine Galgenfrist bekamen. Diese Entwicklung war vorprogrammiert und würde unweigerlich kommen. Es sei denn, Kapitän Mertens und die ihm unterstellten Sicherheitsoffiziere behandelten bis zum Schluss alle gleich. Letztendlich spielte das kaum eine Rolle. Am Ende würden die Ressourcen erschöpft sein. So oder so.

»War es richtig, an Bord zu gehen?«, fragte mich Karl, fast als ob er Gedanken lesen könnte.

»Mal sehen, was der morgige Tag bringt. Wir können Mertens später immer noch dazu auffordern, uns von Bord zu lassen«, meinte ich.

Karl nickte und ging zu Bett. Der Schrank, der Klein ersetzt hatte, begleitete mich zu meiner Kabine und schloss die Tür von außen ab.

Kapitel 21: Das Theatrium

Ich wurde von mehreren Geräuschen gleichzeitig geweckt. Zum einen klopfte es zunehmend heftiger an meine Tür, und zum anderen hörte ich etwas, das wie eine Lautsprecherdurchsage klang. Ächzend erhob ich mich. Ich fühlte mich ausgehungert und schwach. In meinem Mund hatte sich ein kloakenartiger Geschmack eingenistet. Meine mittlerweile ziemlich zerschrubbelte Zahnbürste und meine zur Neige gehende Mundspülung befanden sich noch an Bord der neben dem Kreuzfahrtschiff ankernden Motoryacht. *Na toll!* Langsam setzte ich mich auf. Vor meinen Augen krieselte es. Mein Kreislauf musste erst wieder in Schwung kommen.

»Ist ja gut!«, rief ich gereizt, als dieses beschissene Geklopfe an meiner Tür immer heftiger wurde. Ich fühlte mich fast in die alte Welt zurückversetzt, in der ich jeden Morgen aufs Neue unsanft geweckt worden war, weil ich viel zu früh zu einer Arbeit gemusst hatte, der ich nicht das geringste hatte abgewinnen können.

Mein Kreislauf kam nur langsam in Gang, also wankte ich so gut ich konnte zur Tür, die jetzt aufgeschlossen wurde. Draußen stand der Typ, der gestern Abend Klein abgelöst hatte. Klein selbst stand direkt neben ihm. Er trat wohl gerade eben zum morgendlichen, mit Nahrungsmitteln bezahlten Dienst an.

»Was ist denn?«, fragte ich genervt.

Klein reichte mir eine Kleinigkeit zu essen und verwies auf die plärrende Lautsprecherdurchsage, die in meinen Ohren schmerzte.

»Der Kapitän hat eine Versammlung im Theatrium anberaumt, und möchte gern, dass Sie auch daran teilnehmen«, erklärte er.
Ich versuchte, mich auf die Durchsage zu konzentrieren. Das war Mertens Stimme, die da aus den Boxen kam. In dem Moment, in dem Mertens die Worte »Ich wiederhole« sprach, war ich soweit da, dass ich aufmerksam zuhören konnte.
»Verehrte Passagiere und Crewmitglieder. Aus gegebenem Anlass setze ich eine weitere öffentliche Sitzung im Theatrium an. Wie sie alle wissen, haben wir trotz strengster Rationierungen und Einsparungen den Punkt erreicht, an dem unsere Vorräte auf ein extrem kritisches Niveau abgesunken sind. Ich bitte daher alle Passagiere, die konstruktive Vorschläge einbringen können, an dieser Sitzung teilzunehmen. Unser Versuch, auf Korsika Lebensmittel zu akquirieren, ist gescheitert, wie sie alle bemerkt haben. Durch den Überfall haben wir außerdem Vorräte eingebüßt. Bedenken sie, dass der Platz im Theatrium auf höchstens fünfhundert Personen beschränkt ist. Passagiere, die nicht bereit sind, sich aktiv an der Ideenfindung zu beteiligen, werden gebeten, sich nicht einzufinden. Nicht anwesende Passagiere werden im Anschluss an die Sitzung über Lautsprecher informiert. Die Sitzung beginnt um zehn Uhr. Kapitän Mertens Ende.«
Eine Sitzung zur Ideenfindung. Das klang zugegebenermaßen äußerst spannend, auch wenn der Termin arg kurzfristig war. Das lag ohne jeden Zweifel an den Umständen und den neuen Informationen, die wir Neuzugänge mit an Bord gebracht hatten. Durch unser Wissen über die Infizierten hatte sich die Ausgangssituation geändert. Eine schnelle Sitzung ergab also absolut Sinn.

Neue Pläne konnten geschmiedet werden. Zeit hatte hier keiner zu verschwenden und etwas Besseres hatte wohl auch kaum jemand vor. Mertens hatte in unserem gestrigen Gespräch schon von Zusammenkünften im Theatrium gesprochen. Die bevorstehende Sitzung war nicht die erste ihrer Art. Die Ideen, die bisher dabei herausgekommen waren, hatten aber allem Anschein nach nichts getaugt. Nach *Ajaccio* zu fahren und die Sicherheitsoffiziere den Hafen checken zu lassen, war vermutlich die letzte Idee gewesen, auf die man sich geeinigt hatte.

Es war nicht nötig mich anzukleiden, denn ich hatte angezogen geschlafen. Meine Sachen waren knittrig und vom Salzwasser ausgebleicht, aber ums Aussehen ging es ohnehin schon lange nicht mehr. Es ging ums Überleben. Die Zeiten des Flanierens waren vorbei. Ich kramte in den Schränken des Badezimmers, um eine Zahnbürste zu finden – ohne Erfolg. Der Wasserhahn gab nur ein Gurgeln von sich. Offenbar war nicht nur das Trinkwasser, sondern auch das Nutzwasser knapp.

Klein reichte mir ein halbes Glas Wasser.

»Das war ihr Frühstück«, formulierte er knapp. »Die Lage ist ernst.«

Was er nicht sagte. Darauf wäre ich von allein nie gekommen. Klein machte auch nur seinen Job, das wusste ich. Trotzdem hatte ich eine Aversion gegen solche aufgepumpten Muskelberge. Ich schlurfte hinter ihm her. Karl kam sicher auch. Ich dachte ernsthaft darüber nach, mit ihm von dem Kreuzfahrtschiff zu verschwinden. Ich zermarterte mir das Gehirn, aber die wirklich guten Ideen, die dreitausend Menschen wieder auf Vordermann bringen konnten, blieben aus. Vielleicht, weil es sie schlicht und ergreifend nicht gab. Die Situation steuerte auf etwas zu, das

unberechenbar werden konnte. Wann würde es zur Eskalation kommen, weil der Hunger nicht länger hinzunehmen war? Oder würden sich die geschwächten Passagiere einfach ihrem Schicksal ergeben? Würden die Schwachen von den Stärkeren untergebuttert werden? Bisher war nichts dergleichen geschehen. Das war Kapitän Mertens und seinen Leuten hoch anzurechnen.
Das Theatrium spaltete wie ein spitz zulaufender, gläserner Keil in der Mitte des Schiffes die oberen Decks. Zumindest sah es von außen so aus. Als die Welt noch heil war, hatte es hier jeden Abend Shows zur Unterhaltung der Passagiere gegeben. Das Repertoire hatte von musikalischen Darbietungen über Artistik bis hin zu Tanzshows mit irren Lichteinlagen gereicht – davon hatte Wolfgang erzählt.
Von innen sah das Theatrium aus wie ein gewaltiger Kuppelbau. In der Mitte befand sich eine Bühne, die von Sitzplätzen auf insgesamt drei Etagen umsäumt wurde. Ich hielt Ausschau nach Karl, konnte ihn aber bis jetzt nirgendwo sehen. Das Theatrium füllte sich zusehends. Als die letzten Sitzplätze besetzt waren, füllte sich auch der Fußboden mit Menschen, bis nichts mehr ging. Ich war gespannt auf die vielen Ideen. Stimmengemurmel hallte in der gläsernen, überdachten Kuppel wider. Ich konnte Karl immer noch nicht finden und Klein forderte mich auf, mich zu setzen. Er hatte uns zwei Sitzplätze am äußeren Rand, direkt neben einem Ausgang, freigehalten. Auch auf der Bühne saßen die Menschen, nur etwa zwei Quadratmeter in der Mitte waren noch frei. Dort stand ein Mikrofon. Mich erfasste eine innere Unruhe. Vor Menschenmassen sprechen zu müssen, hatte mich schon immer tierisch nervös gemacht. Ich schätzte, ich würde das eine oder andere sagen müssen, schließlich war ich derjenige mit dem Tarnmantel und dem

Speer, der sich zum Supermarkt durchgekämpft und eine Infizierte aufgespießt hatte. Keiner hier konnte etwas Derartiges vorweisen – höchstens vielleicht Carlos, dessen Geschichte ich nicht kannte. Mein Mund war trocken, mein Herz klopfte bis zum Hals und meine zittrigen Hände waren kalt. *Reiß dich zusammen!*, ermahnte ich mich in Gedanken.

Das Gemurmel hörte schlagartig auf, als Kapitän Mertens die Bühne betrat. Ich sah einige Schränke, die sich unauffällig im Publikum verteilt hatten. Auch den Schiffsarzt und andere wichtig wirkende Crewmitglieder sah ich.

»Es freut mich, dass Sie so zahlreich erschienen sind«, eröffnete Mertens die Runde. Alle waren gespannt auf das, was jetzt kam. Ihr Leben hing davon ab, das schienen alle hier zu wissen. Man hätte eine Stecknadel fallen hören können, so still war es.

»Wir haben uns heute hier versammelt, weil uns die sprichwörtliche Pistole auf der Brust sitzt. Im Hafen von Mallorca gibt es Lagerhallen, die für die Zwischenlagerung gedacht sind. Möglicherweise befinden sich in diesen Hallen auch Lebensmittel. Wir sind bisher die Einzigen, die sich hier eingefunden haben. Wir wissen, dass es andere Schiffe da draußen gibt. Wir wissen aber auch, dass alle da draußen wissen, was sich hier an Land abspielt. Wir sind an einem Punkt, an dem wir handeln müssen. Es wird keine Hilfe von außen kommen! Wir sind auf uns allein gestellt. Wir müssen uns selbst helfen, oder wir werden sterben!«

Das war harter Tobak, aber warum sollte Mertens lügen. Er tat, was er tun musste.

»Die Kreuzfahrt ist längst vorbei. Das wissen Sie genauso gut wie ich. Jeder an Bord muss zukünftig seinen Teil beitragen, damit wir überleben können. Eine Unterscheidung zwischen Crew und Passagieren gibt es nicht mehr. Es geht für uns alle um alles! Unser letzter Versuch, aus einer Lagerhalle im Hafen von *Ajaccio* Vorräte an Bord zu holen, endete mit dem Tod von vier Sicherheitsoffizieren«, fuhr der Kapitän fort.

Ich blickte auf Klein, dessen Augen auf Mertens geheftet waren. Er nickte heftig.

»Eine solche unüberlegte Kamikaze-Operation möchte ich nur ungern wiederholen müssen. Wie Sie alle wissen, haben wir gestern vier Menschen an Bord unseres Kreuzfahrtschiffes geholt, die es geschafft haben, da draußen zu überleben. Insbesondere die Taten eines Mannes haben mich nachhaltig beeindruckt«, sagte Mertens. Der Kapitän schaute in meine Richtung. Mir rutschte das Herz in die Hose. Eine Welle durchfuhr mich, und mein Puls legte einen Zahn zu.

»Wären Sie bereit, allen hier anwesenden Passagieren zu erzählen, welchen Einfallsreichtum Sie entwickelt haben, um zu überleben?«, fragte er mich direkt. Mir wurde schwindlig. Mein Mund wurde noch trockener als er ohnehin schon war. Ein flaues Gefühl breitete sich in meinem Magen aus. *Vor fünfhundert Leuten sollte ich laut sprechen?* Mertens hätte mich wenigstens vorwarnen können! Ich krächzte zu Klein herüber, dass ich unbedingt ein Glas Wasser benötigte, wenn ich hier sprechen sollte. Er gab eine entsprechende Anweisung und ein Crewmitglied machte sich auf die Socken. Ein anderes Crewmitglied kam auf mich zu und reichte mir das kabellose Mikrofon. Meine Hände zitterten wie Espenlaub. Ich schätzte, das konnte jeder sehen. Klein rammte mir aufmunternd seinen Ellenbogen in die Seite. Jetzt kam auch das Wasser. Ich befeuchtete meine Lippen.

»Sehr geehrte Passagiere«, stammelte ich. »Ich weiß gar nicht, wo ich anfangen soll.« Es entstand eine kurze

Verlegenheitspause. In meinem Kopf herrschte Vakuum. Ich musste mich erst einmal sammeln. Irgendjemand fing an, rhythmisch zu klatschen. Andere stimmten ein, bis der gesamte Saal in die Hände klatschte, um mir Mut zu machen. Alle hier unterstützten mich. Alle wollten meine Geschichte hören. Ein Schauer durchlief meinen Körper. Ich straffte mich und nickte Mertens zu. Der hob die Hand und das Klatschen verstummte. Diese Leute würden sich nicht gegenseitig unterbuttern. Sie hielten zusammen, bis zuletzt.
»Alle Probleme, die Sie heute haben, hatte ich auch und habe sie noch. Als alles begann, machte ich Urlaub in einer kleinen Ferienwohnung in *El Molinar*. Ich sah und hörte, wie das Flugzeug abstürzte, das vermutlich diese *Tollwut* auf die Insel brachte. Ich hatte nichts zu essen im Haus, und meine Freundin war verschwunden«, begann ich zu erzählen.
Meine Erkältung unterschlug ich an dieser Stelle lieber, nicht dass noch andere dieselben Schlüsse zogen, die Dr. Rittmann gezogen hatte.
»Als ich meine Freundin suchen wollte, wurde ich auf der Straße von einem irrsinnig schreienden, blutüberströmten Mann angegriffen. Zu meinem Glück stürzte er an einer Bordsteinkante, wodurch ich die entscheidenden Sekunden gewann, die ich brauchte, um in meine Wohnung zu flüchten. Ansonsten wäre ich jetzt nicht hier.«
Bisher hatte ich im Stehen gesprochen. Ich merkte, wie weich und zittrig sich meine Knie anfühlten, deswegen zog ich es vor, mich zu setzen. Ich nahm mit zitternden Händen noch einen weiteren Schluck und sprach weiter. Ich erzählte von den Nachbarwohnungen und dem Speer, den ich geschnitzt hatte. Ich ließ auch die Szene nicht aus, in der ich die Frau aufgespießt hatte. In den Augen der Zuhörer sah ich das blanke Entsetzen. Langsam fing ich mich und war in der

Lage, einigermaßen zu sprechen. Die erste Aufregung wich einem starken Bedürfnis, alles zu erzählen. Ich erzählte von dem Bettbezug, der mich auf meiner ersten erfolglosen Nachtwanderung zu einem Stoffhaufen hatte werden lassen. Ich betonte ausdrücklich, dass ich den Tag für gefährlicher hielt als die Nacht, dass aber Lampen aller Art nachts absolut tabu waren, wenn man unentdeckt bleiben wollte. Als ich von meinem ersten Trip in den Supermarkt berichtete, fröstelte nicht nur mir. *Weit auseinander liegende Augen... Ich, neben den Müllcontainern hockend, während diese Bestie ausrastete.* Alles kam wieder hoch. Meine Stimme überschlug sich. So wie sie sich gestern schon überschlagen hatte, als ich Mertens meine Geschichte erzählt hatte. Ich berichtete von dem gelblichen Schleim, der anfangs die Nasen der Infizierten verstopft hatte und später nicht mehr. Und davon, dass sie plötzlich in der Lage gewesen waren, Nichtinfizierte zu wittern. Ich sprach von den Schüssen und Schreien in der Nachbarschaft.

Ich musste kurz innehalten, weil ich spürte, wie mich die Schwäche übermannte. Vor meinen Augen leierte es. Schließlich sprach ich weiter. Ich erzählte von meiner Flucht und davon, wie ich Hals über Kopf die Wohnung verlassen musste und eine Nacht draußen auf dem Wasser auf einer Luftmatratze verbracht hatte. Ich berichtete vom Bootsklau und dem Hammer, von ertrinkenden Infizierten und schließlich von Karl und seinem SOS-Signal. Karl stand auf der anderen Seite des Theatriums auf und deutete mit einer Verbeugung in meine Richtung an, wie dankbar er mir war. Emotionen schüttelten mich. *Ich war zu schwach für diese Scheiße!* Ich sprach unvorbereitet und höllisch aufgeregt vor fünfhundert Menschen, mit einem lächerlichen Keks im Bauch, der mein Frühstück gewesen war. Ich erzählte davon, wie wir die Netze und die Taucherbrillen erbeutet und uns von rohem Fisch ernährt hatten. Dann war mein Akku alle. Ich musste das Mikrofon abgeben. Kalter Schweiß stand auf meiner Stirn. Die Menschen klatschten Beifall, und Klein, der mir langsam sympathischer wurde, klopfte mir auf die Schulter.

Karl brachte die Erzählung zu Ende und sprach danach direkt weiter: »Diese Infizierten sind schnell. Sie sind so schnell, dass man es erst glaubt, wenn man es mit eigenen Augen gesehen hat. Die Erzählung meines Freundes...«, Karl zeigte auf mich, »...hat eines ganz deutlich gemacht. Egal für welchen Schritt wir uns entscheiden. Wenn wir – oder einige von uns – an Land gehen, dann müssen wir um jeden Preis unentdeckt bleiben. Sobald auch nur eine dieser Gestalten auf uns aufmerksam wird, sind wir tot.« Das hatte gesessen. Alle schwiegen. »Entweder, wir lenken sie ab, oder wir tarnen uns, auch was unsere Körpergerüche angeht. Sie sehen uns, sie hören uns, sie wittern uns«, stellte Karl unmissverständlich klar.

»Aber dann haben wir ja keine Chance!«, schrie jemand ohne Mikrofon.

Ich hob meinen Arm. Ich fühlte mich bereit weiterzusprechen. Es war mir ein dringendes Anliegen, die Gefährlichkeit dieser Dinger unmissverständlich klarzumachen.

»Ich halte es für absolut unmöglich, unbemerkt mit diesem riesigen Schiff anzulegen. Ich halte es außerdem für unmöglich, mit einem Gabelstapler an der Anlegestelle herumzuhantieren. Auf dem Wasser sind wir sicher. Vielleicht sollten wir es mit Fischfang probieren. Wir haben kleine Netze. Wir könnten rund um die Uhr in Schichten Fische fangen und die Beiboote dazu nutzen«, erklärte ich.

Einige Leute nickten zustimmend mit dem Kopf. Wir hatten das Netz von der Yacht. Wir hatten das Netz, das Carlos uns abgenommen hatte – sein Boot lag jetzt direkt neben unserem – und noch ein drittes.

»Vielleicht können wir aus Vorhängen Netze basteln«, rief jemand anderes. Mertens nickte demjenigen zu. Die Idee war nicht einmal übel.

»Man könnte aus Türen, Brettern und anderen Dingen einen stabilen Käfig auf Rollen bauen, mit dem man in die Lagerhallen im Hafen gelangen könnte«, rief ein Anderer. Zustimmendes Nicken von allen Seiten. Der Knoten war geplatzt. Neuer Lebensmut schien alle Anwesenden zu durchfluten.

Ich war völlig erschöpft. Die Aufregung und das lange Sprechen hatten mich enorm angestrengt und völlig ausgelaugt. Vor meinen Augen tanzten rötliche Blitze. Mir war schlecht und ich hatte das Gefühl, mich jeden Augenblick übergeben zu müssen. *Verdammte Scheiße, was war das plötzlich?* Klein neben mir war völlig vertieft in die Debatte. Er war Feuer und Flamme. Er vernachlässigte seine Aufgabe, auf mich acht zu geben. Ich wollte ihn anstoßen, um ihm klarzumachen, dass es mir irgendwie gar nicht gut ging. Die Klangkulisse um mich herum verschwamm und wurde dumpfer und dumpfer. Ich hörte Karls leiernde Stimme verzerrt, als käme sie aus einem anderen Universum und filterte aus seinem Redebeitrag die Worte *Quellen* und *Stauseen* heraus. Ein Krampf lähmte meinen Kiefer, bevor meine Zähne aufeinander klackten. Schüttelfrost. *Scheiße!* Ich versuchte nochmals, Klein anzurempeln, doch ich konnte mich keinen Zentimeter bewegen. Das Schwindelgefühl in meinem Kopf nahm zu. Um mich herum tobte die Debatte. Die Ideen flossen scheinbar nur so aus den Menschen heraus.

Ich verstand kein Wort. In meinem Kopf drehte sich alles schneller und schneller. Kalter Schweiß überall. Ich glaubte, von meinem Sitz zu rutschen. Ich merkte noch ganz benommen, wie ich auf dem Boden aufschlug.

Epilog

»hfffff...hffffffff...hfffffffff...hffffrrrrrrg«

Klack, klack.

»rrrrrrrr...rrrrrrrrrg...arrrrrrg«

»rrrraaaaaaaaaaaaaaaaAAAAAAAAAAAAAA
AAAAAAAAAAAAAAAAAAAAAA
AAAAAAAAAAAAAAAAAAAAA
AAAAAAAAAAAAHHHHHH!«

SCHNAPP!

Printed in Poland
by Amazon Fulfillment
Poland Sp. z o.o., Wrocław

55476092R00282